奇風歲月

Robert McCammon's

Boy's *Life*

羅伯・麥肯曼 著
陳宗琛 譯

鸚鵡螺文化

INFINITIME

鸚鵡螺，典故來自不朽科幻經典《海底兩萬哩》中的傳奇潛艇，未來，鸚鵡螺將在無限的時空座標中，穿越小說之海的所有疆界，深入從未有人到過的最深的海域，探尋最頂尖最好看的，失落的經典。

中文讀者錯過了 20 年…

Amazon 書店史上評價最高的不朽傳奇

20 年永遠 100% 全滿五顆星的完美口碑

全美圖書館員票選「有史以來最好看的 100 本書」

1992「世界奇幻獎」「史鐸克獎」雙料冠軍

是推理、是奇幻、是驚悚，也是深情動人的成長故事

無法歸類的奇書，徹底瓦解文學的疆界，征服全球 18 歲— 80 歲的讀者

橫掃日本，「這本推理小說了不起」二十年嚴選 Best of Best

一本懸疑小說，破天荒被美國中學選為『文學教材』

全美中學生瘋狂迷戀，書讀破了再買新的，聞所未聞

但這本書最高的榮譽，來自美國中學老師的推崇，還有一封讀者來信……

這是每一位老師畢生的夢想

一本書，創造了另一個 56 號教室的奇蹟

這個令人沈迷到廢寢忘食的故事，讓很多痛恨讀書的學生變成嗜書如命的書蟲，同時完成了他們人生教育的第一課。

那不再只是一本書，而是他生命的一部份

年邁的父親最近過世了。臨終前，他希望我轉告你，他要帶著一生最心愛的一本書陪伴他長眠於地下……數不清他已經讀多少遍了，那種感覺，彷彿那已經不再只是一本書，而是他生命的一部份。

每一位老師畢生的夢想

過去這七年來，我一直把《奇風歲月》當作我那班初二學生的文學教材。不過，我只讓他們在暑假期間看。有幾個原因。第一，因為那本書厚得嚇人。第二，因為那是一個懸疑神秘的故事，深情動人，他們不會讀到打瞌睡。第三，因為那本書的主題和下一個學年的課程有關。

到目前為止，總共有兩百多個學生讀過那本書，他們一致公認，《奇風歲月》是他們到目前為止看過最好看的書。這本書對他們意義非凡，因為，書中的角色和情節，有很多是他們的親身經歷。他們有很強烈的共鳴。

有一個學生親口告訴我：「這本書讓我開始了解什麼是人生。」這本書的主題涵蓋了親情，友情，死亡，寫作，勇氣，正義，善良，惡勢力，種族偏見。我讓學生在課堂上公開討論這些話題，並且說出自己的親身經歷。

不久前，兩個已經畢業的女學生到家裡來找我。聊著聊著，其中一個學生無意間看到我書架上有一本《奇風歲月》，立刻走過去把書拿下來。她說：「嘿，這本書我看過多少次了你知道嗎？到現在已經五次了。」

她話才剛說完，另一個學生立刻接著說：「我那本都已經翻爛了，整本散了，沒辦法只好用封箱膠帶黏住。我下次要去買一本新的。」

沒想到一本「文學教材」竟然會讓學生迷戀到這種程度，一讀再讀百看不厭，真是聞所未聞。這本書讓很多痛恨讀書的學生變成嗜書如命的書蟲。這真是全天下老師畢生的夢想。

——馬克·凱利　美國德州休士頓中學老師

一本書，創造了另一個56號教室的奇蹟

初次接觸到這本書，是當年我還在喬治亞州教高中英文的時候。當時，這本書是學校指定的高一文學教材。當老師的第一年寒假，我自己買了一本，準備下學期用來教學生。沒想到一讀之下，內心的震驚無法形容。這輩子從來沒看過這麼好看的故事，無論是從個人閱讀的角度，還是從教學工作的角度，這本書都無與倫比。每一頁幾乎都有無窮盡的素材可以拿來作教學之用。後來，退休之後，我又重讀了好幾次，那故事的迷人魅力一次比一次更令我震驚。我一直搞不懂，這本書為什麼從來沒得過任何美國文學大獎？

我教的那班高一學生都迷上了這本書。通常我都會指定他們前一天晚上讀完某個段落，結果到了第二天，他們都迫不及待想跟我討論故事內容，反應之熱烈簡直不可思議，令人嘖嘖稱奇。為什麼這樣說呢？因為我教的那二十個學生是放牛班，前一任的老師根本就是放牛吃草，對他們不聞不問，而他們也認定自己是被老師放棄的學生。上課第一天，當他們看到我要他們讀這本厚達六百多頁的磚頭文學教材，每個人都用一種奇怪的眼神看我，彷彿認為我是瘋子。後來，等到他們一開始讀，每個學生都迫不急待的讀完了，遠遠超前我指定的進度。最令我感動的是，他們產生了一種成就感，開始愛上讀書。

《奇風歲月》寫的是五〇年代一個十二歲男孩在美國南方小鎮成長的故事。但在敘事技巧上，作者讓我們感覺到，那男孩同時用兩種不同的角度看這個世界，一個是小孩的角度，一個是大人的角度，兩者互相交融，形成一種完美的平衡。透過長大成人的男孩回顧過往，我們也彷彿親身經歷了那小男孩的成長過程。

如果說作者羅伯麥肯曼的文字有一種神奇的魔力，這樣的形容恐怕還太保守。除了涵蓋各種深刻的

文學主題，故事情節的懸疑曲折也已經到了令人沈迷到渾然忘我的境界。更重要的是，字裏行間散發著無限深情。從表面上看來，這本書可能會被歸為懸疑推理小說，但書中感情刻劃的深沈動人是一般懸疑小說根本無法達到的境界。

《奇風歲月》完美融合了懸疑曲折的故事性和深沈動人的文學主題，完全顛覆了類型小說和主流文學的界限。

每當有人問我，這一生中最愛的書是哪一本，我腦海中浮現出來的第一本書，永遠是《奇風歲月》。

——茱莉・萊特　美國喬治亞中學退休教師

那不再只是一本書，而是他生命的一部分──2008年新版作者序

我剛開始寫這本書的時候，我寫的是一個發生在美國南方小鎮的謀殺故事，主角是警長，可是後來我發現，再這樣寫下去，連我自己看了都會睡著。

所以，我仔細看了前面寫完的兩百多頁，終於決定放棄，因為我覺得所有的人物場景都是死的。其實多年來我一直想寫一個男孩的故事，那男孩想當作家，而且在他家鄉所發生的許多事影響了他的一生。那個故事一直藏在我內心深處。現在，既然目前寫的這本小說描寫的是美國南方的一個小鎮，還有一宗謀殺案，那麼，我為什麼不乾脆來寫那個小男孩呢？

我寫作奇風歲月的時候，根本沒有故事大綱，腦子裏只有一大堆點子。可是，就這樣寫著寫著，不知怎麼這個故事忽然就活起來了，而且不祇如此，更驚人的是，我從前寫過的書，幾乎沒有一本能夠讓我產生這種活生生充滿生命力的感覺。奇風歲月寫作的過程有如行雲流水，那種感覺，好像不是我在寫這個故事，而是故事自己在寫，而我只是像個駕駛人一樣，偶爾轉動一下方向盤。

我想這大概就是寫作的奧祕吧。感覺對了，一切都是活生生的，每個人物都是活的，你會覺得自己像上帝一樣在創造生命。對一個寫作的人來說，天底下大概找不到比這更美好的感覺了。

寫完之後，我處於一種極度亢奮的狀態。雖然當時我已經寫過不少暢銷書，算是一個成功的暢銷作家，可是從來沒有一本書能夠讓我產生這種極度的興奮。我立刻把書寄給我的出版商，而且我確定他們一定也會跟我一樣興奮，然後會告訴我，這將會是我畢生的巔峰之作，神來之筆，實在寫得太棒了。

結果，我等了很久很久，終於接到一通電話。

他們說，我們還蠻喜歡這本書的，不過，這本來應該是一本謀殺推理小說，可是怎麼看起來有點像

你的自傳呢？這樣你會把讀者搞糊塗的。我們覺得你應該把描寫小鎮生活的部份拿掉，把重點擺在謀殺推理上，徹底改寫。

一開始我楞住了，一直跟他們說對不起。

可是後來，等我回過神來，我馬上打電話給他們，說我明天就坐飛機過去。第二天，我就大老遠從阿拉巴馬州的伯明罕飛到紐約，跟那幾個出版大亨見面。這一次，無論如何我都必須捍衛自己的寫作信念。

我告訴他們，我絕不改寫這本書。我說要是他們堅持要我改寫，那我寧可跟他們解約，我寧可退出文壇，放棄暢銷作家的成功之路。

那天他們引用了一大堆數據圖表，想盡辦法警告我，脫離暢銷書寫作路線的作家下場有多悲慘。不過最後他們還是說，沒關係，你高興怎麼寫就怎麼寫，既然你對這本書這麼熱情，我們還是會幫你出版。後來書雖然出版了，但我卻感覺創作的喜悅被澆了一盆冷水。

奇風歲月本來不是要寫給孩子們看的，可是，書出版之後這許多年來，我很意外的發現年輕的孩子熱愛這本書。我不知道有多少孩子買了這本書，我只知道，全國很多中學都採用這本書當文學教材，因為很多學校都邀請我去演講。有一天，我收到英國一位八十幾歲的老先生寄來的信，還有西雅圖一個十三歲的小男孩寄來的信。他們都說他們對這本書的熱愛是無法形容的。後來，2008 年這本書又登上日本最具權威的排行榜「這本推理小說了不起」，被日本讀者票選為二十年來 Best of Best。那種感覺真是奇妙，我想，可以這麼說，這本書已經屬於全世界了。

另外，我必須特別提到一封讀者來信。幾年前有一位小姐寫信告訴我，他年邁的父親最近過世了，臨終前，她父親要求她把奇風歲月這本書和他一起埋葬，陪伴他長眠於九泉之下。那位小姐告訴我，奇風歲月這本書，他父親已經讀過不知道多少次了，感覺上，那已經不再只是一本書，是他生命的一部分。

我不知道怎麼形容看到那封信的感覺，我只能說，對一個作家來說，可以死而無憾了。

不久前，我走進一家全美國最大的連鎖書店，走到「經典文學」陳列平台前面，看到上面擺的都是文學史上偉大作家的書，像是狄更斯的塊肉餘生錄，雨果的悲慘世界，史坦貝克的憤怒的葡萄，馬克吐溫的湯姆歷險記，馮內果的第五號屠宰場等等。沒想到，就在那堆經典文學裏，我竟然看到一本奇風歲月。

那是我的孩子。

基本上，我很懷疑自己這輩子是否還能再寫出一本那樣的書。我會繼續努力。不過，也許可以這麼說，一輩子能夠有一本書擺在那座平台上，也就夠了。

永遠的孩子

少年歲月狂野如風暴，自由翱翔無邊無際
直到那天神也不敢靠近的天外之域
我們深入那沒有盡頭的幽暗森林
所到之處，就連惡魔也紛紛退避
可樂的玻璃瓶口正對著眼睛，瓶底之外
我們看到的世界視線無法觸及
那神秘力量構成的世界
是一個只有想像力才到得了的天地
小狗是我們摯愛的兄弟
腳踏車奔馳如火箭刺向天際
我們飛向群星
繞著火星盤旋
我們像泰山一樣在林間擺盪
我們學蒙面俠蘇洛揮舞利劍
我們與詹姆斯龐德一起飛車橫衝直撞
我們力大無窮如掙脫鎖鍊的海格利斯
極目遠望，我們看到未來
在那遙遠未來的國度
我們的爸媽永遠年輕
時間靜止如永恆
在歡樂與淚水交織的人生旅程
我們盡情活過每一個日子
看著鏡中逐漸老去的自己
這本書獻給那永遠的孩子

序曲

我將帶你踏上一段旅程。不過，在我們啟程之前，有些很重要的事我必須先告訴你。

首先我要告訴你，到了故事的結局，你會發現我還是安然無恙。那麼，問題來了。第一人稱敘事的麻煩就在這裡。讀者都知道主角最後沒死。所以，無論我經歷過什麼——真正經歷過什麼——你都可以確定我最後都熬過來了。另外，那些經歷都對我造成了某種影響，有些是好的，有些是不好的。至於是好是壞，你甚至可以自行判斷。

當你看到書中的某些段落，你可能會說：「嘿，他明明不在現場，怎麼會知道發生了那件事？還有，他怎麼會知道誰說了這個，誰說了那個？」答案是，那些事都是我後來才知道的，所以就補進去了。或者在某些段落，我編了一些故事，又或者在某些段落，我會認為某些事應該發生過，儘管實際上並沒有發生。

我是一九五二年七月出生的。現在，我已經逼近四十大關了。就像俗話說的，光陰似箭，不是嗎？有些批評家曾經形容我是「前途無量的文壇新銳」，只可惜，我已經不再年輕了。我也只能是現在的我了。當年還在唸初中的時候，我就已經開始寫作，開始編故事，儘管當時還不是很清楚自己在幹什麼。一九七八年，我出版了第一本書，成為作家。還是說，我只能算是「作者」？「披頭四」說過，寫廉價平裝本的都只能算是作者。那麼，出版精裝書的才算「作家」嗎？我只能說，至少我寫小說寫到整個背硬得像精裝書一樣。有時候我會被修理得體無完膚，有時候也會被捧得飄飄然。在我們這個擅於天馬行空的國度裡，哪個同行的兄弟姊妹沒有遭遇過同樣的命運？感謝上天的恩典，我有能力憑空創造出某些人物，甚至創造出整個世界。那麼，我是作家，還是作者呢？

也許，我可以算是一個「說故事的人」吧？

我只是想把我記憶中的一切記錄下來，這樣我才能夠永遠保存它們。你們知道嗎，我相信「神秘的力量」。我出生的地方是一個充滿神秘力量的小鎮，我成長的年代是一個神奇的年代，彷彿每個人都具有一種魔法般的神秘力量。噢，大多數人都不知道我們活在一個神奇世界裡，但我一直都很清楚。機緣和命運彷彿無數銀色細絲，交織出那個神奇世界。十二歲那年，整個世界就像我的阿拉丁神燈。神燈散發出一團綠色靈光，而在那綠光中，我看到了過去，看到了現在，預見了未來。也許你也曾經看到過，只是遺忘了。我始終認為，在我們生命的起點，上天都賦予了我們一種魔法般的神祕力量。在生命最初的起點，那與生俱來的神祕力量如旋風，如彗星，如野火燎原。我們天生就聽得懂鳥兒的歌聲，看得懂天上雲彩變化的奧秘。我們能夠在一把細沙中看到自己的命運。後來，我們長大了，我們開始接受教育，學習認識這個世界，我們開始上教堂，學習信仰上帝，然而，我們心靈中那與生俱來的神祕力量卻漸漸消失了。知識，信仰，這一切隨著時間的洪流席捲了我們的心靈，而那神祕的力量卻隨著時間流逝了，沖毀了，抹滅了。我們學習保守，我們學習嚴謹，我們學習承擔責任。大人說，我們必須長大。大人說，我們長大了，應該要有大人的樣子。然而，你知道大人為什麼要對我們說這些嗎？因為他們畏懼我們。我們的野性，我們的狂放不羈，我們青春洋溢的生命力，這一切都令他們感到畏懼。而我們與生俱來的神祕力量更令他們自慚形穢，令他們感傷，因為，他們任由自己生命中的神祕力量隨著時間枯萎凋零。

當神祕的力量遠遠離你而去，那就永遠失去了，再也找不回來了。但儘管如此，在某些短暫的片刻，你還是會感覺到那種力量突然又回來了。在某些短暫的片刻，你會突然回想起來，你會感覺得到。如果你看電影的時候感動落淚，那麼，那是因為在那短暫的片刻，在黝黑的電影院裡，你又偶然觸及了那神祕的力量，沈浸在那神奇的金色池塘裡。然而，當電影散場，當你走出戲院，回到陽光燦爛的邏輯理性的世界，那神祕的力量又會消散無蹤。在那個時刻，你心中會殘留著一絲絲的感傷，卻不知道為什麼。當你聽到一首古老的情歌，你腦海中會浮現出某些昔日的記憶。當你看到懸浮的細塵在燈火的光束中翻湧飛舞，你的心思會突然脫離眼前的世界。夜裡，當你遠遠聽到一列火車轟隆隆奔過鐵道，心中不禁湧現出一絲好奇，不知道那列火車要奔向何方，那個時刻，你已經脫離了當下的自己，脫離了眼前的世界。在那極其短暫的瞬間，你又走進了那個神奇世界。

這一切，我深信不疑。

年復一年，我們生命中那與生俱來的神祕本質逐漸離我們而去。這就是人生。我們開始面對人生，承受人生的重擔。而這一切的承擔，有些對我們很有意義，有些卻不是那麼好。我們經歷了人生的許多希望與失落，歡樂與悲傷。摯愛的人離開人世，離我們而去。有人因為發生意外而傷殘，有人因為人生的種種困境而迷失墮落。在這個瘋狂的世界裡，那一切隨時都有可能發生。所謂的人生，就是我們隨著時間的流逝漸漸遺忘了那神祕的力量。你感覺不到你在遺忘，直到有一天，你忽然發覺自己彷彿失去了什麼，卻又說不上來是什麼，這時候，你才會明白，那神祕的力量已經離你而去。那種感覺，就彷彿你對一個很漂亮的女孩微笑，可是她卻叫你「先生」。就是這麼回事吧。

我的少年歲月，我的家鄉，那一切昔日的記憶對我意義非凡。有一天，當我的人生走到終點，回首從前，我想，我會看到那段少年歲月對我一生的影響有多大。如果我想喚回那種神祕的力量，那麼，我就必須先喚回少年歲月的記憶。我必須認真的回顧那段歲月，喚回那些記憶，而且，我想說那些故事給你們聽。

我叫柯力麥肯遜，我的老家是阿拉巴馬州南部的一個小鎮。奇風鎮。那裡冬暖夏涼，四季如春，街道兩邊是整排的水櫟樹，枝葉茂密，綠蔭蔽天，家家戶戶房子前面都有門廊，窗戶都裝了紗窗。鎮上有一座公園，裡面有兩座棒球場，一座是給小孩子玩的，一座是給大人打球的。另外還有一座公共游泳池，池裡的水清澈碧藍，小孩子都喜歡潛到池底去找硬幣。每年七月四日，鎮上都會舉辦盛大的烤肉會，而每到夏末，鎮上會有一場寫作競賽。我十二歲那年，也就是一九六四年，奇風鎮的人口只有一千五百人。鎮上有一家「明星餐館」，一家專賣便宜貨的「五毛商場」，一家「奇寶超市」。十號公路旁邊有一棟房子，裡頭住的都是蹺家流浪的「壞女孩」。當年，並非家家戶戶都有電視。當年，我們那個郡實施禁酒令，所以私酒販子特別猖獗。鎮上的公路四通八達，東西南北無遠弗屆。而每天晚上都有一列運貨火車會從鎮上經過，開往伯明罕市。每次列車經過，鎮上都會飄散著一股焦鐵的氣味。鎮上有四間教堂，一所小學，波特山上有一座墓園。小鎮附近有一座湖，聽說湖水深不可測，有如無底深淵。那就是我的家鄉。我的家鄉有行俠仗義的英雄人物，也有為非作歹的凶神惡煞，有正直善良的市井小民，也有謊話連篇的吹牛大王。我的家鄉就是這樣一個平凡的小鎮。這樣的小鎮，到處都看得到，也許，你的家鄉也是。

不過，奇風鎮也是一個具有神祕力量的地方，一個魔法般的神祕世界。你會看到幽靈在月光下遊蕩。他們從綠草如茵的墓園裡走出來，站在山丘上互訴往日的美好時光。他們說，當年可口可樂喝起來比較嗆。他們說，當年，誰是民主黨，誰是共和黨，看一眼就知道。我知道，因為我親耳聽他們說過。奇風鎮，每當風起時，陣陣微風從紗窗吹進來，風中飄散著忍冬的清香，喚起了愛的悸動。奇風鎮，熾烈耀眼的閃電從天而降，劈向大地，喚醒了仇恨的力量。奇風鎮有風暴，有乾旱，而流經小鎮邊緣那條河也常常泛濫成災。我五歲那年的春天，河水氾濫淹過河岸，成千上百的蛇被沖到街上。後來，成群的老鷹有如一道黑烏烏的龍捲風從天而降，用致命的利嘴啄走了滿地的蛇。後來，洪水退了，那條河又恢復到平日溫柔的模樣。後來，太陽出現了，彷彿一聲嘹亮號角破雲而出，熾熱的陽光遍灑大地，只見鎮上血跡斑斑的屋頂冒出蒸騰的熱氣。

我們鎮上有一位一百零六歲的女巫。我們鎮上有一位傳奇槍手，聽說當年在ＯＫ牧場那場著名的戰役，他救了西部傳奇英雄懷特厄普的命。我們的小鎮上，傳說附近那條河裡潛伏著一隻遠古時代的怪獸。

我們的小鎮上，附近那座湖裡埋藏著一個祕密。我們的小鎮上，傳說公路上有一個鬼魂出沒，他開著一輛黑色的賽車，引擎蓋上有一團火焰。我們的小鎮上有天使長加百利和魔王撒旦。我們的小鎮上有一個當年南軍的幽靈陰魂不散。我們的小鎮上傳說有外星人入侵。我們的小鎮上有個神奇的九歲小男孩，他投出來的球快得有如幽靈，肉眼幾乎看不到。我們的小鎮上有一隻恐龍跑到商店街上鬧得天翻地覆。

奇風鎮，一個魔法般的神奇世界，瀰漫著神祕的力量。

我曾經在那個神祕世界度過我的少年歲月。奇風歲月。那是我少年的記憶。

我記得那一切。

這就是我要說的故事。

第一部　春天的痕跡

1 黎明前的世界

「柯力？柯力？小朋友，天亮了，該起床啦。」

聽到他的聲音，我只好乖乖從幽暗的夢境中鑽出來。我睜開眼睛看著他。他已經穿好衣服了。那件深棕色的制服，胸前的口袋上有白字繡著他的名字——湯姆。我聞到培根和煎蛋的香味，聽到廚房收音機傳來輕柔的音樂聲，聽到鍋盆杯盤摩擦碰撞一陣嘩啦嘩啦。媽已經開始忙了。一進了廚房，她就如魚得水生龍活虎。「柯力，天亮了，該起床啦。」爸爸又喊了一聲，然後打開我床邊的檯燈。我瞇起眼睛，殘留在腦海中那些夢中的景象開始慢慢消散。

太陽還沒出來。當時是三月中，冷颼颼的風掃過窗外的樹梢。我伸手貼在窗玻璃上，彷彿感覺得到那風的冷冽。爸爸已經到樓下去喝他的咖啡了，所以媽已經知道我起床了。於是，她把收音機的音量開大，這樣才聽得清楚氣象報告說些什麼。算算時間，幾天前就已經進入春季了，不過那年的冬天似乎特別頑固，彷彿一隻白貓伸出尖牙利爪又抓又咬，死掐著南方不放。雖沒有下雪，不過，強勁的風從北極一路席捲而來，天氣依然冷颼颼的。話說回來，我們這裡本來就從來沒下過雪。

「要穿厚毛衣喔！」媽喊了一聲。「聽到了嗎？」

「聽到囉！」我應了她一聲，然後從五斗櫃裡拿出我的綠色厚毛衣。暖氣機呼呼作響，檯燈散發著黃澄澄的光，照亮了整個房間。地上有一條紅色的印第安小地毯，那鮮紅的色澤簡直就像阿帕契族傳奇酋長壯烈犧牲的鮮血。那張書桌有七個神祕的抽屜。椅子軟墊的材質是深藍色的天鵝絨，色澤看起來就像蝙蝠俠的披風。另外還有一個魚缸，裡頭那幾條小魚幾乎是透明的，幾乎看得見心臟在跳動。還有剛剛提到的那座五斗櫃，上面貼滿了Revell模型飛機的圖案。另外，那張床的床罩是傑佛遜戴維斯的親戚親手縫製的。戴維斯是南北戰爭時期南方聯盟的總統。另外就是那個衣櫃，還有書架。噢，對了，那些書架。那裡就是我的藏寶窟，上面擺的都是我辛辛苦苦蒐集的心肝寶貝：好幾百本漫畫——有「超人正義聯盟」、「閃電俠」、「綠燈俠」、「蝙蝠俠」、「閃靈俠」、「黑鷹中隊」、「洛克中士」、「潛水俠」，還有「驚奇四超人」。另外，架上還有幾十期的雜誌，像是「少年世界」、「怪物世界」、「驚奇電影」、「大眾科技」。另外，有一整面牆的架上全是「國家地理雜誌」，看起來像一面黃色的牆。而且，哪幾本上有非洲地區的圖片，我都瞭如指掌（說起來會臉紅，因為非洲女人都不穿衣服的）。

四面牆上全是書架，彷彿連綿好幾公里長，除了漫畫和雜誌，還有別的東西。比如那個玻璃瓶，裡頭裝滿了閃閃發亮的彈珠。另外還有一個乾掉的蟬殼，彷彿正等著夏天要再度引吭高歌。至於那個YOYO球，甩的時候還會出聲，可惜線斷了，等著爸爸幫我修。比如那本西裝布料樣品的小冊子。那是我們鎮上「史塔克西服店」的帕洛先生送我的，裡面的布料我都是拿來貼在模型飛機裡當地毯。至於飛機裡的座椅，都是我用厚紙板剪成的。此外，架上還有一顆銀子彈，聽說是一個獵人委託「獨行俠」精心打造的，專門用來對付狼人。另外，還有一枚南北戰爭時期的鈕釦，聽說是「西羅戰役」期間一名南軍士兵的制服上掉下來的。另外還有一把橡皮短刀。每次洗澡的時候，我會在浴缸裡玩那把刀，假裝和致命的鱷魚搏鬥。至於那幾枚加拿大硬幣，光滑無瑕像一輪輪的月亮。擁有這一切，我已別無所求。世上還有誰比我更富足？

「早餐準備好囉！」媽媽在樓下大喊。我拉上毛衣的拉鏈。我這件綠毛衣，顏色看起來就像「洛克中士」那件破破爛爛的軍服一樣。而我的牛仔褲，膝蓋上有兩塊補丁，感覺上，那就像兩面英勇勳章，因為我就像「洛克中士」一樣到處歷險闖蕩，膝蓋一天到晚被鐵絲網勾破，被地面磨破，次數已經多到數不清了。我身上的法蘭絨襯衫是大紅色的，紅得簡直可以拿到西班牙去鬥牛。襪子是白的，白得像鴿子翅膀上的羽毛，而鞋子是黑的，黑得像墨汁。不過，不管我打扮得再怎麼怪異，爸媽看了也不會有什麼感覺，因為媽媽是色盲，而爸爸對穿衣服根本沒概念，就算我穿的是蘇格蘭裙他也不會有意見。

說起來很有意思，有時候，當你看著那兩個把你帶到這世上來的人，你會在他們身上很清楚的看到自己的影子。於是你就會明白，在這世上，每個人都是自然法則妥協的產物。每個人都一樣，沒有例外。我骨架很細，一頭深棕色的卷髮，像媽媽。而我的藍眼睛，還有窄窄的鼻樑，像爸爸。另外，我跟媽媽一樣，手指頭都很長。我常常跟媽媽抱怨說我手指頭太細，可是媽媽卻說那是「藝術家的手」。另外，我眉毛又粗又濃，下巴有個小凹陷，這又是像到爸爸。我曾經許過願，希望哪天晚上睡著之後，隔天早上醒來，發現自己忽然變成了「荒野大鏢客」裡的克林伊斯威特，或是「日正當中」裡的賈利古柏。只可惜，做再多的夢也改變不了事實，我還是一樣骨瘦如柴，愣頭愣腦，個子不高，其貌不揚。我的長相平庸到什麼程度呢？打個比方，假如我站在牆壁旁邊，閉上眼睛，屏住呼吸，這時候，有人從我前面走過去，他很可能根本看不到我，因為我看起來和壁紙沒什麼兩樣。但儘管如此，我還是常常沉緬在幻想中。有時候，晚上看電視，我會想像自己和電視裡那些牛仔一起追印地安人，想像自己和電視裡那些偵探一起追歹徒。有時候，在我們家後面那片森林裡，我會想像自己和泰山一起呼叫獅子，想像自己一個人和成群的納粹士兵作戰。我有幾個好朋友，像是強尼威爾森，大雷卡蘭，還有班恩席爾斯，不過，也就這麼幾個了。我不是那種人見人愛的萬人迷。有時候，我一跟別人說話就會開始緊張，舌頭會打結，所以，我總是儘可能不說話。我那幾個朋友，個子都跟我差不多高，年紀也差不多大，還有，個性也差不多一樣軟弱。我們都儘量避免跟人打架，因為我們根本就不是打架的料。

我想，這大概就是寫作的起點，寫作的原動力。寫作，是因為你試著想要「改善」某種東西。你想改變你周遭的世界，扭轉局面，你想把世界改造成你理想中的模樣，當然，如果上帝沒有大發雷霆的話。在真實的世界裡，我的力量微不足道，然而，在我想像的世界裡，我有如希臘神話裡那個掙脫了鎖鍊的海克力斯。

另外，有一部份遺傳是來自我爺爺傑伯，也就是我爸爸的爸爸。就我所知道的，有一點我跟他很像，那就是，我們都有一種足以殺死貓的好奇。他今年已經七十六歲了，但個性還是很強硬，硬得像牛肉乾一樣。他那張嘴很毒，生性刻薄，很難相處。他家農場四周是一大片森林，他一天到晚都在那裡晃來晃去，找東找西。他常常會帶一些東西回家，把奶奶莎拉嚇個半死，比如說，蛇皮，虎頭蜂窩，有時候甚至還會把死掉的動物帶回家。他很喜歡用小刀幫那些死掉的動物開膛剖肚，看看裡面有什麼東西，然後把那些血淋淋的內臟拿出來擺在報紙上。有一次，他把一隻死掉的癩蛤蟆吊在樹上，然後叫我去陪他一起看，看成群的蒼蠅啃食那隻死癩蛤蟆。有一次，他把一口粗麻布袋拿回家，裡頭全是葉子。他把葉子全部倒在客廳，拿著放大鏡一片一片仔細看，然後把每片葉子之間的差異都在寫筆記本上。這種筆記本他有好幾百本。另外，他會去撿地上的雪茄煙蒂，還有人家吐掉的那種乾嚼煙渣，然後拿回家收在玻璃罐裡。另外，有時候他也會一個人坐在黑漆漆的房間裡，愣愣的看著月亮，一看就是好幾個鐘頭。

也許，他根本就是個瘋子。如果一個人已經長大了，卻還擁有那種神祕的力量，也許大家就會說他根本就是個瘋子。不過，我爺爺傑伯會拿著禮拜天的報紙唸上面的漫畫給我聽。有一次他告訴我，他出生的那個小村子有一間鬼屋，發生過很多恐怖的事。或許爺爺傑伯個性尖酸刻薄，有點傻氣，也有點小氣，不過，他在我心中點燃了一把神奇之火。藉由那神奇的光，我看到了奇風鎮外那個無比遼闊、無邊無際的神祕世界。

那一天，時間是早上，天還沒亮，我和爸媽在山峰路的家裡吃早餐。那一年，是一九六四年。當時，氣候已經開始產生巨變了，但我卻渾然無覺。當時，我腦子裡唯一的念頭，就只是想再多喝一杯柳橙汁，然後，等一下我就要跟爸爸一起去送牛奶，然後，他會送我去學校。吃完了早餐，洗好了盤子，我走到冷颼颼的門外去跟「叛徒」說聲早安，餵牠吃狗食罐頭，然後又走回屋裡。媽媽在爸爸和我的額頭上親了一下，跟我們說再見。我穿上那件羊毛襯裡的外套，背上書包，然後我們就走出大門，坐上那輛老爺敞篷小貨車。剛剛我到後院去餵叛徒的時候，已經打開了狗欄的門。結果，我們車子一開上路，叛徒忽然從狗欄裡衝出來，跟在車子後面跑了好長一段路，後來，跟到山峰路和蕭山路的轉角，牠忽然停住了，因為牠已經侵入了「霸狗」的地盤。「霸狗」是雷姆西家養的杜賓狗。叛徒不甘示弱的狂吠了幾聲，然後才不亢不卑的跑回家去。

前面就是奇風鎮了。一個寧靜的小鎮。鎮上的人都還在睡夢中，一彎明月懸在天際。

有幾戶人家的燈已經亮了，不過不多。還不到五點。酋長河的河面上倒映著那彎明月，波光粼粼。酋長河有個彎道，水流很慢，「老摩西」應該就是潛伏在那河底的泥沙裡。奇風鎮路邊的樹還是光禿禿的沒半片葉子，樹枝隨風搖曳。有兩條路在鎮上交叉，那個路口勉強可以稱之為十字路口，有四盞號誌燈，而每一盞都很有規律的閃著黃燈。往東有一座石橋跨越空蕩蕩的河面，橋邊的護欄上有一座座的雕像，個個表情看起來都像是在沈思冥想。那些雕像是二〇年代完成的，而且聽說那些雕像的臉，有一些是模仿當年「南方聯盟」幾位將軍的臉，也有一些雕成墮落天使的模樣。往西邊是一條公路，一路蜿蜒攀上那座森林密佈的小山丘。過了那座山丘就是另外幾個小鎮。有一條鐵路穿越奇風鎮一路向北，經過布魯登區。布魯登區上住的全是黑人。南邊是一座公園，裡面有一座露天音樂台，幾座棒球場。那座公園叫做「克利佛蓋瑞海尼斯公園」，是為了紀念奇風鎮的創建人。公園裡有一座他的雕像。他坐在石頭上，兩手撐著下巴。有一次爸爸說，那座雕像的模樣，看起來好像克利佛患了長期便祕，沒辦法工作，又離不開馬桶。十號州際公路往南經過奇風鎮邊界之後，一路蜿蜒，彷佛一條百步蛇，經過沼澤森林區，經過一片拖車屋區，經過薩克森湖。聽說薩克森湖深不見底。

車子開上「商店街」，穿過奇風鎮中心。「商店街」，街如其名，沿路兩邊的人行道上都是商店，有「一元理髮廳」，「史塔克西服店」，「奇風農牧五金行」，「奇寶超市」，「五毛商場」，「愛之頌戲院」，還有其他各式各樣的小店。然而，看起來琳瑯滿目，但其實沒幾家，如果你開車經過，眼睛眨幾下的瞬間，那條街就已經過了。接著，我們的車越過平交道，往前又開了三公里，然後轉彎開進一扇柵欄門。門上方有一座招牌，上面寫著：綠茵牧場。一輛輛送牛奶的小貨車停在裝卸貨月台前面，送奶員正忙著把一箱箱的牛奶搬上車。整座牧場到處都有人在忙，因為牧場一大早就開始營業，每個送奶員都有很多地方要送，要跑好幾趟。

有時候，如果爸爸要送牛奶的地方太多，他就會叫我幫忙送。我喜歡清晨時分的靜謐安詳，喜歡日出前的世界，喜歡親眼看看訂牛奶的人都是些什麼樣的人。為什麼會喜歡？我自己也搞不清楚。也許是因為我遺傳到爺爺傑伯那種好奇的天性吧。

爸爸過去找工頭確認名單。那個人叫包爾斯先生，頭髮很短，塊頭很大。確認好之後，我和爸爸開始把東西搬上車。一瓶瓶的牛奶，一箱箱的新鮮雞蛋，一桶桶的白乾酪，還有「綠茵牧場」的招牌產品——馬鈴薯豌豆沙拉。這些東西都是剛從冷藏庫裡拿出來的，還很冰，牛奶瓶上的水珠在月台的燈光下顯得晶瑩剔透。瓶子的紙蓋上印了幾個滿臉笑容的送奶員，旁邊寫了一行標語：「營養健康！」我們正在忙的時候，包爾斯先生忽然走過來看著我們，寫字板夾在腋下，鋼筆夾在耳朵上。「柯力，長大以後想不想當送奶員啊？」他問我。我說也許吧。「送奶員永遠不嫌多。」包爾斯先生又繼續說。「我說得對不對啊，湯姆？」

「如假包換。」爸爸應了一聲。那簡直是他的口頭禪了。每次有人問他什麼，而他卻心不在焉的時候，他就會隨口哼一句「如假包換」。

「等你滿十八歲的時候，你就可以來我這邊應徵了。」包爾斯先生告訴我。「我會幫你安排。」然後他在我肩上拍了一下。被他這樣一拍，我全身骨頭差點就散了，手上那箱牛奶瓶叮叮噹噹晃了一陣。

接著，爸爸跳上車坐到駕駛座上，我也跟著上車坐到他旁邊。他轉動鑰匙發動引擎，然後車子開始倒退，載著滿車的果菜乳製品慢慢離開裝卸貨月台。車子的正前方，我們看到月亮正慢慢往下沉，遠處的天空漸漸明亮起來，星光越來越黯淡。「你覺得呢？」爸爸忽然問我。「我是說，你長大以後想不想當送奶員？有沒有興趣？」

「這種工作應該很有意思。」我說。

「那可不見得。呃，但還不錯就是了。不過，不管什麼工作，做久了就會開始覺得不再像從前那麼有意思了。提到這個，我忽然想到，我好像從來沒問過你長大以後想做什麼，是不是？」

「好像沒有。」

「嗯，我只是覺得，你不應該因為爸爸當送奶員，所以就認為你以後應該也要當送奶員。你知道嗎，我並不是一開始就想當送奶員。你爺爺傑伯希望我跟他一樣當農夫，可是你奶奶莎拉卻希望我長大以後要當醫生。想不到吧？」他瞥了我一眼，對我笑了一下。「醫生！湯姆醫師！別傻了，我才不想當醫生。」

「那你一開始想做什麼呢？」

爸爸忽然沈默了好一會兒。他似乎陷入沈思。我忽然想到，大概從來沒有人問過他這個問題吧。他那雙大手抓著方向盤，眼睛看著車燈照耀的路面。過了一會兒，他忽然說：「我想當第一個上金星的太空人。另外，我也想過去競技場當牛仔騎師。或者，當建築師好像也很不錯。你想想看，建築師看到一片空地，腦海中就會浮現出一棟房子的模樣，而且連每個小細節都清清楚楚。另外，當偵探好像也很不錯。」爸爸忽然乾笑了一聲。「只不過，有一天牧場正好在徵送奶員，所以我就當了送奶員。」

「我想當賽車手。」我說。爸爸偶爾會帶我到巴恩斯伯洛的賽車場去看改裝房車大賽。我們坐在觀眾席上，一邊吃熱狗，一邊看著車子撞來撞去，車身撞得歪歪扭扭，火星滿天飛。「不過，要是能當偵探也不錯。我可以學《哈迪男孩》那本小說裡的兩兄弟一樣，解開神祕事件。」

「嗯，好像很不錯。」爸爸說。「不過，世事難料，你永遠無法預料你的人生以後會出現什麼變化。

真的。有時候，就像射箭一樣，你明明瞄準紅心，而且很篤定自己百分之百會命中紅心，沒想到箭射出去，還沒射到紅心就被一陣突如其來的風颳走了。每個人在你這個年紀都有夢想，不過，有沒有人後來真的百分之百夢想成真的？沒有。這輩子我還沒碰到過半個。」

「我好希望有機會可以變成世界上的每一個人。」我說。「我好希望可以活一百萬次，過一百萬種人生。」

「嗯——」這次爸爸很嚴肅的點點頭。「——那一定很有意思，不是嗎？」說著他伸手指向前面。「我們的第一站到了。」

這第一戶人家一定有小孩，因為他們訂的除了兩公升的鮮奶之外，另外還有兩公升的巧克力牛奶。接下來，我們開車經過一條又一條街道，行經之處依然萬籟俱寂，只聽得到呼呼的風聲，還有隱隱約約的狗吠聲。有些狗起得很早。接著，車子來到山塔克街。這戶人家訂的是脫脂牛奶和白乾酪。我猜他們一定很愛吃酸的。接著，我們來到貝佛街，沿路把亮晶晶的牛奶瓶擺在幾戶人家門口的台階上。爸爸動作很快，我在旁邊核對那張名單，然後從小貨車後面把下一戶人家的牛奶拿出來遞給他。我們默契很好，搭配得天衣無縫。

爸爸說南邊薩克森湖那裡還有好幾戶人家要送，等那邊送完了，他再繞回頭到這條街上繼續送，這樣時間才來得及，可以趕在我上課時間之前把牛奶全部送完。於是，他開車一路往南，經過公園，慢慢離開奇風鎮的範圍，沒多久，車子來到森林區，沿路兩邊都是茂密的森林。

已經快六點了，隔著茂密的松樹林和葛藤，我看到東邊樹梢的天際已經泛出淡淡的晨曦。陣陣強風在林間呼嘯，而樹身彷彿被巨大的鐵拳擊中似的，一陣陣搖晃。對向的車道上有一輛車迎面而來，和我們擦身而過，一路往北開。開車的人朝我們閃了幾下大燈，而爸爸也揮揮手跟他打招呼。「那是馬蒂巴克利，送報紙的。」爸爸告訴我。我忽然想到，在這黎明前的時刻，有一個世界已經甦醒了，很多人開始忙了。

只不過，那些剛要起床的人並不屬於這個世界。我們沿著十號公路一路往前開，來到一個叉路口，開上那條泥土路，來到森林邊。樹林間有一棟小房子，我們把脫脂牛奶和馬鈴薯沙拉擺在門口，然後繼續往南走，往薩克森湖的方向開過去。「大學。」這時爸爸忽然說：「我覺得你應該去上大學。」

「大概會吧。」我說。問題是，我還只是個小孩子，對我來說，大學似乎是遙不可及的。我所知道的大學，就只是奧本大學有足球隊，阿拉巴馬州立大學也有足球隊。我知道的，就只是有人崇拜阿拉巴馬大學的傳奇教練「大熊」布萊恩，有人崇拜奧本大學的「殺客」詹姆斯喬丹。對我來說，選擇上哪一所大學，好像是要看你最喜歡哪個教練。

「想上大學，成績要很好。」爸爸說。「所以你要好好用功。」

「如果想當偵探，需要上大學嗎？」

「要是你想當很厲害的偵探，可能就必需先上大學。要是當年我去唸大學，說不定現在我就是建築師，蓋我夢想中的房子了。你永遠無法預料未來的人生會出現什麼變化，這就是人——」

他還來不及說完「人生」這兩個字，意外就發生了。當時車子正好開到一個彎道，路邊是一大片森林，忽然有一輛棕色的車子從森林裡衝出來，從我們面前衝過去。爸爸立刻猛踩煞車，慘叫一聲，彷彿被大虎頭蜂螫到。

那輛棕色車子從我們面前衝過去，爸爸立刻下意識的把方向盤打向左邊，車身立刻向左歪，這時候，我轉頭一看，看到那輛車衝出十號公路，衝下我右邊的路邊坡。車子的大燈沒開，不過我看到駕駛座上有人。那輛車輪胎壓過矮樹叢，然後衝出那片紅岩平台，飛進底下的無邊漆黑中。我看到水花濺起來，突然想到車子掉進薩克森湖了。

「他掉進湖裡了！」我大叫了一聲。爸爸立刻停車，拉起手煞車，然後跳下車衝向路邊的野草。後來我鑽出車子的時候，發現他已經往湖邊跑過去了。陣陣強風從我們身邊呼嘯而過，爸爸站在那片紅岩平台上。天上泛著淡淡的晨曦，在微弱的光線下，我們看到那輛車在水裡載沈載浮，車身旁邊不斷冒出大大的水泡。「喂！」爸爸兩手拱在嘴邊大叫一聲。「趕快下車！」大家都知道，薩克森湖深不可測，有如海底深淵，要是有車子掉進黝黑的湖裡，恐怕就永遠找不到了。「喂！趕快下車！」爸爸又大叫了一聲，可是駕駛座上那個人毫無反應。「我猜他可能昏過去了！」爸爸邊說邊脫掉他的鞋子。車子開始向右翻轉，車廂裡傳出很恐怖的咕嚕咕嚕聲，一聽就知道是湖水大量灌進車裡。接著爸爸忽然說：「你站旁邊一點。」我立刻乖乖退開，然後，他縱身跳進湖裡。

爸爸游泳技術很好，手划了幾下很快就游到車子旁邊。這時候，他看到駕駛座的窗戶是開著的，感覺到急速的水流正從他腿邊穿過去，灌進車子裡，整輛車正開始往下沈，彷彿漸漸被深不見底的黝黑的湖水吞沒。「趕快出來！」他大喊，可是開車那個人卻坐在那裡一動也不動。爸爸攀住車門，一手伸進車裡抓住那個人的肩頭。那是一個男人，上身沒有穿衣服，皮膚冰冷慘白。這時爸爸不由得打了個冷顫，渾身汗毛直豎。那人頭往後仰，嘴巴張得很開。他一頭金髮剪得很短，眼睛緊閉，眼眶四周都是瘀青，滿臉浮腫扭曲變形，顯然受過凌虐。他脖子上纏著一條細細的鋼琴弦，纏得好緊，琴弦深深陷進脖子裡，皮開肉綻，血肉模糊。

「噢，老天！」爸爸暗暗驚呼了一聲，兩腿猛踢水。

這時車身突然歪了一下，發出嘎吱一聲，那人的頭忽然往前俯，貼在胸口，那姿態彷彿在祈禱。車裡的水已經淹到那個人的膝蓋了，這時爸爸才注意到他全身赤裸，一絲不掛。接著他轉頭一看，發現方向盤上好像有什麼東西閃閃發亮。他仔細一看，發現那是一副手銬，那個人兩手被銬在方向盤內側的橫桿上。

爸爸今年三十四歲，這輩子也算看過不少屍體了。他有一個很要好的朋友叫做霍奇克林森。他十五歲那年，霍奇在酋長河裡淹死了，三天後，大家才發現他的屍體。他全身浮腫，沾滿了黃黃的泥巴，乍看之下很像一具古代的木乃伊。六年前，華特泰諾和他太太珍妮開著他們的 Buick 轎車出門，結果和一輛運木材的大卡車迎面對撞。車禍的原因是，開卡車那小伙子嗑了興奮劑，神智不清。當時現場兩個人屍體支離破碎的慘狀，爸爸都看在眼裡。另外，我們鎮上的「小個子」史蒂夫克雷有一輛改裝短程賽車，名叫「午夜夢娜」。有一天，他的車在公路上翻覆起火燃燒。消防員撲滅火勢之後，從車子裡拖出他焦黑發亮的屍體。多少次了，爸爸看著死神在他面前露出猙獰的笑容，但他都能夠冷靜面對。可是這次不一樣了。

這次看起來像是謀殺。

車子開始往下沈，車頭朝下，車尾翹起來，駕駛座上那具屍體又動了一下，這時候，爸爸注意到他肩膀上好像有什麼東西。他仔細一看，發現他慘白的皮膚上有一片藍色的東西。那不是瘀青，而是一個刺青圖案。一個骷髏頭，太陽穴上有一對翅膀向後伸展。

接著，車子裡灌進了更多的水，冒出一大團氣泡。這座湖會吞噬一切，彷彿一個貪婪的孩子不會拒絕任何玩具。它會把這輛車收在一個祕密的抽屜裡。車身慢慢傾斜，慢慢沈入深不可測的黝黑湖底，而下沉的水流產生強大的吸力纏住爸爸的腿，把他也拖向湖底。我站在那片紅岩平台上，看著他的頭漸漸沈入湖裡，不由得嚇得大喊：「爸爸！」

爸爸在水裡拚命掙扎，拚命想掙脫水流。過了一會兒，那輛車越沈越深，拉開了和爸爸之間的距離。爸爸猛踢雙腿拚命想掙脫水流，而車子裡冒出更多氣泡，舒緩了水流的拉力，於是，爸爸就這樣隨著白花花的氣泡漸漸浮到水面上。

我看到他的頭冒出水面，立刻大叫一聲：「爸！爸！趕快游回來！」

「我沒事！」他應了一句，可是聲音卻在發抖。「我馬上就上來了！」他開始用蛙泳的姿勢游回岸邊，那模樣有氣無力，彷彿全身已經癱軟。湖面上，車子沈沒的地方依然繼續冒出水泡，噴出水花，彷彿湖水把車子吞進肚子裡之後，正在消化。爸爸掙扎了半天，卻沒力氣爬上紅岩平台，於是他游到比較低矮的岸邊，那裡有石塊和葛藤可以抓。「我沒事！」他又說了一次，然後慢慢爬上岸邊，兩腿深陷在泥漿裡，淹到膝蓋的高度。一隻盤子大小的鱉從他旁邊慢慢爬過去，然後咕嚕噴了一下鼻息，鑽進泥漿裡。就在這時候，我忽然有一種怪異的感應，於是就轉頭去看我們的小貨車。我也搞不懂為什麼我會忽然想到那輛車。

那一剎那，我看到馬路對面的樹林裡有個人影。

他站在樹林裡，身上穿著一件黑色的大衣，領口隨風飄揚。也許，剛剛看著爸爸在水裡游向那輛車的時候，我就已經感覺到有人在看我。看著那個人，我不由得打了個冷顫，背脊竄起一股寒意，猛眨好幾下眼睛，然後，那個人不見了，只剩空蕩蕩樹林在風中擺盪。

「柯力？」爸爸又在叫我了。「來，孩子，拉我一下！」

雖然我害怕得渾身發冷，但我還是立刻跳進岸邊的泥漿裡，使盡全力把爸爸拉出來。過了一會兒，他的腳終於踩上結實的地面，然後抬起手把額頭上濕透的頭髮撥到後面。「我們要趕快去打電話。」他口氣很焦急。「車子裡有一個人。他沈到湖底去了！」

「我看到……我看到……」我伸手指向十號公路對面那片樹林。「有人在——」

「走吧，我們趕快走！」爸爸已經跑向馬路對面。他腳步很穩，褲子發出噗茲噗茲的水聲，鞋子提在手上。我立刻跳起來跟著跑，像影子一樣緊緊跟在他後面。我邊跑邊回頭看剛剛那個人站的地方，可是他早已不見人影。那個人消失了。

爸爸發動車子的引擎，打開暖氣。我注意到他牙齒在打顫。在昏暗的晨曦中，他的臉看起來好蒼白。「真他媽的太可怕了。」他說。我嚇了一大跳，因為他從來沒有在我面前罵過髒話。「他的手被銬在方向盤上。手銬。老天，他的臉被打得血肉模糊！」

「他是誰？」

「我不認識。」他調高暖氣的溫度，然後開車上路，一路往南開，開向距離最近的一棟房子。「他受過酷刑。絕對是！老天，好冷！」

這時路邊忽然出現一個叉路口，一條泥土路。爸爸開下十號公路，開上那條泥土路，往前開了大約五十公尺，來到一棟白色小房子前面。那房子門廊外面圍著紗網，旁邊有一座玫瑰花園。綠色的塑膠遮雨棚底下停著兩輛車，一輛是紅色的野馬跑車，另一輛是銹痕累累的凱迪拉克老爺車。爸爸爬上台階，轉頭對我說：「你在這裡等一下。」然後他走到門口，按了一下門鈴。他腳上的襪子濕透了。他等了一下，沒人來開門，於是又按了兩下門鈴。過了一會兒，門終於叮噹一聲開了，有個紅頭髮的太太站在門口。她的身材大概有媽媽的三倍胖，身上穿著一件黑花圖案的藍袍子。

爸爸對她說：「葛蕾絲小姐。拜託妳，電話借我用一下。很緊急。」

「你身上怎麼濕成這樣！」葛蕾絲小姐的聲音聽起來好刺耳，簡直就像生銹的鋸子。她一手挾著煙，手指上的戒指閃閃發亮。

「出事了！很可怕的事！」爸爸告訴她。她嘆了口氣。她整個人看起來活像一朵紅頭髮的烏雲，聲音聽起來像打雷。「好吧，進來吧，不過，小心別把我的地毯弄濕了。」爸爸走進屋子裡，門又叮噹一聲關上了。我回到車上坐好，看著遙遠天際的連綿山嶺。山嶺邊緣開始射出一道紅澄澄的陽光。駕駛座前面的底板上有一灘水漬，車子裡飄散著一股湖水的氣味。這時我忽然又想到，剛剛看到一個人站在樹林裡。我知道，我真的看到了。那個人真的站在那裡，不是嗎？當時他為什麼沒有過去幫忙救車子裡那個人？還有，車子裡那個人究竟是誰？

這些問題令我十分困惑。接著門又開了，葛蕾絲小姐走出來，這次她那件藍袍子外面套了一件又寬又鬆的白毛衣，腳上穿著拖鞋。她的腳踝和小腿肚粗得像小樹的樹幹。她一手拿著一盒餅乾，一手挾著煙，煙還在燒。她走到我們小貨車旁邊，對我淡淡笑了一下。「嗨。」她說。「你叫柯力嗎？」

「是的。」我說。

葛蕾絲小姐不怎麼喜歡笑，臉上沒什麼笑意。她嘴唇薄薄的，鼻子又扁又寬，眉毛又細又黑，一雙藍眼睛，眉骨突出眼眶很深。她舉起餅乾盒推到我面前。「要不要吃點餅乾？」

我沒什麼胃口，不過爸媽常常提醒我，不要拒絕人家的好意。於是我就拿了一片。

「來，多拿一片嘛。」葛蕾絲小姐說。於是我又多拿了一片。她自己吃了一片餅乾，然後吸了一口煙，一縷煙從鼻子噴出來。「我們家的牛奶都是你爸爸在送的。」她說。「你手上的清單應該有我們家的東西。牛奶六公升，脫脂牛奶兩公升，巧克力牛奶兩公升，奶油一公升半。」

我低頭看看清單。沒錯，她的名字就在上面——葛蕾絲史塔佛。而且她說得沒錯，名字後面確實還寫著她訂的東西。我告訴她東西都準備好了，然後我就到後面把她訂的東西一樣樣拿出來。我正在忙的時候，葛蕾絲小姐忽然問我：「你幾歲了？十二歲了嗎？」

「還沒。七月才滿十二歲。」

「我也有個兒子。」葛蕾絲小姐彈彈手上的煙，把煙灰抖掉，然後又拿了一片餅乾塞進嘴裡開始嚼起來。「十二月就滿二十歲了。他住在聖安東尼奧。你知道那是在哪裡嗎？」

「知道。在德州。電影『邊城英烈傳』裡的阿拉莫之戰就是在那裡。」

「沒錯。他年底就滿二十了，這樣一來，我就三十八了，變成老太婆了，你說對不對啊？」

我想了一下。女人問這種問題的時候，你千萬別當真。於是我回答：「不會啦。」

「嗯，你這孩子還挺機靈的。」她又對我笑了一下，這次是真的眉開眼笑。「來，再吃片餅乾。」她把整盒餅乾塞給我，然後轉身走進屋子裡大吼了一聲：「萊妮！萊妮！該起床了！快點出來！」

這時爸爸正好走出門口。在早晨的陽光下，他看起來忽然變得好蒼老，眼袋黑黑的。「我剛剛打電話給警長。」他坐上濕答答的駕駛座，穿上鞋子。「他會派警察到湖邊的現場跟我們碰面。」

「那個人是誰啊？」葛蕾絲小姐問。

「看不出來。他的臉……」說到一半，他飛快轉頭瞄了我一眼，然後又轉頭告訴葛蕾絲小姐：「他被打得很慘。」

「我猜他大概是喝醉了，神志不清。」

「看樣子不像。」爸爸剛剛打電話的時候並沒有告訴警長，開車那個人全身赤裸，而且被一根鋼琴弦絞死，兩手被銬在方向盤上。這些事不能讓葛蕾絲小姐或任何人聽到，只能當面告訴警長。「妳有沒有看過誰左肩上有刺青的？那刺青看起來像是一個骷髏頭，兩邊的太陽穴上長了翅膀。妳看過嗎？」

「我這輩子看過的刺青比誰都多。」葛蕾絲小姐說。「不過，印象中我沒看過這一帶誰有那種刺青。怎麼？那個人沒穿衣服嗎？」

「對，他沒穿衣服。他這邊有一個刺青，一個長了翅膀的骷髏頭。」說著他伸手拍拍自己的左肩，這時候，他又忍不住打了個哆嗦，握起雙手搓了好幾下。「我看他們是永遠找不到那輛車了。永遠找不到了。打個比方，假如那輛車的長度是一公分，那薩克森湖的深度恐怕有一百公尺。」

這時門忽然叮噹一聲，我立刻轉頭去看。我手上捧著一個木箱，裡頭是滿滿的牛奶瓶。走出來的是一個女孩子，眼睛腫腫的，一副還沒睡醒的樣子，身上穿著一件格子浴袍，打著赤腳。她頭髮散亂披在肩上，顏色看起來像玉米穗絲。她朝我們的小貨車走過來的時候，好像覺得陽光很刺眼，猛眨眼睛。「操他媽的起來了啦。」

我差點沒當場昏倒。長這麼大，這我還是頭一次聽到女孩子罵這麼難聽的髒話。呃，我知道「操」這個字是什麼意思，只不過，聽到一個女孩子隨口就說出這種粗鄙的字眼，那種震驚真的無法形容。

「萊妮，這裡有小朋友。」葛蕾絲小姐那種口氣冷到足以讓水結冰。「嘴巴給我放乾淨點。」

萊妮瞄了我一眼，眼神好冷酷，看得我渾身起雞皮疙瘩，那種感覺就像小時候有一次把湯匙插進插座裡。萊妮的眼睛是深棕色，表情似笑非笑，感覺像是在冷笑。不知道為什麼，我總覺得她看起來很強悍，眼神很機警，小心翼翼，彷彿對這世界已經完全失去信任。我注意到她喉嚨上有一小塊紅斑。「這小鬼是誰？」她問。

「麥肯遜先生的兒子。妳講話能不能放尊重點？」

我用力嚥了一口唾液，撇開頭不看萊妮。她袍子的前襟不知不覺漸漸掀開，露出裡面的肌膚。我忽然想到，會開口罵髒話的，是什麼樣的女孩子，而且，我知道這裡是什麼地方了。我聽強尼威爾森說過，奇風鎮某個地方有一棟房子，裡頭住的全是妓女。這件事，班恩席爾斯也說過。我們學校裡幾乎每個小朋友都知道。要是有哪個同學敢罵別人「操你婊子的B」，那他鐵定會被老師拳頭伺候。想像中，我總認為妓院應該是那種富麗堂皇的大宅，門前種著幾棵垂彎的柳樹，門廊上坐著一排嫖客，黑人奴僕伺候他們喝薄荷酒。結果呢，眼前看到的，原來妓院也不過就是一間拖車房改裝成的破爛房子，而這個頭髮像玉米穗絲、滿口穢言的女孩子，就是靠出賣靈肉維生的妓女。我背脊忽然起了一陣雞皮疙瘩。很難形容，那種感覺彷彿是有一陣毀滅性的風暴慢慢席捲了我的腦海。

「把那些牛奶拿到廚房去。」葛蕾絲小姐對她說。

她忽然冷笑起來，那雙深棕色的眼睛露出凶光。「廚房的雜事不關我的事。這禮拜輪到唐娜安。」

「小姐，哪個禮拜輪到誰，由我來決定。我說誰就是誰。還有，像妳這種態度，這整個月廚房的雜事就統統由妳負責，明白了嗎？好了，叫妳拿去妳就拿去，少跟我廢話。」

萊妮噘起嘴，嘴唇皺成一團，看樣子，她平常一定常常出現那種表情。不過，看她的眼神，她並不是心甘情願的接受這種處罰。她眼中射出一種冷冷的怒火。她把我手上那口箱子搶過去，接著，她忽然朝我伸出舌頭捲成一個圓圈。由於她背對著我爸爸和葛蕾絲小姐，所以他們都沒看到。但那只是短短的一剎那，她舌頭很快又縮回去，然後就猛一轉身走開了。她頭抬得高高的，走路的時候屁股很誇張的扭來扭去，一副趾高氣揚的樣子，就這樣大搖大擺走進屋子裡。萊妮進去之後，葛蕾絲小姐哼了一聲說：「這女孩子脾氣又臭又硬，像糞坑裡的石頭。」

「妳這裡的女孩子不都是這樣嗎？」爸爸說。葛蕾絲小姐吐出一口煙圈，然後說：「沒錯，只不過她連假裝客氣一下都不肯，看到誰都不甩。」接著她轉過頭來看著我。「柯力，那盒餅乾就給你吃囉，好不好？」

我看了爸爸一眼，他不置可否的聳聳肩。「好，謝謝妳。」我說。

「很好。真的很高興認識你。」接著，葛蕾絲小姐又轉過頭去看著爸爸，把香煙塞進嘴裡。「要是這案子後面有什麼發展，一定要告訴我。」

「我會。還有，謝謝妳借我用電話。」他邊說邊坐上駕駛座。「還有，那個箱子我下次再來拿。」

「你自己要小心點。」葛蕾絲小姐叮嚀了他一句，然後就走回那棟白色的的房子裡。這時候，爸爸發動引擎，放下手煞車。

我們開車回到湖邊的現場。晨曦中，薩克森湖的水面一片暗紫。爸爸把車子開下公路，開上一條泥土路。出事當時，我們都注意到那輛車是從那條路開過來的。天色越來越亮，天空變成一片蔚藍。我們坐在車子裡等警長來。

我坐在那裡，感覺自己的腦袋彷彿分成了兩半。一方面，我一直在想那輛車和樹林裡那個黑衣人，而另一方面，我很納悶的是，爸爸怎麼會跟妓院的葛蕾絲小姐那麼熟？當然，爸爸認識他負責的每一個顧客，因為吃晚飯的時候，爸爸偶爾會跟媽媽提到他們。只不過，我從來沒聽他提到過葛蕾絲小姐或妓院。呃，話說回來，吃飯的時候確實也不太適合談這種事，不是嗎？而且另一方面，我在旁邊的時候，他們當然不會討論這種事。其實，我那幾個朋友，甚至全四年級的同學都知道，奇風鎮附近有一棟房子，裡頭住的全是那種壞女人。

而如今，我自己也去過那個地方了，而且也親眼看到了一個「壞女人」，親耳聽到她罵髒話，看到她身上只穿著一件浴袍，走路的時候屁股扭來扭去。

這下子，我鐵定會變成學校裡的風雲人物。

「柯力？」爸爸輕輕叫了我一聲。「葛蕾絲小姐那棟房子裡是做什麼的，你知道嗎？」

「我……」就算是幼稚園小朋友也猜得到。「我知道。」

「平常，我都只是把牛奶放在她家門口。」爸爸愣愣的看著湖面，彷彿還看得到那輛車慢慢沈入湖底，看得到那具屍體的手被銬在方向盤上。「葛蕾絲小姐家的牛奶一直都是我在送的，已經兩年了。時間很固定，每個禮拜一和禮拜四。也許你會想到這個問題，所以我還是先告訴你，媽媽知道我每個禮拜都會來這裡。」

我沒說話，但我心裡暗暗鬆了一口氣。

「我要提醒你，不要讓別人知道你去過那裡，也不要讓別人知道你見過葛蕾絲小姐。」爸爸繼續說。「我希望你就當作自己從來沒有去過那裡，當做什麼都沒看到，什麼都沒聽到，懂嗎？」

「為什麼？」我忍不住問他。

「因為葛蕾絲小姐跟一般人不太一樣，跟你我不太一樣，跟媽媽不太一樣。她這個人可能比較粗魯，脾氣比較暴躁，不過，她人還不錯。我只是不希望有人說閒話，所以，盡量不要去提到葛蕾絲小姐，不要提到那棟房子，這樣會比較好，懂嗎？」

「我懂了。」

「那就好。」他忽然抓緊方向盤。這件事就到此為止，不再談了。

我一向說話算話，絕不違背自己的承諾。這下子，變成學校風雲人物的夢想泡湯了。不過，也只能這樣了。

接著，我打算告訴他當時我看到樹林裡有個人影，可是我才剛要開口，忽然看到馬路前面的轉角有一輛車開過來，停到我們車子旁邊。那是一輛黑白相間的福特汽車，車頂上有警燈，駕駛座的車門上有奇風鎮的鎮徽。那是艾莫瑞警長的車。他的全名是塔瑪奇艾莫瑞二世，綽號叫JT。警長開門鑽出車子，爸爸走到他面前。

艾莫瑞警長瘦瘦高高的，下巴很長。每次看到他，我就會想到華盛頓艾文的短篇小說「斷頭谷」。故事裡那個警察伊克保克雷恩整天在追無頭騎士，感覺上彷彿就是在描述艾莫瑞警長。他不但大手大腳，而且耳朵也大得嚇人，恐怕連迪士尼卡通裡的「小飛象」也要自嘆不如。要是他鼻子再長一點，那他整個人簡直就像一座活生生的風向標，可以拿來給氣象局測風向用。他的警徽別在帽子前面，而那頂帽子底下則是光禿禿的腦袋。他的頭幾乎已經全禿了，只剩兩三根深棕色的毛。他站在湖邊跟我爸爸說話的時候，把帽子往後推，露出油光發亮的額頭。我看到爸爸比手畫腳，跟艾莫瑞警長描述當時車子如何從樹林裡竄出來，然後掉進湖裡。接著，他們同時轉頭看著平靜的湖面。我知道他們心裡在想什麼。

那輛車恐怕已經沈到地心去了。就算是剛剛在湖邊看到的那隻麝香鱉，恐怕也沒辦法游到看得到車子的深度。無論車子裡那個人是誰，此刻他恐怕已經沈到黝黑的湖底，整個人埋在泥濘裡了。

「手銬？」艾莫瑞警長嘀咕了一聲。「湯姆，你真的確定他被銬上了手銬？還有，你說他脖子上纏著鋼琴弦，確定嗎？」他眉毛又黑又濃，眉骨突出眼眶深陷，眼睛黑得像木炭，皮膚白得像雪。看他那身白皮膚，就知道這個人一定是夜貓子。

「非常確定。不知道是誰把他勒死的，不過可以確定的是，那個人下手很重，因為他的脖子差不多斷了。」

「手銬？」警長又嘀咕了一聲。「看樣子，他的目的是不讓屍體浮上來。」他伸出食指輕輕敲著下唇。「嗯。」最後他終於說。「看樣子是謀殺案，沒錯吧？」

「要是這不叫謀殺，那天底下就沒有謀殺了。」

他們說話的時候，我悄悄走下車，走到樹林邊。先前我看到有個人站在樹林裡看我，當時那個人就是站在這個位置，可是此刻這裡什麼都沒有，只有野草石頭和泥土。我猜應該是個男人。不過，會不會是女人呢？我想了一下，印象中好像沒有看到長頭髮，不過話說回來，當時我看到的就只是一個穿著黑大衣的人，而那件大衣在狂風中飄揚。往裡面走，樹林會越來越茂密，而且地面會慢慢變成沼澤。我什麼都看不到。

「我看，你跟我到局裡去一趟好了，我做個筆錄。」警長對我爸爸說。「不過，你可以先回家換一套乾衣服沒關係。」

爸爸點點頭。「我得先把車上的牛奶都送完，然後還要送柯力去上學。」

「沒關係。反正湖底那個人大概也不太可能撈得出來。」他嘴裡邊嘀咕著，手伸進口袋裡。「謀殺案。我們奇風鎮上一回發生謀殺案，已經是一九六一年的事了。那次，波奧卡拉岡拿一座保齡球賽的獎盃把他老婆活活打死，那件事你還記得吧？」

我走回車上坐著等爸爸。太陽已經昇得很高，照耀著整個世界。或者應該說，照耀著我所知道的這個世界。我忽然感到心頭很沈重，因為，我忽然發覺世界似乎有兩個。一個是白天的世界，一個是黎明前的世界。假如真有另一個世界，那麼，那另一個世界說不定也有人住。我們習慣白天這個世界，而另外有一些人卻喜歡黑夜的世界。而我看到的那個人，說不定就是從黑夜世界來的。那個黎明前的世界。接著，我忽然想到一件令人毛骨悚然的事：說不定他已經發現我看到他了。

接著我忽然發現，我鞋子上沾滿了泥巴，把車子的底板弄髒了。

我抬起腳看看鞋底的泥巴。

就在這時候，我看到我左腳的鞋底黏著一根小小的綠色羽毛。

2 黑暗深淵

我把那根綠羽毛塞進口袋裡。回到家之後，我走進房間，把羽毛收進那個雪茄煙盒。盒子裡還有幾把舊鑰匙和乾掉的蟲殼。我蓋上盒蓋，把盒子放進書桌的抽屜裡，然後把抽屜推進去。我那張書桌總共有七個神祕的抽屜。

後來，我不知不覺就忘了那根羽毛的存在。

我常常會想到那天站在樹林邊那個人，可是越想就越覺得一定是我看錯了。當時那輛車開始往下沈的時候，爸爸被水流拖下去。我想，一定是因為眼看著爸爸沈進水裡，嚇壞了，所以一時眼花，以為自己看到樹林邊有人。後來有好幾次，我正要告訴爸爸我看到那個人，可是剛好都有人來找爸爸，所以我一直沒機會開口。那天回到家之後，爸爸把自己跳進湖裡的事告訴了媽媽。媽媽氣得渾身發抖，邊哭邊罵。爸爸趕緊扶她坐到餐桌旁邊，拚命安撫她，拚命解釋他為什麼要這樣做。「車上有個人。」爸爸說。「當時我並不知道他已經死了。我以為他只是昏倒了。在那種情況下，要是我袖手旁觀眼睜睜的看著他淹死，那我下半輩子要怎麼面對自己？」

「你自己不怕淹死嗎？」她破口大罵，淚流滿面。「萬一你的頭撞到石頭，你會淹死，難道你不知道？」

「我現在不是好好的嗎？我沒有撞到石頭，也沒有淹死。我只是做我該做的事。」他拿了一張餐巾紙給她，她一把搶過去，拿來擦擦眼睛，然後又繼續罵：「湖裡有很多毒蛇，你不怕游到蛇窩裡去嗎？」

「我現在不是好好的嗎？」他說。她嘆了口氣，搖搖頭，那表情彷彿覺得自己嫁了一個天字第一號的笨蛋。

「好了，看你衣服都濕透了，還不趕快脫下來！」她終於沒有再繼續罵了，口氣又慢慢恢復了平靜。「你沒有跟那個人一起沈到湖底，這都要感謝上帝保佑。」說著她站起來，幫他解開那件濕襯衫上的釦子。

「你知道那個人是誰嗎？」

「從來沒見過那個人。」

「誰這麼狠，對人下這種毒手？」

「這就要問JT了。他是警長，他要負責去查清楚。」他脫掉襯衫遞給媽媽，媽媽伸出兩根手指拎著那件襯衫，彷彿湖水會傳染痲瘋病似的。「我要到JT的辦公室去一趟，幫他做筆錄。對了，蕾貝卡，告訴妳一件事。當時在湖裡看到那個人的臉，我嚇得心臟差點就停了。這輩子從來沒見過這種場面。求上帝保佑，以後別再讓我看到這種東西了。」

「老天！」媽媽又驚叫了一聲。「要是你心臟病發作怎麼辦，那時候誰會救你呀？」

杞人憂天是我媽的天性。擔心會下雨，擔心物價會漲，擔心洗衣機可能會壞，擔心酋長河被上游亞當谷的紙廠污染，擔心買新衣服要花錢。天底下沒有一件事是她不擔心的。對媽媽來說，整個世界就像一條沒縫好的棉被，到處都是裂縫，棉絮一直跑出來。而她整天窮操心，這種習性就像針一樣，要把那些可怕的裂縫一一縫起來。那種感覺，彷彿只要她能夠想像出事情最壞的結果，那麼，她就有辦法控制住局面。就像我剛剛說的，那就是她的天性。我爸爸是那種會丟骰子來做決定的人，而我媽媽卻總是一副隨時面臨生死關頭的姿態。我猜，他們之所以會愛上對方，是因為他們兩個正好互補，形成一種完美的均衡。

我外公名叫葛蘭德奧斯丁，外婆叫娜娜艾莉絲，他們住在南邊距離十九公里左右的一個小鎮，叫華沙哈奇，那裡正好位在羅賓斯空軍基地邊緣。聽說外婆杞人憂天的程度比媽媽更可怕，彷彿她內心深處暗暗渴望上天降臨災禍。外公是一個伐木工人，有一次，他手上的電鋸不小心滑掉，鋸斷了自己的腿，所以他有一條腿裝的是木頭義肢。有幾次，外婆瞎操心囉嗦個沒完，外公被她煩得受不了的時候，他會警告她，叫她馬上閉嘴讓他清靜一下，否則，他就要把那條木腿拆下來敲她腦袋。他幫那條木腿取了一個名字，叫做「清淨棒」，不過據我所知，到目前為止，那條腿他一直都只用來走路，沒有做過別的事。我媽有一個哥哥，還有一個妹妹，可是我爸爸是獨子，沒有兄弟姊妹。

言歸正傳，那天到了學校之後，我一碰到大雷、強尼和班恩，就立刻把湖邊的事一五一十全都說出來了。後來，到了放學的時間，我走回家的路上，發現那個消息已經如野火燎原般傳遍了整個奇風鎮，「謀殺」這個字眼傳得沸沸揚揚。回到家之後，我發現爸媽已經接電話接到手軟。每個人都拚命找他們打聽，想知道更多血腥的細節。後來，我跑到屋外去，騎上我那輛銹痕累累的破腳踏車，帶叛徒到森林裡去讓牠追著我玩。半路上我忽然想到，說不定那些打電話來的人當中，有一個人早就已經知道所有的細節。說不定那個人的目的是要來試探，看看那天有沒有人注意到他，還有，艾莫瑞警長究竟知道多少。

我騎著腳踏車在森林間穿梭，叛徒跟在我旁邊跑。當時我忽然意識到，我們鎮上有個人是殺人凶手。

過了幾天，天氣越來越暖，已經是春暖花開的季節。距離爸爸跳進薩克森湖那天，已經隔了一個禮拜，案情的進展是：艾莫瑞警長經過清查之後，發現奇風鎮上並沒有人失蹤，而且鄰近的幾個小鎮也都沒有人失蹤。「亞當谷週報」頭版上刊登了一則這個案子的新聞，不過上面並沒有看到什麼新的發展。艾莫瑞警長帶了幾個人到湖裡去打撈，包括兩名警員，幾位消防隊員，還有五、六個自願幫忙的人。他們划船到湖裡去撒網，來來回回拖了好幾趟，結果只抓到幾隻鱉和幾條毒蛇。

早在二〇年代，薩克森湖的地點本來是「薩克森礦區」，後來蒸汽挖土機挖礦的時候，挖到一條地底河流。由於整個礦區是一個窪地，大量湧出的河水無處流瀉，於是就淹沒了整個礦區，形成於今天的薩克森湖。據估計，薩克森湖的深度大約在一百公尺到一百六十公尺之間。地球上恐怕沒有任何一種魚網能夠觸及這種深度，把那輛車撈出水面。

那天傍晚，警長到我們家來找我爸媽，跟他們談一些事。爸媽沒叫我走開，讓我坐在旁邊聽。艾莫瑞警長把帽子擱在大腿上，他的大鼻子的影子投射在帽子上。「現在還不知道凶手是誰，不過，我大概猜得出他的手法。他一定是倒車，把車子倒退到那條泥土路上，正對著湖面。我們在現場找到了輪胎的痕跡，可是鞋印已經被抹掉了。那凶手一定是用什麼東西頂住油門，然後，就在你們的車經過彎道的時候，他放開手剎車，關上車門，然後立刻跳開。於是，車子就這麼衝過十號公路。當然，他一定沒料到你們的車會突然出現。要不是因為你們正好路過，那輛車就會無聲無息的衝進湖裡，沈到谷底，根本不可能會有人知道。」他聳聳肩。「我的推論大概就是這樣。」

「你問過送報紙的馬蒂巴克利了嗎？」

「問過了。馬蒂說他什麼都沒看到。那條泥土路位置很隱密，要是車子經過的時候，速度夠快，根本不可能會發現。」

「那麼，你的結論是什麼？」

警長想了一下，帽子上的警徽在燈光下閃閃發亮。叛徒在門外猛吠，附近的狗也跟著狂吠起來，結果，整個奇風鎮忽然到處都是狗吠聲。警長攤開他那兩隻大手，低頭看著自己的手指。「湯姆。」他說。「眼前我們面對的是一種很離奇的狀況。現場只有輪胎痕，沒有車子。另外，你說你看到一具屍體手被銬在方向盤上，脖子上纏著一條鐵絲。問題是，現場沒有屍體，而且看樣子是不可能找得到了。另外，我們鎮上沒有人失蹤，而且，附近幾個鎮上也都沒有人失蹤，除了一個。有個十幾歲的女孩子不見了，不過她媽媽認為她女兒是跟男朋友私奔到納許維爾去了。噢，對了，附帶提一下，那男孩子身上沒有刺青。事實上，我們鎮上，沒有人身上有你說的那種刺青。」說到這裡，艾莫瑞警長忽然轉頭看看我，看看媽媽，然後又回頭看著爸爸。他那雙眼睛黑得像木炭。「湯姆，有個謎語你一定聽過。那個謎語說，樹林裡有一棵樹倒了，可是旁邊沒有人，那麼，有誰會知道樹倒了嗎？呃，要是現場沒有屍體，而且附近又沒有人失蹤，那麼，謀殺案還能成立嗎？」

「我親眼看到的。」爸爸說。「JT，你不相信我說的話嗎？」

「不，不，不要誤會。我只是說，除非找得到被害人，否則我根本無能為力。湯姆，我必須看得到屍體，我必須知道被害人的身分。要是找不到被害人，我根本不知道要從何調查起。」

「照你這麼說，有人殺了人，可是他卻可以逍遙法外，可以大搖大擺的到處跑，根本不用擔心會被抓。是這樣嗎？」

「嗯。」警長老實承認。「恐怕就是這樣。」

不過，艾莫瑞警長承諾他會繼續調查。他說他會打電話到全州的警察局查詢，看看有沒有人失蹤。他說，有人掉進湖裡，那麼，早晚一定會有人發現家裡有人不見了，向警方報案。警長走了以後，爸爸走到外面的門廊上，關掉電燈，自己一個人默默坐在黑暗中。一直到深夜，媽媽叫我去睡覺的時候，他還坐在那裡。

那天半夜，我忽然被爸爸的哭聲驚醒。

我忽然一陣緊張，立刻從床上坐起來。隔著牆壁，我聽到媽媽在跟爸爸說話。「不要怕。」她說。「你只不過是做噩夢。那只是夢，沒事了。」

爸爸沈默了好久。後來，我聽到浴室傳來水聲，然後過了一會兒，我聽到他們的彈簧床嘎吱一聲。「你做了什麼夢？要不要說給我聽聽看？」媽媽問他。

「噢，不要。老天。我不要。」

「告訴我有什麼關係？只不過是做噩夢嘛。」

「就算只是做夢，那也夠可怕了。感覺好像真的。」

「你還睡得著嗎？」

爸爸嘆了口氣。我想像得到，他們房間裡一定是黑漆漆的，而他一定伸手掩著臉。「我也不知道睡得著睡不著。」他說。

「我幫你按摩一下背好了。」

媽媽幫爸爸按摩的時候，他們的床又發出嘎吱嘎吱的聲響。「你背上的肌肉好硬。」媽媽說。「連脖子也硬梆梆的。」

「痛得要命。哎喲，就是那裡。就是妳剛剛按的地方。」

「那是一種疼痛性的痙攣。你肌肉一定是拉傷了。」

他們房間裡忽然又沒聲音了。剛剛媽媽在幫爸爸按摩的時候，我忽然感覺脖子和肩膀似乎也舒服多了。接著，我偶爾會聽到他們的床嘎吱一聲，知道他們還沒睡。然後我又聽到爸爸說話了。「我又夢見車子裡那個人。很可怕的夢。」

「我猜也是。」

「我一直看著車子裡的他。他那張臉被人打得扭曲變形，脖子上纏著一條鐵絲。我看到他時手上銬著手銬，肩膀上有刺青。車子開始往下沉，然後……然後他的眼睛忽然睜開了。」

我忽然打了個哆嗦，那幅畫面彷彿也活生生的浮現在我眼前。爸爸說話的聲音聽起來有點上氣不接下氣。

「他一直盯著我看。盯著我看。水從他的眼眶裡流出來。然後，他忽然張開嘴巴，我注意到他舌頭是黑的，看起來好像蛇頭。然後，他忽然說：『跟我來』。」

「別再胡思亂想了。」媽媽忽然打斷他。「來，眼睛閉起來，好好睡一下。」

「我睡不著。我沒辦法睡覺。」我彷彿看得到爸爸整個人蜷曲成一團躺在床上，而媽媽正在按摩他背後硬得像鐵板的肌肉。「那個夢實在太可怕了。」他又繼續說。「車裡那個人忽然伸手抓住我的手腕。他的指甲是藍色的，手指像爪子一樣掐進我的皮膚裡。然後他說：『跟我來。跟我到那黑暗世界。』然後那輛車……那輛車開始往下沈，越沈越快，越沈越快。我拚命想掙脫他的手，可是他不放手，一直對我說：『跟我來，跟我來，跟我到那黑暗世界。』然後我的頭被湖水淹沒了。我沒辦法掙脫他的手，然後，我張開嘴巴想叫喊，可是湖水卻開始灌進我嘴裡。噢，老天！蕾貝卡，太可怕了！噢，主啊！」

「聽我說！那不是真的！你只是做噩夢，現在沒事了。」

「妳錯了。」爸爸說。「這件事很嚴重。這個夢太可怕了，彷彿陰魂不散，一直在折磨我，而且情況越來越嚴重。本來我還以為我有辦法忘掉這件事，可是這……這次跟從前不太一樣。他脖子上的鐵絲，他的手銬，他那張被打得扭曲變形的臉……這次和從前完全不一樣。我根本不知道他是誰，根本不認識他……這個夢陰魂不散，一直在折磨我。從白天到晚上，沒有停過。」

「事情很快就會過去的。」媽媽說。「每次我開始瞎操心的時候，你都會跟我說這句話。你總是說，再忍耐一下，事情很快就會過去的。」

「也許吧。上帝保佑，希望這一切很快就會過去。可是現在，我就是忘不掉。我很希望可以像從前一樣過日子，可是我就是忘不掉。蕾貝卡，這才是最可怕的，這件事一直糾纏著我不放，一直在折磨我。我不知道這是誰幹的，可是我知道，他是我們鎮上的人。一定是。因為，他知道那座湖有多深。他知道車子一旦沈到湖裡，屍體就永遠找不到了。蕾貝卡……說不定我送過牛奶給他。說不定我們跟他一起上過教堂。說不定我們跟他買過東西，買過衣服。說不定我們已經認識他一輩子了……或者應該說，我們自以為認識。想起來就很害怕。我這輩子從來沒有這麼害怕過。妳知道為什麼嗎？」他忽然又好一會兒沒說話。我想像得到他太陽穴上的脈搏一定跳得很快。「因為，要是連在這個小鎮上我們都沒辦法安心過日子，那麼，這個世界又有什麼地方能夠讓人安心？」說到最後一句話的時候，他的聲音忽然變得很嘶啞。我忽然很慶幸，還好我沒在他們房間裡，還好我看不到他臉上的表情。

接著，兩三分鐘過去了。我猜爸爸一定正躺在床上讓媽媽幫他按摩背。後來，我終於聽到媽媽問他：「你想睡覺了嗎？你覺得睡得著了嗎？」他說：「我試試看。」

這時我又聽到他們的床嘎吱了幾聲，聽到媽媽湊在他耳邊說了些什麼。然後我聽到他說：「但願如此。」然後他們房間裡就沒聲音了。平常我偶爾會聽到爸爸打鼾，可是那天晚上他沒有。我不知道媽媽睡著之後，他是不是還醒著。我不知道他是不是又夢見車裡那個人伸手要抓他，要把他拖進湖底。我一直在想他剛剛說的話：要是連在這個小鎮上都沒辦法安心過日子，那麼，這個世界又有什麼地方能夠讓人安心？這件事對他傷害很大。那種傷害潛藏在他內心深處，一個比薩克森湖更深的地方。為什麼他會受到那麼大的傷害？或許是因為這件事實在太突然，或許是因為這件事實在太血腥殘暴，或許是因為兇手實在太冷血，也或許是因為，在這個天底下最寧靜安祥的小鎮上，某個角落裡竟然潛藏著如此可怕的祕密。

我想，爸爸一直相信人性本善。就算每個人內心深處多少都有些不為人知的祕密，但他相信大家都還是有一顆善良的心。而這件事卻令他信心動搖了。我忽然想到，兇手把死者的手銬在方向盤上的時候，彷彿也把爸爸的靈魂銬在那恐怖的一刻上。我閉上眼睛，開始為爸爸禱告，希望爸爸能夠找到出路，掙脫那個黑暗世界。

三月過去了，然而，兇手的任務並沒有結束。

3 入侵者

後來，事情終究慢慢平息了。

四月了，又是春暖的季節，枝頭開始冒出新葉芽，繽紛的花朵遍地綻放。那天是四月的第一個禮拜六，下午，我跟兩個死黨班恩和強尼窩在電影院裡看「泰山」。電影院裡人山人海，小孩的尖叫聲此起彼落。銀幕上，泰山拿一把小刀刺進鱷魚的肚子，鮮血四濺。飾演泰山的是戈登史考特，他是史上最偉大的泰山。

「你看到了嗎？你看到了嗎？」班恩一邊大叫，一邊拚命用手肘頂我的肋骨。我當然看到了，他以為我沒長眼睛嗎？這家電影院每一場都會放兩部長片，中場穿插幾部短片。看樣子，來不及等到中場放短片，我的肋骨恐怕就已經斷光了。

「愛之頌戲院」是一九四五年二次世界大戰結束後蓋成的，是奇風鎮唯一的電影院。當年，許多奇風鎮的子弟從戰場上回來。有人平安歸來，可是有人卻終生傷殘。他們希望生活中能夠有點娛樂，幫助他們驅散戰場上帶回來的夢魘。卍字和旭日東昇的圖騰始終陰魂不散的糾纏著他們。於是，鎮上的父老只好自掏腰包，請伯明罕那邊一位建築師畫了藍圖，然後買下廢棄的煙草工廠留下的那塊空地。當然，當時我還沒出生，沒有親眼目睹，不過，你可以去問達樂先生，他會滔滔不絕的告訴你當年戲院興建的過程。於是，一座富麗堂皇的宮殿就這麼誕生了，門口有一座粉刷成白色的天使雕像，而每到禮拜六下午，你會看到成千上百的小魔頭擠進那座宮殿，手上拿著爆米花和糖果，在裡頭大呼小叫好幾個鐘頭。而那段時間，他們的爸媽可以趁機喘口氣。

總之，那個星期六的午後，我和兩個死黨擠在那座富麗堂皇的宮殿裡看泰山。我忘了那天大雷為什麼沒去。我猜可能是因為他拿毬果打茱莉陸傑克，結果被他爸媽禁足了。那個星期六的午後，我們把外面世界拋到腦後，沈浸在泰山的世界裡。那個年代，火箭把衛星射上太空，然後衛星環繞著地球軌道，像流星般劃過天際。那個年代，佛羅里達州外海一個叫古巴的島上，鮮血染紅了豬玀灣，而那個叫卡斯楚的大鬍子則是一邊吸著雪茄煙，一邊用西班牙語詛咒美國人。那個年代，俄羅斯有一個叫赫魯雪夫的大光頭在聯合國大會上拿鞋子猛拍桌面。那個年代，美國大兵正忙著收拾行李，準備坐船到一個叫越南的叢林。那個年代，有人在沙漠試爆原子彈，把模型房屋客廳裡的假人炸成滿天灰。然而，在那個星期六的午後，我們根本不在乎那一切，因為，那個世界不是我們的神祕世界，沒有那種神祕的力量。惟有在星期六的午後，當「愛之頌戲院」同時播放兩部電影的時候，我們才感受得到那種神祕力量，才曾沈浸在那個神祕世界裡。

我想到從前看過一部電視影片，片中的男主角也曾經走進一家「愛之頌戲院」，所以我對「愛之頌」這個字眼開始好奇了。這個名字的英文是Lyric。於是我就去查那本英文超級大字典。那本字典足足有兩千四百八十三頁，是我十歲那年爺爺傑伯送的生日禮物。字典上寫著：Lyric 這個字有旋律優美的意思，是抒情的，可以吟唱的，比如，抒情詩。另外，這個字的來源可以追溯到古希臘的七弦琴。我覺得很奇怪，這個名字好像跟電影院扯不上什麼關係。後來，我又開始查七弦琴 Lyre 這個字，發現這個字也代表吟遊詩人。在那個城堡與國王的年代，吟遊詩人會到各城堡去演唱敘事詩，說故事給人聽。故事，這個字眼忽然觸動了我的心。我彷彿可以想像，從那古老的年代以來，人跟人之間的溝通，都是起源於一種渴望：說故事的渴望。不論是電視、電影，或是書，都是在說故事。這種說故事的強烈渴望是全人類共有的。至於聽故事呢，那種感覺就像跳出自己的人生，走進別人的人生，即使只是短暫的片刻。而那種感覺，就像一把鑰匙，打開一扇神祕的門，連接上那種我們與生俱來的神祕力量。

優美的旋律，抒情詩，愛之頌。

「用力刺牠，泰山！用力刺！」班恩大嚷著，然後又開始用手肘撞我的肋骨。班恩是個傻大個，頭髮短到幾乎快變成光頭，聲音尖得像小女生，戴著一副角質框眼鏡。他的襯衫老是太短，老是塞不進牛仔褲腰裡。他真的很笨手笨腳，就連走路都會被鞋帶絆倒。他下巴很寬，臉頰肥嘟嘟的，就算有一天長大了，也永遠不可能會是女孩子心目中的泰山。但不管怎麼樣，他畢竟是我的朋友。至於強尼，他正好跟班恩形成鮮明的對比。班恩圓得像顆球，而強尼卻是細細長長的像竹竿。他很安靜，很愛看書。他好像有點印第安人的血統，這一點，從他那炯炯發亮的黑眼珠就看得出來。每到夏天，在大太陽底下，他的皮膚都會曬成古銅色。他的頭髮黑得簡直像木炭，而且用髮油往後梳，只不過前額分線處的頭髮會翹起來，乍看之下很像一片片的野洋蔥，和他爸爸的髮型一模一樣。他爸爸是石膏板工廠的工頭，工廠位於奇風鎮和聯合鎮中間的位置，而他媽媽是奇風小學的老師兼圖書館員。我猜，大概就是因為這樣，他才會那麼喜歡看書。強尼啃起百科全書就像別的小孩在啃食糖果和餅乾一樣。他的鼻子又尖又挺，簡直就像印第安人的小斧頭。他右眉毛上有一道傷疤，那是一九六〇年他和表弟菲寶玩官兵捉強盜的時候，被表弟用一根樹枝打傷的。強尼在學校裡總是被人嘲笑，說他是「印第安小孩」，說他是「黑人的種」，而且更過分是，他們說他的腳天生就像怪物一樣畸形。但這一切強尼都默默忍受下來。他信仰「斯多葛主義」，終身禁慾。不過，當然是很久以後我才知道「斯多葛主義」是甚麼意思。

電影已經快接近結尾了，彷彿一條河快流到大海了。泰山打敗了那幾個邪惡的獵象人，把「所羅門之星」送回大象群裡，然後在晚霞的襯托下，拉住樹上的藤條擺盪著漸漸遠去。電影結束後，開始放那幾部短片。我們不曉得已經看過多少次了。

沒多久，短片一放完，第二部電影立刻就開演了。

沒想到是一部黑白片。全電影院的小孩立刻一片哀嘆，因為大家都覺得彩色片看起來比較刺激。接著，銀幕上出現片頭字幕：火星人入侵。那部電影似乎已經很老了，看起來好像是五〇年代拍的。「我要去買爆米花。」班恩忽然說。「你們兩個想吃什麼嗎？」我們說不要，於是他就一個人沿著坐得滿滿的座椅一路擠過去。

過了一會兒，片頭字幕消失了，電影開演了。

這時班恩手上抱著一大盒奶油爆米花回來了，正好看到銀幕上的小男孩用望遠鏡看著狂風暴雨的夜空。望遠鏡裡出現一艘飛碟，降落在他家後面的沙丘裡。通常，禮拜六下午這個時間，只要銀幕上停止打鬥，全場的小鬼就會又笑又叫。但那一刻，當大家看到銀幕上那艘陰森森的飛碟緩緩下降，全場忽然鴉雀無聲。

我相信，在後來的一個半鐘頭裡，販賣部一定是門可羅雀。雖然有幾個小孩中途離座，跑到外面有陽光的地方，但絕大多數的孩子都看得目瞪口呆。電影裡那個小男孩告訴大家，他在望遠鏡裡看到一艘飛碟降落在他家後面的沙丘上，而且看到一個警察被漩渦般的沙坑吸進去，彷彿被一個古怪的吸塵器吸進去，那種畫面看起來簡直像幻覺。後來，那個警察竟然跑到他家。他安慰那個小男孩說絕對沒有什麼飛碟降落，根本沒有別的人看到飛碟降落，不是嗎？可是，那警察的動作看起來……好古怪，感覺好像機器人，而且，他臉色蒼白，眼神看起來死氣沉沉。而且，那孩子注意到警察脖子後面有一個X型的傷口。那警察本來是一個很和氣很開朗的人，然而，自從去過沙丘之後，他就變得死氣沉沉，臉上完全沒有笑容。他變了。

後來，那孩子還看到很多人脖子後面都出現那種X型的傷口。他一直告訴爸媽，他們家後面的沙丘裡有一大堆火星人，可是他們根本不相信。後來，他爸媽就自己跑到沙丘那邊去看。

班恩看得目瞪口呆，根本就忘了大腿上那盒爆米花。強尼整個人窩在椅子裡，兩腿縮起來貼著胸口。而我呢，我緊張得連氣都喘不過來。

後來，電影裡的爸媽回來了，兩個人都變得面無表情，完全不會笑。他們對那孩子說：噢，你這個傻孩子。沒什麼好怕的，那裡什麼都沒有。沒事了。對了，你剛剛說你看到飛碟降落，你是在哪裡看到的？

來，我們上去看看。你這個傻孩子，到時候你就明白自己有多傻了。

「不要去！」班恩喃喃嘀咕著。「不要去！不要去！」我聽到他的指甲猛抓座椅的扶手。

那男孩轉身就跑，跑出家門，越跑越遠，遠遠離開那些不會笑的奇怪的人。可是，不管他跑到哪裡，他看到每個人脖子後面都有那種X型的傷口。警察局長脖子後面也有一個傷口。他認識的每一個人忽然都變得不一樣了，而且每個人都拉著他叫他不要走，叫他等爸媽來接他回去。他們說，你真是個傻孩子，你說火星人登陸了，要佔領地球，這麼荒唐的事誰會相信呢？

實在太恐怖了。電影最後，軍隊來了。他們發現火星人在沙丘底下挖了好幾條蜂巢型的地道。地道裡有一部機器。火星人用那部機器在人類脖子後面割開一個洞，把人類變成火星人。後來，火星人的首領出現了。他關在一個玻璃桶裡，模樣看起來像是一顆腐爛的頭，上面長了觸鬚。男孩和士兵開始和火星人戰鬥。火星人從地道裡跑出來，走起路來搖搖晃晃，彷彿承受不了地心引力。後來，軍隊的坦克車撞上火星人那部機器，沙土飛揚，什麼都看不清楚……就在這時候，那男孩醒過來了。

他爸爸對他說，孩子，那只是夢。媽媽笑著對他說，沒什麼好怕的，只不過是個夢，好了，趕快睡吧，我們明天再上來看你。

只是在做夢。做了個噩夢。

過了一會兒，那男孩又醒過來了。房間裡一片漆黑。他拿起望遠鏡望往外看，看到一艘飛碟正從狂風暴雨的夜空降下來，降落在他家後面的沙丘上。

故事結束了嗎？

電影院裡的燈忽然亮起來。電影演完了，禮拜六下午的歡樂時光也告一段落了。

成群的孩子排隊沿著走道往外走。當時，我忽然聽到電影院的經理史達寇先生在說話。他對一個服務生說：「這些孩子是怎麼搞的？怎麼今天這麼安靜？」

恐懼會令人沈默。

我們魂不守舍的坐上腳踏車，不自覺的開始踩踏板騎上路。有些孩子走路回家，有些等爸媽來接他們。所有的孩子看完那部電影之後，彼此之間彷彿突然產生了某種聯繫。後來，我和班恩強尼騎到瑞奇頓街的時候，在加油站停下來幫強尼腳踏車的前輪打氣。當時，我注意到班恩一直盯著懷特先生脖子後面看。懷特先生很胖，脖子上一圈圈的肥肉，皮膚被太陽曬得黝黑。

來到伯納路和山峰路路口，我們就分開各自走。強尼騎得好快，一陣風似的騎回家去了。而班恩則是用他那兩條肥嘟嘟的腿很吃力的踩著踏板，模樣看起來好笨拙。至於我呢，我的腳踏車鏈條都已經生銹了，踩起來有如千斤重，幾乎是寸步難行。看樣子，我的腳踏車壽命已經差不多了。那輛車是當年在跳蚤市場買的，本來就已經是老爺車。我一直拜託爸媽幫我買一輛新的，可是爸爸叫我忍耐一下，將就著騎。這幾個月來，家裡沒什麼錢，禮拜六還讓我去看電影，已經很奢侈了。後來我才發現，也只有在禮拜六下午那段時間，爸媽那張彈簧床才會發出一種悅耳的美妙旋律。既然我不在家，我當然就不會覺得奇怪，問東問西。

回到家之後，我先在門口跟叛徒玩了一下，然後才走進門。一進門媽媽就問我：「電影好看嗎？」

「不錯啊。」我說。「泰山的電影很好看。」

「不是放了兩部嗎？」爸爸問我。他坐在沙發上，蹺著腿，電視上正在播棒球賽。球季快到了。

「是啊。」我從他們前面走過去。我想去廚房拿個蘋果。

「嗯哼，那另外一部電影好看嗎？」

「呃……還好。」我回答說。

爸媽對自己的孩子都是很靈敏的。小孩子哪裡不對勁，爸媽立刻就會察覺，就像屋子哪裡有老鼠，貓一下子就嗅到了。不過，他們並沒有馬上追問。我走進廚房，拿了一個蘋果，打開水龍頭洗乾淨，擦乾，然後回到客廳，把蘋果拿到嘴邊開始啃。這時候，爸爸才抬起頭來看著我。他問我：「你怎麼了？」

我嚼著滿嘴的蘋果。媽媽坐在爸爸旁邊，兩個人眼睛都盯著我。「什麼怎麼了？」我問他們。

「平常每到禮拜六下午，你都會一陣風似的衝進來，迫不及待想告訴我們電影演了什麼。你甚至還會比手畫腳表演劇情給我們看，想叫你停下來都很難。所以囉，你今天到底怎麼了？」

「呃……沒什麼……我也不知道該怎麼說。」

「你過來一下。」媽媽說。我一走過去，她立刻伸手摸摸我的額頭。「沒有發燒嘛。柯力，你哪裡不舒服嗎？」

「沒有啊。我很好啊。」

「一部是泰山的電影。」爸爸還是不罷休。他很頑固的。「那另外一部演什麼？」

我想了一下。告訴他片名應該沒什麼關係，可是，那部電影真正的內容是什麼，我怎麼能說呢？那部電影說出了每個小孩內心深處最大的恐懼：在某些無可奈何的情況下，他們的爸媽會被奪走，然後取而代之的，是那種面無表情的冷酷外星人。這個，怎麼能告訴他們？「那……那是一部怪物的電影。」我終於還是說出來了。

「看樣子，你是真的被嚇到了。」這時電視裡傳來清脆的「喀」的一聲，球被打中了，爸爸立刻轉頭看向電視上的球賽。「哇哈！趕快跑，米奇，趕快跑！」

這時電話鈴忽然響了，我立刻迫不及待跑過去接，以免爸媽又繼續窮追猛打。「嗨，是柯力嗎？我是席爾斯太太，能不能麻煩請你媽媽聽一下電話？」

「請稍候一下。媽！」我喊了一聲。「找妳的！」

媽媽從我手上接過話筒，然後我立刻跑進廁所。謝天謝地，還好只是尿急。當時我滿腦子裡還是那個長滿了觸鬚的火星人頭，在這種情況下，我不確定自己敢不敢自己一個人關在廁所裡坐馬桶。

「蕾貝卡嗎？」席爾斯太太問。「最近還好嗎？」

「謝謝妳，伊麗莎白，我很好。獎券妳買到了嗎？」

「買到了。總共四張，上帝保佑，希望好歹可以中個一張。」

「但願如此。」

「呃，對了，今天打電話給妳，是有一件事想問妳。剛剛班恩看完電影回來了，不知道你們家柯力到家了沒。他還好嗎？」

「柯力？他——」她遲疑了一下。我知道她心裡一定在想我那種怪異的舉動。「他說他沒怎麼樣。」

「班恩的反應也一樣，可是我總覺得他有點怪怪的……我也不知道該怎麼形容，怎麼說呢，好像有點『不安』吧。平常他一回來都很興奮，迫不及待想告訴我和希姆電影演了什麼。可是今天他什麼都不說。不管我們怎麼問，他就是不說。現在他人跑到我們家後面去了，說他要檢查一下看看有沒有問題。可是，問他要看什麼，他就是不說。」

「柯力在浴室裡。」媽媽的口氣好像也有點困惑。她聽到我在尿尿，接著她忽然壓低聲音問席爾斯太太，好像怕我聽到。「他看起來也有點怪怪的。會不會是他們兩個看電影的時候有什麼不愉快？妳覺得呢？」

「這個我也想過。說不定他們吵架了。」

「嗯，他們是好朋友，兩個人已經在一起很久了。不過，男孩子嘛，有些事難免的。」

「我和艾美琳麥格羅也鬧過彆扭。我和她已經認識六年了，是很要好的朋友。後來，為了一個小針線包，我已經整整一年沒有和她說半句話。不過我是在想，這兩個小朋友應該要趕快和好。要是吵了架，就應該趕快化解誤會，和好如初。」

「有道理。」

「這樣吧，我去問一下班恩，看他要不要柯力晚上過來我們家睡覺。妳覺得怎麼樣？」

「當然好。不過，我要先問一下湯姆和柯力。」

「噢，妳等我一下。」席爾斯太太忽然說。「班恩進來了。」我媽聽到電話裡紗門碰的一聲關上。「班恩，我正在跟柯力的媽媽講電話。你要不要找柯力到我們家來過夜？」我媽靜靜聽著，可是這時候我按了馬桶，她沒聽清楚班恩說了什麼。「他說好。」席爾斯太太告訴她。

這時我正好從浴室裡走出來。兩個媽媽正在陰謀串通，但我知道她們是好意。「柯力，你想到班恩家去過夜嗎？」

我想了一下。「去班恩家過夜？呃……」我的口氣有點猶豫，可是我卻不能告訴她為什麼。上一次我去他家過夜是三月的時候，那天席爾斯先生整夜都沒回家，而席爾斯太太在客廳裡踱來踱去，嘴裡喃喃嘀咕著說不曉得他跑到哪裡去了。班恩告訴我，他爸爸常常整夜不回家，不過，他叫我不要告訴別人。

「可是班恩說他希望你去。」媽媽鼓勵我。她誤會了。她根本不知道我為什麼會猶豫。

我聳聳肩。「好吧。」

「那好，你去問一下爸爸，看看他怎麼說。」於是我就跑到客廳去問爸爸。這時候，媽媽對席爾斯太太說：「朋友是很重要的。要是他們之間真有什麼不愉快，我們得想辦法讓他們和好。」

我從客廳走回來，然後告訴她：「爸爸說好。」每次爸爸看棒球賽的時候，不管你問他什麼，他都會跟你說好。就算你問他可不可以把帶刺的鐵絲網拿來當牙籤用，他照樣會跟你說好。

「伊麗莎白，他大概傍晚六點左右就會到妳們家了，可以嗎？」接著她用手遮住話筒，然後轉頭對我說：「他們家今天晚上吃炸雞。」

我點點頭，勉強擠出一抹微笑，然而，當時我滿腦子想的，全是地道裡那些火星人。他們陰謀要消滅人類，一個城鎮接著一個城鎮。

「蕾貝卡？情況還好嗎？」席爾斯太太問。「我想妳應該知道我的意思。」

「柯力，你先到客廳去看電視好不好？」我乖乖走出去，但我心裡明白，她們要談很重要的事。「呃，伊麗莎白。」媽媽對席爾斯太太說。「湯姆最近睡得比較好了。不過，他還是會作噩夢。真希望我有辦法幫他，可是我覺得，他終究還是要靠自己克服。」

「聽說警長已經快放棄了。」

「已經三個禮拜了，案子完全沒有進展。禮拜五那天，JT告訴湯姆，他已經跟全州的警察局聯絡過，甚至還通知了喬治亞州和密西西比州的警方，可是到目前為止，他們都說當地並沒有人失蹤。感覺上，車子裡那個人好像根本不存在。」

「聽起來怪恐怖的。」

「還有別的。」我媽深深嘆了一口氣說。「湯姆……他有點變了。妳知道嗎，伊麗莎白，他不光只是作噩夢。」說到這裡她轉身面向廚房門口，往前走了幾步，把電話線拉長到極限，以免爸爸聽到她說的話。「他變得很小心，隨時都會把門窗鎖好。從前他根本不會去注意門窗有沒有鎖。在那件事還沒發生之前，我們也跟大家一樣，平常很少鎖門。可是現在，湯姆常常一個晚上爬起來兩三次，檢查門閂有沒有鎖緊。還有，上禮拜他送牛奶回來的時候，鞋子上有紅色的泥巴。奇怪的是，那天並沒有下雨。我猜他一定是又跑回湖邊去了。」

「他跑去那裡幹什麼？」

「我也搞不懂。可能是去那邊散散步，想點事情吧。我還記得小時候我養了一隻小黃貓，叫凱利克。九歲那年，牠在我們家門口被車子壓死了，當時人行道上全是牠的血，好久都洗不掉。牠死掉的地點彷彿有一種魔力，一直在召喚我。我很痛恨那地方，可是卻又忍不住常常跑到那裡去。我常常在想，也許我有辦法讓牠活過來。在那之前，我一直以為任何東西都會永遠活著。」說到這裡她停了一下，愣愣的看著後門上那些鉛筆刻痕。那是我從小到大她幫我量身高時做的記號。「我覺得湯姆現在有很多心事。」

接下來她們繼續聊了一些別的事，不過話題主要還是圍繞著薩克森湖。我坐在客廳陪爸爸看棒球賽。我注意到他右手一下握緊拳頭，一下又放開，不斷重複同樣的動作，看起來很像是想抓住什麼東西，又有點像是想掙脫別人的手。後來，時間差不多了，我也該走了，於是我就進房間去整理行李。睡衣，牙刷，一雙乾淨的襪子，一套內衣褲。我把這些東西全部塞進一個軍用背包裡。爸爸叫我要小心一點，媽媽叫我好好玩一玩，不過明天一大早就要回來，準備去上主日學。我摸摸叛徒的頭，從地上撿起一根樹枝丟得遠遠的讓牠去追，然後就跳上腳踏車騎走了。

班恩家在鹿人街的街尾，離我們家不遠，大概還不到一公里。車子騎到鹿人街的時候，我立刻放慢速度，輕輕踩著踏板，儘量不要弄出聲音。因為，鹿人街和山塔克街轉角的地方是一棟陰森森的灰色房子。布蘭林家兩兄弟就住在那裡。布蘭林家兄弟，一個十三歲，一個十四歲，兩個人都把頭髮染成金色。他們是出了名的破壞狂，見了東西就想砸爛。他們常常騎著那兩輛一模一樣的黑色腳踏車在他們家那一帶遊蕩，彷彿兩頭猛獸在搜尋獵物。我聽大雷說過，他們常常騎著那兩輛黑色的腳踏車在街上和車子賽跑，而且他親耳聽到戈薩布蘭林咒罵他媽媽，叫她快去死。那兩兄弟，大的叫戈薩，小的叫戈寇。他們是那一帶的瘟神。你最好向上帝禱告，希望他們不要找上你，然而，一旦他們找上你，你就跑不掉了。

到目前為止，那對邪惡的兄弟對我還沒產生興趣。我打算繼續維持現狀。

班恩家的房子和我家很像。他也養了一隻狗。那是一隻棕色的狗，名叫「南哥」。牠本來趴在門廊上，一看到我靠近，立刻跳起來猛吠。班恩立刻跑出來接我。席爾斯太太也跟著出來跟我打招呼，而且問我要不要喝麥根沙士。她長得很漂亮，一頭黑髮，屁股圓得像西瓜。接著，一進到屋裡，席爾斯先生立刻從地下室的工作坊跑上來跟我聊天。他塊頭很大，又高又胖，下巴很圓，滿面紅光，一頭棕髮剃成平頭。席爾斯先生很開朗，笑口常開，露出一口大暴牙。他身上穿著一件條紋襯衫，上面沾滿了鋸木屑。他說了一個笑話給我聽，內容好像扯到一個浸信會牧師和一間屋外廁所之類的。我聽不太懂，不過看到他笑，我也只好跟著笑。這時候班恩忽然叫了一聲：「噢，爸！」看樣子，他一定是覺得那笑話很爛，而且，顯然他已經聽了不知道多少遍了。

後來我跟著班恩走到他房間，把背包裡的東西拿出來。他房間裡掛滿了棒球卡，瓶蓋，虎頭蜂窩，琳琅滿目。過了一會兒，我東西都整理好了，班恩忽然坐到他那張鋪著超人床單的床上。他問我：「你有沒有告訴你爸媽那部電影演了什麼？」

「沒有。你呢？」

「呃……」床單上的超人臉上有一根線頭鬆了，他伸手去扯那根線頭。「你為什麼不說？」

「我也不知道。那你呢？你為什麼不告訴他們？」

班恩聳聳肩，不過，看得出來他有心事。「我是覺得，那部電影實在太恐怖了，還是不要告訴他們比較好。」

「也對。」

「剛剛我跑到後面去看了一下。」班恩說。「我們家後面沒有沙丘，只有大岩石。」

我們的看法一致。奇風鎮到處都是那種紅岩山丘，要是火星人真的來了，想在那些大岩石上打洞，恐怕沒那麼容易。接著，班恩打開一個紙箱給我看。裡頭全是「南北戰爭」泡泡糖收集卡，上面的圖案都好血腥，有人被子彈打得肚破腸流，有人被刺刀刺得皮開肉綻，有人被炮彈炸得血肉橫飛。我們坐在床沿，幫每一張卡片編一個故事，後來，我們聽到他媽媽拉了叫人鈴，叫我們去吃炸雞。

除了炸雞，席爾斯太太還準備了巧克力餡餅和綠茵牧場的冰牛奶。吃過晚飯之後，我們玩了一盤英文圖案拼字遊戲，班恩的爸媽一組，我和班恩一組。他爸爸一直拼出一些奇怪的字，我一看就知道他根本就是瞎編的，字典裡根本找不到，比如說「kafloom」和「goganus」。他真的很愛作怪。席爾斯太太說他這個人就是這樣瘋瘋癲癲的，活像吃到辣椒的猴子，不過她還是被他逗笑了。我也一樣。「柯力。」他忽然對我說。「三個牧師要上天堂那個笑話你聽過沒有?」我還來不及說沒有，他又開始口沫橫飛的說起來了。他好像很喜歡拿牧師開玩笑。真不知道衛理公會教堂的拉佛伊牧師對他們這一家人會作何感想。

八點多的時候，我們正準備要玩第二盤，忽然聽到南哥在門廊上猛吠起來。過了一會兒，我聽到有人敲門。「我去開門。」席爾斯先生說。他一打開門，我們看到有個人站在門口。那個人瘦瘦的，不過看起來很結實，臉上有很多皺紋，五官分明，身上穿著一條牛仔褲和紅格子襯衫。「嗨，唐尼！」席爾斯先生跟他打的聲招呼。「進來吧，你這個渾小子！」

席爾斯太太一直盯著她丈夫和那個叫唐尼的男人。我注意到她忽然露出一種咬緊牙根的表情。

唐尼湊在席爾斯先生耳邊悄悄說了幾句，然後席爾斯先生就轉頭過來對我們說：「我和唐尼到門廊上坐一下，你們自己先玩。」

「希姆。」席爾斯太太勉強擠出一絲笑容，不過我看得出來她已經快笑不出來了。「你不玩，我一個人要怎麼玩呢?」

但席爾斯先生還是走出去了。紗門碰的一聲關上了。

好一會兒，席爾斯太太一動也不動，愣愣的看著門口，臉上的笑容已經不見了。

「媽?」班恩叫了她一聲。「該妳了。」

「好。」她試著想集中精神玩拼字遊戲。我看得出來她很努力的想專心玩，只不過，她眼睛卻不由自主的一直瞄向紗門。外面的門廊上，席爾斯先生和那個叫唐尼的人坐在折疊椅上，兩個人低聲交頭接耳，一臉嚴肅。「好。」班恩的媽媽又繼續說。「給我一分鐘好不好?讓我想一下。」

可是，一分鐘過去了，幾分鐘過去了，她還在想。後來，遠遠的地方忽然有一隻狗開始吠起來，接著，另外兩隻狗也跟著吠起來。沒多久，南哥也加入了牠們的陣容。席爾斯太太正低頭挑選字母片，這時門忽然嘩一聲被推開了。

「嘿，伊麗莎白！班恩！趕快出來！趕快！」

「怎麼了，希姆？什麼——」

「趕快出來就對了！」他大叫起來。我們立刻從桌邊的椅子上站起來，跑到外面去看看怎麼回事。

唐尼站在院子裡看著西邊的天空。附近的狗已經吠得有點歇斯底里。家家戶戶窗口透出燈火。附近的人家也紛紛開門走到外面，看看那些狗到底怎麼回事。席爾斯先生抬起手指向唐尼看的方向。「你們看過那種東西嗎？」

我抬頭看向那邊，班恩也跟著抬頭去看。接著，我忽然聽到他倒抽了一口氣，彷彿他肚子上被人打了一拳似的。

繁星閃爍，遍灑夜空，我看到那個東西從黝黑的天空掉下來。那看起來像一團紅色的光球，後面拖著長長的紫色火焰和一道長長的白煙，在夜空的襯托下格外耀眼。

那一剎那我心臟差點爆炸。班恩忽然往後退了一步，還好他媽媽在後面擋住了他，要不然他可能會摔到地上。我心臟怦怦狂跳。我忽然想到，全奇風鎮的孩子，只要是那天下午在愛之頌戲院看過電影的，那一刻一定都跟我一樣抬頭看著天空，嚇得目瞪口呆。

我嚇得差點當場尿褲子，但我還是硬憋住了。只不過，我知道自己快憋不住了。

班恩開始啜泣起來。他嘶啞著嗓子結結巴巴的說：「那是……那是……那是……」

「那是隕石！」席爾斯先生大叫了一聲。「你們看，它掉下來了！」

唐尼哼了一聲，努努嘴唇把牙籤擠到嘴角。我瞄了他一眼。在門廊的燈光下，我注意到他指甲很髒。

隕石掉落的速度不快，後面拖著長長的火花，形成一條螺旋形的軌跡。隕石本身並沒有發出聲音，倒是我們這些觀看的人大呼小叫，叫別人也一起來看。另外，有些狗也開始發出那種令人毛骨悚然的嚎叫。

「看樣子，那東西會掉在我們奇風鎮和聯合鎮中間的位置。」唐尼歪著頭估算。他臉型削瘦憔悴，一頭黑髮油光發亮。「他媽的鬼玩意兒。」

奇風鎮和聯合鎮相隔十二公里，中間是連綿的山嶺，森林，沼澤，而酋長河蜿蜒其間。我忽然想到，要是火星人真的來了，那裡真的是他們的溫床。想到這裡，我感覺自己的腦海彷彿開始啟動了警報。我轉頭看看班恩，發現他的眼球彷彿快要從眼眶跳出來了，顯然已經恐懼到了極點。接著，我又抬頭看看天上那團火球，那一刻，我腦海中第一個浮現出來的，就是玻璃桶裡那個長滿了觸鬚的頭。那是一張邪惡的臉，一張看起來有點像東方人的臉。我感覺自己兩腿發軟，簡直快站不起來了。

「嘿，希姆。」唐尼忽然開口了。他說話的時候還嚼著牙籤，說得很慢，聲音聽起來很低沈。「要不要跟我去看看那鬼玩意兒掉在哪裡？」他轉頭看著席爾斯先生。他鼻子又塌又扁，彷彿臉上挨過拳頭。「怎麼樣，希姆？要不要去？」

「好啊！」他說。「好，我們去追，看看它掉在哪裡！」

「求求你，希姆！」席爾斯太太忽然說。她的口氣聽起來已經像在哀求了。「不要去，今天晚上你應該留下來陪我跟孩子！」

「快掉到地面了。」唐尼嚼牙籤的時候，下巴肌肉一扭一扭的繃得好緊。「快來不及了。」

「沒錯！別再浪費時間了。伊麗莎白。」席爾斯先生開始轉身往後走。「我去拿外套！」他三步併作兩步跳上門的階梯，衝進屋子裡。紗門都還來不及關上，班恩已經跟在爸爸後面衝進去了。

席爾斯先生走進臥室裡，打開衣櫥，拿出他那件棕色的粗棉布外套穿到身上。接著，他踮起腳尖，手伸到衣櫥最上面的架子，在一條紅毯子底下摸索。過了一會兒，他手伸出來的時候，班恩正好走進臥室。那短短的一剎那，班恩瞥見他爸爸手上好像拿著某種金屬。

班恩知道那是什麼東西。他知道那是幹什麼用的。

「爸？」他說。「求求你，不要出去，留在家裡好不好？」

「嘿，小朋友！」他爸爸轉頭看著他，面帶微笑，然後把那個看起來像金屬的東西塞進外套裡，拉上拉鍊。「我要跟布萊洛克先生去看看隕石掉在哪裡。我去一下馬上就回來了。」

班恩站在門口，彷彿擋在中間，把他爸爸和外面世界隔開。他心裡更害怕，眼中泛著淚光。「爸，讓我跟你一起去好不好？」

「不行，班恩。這次不行。時間差不多了，我該走了。」

「爸爸，拜託你，帶我一起去好不好？我一定不會吵你好不好？」

「不行啊，孩子。」席爾斯先生拍拍班恩的肩膀。「你一定要留下來陪媽媽和柯力。」說著他輕輕推了一下班恩，想把他從門口推開。雖然班恩硬是不肯讓開，但最後還是被爸爸推開了。「乖乖聽話，知道嗎。」席爾斯先生邊說著邊走出房間門口。

班恩沒辦法了，只好抓住爸爸的手想拉住他。「爸，求求你不要去！」他大叫著。「不要去！求求你不要去！」

「班恩，不要像小孩子一樣。趕快放手。」

「我不要。」班恩大叫著，眼眶裡的淚水開始往下掉，流了滿臉。「我不讓你去。」

「我只是去看看那顆隕石星掉在哪裡，一下就回來了。」

「要是……要是你去了……」班恩實在太激動，喉嚨哽住了，幾乎說不出話來。「你回來的時候會變成另外一個人。」

「希姆，快點，該走啦！」唐尼布萊洛克在門廊那邊催他。

「班恩。」席爾斯先生口氣開始嚴厲了。「我要跟布萊洛克先生出去了。別再鬧了，男孩子要有男孩子的樣子。」說著他用力把手抽回來。班恩站在那裡抬頭看著他，表情非常痛苦。這時他爸爸伸手摸摸班恩那頭短髮。「小朋友，我會帶一小塊隕石回來給你，好不好？」

「求求你不要去！」班恩啜泣著說。

他爸爸忽然轉身，邁開大步走出紗門。唐尼布萊洛克在門廊上等他。當時我和席爾斯太太一起站在庭院裡，兩人都抬頭看著天上那個光亮耀眼的東西。那顆隕石已經快要掉到地面了。席爾斯太太忽然說：「希姆，求求你不要去。」她說得有氣無力，席爾斯先生根本沒聽到。他沒跟太太說什麼，直接跟他的朋友走到路邊，坐上那輛深藍色的雪佛蘭。車頂的天線頭上吊著幾個紅色的泡棉骰子，車頭右邊被撞凹了。唐尼布萊洛克坐上駕駛座，席爾斯先生坐在右前座。過了一會兒，車子發動了，排氣管冒出一陣煙，然後立刻一陣風似的開走了。車子一開走，我忽然聽到席爾斯先生開始大笑起來，彷彿他又講了一個牧師的笑話。唐尼布萊洛克一定是把油門踩到底，因為車子沿著鹿人街開動的那一剎那，後輪摩擦地面發出刺耳的吱吱聲。

這時我轉頭看向西邊的天空，發現那顆耀眼的隕石已經掉落在山丘上的森林裡。剛剛它飛落的時候，彷彿一顆跳動的心臟劃過天際。那一刻，它已經掉落在荒野上的某個地方。

我心裡想，那片荒野沒有沙，火星人恐怕得跟泥巴和水草纏鬥了。

接著，我聽到紗門碰的一聲，立刻轉頭去看。我看到班恩站在門廊上，抬起一隻手，用手背揉著眼睛。他沿著鹿人街一路看過去，目送那輛雪佛蘭漸漸遠去。過了一會兒，車子向右轉到山塔克街，然後就消失了蹤影。

遠處有幾隻狗還在嚎叫。可能是布魯登區那邊的狗。席爾斯太太深深嘆了一口氣。「好了，我們進去吧。」她說。

班恩的眼睛腫腫的，不過他已經不再哭了。這時候，好像已經沒人有心情再繼續玩拼字遊戲了。席爾斯太太說：「班恩，你們兩個到房間去玩好不好？」班恩慢慢的點點頭，兩眼發直，那模樣彷彿他被人敲昏了頭。席爾斯太太走回廚房，打開水龍頭。我跟著班恩回到他房間，滿地全是泡泡糖收集卡。我一屁股坐到地上，班恩卻走過去站在窗口。

我知道他心裡很痛苦。我從來沒有看過他這樣。我忽然覺得應該安慰他兩句。「不用擔心。」我對他說。「根本就沒有火星人。那只是一顆隕石，沒什麼。」

他沒吭聲。

「所謂隕石，也不過就是一大塊熱石頭。」我說。「裡面根本就沒有火星人。」

班恩還是沒吭聲。他心事重重。

「你爸爸不會有事的。」我說。

這時班恩開口了。他口氣很平靜，可是聽起來卻有點令人毛骨悚然。「他回來的時候會變成另外一個人。」

「不會啦，他不會。你聽我說……那只是電影。是虛構的。」我心裡明白，我說出這句話的時候，內心深處有某種東西也跟著失去了。那種感覺有點痛苦，但也有一種輕鬆自在。「你聽我說，根本沒有那種會在人脖子後面挖一個洞的機器，也沒有那種關在玻璃桶裡的巨大的火星人頭。根本就沒什麼好怕的，你懂嗎？」

「他回來的時候會變成另外一個人。」班恩又說了一次。

我已經盡力了，可是不管我說什麼，都沒辦法讓他放心。這時席爾斯太太進來了，她眼睛也腫腫的，不過她還是硬擠出笑容。看她那樣子，我心裡忽然好難過。她說：「柯力，你要不要先去洗澡？」

一直到了晚上十點，席爾斯先生還是沒回家。席爾斯太太又走進班恩房間幫我們關燈。我和班恩一起躺在床上，身上蓋著雪白的被子。夜深人靜，萬籟俱寂，遠處有時會傳來幾聲狗吠，而南哥也偶爾會吠個兩聲。「班恩？」我悄聲問他。「你還沒睡吧？」他沒吭聲，不過聽他那種呼吸聲，我知道他還沒睡。「別再胡思亂想了。」我說。「沒什麼好擔心的，知道嗎？」

他忽然翻身背向我，臉埋進枕頭裡。

後來，我不知不覺睡著了。令我意外的是，我沒有夢見火星人，也沒有夢見爸媽脖子後面出現那種X型的傷口。我夢見的，是爸爸跳進湖裡，游向那輛逐漸往下沈的車子。我夢見他的頭被湖水淹沒，一直沒有浮上來。我站在那片紅岩平台上，聲嘶力竭的喊他。接著，葛蕾絲小姐家那個萊妮忽然出現了，整個人看起來像一團飄渺的白霧。她抓住我的手，我感覺到她手濕濕的。她牽著我離開湖邊。我聽到媽媽在遠處呼喚我，而我看到有個人影站在馬路對面樹林邊，身上那件長大衣隨風飄揚。

這時我忽然感到一陣搖晃，立刻驚醒過來。

我睜開眼睛，心臟怦怦狂跳。好像有什麼東西被撞到，那聲巨響彷彿還在我腦海中迴盪。沒有人開燈，屋子裡還是黑漆漆的。我伸手摸摸旁邊的班恩。結果，我只不過輕輕碰到他，他卻立刻倒抽了一口氣，彷彿受到很大的驚嚇。我聽到一陣轟轟的引擎聲，立刻跑到窗口看看外面的鹿人街。我看到那輛雪佛蘭的車尾燈漸漸遠去。是唐尼布萊洛克開車走了。

接著我忽然想到，剛剛我被那聲轟然巨響驚醒，那一定是紗門關上的聲音。

「班恩。」我剛醒過來，聲音很嘶啞。「你爸回來了！」

接著，我忽然又聽到客廳裡傳來砰的一聲，那一剎那，整棟房子彷彿都搖晃起來。

「希姆？」是席爾斯太太的聲音，聽起來很尖銳刺耳。「希姆？」

我跳下床，但班恩卻還躺在床上一動也不動。我覺得他好像愣愣的看著天花板。我走出房間，在黑暗中沿著走廊摸索前進，腳底下的木板地面嘎吱嘎吱響。過了一會兒，我忽然撞上席爾斯太太。她站在走廊的出口，面對著客廳。屋子裡的燈都沒開，到處一片漆黑。

這時候，我忽然聽到一陣濃濁的呼吸聲，聽起來有點可怕。

我忽然想到，說不定是火星人的肺呼吸到我們地球的空氣，才會發出那種聲音。

「希姆？」席爾斯太太又輕輕叫了一聲。「我在這裡。」

「在這裡。」那個人說話了。「在……這裡。在……他媽的……這裡。」

沒錯，是席爾斯先生的聲音，可是聽起來有點怪怪的，跟他平常不太一樣。他的口氣聽不出半點輕鬆幽默，完全不像平常他說牧師笑話的時候那麼愉快。那聲音聽起來死氣沉沉，而且陰森森的。

「希姆，我要開燈了。」

喀嚓。

看到了。

席爾斯先生跪趴在地上，低垂著頭，半邊臉貼在地毯上。他臉上全是汗，看起來腫腫的，眼皮也腫腫的。他外套的右肩上髒兮兮，牛仔褲上全是泥巴，看起來好像在森林裡摔倒了。燈一開，他忽然猛眨眼睛。我注意到他下唇上拖著一條長長的口水。「那東西在哪裡？」他忽然說。「妳看到了嗎？」

「在你……在你右手邊。」

他伸出左手摸索了一下。「他媽的妳騙我。」他咒罵了一聲。

「希姆，我說的是另外一隻手。」她口氣很疲憊。

他伸出右手摸向那個亮亮的金屬。那是一個威士忌小酒瓶。他摸到了那個小酒瓶，立刻一把抓住。接著他跪起來，愣愣的盯著他太太，眼中閃過一絲凶光，那模樣邪惡又醜陋。「妳敢跟我耍嘴皮子？」他咒罵著。「小心妳那張臭嘴。」

我慢慢往後退，退到走廊。眼前，我彷彿看到一頭怪物剝開身上的人類外皮露出本來面目。

席爾斯先生掙扎著想站起來。他扶住桌子，桌子猛然一歪，桌上的拼字遊戲盤忽然飛起來，字母片撒了滿地。他慢慢站起來，伸手轉開酒瓶的蓋子，然後把瓶口湊到嘴邊舔了一下。

「希姆，我們去睡覺好不好？」她問。聽得出來她鼓足了勇氣才敢開口，彷彿她很清楚問這句話會導致什麼後果。

「我們去睡覺？」他忽然冷笑起來。「我們去睡覺！」他嘴角往下一沉。「我不想去睡覺！妳這隻大屁股的臭母豬！」

我注意到席爾斯太太忽然渾身顫抖，彷彿被棍子抽到身上。她伸手掩住嘴巴。「噢……希姆。」她啜泣起來，那哭聲聽起來好心酸。

我又往後退了一步。這時候，班恩忽然從我旁邊擠到前面去。他身上穿著那件黃睡衣，面無表情，然而，我注意到他臉上閃爍著淚水。

人世間有些東西比怪物電影更可怕。那種感覺，彷彿你最親愛的人忽然變得很怪異，變成像電影裡或書裡那些駭人的怪物，滿臉猙獰的對著你笑。那一刻，我想像得到班恩心裡的感受。我相信，他一定寧願面對玻璃桶裡那個長滿了觸鬚的火星怪物，也不想面對酒醉的爸爸那佈滿血絲的雙眼。

「嘿，班恩！」席爾斯先生叫了一聲。他身體搖晃了幾下，趕緊伸手抓住椅子站穩。「嘿，你知道自己是什麼貨色嗎？你知道嗎？那個爛貨生你的時候沒生好，你的腦子有一大半還在她肚子裡。結果生下你這個蠢貨。」

班恩走到媽媽旁邊，停下來。無論那一刻他心裡是什麼滋味，他並沒有表露出來。他一定早就料到會是這種場面。爸爸和唐尼布萊洛克一起出去的時候，班恩就已經知道，爸爸回來的時候會變成另外一個人，只不過，那不是火星人造成的，而是酒瓶裡那些私釀的酒。

「真是世界奇觀哪，你們兩個。」席爾斯先生想打開瓶蓋，可是手卻不聽使喚，怎麼也打不開。「臭小子，敢跟我耍嘴皮子，怎麼，你覺得很好玩是嗎？」

「不是。」

「不是才怪！你巴不得想到處張揚，讓全世界都知道，是不是？對了，麥肯遜家那小子在哪裡？嘿，就是你！」他看到我了。當時我站在走廊上嚇得一直往後退。「你可以他媽的回去告訴你那個送牛奶的老頭，叫他快去死，聽到了嗎？」

我點點頭。接著，他撇開頭不再看我。我知道，眼前這個言語惡毒的人並不是席爾斯先生。不完全是。他的靈魂被酒精摧殘得血肉模糊，體無完膚。而那些惡毒的言語，彷彿是他的靈魂為了擺脫折磨所發出的吶喊。

「妳說什麼？」他忽然轉頭瞪著席爾斯太太。他眼睛已經腫得快睜不開了。「妳剛剛說什麼？」

「沒有，我……我沒有說——」

他忽然撲向她，宛如一條鬥牛。席爾斯太太驚叫了一聲，往後退縮，可是他一手抓住了她睡袍前襟，另一手抓著酒瓶舉到半空中，似乎想砸她的臉。「還說沒有！」他大吼。「妳還敢跟我頂嘴！」

「爸，不要！」班恩哀求他，而且跪到地上緊緊抱住爸爸的大腿。席爾斯先生舉著酒瓶要打他太太，班恩抱著爸爸的大腿，而我站在走廊上嚇得呆若木雞，三人就這樣僵持著，不知道過了多久。

後來，席爾斯太太終於開口了。面對即將迎面砸來的酒瓶，她嘴唇在顫抖。「我……我說……我和班恩都很愛你。還有……我們希望你過得快樂。就這樣，沒有別的。」她淚眼盈眶，一滴滴往下掉。「我們只希望你快樂。」

席爾斯先生沒有說話，一直閉著眼睛。過了不知道多久，他才奮力睜開眼睛。

「快樂？」他嘴裡喃喃嘀咕著。班恩也在啜泣，臉貼在爸爸大腿上。他的手抱著爸爸的大腿，抱得太緊，指關節都泛青了。席爾斯先生那隻拿著酒瓶的手慢慢放下來，然後放開太太的睡袍。「快樂。你們看，我很快樂。你們看，我不是在笑嗎？」

他面無表情。

他就這樣站在那裡，拚命喘氣，手抓著酒瓶垂在身旁。他往旁邊跨了一步，但接著又往另一邊跨了一步，彷彿不知道該往那邊走。

「希姆，要不要坐一下？」席爾斯太太問。她吸了一下鼻子，抬起手擦掉鼻涕。「我扶你過去坐一下好不好？」

他點點頭。「好。」

班恩放開他的腿，席爾斯太太扶著他走到椅子前面。他整個人像一灘爛泥似的跌坐在椅子上，然後張著嘴愣愣的看著對面的牆壁。她拖了一條椅子到他椅子旁邊，然後坐下來。那一刻，客廳裡的氣氛感覺彷彿暴風雨已經平息。也許，將來哪天晚上暴風雨又會來臨，但最起碼，此刻暴風雨已經過去了。

「我覺得——」說到一半他忽然停住了，彷彿忘了要說什麼。他眨了幾下眼睛，努力想了一下。「我好像不太舒服。」他說。

席爾斯太太輕輕攬住他的頭，讓他把頭靠在自己肩頭。他緊緊閉著眼睛，胸口劇烈起伏了幾下，然後開始哭起來。當時，我立刻走到門外，因為我忽然覺得自己不應該待在屋子裡。那是屬於他們一家人的一刻，痛苦的一刻，我不能侵犯他們。我身上只穿著睡衣，感覺屋外有點涼颼颼的。

我坐到台階上，南哥也慢慢走到我旁邊坐下來，開始舔我的手。那一剎那，我忽然覺得家彷彿變得好遙遠。

班恩一直都心裡有數。我忽然想到，剛剛他躺在床上裝睡，那需要多大的勇氣。他心裡明白，三更半夜的時候，如果聽到紗門發出碰的一聲巨響，那就代表爸爸回來了。只不過，那個人不再是他的爸爸，而是一個入侵者。我忽然想到，如果你知道接下來即將是這種可怕的結果，那麼，那等待的過程會是一種多可怕的煎熬。

過了一會兒，班恩也走出來了。他坐到我旁邊，問我還好嗎。我說沒事，然後，我也問他你還好嗎。

他說他沒事。我相信他，因為，儘管他的處境如此悲慘，但他已經想辦法適應了。

「我爸爸就像中邪一樣。」班恩解釋說。「他會說很可怕的話，可是他不是故意的。」

我點點頭。

「他並不是故意要罵你爸爸。希望你不要恨他。」

「沒有。」我說。「我不會恨他。」

「你會恨我嗎？」

「怎麼會呢？」我對他說。「我怎麼可能會恨你們？我不會恨任何人。」

「你真是我的好兄弟。」說著班恩忽然緊緊摟住我的肩頭。

接著，席爾斯太太也走出來了。她拿了一條毯子給我們。一條紅毯子。我們就這麼坐著，看著滿天的星星在夜空中緩緩移動。沒多久，我們聽到陣陣鳥鳴，這才意識到天快亮了。

早餐，我們吃了燕麥粥和藍莓鬆餅。席爾斯太太告訴我們，席爾斯先生還在睡覺，而且，他會睡上一整天。她問我，等一下我回到家之後，能不能請我媽媽打個電話給她，她有很多話想跟我媽媽說。吃完早餐之後，我換上衣服，把衣服和盥洗用具塞進背包裡，然後跟席爾斯太太道謝，謝謝她請我到她家來過夜。然後，班恩說明天我們學校見。他陪我走到腳踏車旁邊，我們就站在那裡繼續聊了一會兒。我們聊到我們的少棒聯盟棒球隊快要開始練習了。球季快到了。

後來，我們一直沒有再提起那部火星人的電影。那部電影裡，火星人陰謀要征服地球，一個城鎮接著一個城鎮，先征服爸爸媽媽，然後就會輪到小孩子。那天晚上，我們都看到了入侵者是什麼模樣。

那是星期天的早晨。我騎著腳踏車回家的時候，一路上不時回頭看看鹿人街盡頭那棟房子。我看到我的好朋友一直跟我揮手，揮了好久好久。

4 復活節的虎頭蜂

後來我們發現，那顆隕石掉落到地面之後只剩一些殘渣。一定是從外太空穿越大氣層的時候燒毀的。有幾棵松樹起火燃燒，不過禮拜天晚上忽然開始下雨，火勢很快就被撲滅了。而一直到了禮拜一早上上課時間，那場雨還下不停。而且那一整天，天空始終一片灰暗陰沈，雨一直都沒停。氣象預報說，那整個禮拜雨會斷斷續續一直下。問題是，禮拜天就是復活節了，媽媽一直祈禱，希望雨趕快停，要不然禮拜六商店街的復活節遊行恐怕會大煞風景。

其實，奇風鎮一年到頭都有人在遊行。禮拜五那天一大早，早上六點左右遊行就開始了。是布魯登區先開始的。那裡有一戶人家把房子粉刷成五顏六色，紫色、橘色、紅色，還有橙黃色。有一隊黑人已經從那裡出發開始遊行了。男人白襯衫黑西裝打領帶，女人和小孩則是穿著素淡灰暗的衣服。男人在前面帶頭，女人和小孩跟在後面。其中兩個男人身上還背著鼓，隨著步伐敲著緩慢的節拍。遊行隊伍一路經過大街小巷，越過平交道，經過商店街，經過奇風鎮中心，一路上都沒人說話。由於這是一年一度的例行儀式，奇風鎮的白人都從屋子裡走出來，站在路邊默默看著遊行隊伍。我媽也不例外，而我爸呢，早上這個時間他已經出去送牛奶了。從前我都會跟媽媽一起去，因為我跟所有的人一樣，知道復活節的遊行是很重要的儀式。

走在隊伍最前面的是三個男人，他們都背著一個粗麻布袋，脖子上掛著一串項鍊壓在領帶上。那串項鍊是由很多東西組合成的，包括琥珀珠，雞骨頭，還有河裡的小貝殼。在那個復活節前夕的禮拜五，馬路上濕答答的，天空依然陰雨綿綿，但遊行隊伍裡的人都沒有打傘。一路上，他們都沒有跟路邊圍觀的人說話，就算有人不懂規矩開口跟他們說話，他們也都沒回答。我注意到遊行隊伍正中央那個人就是來福先生。雖然全奇風鎮的人他都認識，但他並沒有左顧右盼。他眼睛直視著前方，盯著他前面那個人背後。奇風鎮和布魯登區是兩個緊密相連的小世界，而馬克斯來福則是這兩個世界共有的珍貴資產。他有一雙靈巧的手，天底下沒有任何東西是他修不好的。只要是人的頭腦設計得出來的東西，他都有辦法修好，只不過，他修東西的速度慢得出奇。等到他修好一樣東西，原本光禿禿的地上大概都已經長出比人高的草了。另外，我看到丹尼斯先生也在遊行隊伍裡。他是奇風小學的警衛。還有，我也看到衛佛丹恩太太。她是教會的廚師。另外還有博爾太太，她是「商店街麵包店」的老闆娘，個性很活潑開朗，平常一看到人總是笑呵呵。可是今天她卻是一臉嚴肅，頭上戴著一頂透明的塑膠雨帽。

隊伍最後面，遠在婦女和小孩後面，是一個瘦瘦高高的男人。他穿著一套黑色燕尾禮服，戴著一頂高禮帽，身上背著一面鼓，一隻手戴著黑手套輕輕拍打著鼓面。今天早上，全鎮的人頂著寒風冒著大雨站在街頭，就是在等這個人，還有，他的太太。此刻，他獨自一人走在隊伍最後面，低著頭。不過，再過不久他太太就來了。

我們都叫他「月亮人」，因為沒有人知道他叫什麼名字。大家都知道他已經很老很老，可是卻也沒人知道他究竟幾歲了。平常他總是深居簡出，從不離開布魯登區，只有在每年復活節的時候才會出現。他太太也一樣。他的臉又窄又長，半邊臉的皮膚呈現出一種蠟黃色，而另外半邊臉卻又黑得像木炭。不知道那是因為天生的，還是因為染上了什麼皮膚病。兩種顏色在他臉的正中央交會，呈現出一種斑點狀的融合，那條分界線沿著額頭、沿著高挺的鼻樑一路向下延伸到下巴。他下巴長滿了白花花的鬍子。這位「月亮人」是一個謎樣的人物，他兩隻手上各戴著一只手錶，脖子上掛著一條鍊子，上面吊著一個大得像豬腳關節的鍍金十字架。我們猜，他不但是這個遊行隊伍的固定成員，而且，遊行隊伍的行進速度就是他負責掌控的。

遊行隊伍保持著一種穩定的速度繼續往前走，慢慢穿越奇風鎮中心，走向酋長河上那座石像橋。要等隊伍走到那邊，恐怕還要等上一段時間，不過，就算上學遲到也要繼續等，因為絕對值得。事實上，每逢復活節前夕的禮拜五，學校都會特別把上課時間延後到十點，不會真的準時上課。

最前面那三個背著麻布袋的人慢慢走上橋，走到橋中央時忽然停下腳步，一動也不動，乍看之下好像三座黑色的雕像。而後面隊伍裡的人雖然緊緊擠成一團，但他們並不致於把整個橋面擋住。艾莫瑞警長已經事先沿著遊行路線安置了很多座拒馬，但其實那根本是多餘的，因為遊行隊伍自動自發留出了通路。

沒多久，一輛大型古董轎車沿著商店街慢慢開過來了。那輛車是從布魯登區出發的，沿著遊行路線一路開過來。車身上鑲滿了閃閃發亮的塑膠鑽石，從引擎蓋一路鋪到後行李廂蓋上。車子開到橋中央的時候忽然停下來，接著，司機走下車，拉開後車門。有人從車子裡鑽出來，月亮人趕緊攙住她滿是皺紋的手，扶她站起來。那就是他太太。

「女王」到了。

她很瘦很瘦，身子單薄得像一片影子，而且，也黑得像影子。她的頭髮白得像雪，脖子很長，肩膀纖細，可是儀態卻很挺拔，整個人散發出一種帝王般的氣質。她穿的衣服並不華麗，也不是什麼名牌。相反的，她穿的只是一件黑袍，腰上繫著一條銀帶子，腳上是一雙白鞋，頭上戴著一頂圓盒型的小白帽，帽簷垂著白紗。她手上的白手套很長，一直延伸到手肘。「月亮人」扶她下車的時候，司機立刻打開一把傘撐在她頭上。

聽說「女王」是一八五八年出生的，推算下來，她已經一百零六歲了。聽我媽說，女王本來是路易斯安那州的黑奴，南北戰爭前夕，她媽媽帶著她逃到沼澤區，後來一路逃到了紐奧良的海灣。她就是在那裡長大的。住在那裡的人全是痲瘋病患，逃犯，還有逃亡的黑奴。而也就是在那裡，她學會了一身神秘的本事。

她就是「女王」，而布魯登區就是她的王國。整個奇風鎮沒有人知道她叫什麼名字，只知道她叫「女王」。事實上，就連整個布魯登區也沒人知道她真正的名字。稱呼她「女王」確實很貼切。她整個人散發出一種無與倫比的高貴優雅。

有人拿了一口小鐘給她。她站在橋中央，低頭看著緩緩流動的黃濁河水，然後開始輕輕擺動手上的小鐘，不停的擺動。

我知道她在做什麼。我媽也知道。事實上，在場圍觀的人都知道。

女王要召喚河底的怪物。怪物深藏在河底的泥沙裡，女王要把牠召喚到河面上來。

牠叫「老摩西」。我從來沒有親眼看過老摩西，不過九歲那年有一天晚上，我聽到過老摩西的吼聲。至少，我認定那就是老摩西的吼聲。當時剛下過一場大雨，空氣很潮濕凝滯。我聽到一陣低沈的轟轟聲，聽起來很像教堂那座老風琴最低的那個音。那聲音非常低沈，彷彿你的身體先感覺到震動，然後才聽到聲音。沒多久，那低沈的隆隆聲漸漸變成一種嘶吼。聽到那聲音，全奇風鎮的狗都發了瘋似的狂吠起來。但沒多久，那吼聲忽然又不見了。回想起來，那大概持續了五、六秒鐘。第二天，全校的學生都議論紛紛。班恩和大雷認為那是火車的汽笛聲，而強尼則不表示任何意見。回到家之後，爸媽也說那一定是火車的汽笛聲。問題是，幾天後我們卻發現奇風鎮外三十公里處有一段鐵軌被大雨沖毀了，而且那天晚上並沒有列車從伯明罕那邊開過來。

那麼，你要怎麼解釋那神祕的吼聲？

不久前，有一具殘缺不全的牛屍被河水沖到石像橋下，頭和內臟都不見了。這件事是聽達樂先生說的。那次我和爸爸到他店裡去理髮，他神祕兮兮的跟我們說了這件事。另外，有兩個人在奇風鎮外的河邊撒網捕河蝦，結果卻看到一具屍體浮在河面上漂過去。他們說，屍體的胸口被剖開，乍看之下很像沙丁魚罐頭的蓋子被掀開一樣，而且，雙臂雙腿被連根扯掉。問題是，下游並沒有人看到那具屍體。另外，十月有一天晚上，石像橋有一座橋墩水底的部位被某種東西撞到，結果上面的支柱有好幾根出現裂痕，必須用水泥補強。後來鎮長在「亞當谷日報」發表了一篇聲明說：「橋墩是被一根漂流木撞到的。」

女王繼續搖著小鐘，手臂擺來擺去，那動作看起來有點像節拍器。接著她忽然開始吟誦咒語，聲音聽起來好清晰好嘹亮。那些咒語是用非洲語唸的，我一句也聽不懂，感覺上就像核子物理學一樣深奧。有時候她會停一下，然後歪著頭，彷彿在凝視什麼，或是仔細聆聽什麼。接著，她又開始搖小鐘。她從頭到尾沒有唸出「老摩西」這個名字，而是反覆唸著「丹巴拉，丹巴拉，丹巴拉。」而唸出這個名字之後，她又繼續用非洲語大聲吟誦咒語。

後來，她終於停止搖晃小鐘，手臂慢慢垂下來，然後點點頭，月亮人立刻把她手上的小鐘接過去。她眼睛凝視著河面，然而，我不知道她究竟看到了什麼。接著，她忽然往後退了一步，而那三個背著麻布袋的男人立刻站到橋邊，打開身上的袋子，從裡面拿出好幾個紙包。紙包都用細繩子綁住，其中幾個被鮮血浸透了，散發出一股生肉的腥味。他們打開紙包，把裡面的東西一樣樣拿出來丟進黃濁濁的河裡。有牛排，牛胸肉，牛肋條，一整隻拔了毛的雞。接著，他們拿出一個塑膠罐，裡頭裝的是雞內臟，一個綠色的大碗，裡面是幾副小牛腦，一個血淋淋的紙包，裡面是牛腎和牛肝，還有一個玻璃瓶，裡面是醃豬腳。他們依序把那些東西丟進河裡。丟完豬腳之後，接著是豬鼻子和豬耳朵。最後一項，是一顆比巨人拳頭還大的牛心。牛心掉進水裡，有如一顆紅石頭，濺起高高的水花。那三個人丟完東西之後，立刻把袋子摺好，往後退開。這時候，女王又往前跨了幾步，低頭看著自己的腳。地面上有一大灘血，她的鞋子踩在裡面。

我忽然想到，他們剛剛丟進河裡的，說不定就是他們的復活節大餐。

「丹巴拉，丹巴拉，丹巴拉！」女王又繼續召喚了幾聲，一動也不動的站在橋邊低頭看著橋下的水流，就這樣站了大概有三、四分鐘。最後，她深深嘆了口氣，轉身走回那輛鑲滿了塑膠鑽石的古董轎車。隔著她帽簷的白紗，我注意到她眉頭深鎖。她是看到了什麼嗎？還是說，她沒有看到她預期應該要看到的東西？她坐上車，月亮人也跟著坐上車。司機關上車門之後，坐上駕駛座，然後車子開始倒退，退到路面比較寬的地方，車子掉了個頭，往布魯登區的方向開回去。這時候，遊行隊伍也開始沿著原路往回走。通常在這時候，那些遊行的黑人會開始有說有笑，會停下來跟路邊圍觀的白人朋友聊天。可是那天，在那個復活節前夕的禮拜五，在那個異乎尋常的日子，女王鬱悶的心情似乎感染了每個人，大家似乎都沒什麼心情說笑。

我很清楚這個儀式的用意是什麼。全鎮的人都知道。那代表女王對老摩西一年一度的供奉。我不知道這個儀式是從什麼時候開始的，不過我聽說，那早在我出生之前就已經開始了。也許你會覺得那是一種異教徒的儀式，一種崇拜魔鬼的行徑，鎮長和鎮民大會應該要勒令禁止。「自由浸信會教會」的布萊薩牧師就是這麼認為。然而，鎮上很多白人都相信老摩西，他們根本不理會牧師的反對。那種感覺，就彷彿有人身上會帶著兔掌當護身符，有人會拿鹽巴從肩膀上撒向身後求平安，那些都已經成為生命中的一部份，大家都是寧可信其有，因為，上帝彰顯神蹟的方式有時候是超乎我們凡人所能想像的，就算你是基督徒也不見得完全懂。

第二天，雨勢更大了，雷電交加，烏雲籠罩了整個奇風鎮上空。商店街的復活節遊行取消了，鎮上「藝文委員會」和商會的人都大失所望，比如說，小范德康先生。小范德康先生家裡經營農牧五金行，過去的六年來，每年復活節他都打扮成復活兔，開車跟在遊行隊伍最後面。這項任務本來一直是他爸爸老范德康先生負責的，可是後來老范德康年紀大了，跳不動了，只好交給他。每年復活節，商店街沿路的店家都會撒糖蛋給小朋友，而且，不但在店門口撒，他們的家人也會在遊行的時候開車沿路撒。另外，「陽光會」那些太太小姐們也可以趁機展示她們的漂亮衣服，而全鎮的男人和小孩，還有「退伍軍人協會」的老兵，也可以趁機會威風凜凜地跟在掌旗人後面。還有，「亞當谷中學」的年輕女孩子組成了一個「南方美國甜心會」，每年復活節的時候，她們都會穿上環狀裙，在遊行隊伍裡耍陽傘。結果，遊行取消了，這一切就全部泡湯了。

到了復活節那天早上，天氣還是沒有好轉，風雨交加。起床後，我和爸爸穿上燙得畢挺的白襯衫，西裝，把鞋子刷得亮晶晶，邊打扮邊抱怨。面對這種抱怨，媽媽永遠都是那句「標準答案」。她說：「才一天嘛。」那跟爸爸的口頭禪「如假包換」有異曲同工之妙，彷彿只要她說上這麼一句，我們就會忽然覺得打領帶很舒服，也不會覺得領口被勒得喘不過氣來。復活節是我們這個家族的大日子，媽媽會打電話給外公外婆，而爸爸也會接著打電話給我爺爺傑伯和奶奶莎拉。每年復活節，我們全家族的人都會在「奇風第一浸信會教堂」齊聚一堂，聆聽牧師傳揚主耶穌基督死後復活的奇蹟。

白人教堂在雪松街。雪松街分別和兩條街交叉，一條是伯納街，一條是山塔克街，教堂就座落在兩個路口之間的路段上。我們開車抵達的時候，教堂裡早已擠得水泄不通。雨霧濛濛，隱隱約約看得到教堂的霧面玻璃窗口透出燈火。我們下了車，朝燈火的方向走過去。地上濕答答的，我們辛辛苦苦擦亮的皮鞋很快就濕透了。教堂門口的屋簷下已經擠了一堆人，有人正在脫雨衣，有人正在收傘。那座教堂是一九三九年建的，算起來已經有點歷史了，白色粉刷已經剝落得差不多了，整棟建築看起來顯得斑駁灰黯。通常每到復活節那天，教堂都會特別粉刷一下，把門面妝點得漂漂亮亮，乾乾淨淨。可是今年忽然下大雨，根本沒辦法粉刷，而院子裡的雜草也沒辦法修剪，一塌糊塗。

「歡迎歡迎，各位太陽王子！請進請進，各位月花公主！小朋友，走路小心不要跌倒喲！大家復活節早安！」在教堂門口負責接待的是樂善德醫師。他是奇風鎮的獸醫。有一次叛徒身上長了虱子，就是他治好的。他是荷蘭人，說起話來還有很重的荷蘭口音，不過我聽爸爸說過，早在我出生之前，他和他太太薇諾妮卡就已經從荷蘭移民到美國來了。他大概五十五歲左右，身高大約一百八十公分，肩膀寬闊，頭已經禿了，滿臉灰白的鬍子修剪得整整齊齊。他身上穿著一套三件式的西裝，感覺很整齊，領口打著蝴蝶結，衣襟上還別了一朵康乃馨。我們走到教堂門口，媽媽對他笑了笑，他立刻熱情洋溢地跟她打招呼。「早安！

麥肯遜太太！」接著他和我爸爸握握手。「今年這雨下得可真大！」接著輪到我了。他用力抓住我的肩膀，咧開嘴對我笑笑，露出兩顆銀光閃閃的門牙。「請進請進，小野馬！」

「剛剛樂善德醫師叫我什麼你聽到了嗎？」一進到教堂，我立刻跟爸爸說：「他竟然叫我小野馬！」也許是因為我才剛受洗沒多久，他認定我野性未脫吧。

教堂的木質天花板上有好幾座吊扇嘩啦啦轉個不停，但裡頭依然熱氣蒸騰。葛拉斯家兩姊妹坐在教堂最前面，一個彈鋼琴，一個彈風琴。這兩姊妹可以說是「怪異」這兩個字最完美的定義。雖然她們不是那種同一個模子刻出來的同卵雙胞胎，但也長得夠像的了。如果她們兩個人面對面站著，你很可能會誤以為是其中一個站在鏡子前面，只是鏡面稍微有點扭曲。兩個人個子都很高，都是瘦骨嶙峋，而且都梳著尖塔般的高聳髮型，唯一的差別在於，索妮亞頭髮的顏色是淡金色，而凱薩琳娜則是金黃色。兩個人都戴著厚厚的黑框眼鏡。另外，索妮亞只會彈鋼琴，不會彈風琴，而凱薩琳娜則是兩種都會。兩姊妹都沒結婚，常常吵架，可是偏偏卻又住在一起。她們住在山塔克街，她們家房子的形狀看起來很像一塊薑汁麵包。要是你當面問她們的年齡，你會得到好幾種不同版本的答案，五十八歲，六十二歲，六十五歲，就看你問的是誰。她們最「怪異」的地方，應該就是她們的衣櫥了：索妮亞的衣服全是藍色的，只差深淺不同，而凱薩琳娜全是綠色。這麼一來，無可避免的，我們這些小孩稱呼她們的時候，一個理所當然就是「藍色葛拉斯小姐」，而凱薩琳娜理所當然就是……自己猜吧。不過，儘管怪異，她們彈琴的技術可真是好得沒話說。

教堂裡已經人山人海，乍看之下彷彿一座溫室花房，各式各樣的帽子彷彿花朵一樣爭奇鬥艷。很多人想找位子坐，哈瑞斯凱樂先生忽然沿著走道向我們走過來，幫我們找位子。他也是負責接待的。他滿臉白鬍子，左眼有點歪斜。看到他那隻眼睛，我不覺有點毛骨悚然。

「湯姆！這邊這邊！老天，你眼睛瞎了嗎？」

全世界只有一個人敢在教堂裡大呼小叫。

放眼望去，教堂裡無數的帽子彷彿一大片起伏不定的海面，而他就站在那片帽海中，高舉雙手揮舞。我感覺到媽媽很尷尬的低下頭，而爸爸趕緊摟住她，彷彿怕她會羞愧到當場昏倒。有一次我無意間聽到爸爸說，爺爺常常會做一些類似「當眾亮屁股」的糗事。當時他以為我不會聽到，但我聽得可清楚了。而那天在教堂裡，爺爺果然又在「當眾亮屁股」了。

「我幫你們留了位子！」爺爺大嚷著。台上的葛拉斯兩姊妹被他嚇得亂了手腳，鋼琴風琴都走了音。「你們還不快點！再慢位子就被人搶走了！」

外公外婆也坐在同一排長椅上。外公穿了一套皺條紋西裝，可是尺寸太大，乍看之下彷彿被雨水泡濕了，整整大了兩號。他滿頭白髮往後梳得很平整，穿著白襯衫，打著藍蝴蝶結，脖子被領口勒住了，皮膚上擠出一堆皺褶。他那條木頭義肢的腿伸到前面那排椅子底下，眼神看起來好像很痛苦，而且，再加上他的位子就在我爺爺旁邊，那就更痛苦了。他們兩個坐在一起顯得很不協調。至於我外婆呢，她就顯得喜氣洋洋。她穿著一套如青草般翠綠的洋裝，戴著白手套，帽子上插了好幾朵小白花。她那可愛的橢圓形臉蛋顯得容光煥發。她坐在我奶奶莎拉旁邊，兩個人看起來彷彿姊妹花。奶奶一直伸手去扯爺爺的西裝外套，拚命想叫他坐下來別再丟人現眼。爺爺一年到頭永遠是那套黑西裝，復活節是那套，參加葬禮也是那套。爺爺站在那邊像個交通警察一樣，叫他那一排的人坐進去一點，擠一下，騰出位置來，然後大叫了一聲：「來，這邊又多了兩個座位！」

「傑伯，你給我坐下！坐下！」奶奶最後沒辦法，只好用力捶了一下爺爺瘦巴巴的屁股。爺爺皺起眉頭瞪了她一眼，然後心不甘情不願的坐下。

爸媽和我擠進那排座椅。外公跟爸爸打招呼說：「湯姆，真高興又見到你了。」兩個人握握手，然後他又接著說：「可惜我好像『看不清楚』。」他眼鏡上結了一層白霧，於是他把眼鏡摘下來，掏出手帕擦擦鏡片。「這五、六年來的復活節禮拜，今年是我見過人最多的——」

他話都還沒說完，突然聽到爺爺插嘴大叫說：「這裡快擠死了，還真像妓院發薪水的日子，你說對不對呀，湯姆？」奶奶立刻抬起手肘撞他的肋骨，撞得好用力，震得他假牙差點掉出來。

「我在跟湯姆講話，你能不能不要插嘴？」外公忍不住開口罵爺爺。他的臉開始脹紅了。「打從我坐下來到現在，還沒有機會開口說半句——」

「乖孩子，你看起來氣色真好！」爺爺又插嘴了。他手伸得好長，從奶奶面前伸過來拍拍我的膝蓋。「蕾貝卡，妳有沒有讓這孩子多吃點肉呢？小孩子正在長，要多吃點肉才長得出肉，知道嗎？」

「你耳朵聾了嗎？我剛剛說什麼你沒聽到嗎？」外公的臉越來越紅了。

「聽到什麼？」爺爺問他。

「傑伯，把助聽器打開啦。」奶奶提醒了他一句。

「妳說什麼？」他問她。

「助聽器啦！」她終於忍不住大叫起來。「把助聽器打開啦！」

看樣子，今年的復活節有好戲看了。

雨勢越來越大，雨水劈哩啪啦打在教堂屋頂上。教堂裡的人都在互相打招呼，而同一時間，人潮還持續湧進教堂，每個人都淋得渾身濕透。爺爺的臉又瘦又長，一頭白髮剪得好短。他抓著爸爸不放，拚命追問他謀殺案的事，可是爸卻一直搖頭，什麼都不肯說。奶奶問我今年是不是要開始打棒球了，我說對。奶奶圓圓的臉上滿是皺紋，一雙藍眼睛，神情看起來好慈祥，不過據我所知，她常常被爺爺氣得往地上吐口水。

由於下雨的緣故，窗戶都緊緊關著，裡頭空氣很滯悶。地板上濕答答的，牆壁在滲水，天花板的吊扇嗶啦啦響。教堂裡飄散著一股混雜到無法形容的氣味，有成千上百種香水味，刮鬍水味，洗髮精味，還有花香味，因為有人衣領上帽子上插著花。接著，穿著紫袍的唱詩班排成一列走進教堂。結果，他們第一首聖詩都還沒唱完，我已經汗流浹背。聖詩唱完之後，全教堂的人都站起來唱一首讚美詩。唱完了，大家又坐下。接著，兩個又圓又胖的太太走到前臺，開始勸大家捐獻，說是要救濟亞當谷的窮苦人家。那是葛里森太太和普拉斯摩太太。接下來，大家又站起來唱了另一首讚美詩，唱完了又坐下。爺爺和外公唱起歌來聲音洪亮得驚人，簡直就像沼澤池塘裡的牛蛙。

接著，瑞奇蒙拉佛伊牧師上台了。他身體圓滾滾的，臉蛋肥嘟嘟的。他站到講壇後面，開始宣揚耶穌基督死而復生的奇蹟，他說，這真是一個神聖的日子。拉佛伊牧師左眼上方的頭頂上有一撮棕色的頭髮，兩鬢的頭髮已經灰白。每到禮拜天，他的頭髮總是往後梳得很整齊，可是一開始講道，他開始手舞足蹈，口沫橫飛，那撮棕髮就會開始散亂，垂到前面像一道金黃色的瀑布遮住他的臉。他太太叫艾絲特，三個孩子分別是馬太、路加和約翰。

拉佛伊牧師講道講到一半，外面忽然雷聲大作。那一剎那，我忽然察覺到坐在我前面那個人是誰了。「魔女」。

她有心靈感應，能夠看穿別人的心思。這是大家都承認的。當我注意到她坐在我前面的那一剎那，她立刻就感應到了。她忽然轉過頭來，用那雙深邃黝黑的眼睛盯著我。她那種眼神彷彿能夠瞬間將人凍結，就連女巫也無力抵抗。「魔女」的名字叫布蘭達夏特利，一個十歲的小女孩。她一頭紅髮細得像絲，臉色蒼白，臉上滿是棕色的雀斑。她眉毛又黑又濃，粗得像毛毛蟲，五官歪歪扭扭，彷彿那張臉曾經被人拿鏟子狠狠打了一下。她右眼看起來比左眼大，鼻子尖得像老鷹嘴，底下露出兩個黑洞，而且，她嘴巴好大，兩片薄薄的嘴唇幾乎橫跨了下半邊的臉。只不過，這樣的長相並不能怪她，只能說是遺傳基因作祟。她媽媽跟她一樣也是火紅的頭髮，而且還有金黃色的鬍子。而她爸爸則是滿臉的紅色大鬍子，瘦得像竹竿。有這樣的遺傳基因，難怪她看起來像幽靈一樣令人毛骨悚然。

大家之所以會叫她「魔女」，是因為她曾經幫她爸爸畫過一張人像。在那張圖裡，她在她爸爸頭上畫了兩隻角，身體後面還長了一根尾巴，尾端像一隻叉子。而且那天，她親口告訴美術老師狄克森太太和全班同學，她爸爸衣櫥後面藏了一疊雜誌，雜誌裡有很多男生魔鬼，他們把尾巴插進女生魔鬼的洞洞裡。不過，魔鬼對她們一家人的詛咒，並不止於衣櫥後面的祕密。有一次上「看東西說故事」課的時候，她用鞋盒裝了一隻死貓帶到學校去，貓眼睛上還貼著兩枚一分錢的硬幣。另外，有一次上勞作課的時候，她用綠色和白色兩種黏土堆成一片草地，草地上是一片墓園，墓園裡有好幾座墳墓，墓碑上寫著幾個同學的名字，還有他們死亡的日期。有幾個同學嚇得差點精神錯亂，因為他們看到墓碑上的日期之後，以為自己真的活不過十六歲。另外，她還很喜歡說那種很噁心的笑話，比如說，漢堡麵包裡夾了狗大便之類的。去年十二月，奇風小學女生廁所發生水管爆裂的意外。事後發現，每一座馬桶裡都塞滿了筆記紙。大家議論紛紛，認為那件事一定和她脫不了干係。

如果你要我用一個字眼來形容她，那就是，「詭異」。

而那一刻，那個詭異的女孩正死盯著我。

她那張歪歪扭扭的嘴忽然露出一抹微笑。我拚命想撇開視線，然而，她那黝黑銳利的眼睛彷彿有一股魔力，我像中邪了一般根本無法移開視線。我心裡想，我被她制住了。有時候，當你希望大人多注意你，多關心你一下，他們偏偏就心不在焉。而有時候，當你希望大人不要來管你，他們偏偏就會死盯著你。大人好像都是這樣。就像那一刻，我好希望爸爸或媽媽開口叫布蘭達轉頭看前面，專心聽拉佛伊牧師講道，偏偏爸媽卻渾然無覺，彷彿魔女施展法力變成了隱形人，爸媽根本看不見她。除了我，沒有人看得見她。此時此刻，我成了她的獵物。

她慢慢抬起右手。她的右手彷彿一顆白色的小蛇頭，長著髒兮兮的綠色尖牙。接著，她慢慢的慢慢的伸出食指，伸向她的鼻孔，那動作又邪惡又優雅。然後，那根手指慢慢伸進鼻孔裡，那一剎那，我忽然浮現出一種怪異的幻想，以為她會把整根手指頭塞進去，沒想到她手指頭很快又伸出來了，指尖上有一團玉米粒大小的東西，綠綠的，亮亮的。

她那雙黑眼珠一眨也不眨，嘴巴開始慢慢張開。

老天。我心裡暗暗吶喊。不要，求求妳不要！

但魔女依然把指尖那團綠綠的東西伸向她的舌頭。

我根本無法動彈，只能眼睜睜地看著她的動作，感覺整個胃忽然扭絞成一團。

她的舌尖碰觸到那團綠綠的東西、髒兮兮的指甲，一條黏黏的東西垂掛下來。

魔女用舌頭舔自己的手指，舔掉了那團綠綠的東西。我猜，那一剎那我可能渾身劇烈顫抖，因為爸爸忽然摸摸我的膝蓋，湊在我耳邊悄悄說：「專心點！」只是，他當然看不到眼前那隱形的魔女，也沒有注意到她那噁心的動作。魔女對我嫣然一笑，那雙黑眼珠露出一種滿足的神色，然後就轉回頭去了。恐怖的夢魘結束了。她媽媽抬起一隻毛茸茸的手，摸摸她那火紅的頭髮，那模樣彷彿她女兒是天底下最可愛的女孩，美得會令上帝屏息。

接下來，拉佛伊牧師要大家禱告，我立刻低下頭，用力閉上眼睛。禱告進行了五秒鐘之後，我忽然感覺有東西重重敲到我後腦勺。

我轉頭去看。

那一剎那，我整個人立刻被一股無比的恐懼淹沒。坐在我後面的人，眼睛是灰色的，眼神比刀鋒更凌厲。是布蘭林兄弟。戈薩和戈寇。他們的爸媽分別坐在他們兩邊，正低頭全神貫注的禱告。我想像得到，他們一定是在為他們的骨肉禱告。兩兄弟都穿著白襯衫，藍西裝，而且都打著條紋領帶，不過，顏色不太一樣。戈薩是白底黑條紋，戈寇是白底紅條紋。大一歲的戈薩頭髮比較白，而小一歲的戈薩頭髮比較黃。他們的臉看起來很像那種魔鬼的雕像，連臉型的骨架都充滿殺氣——下巴有點突出，額頭像大理石板，而那高聳的顴骨銳利如刀鋒，彷彿你不小心碰到就會皮開肉綻。我轉頭去看他們，只有短短的一剎那，但我已經看到兩張殺氣騰騰的臉，看到戈寇伸出中指朝我比一個很粗鄙的手勢，而戈薩正把一顆小黑豆塞進吸管裡，準備下一波攻擊。

「柯力，別看後面！」我媽湊在我耳邊悄悄說，然後扯了一下我的衣服。「眼睛閉起來，專心禱告！」

我乖乖閉上眼睛。沒多久，第二顆黑豆又擊中了我的頭。那種痛，會讓人忍不住想大聲慘叫。禱告的那段時間，我聽得到布蘭林兄弟在我背後說悄悄話竊笑不已，兩人你一句我一句好像在唱雙簧，真是邪惡到極點。看樣子，這一整天我的後腦勺會變成他們吸管吹黑豆的靶子。

過了一會兒，禱告結束了，大家又站起來唱另一首讚美詩。接著牧師宣佈要開始募捐了，而負責收捐獻的人也進了教堂。捐獻盤開始從前面的座位依序傳過來。爸爸事先已經拿了一張一塊錢的鈔票給我，就是準備捐獻用的。我把那張鈔票放進盤子裡。接著，葛拉斯姊妹又開始彈琴，聖詩班開始唱起另一首聖歌。布蘭林兄弟在後面咯咯竊笑。後來，拉佛伊牧師又站起來做復活節的佈道。就在那時候，我發現一隻虎頭蜂飛過來停在我手上。

我的手擺在膝蓋上。雖然那一剎那我彷彿被閃電擊中，感覺背脊竄起一股寒意，但我手還是不敢動，不敢把牠趕走。那隻虎頭蜂慢慢爬到我食指和中指之間，然後就停住了。牠尾巴那根黑藍色的毒針扭來扭去。

我還是先告訴大家一些關於虎頭蜂的知識。

虎頭蜂和蜜蜂不太一樣。蜜蜂的身體圓圓胖胖的，性情溫和，整天忙著在花叢間穿梭，對人類沒什麼興趣。至於胡蜂，雖然好奇心比較強，也比較凶猛，不過牠們也和蜜蜂一樣，有某種固定的習性，只要你對牠們夠熟悉，就可以預防被牠們攻擊。然而，虎頭蜂就不一樣了，尤其是那種身體細長的黑腹虎頭蜂。黑腹虎頭蜂的體型像一把有頭的匕首，天生就有強烈的攻擊性，而且毒性極強，一旦被牠螫到，你的慘叫聲會連你自己都不忍心聽。聽說，假如你把頭伸進虎頭蜂窩裡，那種感覺會很像是被散彈槍打到一樣。有一年夏天，有個小男孩到一棟廢棄的老房子裡去探險，結果嘴唇和眼皮被虎頭蜂螫到。我看過那男孩子的臉，腫得不成人形，慘不忍睹。我甚至不忍心看到布蘭林兄弟被虎頭蜂螫成那樣。虎頭蜂具有一種近乎瘋狂的野性，會突如其來的攻擊人。而且，牠們會竭盡所能把毒針深深刺進你的皮肉裡。牠們就跟布蘭林兄弟一樣生性凶殘。如果你要挑選一種最像魔鬼的動物，那麼，那絕對不會是黑貓，不會是猴子，甚至不會是最毒的蜥蜴「科摩多龍」。最像魔鬼的動物，永遠是虎頭蜂。

這時候，第三顆豆子又擊中了我的後腦勺。好痛，但我眼睛還是緊盯著指間那隻虎頭蜂。我心臟怦怦狂跳，渾身雞皮疙瘩。接著，忽然有個東西從我面前飛過去，我抬頭一看，看到第二隻虎頭蜂在魔女頭上盤旋，然後停在她頭髮上。魔女一定是感覺到頭上有什麼東西，因為她很快就抬起手把那隻虎頭蜂揮開。顯然她還沒搞清楚自己面對的是什麼。那隻虎頭蜂立刻往上飛，黑色的翅膀急速拍擊，那嗡嗡聲聽起來彷彿是在怒吼。當時我以為魔女這下子完了，那隻虎頭蜂一定會立刻衝過去狠狠的螫她。沒想到，那隻虎頭蜂竟然飛向天花板。我猜，那一定是因為牠感覺到魔女是牠的同類。

那時候，拉佛伊牧師正講得入神，講到耶穌基督被釘上十字架，馬利亞傷心哭泣，然後天使把洞口那塊巨石移開。

我抬頭看著天花板。

天花板上有好幾座吊扇，其中一座旁邊有一個小洞，大概有一枚硬幣那麼大。我看到三隻虎頭蜂從洞口飛出來，飛向底下的人群。過了幾秒鐘，又兩隻飛出來了。教堂裡很悶，幾隻虎頭蜂在凝滯潮濕的空氣中盤旋飛舞，彷彿在尋找新鮮空氣。

拉佛伊牧師抑揚頓挫的聲音是如此洪亮，然而，教堂外雷聲轟隆，滂沱大雨嘩啦啦打在屋頂上，幾乎快把他的聲音掩蓋住了。我幾乎聽不見他說了什麼。我低頭看看指間那隻虎頭蜂，然後又抬頭看看天花板那個洞。

又有更多虎頭蜂飛出來了。密閉的教堂裡空氣很潮濕，熱氣蒸騰，虎頭蜂在半空中盤旋。我開始計算。八……九……十……十一。有幾隻停在旋轉的扇葉上，彷彿正在玩旋轉木馬。十四……十五……十六……十七。接著，又有一群黑壓壓的虎頭蜂從洞口鑽出來了。二十……二十一……二十二。算到第二十五隻，我就沒再往下算了。

我想，教堂潮濕黝黑的閣樓上一定有一個大蜂窩，而且，鐵定大得像一顆足球。接著，當我看到又有十幾隻虎頭蜂從那個洞口鑽出來，我已經嚇得目瞪口呆。故事裡，馬利亞在路上遇見一個陌生人，陌生人掀開衣服，讓她看看他身體上的傷口。我猜，她內心的驚駭一定跟此刻的我差不多。而且，其他人似乎都沒有注意到。剛剛魔女挖鼻屎的時候，沒有人注意到，彷彿她是隱形的，那麼，難道那些虎頭蜂也是隱形的嗎？成群的虎頭蜂在天花板上緩緩盤旋，緩緩盤旋，彷彿在跟吊扇的葉片賽跑。此刻，牠們看起來已經開始像一朵烏雲，彷彿屋外的暴風雨已經設法滲透進來了。

這時候，我指間那隻虎頭蜂開始動了。我緊盯著牠。接著，我忽然感到脖子後面又是一陣劇痛，不禁皺起眉頭。又一顆豆子打中我了。那隻虎頭蜂沿著我的食指慢慢往上爬，然後停在我的指關節上。牠的毒針已經碰觸到我的皮膚，那針尖感覺很像一片極細極尖銳的碎玻璃。

拉佛伊牧師正講到他認為最精采的地方，講得眉飛色舞，兩手在半空中揮舞，頭髮開始往前垂，遮住了他的臉。教堂外雷聲隆隆，滂沱大雨嘩啦啦打在屋頂上，那轟然巨響聽起來彷彿世界末日已經降臨，彷彿我們應該開始效法諾亞的精神，開始打造方舟，把成雙成對的動物送上船。不過，這次一定要把虎頭蜂排除在外。諾亞犯了一個致命的錯誤，我們一定要設法彌補。我一直看著天花板上那個洞，恐懼和想像在我腦海中糾結纏繞。我忽然想到，可能是撒旦忽然找到辦法毀滅我們的復活節禮拜，而那一刻，在我們頭頂上盤旋的就是撒旦的化身，牠們正虎視眈眈。

這時候，兩件事同時發生了。

拉佛伊牧師高舉雙手，用一種收尾的口氣大聲說：「最黑暗的日子過去了，在那個光輝燦爛的早晨，天使降臨，啊啊啊——！」他本來高舉雙手要迎接天使，沒想到卻突然發現手上爬滿了小小的翅膀。

同一時間，我媽忽然伸手按在我手上，壓住了那隻虎頭蜂。接著，她無限溫柔的輕輕握了一下我的手。好像就是在那一剎那，虎頭蜂彷彿認為拉佛伊牧師的佈道差不多該結束了，於是，牠們同時展開行動，攻擊我媽媽和牧師。

媽媽忽然慘叫一聲，同一時間，牧師也慘叫起來。那彷彿是一種訊號，那群虎頭蜂已經等很久了。

上百根毒針組合成的一團烏雲凌空壓下，有如一片網，罩向底下那群驚惶失措的獵物頭頂上。

我聽到爺爺慘叫了一聲：「該死啊！」虎頭蜂螫上他了。外婆則是一聲尖叫，那聲音聽起來好像歌劇的女高音。魔女的媽媽被虎頭蜂螫到脖子後面，立刻大聲哀嚎起來，魔女的爸爸則是高舉著兩隻瘦骨嶙峋的手臂在半空中揮舞，而魔女卻放聲狂笑起來。而我後面，布蘭林兄弟的慘叫聲聽起來有點沙啞。那根用來吹豆子的吸管已經被他們丟在地上了。淒厲的慘叫聲響徹了整間教堂。放眼望去，只看到盛裝打扮的男男女女跳來跳去，兩手在半空中瘋狂揮舞，彷彿在奮力抗拒來自另一個空間的惡魔。拉佛伊牧師間歇性的狂跳了好幾次，彷彿每被虎頭蜂螫上一口，他就會痛得跳一下。他那雙手已經腫了好幾個包，只見他發了瘋似的拚命甩手，彷彿想把手掌從手腕上甩掉。整個唱詩班的人也在放聲高唱，只不過，這次唱的不是聖詩，而是淒厲的慘叫聲。有人被螫到臉頰，有人被螫到下巴，有人被螫到脖子。眼前的景象，彷彿一道黑色旋風在教堂裡盤旋掃蕩，掃過每個人臉上，繞著每個人頭上盤旋，彷彿一頂頂黑色的皇冠。這時有人忽然大叫起來：「趕快出去！趕快出去！」接著我聽到有人在我背後大叫：「到門外去！趕快跑！」葛拉斯兩姊妹跑散了，各自衝向門口，虎頭蜂停在她們頭髮上。那一剎那，大家立刻站起來往門口衝過去。才不過十秒鐘之前，這群教友是那麼的寧靜祥和，而此刻，他們彷彿突然變成了驚慌逃竄的牛群。

虎頭蜂就是有這種威力。

「我的腿卡住了！」外公大叫起來。

「傑伯！趕快去幫他！」奶奶大叫。沒想到，爺爺已經自顧自跟一群人擠在走道上衝向門口去了。爸爸拉我站起來。我聽到左耳邊傳來可怕的嗡嗡聲，那短短的一剎那，我立刻感覺到耳垂被螫了一口。我痛得眼淚差點掉出來。「唉喲！」我聽到自己慘叫了一聲。然而，整間教堂裡瀰漫著此起彼落的慘叫聲，再多一聲慘叫也不會有人特別注意，不過，另外兩隻虎頭蜂注意到了。其中一隻飛到我肩膀上，毒針刺穿了我的西裝外套，刺穿了我的襯衫，而另一隻衝向我的臉，我立刻感覺上唇彷彿被一根非洲土人的長矛刺中。我發出一聲淒厲的怪叫——噢哇哇噢哇！你一定聽不懂我在叫什麼，但你一定感覺得到我痛到什麼程度。於是我也跟大家一樣，兩手在半空中瘋狂揮舞，跟那團黑壓壓的旋風搏鬥。這時候，我忽然聽到一聲刺耳的尖叫，但聽起來又有點像狂笑。我已經痛得淚眼模糊，但我還是轉頭去看，結果，我看到魔女站在長椅上跳來跳去，咧開血盆大口狂笑，臉上爬滿了虎頭蜂。

「大家趕快出去！」樂善德醫師大喊。我看到三隻虎頭蜂纏著他光禿禿的頭頂不放，毒針連番刺進去，彷彿在他頭頂上跳躍。他太太跟在他後面跑。她滿頭灰髮，鐵青著臉，頭上那頂插滿藍花的帽子已經歪了，虎頭蜂在她寬闊的肩膀上爬來爬去。她一手抓著聖經，一手抓著皮包，跟在人群後面。她恨得齜牙咧嘴，拳頭在半空中瘋狂揮舞，彷彿想反擊那團攻擊她的烏雲。

大家奮不顧身的衝向門口，雨衣丟了滿地，雨傘也丟了滿地。大家都顧不了那麼多了。他們滿腦子只想趕快逃脫這種萬箭穿心般的煎熬，他們寧願到外面去面對那洪水般的滂沱大雨。這群教友剛進教堂做復活節禮拜的時候，個個都是彬彬有禮的基督徒，堪稱文明人的典範，然而一到了外面，他們都變成了徹底的野蠻人。女人和小孩在泥濘的院子裡摔得東倒西歪，而男人被他們絆倒，摔成狗吃屎的姿勢，整個臉埋進泥漿裡。濕答答的復活節紙帽像輪子一樣滿地亂滾，最後被傾盆大雨淋得濕透，變成一攤攤的爛紙。

我幫爸爸把外公的木頭義肢從椅子下面拉出來。虎頭蜂瘋狂叮上爸爸的手，毒針每刺一下，爸爸就倒抽一口氣。媽媽外婆和奶奶掙扎著跑向走道，可是走道上擠滿了人，有人摔倒在地上，後面的人被絆倒又疊上去，好像在疊羅漢。拉佛伊牧師和他太太艾絲特把他們的孩子圍在中間。他五根手指腫得像五根並排的香腸，但他還是拚命用手去護住孩子們的臉。艾絲特一直哭。唱詩班一哄而散，有人甚至把身上的紫袍脫下來丟在地上，我和爸爸把外公扶到走道上。虎頭蜂一直螫他脖子後面，他痛得滿頭大汗。爸爸幫他把虎頭蜂趕開，可是成群的虎頭蜂還是繞著我們盤旋，虎視眈眈，彷彿印地安人包圍拓荒者的車隊。小孩子放聲大哭，太太們驚聲尖叫，然而，虎頭蜂還是不斷的撲向他們，不斷的用毒針螫人。「趕快出去！趕快出去！」樂善德醫師在門口大喊。他一邊大喊，一邊把擠在門口的教友一個個推出去。他太太薇諾妮卡身材粗壯，簡直堪稱虎背熊腰。她甚至有力氣把男人一把提起來往門外丟。

我們快走到門口的時候，外公忽然又絆倒了。爸爸立刻把他扶起來。媽媽正忙著揮開奶奶頭髮上的虎頭蜂。接著，我脖子後面又是一陣火辣辣的刺痛。又被螫了兩下，而且相隔不到一秒，那種劇痛感覺很像我的頭已經快要炸開了。爸爸攙住我的手臂，把我拉到門外。一出門口，滂沱大雨立刻打在我頭上臉上。大家都已經跑到門外了，然而，爸爸踩到一攤水，滑了一跤，整個人跪倒在泥漿裡。我手按在脖子後面，繞著圈圈跑個不停，邊跑邊哭，因為實在太痛了。跑了一會兒，我腳下滑了一跤，整個人立刻摔倒在泥濘的地面上，西裝沾滿了泥巴。

拉佛伊牧師是最後一個出來的。他一衝出來就立刻關上教堂大門，然後轉身用背頂住門，那副模樣彷佛被他關在裡面的是魔鬼。

天上雷聲隆隆，下著傾盆大雨。斗大的雨滴打在大家身上，可是大家卻好像渾然無覺。有人愣愣坐在泥漿裡，有人茫然的踱來踱去，而有些人就只是站著淋雨，讓冰涼的雨水冷卻一下螫傷處的灼熱劇痛。

我也痛得要命，痛到有點神智不清，不由得開始胡思亂想。我彷彿看到教堂裡那些虎頭蜂正在慶祝，畢竟，對牠們來說，復活節一樣是復活節。冬天的時候，蜂巢被凍乾了，而冬眠的幼蜂也都凍僵了。而此刻，牠們剛從死寂的冬季甦醒過來，彷彿聖經故事中的天使推開墓穴的巨石，迎接春天的重生。而且，牠們也等於給我們上了一課，告訴我們生命是多麼的堅韌，多麼的不屈不撓。牠們用毒針給我們上的這一課，比拉佛伊牧師的任何一次佈道都更有說服力，我們一輩子都忘不了。我們每個人都親身體驗到最殘酷的人生教育。

接著，我注意到有人走到我旁邊彎腰看著我。我感覺到冷冰冰的泥巴貼到我脖子後面螫傷的地方。我抬頭一看，看到爺爺那張滿是雨水的臉。他的頭髮像刺蝟一樣一根根豎起來，那模樣彷彿剛剛遭到電擊。

「小子，你還好嗎？」他問我。

他剛剛拋下我們一家人自顧自跑掉了。我忽然覺得他真是個懦夫，而且就像背叛耶穌的猶大一樣。雖然他拿泥巴敷在我脖子上，但我一點都不感謝他。

我沒吭聲。雖然我眼睛看著他，可是感覺上卻彷彿看不見他。他說：「你不會有事的。」說完他就挺身站起來，走過去看奶奶。奶奶和媽媽外婆三個人抱成一團。那一刻，我忽然覺得他看起來好像一隻全身濕透的瘦巴巴的老鼠。鼠輩。

我感到很羞愧。要是我長得像爸爸一樣高大，說不定我會忍不住衝上去揍他。有這樣的爺爺，真是一種恥辱，簡直是無地自容。我忍不住會想，不知道自己會不會也遺傳到爺爺那種怯懦的性格。當時我還不知道，不過，後來隔了沒多久我就知道了。

這時候，我們聽到奇風鎮某個角落的另一間教堂響起鐘聲，那鐘聲在滂沱大雨中隱隱約約迴盪著，聽起來恍如在夢中。我不自覺的站起來。我的下唇、肩膀和脖子後面陣陣抽痛。然而，痛苦能夠教我們學會謙卑。就連布蘭林兄弟那種狠角色也痛到像小女生一樣哭得淅瀝嘩啦。要是你全身插滿了虎頭蜂的毒針，那麼，你還狠得起來嗎？

滂沱大雨中，復活節的鐘聲響徹了整個奇風鎮。

禮拜結束了。

哈利路亞。

5　腳踏車之死

大雨持續不斷。

烏雲籠罩了整個奇風鎮。巨大濃密的雲團挾帶著驚人的雨水。滂沱大雨打在屋頂上，我總是在嘩啦啦的雨聲中不知不覺睡著，但很快又被雷聲驚醒。叛徒躲在牠的狗屋裡嗚嗚哀鳴，渾身發抖。我知道牠一定很怕。幾天過去了，我身上被虎頭蜂螫到的傷口已經慢慢痊癒，變成一顆顆紅紅的小腫塊，然而，奇風鎮依然看不到半點陽光，大雨依然持續不斷。我窩在房間裡寫功課，功課寫完了就看「怪物世界」雜誌，或是看我那一大疊漫畫。

屋子裡飄散著一股雨水味，還有從地下室飄上來的濕木板和濕泥巴的氣味。由於雨勢太大，愛之頌戲院屋頂漏水，取消了禮拜六的放映。瀰漫的濕氣已經濃到化不開，感覺彷彿連空氣都要發霉了。復活節過了一個禮拜之後，那天吃晚飯時，爸爸看著霧茫茫的窗戶，忽然說：「雨再這樣繼續下不停，我們恐怕得像魚一樣用鰓呼吸了。」

雨果然一直沒停，空氣已經潮濕到快要凝結成水了。烏雲籠罩了整個天空，半點陽光都透不進來，整個奇風鎮彷彿變成了一片陰暗的沼澤。家家戶戶的院子都變成了小池塘，街道變成了溪流，學校開始提早放學，讓大家可以早點回家。那個星期三下午，我永遠記得，就在兩點四十三分的時候，我的腳踏車死了。

當時我正用力踩著踏板，在水流成河的鹿人街上掙扎前進。沒多久，我忽然感覺車身一震，發現前輪陷進一個水坑。那是路面上的一道裂縫形成的水坑。那一剎那，我那輛被鐵銹蛀爛的古董腳踏車徹底解體：把手應聲斷裂，前輪的輪輻也喀嚓一聲全部斷開，坐墊鬆脫，車體的每一個接合點也全部斷裂。我整個人摔到地上，趴在水裡，水流灌進我那件黃色的雨衣裡。我趴在那裡，整個人愣住了，一時反應不過來自己到底是怎麼摔倒的。後來，我坐起來，伸手揉揉眼睛，擦掉臉上的水，然後低頭看看腳踏車。那一剎那，我忽然明白，它已經死了。

我的腳踏車是在跳蚤市場買的，當年剛買的時候就已經是十幾年的老爺車了。而那一刻，滂沱大雨中，我坐在地上，心裡已經明白，它終於壽終正寢了。人類曾經用工具賦與它生命，而此刻，它的靈魂已經脫離了斷裂的車體，在滂沱大雨中飄向天堂。車體已經扭曲斷裂，而固定把手的螺絲釘只剩一顆，整隻把手就懸在那顆螺絲釘上。坐墊一百八十度向後倒轉，彷彿一顆脖子被扭斷的頭顱。鏈條從齒輪上鬆脫，輪胎從輪框上脫落，斷裂的輪輻一根根七橫八豎。看到眼前的殘破景象，我差點就哭出來。但儘管我很傷心，我終究明白哭是沒有用的。總之，腳踏車已經徹底解體了，它壽命到了。就這麼簡單。而且，我不是它的第一任主人，對它的感情畢竟沒那麼深。而且，這輛腳踏車在它第一任主人手中已經很多年了，長年累月在路上奔馳，在風吹日曬中損耗，它已經衰老了。既然已經被主人遺棄，既然已經衰老不堪，要是它真的有靈魂，那麼，說不定它會渴望早日解脫。其實，它從來不曾真正屬於我。儘管它曾經陪著我東奔西跑，然而，踏板和把手上卻還殘留著前一任主人的記憶。也許，在那個下雨的星期三下午，它終於決定結束自己的生命，因為它知道，我渴望的是一輛真正屬於我的腳踏車。也許。而我唯一能夠確定的是，接下來回家的路程，我只能走路了，而且，我沒辦法拖著腳踏車殘骸一起走。

我把車子拖到路邊一戶人家的院子裡，丟在一棵橡樹下。然後把濕透的背包揹到肩上，開始走回家。我鞋子也已經濕透了，走起路來噗茲噗茲響。

後來，爸爸送完牛奶回到家，聽我說腳踏車壞了，立刻叫我上車，然後載我回鹿人街，回到我丟腳踏車的地點。「還是有辦法修的。」雨刷在擋風玻璃上掃來掃去。他說：「我會找人把它焊接起來，或是看看還有沒有什麼別的辦法。再怎麼樣也比買新腳踏車便宜。」

「好吧。」我應了一聲，可是我心裡明白，那腳踏車已經沒救了。不管怎麼焊接都救不活了。「可是前輪已經整個散了。」我又補了一句，可是爸爸全神貫注在開車，好像沒聽到我的話。

沒多久，車子開到我剛剛丟腳踏車的那棵橡樹旁邊。「車子呢？」爸爸問。「你確定是這裡嗎？」

就是這裡沒錯，可是，腳踏車的殘骸已經不見了。爸爸把車停到路邊，跳下車，走到那戶人家門口敲門。我看到門開了，一位白頭髮的太太從門縫探頭出來。爸爸跟她說了幾句話，然後我看到那位太太伸手指向馬路。接著，爸爸又回到車子旁邊，帽緣滴著水，身上那件制服外套也濕透了。他縮起身體坐上駕駛座，關上車門，然後說：「呃，她說她剛剛到門外的信箱拿信，結果看到腳踏車丟在橡樹下，於是就打電話給史谷力先生，請他來把腳踏車收走。」阿莫史谷力是我們奇風鎮的回收業者。他常常開著那輛淺藍色的敞篷小貨車在鎮上跑來跑去，車身上用紅油漆噴了「史谷力中古貨回收場」幾個字和電話號碼。爸爸發動引擎，轉頭瞪著我。那種嚴厲的眼神我很熟悉。他生氣了。而且我知道，接下來我一定有苦頭吃的。「你為什麼不去找那位太太，告訴她你暫時先把腳踏車放在那邊，等一下會回來拿？你有想到過嗎？」

「沒有。」我老實的承認。「我沒想到。」

於是，爸爸把車子開離路邊，我們又上路了，不過，車子不是開回家，而是往西邊開。我知道爸爸要去什麼地方。奇風鎮西側的邊界是一片樹林，過了那片樹林就會看到史谷力先生開的中古貨回收場。一路上，爸爸又開始細說從前，當年他們如何如何。那真是一種疲勞轟炸。通常都是這麼開始的：「當年我在你這個年紀的時候，不管想去什麼地方，都只能走路。當年我好希望有輛腳踏車，就算是『中古』的也好。哼，當年我和我那群朋友常常得走四、五公里的路，根本不當一回事。而且，就是因為這樣，當年我們比你們現在強壯多了。陽光，風吹雨打，這些根本沒什麼。不管要去什麼地方，都靠我們的兩條——」接下去的就不用再說了，你自己不難想像。就是那種代代相傳的歡樂童年的讚美詩。

車子來到小鎮邊界，眼前濕答答的路面閃閃發亮，一路蜿蜒進入青翠的樹林。雨還是下個不停，薄霧繚繞，飄過樹梢，飄過路面。車子必須慢慢開，因為這段路很危險。即使是大晴天，即使路面是乾的，這段路都依然暗藏凶險。爸爸一邊開著車，嘴裡還是嘮叨個沒完，說當年就算沒有腳踏車，童年還是一樣過得很快樂。這時候，我終於明白他是在暗示我，萬一那輛舊腳踏車修不好，我也只能認命乖乖走路了。遠處雲霧嬝繞的山嶺傳來陣陣雷聲。眼前的馬路千迴百折，開在路上必須小心翼翼，感覺上像是牛仔馴服野馬。那一剎那我忽然有一種奇怪的感覺，於是就回頭往後看。我不知道自己為什麼會突然心血來潮，但我就是回頭了。

那一剎那，我看到後面有一輛車正朝我們車子衝過來。速度非常快。

我立刻汗毛直豎，猛站起來，全身起了雞皮疙瘩，感覺彷彿成千上萬的螞蟻在我身上爬。那是一輛黑色的車子，底盤很低，外型很剽悍，鍍鉻的水箱罩閃閃發亮，像一排森然利齒。我們後面是一條長長的彎道，剛剛爸爸開過來的時候小心翼翼，不斷的交互踩煞車和油門，然而，那輛車卻一轉眼就繞過那個彎道，快如閃電。我們車子的引擎轟轟作響，可是後面那輛車卻悄無聲息。我看到駕駛座上有個人影，而且那人臉色一片慘白。我注意到烏黑的引擎蓋上有橙紅色的火焰圖案。那輛車迅速逼近，幾乎快要撞上我們了，而且絲毫沒有要減速或轉彎的跡象。我立刻轉頭朝爸爸大喊了一聲：「爸！」

爸爸被我嚇得全身一震，方向盤歪了一下，車身立刻向左打滑，偏過中線，但爸爸一回過神來，趕緊把方向盤打正，車子才沒有衝進樹林裡。接著，車子終於又切回車道，停住了。爸爸立刻轉頭過來看我，我注意到他眼中射出怒火。「你瘋了嗎?」他大吼。「你活得不耐煩了嗎?你想害我們兩個一起送命嗎？」

我又轉頭看後面。

那輛黑車不見了。

他沒有超車，也沒有轉彎，就這麼不見了。

「我看到……我看到……」

「看到什麼？在哪裡？」他繼續逼問。

「我……我……我好像看到……看到一輛車。」我說。「那輛車差一點……差一點就撞上我們的車。」

他抬頭看看後視鏡，結果他當然什麼都沒看到，只看到路面上空蕩蕩的，下著滂沱大雨。接著他忽然伸手摸摸我的額頭。「你還好嗎？」

「我沒怎麼樣。」我沒有發燒。至少這是我可以百分之百確定的。爸爸發現我沒發燒，似乎鬆了一口氣，立刻把手縮回去握住方向盤。「你坐好。」他說。我趕緊乖乖坐好。接著，他又全神貫注看著前面濕答答的馬路，開動車子，不過，我注意到他咬緊牙根，而且越咬越用力。我猜，他一定是在盤算，究竟是該帶我去看巴瑞斯醫師，還是應該把我抓去打屁股。

我沒有再提到那輛黑色的車子，因為我知道爸爸不可能會相信我。然而，我真的認得那輛車。我看過，就在奇風鎮的馬路上。他常常沿著馬路呼嘯而過，轟隆隆的引擎聲驚天動地，很難不去注意。每次那輛車從我眼前衝過去的時候，我都感覺得到那股熱氣，看到路面上閃閃發亮。有一年八月的時候，天氣熱得嚇人，那天，我跟那幾個死黨在商店街的製冰廠前面晃來晃去，享受冰塊散發出來的涼氣。當時大雷告訴我：「那是全鎮跑得最快的車。我爸爸說，沒有一輛車能夠跑得贏午夜夢娜。」

沒錯，那輛車就叫做「午夜夢娜」。那輛車的主人叫史蒂夫克雷，大家都叫他「小個子」，因為他雖然已經二十歲了，但身高差不多只有一百六十公分。他抽煙抽得很凶，一根接著一根，也許就是因為這樣他才會長不高。

我不敢告訴他，在這條大雨濕滑的公路上，跟在我們後面的車子，就是「午夜夢娜」，因為，去年十月，有一天晚上，就在這條公路上發生了一件意外。那天晚上，擔任義消的爸爸接到一通電話。他告訴媽媽說是消防隊的馬凱特隊長打來的。有一輛車在十六號公路出了車禍，衝進樹林裡，車子起火燃燒。爸爸立刻就趕過去幫忙。沒想到幾個鐘頭後，爸爸回到家的時候，頭髮上全是灰，衣服上飄散著一股燒焦味。而自從那天晚上以後，自從看到現場的景象之後，他就不願意再擔任義消隊員了。

而此刻，我們就是在十六號公路上。而當初那輛燒毀的車，就是午夜夢娜。史蒂夫克雷當時就在車上。後來，「小個子」史蒂夫克雷的屍體——或者應該說，屍體的殘骸——埋葬在波特山上的墓園裡。而午夜夢娜也就被送進了廢車場。

然而，我真的看到了。午夜夢娜真的從霧氣中衝出來，從後面衝向我們車子。而且，我看到有人坐在駕駛座上。

但我不敢說。我麻煩已經夠多了。

接著，爸爸忽然開下十六號公路，轉上一條穿越森林的泥土小路，沒多久，我們來到一個地方，看到很多棵樹上都釘著銹痕累累的鐵製廣告招牌，上面寫著各式各樣的物品名稱。我算了一下，廣告招牌至少有上百面，有橘子汽水廣告，頭痛藥廣告，廣播電台廣告。穿越那片掛滿了廣告招牌的樹林之後，我們沿著那條路來到了一棟灰灰的木頭房子。房子的門廊看起來好像快要塌了，而庭院裡雜草叢生，恐怕沒有人會認為那叫「庭院」。「庭院」裡擺著堆積如山的報廢家具，五花八門什麼都有，有銹痕累累的老式手搖轉輪衣服軋乾機，有廚房用的火爐，電燈，床架，電風扇，冰箱，還有其他比較小型的家電用品。幾個巨大的電線軸，幾乎跟我爸爸一樣高。幾個裝滿了瓶子的大鐵桶。而在那堆垃圾正中央的位子，有一面人形的鐵牌。那是一個警察的人形牌，面帶微笑，胸口用紅漆噴了幾個字：「注意！嚴禁偷竊！」，還有，頭上有三個彈孔。

我覺得史谷力先生好像不需要擔心有人會來偷他的東西，因為，門廊上有兩隻紅色的獵犬趴在地上。我們車子才剛停好，爸爸才剛打開車門，那兩隻獵犬立刻跳起來，瘋狂掙扎，彷彿想把繩子扯斷。過了幾秒鐘，紗門嘩啦一聲打開了，一位太太從屋子裡走出來。她個子小小的，看起來有點虛弱，一頭白髮綁成一條辮子，手上抓著一把來福槍。

「是誰？」她大吼了一聲，聲音聽起來像鋸木材。「有什麼事嗎？」

爸爸舉起雙手。「史谷力太太，我叫湯姆麥肯遜，奇風鎮來的。」

「湯姆什麼？」

「麥肯遜！」那兩隻狗吠得驚天動地，他只好聲嘶力竭的大喊。「奇風鎮來的！」

史谷力太太忽然大吼一聲：「別叫了！」她忽然伸手到牆上，從鉤子上抓起一根蒼蠅拍，然後在那兩隻狗頭上猛拍了好幾下。兩隻狗立刻就不敢吠了。

我跳下車，站到爸爸旁邊。我們站在滿是泥濘的野草叢裡，鞋子上全是泥巴。「史谷力太太，我想找妳先生。」爸爸對她說。「他不小心搞錯了，把我兒子的腳踏車收走了。」

「嗯哼。」她說。「阿莫絕對不會搞錯。」

「他在家嗎？麻煩一下，我只是想問他幾句話。」

「他在房子後面。」她舉起手上的來福槍指向後面。「後面有兩間庫房，你到那裡去找找看。」

「謝謝妳。」他轉身往後走過去，我跟在他後面。我們走了大概五、六步，史谷力太太忽然大聲說：「嘿，我要先聲明，要是你們被什麼東西絆倒了，摔斷了腿，我們可不負責任。聽到了嗎？」

如果說前面的庭院像一座垃圾山，那麼，房子後面的景象恐怕只有做噩夢的時候才看得到。那兩間所謂的「庫房」，其實只是瓦楞鐵皮搭成的棚子，大小和儲存菸草的倉房差不多。你必須沿著一條蜿蜒纏繞的小路才走得到那裡。那條小路上有很深的車輪痕跡，兩邊是堆積如山的廢棄物，有電唱機，破雕像，橡皮水管，破椅子，刈草機，破門框，破爐台，破鍋破盆，舊磚頭，破瓦片，舊熨斗，汽車水箱，浴缸，五花八門什麼都有。「老天。」爸爸喃喃自語驚嘆了一聲。我們在垃圾山間穿梭，雨水淅瀝嘩啦打在那些垃圾上，而某些地方，雨水沿著凹陷順勢往下流，彷彿一道道的小瀑布。接著，我們走到一堆歪歪扭扭糾結纏繞的廢棄物前面，那一剎那，我忽然覺得自己彷彿來到一個怪異扭曲的世界。

眼前是一整堆成千上萬的腳踏車體，用生銹的鐵鏈串在一起，輪胎都不見了，支架也支離破碎。

聽說非洲某些地方有大象的祕密墳場。垂死的大象會自己走到那裡，找個地方躺下來，卸下滿是皺紋的笨重軀殼，靈魂慢慢飛上天。我相信，當時我看到的，就是腳踏車的祕密墳場。年復一年，那些腳踏車體在風吹日曬中逐漸腐朽，然而，它們的靈魂早已告別了奔馳的歲月，消散無蹤。在那一大堆腳踏車的殘骸中，有些早已被鐵銹徹底蛀爛，彷彿一片片的金屬枯葉，等著在秋天的某個午後被人一把火燒成灰。而有些車體上還殘留著某些破碎的零件，比如說，有幾盞頭燈早已破碎，但它掛在車上那種姿態卻彷彿依然目空一切。另外，有些把手早已扭曲變形，但上面的橡皮握把還在，彩色橡皮絲垂下來，乍看之下彷彿一條條快熄滅的火苗。那一刻，我腦海中忽然浮現出一幕景象，我彷彿看到很久很久以前，那些腳踏車上的烤漆都還是新的，輪胎也是新的，新齒輪油光發亮，新的鏈條繞著齒輪嘎嘎旋轉。我忽然一陣感傷。當時我不明白自己為什麼會有這種感觸，也許，那是因為我忽然體會到，天地萬物都有盡頭，無論我們多愛，無論我們多想挽留，它們終究會有消失的一天。

「嗨，你們好！」我忽然聽到有人在跟我們打招呼。「剛剛我好像聽到那兩隻狗在吠。」

爸爸和我立刻轉頭去看那個人。他推著一輛大型的手推車從一片泥濘中走過來，身上穿著一條連身工作褲，鞋子上滿是泥巴，肚子很大，臉上滿是老人斑，頭頂上有一撮白髮。史谷力先生滿臉皺紋，灰色的眼睛，戴著圓框眼鏡，鼻子圓圓的像蒜頭，鼻頭有幾條青絲。那是微血管破裂造成的。他的笑容很燦爛，露出一嘴的大黃牙，灰白鬍子的下巴上有一顆痣，上面冒出三根白毛。「想找什麼東西嗎？」

「我叫湯姆麥肯遜。」說著爸爸伸出手要跟他握手。「傑伯是我爸爸。」

「噢，對了！真不好意思，我竟然沒有一眼就認出是你。」史谷力先生跟爸爸握握手。「那麼，這就是傑伯的孫子囉？」

「對，他叫柯力。」

「我相信我一定見過你。」史谷力先生對我說。「當年你爺爺跟我還蠻有點交情，我還記得你爸爸當年在你這個年紀的時候的樣子。」

「對了，史谷力先生，今天下午你是不是去收了一輛腳踏車？」爸爸問他。「在鹿人街一棟房子前面。」

「對呀。不過，那車已經完蛋，整台車都差不多解體了。」

「呃，那是柯力的腳踏車。不知道能不能麻煩你還給我，我想，應該還是有辦法修的。」

「噢。」史谷力先生忽然笑不出來了。「湯姆，恐怕沒辦法了。」

「怎麼了？車子不是在這裡嗎？」

「呃，是在這裡沒錯。或者應該說，本來是在這裡。」史谷力先生伸手指向一間庫房。「幾分鐘前我才剛把車子拖到那裡去。」

「那我們去拿回來不就好了嗎？」

史谷力先生忽然咬咬下唇，看看我，然後又轉頭看看爸爸。「恐怕沒辦法了，湯姆。」他把那輛推車推開，推到那堆腳踏車殘骸旁邊。「來吧，我帶你去看看。」於是我們跟在他後面走向那間庫房。他走起路來一跛一跛的，那模樣有點像機器人。

「是這樣的。」他說。「這一年來，我一直想把那些舊腳踏車處理掉，騰出一些空間，這樣新的東西進來才有地方擺。所以，我跟我太太貝拉說，『貝拉，要是哪天再讓我回收到一輛腳踏車，我就要動手了。再一輛就好。』」他帶著我們走到庫房敞開的門口。裡頭很陰涼，天花板上有電線懸著一盞燈泡。裡頭有好幾堆雜七雜八的東西，在燈光的照耀下，旁邊的地上拉出長長的影子。陰暗處有些大型的東西特別突出，有的是圓弧型，有的有尖角，看起來很像火星人的機器。另外，好像有什麼東西在上面竄來竄去，發出陣陣的吱吱音。可能是老鼠，也可能是蝙蝠，我也搞不清楚。那地方看起來真的很像某種墳場。《湯姆歷險記》裡那個印地安喬一定很喜歡躲在這種地方。

史谷力先生帶我們走進另一間庫房，進門的時候他轉頭提醒我們：「小心地上，別摔到了。」他走到一部四方形的機器旁邊，停下腳步。「這部是輾碎機。十五分鐘前，你的腳踏車已經被我丟進去了。我丟了好幾輛進去，你的是最先丟進去的。」說著他把手伸進旁邊的一個大桶子裡，裡頭裝滿了扭曲壓扁的金屬碎片。旁邊另外還有好幾個桶子，也是準備用來裝金屬碎片的。「是這樣的，這些腳踏車輾碎之後，可以當廢五金來賣。我一直在等，等我又回收到一輛腳踏車，我就要開始把那些腳踏車一起碾碎。結果，我等到的就是你的腳踏車。」他轉頭看著我，眼神很慈祥。在燈光的照耀下，他頭頂上的水滴晶瑩閃爍。「很抱歉，柯力，要是早知道你還想留著這輛腳踏車，我一定會幫你留著。不過，我還是要告訴你，其實它早就已經死了。」

「死了？」爸爸似乎有點驚訝。

「沒錯。天地萬物都會死。那輛腳踏車壽命已經到了，不管你有多愛它，不管你花多少錢，都不可能修得好。就這麼回事。有時候，有人會把腳踏車送來我這邊，有時候是有人打電話叫我過去收。那些腳踏車都一樣，都已經死了。柯力，在我還沒有過去收你的腳踏車之前，你應該就已經知道它死了，對不對？」

「對。」我說。「我知道。」

「它完全沒有痛苦。」史谷力先生對我說。我點點頭。

我覺得史谷力先生已經完全領悟到天地萬物的本質，而且，雖然他已經日漸衰老，但他還是保有一顆年輕的心，還是能夠用年輕人純真的眼光去看這個世界。他一眼就能夠看透天地萬物的根本法則，而且他領悟到，並非只是有血有肉的生物才有生命，事實上，天地萬物都有生命——那雙你穿了很多年的寶貝鞋子，那輛永遠不會出毛病的車，那枝永遠寫不壞的筆，那輛陪伴你跑遍天涯海角的腳踏車。我們全心全意的信賴它們，而它們也回過頭來保護我們，帶給我們許多美好的回憶。

有些人心靈已經蒼老，頑冥不化，他們會嘲笑你說：「太荒唐了！」然而，我想問他們一個問題：你內心深處是否閃現過一個渴望，渴望你曾經擁有過的第一輛腳踏車能夠回到你身邊？即使只是電光石火的一瞬間，你是否渴望過？你一定記得那種美好的感覺。你一定記得。當年，你一定幫它取過名字，對不對？比如說，飛鷹，比如說，疾風，比如說，閃電，有沒有？當初是誰把它帶走的？它在哪裡？你一定想過的，對不對？

「柯力，有些東西我想帶你去看看。」史谷力先生拍拍我的肩膀。「來，跟我來。」

我跟在他後面走出輾碎機的房間，走進另一個房間。爸爸也跟來了。那裡面有一盞燈，還有一扇窗戶，玻璃很髒，昏暗的光線從窗口透進來，感覺綠綠的。史考利先生的辦公桌就在這裡，還有一個檔案櫃。他打開櫃門，手伸到最上面那個架子。「這東西我沒有拿給別人看過。」他告訴我們。「不過，我覺得你們一定會很想看看。」他的手在架子上摸索了半天，把上面的盒子移來移去，然後忽然說：「找到了。」他把手從黑漆漆的架子上抽出來，舉到有光線的地方。

我看到他手上有一塊木頭。那是一小塊樹幹的破片，樹皮已經褪色，上面還有一些乾掉的小蟲殘骸。另外，那塊木頭上還插著一根東西，看起來很像一把象牙雕成的匕首，大概十三公分長。史谷力先生把那塊木頭舉高，舉到燈下。隔著他的眼鏡，我注意到他眼中閃出一絲異樣的光芒。「看到了嗎？你們知道那是什麼嗎？」

「看不出來。」爸爸說。我也搖搖頭。

「仔細看。」他把那塊木頭舉到我面前，讓我仔細看看上面那把象牙匕首。我注意到匕首上有一些小洞和裂痕，邊緣的鋸齒狀看起來像魚刀。

「這是一根牙齒。」史谷力先生說。「或者應該說是一根動物的尖牙。」

「尖牙？」爸爸皺起眉頭，一下看看史谷力先生，一下又看看那塊木頭。「那條蛇一定大得嚇人！」

「湯姆，那不是蛇的尖牙。三年前的夏天，有一次我到河邊去撿瓶子，結果看到這塊木頭被沖到岸上。你看看樹皮，那棵樹一定很老了，而且可能已經沈在河底很多年了。說不定那棵樹是被洪水沖倒的，整棵樹被連根拔起。」他手上戴著手套，小心翼翼的摸著尖牙鋸齒狀的邊緣。「我相信，我手上的東西大概就是唯一的證據了。」

「不會吧？你意思是……」爸爸才剛開口，我就知道他說的是什麼了。

「沒錯。這就是老摩西的尖牙。」他又把那塊木頭舉到我面前，但我卻不由得往後退了一步。「說不定是因為牠的視力退化了。」史谷力先生開玩笑說。「說不定牠把那塊木頭看成是一隻特大號的麝香鱉，也說不定那天牠只是凶性大發，看到東西就咬。」他手指頭輕撫著鋸齒狀邊緣。「我實在不敢想像，人被這種牙齒咬到會怎麼樣。一定很恐怖吧，你覺得呢？」

「可以借我看看嗎？」爸爸問。史谷力先生把木頭遞給他，然後走到窗口看看外面。爸爸仔細看了一下，過了一會兒，他忽然說：「老天，你說得一點都沒錯！這真的是一根尖牙！」

「本來就是。」史谷力先生強調。「你以為我會騙人嗎？」

「你應該把這東西拿給幾個人看！比如說艾莫瑞警長，或是史沃普鎮長。老天，你甚至應該把這拿去給州長看！」

「我已經拿給史沃普看過了。」史谷力先生說。「可是他叫我把這東西藏起來，不要讓別人看到！」

「為什麼？這東西會變成頭條新聞！」

「我們的史沃普鎮長可不這麼認為。」他站在窗口轉過來面向我們，我注意到他眼中閃過一絲陰霾。「一開始史沃普認為我在騙他，後來，他叫巴瑞斯醫師過來看看，結果，巴瑞斯醫師又叫樂善德醫師也過來看。他們兩個都認為那是某種爬蟲類的尖牙。後來，我們在鎮長辦公室開了一個會。那是祕密會議，沒有人知道。史沃普說他不想讓外界知道這件事。他說那片尖牙可能是真的，也可能是假的，貿然發布，可能會引起不必要的恐慌，那太不值得。」說著，他把爸爸手上那塊木頭拿回去。「當時我說，『路德史沃普，要是酋長河裡真的有一隻怪獸，大家一定會很想看看證據，你不覺得嗎？』結果他看看我，嘴裡咬著煙斗，然後說，『大家都知道河裡有一隻怪獸，不過，要是真的看到證據，大家會嚇死。』接著史沃普又說，『要是河裡真的有一隻怪獸，那麼，那也是我們奇風鎮的怪獸，不要讓外面的人知道。』所以，這件事就這樣了結了。」史谷力先生把那塊木頭拿給我。「柯力，想摸摸看嗎？這樣你就可以去告訴你的朋友說你摸過這根尖牙，要不要？」

於是我把那塊木頭拿過來，伸出食指小心翼翼摸了一下。那根尖牙摸起來冷冰冰的。我想像得到，河底一定很冷。

接著，史谷力先生把那塊木頭放回架子上，關上櫃門。屋外又開始下大雨了，劈哩啪啦打在鐵皮屋頂上。「下這麼大的雨。」史谷力先生說。「老摩西一定很樂。」

「我還是覺得你應該把這東西拿給其他人看看。」爸爸對他說。「比如說，伯明罕那邊的報社。」

「我本來也想過，可是，湯姆，我覺得史沃普說的也不無道理。老摩西是屬於我們奇風鎮的，要是讓外面的人知道了，說不定會來把牠搶走。說不定他們會用魚網去抓牠，把牠當成一隻特大號的鯰魚，放在大魚缸裡讓遊客觀賞。」史谷力先生皺起眉頭，搖搖頭。「不行，我不想看到這種場面。而且我相信，女王也不想看到這種場面。我活了大半輩子，這麼多年來，每年復活節的禮拜五，她都會準備食物供奉老摩西，可是今年有點怪怪的，牠好像不太喜歡那些東西，沒有上來吃。」

「不太喜歡那些東西？」爸爸追問他。「什麼意思？」

「今年的遊行你沒看到吧？」史谷力先生等了一下。爸爸說他沒看到，於是史谷力先生又繼續往下說。

「往年老摩西吃完東西之後，都會故意用尾巴掃一下橋墩，意思是說謝謝。牠動作很快，輕輕掃一下，聲音不大，不過，如果你已經聽很多年了，你一定聽得出來。可是今年，牠卻沒有這樣做。」

這我還有印象。那天女王離開石像橋的時候，臉色很難看，眉頭深鎖，那些遊行的人走回布魯登區的時候，心情也都很惡劣。那一定是因為女王沒聽到老摩西用尾巴去掃橋墩。不過，我不懂的是，牠今年沒有這樣做，到底代表什麼？

「很難說那代表什麼意思。」史谷力先生彷彿看穿了我的心思。「不過，可以確定是，女王有點擔心。」

外頭天色越來越暗了，爸爸說我們該回家了。他跟史谷力先生說了聲謝謝，耽誤了他不少時間，並且謝謝他帶我們去看腳踏車是怎麼處理掉的。史谷力先生一跛一跛的帶我們走出去，走到一半爸爸忽然又對他說：「這不能怪你。這本來就是你該做的。」

「是啊。我剛剛說過，我一直在等著要再回收一輛腳踏車。不過，我還是要提醒你，反正那輛腳踏車也已經沒辦法修了。」

本來我也可以自己告訴爸爸，說那輛腳踏車根本不可能修得好。而事實上，我也真的說了，只可惜，小孩子講的話，大人通常都不當一回事。

快走到門口的時候，史谷力先生忽然說：「車子沈到湖裡那件事，我聽說了。」他的聲音在庫房裡迴盪著，這是我感覺到爸爸忽然緊張起來。「一個人那樣死掉，真的很悲哀，沒辦法舉行基督徒式的葬禮。」史谷力先生又繼續說。「艾莫瑞警長找到線索了嗎？」

「據我所知，目前還沒有。」爸爸聲音有點顫抖。我想像得到，每天晚上睡覺的時候，他眼前一定會浮現出當時的景象，彷彿看到車子在他面前往下沈，彷彿又看到那個人兩手被銬在方向盤上。

「我大概猜得出來那個人是誰，還有，是誰殺了他。」史谷力先生說。我們走到門口了，可是雨勢還是很大，劈哩啪啦打在那堆積如山的廢棄物上。天邊的晚霞已經快要消失了。史谷力先生靠在門框上，眼睛盯著我爸爸。「那個人一定是不小心踩到布萊洛克那一家人的地盤。他不可能是我們鎮上的人，因為，只要你住在奇風鎮，你一定知道布萊洛克那家人是天底下最狠毒最好色的惡棍。魏德布萊洛克，霸丁布萊洛克，還有唐尼布萊洛克，他們一定還躲在山上的森林裡。還有他們的爸爸『大砲』畢剛，那個人比撒旦還惡毒。錯不了，那個人鐵定是被布萊洛克他們那一家子幹掉的，然後丟進湖裡。絕對錯不了。」

「我想，警長大概也想過了。」

「大概吧。不過問題是，沒有人知道布萊洛克那一家子躲在哪裡。他們偶爾會出現。每次哪裡出了什麼事，你一定會碰到他們，但問題是，要想找出他們的老巢，簡直比登天還難。」說到這裡，史谷力先生轉頭看看門外。「雨比較小了，你們應該不會很怕淋雨吧？」

我們很費力地踩過滿地的泥濘，走回爸爸車上。經過那堆腳踏車旁邊的時候，我忍不住又回頭看了一眼。沒想到，我看到一個剛剛沒注意到的東西：忍冬藤。那堆破腳踏車正中央爬滿了忍冬藤，紅紅的鐵銹堆裡冒出一朵朵喇叭狀的白花。

爸爸也注意到另一樣東西。那堆破腳踏車旁邊還擺著另一樣東西，剛剛我們進來的時候也沒注意到。他忽然停下腳步，愣愣的盯著那個東西，而我也停下腳步。史谷力先生本來一跛一跛的要走進庫房裡，但他似乎感覺到我們兩個楞在那裡，於是又轉身走過來。

「我本來一直猜不透它被丟到哪裡去了。」爸爸說。

「嗯，我看我也要趕快把它弄走，你也知道，我得趕快挪出一點空間擺別的東西。」

說真的，我們幾乎已經快要認不出它了。它已經長滿了銹，整個扭曲變形，皺成一團廢鐵，擋風玻璃不見了，車頂也被壓扁了，不過，車身的黑色烤漆還沒有完全剝落。引擎蓋只剩一小片，然而，那一小片上卻清清楚楚看到一團火焰圖案。

它曾經受過很大的痛苦。

爸爸轉身走回車上，我趕緊跟在他後面。我必須說，我幾乎是緊貼在他旁邊。

「有空隨時歡迎！」史谷力先生跟我們說了再見。那兩條獵犬又開始狂吠，而史谷力太太也走到門廊上，不過這一次，她手上沒拿槍。我和爸爸沿著那條路開回家。那是一條被詛咒的路。

6　老摩西現身

那天去過史谷力的回收場之後，隔了大概一個禮拜，有一天晚上，電話鈴聲忽然響了。媽媽很快就接起電話。

「湯姆！是JT打來的！」她的聲音很緊張，彷彿已經快到崩潰邊緣了。「他說聖門湖的水壩裂開了！他打電話通知所有的人，叫我們到法院去集合！」

「噢，老天！」爸爸本來坐在沙發看電視新聞，一聽到媽媽的話立刻從沙發上跳起來。「洪水馬上就來了！柯力！」他大喊著。「趕快穿衣服！」

聽他那種口氣，我立刻就明白這事非同小可，動作最好快點。我本來在寫一篇故事，內容描寫的是一個鬼魂駕駛一輛黑色的賽車，但一聽到爸爸大喊，我立刻穿上牛仔褲。當你發現連爸媽都開始害怕的時候，你的心臟大概會開始一分鐘跳兩百下。剛剛好像聽爸爸提到「洪水」這兩個字。上一次洪水來，是在我五歲那一年，但那次並沒有造成太大的損害，只不過驚動了沼澤裡的蛇。不過，我讀過奇風鎮的歷史，知道一九三八年的時候，酋長河泛濫成災，奇風鎮街上的積水高達一公尺多。另外，一九三〇年春天那次洪水，布魯登區有些房子甚至被水淹到屋頂的高度。這麼看來，我們奇風鎮的洪水由來已久，而且，如果你算算今年從四月初到現在為止已經下了多少雨，再加上南方其他地區的總雨量，那麼，說今年洪水會來，沒人會感到意外。

酋長河發源於奇風鎮北邊六十公里的聖門湖。根據常識，無論是滔滔江河，或是潺潺小溪，最後都會流進大海，那麼，酋長河貫穿的奇風鎮當然逃不過洪水的命運。

我跑到後院去看看叛徒。看樣子，牠在狗欄裡應該不會有事。於是，我和爸媽飛快坐上車子，往法院的方向開過去。法院是一棟哥德式建築，座落在商店街的尾端。一路上幾乎家家戶戶都亮燈了，一傳十十傳百，消息很快就傳遍了整個奇風鎮。雖然現在只是下著毛毛雨，但水已經淹到車子輪胎下緣，因為排水管的水已經滿出來了，而且很多房子的地下室都已經被水淹沒，水都溢出來了。就是因為這樣，我的好朋友強尼他們一家人不得不搬到聯合鎮的親戚家去暫住。

法院的停車場上已經擠滿了轎車和敞篷小貨車。一道道的閃電劃過遠處的天際，照亮了低懸的烏雲。所有的人都擠進法院的大會議廳。裡面很寬敞，天花板上有壁畫，畫中的天使繞著一包包的棉花飛翔。那是二十年前留下的遺跡，因為這棟法院當年曾經是棉花拍賣場。後來，軋棉廠和倉庫都搬到不會淹水的聯合鎮去了，拍賣場才變成了法院。我們走到一台裂開的漂白機旁邊，找到位子坐下來。人潮不斷湧進大會議廳，很快就擠得人山人海，空氣悶得快沒辦法呼吸了。看樣子我們運氣還不錯，還有位子坐。有些人還蠻機靈的，很快就打開了吊扇。問題是，大家不斷呼出熱氣，溫度還是持續升高。凱蒂亞伯一家人擠到我媽旁邊坐下。她是全奇風鎮最喋喋不休的女人，而她丈夫是我爸爸的同事，也是綠茵牧場的送奶員。她一坐下就開始抓著她丈夫喋喋不休起來，眉飛色舞，口沫橫飛，我爸爸被她轟炸得快受不了了。接著，我看到班恩跟在他爸媽後面進來了，不過他們坐在會議廳的另一頭，離我們很遠。接著，我看到魔女了。她的頭髮紅得發亮，彷佛剛剛抹了一層油。她那個長得像怪獸的媽媽和瘦骨如柴的爸爸進來了，她跟在後面。她們在離我們不遠的地方找到了位子。接著，魔女注意到我那種厭惡的眼神，立刻對我露出一種猙獰的微笑。接著，我看到拉佛伊牧師一家人進來了，艾莫瑞警長也帶著太太女兒進來了，還有布蘭林兄弟一家，帕洛先生一家，達樂先生一家，大雷和他爸媽，藍綠雙色葛拉斯姊妹，還有更多我不太熟的人都陸續進來了。整間會議廳擠得像沙丁魚罐頭。

「請大家安靜一下!安靜一下!」副鎮長韋恩吉利站到講台上。多年以前，站在那上面的人本來是拍賣會主持人。副鎮長後面有一張桌子，鎮長路德史沃普和消防隊長傑克馬凱特坐在那張桌子後面。馬凱特隊長也兼任民防局長。「麻煩安靜一下!」吉利副鎮長喊的聲嘶力竭，粗壯的脖子上青筋暴露。大家開始安靜下來，接著，史沃普鎮長站起來發言了。他長得高高瘦瘦，大概五十歲出頭，下巴很長，一臉憂鬱，滿頭灰髮往後梳，前面的髮際呈現出一個V字型，嘴上永遠叼著一根木製煙斗，從早到晚吞雲吐霧，彷彿一具奮力開上陡坡的火車頭。他身上的打褶褲燙得很筆挺，襯衫前胸的口袋上繡著他姓名開頭字母的縮寫。他渾身散發出一股成功商人的氣息，而他的事業也確實經營得有聲有色。他是「史塔克西服店」和「奇風製冰廠」的老闆。那是他們家族代代相傳的事業，歷史悠久。他太太拉娜金恩旁邊坐的是科德巴瑞斯醫師夫婦。巴瑞斯醫師的太太叫白蒂。

「我想，大家應該都聽到消息了。」史沃普鎮長開門見山就說。他外表確實很有鎮長的威嚴，只可惜講起話來卻含含糊糊，彷彿嘴裡塞滿了燕麥粥。「各位鄉親，時間已經不多了。馬凱特隊長告訴我，酋長河的水已經快要溢出來了，等到聖門湖的洪水一來，我們麻煩就大了。到時候，我們可能就會見識到『洪水』這兩個字真正的定義。也就是說，布魯登區會先淹水，因為她最靠近河邊。范德康，你在哪裡?」鎮長轉頭看看四周，老范德康立刻舉起手。他患了軟骨病，手抖個不停。「范德康先生的五金行開門了。」鎮長向大家宣布。「他店裡有鏟子和沙包，我們可以到布魯登區的河邊築堤防，運氣好的話，說不定可以擋得住大洪水。換句話說，全鎮的人都必須動員，大家一起幫忙。我說全鎮的人，包括男人女人和小孩。我會打電話通知羅賓空軍基地，他們會派人過來幫忙。聯合鎮的人也已經出發要過來支援了。所以，只要不是行動不方便的，大家都要到布魯登區待命，準備搬土。」

「等一下，路德!」

說話的人站起來了。那個人不管在哪裡都很顯眼。每次看到他，我就會想到那本描寫白鯨的小說。當年我總覺得那本小說的書名跟他的名字很像。他就是迪克毛特利。他臉肥肥的，紅光滿面，頭髮剃成了平頭，整個頭頂看起來很像一個黃黃的插針墊。他穿著超大號的T恤和牛仔褲，那種尺寸大概可以同時塞進三個人，包括我爸爸、馬凱特局長和史沃普鎮長。他抬起一條濕答答的手臂，手指頭正對著鎮長。「剛剛你叫我們去幫別人築堤，在我看來，那等於是叫我們把自己的家撇在一邊！就是這麼回事！把我們自己的家撇在一邊，去幫那群黑鬼賣命！」

他的話立刻引起一陣騷動，全場的群眾立刻分成兩個陣營。有人大喊說毛特利胡說八道，也有人喊說他說的有道理。

「迪克。」史沃普鎮長把煙斗塞進嘴裡。「你應該知道，每次河水氾濫，永遠都是從布魯登區先開始的，因為那裡地勢比較低，所以說，只要我們能夠把那邊的河水堵住，那我們——」

「那布魯登區那邊的人在幹什麼？」毛特利繼續追問。他那顆大腦袋左右晃來晃去。「現場看不到半張黑臉嘛！他們人呢？怎麼沒看到有人來求我們幫忙？」

「因為他們從來不求人幫忙。」鎮長噴出一口煙，那模樣彷彿火車頭引擎開始啟動了。「我跟你打賭，他們現在一定都已經在河邊開始築堤了。只不過，就算水都淹上屋頂，他們也不會來求我們幫忙。女王無法容忍這種事。問題是，他們確實需要我們幫助，迪克。就跟上次一樣。」

「要是那些人有長腦袋，那他們應該早就搬走了！」毛特利還是不罷休。「還有，我真他媽的受不了那個什麼女王！她以為自己是什麼東西？她真他媽的自以為是女王嗎？」

「坐下吧，迪克。」馬凱特隊長叫他坐下。消防隊長塊頭很大，臉型輪廓很深，那雙藍眼睛炯炯有神。「現在沒時間吵這個了。」

「輪得到你廢話！」毛特利擺出強硬的姿態。他的臉越脹越紅，簡直紅得像消防栓。「叫那個什麼女王過來，當面跟我們白人求情，求我們救命！」整個會場又是一陣騷動，有人附和，有人叫罵。毛特利的太太費瑟立刻站起來大吼：「哼！沒錯！」她那銀灰色的頭髮看起來像白金。她的咆哮聲有如雷霆，蓋過了眾人的喧嘩。「叫我為那幫黑鬼送命，別作夢！」

「可是迪克。」史沃普鎮長的口氣聽起來有點為難。「就算他們是黑奴，好歹也是我們的黑奴。」

眾人還是吵成一團，叫罵聲此起彼落。有人說，如果你是基督徒，那你就應該幫助布魯登區的人，免得他們的家園被洪水淹沒。不過也有人說，真希望這次乾脆來場真正的大洪水，把布魯登區的人全部沖得乾乾淨淨，一了百了。我爸媽都沒說話。大多數在場的人都沒說話。吵架是講話大聲的人的專利。

接著，全場的嘈雜聲忽然慢慢消失了，大家漸漸安靜下來。最先安靜下來的是會議廳最後面。我聽到有人大笑起來，但很快又憋住不敢笑。有人開始交頭接耳喃喃低語。這時候，我看到有個男人走進會議廳，人群立刻從中間散開讓路給他，那種場面彷彿紅海在摩西面前分開。

那個人面帶微笑，長相有點孩子氣，額頭很高，一頭淡金色的頭髮。

「大家在吵什麼？」他問。他說話有南方口音，不過你一定聽得出來他受過教育。「史沃普鎮長，這裡有什麼問題嗎？」

「呃……沒有沒有。莫倫，沒問題。你說是不是啊，迪克？」

迪克毛特利陰沈著臉，彷彿憋不住快要罵人了。而她太太則是脹紅了臉，紅得像聖誕老公公的衣服。我聽到布蘭林兄弟在竊笑，可是有人立刻就叫他們閉嘴。

「沒問題最好。」莫倫說。他臉上還是帶著笑。「大家應該知道，我爸爸最討厭有問題。」

「你們還不快點坐下。」史沃普鎮長對毛特利夫婦吼了一聲。他們立刻乖乖一屁股坐下，那條長椅差點就被他們坐垮。

「嗯，我有種奇怪的感覺……好像……大家有點不太團結。」莫倫說。我忽然感覺喉嚨咯咯作響，憋不住快笑出來了，但我爸立刻掐住我的手腕，掐得好用力，我立刻就笑不出來了。很多人坐在椅子上扭來扭去，好像坐得很不自在，特別是那幾位上了年紀的老太太。「史沃普鎮長，我可以上台說幾句話嗎？」

「老天，求上帝赦免我們。」爸爸嘴裡嘀咕著。我感覺到媽媽在顫抖。她拚命想憋住笑。

「呃……我……當然可以，莫倫。當然可以。請上來。」史沃普鎮長往後退開，煙斗冒出一縷煙在他頭頂上盤旋。

莫倫泰克斯特一步步走上講台，然後轉身面向底下的人群。燈光下，他看起來好蒼白。全身都好蒼白。

他全身赤裸。一絲不掛。

他的鳥兒和蛋蛋在兩腿間晃盪，一覽無遺。他全身瘦骨嶙峋，可能是因為走路走太多，腳跟硬得像牛皮。他渾身都是雨滴的水珠，晶瑩剔透，頭髮貼在頭皮上。我發覺他看起來很像那種黑皮膚的印度神祕教徒。我在「國家地理雜誌」上看到過。不過，當然他的皮膚並不黑，也不是印度人，而且，他也不是什麼神祕教徒。事實上，莫倫泰克斯特只不過是個瘋子。如假包換百分之百的瘋子。

當然，對奇風鎮的人來說，看到莫倫泰克斯特光溜溜的在街上晃蕩，早已不是什麼新鮮事。只要天氣一開始回暖，你就會看到他從早到晚一絲不掛的到處遛鳥。不過，一到深秋，或是到了冬季，你就很難看到他了。每年春天剛到的時候，你還會覺得有點看頭。到了七月，已經不會有人想再多看他一眼。到了十月，你一定會覺得看他還不如去看落葉。然後，等到隔年春回大地，春暖花開，你就會看到莫倫泰克斯特又開始在大庭廣眾之下獻寶了。

也許你會覺得奇怪，艾莫瑞警長為什麼不出面制止他，把莫倫拖下台關到籠子裡，告他妨害風化罪？很簡單，原因就是莫武泰克斯特。莫武就是莫倫的爸爸，他是開銀行的，另外，他也是「綠茵牧場」和「奇風房地產公司」的老闆。全奇風鎮的房子，幾乎每一棟都是抵押給莫武的銀行貸款的。「愛之頌戲院」那塊地是他的，法院這塊地也是他的，全商店街上的房子也都是他的，布魯登區那些小木屋也都是他的。而且，他自己住的是一棟二十八個房間的豪宅，在聖殿街的山坡頂上。莫武已經七十多歲了，而且深居簡出，很難得看到他。然而，他依然是整個奇風鎮上最令人畏懼的人。這也就是為什麼四十歲的莫倫光溜溜的在街上晃蕩，艾莫瑞警長卻只能眼睜睜的看著，連個屁也不敢放。在我印象中，長久以來一直都是這樣。

我聽媽媽說過，莫倫本來很正常，可是，有一次他寫了一本書，然後帶著那本書到紐約去，結果，一年後，他回來了，可是卻已經瘋了，整天光溜溜在街上晃。

「各位先生各位女士。」莫倫說。「還有各位小朋友。」他抬起細瘦的雙手抓住講桌邊緣。「眼前我們面臨一個很大的難題。」

「媽！」魔女忽然大叫起來。「妳看！妳看那個人的小雞——」

她話還沒說完，嘴巴就被她媽媽毛茸茸的手掩住了。我猜他們家的房子一定也是跟莫武的銀行貸款的。

「很大的難題。」莫倫又說了一次。他對外界的一切渾然無覺，自顧自講他的。

「爸爸叫我來跟大家說一件事。他說，在這個艱困的時刻，他希望大家要展現同胞愛，展現基督徒的精神，當然，除非你行動不方便。范德康先生在嗎？」

「我在這裡，莫倫。請問有什麼事嗎？」

「等一下全鎮的人都會到你店裡去借挖掘工具。只要是四肢健全，頭腦清楚的，一定會去。然後，他們會到布魯登區去幫忙。爸爸說，不知道能不能麻煩你把他們名字記下來？他會很感激。」

「非常樂意。」老范德康說。他很有錢，可是跟莫武泰克斯特比起來還差得很遠。

「謝謝你。這樣一來，我爸爸手上就可以有一份名單。大家都知道，目前經濟環境很不穩定，利息免不了會調升。不過，我爸爸對那些勤奮又肯熱心幫助鄰居的人，不分男女，一向都很尊重。到時候，如果要調升利息，他一定會特別關照他們，給他們一點特別的優惠。有了這份名單，事情就好辦了。」他微微一笑，銳利的目光掃過面前的人群。「還有人有意見嗎？」

誰敢有意見？更何況，面對一個全身光溜溜的男人，你還說得出話嗎？雖然有人很想問他為什麼不穿衣服，可是，誰敢挑起這麼敏感的話題？

「我想，該怎麼做，大家已經很清楚了。」莫倫說。「祝大家一切順利。」說完他轉身向史沃普鎮長道謝，謝謝他讓他上台說話。接著，他走下講台，朝會議廳門口走過去。人群又自動分開，彷彿紅海在摩西面前分開一樣。等他一出去，人群又合攏了。

足足有一分鐘，全場鴉雀無聲。可能是因為大家在等莫倫泰克斯特走遠一點，遠到聽不到他們說話為止。接著，有人忽然開始大笑起來，而其他人也跟著笑起來。魔女開始尖叫狂笑，在椅子上跳上跳下，不過，也有一些人大吼著叫大家不要再笑，那一剎那，整個會議廳鬧烘烘的吵成一團，有如世界末日。「大家安靜！大家安靜！」史沃普鎮長大喊。馬凱特隊長也站起來叫大家安靜，吼得聲嘶力竭。

「他媽的，那根本就是威脅！」毛特利先生又站起來了。「真他媽百分之百的威脅！」有幾個人附和他，不過，爸爸卻站起來叫他閉嘴，叫大家仔細聽消防隊長說話。

馬凱特隊長說，只要有人願意幫忙，就自己到布魯登區去。河水已經沿著奇風鎮邊緣往石像橋的方向沖過去了。另外，他已經找人開卡車到范康登先生的店裡，把圓鍬十字鎬和別的工具裝上車。結果，馬凱特隊長話才剛說完，全場的人立刻動身趕往布魯登區，就連毛特利先生也不例外。莫武泰克斯特的權威大到什麼程度？看這種場面你就知道了。

布魯登區狹小的街道已經水滿為患，好幾隻雞在水面上掙扎著猛拍翅膀，好幾隻狗在水裡載沈載浮。雨越下越大，劈哩啪啦打在鐵皮屋頂上。我們看到好多黑人正忙著從小屋裡把他們的家當抬出來，抬到地勢較高的地方。奇風鎮來的車子開過馬路激起波浪，波浪沿著水面漾開，漫過被水淹沒的院子。房子地基的邊緣浮著泡沫。爸爸說：「這次洪水恐怕不是鬧著玩的。」

河邊是木頭堆成的堤岸。布魯登區絕大多數的居民都已經在這裡忙著堵水了。水已經淹到他們膝蓋的高度。他們在河邊堆起一道土牆，可是水勢太洶湧，那道牆好像有點頂不住。我們把車子停在「布魯登康樂中心」旁邊的籃球場上。那裡已經停了不少車。接著，我們涉水往河邊走過去。水面越升越高，而且飄散著薄霧，一道道的閃電劃過夜空，雷光閃閃，雷聲隆隆。我聽到有人聲嘶力竭的大喊，叫大家動作快點，動作快點。媽媽拉住我的手，越抓越緊。爸爸看到前面有幾個布魯登區的黑人，立刻跑過去找他們。有人開著一輛傾倒式的砂石車，往河岸的方向慢慢倒車。車上載滿了沙子。我看到一個黑人拉著爸爸爬上車，兩個人開始把沙子裝進麻布袋裡，然後把袋子丟到底下給其他幾個渾身濕透的人。「這邊！這邊！」有人大喊。「這邊快擋不住了！」另外一個人也在喊。喊叫聲像天上的閃電一樣此起彼落。他們的聲音透露出一種恐懼。我也很害怕。

失控的大自然會在我們內心激起一種最原始的恐懼。我們一直深信，人類是天地萬物的主宰，是上帝將這片大地交給我們統治。我們需要這種幻覺，就像夜裡我們需要燈火。但真相卻比我們想像的更殘酷、更可怕：原來，我們是那麼的脆弱，彷彿被龍捲風襲捲的小樹，而我們深愛的家園根本經不起洪水的摧殘，很可能轉眼之間就會變成一根根的漂流木。我們把根基紮在動盪不安的大地上，千萬年來，山巒起起伏伏，乾涸的海洋化為平野，而我們的家園就建立在這不斷變遷的大地上。人類無法永生不死，而我們一手建立的城鎮也不可能永恆不變。大地只不過就像一列路過的火車。此刻，站在黃濁濁的泥水裡，眼看著水面慢慢淹到腰部，四周是無邊的黑暗，迴盪著驚慌失措的喊叫聲。眼看著大家奮力掙扎，拚命想擋住那沛然莫之能禦的滾滾洪流，你就會明白這一切所代表的真理：人類永遠無法戰勝大自然，但我們不能放棄。眼看著河岸一寸寸被沖毀，眼看著滂沱大雨滔滔不絕，沒有人相信酋長河會為我們改變流向。從來不可能。然而，我們依然必須堅持下去。卡車從五金行載來了滿車的工具，小范德康先生手上拿著一面寫字板，大家輪流在上面簽名，然後領一把鏟子。土牆和沙包越堆越高，然而，泥水從隙縫間泉湧而出，彷彿濃湯從斷裂牙齒的空隙流出來。水面越升越高，淹沒了我腰帶上的銅環。

刺眼的閃電彷彿從天堂劈向大地，緊接著就是震耳欲聾的雷聲。女人們被那驚天動地的雷聲嚇得尖叫起來。「差一點就被雷打到！」拉佛伊牧師說。他手上拿著鏟子，滿身泥巴，乍看之下彷彿一尊泥像。過了幾秒鐘，忽然聽到有人大叫：「電燈快熄了！」真的，整個奇風鎮和布魯登區眼看就要停電了。我看到屋子窗戶裡的燈光閃了幾下，然後就滅了。我的家鄉陷入一片漆黑，天上水上，到處一片漆黑，你根本分不清哪裡是水哪裡是天。接著，我看到遠處亮起火光。看得出來，那是一棟房子窗戶裡的燭光。感覺上，那棟房子離布魯登區很遠，但還在奇風鎮的範圍內。我看到那棟房子一整排的窗口逐一亮起火光。我忽然明白，那就是莫武泰克斯特的豪宅。那裡就是聖殿街的坡頂。

就在這時候，我忽然感覺到了。緊接著，我看到了。

我感覺到有個人站在我旁邊。他一直盯著我看。他穿著一件長大衣，兩手插在口袋裡。雷電交加，狂風大作，他那濕透的衣領在風中翻飛飄蕩。那一剎那，我心臟差點就停止跳動，因為，我忽然想到，那天在薩克森湖邊，我看到一個人站在馬路對面的樹林邊緣。好像就是這個人。

接著，那個人從我和媽媽旁邊擦身而過，走向那群忙著築土牆的人。他個子很高，看那模樣應該是個男人。看他走路的姿態，彷彿在盤算著什麼，彷彿決心要做一件事。這時候，忽然有兩道手電筒的光束在半空中短暫交會，那一剎那，那個穿大衣的男人正好走進交叉的光束裡。雖然光束並沒有照到那個人的臉，但我看到了別的東西。

那個人戴著一頂濕透的軟呢帽，帽簷滴著水，兩邊有帽帶。帽帶和帽簷銜接的地方有一個銀色的小圓片，大小和五毛錢的硬幣差不多。還有，圓片上插著一根羽毛。

一根羽毛。雖然羽毛被雨水打濕了，顏色變得深暗，但我百分之百確定，那是一根綠色的羽毛。

我忽然想到，那天早上在湖邊，我發現一根羽毛黏在我的鞋底。

我腦海中飛快閃過無數思緒。有沒有可能，帽帶上本來有兩根羽毛，結果那天被風颳掉了一根？

走。

這時候，其中一道手電筒的光束掉頭射向反方向，而另一道光束也移開了。那個人在黑暗中繼續向前

「媽？」我叫了一聲。「媽？」

那個人越走越遠，不過距離我站的位置大概只有兩、三公尺。他抬起手抓住帽簷，我注意到他的手皮膚很白。「媽？」我又叫了一聲。雖然四周很嘈雜，但這次她終於聽到了。於是她問我：「怎麼了？」

「我……我……」我一時也說不上來自己究竟在想什麼。我無法確定那個人是否就是湖邊那個人。

那個人在黃濁濁的水裡一步步往前走。

我忽然甩開媽媽的手，開始走過去追他。

「柯力！」媽媽大叫一聲。「柯力！快牽住我的手！」

我聽到她在叫我，可是我沒理她。我在洶湧的水流中一步步往前走。

「柯力！」媽媽喊得聲嘶力竭。

我一定要看看他的臉。

「先生！」我朝他大喊。可是旁邊實在太吵，嘩啦啦的水聲，嘈雜的喧嘩聲。他聽不到我在叫他。然而，就算他聽到了，他也不會轉頭。我感覺得到酋長河的強勁水流已經快把我的鞋子扯掉了。冰冷黝黑的水已經淹到我腰部的高度。那個人正朝河邊走過去。我爸爸就在那邊。天上又劃過幾道閃電，那一瞬間，水面反映出亮光，我注意到那個人右手從大衣口袋裡掏出某個東西。

那是一個金屬物體，閃閃發亮。

邊緣很鋒利。

我的心臟差點停止跳動。

那個人正要走到河邊去找我爸爸。說不定他已經計畫很久了。那天，那輛車沉進湖裡，爸爸跳下水去

救人。說不定就從那天起，他就已經開始盤算這件事。此刻，人聲嘈雜，雷電交加，水流聲嘩啦啦，四周一片漆黑，他終於找到機會在我爸爸背後捅一刀。這是不是他的盤算？我看不到我爸爸。不過，看不到是當然，因為四周一片漆黑，我根本認不出誰是誰。我只看得到一個個被雷光照亮的人影，只看得到他們拚命想擋住那不可能擋得住的洪流。

他力氣比較大，頂著水流行進的速度比我快，我們兩個距離越拉越遠。我硬撐著水流拚命往前走，突然間，我腳底一個踩空，整個人沉進水裡，黃濁濁的泥水迅速淹沒了我的頭。我兩手拚命往上伸，拚命想抓住什麼東西，可是卻什麼都抓不到，而兩腳也踩不到地。我內心暗暗驚叫：我快淹死了。我拚命掙扎，兩手在水面上拍打濺起水花。這時候，突然有人抓住我，把我整個人舉起來。我滿頭滿臉全是泥水，一直往下滴。

「不用怕，我抓住你了。」那個人說。「沒事了。」

「柯力！你到底怎麼了？」我聽到媽媽在大喊，聽得出來她已經驚駭到極點。「你瘋了嗎？」

「蕾貝卡，我猜他是踩到一個洞。」那個人把我放下來。水面的高度還是在我腰部，不過最起碼我踩得到地面了。我伸手揉掉眼皮上的泥巴，然後抬頭一看。原來是科德巴瑞斯醫師。他穿著灰色的雨衣，戴著灰色的雨帽。不過，他的雨帽沒有帽帶，所以當然也就沒有銀色的小圓片和綠色的羽毛。我轉頭看看四周，尋找剛剛那個人影，可是他已經隱沒在河邊的人群裡了。我沒有忘記，片刻之前我看到他從口袋裡掏出一把刀。

「爸爸呢？」我聲嘶力竭的大喊，那聲音好刺耳。「我一定要趕快找到爸爸！」

「喔，喔，冷靜一下。」巴瑞斯醫師伸出一隻手按住我的肩膀。他另一隻手上拿著手電筒。「湯姆在那邊。」他把手電筒照向一群在泥漿裡掙扎的人。我注意到他手電筒照的方向跟剛剛那個人走的方向不一樣。我看到爸爸了。他正忙著和兩個黑人一起堆沙包。亞伯先生也跟他在一起。「看到他了嗎？」

「看到了。」接著我又開始轉頭尋找那個神祕的人影。他不見了。

「柯力，下次不可以再這樣亂跑了！」媽媽大罵起來。「差點就被你嚇死！」她一把抓住我的手，緊緊抓住。

巴瑞斯醫師塊頭很大，年紀大概四十八、九歲，下巴寬闊結實，鼻子扁扁的。一看到他的鼻子，大家就會想到他年輕的時候，在軍隊裡是拳擊冠軍。當年，就是巴瑞斯醫師的手把我從媽媽的子宮裡引導出來，而此刻，又是同一雙手把我從水裡撈起來。他眉毛又黑又濃，灰色的眼睛如鋼鐵般銳利。雖然他頭上戴著雨帽，但我注意到他兩鬢的頭髮已經斑白。巴瑞斯醫師對我媽媽說：「我剛剛聽馬凱特隊長說，學校的體育館已經開放了，裡面點了很多煤油燈，而且還準備了很多行軍床和毯子。水越漲越高了，他們打算把大部分的婦女和小孩都集中到那裡。」

「你是要我們到那裡去嗎？」

「我覺得你們應該去。這裡亂成一團，妳和柯力在這裡其實幫不上什麼忙。」說著他又舉起手電筒，不過這次他沒有照向後面，而是照向我們停車的那個籃球場。「現在有一部車在那邊，他們打算先送一部分婦女小孩過去。再過幾分鐘還有一部大卡車會過來。」

「可是爸爸會找不到我們！」我還是不罷休。我滿腦子想的都是那根綠色羽毛和那把刀。

「我會轉告他。湯姆一定希望你們待在安全的地方。而且，蕾貝卡，老實說，看樣子水勢已經控制不了了，我敢跟你打賭，明天早上妳甚至可以在閣樓上抓鯰魚。」

其實用不著他再多催促，我們也已經打算要去了。「白蒂已經在那邊了。」巴瑞斯醫師說：「我覺得你們應該趕快到籃球場那邊去，說不定還來得及搭上那部卡車。來，這個給你。」他把手電筒遞給媽媽。然後我們就轉身往籃球場走過去。酋長河滾滾洪流持續暴漲，水已經快淹到籃球場那邊了。「抓緊我的手！」媽媽又交代了一句。我們在奔流的水中小心翼翼前進。我回頭看了一眼，只看到手電筒的光束在黑暗中飛舞，洶湧的水面反映出閃爍的光。「小心點！注意腳底下！」媽媽說。這時候，我忽然聽到河岸那邊有幾個人同時大叫起來。那幾個人的位置和我爸爸隔著一段距離。我後來才知道，一波大水衝破了土堤的最高處，滾滾洪流挾帶著泡沫瞬間湧向那幾個人，他們眼看就要被沖走了。接著，手電筒的光束照向黃濁濁浮著泡沫的水面，發現水面上有某種東西。那東西身上有棕色斑點的鱗片。有人立刻大叫起來：「有蛇！」轉眼之間，那幾個人很快就被洶湧的水流沖倒。那一剎那，愛之頌戲院的經理史達寇先生伸手想去抓東西穩住身體，沒想到卻摸到某種東西隨著洶湧的水流從他旁邊飄過去。那東西粗得像樹幹，全身長滿鱗片。史達寇先生嚇呆了，不由自主的尿了褲子。過了幾秒鐘，他終於回過神來，立刻聲嘶力竭的慘叫起來。然而，那隻爬蟲類的巨大怪物已經不見了，隨著水流漂到布魯登區的街道上了。

「救命啊！有沒有誰可以幫我一下！」

我們聽到附近有個女人在大喊。媽媽立刻對我說：「等一下。」

接著，我們看到有人提著一盞煤油燈朝我們跑過來。雨水打在熾熱的燈罩上發出滋滋的聲響，然後很快就蒸發了。「求求妳幫我一下好嗎？」那女人哭著說。

「怎麼了？」媽媽拿手電筒照向那個驚慌失措的女人。她是黑人，看起來好年輕。我不認識她，不過媽媽好像認識。「妮娜卡斯提爾？是妳嗎？」

「是的，我是妮娜！請問您是？」

「我是蕾貝卡麥肯遜。以前我常常唸書給妳媽媽聽。」

我想，那一定是我出生之前的事了。

「蕾貝卡小姐，我爸爸有麻煩了！」妮娜說。「他好像是心臟病發作！」

「他在哪裡？」

「在家裡！那邊！」她伸手指向一個黑漆漆的地方。洶湧的水流淹到她腰部的高度，不過，已經淹到我胸口了。「他站不起來！」

「沒關係，妮娜，不要急。」媽媽平常沒事也會大驚小怪，可是一到緊要關頭，碰到有人需要幫助的時候，她居然表現出一種異乎尋常的冷靜。我想，大人大概就是這樣吧。一到緊要關頭，媽媽會展現出一種爺爺所缺乏的特質：勇氣。「妳帶我去。」她說。

水流正逐漸湧進布魯登區的房子裡。妮娜家是一棟窄窄的灰色小木屋。這一帶幾乎都是這種房子。她帶我們走進去，洶湧的水流已經在屋子裡流竄了。她走到客廳就立刻大喊：「凱文！我回來了！」

她手上的煤油燈和媽媽的手電筒同時照向一張椅子。椅子上坐著一位黑人老爺爺，水已經淹到他的膝蓋了，報紙雜誌在湧動的水面上載沈載浮。他一隻手抓著胸口濕透的襯衫，黝黑的臉上露出痛苦的表情，兩眼緊閉。有個小男孩站在他旁邊緊緊抓住他的手。他看起來大概只有七、八歲。

「媽，外公在哭。」小男孩說。

「我知道，凱文。爸，我找到人來幫忙了。」妮娜把煤油燈放到桌上。「爸，你聽得到我說話嗎？」

「噢……呃……」老人呻吟著。「這次痛……痛得好厲害……」

「我們要扶你站起來。我們要趕快帶你離開這裡。」

「不行啊，孩子。」他搖搖頭。「我的腿……沒感覺了。」

「現在怎麼辦？」妮娜轉頭看著媽媽。我注意到她眼裡已經噙著淚水。

水流不斷湧進屋子裡，水越漲越高，屋外雷聲隆隆，雷光閃閃。眼前的景象如果是電視影片，那麼，到了這種緊張的畫面，大概就準備要進廣告了。

只可惜，真實的世界是無法暫停的。「對了，手推車！」媽媽忽然叫了一聲。「妳們家裡有沒有手推車？」

妮娜說沒有，不過，他們先前跟鄰居借過一台，現在應該還擺在後面的露台上。媽媽立刻轉頭對我：

「你待在這裡。」然後她把煤油燈遞給我。此刻，不管我心裡有多害怕，我都必須鼓起勇氣了。媽媽和妮娜拿著手電筒走了，留下我一個人站在水流洶湧的客廳裡，旁邊只有一個小孩和一個老人。

「我叫凱文卡斯提爾。」那小男孩說。

「我叫柯力麥肯遜。」我告訴他。

此刻，我們泡在水裡，黃濁濁的泥水淹到我們腰部的高度，煤油燈火苗閃動搖曳，光線很微弱，整個客廳一片幽暗，這個節骨眼實在不是寒暄客套的時候。

「他叫布克鄧柏利，是我外公。」凱文又繼續說。他緊緊握著老人的手。「他身體不太舒服。」

「大家都已經走了，你們怎麼還沒走？」

這時鄧柏利老先生說話了。「因為，孩子，這裡是我家。我的家。我才不怕什麼洪水。」

「每個人都怕。」我說。其實我心裡想說的是，每個腦筋正常的人都會怕。

「會怕就趕快走。」鄧柏利先生說。這時我忽然明白，原來這位鄧柏利先生和我爺爺傑伯一樣，比牛還頑固。他心臟的痛是一陣一陣的，每次陣痛一來，他就會皺一下眉頭。他慢慢的眨了幾下眼睛，烏黑的眼珠子緊盯著我。他臉看起來好憔悴，瘦骨嶙峋。「我最親愛的露比就是在這間屋子裡過世的。說什麼我都不願意死在白人的醫院裡。」

「你是希望自己會死嗎？」我問他。

他想了一下，似乎在思考該怎麼回答。「就算會死，我也要死在自己家裡。」他回答。

「水淹得越來越高了。」我說。「你不走，你的家人都會跟你一起淹死。」

老人皺起眉頭，然後轉頭看看旁邊那個小男孩。小男孩的小手緊緊抓住他的手。

「我外公帶我去看過電影呢！」凱文說。水已經快淹到他的脖子了，他不由自主的緊緊抓住老人的手臂。「我們看過達菲鴨的卡通片！」

「還有兔寶寶。」老人說。「兔寶寶還有那隻說話結結巴巴的小豬，對不對呀，凱文？」

「對啊！」凱文咧開嘴笑得好燦爛。「我們很快就要再去看另外一部了，對不對，爺爺？」

鄧柏利爺爺沒說話。凱文緊緊抓著他的手。

我忽然明白，原來，勇氣就是這樣來的。當你愛一個人遠超過愛自己的時候，你就變得很勇敢。

這時候，媽媽和妮娜拖著一台手推車回來了。「爸，我要扶你坐到裡面。」妮娜對他說：「蕾貝卡小姐說，等一下卡車會開到籃球場上載人，我們要用推車送你去那裡。」

鄧柏利先生深深吸了一口氣，屏住呼吸，過了好久才吁出那口氣。「該死。」他嘀咕了一聲。「該死，老頭子的爛心臟。」說到最後面那三個字，他聲音忽然有點嘶啞。

「老先生，我們扶你起來好不好？」媽媽說。

他點點頭。「好吧。」他說。「也差不多該走了。」

她們把他抬進手推車。沒多久，媽媽和妮娜忽然明白了一件事，那就是，雖然鄧柏利先生瘦骨嶙峋，但是，要用手推車推著他在水裡跋涉，而且還要讓他的頭保持在水面上，恐怕還是很吃力。而且，我還注意到，一旦到了外面的街上，水會變得更深，到時候，凱文的頭恐怕會被水淹沒，而且強勁的水流隨時會把他捲走。那麼，誰來抱他？

「我們等一下再進來接這兩個孩子。」媽媽盤算好了。「柯力，你把燈提在手上，然後你和凱文兩個都站到桌子上去。」這時候，水也已經淹到桌面上了，不過最起碼我們還可以站在上面，不至於被水沖走。我照媽媽說的爬上桌子，而凱文也自己爬上桌子。我們兩個緊緊靠在一起，我手上提著煤油燈。那一刻，我們彷彿站在一座木頭孤島上。「就這樣。」媽媽說。「柯力，乖乖待在這裡不准動。要是你敢亂跑，我一定會拿棍子狠狠抽你一頓，保證你痛到一輩子忘不了，懂嗎？」

「知道了，媽。」

「凱文，我們馬上就回來。」妮娜說。「我們先把外公送到安全的地方，讓別人照顧他，然後我們再回來接你，知道嗎？」

「知道了。媽。」凱文說。

「你們兩個一定要乖乖聽媽媽的話。」鄧柏利的聲音聽起來很嘶啞。他一定很痛。「否則我一定會拿棍子狠狠抽你們兩個的屁股。」

「知道了。」我們兩個異口同聲說。看樣子，鄧柏利先生已經打算要好好活下去了。

媽媽和妮娜開始用力推著推車裡的鄧柏利，在黃濁的泥水裡一步步往前走。她們一人推一邊，而媽媽還另外騰出一隻手拿手電筒。她們推的時候還盡全力把推車後半部往上抬，而鄧柏利先生則是盡量仰起頭。我注意到他脖子上青筋畢露。我聽到媽媽累得直喘氣。手推車慢慢動了，於是她們就這樣推著車子在水裡緩緩前進，慢慢走出門口，走到外面的門廊上。門外的水流更洶湧了。當推車下了兩層台階之後，水已經淹到鄧柏利先生脖子上，而且水花噴到他臉上。他們慢慢往前走，而剛好他們走的方向和水流一樣，有水的助力，推起來就比較輕鬆了。以前我總覺得媽媽怎麼看都不像有力氣的人，看樣子，一個人的潛力沒到緊要關頭是看不出來的。

過了一會兒，凱文忽然叫了我一聲。「柯力？」

「怎麼了，凱文？」

「我不會游泳。」他說。

他緊貼在我身旁。他已經開始發抖了。既然外公已經不在旁邊了，他就不需要再假裝勇敢了。「沒關係。」我告訴他。「你不需要游泳。媽媽會抱你。」

但願如此。

於是我們就這樣站在那邊等。我相信他們一定很快就會回來。水已經淹沒了我們的鞋子。我問凱文會不會唱什麼歌，他說他會唱「王老先生有塊地」。接著，他就開始唱起來了。雖然他的聲音在顫抖，不過好像已經沒那麼害怕了。

他的歌聲聽起來有點像用假音在唱歌。過了一會兒，他的歌聲好像引起了什麼東西的注意，我聽到門口有某種東西慢慢朝我們游過來。我嚇得喘不過氣來，立刻把手上的煤油燈朝門口的方向舉起來照亮那個東西。

原來是一隻土黃色的小狗。牠滿身泥巴，眼中閃爍著我手上的火光。牠奮力游過客廳，穿過滿水面的報紙雜誌垃圾，朝我們游過來，喘得上氣不接下氣。「狗狗來，快點快點！」我一直幫牠加油。看不出來是公狗還是母狗，不過那已經不重要了。重要的是牠需要找個地方休息。「狗狗來！加油加油！」我把煤油燈遞給凱文。這時候，門口忽然有一道浪湧進來，小狗隨著浪頭起伏了一下，忽然哀鳴了一聲，吠了一聲，然後那道浪慢慢湧向牆壁。

「狗狗乖，趕快過來！」我彎腰去抱那隻在水裡掙扎的小狗。我抓住牠的前爪，牠抬起頭看著我的臉。在昏黃的燈光下，我看到牠伸長了舌頭，那種神情彷彿一個重生的基督徒滿懷渴望祈求救世主降臨。

接著，我抓著牠的前爪把牠提起來，那一剎那，我忽然感覺牠渾身劇烈顫抖了一下。

那一剎那，我同時聽到了「喀嚓」一聲。

那只是電光石火的一剎那。

牠的頭和肩膀露出水面了，然後，突然間，我發現牠下半身不見了。沒有後腿，沒有尾巴，只剩一個黑漆漆的大窟窿，鮮血狂噴，腸子垂掛下來。

小狗輕輕哀鳴了一聲，然後就沒聲音了。牠兩隻前爪抽搐了幾下，眼睛還看著我。那種極度痛苦的神色，恐怕下半輩子我永遠忘不了了。

我慘叫一聲，立刻丟下手上那隻只剩半截的小狗。牠掉進水裡，濺起水花，沈下去，又浮上來了一下，兩隻前爪還在掙扎。我聽到凱文大叫了一聲，聽起來好像是什麼「水底有火星人」。接著，小狗四周湧起一圈圈的水波向外擴散，腸子在後面拖得長長的，看起來好像一條尾巴，那景象真是驚駭到極點。接著，我看到有東西浮出水面。某種動物的外皮。

牠全身都是鑽石形狀的鱗片，顏色看起來很像秋天落葉的繁複色澤，有淡棕色，亮紫色，金色，黃褐色，還要再加上河水本身的土黃色和淡紅色，繽紛絢爛。而且，我注意到牠身上黏了很多小貝殼，還有很深的灰色傷疤，銹紅的魚鉤。牠的身體粗得像老橡樹幹，在水裡緩緩扭動，彷彿很悠閒。我被眼前的景象嚇呆了，幾乎聽不到凱文在我旁邊驚叫。我心臟怦怦狂跳，喘不過氣來，但我心裡明白眼前看到的是什麼。我忽然覺得那真是上帝的傑作，美得令人不敢逼視。

但緊接著我忽然想到，那天在史谷力先生的回收場，我看到那塊木頭上插著一根尖牙。儘管老摩西美得令人不敢逼視，但牠剛剛把一隻小狗活生生扯成兩半。

牠還很餓，因為我看到牠嘴巴慢慢張開，露出閃閃發亮的森然利齒。這一切發生得太快，我一時反應不過來。我眼看著牠張開嘴巴，腦海中卻是一片空白。牠的尖牙上勾著一雙破靴子，還有一條掙扎扭動的銀魚。接著，牠忽然低吼一聲，用力吸了一口水，那半截狗屍體隨著嘩啦啦的水流被牠吸進肚子裡，然後，牠的嘴又無聲無息閉上了，那動作好俐落，彷彿我們看電影的時候吞下一顆檸檬糖。接著，我注意到牠的眼睛。牠的眼睛差不多有棒球那麼大，發出幽幽的綠光，看起來像貓眼，上面覆著一層膠狀薄膜。就在這時候，凱文忽然往後一倒掉進水裡，他手上的煤油燈立刻熄滅。

那一剎那，我根本沒想到自己是不是勇敢，根本沒想到自己怕不怕。

我不會游泳！

我只想到剛剛凱文說的那句話。

我想都沒想就跳進水裡，跳到凱文落水的地方。水裡全是泥沙，感覺好濃濁。水已經淹到我肩膀那麼高了，那一剎那我立刻想到，水深已經淹過凱文的鼻子了。他揮舞著雙手拚命掙扎，兩腿在水裡亂踢。我抱住他的腰，可是他卻拚命掙扎想推開我的手。我知道他一定以為是老摩西咬到他了。「凱文！不要再踢了！」我把他抱起來，讓他的臉露出水面。「嗚哇……嗚哇……」他含糊不清的大叫著，那聲音聽起來彷彿被雨淋濕的引擎發不動，發出一種隆隆的悶響。

接著，我忽然聽到背後有聲音。我身後一片漆黑，瀰漫著濃濃的濕氣。那聲音聽起來很像是有什麼東西冒出水面。

我轉頭去看。凱文尖叫個不停，兩手緊緊抱住我的脖子。我被他勒得快窒息了。

我看到老摩西巨大的軀體在水裡朝我們逼近。牠的身體好巨大，巨大得嚇人，而且發出呼吸聲，感覺彷彿沼澤裡的巨木活過來了。牠的頭是扁平的三角型，形狀有點像蛇，可是我又覺得牠看起來並不是那麼像蛇，因為牠好像有脖子，而且脖子底下還有兩隻小小的前腳，腳趾上有爪。我聽到有東西碰的一聲撞上牆壁，整棟房子都晃了起來。那應該是牠的尾巴。接著，我又聽到牠的頭碰的一聲撞上天花板。我的脖子被凱文勒得整個臉都腫脹充血了。

我感覺得到，老摩西正抬起頭瞪著我們。牠視力驚人，就算是大半夜，牠也能夠在黃濁濁的水裡看到鯰魚。此刻，我感覺牠彷彿是在評估我們能不能吃。牠那種銳利的目光彷彿一把利刃頂住我的額頭。我暗暗祈禱，希望牠不會以為我們是兩隻小狗。

老摩西身上的味道聞起來像中午的河流，沼澤蒸騰的熱氣，一種火辣辣的生命氣息。「敬畏」這個字眼還不足以形容我對眼前這隻龐然巨獸的感覺。然而，此時此刻，我真希望自己不在牠面前。我真希望自己是在別的地方，隨便什麼地方都好，就算是學校也沒關係。然而，我已經沒時間胡思亂想了，因為我感覺得到老摩西的頭慢慢低下來朝我們逼近，彷彿挖土機的鏟子漸漸往下垂。接著，我聽到牠嘴巴張開的嘶嘶聲。我立刻往後退，大喊著叫凱文放開我，可是他死都不肯放。不過話說回來，假如我是他，我一定也一樣打死都不放手。牠的頭慢慢逼近，接著，我忽然發覺我已經退到走廊入口了。我原先沒注意到這裡有一條走廊。此刻，老摩西的嘴撞上了門框的兩邊。牠好像很不高興，於是牠往後退了一下，然後再往前衝，但結果還是一樣，牠的嘴還是卡在門框上，只不過，這次門框兩邊都裂開了。凱文開始哭起來，發出一種嗚嗚嗚的哭聲。老摩西身體不斷扭動，激起一波波的浪，浪花濺得我滿頭滿臉。這時候，我忽然感覺有個東西刺到我的右肩，嚇得我渾身汗毛直豎。我伸手去摸，發現那是一根浮在水面上的掃帚柄。

接著，老摩西忽然發出一聲驚天動地的怒吼，那聲音很像快要爆炸的蒸汽火車頭。我看到牠那令人驚駭的頭朝走廊入口撞過來，那一剎那，我忽然想到泰山的電影。他拿著一根長矛和一條巨蟒搏鬥。接著，老摩西又張開嘴衝向走廊入口，那一剎那，我立刻抓起那根掃帚柄，用力刺進牠的喉嚨。

如果你把手指伸進喉嚨裡，那種感覺你應該不難想像。那麼，這一點，怪物應該和我們人類差不多。老摩西喉嚨立刻發出一陣咯咯巨響，那聲音聽起來彷彿悶在管子裡的雷聲。牠頭立刻往後縮，那根掃帚柄還插在牠喉嚨裡。如果要我形容的話，那種感覺應該很像一根吸管卡在你喉嚨裡。老摩西吐了。我是說真的。我聽到液體和殘渣從牠嘴裡湧出來的聲音。牠吐出來的東西飛過我們頭頂，灑得到處都是。我看到很多魚，有些還活蹦亂跳，有些已經死了。還有腐爛的大龍蝦，烏龜殼，貝殼，黏黏的石頭，泥巴，和骨頭。那種味道……呃，你自己想像吧。在學校裡，你可能碰到過有同學當你的面把早上吃的燕麥粥吐在桌上，那種味道……跟我此刻聞到的味道比起來，也許算得上是一種享受了。我立刻把頭埋進水裡，避開那種味道。當然，凱文也一樣，不管他願不願意。我頭埋在水裡，腦子裡卻開始胡思亂想：希望老摩西以後吃東西要多挑一下，酋長河底不是什麼東西都能吃。

接著，我感覺到水底一陣湧動，於是就把頭探出水面。凱文深深吸了一口氣，然後立刻聲嘶力竭的大叫起來。那一剎那，我也開始大喊：「救命啊！救命啊！」

接著我看到門口射進一道手電筒的光束，沿著起伏擺盪的水面照到我臉上。

「柯力！」她口氣很凶。「我不是叫你不要亂跑嗎？」

「凱文？凱文？」

「老天！」我媽忽然驚呼了一聲。「那是什麼味道？」

水面已經漸漸恢復平靜。我心裡明白，老摩西已經走了。黃濁濁的水面上浮著一大片黏黏爛爛的東西，可是媽媽沒注意到。她的注意力全在我身上。「柯力麥肯遜，我要剝了你的皮！」她慢慢走進來，妮娜跟在她後面。

接著，她們慢慢靠近老摩西吐出來的那堆東西。然後，我聽到媽媽發出奇怪的聲音。我心裡想，我不相信她還會有力氣用棍子抽我了。

運氣真好。

7 女王的召喚

結果，我那群死黨當然都不相信。

大雷卡蘭笑到肚子痛，拚命搖頭，他說他已經算是很會編故事的了，但顯然還差我一大截，這種故事他想破了腦袋也編不出來。而班恩用一種憐憫的眼神看著我，彷彿認為我怪獸電影看太多了。強尼想了一下，然後才慢條斯理的、用他那種一貫正經八百的口氣告訴我：「不可能。不可能會有這種事。」

「真的！我沒騙你們！」我們一夥人坐在我家的門廊上。蔚藍的天空如紫晶般清朗剔透，門廊下的陰影很涼快。「我真的碰到老摩西，我對天發誓！」

「哦，是嗎？」大雷冷笑了一聲。在我們這群死黨中，大雷是最愛跟人唱反調，也是最會天花亂墜的一個。他常會編出一些匪夷所思的故事。此刻，他低著頭，用他那雙淡藍色的眼睛盯著我。每次看到他出現那種表情，你就知道他快要瘋狂大笑了。「那麼，你怎麼沒有被老摩西一口吞掉？這麼大的一隻怪物，竟然會被一個小孩子用一根掃帚柄打得落荒而逃？」

「因為……」我又氣又無奈。「因為那天我沒有帶我的祕密武器死光槍，所以只好拿掃帚柄，就這麼回事！反正我也不知道該怎麼說，不過那是真的！不信你可以問——」

「柯力。」我聽到媽媽在門裡叫了我一聲。「我覺得你最好還是不要再說這些了。」

我只好閉嘴了。而且我明白她的意思。沒有人會相信的。我媽自己就不太相信。儘管凱文已經把那件事告訴了他媽媽，但我媽還是不太相信。另外，奇蹟似的，鄧柏利先生痊癒了，而且一天比一天更健康。

我明白，他之所以會努力讓自己恢復健康，純粹只是因為他想陪凱文多看幾部卡通影片。

可惜我那天穿的衣服被我媽拿去丟掉了，要不然，如果我把那些衣服拿給那些死黨聞一聞，說不定他們就相信了。另外，她自己那些髒衣服也丟掉了。那件事我也說給爸爸聽過。他坐在椅子上，兩手交叉在胸前，手上包著繃帶，因為那天他拿鏟子築土堤，結果手掌和手指都起了大水泡。他就這樣坐著聽我說，微微點著頭。

「嗯。」爸爸開口了。「我只能說，要是我們能夠活十輩子，一百輩子，說不定就有機會碰到更難以想像的怪事。不過，不管怎麼樣，感謝上帝，你們兩個都平安無事，而且這次洪水沒有人傷亡。好啦，晚上吃什麼？」

於是，兩個禮拜就這樣過去了，四月也過了。五月到了。陽光燦爛的五月。酋長河已經又回復到平日的面貌。這一次，酋長河已經提醒我們誰才是真正的老大。布魯登區有將近四分之一的房子被徹底摧毀，根本沒辦法住人了，包括妮娜卡斯提爾的家。於是，整個布魯登區又開始晝夜不停的大興土木。說起來，豪雨和洪水也不是完全沒有好處的，在燦爛的陽光下，奇風鎮百花綻放，繽紛燦爛，碧綠青翠的草坪上開滿了雪白的忍冬花，山嶺上覆蓋著連綿不盡的葛藤。夏天快到了。

期末考快到了，我開始專心唸書。我的數學一向不怎麼樣，所以必須加倍用功。我一定要考出好成績，這樣才可以不用上暑期輔導。暑期輔導，光想都會嚇出一身冷汗。

夜深人靜的時候，我不由自主的會胡思亂想。我想到自己竟然用一把掃帚柄打敗了老摩西，越想越覺得不可思議。掃帚柄正好刺進那隻大怪物的喉嚨，這絕對是老天保佑。不過，有時候我也會想，說不定那另有原因。雖然老摩西是如此巨大凶狠，但在某些方面，我卻覺得牠有點像我爺爺傑伯。爺爺說話比誰都大聲，可是一碰到麻煩，卻跑得比誰都快。而就老摩西來說，應該說牠「游」得比誰都快。說不定老摩西根本就是個懦夫，說不定老摩西專吃那種無力反抗的可憐蟲，比如說鯰魚，烏龜，或是在水裡掙扎的可憐小狗。牠已經習慣了。結果，被我用掃帚柄刺進喉嚨之後，說不定老摩西開始後悔了，說不定牠忽然覺得牠還是回牠河底的老窩去吃那些魚蝦烏龜比較保險，因為那些東西絕不會反咬牠一口。

不過，這只是我自己一廂情願的想像推論。我祈禱自己永遠不需要再去證明自己的理論。我一點都不想。

我做過一個夢。我夢見那個穿長大衣、帽子上有綠羽毛的人。在夢裡，我在水裡拚命跋涉想追上他，後來，我好不容易追上他，抓住他的手臂，結果，他忽然轉身面向我，可是他的臉根本不是人類的臉，而是長滿了鑽石形的鱗片，顏色像秋天落葉的繽紛色澤。他嘴裡長滿了形狀像匕首的尖牙，鮮血沿著他的下巴往下滴。接著我發覺，原來他正在吃一隻棕色的小狗，而我打擾到他了。那隻只剩半截的小狗在他左手上掙扎。

做了那種夢，心情很不好。

然而，那個夢或許暗藏了某種道理。

這陣子，我告別了兩個輪子的日子，全靠兩條腿。上學放學都是走路，感覺還挺不錯的。只是，我那幾個死黨都有自己的腳踏車，我總覺得自己彷佛突然矮了半截。有一天下午，我在庭院的草坪上陪叛徒玩。我丟棍子給牠接，跟牠在草坪上滾來滾去。玩到一半，我忽然聽到一陣金屬碰撞叮叮噹噹的聲音。我抬起頭來看，叛徒也跟著抬起頭來。我看到一輛小貨車慢慢朝我們家開過來。

我認得輛車。那輛車銹痕累累，懸吊系統陷得很低，那嘎嘎吱吱的聲音真是驚天動地。附近的狗一聽到那聲音都會立刻狂吠起來。叛徒也開始猛吠起來，我費了好大的力氣才讓牠安靜下來。那小貨車後面的平台上釘了一個框架，上面吊著各種奇形怪狀的工具，搖晃碰撞發出千奇百怪的噹啷聲。那些工具看起來都像不值錢的古董，就跟車子本身一樣。駕駛座的車門上印了幾個模模糊糊的字：「來福維修」。

車子開到我家門口就停住了。那吵雜聲驚動了媽媽。她立刻從門裡走出來站到門廊上，而爸爸出去送牛奶，大概還要再一個小時才會回來。小貨車門開了，有個黑人慢慢走下車。他長得高高瘦瘦，身上的灰色工作褲滿是灰塵。他下車的動作好慢好慢，彷彿一動就會痛。他戴著一頂灰帽子，黑皮膚上也蒙著一層灰。他慢慢一步步走向門廊。我忽然覺得，就算此刻有一頭凶猛的鬥牛在後面追他，馬克斯來福也不會因此加快腳步。

「早安，來福先生。」媽媽跟他打招呼。她剛剛還在廚房裡忙，身上穿著圍裙，手上拿著一張餐巾紙擦手。「最近還好嗎？」

來福先生咧開嘴微笑了一下。他牙齒小小的，可是很白很整齊，帽子旁邊翹起一根根的灰頭髮。他說話的速度好慢，彷彿聲音是從堵塞的管子裡一個字一個字漏出來的，比如說：「早…安，麥…肯…遜…太…太。嗨，柯…力，你…好。」

其實我這樣形容還算是快的了，實際上他說話的速度更慢。他是我們鎮上雙手最靈巧的人，專門幫別人修東西。這是他的家傳事業，從他爸爸手上接過來的。不管是奇風鎮，還是布魯登區，只要誰家有東西壞了，都會找他。他最擅長修電器。儘管他動作實在慢得離譜，但不管東西壞到什麼地步，他照樣修得好。

「天…氣…真……」說到一半他忽然停住，然後抬頭看著蔚藍的天空，沒再繼續往下說。時間一秒一秒過去了，他還是停在那邊。叛徒又開始吠了，我立刻伸手按住牠的嘴。

「……好。」他終於說完了那句話。

「天氣真的很好。」說完媽媽又開始等他回答，可是他還是愣愣站在那裡沒吭聲，只是瞪著眼睛看。這次他看的是我們家的房子。他褲子上有好多口袋。他把手伸進其中一個口袋裡，拿出一把小鐵釘，然後放在手心上晃著晃著，彷彿也在等媽媽說話。「呃……」媽媽清了清喉嚨。「請問有什麼事嗎？」

「我…正…好…路…過。」他說話實在慢得會讓人想打瞌睡。「不…知…道…你…們…家——」說到這裡他又停住了，低頭看了一下手上的鐵釘。「——有沒…有…東…西…要…修？」

「呃，沒有，好像沒有，我一時也想不起來——」說到一半她忽然停住了。看她的表情，她似乎想到什麼了。「對了，烤麵包機。前天壞了。我本來要打電話給你，可是——」

「呃，我…知…道。」來福先生慢慢的點了一下頭。他的表情看起來是那麼的善體人意。「妳…一…定…是…太…忙…了。」

他走回車子旁邊拿工具箱。那是一個舊鐵箱，裡面有很多小抽屜，抽屜擺著尺寸齊全的螺釘和螺帽。接著，他圍上工具腰帶，上面掛著各式各樣的鐵鎚，螺絲起子，還有形狀很奇怪的鐵鉗。媽媽拉開門讓來福先生進去。來福先生走進去的時候，媽媽朝我聳聳肩，彷彿在說：我也不知道他怎麼會突然跑來。我把那根咬爛的棍子丟給叛徒，然後也跟著走進屋子裡。廚房裡好涼快。我手裡拿著一杯冰紅茶，邊喝邊看來福先生低頭檢查那台烤麵包機。

「來福先生，你要喝點東西嗎？」媽媽問他。

「不…用…了。」

「要不要吃一塊燕麥餅？」

「不…用…了。謝…謝…妳。」他從另一個口袋裡掏出一條摺得方方正正的乾淨白布，小心翼翼的掀開，然後鋪在餐桌旁邊的一條椅子上。接著，他把插頭拔掉，把烤麵包機擺在餐桌上的工具箱旁邊，然後坐到那條鋪著白布的椅子上。這一連串的動作慢得有如電影的慢動作。

接著，來福先生挑了一把螺絲起子。他手指好修長好秀氣，看起來好像外科醫師或藝術家的手。看著他工作，對自己的耐性是一種極大的考驗，近乎折磨，然而，他的技術真是沒話說。他一下子就把烤麵包機拆開了，然後坐在那裡盯著裡面的烤架。「嗯哼。」他哼了一聲，然後過了好久好久才又哼了一聲。「嗯哼。」

「怎麼了？」媽媽轉頭瞄了他一眼。「修得好嗎？」

「看…到…那…條…小…紅…線…了…嗎？」他用螺絲起子尾端敲敲那條紅色的小電線。「鬆…掉…了。」

「就這樣而已？就只是那條電線鬆掉了？」

「是的。」他小心翼翼的把線頭重新纏在接頭上。看他的動作，感覺很奇怪，彷彿有一種催眠效果。「好了。」他終於弄好了。接著，他把烤麵包機組裝回去，接上插頭，然後轉了一下時間轉盤，於是，我們看到裡面的線圈開始發紅了。「有…時…候……」來福先生說。

我們又開始等著聽他接下去要說什麼。我忽然覺得我的頭髮好像變長了。

「只是……」

彷彿又過了一個世紀。

「小…毛…病。」他邊說邊拿起那條白布，重新摺整齊。我們還在等，等著聽他接下去要說什麼，但他沒有再往下說。可能是他思緒突然中斷了，要不然就是又想到別的。來福先生轉頭看看廚房四周。「還…有…別…的…東…西…要…修…嗎？」

「沒有了。別的東西都沒問題。」

來福先生點點頭，但我感覺得出來他還在搜尋，看看有沒有別的東西壞掉，那模樣很像獵犬伸長鼻子在半空中猛嗅。他在廚房裡慢慢繞著圈子，伸手摸摸冰箱，摸摸火爐，摸摸水龍頭，彷彿用手摸一下就知道機器沒問題。我和媽媽互看了一眼，兩個人都一頭霧水。來福先生的舉動真的很怪異。

「冰…箱…好…像…有…怪…聲…音。」他說。「要…我…檢…查…一…下…嗎？聲…音…真…的…怪…怪…的…」

「謝謝你，不用了。」媽媽說。「來福先生，你是不是哪裡不舒服？」

「沒…有。我…很…好。」他打開一座杯盤櫃，聽到鉸鏈嘎吱了一聲。他立刻從腰帶上抽出一根螺絲起子，把櫃子的兩個鉸鏈鎖緊，然後又走到另一座櫃子前面，把鉸鏈也鎖緊。這時媽媽忽然清了清喉嚨。她開始緊張了。她說：「呃……來福先生，剛剛修烤麵包機多少錢呢？」

「已經……」他拉了幾下廚房的門，試試鉸鏈，然後走到碗櫃前面，開始檢查擺在上面的攪拌器。「付…過…了。」他終於說完了那句話。

「付過了？可是……我被你搞糊塗了。」媽媽正伸手到架子上拿那個玻璃罐。裡頭裝滿了零錢。

「是…的。付…過…了。」

「可是我還沒給你錢啊！」

來福先生把手伸進另一個口袋裡。這次他掏出來的是一個白信封。他把信封遞給媽媽。我注意到信封上用藍筆寫著「麥肯遜」幾個字，背面用白蠟封著。「嗯。」最後他終於說。「今…天…就…先…檢…查…到…這…裡。」

「今天？」媽媽越來越困惑了。

「是的。妳…有……」來福先生開始盯著燈座看看，那模樣彷彿他看得到裡面的電流。「我…的…電…話…號…碼……」他說。「要…是…有…什…麼…東…西…壞…了……」他對我們笑了一下。「隨…時…打…給…我。」

我們送來福先生走出大門，然後，他就開著那輛老爺車走了，手伸到車窗外跟我們揮了幾下。吊在車上的工具又開始驚天動地的噹啷起來，於是附近的狗也開始跟著狂吠。媽媽喃喃自語的嘀咕著：「說給湯姆聽，他打死都不會相信。」接著她拆開信封，抽出裡面的信看了一下。「哇。」她說。「你想聽聽看信上寫了什麼嗎？」

「好啊。」

於是她就唸給我聽。「『星期五晚上七點，希望有這個榮幸邀請賢伉儷光臨寒舍，另外，麻煩帶你們的孩子一起來。』，你猜這封信是誰寫的？」媽媽把信遞給我。我看了一下上面的簽名。女王。

後來，爸爸回到家的時候，媽媽立刻告訴他今天來福先生到我們家來，拿了這封信給她。爸爸問她：「妳覺得她找我們去是為了什麼事？」

「我也不知道，不過，我知道她打算付錢給來福先生幫我們家修東西。」

爸爸又仔細看看那封信。「沒想到她字寫得這麼漂亮。本來我還以為她年紀這麼大了，寫字一定沒人看得懂。」他咬咬下唇。看他的表情，我知道他開始有點不耐煩了。「我從來沒有仔細看過女王，只是偶爾在路上看到過她，不過……」他搖搖頭。「不要。我不想去。」

「什麼！」媽媽一臉不敢置信。「女王邀請我們去她家耶！」

「那又怎麼樣。」爸爸把信遞還給媽媽。「我不想去。」

「為什麼？說個理由來聽聽看！」

「禮拜五晚上收音機要轉播費城人隊跟海盜隊的比賽。」他一屁股坐到他那張休閒椅上。「這就是理由。」

「是嗎？」媽媽一臉不高興。

這種場面在我們家是很罕見的。我相信我爸媽很可能是全奇風鎮最恩愛的一對夫妻，兩個人的感情比奇風鎮上其他百分之九十九的夫妻都要來的好，但儘管如此，他們偶爾還是會針鋒相對。天底下沒有完美的人，所以，兩個不完美的人結合，怎麼可能會沒有磨擦呢？有一次，爸爸只因為找不到他的一雙襪子竟然就暴跳如雷，而其實我知道真正的原因是牧場沒有給他加薪。至於媽媽，她平常總是文靜又溫柔，可是有一次，她在剛擦乾淨的地板上看到一個泥巴鞋印，立刻就氣得七竅生煙，但事實上，我知道真正的原因是她聽到鄰居說她壞話。日常生活中，有時候兩個人表面上客客氣氣，其實可能暗潮洶湧，這種錯綜複雜的情緒像網一樣交纏糾結。這就是所謂的人生吧。而此刻，爸媽兩個人之間開始暗潮洶湧了。

「我看是因為她是黑人吧？」媽媽開了第一炮。「這才是真正的原因吧？」

「沒這回事。」

「我看你跟你爸爸沒什麼兩樣嘛。你給我聽著，湯姆——」

「妳閉嘴！」他忽然大吼起來，連我都被他嚇了一跳。爺爺傑伯非常歧視黑人，那種偏見根深蒂固。媽媽提到爺爺，可以說是在爸爸的傷口上撒鹽。爸爸並不討厭黑人，這一點我可以百分之百確定，不過，別忘了爸爸是誰養大的。我爺爺傑伯每天早上起床還會對著當年「南方聯邦」的國旗敬禮，而且他甚至認為黑皮膚的人就是魔鬼的化身。對我爸爸來說，那真是一種沈重的負擔，因為他愛爺爺，可是他卻又有他自己的信仰，就像，他常常告訴我，恨別人——不論什麼原因——是一種罪惡，違反上帝的旨意。接著爸爸忿忿的說：「更何況，我絕不接受那個女人的施捨！」我相信，他說這種話只是因為媽媽的話傷到他的自尊。

「柯力。」媽媽忽然對我說。「你還有功課要做吧？」

我只好乖乖回房間去了。不過，我還是聽得到他們吵架。

他們真的吵得很兇，很大聲。我想，今天他們會吵起來，恐怕是冰凍三尺非一日之寒，最後終於引爆了，而且原因很複雜。沈到湖裡那輛車，復活節教堂裡的虎頭蜂，前陣子那場洪水，再加上爸爸沒錢幫我買一輛新腳踏車，這些都是原因。我聽到爸爸對媽媽大吼說，就算媽媽用繩子套住他的脖子，他打死也不會跟她到那個女王家。我忽然感覺到，爸爸不肯去女王家，骨子裡真正原因恐怕是：他怕女王。

「想都別想！」他大吼。「那種人玩死人骨頭，還玩死貓死狗，妳竟然叫我去找她？還有——」說到一半他忽然停住了。我猜，他可能發覺爺爺好像也是他講的那種人。「反正我不去就對了。」最後一句話他說得有點心虛。

媽媽大概覺得沒指望了，因為我聽到她嘆了口氣。「你不去就算了，不過我想去看看她找我們究竟有什麼事，可以嗎？」

爸爸沒吭聲，接著，我聽到他喃喃說了一聲：「妳想去就去。」

「我要帶柯力一起去。」

這下子爸爸又發火了。「什麼！為什麼？那女人家的衣櫃裡可能掛滿了死人骨頭，你要帶柯力去看那種東西？蕾貝卡，我不知道她想幹什麼，我也不在乎，不過，那女人會用人形木偶念咒語施法術，還養黑貓，天曉得還有什麼稀奇古怪的玩意兒！而妳竟然要帶柯力去那種地方！」

「是她邀請的啊。信上不是這麼寫的嗎？叫我們帶柯力去，看到沒有？」

「我眼睛沒瞎。不過我就是搞不懂。而且我要跟妳說清楚：那個女王可不是好惹的。妳還記得伯克哈薩吧？一九五八年的時候，他還在牧場當助理領班，記得嗎？」

「記得。」

「伯克會嚼煙草，從早嚼到晚，而且老是隨地亂吐。這習慣很糟糕，偏偏他自己沒有警覺。有好幾次他不知不覺把煙草汁吐進牛奶桶裡——對了，這件事你千萬不要告訴別人。」

「噢，老天！是真的嗎？」

「如假包換。好了，你也知道，伯克頭髮又濃又密，用梳子都很難梳得動。有一次他到商店街達樂先生的店裡去理頭髮，出來的時候，習慣性的又朝人行道上吐了一口煙草汁，問題是，這次他沒有吐到地上，而是吐到別人鞋子上，而且剛好是月亮人的鞋子。吐得他滿鞋子都是。據我所知，他不是故意的，而月亮人也沒說什麼，自顧自就走了。麻煩的是，伯克這個人很愛笑，隨便什麼雞毛蒜皮的事他都覺得好笑。而偏偏他忽然覺得這件事很好笑，於是就當著月亮人的面大笑起來。結果，後來怎麼樣了妳知道嗎？」

「怎麼樣？」媽媽問。

「過了一個禮拜，伯克的頭髮開始一直掉。」

「嗄，真的假的？」

「千真萬確！」聽爸爸那種斬釘截鐵的口氣，我想，最起碼他自己深信不移。「又過了一個月之後，他頭髮全部掉光了！後來他只好戴假髮！老天，戴假髮！他差點沒瘋掉！」我想像得到此刻爸爸一定是彎腰湊向前，咧開嘴笑著，而媽媽一定是拚命忍住笑。「我跟妳打賭，這件事百分之百是女王的傑作！」

「湯姆，我一直不知道你這麼相信巫術這種東西。」

「人最好不要不信邪！我親眼看到伯克頭髮掉光！老天，而且我還聽別人說了很多那個老女人的事！比如說，有人從嘴裡吐出青蛙，還有人喝湯喝到一半發現碗裡面有蛇……噁，老天！打死我都不去她家！」

「可是，要是我們不去，她會不會不高興？」媽媽問爸爸。

爸爸忽然沒聲音了。

「要是我不帶柯力去找她，她會不會對我們家下詛咒？」

聽媽媽的口氣，我聽得出來她是拐彎抹角在挖苦爸爸。不過，爸爸沒有回嘴。我感覺得出來他好像有點怕，要是真的惹女王不高興，說不定會禍從天降，鬧得家裡雞飛狗跳。

「我想我最好還是帶柯力一起去吧。」媽媽還不罷休。「這表示我們很尊重她。更何況，難道你真的一點都不好奇嗎？你真的不想知道她為什麼要找我們？」

「不想！」

「真的一點都不想？」

「老天。」爸爸又想了一下，最後終於說：「算我服了妳。妳連死人都有辦法說活。不過我警告妳，女王家裡可能有一大堆瓶瓶罐罐，裡面裝的全是青蛙和蛇，還有死人的骨灰，還有蝙蝠翅膀！」

結果，最後的結論是，到了禮拜五那天黃昏，當太陽快下山，涼風輕拂過奇風鎮的時候，媽媽會開那輛小貨車載我出去。至於爸爸呢，他會一個人留在家裡聽他的收音機棒球轉播。不過我相信，他的心將會與我們同在。我知道他只是怕，怕萬一他做錯了什麼，還是說錯了什麼話，女王會不高興。我必須承認，我自己心裡也是有點毛毛的。媽媽給我穿了一件白襯衫，領口還貼著一條假領帶，這身打扮總該不會惹女王不高興了吧。然而，我還是越來越緊張。

布魯登區的重建工作還在進行，到處都看得到黑人在鋸木頭敲鐵釘，整修他們的房子。我們的車子經過布魯登區小小的商店街，看到街上只有一家理髮廳，一家雜貨店，一家鞋店，一家服飾店，還有一些當地人經營的小店。過了商店街之後，車子轉了個彎開上茉莉街，一路開到底，然後停在一棟房子前面。那房子燈火通明，每扇窗戶都透出燈光。

我在前面的故事裡提到過，那是一棟四四方方的小木屋，外表漆成五顏六色，有橘色，紫色，紅色，還有黃色。旁邊有一座車庫，我猜，那輛鑲滿塑膠鑽石的車子應該就在裡面。庭院的草坪修剪得整整齊齊，門旁的台階前面有一條步道通往路邊。那棟房子沒有我們想像中那麼恐怖，也不像豪宅，而只是一棟平平凡凡的房子。除了顏色比較鮮艷，基本上和街上其他的房子沒什麼兩樣。

媽媽下了車，繞過來幫我拉開車門。這時我忽然又畏縮起來。

「走吧。」她說。雖然她的表情看不出她會緊張，但她的聲音聽得出來。她身上穿的是禮拜天上教堂時穿的那套最好的衣服，而鞋子也是最好的那雙。「快七點了。」

七點。我忽然想到，七這個數字不就是巫毒教的神祕數字嗎？「也許爸爸說得對。」我對她說。「也許我們根本就不應該來。」

「不會怎麼樣的啦。你看，屋子裡燈那麼亮。」

她是想安慰我嗎？恐怕沒什麼用。

「沒什麼好怕的。」媽說。最近我們學校教室的天花板上塗了灰色的隔熱漆，而媽媽又開始杞人憂天，擔心隔熱漆的揮發氣體會傷害到我的呼吸道。一個什麼都怕的人，居然叫我不要怕，還真是有說服力。

最後，我終於還是鼓起勇氣走上台階，站在門口。門廊上的燈泡塗成了黃色，散發出昏黃的光暈。聽說這樣蚊蟲就不敢靠近。本來我以為女王家的門一定很可怕，說不定門環上有一個骷髏頭，或是兩根交叉的死人骨頭。結果我猜錯了。門上只有一根銀色的把手。媽媽說：「好了，我們準備進去吧。」說著她抬起手敲敲門。

我們聽到裡頭有人在說話，還有腳步聲。我忽然想到，這下子想跑也來不及了。媽媽伸手摟著我，我似乎感覺到她劇烈的心跳。接著，有人轉動門扭，門開了，裡面就是女王的家了。門裡站著一個黑人。他身材高大，體格魁梧，身上穿著白襯衫和藍西裝，打著領帶。他巨大的身形幾乎把整個門都擋住了。在我眼裡，他簡直就像一棵黑色的大橡樹。他那兩隻手巨大得嚇人，彷彿輕輕一抓就可以捏碎一顆保齡球。他的鼻子顯然曾經被人用剃刀切掉了一塊，他兩道眉毛又黑又濃，幾乎連成一片，乍看之下很像狼人。

那一剎那，我的感覺只能用一句話來形容：嚇得屁滾尿流。

「呃……」媽媽有點結結巴巴。「呃……」

「請進請進，麥肯遜太太。」他對我們露出笑容。他這麼一笑，那張臉忽然顯得比較親切，似乎沒有那麼可怕了。他聲音好低沈，聽起來簡直就像定音鼓的鼓聲，連身體都感覺得到震動。他往旁邊一站，然後媽媽就拉著我的手走進門。

我們一進去，門立刻就關上了。

有個年輕女孩子走過來迎接我們。她皮膚顏色看起來像巧克力牛奶，瓜子臉，黃褐色的眼睛。她和我媽握握手，然後笑著說：「我叫艾米莉亞德馬龍，真高興認識妳。」她手臂上戴滿了手鐲，兩邊的耳朵各戴著五個耳環。

「謝謝妳，這是我兒子柯力。」

「噢，原來你就是那位勇敢的小朋友！」艾米莉亞轉過頭來看著我。她身上彷彿會散發出一種魔力，那種感覺，彷彿我和她之間產生了一種無形的電流。「也很高興認識你。這位是我先生查爾斯。」那位巨大的黑人朝我們點點頭。艾米莉亞站在他旁邊，身高只到他腋窩。「我們負責幫女王處理一些雜務。」艾米莉亞說。

「原來是這樣。」媽媽還握著我的手。我不停的轉頭東張西望。人心真是一種很奇怪的東西，不是嗎？明明沒有蜘蛛，你心裡卻結滿了虛幻的蜘蛛網。明明陽光普照，你的心卻籠罩在一個想像的黑暗世界裡。女王家的客廳根本就不是我想像中的魔鬼的殿堂，看不到成群的黑貓，也看不到沸騰的鍋子。客廳裡就只有一張椅子，一條沙發，一張小茶几，茶几上擺著幾個小裝飾品。牆邊還有幾座書架，上面擺滿了書。牆上掛了幾幅色彩鮮艷的裱框油畫。我注意到其中一幅畫：畫中的人是一個滿臉大鬍子的黑人，閉著眼睛，那神情好像很痛苦，又好像很陶醉，頭上戴著一頂荊棘冠。

我從來沒看過黑人耶穌。眼前的景象一方面令我感到震驚，但另一方面也開啟了我心靈的視野。原來，我的心靈是那麼的需要光明。

這時候，月亮人忽然從裡面的走廊冒出來，走進客廳。第一次在這麼近的距離看到他，我和媽媽都嚇了一跳。月亮人穿著一條黑色的吊帶褲，一件淡藍色的襯衫，袖子往上捲。今天晚上他只有一隻手戴著手錶，而且他襯衫的領口裡露出一件白色T恤的圓領，原先脖子上那條鍊子和鍍金十字架都不見了。另外，他頭上戴的也不是那頂高禮帽，而是一頂白色的羊毛帽。不過，他的臉還是一樣從中間分成黑黃兩色。他下巴的白鬍子直挺挺的，尾端有點往上翹。他那雙黑眼睛，眼角有魚尾紋。他先看看我媽，然後再看看我。過了一會兒，他終於笑了，然後朝我們點點頭。接著，他抬起手，用一根細瘦的手指指向走廊，叫我們往裡面走。

時候到了，該進去見女王了。

「她身體不太舒服。」艾米莉亞告訴我們。「巴瑞斯醫師開了不少維他命給她吃。」

「應該沒什麼太大的問題吧？」媽媽問。

「雨下太多，她肺部有點積水。天氣太潮濕，她的肺受不了。不過，夏天到了，太陽一出來，她就會慢慢恢復了。」

我們走到一扇門口。月亮人彎腰幫我們打開門。我忽然聞到一股紫羅蘭的香氣，還有一絲淡淡的灰塵味。

艾米莉亞先探頭進去看了一下。「夫人？客人到了。」

我們聽到房間裡傳來被褥窸窸窣窣的聲音。「請進。」我們聽到一個蒼老的女人的聲音，那聲音有點顫抖。「請他們進來。」

媽媽深深吸了一口氣，然後跨進房間。而我也只能跟進去，因為我的手臂被她緊緊抓住。月亮人沒有進房間。艾米莉亞說：「要是你們需要什麼東西，叫我一聲。」說完她就輕輕關上了門。

女王就在我們面前了。

她坐在一張白鐵框床上，背靠著一個繡花枕頭，被子拉到胸口。她房間的牆上畫滿了綠葉，要不是因為房間裡還有電扇細微的嗡嗡聲，你會誤以為自己站在一座熱帶森林裡。床頭桌上有一座檯燈，一疊書和雜誌，還有一副絲框眼鏡，伸手就拿得到。

女王靜靜看著我們，看了好一會兒，而我們也看著她。在白床單的襯托下，她整個人顯得更黑。她臉上滿是皺紋，看起來很像那種做法用的人偶，被正中午的太陽曬得整個臉都皺了。另外，我注意到冰箱的管子上結了不少霜。她那滿頭白髮感覺很像柔柔的雲，比上次看到她的時候更白。她穿著一件藍色的睡袍，睡袍的肩帶掛在消瘦的肩上，鎖骨異常突出。而且，她顴骨好高，彷彿尖銳到可以拿來削梨子。說真的，女王瘦骨如柴，頭微微顫抖，整個人感覺好蒼老。不過，她臉上有一個地方完全沒有蒼老的跡象。

她的眼睛。她那雙綠眼睛。

而且，她的眼睛不是普通的綠色，而是一種晶瑩剔透的碧綠，顏色就像泰山在電影裡到處搜尋的那種翡翠寶石。她的眼睛炯炯有神，彷彿眼睛深處有火焰緩緩燃燒。當你凝視著她的眼睛，你會感覺自己內心最深處彷彿開啟了一扇門，感覺所有的祕密毫無保留的流瀉而出。然而，你不但不會在乎，反而還會渴望這種感覺。我從來沒看過這樣的眼睛，而且後來，一輩子都沒有再看到過。那種感覺有點可怕，但卻又沒辦法移開視線，因為，她的眼睛實在太美了，看起來很像叢林裡猛獸的眼睛，眼神時時刻刻充滿警覺。

接著，女王忽然眨眨眼，滿是皺紋的嘴角露出一抹微笑，露出一口雪白整齊的牙齒。不知道那是真的牙齒還是假牙。「你們兩位看起來氣色真好。」她的聲音有點顫抖。

「謝謝妳。」媽媽鼓起勇氣開口了。

「妳先生怎麼沒來呢？他不想來嗎？」

「呃……不是。他……他說他要聽收音機的棒球轉播。」

「我看那是藉口吧，麥肯遜太太？」她忽然挑了一下眉毛。

「我……不好意思，我不太懂。妳是說……」

「有些人很怕我。」女王說。「妳不覺得這很荒唐嗎？我都已經一百零六歲了，一個老太婆有什麼好怕的？妳看看我，躺在床上，連吃東西都還要人伺候。麥肯遜太太，妳愛你先生嗎？」

「是的。我很愛他。」

「那很好。只要妳心中有愛，堅定不移的愛，全心全意的愛，妳就能夠克服很多狗屁倒灶的人生難題。告訴妳，要活到我這把年紀，妳要擺平的狗屁倒灶的事還多得很。」接著，她忽然轉過頭來看我。在她那滿是皺紋的烏黑的臉上，那雙綠眼睛更顯得炯炯有神。她的眼神是如此奇妙，散發出一種懾人的光芒。

「嗨，小朋友。」她對我說。「你有沒有幫媽媽做家事？」

「有……有啊。」我喉嚨忽然哽住了，說得支支吾吾。

「你有沒有幫媽媽洗盤子？有沒有把房間整理乾淨？有沒有幫媽媽打掃門廊？」

「有……有啊。」

「那就好。那天你在妮娜卡斯提爾家裡，看你用掃帚的本事還真不小，不過，我猜你在家裡一定很少用，對不對？」

我嚥了一大口唾液。這時我和媽媽都明白了，今天她為什麼會找我們到這裡來。

女王露出笑容。「真希望當時我也在現場，真的！」

「妮娜告訴過妳了嗎？」媽媽問她。

「她告訴我了。而且，我也跟凱文聊了很久。」她凝視著我。「小朋友，你救了凱文的命。對我來說，那意義有多重大，你知道嗎？」我搖搖頭。「妮娜的媽媽是我很要好的朋友，所以，從某個角度來看，妮娜也可以算是我女兒。換句話說，凱文也等於是我的孫子。這孩子以後會很有前途的。多虧了你，今天他還能好好的活著，不然前途再好也沒用了。」

「我只是……我只是怕被牠吃掉。」我說。

她大笑起來。「牠竟然被你用一根掃帚柄嚇跑了。老天！老天！那個凶神惡煞，牠本來打算從河裡游出來享受大餐，沒想到竟然被你用一根掃帚柄餵飽了，老天！」

「牠吃掉了一隻小狗。」我說。

「嗯，我知道。」這時女王忽然不笑了。她十指交叉在胸前，轉頭看著我媽。「妳幫了妮娜和她爸爸很大的忙，所以，只要妳家裡有什麼東西壞了需要修理，隨時打電話給來福先生，他一定會幫妳修好。另外，妳兒子救了凱文的命，所以，我也希望有機會能夠好好答謝他，不過，當然必須先徵求妳的同意，可以嗎？」

「妳不需要這麼客氣。」

「絕對需要！」女王眼神忽然變得很凌厲。那一剎那，我忽然想到，她年輕的時候一定很慓悍。「所以我一定要好好答謝你的孩子。」

「好吧。」媽媽忽然畏縮起來。

「小朋友？」女王又轉頭過來看我了。「你想要什麼？」

我想了一下。「什麼都可以嗎？」我問。

「當然有個限度。」媽媽立刻提醒我。

「你想要什麼都可以。」女王說。

我又想了一下，但我很快就想到了。「腳踏車。我想要一輛全新的腳踏車，沒有別人騎過的。」

「新腳踏車。」她點點頭。「車頭要有燈嗎？」

「好啊。」

「要有喇叭嗎？」

「有當然更好。」我說。

「你希望車子可以騎很快嗎？像美洲豹一樣快，夠不夠？」

「那太好了。」我越來越興奮了。「當然好。」

「那你就等著吧！等我起得了床，我馬上就幫你準備。」

「妳對我們太好了。」媽媽說。「真是太謝謝妳了。不過，我和柯力他爸爸打算到店裡去幫他買一輛，這樣應該就──」

「店裡沒得買。」女王忽然打斷她。

「不好意思，妳是說……」

「店裡沒得買。」說到這裡，她發現媽媽還是不太懂她的意思，於是又繼續說：「店裡的腳踏車不夠好。不夠特別。小朋友，你想要的應該是一輛獨一無二的腳踏車吧？」

「我……有得騎我就很高興了。」

女王又咯咯笑起來。「嗯，看不出來你還真有紳士風度。好吧，就這樣，我會把來福先生找來一起研究研究，看看他有什麼好辦法。這樣可以嗎？」

我說當然好，不過我還是一頭霧水，不知道他們兩個要怎麼研究出一輛新腳踏車給我。

「來，過來一點。」女王對我說。「到我旁邊來。」

媽媽放開我的手，於是我就走到床邊。一靠近她，我清楚看到她那碧綠的雙眼有如兩盞幽幽的神燈。

「除了騎腳踏車，你還喜歡做什麼？」

「我喜歡打棒球，喜歡看看書，喜歡寫故事。」

「寫故事？」女王又揚起了眉毛。「老天！老天！沒想到我們鎮上出了個作家！」

「柯力一直都很喜歡看書。」媽媽說。「他喜歡寫些小故事，比如說牛仔故事，偵探故事之類的，還有——」

「還有怪獸的故事。」我說。「有時候會寫。」

「怪獸的故事？」女王說。「你是打算寫老摩西的故事嗎？」

「有可能。」

「你長大以後有沒有打算寫一本書？有沒有想過，以後要為我們奇風鎮，還有鎮上所有的人寫一個故事？」

我聳聳肩。「也許吧。」

「來，眼睛看著我。」她說。於是我乖乖看著她。「仔細看。」她說。

這時候，奇怪的事發生了。她開始說話，可是就在她說話的同時，我們兩個人中間忽然出現一道淡藍色的光暈。她的眼睛彷彿散發出一種魔力，鎖住了我的雙眼，我根本無法移開視線。「從前，有人叫我怪物。」女王說。「甚至還有人用更可怕的字眼形容我。我在比你現在大一點的時候，就親眼看到自己的媽媽被人殺害。那是一個女人，她忌妒我媽媽的天賦，於是就殺了她。我發過誓，無論追到天涯海角，我一定要找到那個女人。她全身穿著紅衣服，而且不管走到哪裡，她肩上都會坐著一隻猴子。那隻猴子會告訴她很多肉眼看不到的東西。她叫『紅魔女』。我已經追她追了一輩子。我曾經追她追到『痲瘋村』，我曾經划船穿越洪水淹沒的地方。」隔著那道迷濛閃爍的光暈，我凝視著她的臉。我發現她臉上的皺紋慢慢消失了，變得越來越年輕。「我親眼看到過死去的人在走動，親眼看到自己最要好的朋友長出鱗片，開始在地上爬。」她的臉越來越年輕，越來越漂亮，美得令人不敢逼視。「我曾經看過活死人，曾經當面咒罵撒旦，曾經在黑魔法的殿堂裡跳舞。」這時候，她已經變成一位少女，一頭黑色的長髮，高高的顴骨，露出一種不可一世的表情。她眼中彷彿深藏著無數的記憶，眼神是如此凌厲懾人。「我已經活了一百輩子，一直到現在，我還活著。小朋友，你看到我了嗎？」

「看到了。」我聽到自己的聲音，但那聲音彷彿好遙遠好遙遠。「我看到了。」

這時候，她散發出來的魔力忽然消失了。瞬間就消失了。片刻之前，我眼前看到的是一個美麗的少女，而轉眼之間，她忽然又變回了原來的女王。一百零六歲的女王。她的眼神忽然變得有點冷酷，我開始覺得渾身發毛。

「也許有一天，你會把我一生的故事寫出來。」女王對我說。可是，她的口氣不像鼓勵，反而像在下命令。「好了，我有話要和你媽媽談，你先到隔壁去找艾米莉亞和查爾斯，好嗎？」

我當然說好。我從媽媽旁邊走過去，走向門口，兩腿有點發軟，襯衫領口全是汗。到了門口，我忽然想到一件事，於是立刻轉身看著女王。「對不起，老夫人。」我鼓起勇氣問她。「不知道妳有沒有……有

沒有……有沒有什麼東西可以幫我考好數學？我的意思是，魔法藥水之類的東西？」

「柯力！」媽媽罵了我一聲。

但女王卻只是對我笑笑，然後說：「有啊，小朋友。等一下你去找艾米莉亞，叫她拿十號藥水給你。然後，你回到家就要開始用功，非常非常用功，用功到作夢都會夢到自己在算數學。」說著她伸出一根手指。「這樣應該就會有效。」

於是我走出房間，關上門，迫不及待想去試試神奇的魔法藥水。

「什麼是十號魔法藥水？」媽媽問她。

「加了荳蔻香料的牛奶。」女王說。「我和艾米莉亞研究出一大堆這種『魔法藥水』，碰到那些缺乏自信或是缺乏勇氣的人，我就會拿給他們喝。」

「這麼說來，妳用的法術就是這樣而已嗎？」

「絕大多數。其實，只要給他們一把鑰匙，他們自己就能夠打開自己心裡的鎖。」女王歪了一下頭。「不過，事實上確實還有另一種魔法。這就是我找妳來的原因。」

媽媽忽然說不出話來。她一頭霧水，不知道女王接下來要做什麼。

「最近我一直作夢。」女王說。「睡覺的時候作夢，醒著的時候也作夢。事情有點不太對勁。另外一邊出問題了。」

「另外一邊？」

「死者的世界。」她說。「過了一條河，就會到那個世界。不過，我說的不是酋長河。我說的是一條又黑又寬的大河。我想，要不了多久，我自己也要過河了。到時候，當我回頭看我們這邊，我一定會大笑，然後說：『原來如此！』。」

媽媽搖搖頭，聽得一頭霧水。

「出了很嚴重的問題。」女王又繼續說。「我們的世界，還有死者的世界，兩邊都出了很嚴重的問題。那天，丹巴拉不肯吃我給牠的東西，我就知道事情不太對勁了。珍娜衛佛丹恩告訴我，復活節那天你們教堂裡出現虎頭蜂。這也是表示另外那邊的東西在作怪。」

「那只是虎頭蜂。」媽媽說。

「對妳來說那只是虎頭蜂，但對我來說，那代表一種訊息，一種語言。那表示在另外那個世界裡，有一個靈魂正遭受極大的痛苦。」

「我不——」

「不懂。對不對？」女王截住她的話頭。「妳當然不懂。有時候，連我自己也不太懂。不過，麥肯遜太太，我聽得懂那種訊息，感受得到那種痛苦。那種語言我從小就懂了，而且會說。」女王朝床頭桌伸出手，打開一個抽屜，拿出一張有橫線的筆記，然後遞給我媽。「妳認得這是什麼嗎？」

媽媽仔細看了一下，發現那張紙上畫了一個頭：看起來像骷髏頭，太陽穴上長出一對翅膀向後伸展。

「這是我在夢裡看到的。我看到一個肩膀上有刺青的人。另外，我還看到兩隻手。那是另外一個人的手。他一隻手上拿著一把纏著黑膠布的警棍——我們稱之為『碎骨鎚』。另一隻手上拿著一條鐵絲。另外，我還聽到有人說話的聲音，不過我聽不清楚他們在說什麼。我聽到有人在慘叫，還有音樂聲。很大聲。」

「音樂聲？」媽媽忽然感覺自己全身的血液彷彿都凍結了。她一眼就認出紙上畫的那個長了翅膀的骷髏頭。爸爸告訴過她，車裡那具屍體上的刺青就是那樣。

「那音樂聲可能是有人在放唱片。」女王說。「也有可能是有人在彈鋼琴，彈得很用力。我把這件事說給查爾斯聽，他立刻就想到三月的時候，他在報上看到一則新聞，說有人看到一輛車掉進薩克森湖，車上有一個死人。我猜，現場那個目擊者就是你先生，沒錯吧？」

「沒錯。」

「這張紙上的骷顱頭和那件事有關係嗎？」

媽媽深深吸了一口氣，憋了好一會兒才吁出來。「對。」她說。

「我大概也猜得到。妳先生晚上睡得好嗎？」

「不太好。他……他一直做夢。夢見薩克森湖，還有……還有車裡那個人。」

「妳先生會作夢就是因為那個人的關係。他拚命想跟妳先生聯繫。」女王說。「他想引起妳先生的注意。而我剛好也同時接受到那個訊息，打個比方，那就像是電話系統的合用線。」

「訊息？」我媽問她。「什麼訊息？」

「我還不知道。」女王說。「不過，我知道那種痛苦。那種痛苦強烈到足以把一個大男人逼瘋的。」

媽媽開始淚眼模糊了。「我……我沒辦法……我不……」她說話開始顫抖了，眼淚開始沿著臉頰滾下來。

「妳把這張紙拿給他看，叫他來找我，如果他願意的話，我想跟他談一談。你回去告訴他，說我在等他。」

「他一定不肯來的。他怕妳。」

「妳回去告訴他。」女王說。「要是不解決這個問題，他早晚會崩潰的。妳回去告訴他，我是他的朋友。說不定我會是他這輩子最好的朋友。」

我媽點點頭，然後把那張紙摺好，緊緊抓在手裡。

「好了，把眼淚擦乾。」女王對她說。「不要讓小孩子看到妳這樣子。」過了一會兒，我媽慢慢平靜下來了。女王似乎滿意了，輕輕哼了一聲。「這樣才對。女人一哭就醜了。好了，妳去告訴你們家的小朋友，說他的新腳踏車我很快就會準備好。還有，妳要盯著他好好唸書。要是爸媽不盯緊一點，十號魔法藥水喝再多也沒用。」

我媽跟女王道了謝，說她會叫我爸爸來找她，可是她不確定爸爸肯不肯來。「我會等他來。」女王說。「好好照顧自己，還有妳的家人。」

然後，媽媽和我走出女王家，坐上車。我嘴角還殘留著一絲「十號魔法藥水」。我已經盤算好了，一回家就要把數學課本撕掉。

我們開車離開布魯登區。酋長河靜靜奔流。樹林間，晚風輕拂。家家戶戶窗口透出燈火，大家都已經吃過晚飯了。此刻，我腦海中纏繞著兩樣東西：那位美得令人不敢逼視的少女，還有她的綠眼睛。另外，就是那輛有頭燈有喇叭的新腳踏車。

而我媽則是一直在想車子裡那個人。那個人已經陳屍在薩克森湖底，然而，他的靈魂卻一直在糾纏我爸爸。爸爸一直夢見他，而女王也同樣夢見他。

夏天快到了，大地散發出忍冬花和紫羅蘭的清香。那是夏天的氣息。

而奇風鎮的某個角落裡，有人正在彈鋼琴。

第二部　天使與魔鬼的夏季

1 學期最後一天

滴答……滴答……滴答

不管月曆上是怎麼計算的，對我來說，學期結束那天，才是夏季開始的第一天。天氣越來越熱，白天的時間越來越長。大地一片青翠，天空如紫晶般清朗剔透，淡淡的雲輕柔如棉絮。咄咄逼人的熱浪一陣陣隨風飄散，彷彿在向我們示威，提醒我們夏天快來了。棒球場的草皮都已經修剪得很整齊，而且都已經重新畫上白線。另外，游泳池也已經重新粉刷過，放滿了水。瑟瑪納維爾太太是我們班的導師。期末考的煎熬已經結束了，大家排排坐在教室裡聽納維爾老師精神講話。她說，我們就像一棵棵的小樹，這一年來，在知識的灌溉下，我們漸漸成長茁壯。我們聽著她催眠般的聲音，眼睛盯著牆上的時鐘。

滴答……滴答……滴答

我坐在座位上，耳朵聽著老師的長篇大論，心裡卻暗暗祈禱她趕快結束。我腦子裡塞了太多金玉良言，真希望能夠把腦袋打開，把那些金玉良言倒出來，讓它們在燦爛的夏日裡隨風飄散。只可惜，在下課鈴響之前，我們還是納維爾老師的囚犯。我們只能乖乖坐在那裡忍受煎熬，等待時間之神來解救我們。說不定時間之神會像電視裡的原野奇俠一樣，在夕陽餘暉中出現在遠處的山巔上。

滴答……滴答……滴答

求上帝赦免我們。

從教室四四方方的窗口望出去，外面那遼闊的世界正等著我們。在這個一九六四年的夏天，我和我那幾個死黨將會有什麼樣驚心動魄的冒險奇遇呢？我不知道，不過，我可以確定的是，這將會是一個漫長而悠緩的夏天。當太陽漸漸隱沒在天際，當夜幕漸漸籠罩大地，我們將會聽到此起彼落的蟬鳴聲，看到漫天飛舞的螢火蟲，而且，更重要的是，不用再做功課了。噢，那真是無限美好的夏日時光。我數學及格了（想知道我考幾分嗎？偷偷告訴你，學期平均C⁻），總算逃過了暑期輔導的厄運。不過，當我們在那自由的天地盡情奔馳的時候，我們也不會忘記為那些沒有逃過暑期輔導的苦難同學默哀三分鐘，因為，我們的好兄弟班恩去年就沒有逃過厄運。對他們來說，那種感覺彷彿就像時間靜止了，他們跳過了生命中的這段夏日時光，只可惜，他們並沒有因此變得比較年輕。

滴答……滴答……滴答

時間是最無情的。

我聽到走廊那邊傳來一陣騷動，接著，有人開始大笑大叫。聽得出來，那是一種純然的快樂，沸騰的喜悅。看樣子，別班的老師決定提早放學了。我心裡忽然覺得很不是滋味。只可惜，戴著助聽器的納維爾老師彷彿聽不到門外驚天動地的喧鬧聲，繼續說她的。她應該已經有六十歲了，一頭橘色的頭髮。我忽然覺得，她根本就不想放我們走。她想把我們留在教室裡，越久越好。而且，說不定那並不是因為她比別的老師嚴格，而是因為她太寂寞，家裡只有她孤零零的一個人。一個人，又怎能體會得到夏日時光的美妙？

「暑假期間，希望各位同學要記得多到圖書館去借書。」納維爾老師的聲音聽起來很慈祥，不過，萬一惹毛了她，她爆發出來的怒火絕對比國慶日的煙火還壯觀。「希望大家不要因為放暑假了就不讀書了。大腦不用是會退化的，所以，在九月開學之前，大家還是要儘量多用頭腦——」

鈴鈴鈴鈴鈴鈴——！

全班同學立刻像蚱蜢一樣跳起來。

「等一下等一下。」老師說。「再等一下。還沒下課。」

噢，真要命！那一剎那，我忽然想到，說不定納維爾老師有某種不為人知的黑暗面，比如說，抓蒼蠅來扯掉翅膀。

「出教室不要爭先恐後，要有規矩。」她大聲說。「大家排好隊一個一個出去。史考特，你來帶隊。」嗯，雖然慢了一點，但最起碼大家一個個出去了。後來，教室裡的同學都走光了，我是最後一個。我聽到走廊裡迴盪著一陣陣的笑聲。這時候，我忽然聽到納維爾老師在背後叫了我一聲：「柯力麥肯遜，麻煩你過來一下。」

我只好乖乖走到她桌子前面。納維爾老師對我笑了一下。「你數學考及格了，應該很開心吧？」

「是的。」

「要是你這整個學年都這麼用功，說不定拿得到獎學金。」

「我知道。」我還想到，要是去年秋天開學的時候就喝了十號魔法藥水，那該有多好。

教室裡已經沒有別人了，走廊上迴盪的喧鬧聲也漸漸變得遙遠。空氣中飄散著粉筆灰的味道，餐廳的辣椒味，還有削鉛筆機裡的碎屑的味道。我感覺得到，幽靈已經開始在教室裡聚集了。

「你很喜歡寫文章，對不對？」納維爾老師的目光隔著眼鏡凝視著我。

「還蠻喜歡的。」

「你的作文是全班最好的，拼字課的成績也是全班最高的。我忽然想到，不知道今年你有沒有打算參加比賽？」

「比賽？」

「寫作競賽。」她說。「每年八月，藝文委員會都會舉辦寫作競賽。」

我根本沒想過。藝文委員會的主席是葛羅夫狄恩先生和艾芙琳普萊斯摩太太，寫作競賽就是他們出錢贊助的，競賽項目包括散文和小說。得獎者會拿到一面獎牌，並且會應邀在圖書館的午餐會上當眾宣讀他們的作品。問題是，我寫的故事，不是妖魔鬼怪，牛仔偵探，就是外星怪物，這種東西怎麼看都不像是會得獎的東西。那些都只是寫給我自己看的，自得其樂。

「你真的應該好好考慮去參加比賽。」納維爾老師繼續說。「你很有寫作的天分。」

我聳聳肩。老師忽然把你當成是大人，用一種對等的姿態跟你說話，令我感到有點不自在。

「那麼，祝你暑假愉快囉。」納維爾老師說。我忽然明白她這句話的意思是說我可以走了。

那一剎那，我興奮得心臟差點從嘴裡跳出來。我立刻說：「謝謝妳！」然後立刻轉身往門口衝過去。到了門口那一剎那，我回頭看了納維爾老師一眼。她坐在辦公桌後面，而桌面上看不到考卷，也看不到半本書。她已經不需要再改考卷，也不需要再看教科書準備講課的材料。她桌上空蕩蕩的，除了一座削鉛筆機，一片吸墨紙板，就只剩下一顆紅蘋果。那是寶拉艾斯金拿來給她的。陽光從窗口透進來，照在納維爾老師身上，而她慢慢伸手拿起那個蘋果。看著眼前的景象，我忽然覺得很像是在看電影裡的慢動作。空蕩蕩的教室裡，那張桌子上刻滿了歷代畢業生姓名的縮寫。一代又一代的學生都曾經是這間教室的過客，從這裡走向他們未來的人生。納維爾老師愣愣的看著窗外，那一剎那，我忽然覺得她看起來好蒼老。

「老師，祝妳暑假愉快。」我站在門口對她說。

「再見囉。」她微微一笑。

我沿著走廊一路橫衝直撞，手上沒有拿書，而數字、等號、歷史年代，學校裡的一切都被我拋到腦後。我奔向金黃燦爛的陽光。暑假開始了。

問題是，我還是少了一輛腳踏車。自從那天和媽媽去找過女王之後，到現在已經三個禮拜了，我一直求媽媽打電話給她，可是媽媽叫我要有耐性一點，等女王準備好了，我的新腳踏車自然就會出現，急也沒有用。有一次我聽到爸媽談起女王的事。那天一大早，天都還沒亮，他們坐在門廊上談了好久。我是無意間偷聽到的。我聽到爸爸說：「我才不管她夢見什麼。反正我不去。」有時候我半夜醒過來，總是會聽到爸爸邊睡邊哭，然後媽媽在一旁拚命安撫他。我隱隱約約聽到他說了一些話，像是「……在湖裡面……」，或是「……那裡面好黑……」。我心裡明白，這些東西已經像水蛭一樣黏在他內心深處。有幾次吃晚飯的時候，我注意到爸爸東西都沒吃完就把盤子推開。他好像忘了平常他總是教訓我：「柯力，把盤子裡的東西吃乾淨，你別忘了，在印度還有多少小孩子沒飯吃。」他越來越瘦，每次穿上送奶員的制服，他的腰帶都必須扣到最後一洞才綁得緊。他的臉越來越削瘦，顴骨越來越突出，眼眶深陷。他整天聽收音機的棒球轉播，要不然就是看電視上的現場轉播。有時候，他會坐在那張他心愛的休閒椅上張開嘴呼呼大睡，可是就算在睡覺，他臉上還是露出一種畏懼的表情。

我越來越擔心他了。

我覺得我明白是什麼東西在吞噬我爸爸的心。那並不單純只是因為他親眼目睹死人，也不是因為那個人是被謀殺的，畢竟，那並不是奇風鎮第一次出現謀殺案。儘管我們這裡難得碰到這種案子，但終究不是第一次了。我認為，令爸爸內心飽受折磨的，是那種殘酷冷血的行徑，那種惡毒。爸爸算是一個聰明人，很多東西他都懂。在日常生活的範圍內，他通常都很快就能夠判斷是非對錯。而且，他說話算話，言出必行。只不過，在某些事情上，他卻顯得過度天真。我覺得他好像不相信奇風鎮上會有邪惡的人。沒想到，他竟然親眼看到一個人被嚴刑拷打，活活勒死，兩手被銬在方向盤上，而且還沒辦法用基督教的儀式好好安葬，靈魂永遠不得安息。更可怕的是，這種事竟然發生在他出生長大的故鄉。這才是最令他感到痛心的。他內心受到太深的創傷，已經沒辦法靠自己的力量復原了。另外，也可能是因為那位被人謀殺的死者到現在還查不到身分，而且，儘管艾莫瑞警長已經查遍了全國各地，卻沒有半個人回報失蹤人口。彷彿那個人從來不曾存在過。

「他一定有個身份。」有一天晚上我隔著牆壁聽到爸爸對媽媽說：「難道他沒有妻兒嗎？難道他沒有兄弟姊妹嗎？難道他沒有父母嗎？老天，蕾貝卡，他一定有個身分，他一定有個名字！他到底是誰？他到底是從哪裡來的？」

「這就是警長該去查的。」

「JT不可能查得到。他早就放棄了！」

「湯姆，我還是覺得你應該去找女王。」

「不要。」

「為什麼？她畫的那張圖你不是也看到了嗎？你心裡很清楚，那跟你看到的刺青一模一樣。你最起碼可以去找她談一談，不是嗎？」

「因為——」他遲疑了一下，我感覺得出來他在考慮該怎麼回答。「因為我不相信她那種法術。這就是為什麼。那是騙人的東西。她一定在報上看到過刺青的事。」

「你明知道報上根本就沒有報導得那麼詳細。而且她說她聽到有人在講話，聽到有人在彈鋼琴，而且她看到一雙手。去嘛，湯姆，去找她談一談。拜託你去一趟，好不好？」

「我不覺得她能告訴我什麼。」爸爸還是很強硬。「而且，我也不想聽。」

這件事就這樣不了了之。然而，那個沈冤湖底的無名幽靈依然在夢中糾纏著我爸爸。

不過，在這夏日開始的第一天，我沒有去想這些，也沒有去想老摩西，沒有去想午夜夢娜，沒有去想那個帽子上有綠羽毛的人。我只想去找我那群死黨，想跟他們一起慶祝夏天的來臨。這是我們一年一度的盛典。

我從學校一路跑回家，叛徒早就在門廊上等我了。我跟媽媽說我要出去一下，很快就回來，然後我就朝我們家後面那片森林跑過去，叛徒跟在我後面。森林裡蒼翠蓊鬱，溫煦的風輕拂過樹梢，枝葉隨風搖曳，陽光燦爛遍灑林間。我沿著那條小徑往森林裡面跑，叛徒偶爾會跑到旁邊去追松鼠，而松鼠總是一溜煙就竄到樹上去。大約十分鐘後，我終於跑出了森林，來到一片草地。那片草地座落在起伏的山腰上，而山底下，我們的奇風鎮一覽無遺。我那幾個死黨都已經到了。他們都是騎腳踏車來的，而且他們的狗也都跟來了。強尼帶著他的「紅酋長」，班恩帶著他的南哥，而大雷則是帶著他那隻身上有黃白斑點的「巴弟」。

山上風比較強，彷彿龍捲風繞著這片草地盤旋，彷彿隨著快樂的夏日迴旋起舞。「我們終於熬過了！」大雷大喊。「放暑假了！」

「放暑假了！」班恩一邊大喊一邊像白癡一樣繞圈子跳來跳去。南哥在他旁邊猛吠。

而強尼卻只是淡淡笑著，眺望著底下的奇風鎮。陽光照在他臉上。

「你準備好了嗎？」班恩問我。

「準備好了。」我說。我心跳越來越快了。

「大家都準備好了嗎？」班恩大叫了一聲。

我們都準備好了。

「好，我們走！夏天開始了！」班恩開始繞著草地邊緣奔跑起來，南哥跟在他後面跑，而叛徒也跟在我後面。我跑的時候忽左忽右，叛徒也跟著忽左忽右。強尼和大雷也跟在我後面開始跑，他們的狗也一前一後的跑過那片草地上，邊跑邊互相咬來咬去。

我們越跑越快，越跑越快。一開始，我們迎風奔馳，可是後來，我們越跑越快，於是，漸漸的，風落到我們後面了。我們跑得比風還快，風追不上了。我們繞著草地盡情狂奔。草地四周環繞著松樹橡樹交織的森林，強勁的風在林間呼嘯。「再快一點！再快一點！」強尼大喊。他的腳有點畸形，跑起來一跛一跛的。「一定要再快一點！」

於是，我們迎著風一直跑一直跑，到後來，我們彷彿開始迎風翱翔起來。狗狗跟在我們旁邊跑，興奮得邊跑邊吠。陽光照在酋長河上，河面波光粼粼，天空碧藍如洗。我們大口大口呼吸，夏天的熱氣鼓脹在我們的胸膛。

時候到了。大家都知道時候到了。

「班恩先上去！」我大喊。「他準備好了！他快要——」

這時班恩忽然大叫了一聲，一雙翅膀忽然從他肩胛骨的位置穿破襯衫伸展開來。

「你們看，他的翅膀越來越大了！」我大喊。「顏色跟他的頭髮一樣，而且，他伸展翅膀的動作好像有點笨拙，一定是太久沒用了。不過，哇！你們看！他翅膀開始拍了，你們看！你們看！」

班恩兩隻腳慢慢離開地面了。他雙翅不斷揮舞，越飛越高。

「班恩！等一下！」我大喊。「南哥也要跟你一起飛！你等牠一下！」

這時候，南哥的翅膀也伸出來了。牠有點緊張，吠個不停，接著，牠也跟在主人後面飛起來了。「快點，南哥！」班恩大叫。「我們走！」

「大雷！」我大喊。「你感覺到了嗎？」

我知道他很想。他真的很想。可是我感覺得到，他還沒準備好。「強尼！」我大喊。「你可以準備飛了！」

強尼的肩頭已經伸出翅膀。他的翅膀是黑色的，閃閃發亮。漸漸的，他飛上去了，紅酋長也跟在他旁邊飛上去了。我抬頭看看班恩，看到他已經飛到五公尺高了，整個人看起來很像一隻胖胖的老鷹。「大雷！班恩已經飛上去了！你看看他！喂，班恩，你叫一下大雷！」

「趕快飛上來啊，大雷！」班恩大喊，然後在半空中翻滾了一圈。「這風很棒！」

「我準備好了！」大雷大叫一聲，然後咬緊牙關。「我準備好了！柯力，帶我上去！」

「你的翅膀已經快伸出來了，你感覺到了嗎？哇，我看到了！看到了！快伸出來了！你看！伸出來了！翅膀伸出來了！」

「我感覺到了！我感覺到了！」大雷咧開嘴笑起來，滿頭大汗。他開始揮舞那雙紅褐色的翅膀，開始慢慢往上升，那動作有點像游泳。我知道大雷不怕飛，不過，今年夏天他是第一次跟我們到這裡來，他只是有點怕從地面上飛起來那一剎那的感覺。「你看，巴弟也跟在你後面飛起來了！」我大叫了一聲。巴弟展開那雙黃白斑點相間的翅膀凌空飛起。牠的動作也有點像划水。

這時候，我自己的肩頭忽然伸出兩根翅膀，乍看之下很像一對棕色的旗幟。翅膀穿破我的襯衫，迫不及待想迎風翱翔。我感受到一種極度奔放的自由，全身突然變得輕飄飄的，開始懸浮起來。那種感覺，彷佛好不容易等到夏天，公立游泳池終於開放了，而你迫不及待的跳下去。在那短暫的片刻，我忽然感到一種莫名的驚慌，那種感覺就像第一天跳下水。自從去年八月過後，我的翅膀一直緊緊蟄伏在體內。萬聖節那天，感恩節那天，聖誕節那幾天，還有復活節那幾天，我都感覺到翅膀在我體內抖動，不過，也僅止於抖動。它們一直靜靜等待這一天。此刻，我感覺翅膀有點沈重，有點笨拙。我很好奇，翅膀怎麼有辦法自己感應到風。自從幾年前我們開始這項儀式之後，每年夏天的此刻，我都忍不住會覺得好奇。接著，我的翅膀迎風鼓脹起來，那一剎那，我立刻感受到翅膀是多麼強而有力。一開始，翅膀抖了一下，感覺彷彿打了個噴嚏。接著，翅膀揮了第二下，那動作開始變得更有規律，更有力。到了第三下，那揮舞的姿態已經美得像一首詩。我的翅膀開始迎風上升了。「我飛起來了！」我大喊。我開始慢慢上升，而我那幾個死黨和他們的狗已經在蔚藍的天空翱翔了。

接著，我忽然聽到一聲熟悉的狗吠，就在我後面。我轉頭一看，看到叛徒伸出一雙白色的翅膀，緊緊跟在我後面。我猛拍翅膀往上飛，跟著飛往那群朋友後面。班恩在最前面，飛得最高。「班恩，不要飛那麼快！」我警告他。但他還是越飛越高，已經飛到二十公尺高了。想到他在地面的世界裡吃了那麼多苦頭，我忽然覺得他比誰都有資格自由飛翔。南哥和巴弟在半空中繞著大圈子，繞了一圈又一圈，沒多久，叛徒也飛過去跟牠們玩在一起。叛徒吠個不停，因為牠們肯跟牠一起玩，牠很開心。至於紅酋長呢，牠就像牠的主人強尼一樣比較獨來獨往。接著，叛徒忽然在半空中繞了一個大圓弧，飛到我旁邊，伸出舌頭在我臉上舔了一下。我伸手摟住牠的脖子，然後跟牠一起飛掠過樹梢。

大雷已經不害怕了。他像烏鴉一樣呱呱叫了幾聲，接著，他頭忽然往下一沈，兩手緊貼在身旁，整個人像彗星一樣往地面俯衝，放聲大笑。他肩上的翅膀向後伸展，臉上的肌肉在強風的衝擊下扭曲變形。「趕快往上飛！大雷！趕快往上飛！」我大喊。他像流星一樣從我旁邊飛過去，巴弟緊緊跟在他後面。「趕快往上飛！」

可是大雷還是一直朝底下綠色的森林俯衝。就在快要撞擊到森林那一剎那，他的翅膀忽然展開，彷彿一面美麗的扇子，飛行路線在樹梢上方一個急彎，整個人開始平飛。那一剎那，他幾乎已經碰觸到松樹梢上的針葉了。大雷飛掠過森林的樹梢，興奮得大吼大叫。可是巴弟卻先撞到了幾根樹枝，然後才飛升起來。牠飛上來的時候，發出陣陣低吼。樹上的松鼠大概被牠嚇壞了。

我一直往上飛，朝班恩飛過去。強尼飛得很慢，在半空中繞著8字形，繞了一次又一次。叛徒和南哥在十八公尺高的半空中飛來飛去，互相追逐。班恩對我笑了一下。他滿頭滿臉都是汗，襯衫也濕透了，襯衫下擺露在外面。「柯力！」他大叫。「你看！」接著他忽然兩手抱住肚子，兩腿縮到胸前，整個人像炮彈一樣往下飛。後來，快接近地面的時候，他學大雷一樣展開翅膀減速，可是就在這時候，狀況有點不太對勁。他一邊的翅膀伸展不開。班恩立刻大叫起來。他知道自己碰到麻煩了。他開始在半空中翻觔斗，雙手拚命揮舞。「我快掉下去了！」班恩邊叫邊祈禱。

接著，他肚子撞上了樹梢。

「你沒事吧？」大雷問他。

「你還好嗎？」我也問他。

強尼也立刻停下腳步。南哥立刻跑到主人身邊，舔了一下班恩的臉。班恩坐起來，抬起手肘讓我們看。他手肘破皮了。「哇。」他呻吟了一聲。「有點痛呢。」傷口有點流血。

「哼，誰叫你衝那麼快！」大雷罵了他一句。「笨蛋！」

「我沒事啦。真的。」班恩慢慢站起來。「我們還沒飛過癮吧，對不對，柯力？」

他又可以開始了。於是我又開始往前跑，兩隻手臂往兩邊伸開。他們幾個也伸開雙臂，跟在我旁邊一起跑。風一陣陣迎面吹來。「大雷剛剛到了二十公尺的高度。」我說。「巴弟也跟他一樣。強尼在十八公尺的高度劃了一個8字形。來，班恩！不要賴在樹林裡，到這裡來！」

班恩慢慢飛上來，頭髮上全是針葉。他咧開嘴對我笑了一下。

夏季的第一天永遠是那麼美好。

「大家跟我來，往這邊走！」大雷大叫了一聲，開始往奇風鎮飛過去。我跟在他後面。我的翅膀認得那幾條藍色的路。

熾熱的陽光照在我們背後。放眼望去，底下奇風鎮的房子像一棟棟的玩具房子，街道看起來像一條條縱橫交錯的線，車子看起來像「五毛商店」賣的那種火柴盒小汽車。我們飛過一路蜿蜒波光粼粼的酋長河，飛過石像橋，飛過廢棄的鐵路高架橋。我看到幾個漁夫在河上划船。要是老摩西忽然心血來潮去吃他們的釣餌，他們恐怕就沒心情氣定神閒地坐在那邊釣鯰魚了。

我們和幾隻狗在地面上投映出小小的影子。影子在地面上快速移動。我們飛過薩克森湖深棕色的橢圓形湖面。這時一陣強風迎面而來，我展翅乘風飛到二十公尺的高空。我不喜歡那座湖。我會想到在那黝黑的湖底，有一具屍體正慢慢在腐爛。大雷忽然又往向下俯衝，衝到距離湖面兩三公尺的高度。我覺得他最好還是小心一點，因為，萬一翅膀打濕了，他就必須等到翅膀乾了才能再飛。接著，他又俯衝了一次，於是我們大家都跟著他往下飛，飛過薩克森湖，飛過更遠處的森林和田地。那綠油油的森林，土黃色的田地。

「柯力，現在要去哪裡？」大雷問我。

我說：「我們快到……」

羅賓空軍基地。那是一大片遼闊的平地，四周環繞著森林。我伸手指向一架戰鬥機。那架戰鬥機正朝那片平地飛過去，準備降落。那片平地再過去，是一座投彈訓練靶場。鎮上的人都沒去過。就連我們這些長了翅膀的孩子也沒去過。那裡的地面上樹立了很多人形標靶，專門給戰鬥機的飛行員練習射擊，練習投彈。有時候，他們會投擲實彈，那種驚天動地的爆震，就連奇風鎮的窗戶都會搖撼。空軍基地是我們活動範圍的邊界。我們在蔚藍的天空迴旋掉頭，開始飛回我們的家。我們有飛過田地，飛過森林，飛過湖面，飛過河面，飛過一棟棟的房子上空。

我繞著我們家上空盤旋了一會兒，叛徒跟在我旁邊。我那幾個死黨也都各自到他們家上空盤旋，他們的狗都興奮得吠個不停。我忽然體會到，在四周那遼闊世界的襯托下，我們家是那麼的渺小。從這個高度，我可以看到長長的公路不斷向四方延伸，一路延伸到天際。公路上，卡車和小轎車來來去去，各自奔向不知名的遠方。流浪的渴望也是夏日的一部份。我感覺得到。我忽然想到，不知道有一天我會不會沿著那些公路奔向不知名的遠方？我忽然想到，如果有一天我真的上路了，我會去什麼地方？接著我也到想，要是這時候爸媽忽然走到屋外，看到地上有我和叛徒的影子，會不會抬頭來看我們？我很好奇，不知道他們究竟知不知道他們的兒子會飛。

我飛到坡頂上的聖殿街，繞著泰克斯特家豪宅的煙囪和高塔盤旋了一圈，然後又飛回那幾個死黨旁邊。這時候，我們都累了，快飛不動了，於是我們慢慢飛向那片空地。

我們又繞了幾圈，然後一個接著一個降落到地面上，彷彿葉子一片片飄落。腳落到地面上那一剎那，我感到輕微的震動。我繼續往前跑了一下，讓翅膀和身體適應回到地面的感覺。沒多久，大家都落回到地面上，繞著那片空地跑了一陣子，狗也跟在後面跑。一開始的感覺是風迎面撲來，但沒多久，速度慢下來了，開始覺得風從背後吹過來。我們的翅膀已經縮回到肩胛骨底下，而那幾隻狗的翅膀也都縮回去了，身體表面又回復到平常的皮毛——白色的毛，棕色的毛，紅色的毛，還有，黃白雙色斑點的毛。而我們襯衫上的破洞也奇蹟式的恢復了原狀，我們的媽媽絕不會發現衣服曾經破過。我們都滿身大汗，濕透的臉上和手臂上閃閃發亮。此刻，既然都已經回到地面上站穩了，我們都停下腳步，然後倒在草地上，累得氣喘吁吁。

幾隻狗立刻撲到我們身上，拚命舔我們的臉。這個夏天的飛行儀式終於完成了。那種興奮的感覺慢慢消退了，大家慢慢平靜下來，於是，我們圍成一圈坐在草地上聊天。大家開始聊起今年夏天要做什麼。好玩的事情太多了，可以做的事太多了，一個夏天怎麼夠呢？不過，大家一致認定，有一件事是非做不可的：露營。非去不可。

該回家了。班恩第一個跳上腳踏車騎走了，南哥跟在他後面。「大家再見了！」他轉頭對我們說：「回頭見。」接著大雷也跳上腳踏車騎走了，可是巴弟卻跑去追一隻兔子。他也轉頭對我們說：「大夥兒回頭見！」強尼騎上腳踏車走了，紅酋長乖乖跟在他旁邊。我對他揮揮手。「再見了兄弟！」我在後面大喊。然後我慢慢走回家。半路上我丟了幾顆毬果給叛徒追。後來牠發現一個蛇洞，立刻狂吠起來，我趁那條蛇還沒有衝出來之前趕緊把牠拖走。那蛇洞很大。

回到家，我慢慢走到廚房。媽媽一看到我，立刻目瞪口呆。「怎麼搞的，看你渾身都濕透了！」她說。

「你剛剛跑哪兒去了？」

我聳聳肩，然後伸手去拿那壺冰檸檬汁。

「沒有啊。」我說。

2　理髮廳裡的神槍手

「頭頂不要剪太短，兩邊剃短一點，這樣可以嗎，湯姆？」

「這樣可以。」

「知道了。」

每次派瑞達樂先生要幫客人理髮之前，一定會先來上這麼一段開場白。他是商店街「一元理髮廳」的老闆。不管你告訴他要怎麼剪，他剪出來的永遠都是他的招牌髮型：頭頂不要剪太短，兩邊剃短一點。當然，現在我說的可不是他那種招牌髮型，而是真正的「理髮」了。一塊五毛錢，你會得到真正貴賓級的待遇。他會在你脖子上圍上一條藍色鑲邊的罩袍，然後用剪刀慢慢剪，用推剪修邊，然後在你脖子後面塗上熱熱的肥皂泡，用鋒利的剃刀剃掉上面的細毛。最後，他還會從那些神祕的瓶子裡倒出很多髮蠟幫你抹上。我說的「神祕的瓶子」，是理髮椅上方那個架子上擺的各種牌子的瓶瓶罐罐。每次到達樂先生店裡去理頭髮，我都會注意到那些瓶子裡的液體都是半滿的，而且每次看，瓶子裡那些液體始終維持在同樣的高度，沒有變多也沒有變少。而每次理完頭之後，達樂先生會把你身上的罩袍拿掉，然後用一把刷子把你衣領上的頭髮撥乾淨。那根刷子的毛感覺好粗，彷彿是用豬鬃做成的。接著，達樂先生會請客人吃東西。最上面那個架上擺了一罐花生糖，那是大人吃的。至於小孩子，則是有各種不同口味棒棒糖可以選擇。檸檬的，葡萄的，櫻桃的。

「天氣真熱啊。」達樂先生用一把梳子撩起爸爸的頭髮，剪掉髮梢。

「真是熱。」

「不過，還沒有熱到破紀錄。一九三六年的今天，氣溫熱到攝氏三十九度。」

「一九二七年的今天熱到攝氏四十度！」理髮廳後面的歐文突然插嘴。理髮廳後面常常有一群狂熱的棋迷聚在那邊下西洋棋，我們這位上了年紀的歐文凱斯寇特先生就是代表人物。常常可以看到他和「爵士人」蓋布瑞爾傑克森兩個人在那裡捉對廝殺。老歐文滿臉都是皺紋和老人斑，整張臉看起來很像某個奇怪國家的地圖。他眼睛又細又長，手指頭很長，乳白色的頭髮披散到肩上。對達樂先生來說，幫老歐文理頭髮肯定是一種酷刑。至於那位蓋布瑞爾傑克森先生，他是一位修鞋匠，他的小舖子就在理髮廳後面。他是黑人，一頭鐵灰色的頭髮，肚子很大，留著小鬍子。爸爸告訴過我，蓋布瑞爾之所以會有「爵士人」這個綽號，主要是因為他會吹豎笛，不過，只要他一吹起豎笛，連死人都會嚇醒。傑克森先生把他那根寶貝豎笛收在一個黑色盒子裡，片刻不離身。

「到了七月還會更熱。」傑克森先生說。他手上拿著一顆棋子，正在考慮要怎麼下。「歐文，你已經打算要將我軍了嗎？」

「還早呢，傑克森先生。」

「噢，你這個狡猾的老狐狸！」爵士人已經發現，我們這位老歐文不動聲色的下了一步看似簡單的棋，其實已經佈下一個致命的天羅地網。「看樣子，你是打算把我生吞活剝，連骨頭都不剩，是不是？哼，我骨頭硬得很，你不怕咬斷牙齒嗎？」於是他下了一步棋，危機立刻解除了。

達樂先生身材矮矮壯壯，那張臉看起來活像隻鬥牛犬。他那灰色的眉毛又粗又濃，而且像雜草一樣東翹西翹，頭髮剃得好短，幾乎快變成光頭了。他簡直是奇風鎮上的活百科全書，無所不知。你隨便在路上挑一個人，他可以立刻告訴你那個人的祖宗八代，如數家珍。為什麼呢？因為過去這二十幾年來，他是奇風鎮上唯一的理髮師。二十幾年來，他每天聽客人東家長西家短，奇風鎮上任何芝麻綠豆大的小事都逃不過他的耳朵。所以，只要哪天你有時間到他店裡坐坐，不管你想聽什麼他都可以告訴你，鉅細靡遺。另外，他還收藏了數不清的漫畫書，「魚獵雜誌」，「體育畫報」。而且，大雷偷偷告訴我，理髮店後面還藏了一整箱的成人雜誌，不過，當然他只會拿給大人看。

「柯力？」達樂先生邊幫我爸爸剪頭髮邊問我。「你見過那個剛搬來的孩子沒有？」

「沒有啊。什麼剛搬來的孩子？」我根本不知道有誰剛搬來。

「昨天他爸爸到我店裡來剪頭髮。他髮質不錯，不過太捲了，差點毀了我的寶貝剪刀。」喀嚓、喀嚓、喀嚓。「他們上禮拜剛搬來的。」

「有人租了山塔克街和綠地街路口轉角那棟房子。就是他們嗎？」我爸問。

「沒錯，就是他們。他們姓科理斯，人蠻好的，他們一家人髮質都不錯。」

「那位科理斯先生是做哪一行的？」

「業務員。」達樂先生說。「幫亞特蘭大一家公司推銷襯衫。那孩子比柯力小了一兩歲。我把他放到那匹馬上，他動都沒動半下。」

達樂先生說的馬，是從報廢的旋轉木馬台上拆下來的一匹玩具馬。達樂先生把那匹馬固定在理髮椅旁邊的地上。只有小小孩可以坐在那匹馬上讓達樂先生幫他理頭髮。有時候我甚至暗暗渴望有機會再坐上去，把兩隻腳放在馬鐙上。不過，科理斯家那小孩只比我小一兩歲，竟然吵著要坐那匹馬，我猜，他鐵定是個娘娘腔。

「那位科理斯先生看起來是個蠻正派的人。」達樂先生手上那把剪刀在我爸爸頭上遊走。「不過，他不太愛講話。我是覺得有點奇怪，這麼害羞的人，怎麼幹得了業務員。業務員這一行不是普通人做得來的。」

「那還用說。」我爸說。

「我有一種感覺，那位科理斯先生好像常常搬家。他告訴我他們一家人住過哪些地方，不過話說回來，業務員嘛，公司叫你去哪裡你就得去哪裡，不是嗎？」

「那我可吃不消。」爸爸說。「再怎麼樣人都得有個根。」

達樂先生點點頭，沒有再往下說。接著，他又轉移話題了。達樂先生變換話題速度之快，有如在海邊撿貝殼的小男孩，永遠都在等下一顆更漂亮的。「一點都沒錯。」他說。「要是什麼『披頭四』那幾個小鬼到我店裡來，我跟你保證，他們走出去的時候就會像個男人樣了，而不是像現在這樣披頭散髮娘娘腔。」他忽然皺起眉頭，接著又轉移話題了。「共產黨說他們要來解放我們，看樣子，趁現在我們還有辦法的時候，一定要擋住他們，否則，一旦讓他們踏上我們這個國家，那就完了。讓我們的年輕人到他們那邊去把他們打得稀巴爛……我說的是那個到處都是竹子的地方。」

「越南。」爸爸說。

「對了。就是那裡。到他們那裡去宰了那些兔崽子，那我們就可以高枕無憂了。」達樂先生的剪刀喀嚓喀嚓越剪越快。接著，達樂先生又想到新的話題了。「湯姆，沈到薩克森湖底那個人到底是誰，JT查到了沒有？」

我看著爸爸的臉。他面無表情，但我感覺得到這問題刺激到他了。「還沒。他根本沒去查。」

「他很可能是政府派來的。」爵士人忽然說。「可能是來查私酒的。我想，他鐵定是被布萊洛克那家子幹掉的。」

「史谷力先生也是這麼說。」爸爸說。

「沒有人不知道，布萊洛克那一家子都是天殺的凶神惡煞。」達樂先生放下剪刀，拿起推剪，準備幫爸爸修鬢角。「冤死鬼絕對不只湖底那一個。」

「什麼意思？」

「希姆席爾斯跟那一家子最小的那個叫唐尼的買過威士忌，噢——」達樂先生忽然轉過頭來瞄我一眼。「講這個沒關係吧？」

「沒關係。」爸爸對他說。「儘管說沒關係。」

「呃，這是希姆親口告訴我的。所以我猜，他大概知道真相。總之，唐尼布萊洛克賣過『月光』給希姆，後來，希姆告訴我說，有一天晚上，對了，那天晚上好像有一個隕石掉到聯合鎮和我們奇風鎮中間。反正，就是那天晚上，他和唐尼兩個人跑到森林裡去喝酒了。結果，兩個人都喝醉了，唐尼就跟他說了一些事。」

「一些事？」爸爸繼續追問。「什麼事？」

「唐尼告訴希姆，說他殺了一個人。」達樂先生說。「不過，他並沒有告訴他為什麼要殺人，也沒有說什麼時候，也沒有說殺了誰。就只是說他殺了一個人，而且還很得意。」

「這件事JT知道嗎？」

「不知道。不過，我也絕對不會告訴他。我不想害死JT。你見過『大砲』畢剛布萊洛克嗎？」

「沒看過。」

「那傢伙塊頭比熊還大，比魔鬼還恐怖。要是我把希姆告訴我的事說給JT聽，那他就非得去找布萊洛克那夥人不可。我想，他不太可能找得到那夥人，不過，萬一真的被他找到了，那群王八蛋一定會把他倒吊在樹上，然後一刀割斷他的喉嚨，就像——」說到這裡達樂先生又轉頭瞄了我一眼。我坐在那邊，面前捧著一本漫畫，不過，我根本沒在看漫畫。我一直豎著耳朵偷聽他們說話，聽得可清楚了。「呃，這一來，我們奇風鎮恐怕又要少一個警長了。」達樂先生說。

「怎麼，布萊洛克那家子是我們這個郡的皇帝嗎？」爸爸說。「殺人償命，他們敢殺人，當然要接受法律制裁！」

「這道理誰都知道。他們本來就該死。」達樂先生又放下推剪，換了剪刀。「問題是，去年十二月，『大砲』畢剛跑到我們鎮上來拿他的靴子。先前他那雙靴子的鞋底壞了，拿來換鞋底。喂，爵士人，你還記得吧？」

「當然記得。那雙靴子還真是上等貨，我嚇得要死，真怕不小心刮到。」

「我把靴子交給畢剛，然後他拿錢給我的時候，你知道他說了什麼嗎？」達樂先生問我爸爸。「他說，那雙靴子是他專門穿來踩人用的，被那雙靴子踩過的人，沒有半個活著站起來。我猜，他的意思是，看有誰敢去擋他財路。只有白癡才會找上布萊洛克那夥人，因為那根本就是找死。」

「這就是沈在湖底那個人的下場。」爵士人說。「他擋了布萊洛克那夥人的財路。」

「我知道他們在釀私酒，我知道他們開車到處兜售，不過我不在乎，反正我不喝酒。」達樂先生說。「我知道賽車簽賭他們也在背後做手腳，不過我不在乎，反正我不賭。我知道葛蕾絲史塔佛那邊的女孩子跟他們有瓜葛，不過我不在乎，因為我有老婆孩子，她們做不到我的生意。」

「等一下等一下。」爸爸忽然問。「葛蕾絲史塔佛跟他們有什麼瓜葛？」

「真正的老闆不是她。她只是個工頭。布萊洛克那夥人才是幕後真正的老闆。那些女孩子從頭到腳都是他們的。」

爸爸輕輕嘆了口氣。「這我倒是第一次聽到。」

「噢，你不知道的可多了。」達樂先生在我爸爸脖子後面塗了一些肥皂泡，然後拿起剃刀在磨刀帶上擦了幾下。「布萊洛克那夥人賺進了大把鈔票。空軍基地那些小伙子血都被他們吸乾了。」他開始幫爸爸刮掉脖子後面細毛，手上的剃刀完全不會抖。「布萊洛克那夥人不是ＪＴ對付得了的。想把他們抓進去吃牢飯，恐怕需要聯邦調查局的胡佛局長親自出馬。」

「懷特厄普一定治得了他們。」老歐文忽然說話了。「要是他現在還活著的話。」

「他應該有辦法，歐文。」達樂先生又轉頭瞄了我一眼，看看我有沒有興趣聽。接著，他又轉頭回去對老歐文說：「嘿，歐文！我猜我們的小柯力一定沒聽過你和懷特厄普的故事！」達樂先生朝我使了個眼色。「告訴他嘛，把那個故事說給他聽，怎麼樣？」

老歐文沒吭聲。該他下棋了，可是他卻愣愣的看著棋盤，看了好久都沒動。「算了，扯那個幹什麼呢。」最後他終於開口了。「過去的已經過去了。」

「哎呀，說嘛，歐文！說給我們小柯力聽聽！你一定很想聽吧，柯力？」我都還來不及開口回答，達樂先生又開始自顧自說他的。「你看，人家有興趣嘛！」

「很久很久以前。」老歐文開始說了。

「一八八一年，對吧？十月二十六日，在亞利桑納州墓碑鎮。當年你才九歲，對吧？」

「沒錯。」歐文點點頭。「當年我才九歲。」

「那天你做了什麼，來，趕快說給柯力聽。」

老歐文愣愣的盯著棋盤。「說嘛，歐文。」這次換成是爵士人在催他了。「說給他聽聽看嘛。」

「我……那天我殺了一個人。」老歐文說。「那天我在ＯＫ牧場救了懷特厄普的命。」

「你看，柯力！」達樂先生對我笑笑。「坐在你面前的是一個活生生的西部神槍手，想不到吧？」聽達樂先生說話的口氣，我忽然覺得他自己根本不相信。他只是喜歡逗老歐文。

我當然聽說過ＯＫ牧場的故事。我們這個年紀的小孩，就算對西部牛仔再怎麼沒興趣，好歹也聽過那個故事。厄普家三兄弟懷特、維吉爾和摩根，再加上綽號「醫生」何立德，那一天，在熱浪滾滾黃沙漫漫的墓碑鎮，他們和克萊頓家族、麥克羅瑞家族決一死戰。「是真的嗎，凱斯寇特先生？」我問他。

「是真的。不過，只能說那天我運氣很好，因為我還很小，根本不會用槍，差點把自己的腳打爛。」

「那天你是怎麼救了懷特厄普的命，趕快說給他聽聽看。」達樂先生又在我爸爸脖子後面抹了一些肥皂泡，然後蓋上一條熱騰騰的毛巾。

老歐文皺起眉頭。看他的模樣，他似乎不太願意去回想這件事，要不然就是努力在回想當天的細節。他已經九十二歲了，而當年他才九歲，隔著那麼遙遠的時間，記憶恐怕早已模糊難辨。不過我覺得，像那樣一個特別的日子，值得永留記憶。

最後，老歐文終於開口了。「照理說，那天不會有人敢到街上，因為大家都知道他們要決一死戰。懷特厄普家兄弟，何立德『醫生』，麥克羅瑞家族，克萊頓家族，腥風血雨的戰鬥即將展開。那已經是很久以前的事了，但那天我正好就在那裡，躲在一間小木屋後面。真是個小白癡。」說到這裡，他兩腿一撐，頂著椅子往後退，十指交叉在胸前，電風扇嘩啦拉吹亂了他的頭髮。「我聽到很多人在大叫，聽到槍聲大作，聽到子彈噗茲一聲打在人身上。那種聲音，就算我活到一百九十二歲也忘不了。」他斜著眼睛看向我這邊，但我感覺得到他的視線其實是看向我身後，彷彿看到那天沙塵漫天飛揚，地上鮮血四濺，看到六個舉槍瞄準的黑影。「算不清他們開了多少槍。」他說。「接著，有一顆子彈從我頭旁邊飛過去，打在小木屋上。我聽到有人呻吟了一聲，立刻趴到地上動都不敢動。接著，我看到一個人搖搖晃晃從我旁邊走過去，然後跪到地上。是比利克萊頓。他中彈了，可是他手上還拿著槍。他轉頭瞄了我一眼，然後鼻子嘴巴忽然噴出血，然後就倒下去，整個人趴在我旁邊。」

「哇！」我驚呼了一聲，手臂上起了一陣雞皮疙瘩。

「噢，故事還沒完呢！」達樂先生說。「歐文，繼續說！」

「接著，我感覺到有人影籠罩在我身上。」老歐文的聲音忽然變得有點嘶啞。「我抬頭一看到，沒想到竟然是懷特厄普。他滿臉都是沙塵。我趴在地上看著他，感覺上他像是個三公尺高的巨人。他對我說：「孩子，趕快回家。」他聲如洪鐘，我聽得清清楚楚，但我實在嚇壞了，動都不敢動。接著懷特厄普又繼續往前走，繞過小木屋的轉角。戰鬥結束了。克萊頓和麥克羅瑞兩家族的人都被打得血肉模糊，七橫八豎倒在地上。就在這時候，忽然發生了一件事。」

「什麼事？」老歐文停下來喘口氣，但我迫不及待的追問。

「有個傢伙一直躲在木頭水桶裡。當時他忽然從水桶裡站起來，舉槍瞄準懷特厄普背後。我從來沒見過那個人，而當時他就在我前面，距離大概只有兩三公尺。他瞄準懷特厄普，接著，我聽到他喀嚓一聲開始扣扳機。」

「最精采的來了。」達樂先生說。「然後呢，歐文？」

「然後……我立刻從地上把比利克萊頓的槍撿起來。那把槍好重，簡直像大砲一樣重，而且槍柄上全是血，滑溜溜的，我簡直握不住。」說到這裡老歐文又停住了。我注意到他閉上眼睛。接著他又繼續說：「當時已經來不及大喊一聲叫懷特厄普小心。當時，我已經別無選擇，只好開槍了。不過，我只是想朝天上開槍嚇嚇那傢伙，並且提醒懷特厄普他背後有人。沒想到槍突然走火，就這樣碰的一聲。」說著他忽然睜開眼睛，彷彿眼前又浮現出當時的情景。「那槍的後座力好大，槍身往後彈，差點打到我肩膀。我整個人被震倒在地上。我聽到那顆子彈打在我旁邊距離兩公尺的一顆石頭上，然後彈向那個人，結果，子彈貫穿了那個人拿槍的那隻手腕。他手上的槍立刻被撞飛，腕骨被打斷，皮開肉綻，骨頭都露出來，血一直噴出來。後來，他失血過多死掉了。我站在他旁邊，嘴裡一直說對不起，對不起，對不起。因為，我不是故意要殺人的，我只是不想眼睜睜的看著懷特厄普被殺。」他深深嘆了口氣，那聲音聽起來彷彿一陣風輕拂過波特山上的墳墓。「當時，我站在屍體旁邊，手上拿著比利克萊頓的槍。何立德『醫生』忽然走到我旁邊，拿了一枚五毛錢的硬幣給我，然後對我說：『小子，去買棒棒糖吃吧。』這就是為什麼大家會叫我那個綽號。」

「綽號？什麼綽號？」我問他。

「『棒棒糖小子』。」老歐文又繼續說。「後來，懷特厄普跑到我們家吃晚飯。我爸只是個小農夫，家裡沒什麼好吃的，不過我們還是想盡辦法把家裡最好的東西拿出來招待懷特厄普。他把比利克萊頓的槍和槍套腰帶都送給我當紀念，說要謝謝我救了他一命。」老歐文搖搖頭。「當時我實在應該聽媽媽的話，把那把要命的槍丟掉，丟到井裡去。」

「為什麼？」

「因為。」說到這裡他似乎有點激動。「因為我實在太喜歡那把槍了。這就是為什麼！我開始學著用那把槍！我開始喜歡那把槍的味道，喜歡握在手中那種沈甸甸的感覺，喜歡開槍之後那種溫溫的感覺，喜歡瞄準的那個玻璃瓶瞬間破成碎片的感覺。這就是為什麼。」他忽然皺起眉頭，那模樣彷彿吃到一顆又苦又澀的蘋果。「我開始拿槍去打天上的小鳥，而且開始自認為是拔槍最快的神槍手。後來，我開始有一種念頭，心裡很好奇，如果有一天，我和另一個拿槍的小伙子面對面的時候，我拔槍的速度可以快到什麼地步。我拼命練習把槍從槍套裡拔出來，一次又一次的拼命練。後來，十六歲那年，我搭驛馬車到猶瑪鎮去，開槍打死一個叫愛德華邦特的槍手。就從那一刻起，我一隻腳就已經踩進地獄了。」

「當時我們老歐文已經是響噹噹的大人物了。」達樂先生拿刷子掃掉我爸爸肩上的頭髮。「大名鼎鼎的『棒棒糖小子』。歐文，當年你幹掉了多少人？」達樂先生瞄了我一眼，對我使了個眼色。

「十四個人被我殺了。」歐文說。然而，他的口氣聽不出半點得意。「十四個人。」他低頭凝視著紅黑方格的棋盤。「年紀最小的只有十九歲。年紀最大的四十二歲。或許其中幾個真的死有餘辜，不過，這輪不到我來判斷。他們一個個被我殺了。雖然那是正大光明的決鬥，但我卻親眼看著自己開槍打死他們，然後眼看著自己越來越有名，變成大人物。後來有一天，我被一個比我年輕的小伙子開槍打倒了。那一刻我忽然明白，原來自己能夠活到今天，純粹是因為運氣好。於是，我決定從此退出江湖。」

「你中槍了？」我問。「你被子彈打中哪裡？」

「身體左邊。可是我瞄得更準，一槍命中他額頭。不過，不管怎麼樣，我的槍手生涯結束了。我一路往東部流浪，最後來到奇風鎮，於是決定在這裡落腳。好啦，我的故事就到此為止了。」

「棒棒糖小子，那把槍和槍套腰帶現在還在你手上嗎？」達樂先生問。

老歐文沒吭聲，坐在那裡一動也不動。雖然他張著眼睛，但我卻覺得他看起來好像睡著了。接著，他忽然站起來，一瘸一拐的走到達樂先生面前，然後猛然湊近達樂先生的臉。我從鏡子裡看到他的表情。老歐文緊抿著嘴唇，鐵青著臉，表情忽然變得像惡魔一樣陰森。他咧開嘴笑了一下，但那並不是快樂的微笑，而是一種惡魔般的獰笑。達樂先生嚇了一跳，整個人往後縮。

「派瑞。」歐文說。「我知道你一定以為我瘋了，以為我只是個白癡糟老頭。我知道你背地裡一直在嘲笑我，以為我沒看到。不過，派瑞，要不是因為我背後長了眼睛，你以為我能活到今天嗎？」

「呃……呃……沒有沒有，歐文！」達樂先生結結巴巴的說。「我絕對沒有嘲笑你！真的！」

「你說你沒騙人，那意思就是說我騙人囉？」老歐文口氣很溫和，可是不知道為什麼，我卻聽得汗毛直豎。

「我不……對不起，你大概誤會——」

「沒錯。那把槍和槍套腰帶還在我手上。」老歐文忽然打斷他的話。「我到現在還留著那些東西，只是為了做紀念。好了，派瑞，有句話我要跟你說清楚。」他的臉又湊近達樂先生。達樂先生勉強笑了一下，可是卻笑不太出來。「你可以叫我歐文，叫我凱斯寇特先生，叫我嗨，或是叫我糟老頭都沒關係。不過，從今以後，不准你再叫我當年槍手時代的綽號。就從今天開始，明天，後天，永遠不准再叫。派瑞，你聽清楚了嗎？」

「歐文，何必這——」

「聽清楚了嗎？」老歐文又問了一次。

「呃……聽清楚了。當然聽清楚了。」達樂先生點點頭。「歐文，你想怎麼樣就怎麼樣，我都沒問題。」

「別的事我不管。我只要你記住這件事。」

「好啊，沒問題。」

老歐文盯著達樂先生的眼睛，盯了好久，那眼神彷彿想看透達樂先生是不是認真的。最後，他終於說了一句：「好了，我走了。」然後他就轉身走向門口。

「嘿，歐文，這盤棋還下不下？」爵士人問他。

歐文愣了一下。「我不想玩了。」他說。然後他就推開門走出去了。外頭，七月午後的陽光熱氣逼人。後來門一關上，我立刻感到一陣熱氣迎面撲來。我站起來，走到窗口，看著老歐文沿著商店街的人行道漸漸走遠，兩手插在口袋裡。

「嗯，他到底怎麼回事？」達樂先生問。「他幹嘛氣成這樣？」

「因為他知道你根本不相信他說的故事。」爵士人說。他開始收拾棋盤和棋子。

「他說的那些事，到底是真的還是假的？」爸爸站起來。剪過頭髮之後，他耳朵的位置好像變低了，而且脖子後面的毛都被刮掉了，看起來光禿禿的。

「當然不是真的！」達樂先生冷笑了一聲。「老歐文根本就瘋了！這些年來他一直都是這麼瘋瘋癲癲的！」

「你是說，剛剛他說的故事都不是真的？」我一直看著人行道上的老歐文越走越遠。

「當然不是真的。那都是他瞎編的。」

「你真的這麼確定嗎？」爸爸問。

「算了吧，湯姆！假如他真的是當年那個西部大槍手，那他幹嘛窩在我們奇風鎮？更何況，當年ＯＫ牧場那場戰役，要是真的有個小孩救了懷特厄普的命，那歷史書上一定有記載的，不是嗎？我到圖書館去查過。書上根本沒有提到有哪個小孩救了懷特厄普的命，而且，書上也沒提到當年有個叫『棒棒糖小子』

的槍手。」達樂先生忿忿的把椅子上的頭髮刷乾淨。「該你了，柯力。坐吧。」

我正轉身要從窗口前面走開時，忽然看到老歐文好像在跟誰揮手。我仔細一看，原來是莫倫泰克斯特。他還是像平常一樣，渾身光溜溜的，沿著商店街對面的人行道匆匆往前走，彷彿有什麼很重要的事急著要趕去什麼地方。不過，他也抬起手跟老歐文打了個招呼。

這兩個瘋子在路上交會，然後各自奔向目的地。

我並不覺得好笑。我忽然很納悶，老歐文為什麼深信自己曾經是個槍手？還有，莫倫泰克斯特為什麼深信自己還有重要的工作要做？為什麼？

我坐上理髮椅。達樂先生把罩袍套在我脖子，然後用梳子梳梳我的頭髮，梳了好幾次。爸爸坐到旁邊的椅子上，開始看他的「運動畫刊」。

「頭頂不要剪太短，兩邊剃短一點，這樣可以嗎？」達樂先生問。

「可以。」我說。「這樣可以。」

剪刀開始喀嚓喀嚓起來。那一剎那，我忽然感覺內心深處好像有某種細微的東西死去了，消失了。

3 神臂小子

剪完頭髮之後，爸爸開車載我回家。一到家門口，我立刻就看到它了。它就擺在門廊上。就在門廊上，停車支架撐著地面。

一輛全新的腳踏車。

「老天！」我驚呼了一聲，立刻跳下車。我已經說不出話來了。我三步併作兩步跳上門廊，然後伸手去摸它。

原來我不是在作夢。是真的。好漂亮的腳踏車。

爸爸吹了一聲口哨，一臉讚賞的表情。他是很有眼光的，腳踏車漂不漂亮，他看一眼就知道。「嗯，好車。」

「真的好棒。」我覺得自己彷彿還在作夢。這是我夢寐以求渴望已久的東西。我已經等了好久好久了。現在，它是我的了。我忽然覺得自己是全世界最幸福的人。

在往後的歲月裡，我見識過很多美好的事物，但沒有一樣比得上它。它那種燦爛鮮艷的紅，沒有任何一個漂亮女人的嘴唇比得上。雖然那只是一輛腳踏車，但它所散發出來的力量，足以令全世界各大名牌跑車相形失色，就算馬力再大底盤再低也一樣望塵莫及。車身上鍍鉻的部位是如此光亮奪目，有如夏夜皎潔的明月。車頭有一個大圓燈，把手的橡皮握把上裝了一個喇叭。而車身看起來是如此結實堅固，彷彿海克力斯壯碩的肌肉。而且，它看起來似乎有一種無以形容的衝力，一種絕對的速度感。另外，它把手兩邊向前垂彎成一個半圓形，彷彿迫不及待想迎風衝刺，而且，那黑色的橡膠踏板顯然沒有被別人踩過。爸爸伸手摸了一下頭燈，然後一手把整輛車提起來。「老天，我沒看過這麼輕的東西。」他讚嘆了一聲。「我這輩子沒看過這麼輕的金屬！」他放下腳踏車。停車支架又撐到地面上，於是，車子又穩穩矗立著，彷彿一頭溫馴而又充滿野性的猛獸。

我迫不及待跨上車。一開始，我忽然覺得不太習慣，因為把手的形狀和坐墊向前傾斜的角度，我不太能保持平衡。騎在車上，我的頭被迫往前伸，幾乎和前輪切齊，而我整個背往前俯，幾乎和車身的主橫桿平行。我忽然覺得，要是不小心的話，這輛腳踏車可能會失控。這腳踏車彷彿散發出一種力量，令我驚歎，令我畏懼。

媽媽從屋子裡走出來。她告訴我們，車子是大約一個鐘頭前送來的，是來福用他的小貨車載過來的。「他說，女王特別交代，在車子還沒有習慣你之前，千萬不要騎太快。」她說。接著，她看了爸爸一眼。爸爸正繞著那輛新腳踏車踱來踱去。「車子應該可以交給柯力吧？」

「妳應該知道，我不喜歡別人施捨。」

「這怎麼能算施捨呢？她是為了答謝我們家柯力。」

爸爸還是繼續踱來踱去，走到車子前面，他忽然停下腳步用鞋子踢踢輪胎。「這車恐怕花了她不少錢。這絕對是很高級的腳踏車。」

「爸爸，車子可以給我嗎？」我問。

他站在那邊看著我，手扶在坐墊上。接著，他忽然咬咬下唇，然後轉頭看著媽媽。「妳確定這不是施捨？」

「絕對不是。」

爸爸又轉過頭來看我。「好吧。」他終於說。那是我最想聽到的一句話。「車子是你的了。」

「謝謝你！謝謝你！」

「好啦，現在你有一輛新腳踏車了。那麼，你打算幫它取什麼名字？」爸爸問我。

這我倒沒想到過。我搖搖頭。騎在車上，整個人往前傾，那種姿勢我還是不太習慣。

「怎麼樣？想不想先去試騎看看？」他伸手摟住媽媽的腰，對我笑了一下。

「好哇。」我立刻跳下車把停車支架踢上去，然後抬起車子走下門廊前的台階。我小心翼翼，盡量不讓車子受到碰撞，因為我跟它還不太熟，要是不小心碰撞到它，那種感覺彷彿對它很不尊重。大概是這個原因吧，不過，也有可能是因為我怕驚醒它，因為我還沒有心理準備。接著，我又騎上坐墊，兩腳撐在地上。

「去吧。」爸爸說。「小心別騎太快。」

我點點頭，但我還是沒騎走。這時候，我忽然感覺腳踏車震動了一下。我對天發誓，它真的震動了一下，彷彿它已經迫不及待了。不過，也可能只是我的錯覺吧。

「上路吧。」爸爸說。

這真是歷史性的一刻。我深深吸了一口氣，一隻腳踩到踏板上，另一隻腳往地上一踩，把車子往前推。車子往前一動，我兩腳立刻開始踩踏板，朝馬路騎過去。輪子轉動的時候幾乎聽不到半點聲音，只有很細微的滴答……滴答……滴答，聽起來彷彿炸彈快爆炸了。

「好好玩吧！」媽媽開門要進去的時候，忽然轉頭朝我喊了一聲。

我回頭看了她一眼，一隻手放開把手對她揮揮手。那一剎那，腳踏車猛然往前竄，我一時控制不住，開始左右搖晃，差一點就翻車。但我立刻抓穩把手，車身立刻又打直了。踏板踩起來好滑順，車輪越轉越快，飛快掠過熱騰騰的路面。那一剎那，我忽然明白，這輛腳踏車可以快得像火箭一樣。我開始沿著街道快速奔馳，風從我旁邊呼嘯而過，剛剪好的頭髮隨風飄揚。但老實說，我緊緊抓著把手，很怕會摔倒。從前那輛破腳踏車，鏈條齒輪嘎吱嘎吱彷彿有千斤重，我已經習慣用力踩，而這輛新腳踏車踩起來卻毫不費力。接著，我試拉了一下煞車，結果整個人差點飛出去。我繞了一大圈把車子掉頭，然後又開始往前衝，騎得更快。我飛快踩著踏板，車子加速得非常快，沒多久我頭上開始冒汗了。車子速度快得驚人，彷彿再踩一下踏板車子就會凌空飛起，然而，我緊緊抓住把手，車子彷彿感應得到我的意志，我想轉向哪個方向，車子就會轉向哪個方向。我騎著腳踏車在綠蔭蔽天的大街小巷風馳電掣，彷彿騎著火箭劃破空氣。那一剎那，我忽然想到應該幫它取什麼名字了。

「火箭。」我喊了一聲。那聲音彷彿隨著高速的氣流向後飛逝。「你喜歡這個名字嗎？」

結果我並沒有摔下車，而車子也沒有忽然轉彎撞上旁邊的樹。我猜它應該喜歡吧。

接著，我膽子越來越大了。我開始騎著火箭蛇行，繞8字形，壓過路邊石，而火箭也任憑我隨心所欲的做出這些瘋狂的動作。接著，我整個人往前俯，用盡全力踩踏板，於是，火箭以迅雷不及掩耳的速度衝過山塔克街，路面上斑駁的光影向後飛逝。接著，我猛拉車頭衝上人行道，輪胎壓過隆起處時甚至沒有震動。涼風迎面撲來，感覺好涼爽，而我的胸膛卻充溢著滿滿的熱氣。一棟棟的房子一棵棵的樹迅速向後飛逝，一片模糊。那一刻，我感覺自己和火箭已經融合為一體，感覺火箭已經成為我身體的一部份。我咧開嘴大笑起來，結果一隻蟲子飛進我嘴裡。但我根本不在乎。我把那隻蟲子吞下去，因為我忽然覺得自己變成了金剛不壞之身。

但沒多久，這種瘋狂的念頭立刻出現後遺症了。

我看到前面的人行道上有一道裂縫，但我根本不減速，也不轉彎避開，硬是從那道裂縫上騎過去。那一剎那，我立刻感覺到火箭震動了一下，那股震動瞬間從前前輪傳到後輪，車身立刻發出喀的一聲。我一隻手被震得鬆開了把手，而前輪撞上了裂縫的水泥邊緣，整輛車突然彈起來，在半空中偏向歪斜，而我兩腳脫離了踏板，屁股也脫離了坐墊，整個人飛起來。那一剎那，我忽然想到女王交代的：在車子還沒有習慣你之前，千萬不要騎太快。

那一剎那，我已經沒時間反省了。轉眼之間，我飛過籬笆，飛進人家的院子裡，悶哼了一聲重重摔落在草坪上，差一點就撞破人家的籬笆。我手臂和臉頰都擦破了一點皮，不過並沒有流血。我從籬笆裡走出來，拍掉身上的落葉，接著，我看到火箭橫倒在草地上。那一剎那，我嚇出了一身冷汗。萬一這輛全新的腳踏車撞爛了，回家鐵定被爸爸修理。我跪在火箭旁邊，檢查看看車身上有沒有損毀。結果，我發現前輪的輪胎有點磨損，輪蓋有點小凹陷，不過，鏈條並沒有鬆脫，而且把手沒有撞歪，車燈沒破，車身也沒有扭曲。整體說來，火箭有點輕微磨損，可是奇蹟似的完好無缺。我把車扶起來，暗暗謝天謝地。剛剛一定有天使跟在旁邊保護我。接著，我伸手摸摸輪蓋，那一剎那，我看到車頭燈忽然變成一隻眼睛。黃色的眼球，黑色的瞳孔。那隻眼睛正凝視著我，眼神流露出無限包容。

我愣住了，猛眨了幾下眼睛。

接著，轉眼之間，那隻眼睛又消失了。車頭燈又恢復到原來的模樣，只是一顆小燈泡，外面是一層玻璃。

我一直盯著車頭燈，看了好久。結果，那隻眼睛沒有再出現。我把火箭抬起來轉圈圈，一下讓車頭對著陽光，一下對著暗處，結果，那隻眼睛還是沒出現。

我摸摸自己的頭，看看有沒有哪裡腫起來。結果什麼都沒摸到。

太荒唐了。小男孩就是喜歡胡思亂想。

接著，我又跨上車，開始慢慢踩踏板，沿著人行道慢慢騎。這次我騎得很慢很慢，結果，騎不到八公尺，我就看到前面的人行道上有一灘碎玻璃。我轉了個彎騎到路面上，免得火箭壓到碎玻璃爆胎。我簡直不敢想像，要是剛剛高速衝過那灘碎玻璃會發生什麼後果。比較起來，摔在滿是落葉的草坪上，擦破了一點皮，簡直可以算是一種享受。

一定是老天保佑。老天保佑火箭和我。

大雷家就在附近。我騎到他家門口，可是他媽媽告訴我，大雷和強尼一起到棒球場去練習了。我在我們的少棒聯盟棒球隊——「印第安隊」擔任二壘手。今年我們已經跟別人打了四場，結果四場全輸，所以，我們必須加緊練習了。我跟大雷的媽媽說了聲謝謝，然後就騎著火箭往棒球場去了。

棒球場沒多遠。球場上陽光燦爛。我看到大雷和強尼站在內野，兩個人拿著球丟來丟去。我騎火箭進了球場，然後繞著他們轉圈圈。他們一看到火箭，立刻目瞪口呆。接著，他們當然要用手摸一摸，親自坐上車踩踩踏板騎兩圈。跟火箭比起來，他們的腳踏車簡直像破爛古董。大雷試騎了兩圈之後，他對火箭的感覺是：「把手好像不太好控制，對不對？」而強尼的感覺是：「真漂亮，可是踏板踩起來好吃力。」我知道他們絕對不是故意要潑我冷水。他們是我的好朋友，他們都替我高興。所以，他們會有這種反應，純粹是因為他們喜歡自己的腳踏車。火箭是屬於我的。為我量身打造的。

我把火箭的停車支架踢下來，然後站在旁邊看他們投球。大雷丟了一個高飛球給強尼。我看到幾隻黃蝴蝶飛過草地，然後我抬頭看看天空。蔚藍的天空萬里無雲。接著，我看向土黃色的露天看台。看台邊緣是一整排的廣告海報，都是商店街上的店家提供的。接著，我忽然看到看台最上面那排座位有個人影坐在那邊。

「嘿，大雷！」我叫了一聲。「那是誰？」

大雷轉頭瞄了一眼，然後抬起手套接住強尼丟過來的球。「我不知道。不知道哪兒來的小孩。我們剛來的時候就看到他已經坐在那裡了。」

我看著那個小孩。他彎腰向前傾，一隻手肘撐在膝蓋上，手掌撐著下巴，眼睛盯著我們。我轉身從大雷旁邊走向看台。這時候，看台上的小孩忽然站起來，好像準備要跑了。

「你怎麼會坐在那裡？」我大聲問他。

他沒吭聲，就只是楞楞的站在那裡。我看得出來他正在盤算要不要跑。

我慢慢靠近他，可是卻認不出他是誰。他一頭棕髮，剃得很短，額頭左邊的頭髮翹得亂七八糟。他戴著眼鏡，可是那眼鏡卻大得離譜，幾乎快把他整張臉都遮住了。他大概只有九歲或十歲吧，瘦巴巴的，看起來有點笨手笨腳。他穿著白色的T恤和牛仔褲，褲子的膝蓋上全是補丁。他臉色蒼白，一看就知道他很少出門。我走到看台的圍欄旁邊，然後開口問他：「你叫什麼名字？」

他還是沒吭聲。

「你不會說話嗎？」

我注意到他在發抖。他好像很害怕。

「我叫柯力麥肯遜。」我說。我站在圍欄邊，手指頭扣在圍欄的鐵絲網上。「你有名字嗎？」

「有啊。」那孩子終於說話了。

起先我還以為他說他的名字叫「優雅」，後來我想了一下，忽然才想到他可能有點結巴。「你叫什麼名字？」

「尼莫。」他說。

「尼莫？跟鸚鵡螺號那個尼莫艦長一樣的名字嗎？」

「什麼鸚鵡螺號？」

顯然他沒讀過凡爾納寫的《海底兩萬哩》。「你姓什麼？」

「科理斯。」他說。

科理斯。我想了好一會兒才想到在哪裡聽過這個姓。原來他就是那個剛搬來的小孩。他爸爸就是那個業務員。達樂先生讓他坐在那匹玩具馬上幫他理頭髮。那個娘娘腔。

尼莫科理斯。嗯，這名字倒還蠻適合他的。他看起來就像是那種兩萬哩深的海底才撈得到的怪異生物。

不過，爸媽一再提醒我要懂得尊重別人，不論那個人長得像不像娘娘腔。而且老實說，我自己也不是長得多帥。「你是剛搬來的對不對？」

他點點頭。

「達樂先生跟我提到過你。」

「是嗎？」

「對，他說──」我差點就說溜嘴說你坐在玩具馬上。「他說他幫你剪過頭髮。」

「呃，我頭髮差點就被他剃光。」尼莫抬起手搔搔頭頂。他手指頭細得可憐，手腕瘦得皮包骨，皮膚好蒼白。

「柯力！小心上面！」我忽然聽到大雷大喊了一聲。我立刻抬頭一看，看到強尼使盡全力丟了一個高飛球，結果球不但從大雷頭頂上飛過去，甚至飛過看台的圍欄，掉到第二排看台上，然後滾到最底下的地上。

「嘿！小弟，拜託你幫忙撿一下！」大雷用拳頭拍拍手套內側大聲對尼莫說。

尼莫走到看台最底下，把球撿起來。他恐怕是我這輩子看過最矮的矮冬瓜。另外，我自己手臂已經夠瘦了，可是他卻瘦到皮包骨。他看了我一眼。巨大的眼鏡後面是兩隻棕色的眼睛，他整張臉看起來真像貓頭鷹。「我可以丟回去給他嗎？」他問我。

我聳聳肩。「可以啊。」接著我轉身看著大雷。我知道這樣很殘忍，可是我實在忍不住笑。「大雷，球要過去囉。」

「噢，噢！」大雷立刻很誇張往後退，裝出一副快嚇死的樣子。「小弟，拜託你不要丟太用力哦。」

尼莫又走回最上面那排看台，然後瞇起眼睛盯著球場。「你準備好了嗎？」他大喊了一聲。

「準備好了！丟吧，大個子！」大雷說。

「不，不是你。」尼莫立刻糾正他。「我說的是你後面那一個。」接著，他拿著球，手臂往後拉，然後用力一丟。那一剎那，只見他的手臂以一種快到不可思議的速度在半空中劃了一個大圓弧，然後只看到一團模糊的白影從他手上飛出去。

我聽到那顆球咻的一聲宛如沖天炮一樣劃破空氣飛向半空中。

大雷大叫了一聲：「嘿！」然後立刻向後跑想去接球，可是球從他頭頂上飛過去，他根本碰不到。遠處的強尼盯著那個高飛球，往前面跨了三步，然後，退了兩步，接著，又退了一步，回到他原先站的位置。然後，他把手套舉到面前。

啪！球不偏不倚落進他手套裡。

「正中紅心！」大雷大叫了一聲。「老天！那顆球是怎麼飛的你們看到沒有？」

站在一壘旁邊的強尼忽然脫下手套拚命甩手。那顆球速度實在太快，他手指頭被打得好痛。

我抬頭看著尼莫，目瞪口呆。我簡直不敢相信，他個子那麼小，又瘦巴巴的，怎麼有辦法把球從看台圍欄上丟過去，然後飛過大半個球場，不偏不倚飛進強尼手套裡？更不可思議的是，看尼莫那個樣子，他好像根本不覺得手臂會痛。換成是我，就算我有辦法把球丟那麼遠，我的肩膀鐵定會痛上一整個禮拜。雖然我沒親眼看過大聯盟比賽，不過我相信，那種球速已經達到大聯盟的水準了。「尼莫！」我大叫一聲。

「你投球是跟誰學的？」

他愣愣的眨眨眼。「什麼投球？」他問。

「你下來好不好？」

「幹嘛？」尼莫忽然畏縮起來。那一剎那我忽然明白，平常他在孩子群中的下場是什麼。全國各地到處都有我們這樣的小鎮，而像這樣的小鎮一定有三個共同點：教堂，祕密，還有霸凌。像他這樣矮小瘦弱手無縛雞之力的小孩，絕對是那些惡霸小孩優先下手的夢幻目標。不難想像，當尼莫科理斯跟著他那個業務員爸爸來到我們這個小鎮，他一定已經意識到自己的命運。想到自己剛剛竟然還暗暗嘲笑他，我忽然覺得很羞愧。「沒事啦。」我說。「下來嘛。」

強尼把球丟還給大雷。大雷三步併作兩步的衝到球員出入口前面。「哇！小朋友，剛剛那一球你是怎麼丟的！」尼莫剛從那個門走出來。「太準了！太厲害了！你幾歲啊？」

「九歲。」他說。「快九歲半了。」

大雷露出困惑的表情。我知道他跟我一樣困惑。這孩子個子這麼小，怎麼可能投得出這麼強勁有力的球，而且還投得這麼準？「強尼，你去站在二壘！」我大叫了一聲。強尼對我揮揮手，然後立刻就跑到二壘。「尼莫，想不想再多投幾球？」

「這個……，我差不多該回家了。」

「就隨便投幾球嘛，要不了多久的。我很想看看你投球到底厲害到什麼地步。大雷，你的手套可以借他一下嗎？」

大雷脫下手套，尼莫立刻接過去戴到手上。那手套戴在他手上簡直大得離譜。「你去站在投手板上，丟幾個球給強尼接，好不好？」我慫恿他。

尼莫看看投手丘，看看二壘，接著，他忽然轉頭看著本壘板。「我站那邊好了。」說著他就朝打擊區走過去。我和大雷楞在那裡目瞪口呆。從本壘板到二壘，這種距離就連我們都會丟得很吃力，更何況是一個九歲半的小鬼。「你不是在開玩笑吧，尼莫？」我問他。可是他說：「不是。」

尼莫拿出手套裡的球，那一剎那，我似乎看到他臉上露出一種崇敬的神色。那顆球抓在他修長的手指上，轉動了幾下，慢慢轉到有縫線的地方，那一剎那，他立刻扣緊手指。「準備好了嗎？」他大喊了一聲。

「好了，我準備好了！你投——」

啪！

要不是親眼看到，打死我們都不相信。就在心臟跳一下的瞬間，尼莫的球已經丟進強尼手套裡了。要不是因為強尼反應夠快，那顆球可能會砸在他胸口上，讓他當場倒地不起。甚至，儘管強尼接到了球，那股巨大的衝力還是把他撞得倒退了好幾步，手套裡的球揚起一股灰塵。強尼忽然開始繞圈圈踱步，露出一種痛苦的表情。

「你沒事吧？」大雷大聲問他。

「有點痛。」強尼說。我和大雷都很了解強尼。他嘴裡說有點痛，但一定是痛死了。「我可以再接一球。」但接著他好像又嘀咕了一句什麼，我們距離太遠聽不太清楚，好像是：「老天保佑。」接著他把球丟還給尼莫。他球丟得很高，尼莫往前跨了六步，眼睛看著那個球朝他臉上飛過來，然後，就在球快要打到他臉上那一瞬間，他猛然抬起手套接住了球。那真是電光石火的一剎那，那小子時間掐得真準。百分之百精準。但我發誓，就差0.1秒，他的鼻子就要被球打扁了。

尼莫又走回打擊區。接著，他忽然抬起腳，腳上的棕色球鞋在大腿的牛仔褲上搓了幾下，搓掉上面的沙塵，然後，他又擺出投球的姿勢，強尼立刻提高警覺。接著，尼莫忽然又站直身體，把球放回手套裡。「這樣投球沒什麼了不起。」他對我們說。好像我們盯著他看，令他很不自在。「這誰都會。除非你沒有手。」

「開什麼玩笑！誰有辦法這樣投球？」大雷說。

「你們好像覺得這樣投球很了不起是不是？」

「你的球速真快。」我說。「快得嚇人，尼莫。連我們隊上的投手都沒辦法投得像你那麼快，更別提他塊頭還是你的兩倍大。」

「這根本沒什麼。」接著，尼莫忽然對強尼大喊。「你往三壘跑！」

「什麼？」

「往三壘跑！」尼莫又喊了一次。「還有，把手套抬起來，張開，舉在我看得到的地方！」

「什麼？」

「儘量跑，用最快的速度跑！」尼莫催他。「反正你張開手套舉起來就對了！眼睛不要看我！」

「跑啊，強尼！」大雷喊著。「聽他的就對了！」

強尼這小子很帶種，他果然毫不猶豫的開始跑向三壘，腳下揚起漫天黃沙。只是，他雖然沒有轉頭看本壘，但心裡還是有點怕。他縮著脖子，手套平舉在胸前的高度，手套開口朝著尼莫。

尼莫忽然猛吸一口氣，手臂往後拉，接著，我們只見他手臂在半空中劃了一個圓弧，白影一閃，球立刻像子彈一樣從他手上飛出去。

強尼用盡全力拚命狂奔，眼睛盯著三壘，接著，就在他距離三壘只剩五、六步的時候，他忽然感覺有一團沉甸甸的東西紮紮實實飛進他手套裡。那一剎那他嚇了一大跳，身體忽然失去平衡，整個人摔倒在地上往前滑，揚起漫天黃沙。後來，當那團黃沙漸漸消散，我們只看到他坐在三壘壘包上，低頭愣愣的看著手套裡的球。「哇靠！」他嘴裡嘀咕著。「哇靠！」

我長眼睛沒見過有人能把球丟得那麼準。準得嚇人。強尼根本不需要伸手去接球，因為，等到他察覺的時候，球已經在他手套裡了。「尼莫？」我問他。「你在少棒聯盟的比賽投過球嗎？」

「沒有。」

「你打過棒球嗎？」大雷問。

「沒有。」他皺起眉頭，伸出一根手指把眼鏡往上推。他鼻子上全是汗水，鏡框一直往下滑。「我媽不准我打棒球。她怕我會受傷。」

「你是說，你從來沒有參加過棒球隊？」

「呃，我家裡有一顆棒球，還有手套。有時候我會自己練習接高飛球，有時候我會試試看自己能丟多遠。我把玻璃瓶放在欄杆柱子上，然後拿球去丟。大概就是這樣。」

「你爸爸從來沒想要叫你去打棒球嗎？」我問他。

尼莫聳聳肩，腳上的球鞋往地上踢，揚起了一些沙塵。「他對棒球沒什麼興趣。」

我忽然感到很困惑。站在我面前的是一個矮冬瓜，瘦得皮包骨，戴著大眼鏡，講話結結巴巴，但誰想像得到，他卻是舉世無雙的棒球天才。「你投幾個球給我接好不好？」我問他。他說好。於是我跟強尼借了手套，然後把球丟還給尼莫。跟強尼借手套，他顯然很樂意，因為他手已經快痛死了。接著，我跑到二壘上站好。「尼莫，丟到這裡給我！」我大喊了一聲，然後把手套伸出去，舉在肩膀的高度。尼莫點點頭，擺出投球的姿勢，然後用力一丟。結果，我的手根本連動都沒動一下，球就啪的一聲結結實實砸進我手套裡。那力道好猛，我立刻感到一陣劇痛沿著手指頭一路蔓延到肩膀。然後，我把球丟還給尼莫，他往前跑了好幾步，然後猛然往前一竄才撈到那個球。接著，我開始往後退，退到中外野最外圍。外野邊緣長滿了雜草。我把手套高舉在頭頂上。「尼莫，丟到這裡！」

尼莫忽然彎腰屈膝壓低身體，幾乎已經快跪到地上去了。他頭垂得好低，整個人幾乎縮成一團。他一直維持著這個姿勢，持續了好幾秒鐘，眼鏡在陽光下閃閃發亮。接著，他全身忽然像爆炸一樣伸展開來。那種氣勢，彷彿超人從電話亭裡飛出來，他手臂猛然往後拉，然後瞬間只見一團模糊的影像，他的手臂劃了一個圓弧甩出去。當時要是有人站在他後面，被他瘦骨嶙峋的手肘撞到下巴，那牙齒鐵定掉光。球從尼莫手上飛出去，夾帶著騰騰殺氣朝我飛過來。

那顆球一開始飛得很低。從本壘板到投手板之間這段距離，球幾乎是貼著地面飛行，幾乎快揚起沙塵。過了投手板，球開始慢慢往上升，而且似乎越飛越快，接著過了二壘上方，球還在往上升。這時候，我忽然聽到大雷對我大喊，可是我不知道他在喊什麼。我全神貫注看著那顆風馳電掣的小白球，手套舉在頭的高度，從他投球的那一刻就一直維持在這個高度。但這時候，我已經本能的準備要壓低身體了，因為怕被球打到。接著，球飛進外野了，我聽得到它劃破空氣的嘶嘶聲，充滿殺氣，充滿驚人的力道。我兩腳定在原地，正準備要嚥下一口唾液，結果嚥到一半——咕嚕！——球已經飛到我面前了。

球啪的一聲飛進手套，那力道之強，震得我連退了好幾步。我用力夾住手套，把球緊緊夾住。隔著那層皮革，我感覺得到那顆球的溫度，那顆球的熱力。

「柯力！」大雷又在叫我了。他兩手圍在嘴巴旁邊大喊。「柯力！」

我不知道大雷為什麼要叫我，也沒放在心上。尼莫科理斯的手臂真的太神了，簡直不是人的手。我不知道那有多少是天生的，有多少是苦練出來的，不過，有一點是可以確定的：尼莫不只是手臂具有可怕的神力，而且他手眼協調的精準度已經達到天衣無縫出神入化的境界。那不是凡人做得到的。我只能說，他真是萬中選一的頂尖高手。

「柯力！」這次是強尼在叫我。「小心！」

「什麼？」我大聲問他。

「小心你後面！」強尼大叫。

這時我聽到聲音了。聽起來像是鐮刀劃過麥稈的聲音。我立刻轉頭看後面。我看到了。

原來是戈薩和戈寇。兩兄弟騎著他們的黑色腳踏車往我們這邊過來了，臉上露出猙獰的笑容。他們的金髮在陽光下閃閃發亮。外野後面是一大片草地，草大概有膝蓋那麼高。他們用力踩著踏板，騎車穿越那片草地，朝我騎過來，沿路經過的草叢裡不時跳出蚱蜢和蟬。我很想跑，可是兩腿卻不聽使喚。沒多久，布蘭林兄弟已經騎到我旁邊，把我夾在中間。戈薩在我右邊，戈寇在我左邊。他們滿頭滿臉都是亮晶晶的汗，眼睛死盯著我。這時候，我聽到遠處忽然傳來烏鴉的啼叫，那聲音聽起來彷彿是魔鬼在狂笑。

十四歲的哥哥戈薩伸出食指勾住我的手套。「柯力，原來你會玩球啊？」他的口氣很猥褻。

「他一天到晚都在玩他的球球。」戈寇笑得很淫穢。他今年十三歲，只比戈薩矮了一點點。他們兩個塊頭都不大，不過肌肉很結實，而且身手矯捷。戈寇眉心的位置有一道傷疤，而戈薩則是下巴有一道傷痕。這意味著他們兩個好勇鬥狠，根本沒把頭破血流當一回事。接著，戈寇看向本壘板。大雷、強尼和尼莫都站在那裡。「媽的那臭小子是誰？」

「他是剛搬來的。」我說。「他叫尼莫。」

「泥魔？」戈薩也死盯著尼莫。我注意到他們兩個都露出餓狼的表情。他們已經聞到血腥味了。「走，我們去見見那個泥魔。」戈薩跟戈寇說了一句，然後就開始踩踏板騎向尼莫。戈寇在我手套上打了一拳，裡面的球立刻掉到地上。我彎腰去撿的時候，他朝我的頭髮吐了一口唾液，然後也騎車走了，跟在他哥哥後面。

我立刻就明白事情不妙了。尼莫又瘦又小，已經夠悲慘了，要是這兩個凶神惡煞發現他說話結結巴巴，那就更慘了。接著，那兩兄弟慢慢靠近我的火箭，那一剎那，我不由得倒抽了一口涼氣。他們從火箭旁邊經過的時候，戈薩突然毫不在乎的一腳把火箭踹倒在地上。我拚命按耐住一肚子火，只是當時我還不知道，到最後我的火氣終於還是爆發了。

那兩兄弟騎到他們三個旁邊，停住車，把他們圍在中間。「你們這幾個臭小子在比賽嗎？」戈薩問。他臉上那種猙獰的笑容看起來活像伊甸園那條蛇。

「我們只是在練習傳球。」大雷告訴他。

「喂，小雜種。」戈寇對強尼說。「你看什麼看？」

強尼聳聳肩，低頭看看地上。

「知不知道你臭得像大便？」戈寇對他冷嘲熱諷。

「嘿，放過我們可以嗎？」大雷說。「拜託一下，可以嗎？」

「幹嘛，又不會把你們吃掉，怕什麼怕？」戈薩跳下腳踏車，站到他們面前。他把腳踏車的停車支架踢下來，然後整個人靠在腳踏車上。「我們有說要把你們怎麼樣嗎？喂，戈寇，來根煙。」

戈寇手伸進褲子後口袋裡，掏出一包煙丟給他哥哥。戈薩從胸前的口袋裡掏出一包摺頁火柴。他抽出一根煙塞進嘴裡，然後把火柴丟給尼莫。「來，幫我點一根火柴。」

尼莫接過火柴。他的手在發抖。他拆下一根火柴，劃了三次才點著。

「幫我點煙。」戈薩命令他。

尼莫可能已經在別的小鎮上見識過太多戈薩和戈寇這種貨色，所以他乖乖聽話。戈薩吸了一口煙，然後從鼻孔噴出來。「聽說你叫泥魔，是真的嗎？」

「我……我叫……尼莫。」

「尼……尼莫？」戈寇吐了一口唾液。「尼……尼莫？你沒長舌頭嗎，泥魔？」

我把倒在草地上的火箭扶正。此刻，我面臨一個抉擇。我大可騎著火箭逃之夭夭，拋下我那幾個好朋友和尼莫，讓他們自己去面對那兩個惡魔。但另一方面，我也可以選擇和他們並肩作戰。我很清楚自己不是什麼英雄好漢。我根本不是打架的料。儘管我心裡很怕，儘管我的理智告訴我三十六計走為上策，但我心裡明白，在這樣的時刻，要是我真的夾著尾巴逃了，我會一輩子都抬不起頭來。

雖然理智可以教你明哲保身，但那種後果卻不見得是你承受得了的。

我開始朝他們走過去，心臟怦怦狂跳。

「你看起來很像那種專搞屁眼的娘砲。」戈寇對尼莫說。「是真的嗎？」

「嘿……老兄。」大雷硬擠出笑臉。「幫個忙好不好——」

戈薩猛然轉過去看著他，往前跨了兩步，一手抓住大雷胸口用力一推，然後伸出一隻腳勾住大雷的腳踝，把他推倒在地上，揚起了一片沙塵。大雷重重摔到地上，忍不住呻吟起來。然後，戈薩站在他旁邊，居高臨下看著他，嘴裡抽著煙。「你！」他說。「你給我閉嘴！」

「我該回家了。」尼莫開始走開，但戈寇一把抓住他的手臂，牢牢抓住。

「臭小子。」戈寇說。「誰說你可以走的？」

「可是我媽叫我要趕快回——」

戈寇仰天狂笑起來。棒球場四周樹林裡的鳥被他嚇得紛紛飛出來。「戈薩，你聽聽看！他好像嘴裡含著大便在講話！」

「我看他是幫人家吹小雞雞吹太多了。」戈薩說。「我說得對不對啊？」他狠狠瞪著尼莫。「你是不是吹了太多小雞雞？」

這兩兄弟為什麼會變成這種凶神惡煞，沒有人知道。也許他們兩個本來就是天生的壞胚子，也或許是因為老鼠生的兒子會打洞，有樣學樣。不管是什麼原因，反正布蘭林兄弟就是無法無天，橫行霸道，目中無人。而且，這種習性很快就越演越烈，一發不可收拾，兩個人距離那種殺人放火的罪犯只差半步了。

戈寇抓住尼莫雙臂一陣猛搖。「我說得對不對？你是不是喜歡幫人吹小雞雞？」

「沒有。」尼莫喉嚨哽住了。

「沒有才怪。」戈薩說。他的陰影籠罩在大雷身上。

「沒有。真的沒有。」尼莫胸口開始顫抖，忽然哭出聲來。

「噢，媽媽的心肝寶貝哭了！」戈寇說。他笑得很猙獰。

「我……我要……我要回家……」尼莫開始啜泣，眼淚滴到他眼鏡上。

天底下最殘酷的，莫過滿腔憤怒卻飽受欺壓無力還手，只能默默忍受委屈。而更殘酷的是欺負你的人卑鄙無恥，只敢欺負弱小。布蘭林兄弟絕對不會找上那種跟他們同年紀或是比他們大的孩子。

我轉頭看看四周，忽然看到一輛車從棒球場旁邊經過，可是開車的人卻沒注意到棒球場裡面出事了。我們只能想辦法靠自己脫困了。此刻，我忽然感覺頭頂上的太陽格外的毒辣火熱。

「戈寇，把那小鬼放到地上。」戈薩說。於是戈寇把尼莫推倒在地上。接著戈薩說：「戈寇，餵他喝個飽。」於是戈寇開始拉開牛仔褲上的拉鏈。

「喂，別這樣！」強尼說話了。「不要！」

戈寇抓著他的雞雞站在尼莫旁邊。「臭雜種，你給我閉嘴，不然我就先餵你喝個飽。」

我已經按耐不住了。我低頭看看手上的棒球。尼莫一直哭，戈寇已經準備要在他臉上撒尿了。我受不了了。

我忽然想到火箭被他踢倒在地上。我忽然想到尼莫滿臉淚痕。於是，我不由自主的把那顆球丟向三公尺外的戈寇。

棒球並不是什麼多要命的東西，但還是結結實實的打中戈寇的右肩。他慘叫了一聲，然後搖搖晃晃的從尼莫旁邊退開，而那一剎那他正好尿出來，他的褲襠立刻濕掉，尿水沿著大腿往下流。戈寇立刻按住自己的肩膀，整張臉皺成一團，哀聲慘叫，而且突然哭出來。戈薩立刻轉身面向我，牙齒上還咬著那根煙，嘴裡噴出一團煙。他脹得滿臉通紅，立刻撲到我身上。我還來不及避開就被他撲倒了，然後他掄起拳頭用盡全力在我身上一陣猛打。過了好一會兒我才意識到自己平躺在地上，而戈薩坐在我胸口，全身重量壓得我喘不過氣來。「我……我沒……沒辦法……呼吸了……」我已經快說不出話來了。

「那最好。」說著他又掄起右拳重重打在我臉上。

一開始那兩拳很痛。真的很痛。然而，接下來那兩拳，我已經差不多快昏倒了，沒什麼感覺了。不過，我還是繼續掙扎，大聲慘叫，拚命想掙脫。接著我注意到，戈薩的拳頭上滿是鮮血。「噢，媽的，我的手斷了！」我聽到戈寇在呻吟，看到他跪在草地上。

就在這時候，忽然有人抓住戈薩的頭髮，戈薩的頭立刻往後仰，嘴上的香煙掉到地上。接著，我看到強尼站在他後面，然後聽到大雷大叫了一聲：「抓緊他！」然後他就一拳重重打在戈薩鼻子上。

戈薩的鼻子立刻腫起來，血立刻從鼻孔噴出來。戈薩立刻發出野獸般的一聲怒吼，從我身上跳起來，轉身撲向大雷，然後拳頭如雨點般打在大雷身上。強尼立刻衝上去，拚命想抓住戈薩的兩條手臂，但戈薩立刻甩開強尼的手，然後猛一轉身一拳打在強尼腦袋旁邊。這時候，戈寇也掙扎著爬起來了。他氣得齜牙咧嘴，一臉猙獰，立刻衝上去猛踢強尼的大腿。強尼倒在地上，我看到他眼睛上被人打了一拳。大雷忽然大吼：「你們這兩個王八蛋！」接著他猛然撲到戈薩身上。但戈薩忽然抓住他的衣領，把他整個人提起來甩了一圈，然後用力一丟，把他摔到地上去。這時我已經坐起來了，嘴裡全是血。尼莫也已經站起來，而且開始逃，可是他太緊張，被自己的腳絆倒摔到草叢裡。

後來我一直不太願意去回想接下來那三十秒裡的景象。一開始戈薩和戈寇把大雷打倒在地上，打到他哭出來。接著，他們開始狠狠毆打強尼，一拳比一拳更狠。後來，強尼已經被他們打得快喘不過氣來了，鼻孔鮮血直噴，於是那兩兄弟又過來對付我了。

「你這臭小子。」戈薩嘴裡咒罵著。血從他鼻孔滴下來。他用腳踩住我胸口，把我踩到地上。戈寇手還抓著他的肩膀，嘴裡說：「這小子交給我。」

我被打得頭昏腦脹，根本無力還手。事實上，就算我沒有頭昏腦脹，我還是一樣不是他們的對手，除非我手上忽然多出一根狼牙棒，或是身上忽然多長出三十公斤的肉。

「揍扁他，戈寇。」戈薩慫恿他。

戈寇立刻抓住我襯衫的衣領，把我從地上拖起來。我的襯衫被扯破了，我忽然想到我一定會被媽媽罵到臭頭。

「我要殺了你。」我忽然聽到有人說話。

戈薩大笑起來。「小子，把那玩意兒放下。」

「我要殺了你。你死定了！」

我眨了幾下眼睛，吐掉嘴裡的血，然後轉頭看著尼莫。他站在五公尺外的地方，手上拿著那顆棒球，手臂向後拉。

這下子好玩了。剛剛戈寇只是被我的球打到肩膀，算他命大。現在，球在尼莫手上，那就真的會要命了。我百分之百確定，那顆球一定會精準無比的正中他們的眉心，而且我也百分之百確定尼莫一定會出手，因為我注意到在他那副大眼鏡後面，眼睛炯炯發亮，眼裡燃燒著熊熊怒火，射出騰騰殺氣，彷彿一股火苗即將變成一發不可收拾的燎原大火。他已經不哭了，也沒在發抖了。手上拿著棒球，他簡直就是主宰宇宙的天神。我忽然覺得他真的很想殺人。也許是因為他天生個子矮小，說話又結結巴巴，特別容易成為惡霸小孩的目標，就好像瘦弱無力的小牛特別容易引起惡狼的虎視眈眈。這種處境令他感到憤怒。不過也可能是因為，他一天到晚被人欺負，忍耐已經到極限了。無論原因是什麼，我在他眼裡看到的是一種令人不寒而慄的決心。他已經打算要用一種最致命的方式改變一切。

戈寇立刻放開我。我坐在草地上，嘴唇裂開了，襯衫也扯破了。

「好恐怖喔，你看我都開始發抖了。」戈薩滿臉猙獰的笑，往前跨了一步，向尼莫走過去。戈寇也跟在他哥哥後面。他的小雞雞還露在牛仔褲的褲襠外面。我忽然想到，那應該是一個理想的目標。「丟啊，窩囊廢。」戈寇說。

這兩兄弟還不知道自己已經快走到鬼門關了。

「嘿，小朋友！嘿！小朋友！」

我忽然聽到球場外面有人在大喊。聲音是從球場旁邊那條路上來的。「嘿，你們沒事吧？」

雖然我感覺腦袋昏昏沈沈重得像石頭，但我還是轉頭去看。我看到郵局的廂型車停在路邊，而開車的郵差正朝我們走過來。他頭上戴著一頂遮陽帽，穿著短褲，腳上是黑襪子，身上那件藍襯衫被汗水浸濕了，顏色變得很深暗。

布蘭林兄弟就像畜生一樣警覺性很高，對鐵籠子打開的聲音非常敏感。他們一聲不吭就轉身衝向腳踏車，丟下滿目瘡痍的現場。戈寇匆匆把小雞雞塞進褲襠裡，拉上拉鏈，然後立刻飛身跨上腳踏車騎走了。臨走之前，戈薩又一腳踹翻了我的火箭，我想，他那種破壞狂真是根深蒂固。接著，他也跳上腳踏車，兩兄弟開始瘋狂猛踩踏板，朝他們剛剛過來的方向一溜煙騎走了。「等一下！」郵差在他們後面大喊，但布蘭林兄弟根本不理他。他們飛快的騎過棒球場，揚起漫天沙塵，然後衝上剛剛那條草叢間的小路，很快就消失在前面的樹林裡。我聽到樹林裡傳來烏鴉的啼叫，看樣子，那些吃腐肉的畜生正在歡迎牠們的同類。

戰爭結束了，接下來要清理戰場了。

郵差的名字叫吉拉德哈奇森，每個月他都會送一個牛皮紙信封到我家來，裡面裝的就是我訂的「怪物世界」雜誌。他走到我面前看到我的臉。「老天！」他驚呼了一聲。「是你嗎，柯力？」

我點點頭。我下唇腫得快比雞蛋還大，左眼也腫了。

「你沒事吧，柯力？」

我有點頭昏腦脹，不過還站了起來。我摸摸嘴巴，發現牙齒都還在。大雷也還好，不過他臉上腫得青一塊紫一塊，而且手指頭被那兩個王八蛋狠狠踩了一下。而強尼呢，他傷勢最嚴重。哈奇森先生臉圓圓的，臉色紅潤，送信的時候喜歡邊走路邊抽雪茄。他扶強尼站起來，發現強尼那印地安人特有的高挺鼻樑顯然斷了，鼻孔流出黑黑濃濃的血，而且整個眼睛腫起來，視線有點模糊。「你看到幾根手指頭？」他在強尼面前舉起三根手指頭。

「六根。」強尼說。

「我想他很可能有——」

接下來他說出的那個字眼，是一個令人畏懼的字眼，很容易令人聯想到腦部受創的人淌口水的畫面。

「——腦震盪。我要趕快送他去看巴瑞斯醫師。你們兩個有辦法自己回家嗎？」

我們兩個？我立刻轉頭看旁邊。我看到大雷了，可是，尼莫呢？我看到那顆球丟在本壘板旁邊，可是那個擁有一雙神奇手臂的小男孩卻不見了。

「是布蘭林兄弟幹的，對不對？」哈奇森先生扶強尼站起來，然後從短褲口袋裡掏出一條手帕壓住強尼的鼻孔。沒多久，那條手帕迅速被鮮血染紅了。「那兩個傢伙真的需要好好教訓一下。」

「強尼，你不會有事的。」我告訴強尼，可是他沒吭聲。他有氣無力的跟著哈奇斯先生走向那輛廂型車，然後坐上車。哈奇森先生把他扶上車，然後自己繞到另一邊，坐上駕駛座，發動引擎。強尼往後靠在椅背上，垂著頭。他真的傷得很重。

後來，哈奇森先生開著廂型車繞過街角，然後加快速度朝巴瑞斯醫師的診所開過去。這時候，我和大雷把強尼的腳踏車塞進看台底下，藏在那裡比較不容易被人看到。強尼的爸爸可能會來找這輛腳踏車，可是萬一布蘭林兄弟早一步回到棒球場，鐵定會把他的腳踏車砸個稀爛，所以藏起來比較安全，不過，我們也只能做到這種地步了。接著，我們兩個忽然都想到，那兩兄弟可能還躲在樹林裡等哈奇森先生離開。

想到這裡，我們不由自主的加快動作。大雷把棒球用具收到腳踏車上，而我走過去把火箭扶起來。那一剎那，我彷彿看到頭燈裡那隻金黃色的眼睛又出現了。它用一種憐憫的眼神看著，彷彿在說：「原來我的新主人這麼沒用？看樣子以後要自求多福了。」今天是火箭第一天上路，沒想到卻多災多難。但願我們兩個以後可以很愉快的在一起。

然後，大雷和我也騎著車離開棒球場，兩個人都渾身酸痛。我們都預料得到接下來會發生什麼：爸媽看到我們的模樣，一定會嚇得魂飛魄散，接著，一聽我們說這是布蘭林兄弟幹的好事，他們一定會氣沖沖的打電話去興師問罪，說不定還會驚動警長。接下來，布蘭林兄弟的爸媽一定會敷衍大家，保證以後一定不會再發生這種事。

只是，我們心裡明白，沒這麼簡單。

這一次我們僥倖逃過了布蘭林兄弟的毒手，但戈薩和戈寇必定會懷恨在心。那兩輛黑色的腳踏車隨時會冒出來偷襲我們，完成那天未完成的任務。或者應該說，找我把帳算清楚，因為我用那顆球打他的肩膀。

布蘭林兄弟陰魂不散，我們的夏日時光忽然變得不是那麼美好了。我們還要熬過七月和八月。但願到九月時候，我們的牙齒還在。

果然不出我們所料。

我們的爸媽果然都嚇壞了，氣沖沖的打電話去興師問罪。艾莫瑞警長也親自到布蘭林家去登門拜訪。後來他告訴我爸爸，戈薩和戈寇兩兄弟那天都不在家。不過，他說他已經告訴他們的爸媽說，他們的兒子打斷了強尼的鼻子，甚至差一點就打裂了他的頭骨。沒想到，布蘭林先生的反應竟然只是聳聳肩，然後說：「呃，警長，小孩子就是這樣嘛，打打鬧鬧沒什麼大不了，而且這也是一種很好的學習，讓他們早點看清楚現實世界長什麼樣子。」

艾莫瑞警長按耐住滿肚子火，指著布蘭林先生的鼻子說：「你給我聽清楚！我勸你好好管管你那兩個兒子，要不然，他們遲早會被送進少年感化院。要是你不管教你兒子，那就我來管！」

「隨便你。」布蘭林先生滿不在乎的說。他懶洋洋的坐在電視前面，客廳裡襯衫襪子丟得到處都是，而且還聽得到布蘭林太太在房間裡抱怨說她背痛。「他們根本就不怕我。他們誰都不怕。要是他們真的被送去少年感化院，那我跟你保證，那裡會被他們一把火燒掉。」

「你叫他們自己來找我，不然，我就自己到你們家來找人！」

布蘭林先生拿著牙籤剔牙，一邊搖搖頭。「JT，你追過風嗎？那兩個孩子野得跟什麼一樣。」說著，他忽然不看電視了，抬起頭來盯著艾莫瑞警長，牙籤還咬在嘴裡。「你剛剛說我們家戈薩和戈寇把四個男孩子打得很慘，是嗎？奇怪了，這聽起來很像是他們只是為了保護自己。我不相信他們會同時找四個男生打架，除非他們瘋了，你不覺得嗎？」

「那幾個孩子告訴我，那根本就不是你說的那種自衛。」

「我兒子也告訴我——」布蘭林先生忽然停了一下，牙籤舉在面前，眼睛盯著牙籤上那團東西。「麥肯遜家那孩子用棒球丟戈寇的肩膀，差點把他骨頭都打碎了。我看過戈寇肩膀上的瘀青，整片都黑了。要是那些人再逼我，那我可能就要對麥肯遜家那孩子提出告訴了。」說著他把牙籤塞回嘴裡，又開始低頭看他的電視。電視上正在播映「羅賓漢」那部電影。「哼，麥肯遜那一家子每個禮拜天都上教堂，虔誠得跟什麼一樣，結果他們竟然教兒子拿棒球打我兒子，然後竟然還做賊的喊捉賊。」他很不屑的哼了一聲。「好個虔誠的基督徒！」

不過到最後，艾莫瑞警長還是佔了上風。巴瑞斯醫師幫強尼療傷，這筆醫藥費布蘭林先生願意支付。另外，警長堅持要戈薩和戈寇到警察局的拘留所去幫忙打掃，而且一個禮拜不准去游泳池。可想而知，這只會令他們更痛恨大雷和我。我下唇的傷口縫了六針，那種痛跟被打的時候差不多。不過，這筆醫藥費，布蘭林先生就不肯付了，因為我拿球丟戈寇的肩膀。我媽氣壞了，可是我爸卻不想再追究。大雷晚上睡覺的時候必須放冰袋，臉上是又青又紫的一大片。後來聽我爸爸說，強尼的腦震盪滿嚴重的，要等巴瑞斯醫師評估沒問題才准下床。那可能要等上好幾個禮拜。後來，強尼雖然可以下床走動了，可是還是不准跑，不准做任何劇烈運動，不准騎腳踏車。至於藏在看台底下那輛腳踏車，他爸爸已經去騎回家了。說起來，布蘭林兄弟不光是打了我們，而且還對我們造成更大傷害。他剝奪了強尼的美好夏日時光。六月他才剛過了十二歲生日。十二歲的生日，一生只有一次。也就是說，那個日子所代表的意義被布蘭林兄弟摧毀了。

這陣子，我眼睛一直腫腫的，很怕光，所以白天都把窗簾拉上。而也就是這段時間，我開始從雜誌裡剪下一堆「怪物」的圖片。我常常把一整疊的「怪物世界」雜誌擺在大腿上，把裡面的怪物圖片剪下來，然後用膠帶貼在牆上，書桌前面，衣櫥門上，反正，能貼的地方全貼了。後來，等到我貼完了，這才發現我的房間已經變成一座「怪物博物館」了。四面牆上貼滿了著名的怪物，有「歌劇魅影」裡那個戴面具的怪人，還有吸血鬼，科學怪人，木乃伊，彷彿那些怪物從四面八方凝視著我。我床鋪四周貼滿了恐怖電影的黑白劇照，像是「暗夜倫敦」，「畸形人」，「黑貓」，「魔山古屋」之類的。衣櫥門上貼的是電影裡的各種怪獸圖片。至於我書桌前面，那就比較特別了，上面貼的都是我特別崇拜的偶像，比如，有一張是文森普萊斯，那是他在愛倫坡小說《阿夏家的沒落》改編的電影裡扮演的斐德列克阿夏。另外一張是克里斯多夫李，他扮演的是經典小說《卓九勒伯爵》改編的電影裡那個永生不死的吸血鬼。有一天媽媽忽然跑進來，看到我滿房間的照片，嚇得差點當場昏倒。她趕緊扶住門框。「柯力！」她大叫了一聲。「牆上那些照片嚇死人了，還不趕快拿下來！」

「為什麼？」我問她。我縫了六針的下唇還在痛。「這是我的房間，我愛怎麼貼就怎麼貼，不可以嗎？」

「沒錯，可是，那些怪物整天盯著你，你不怕作噩夢嗎？」

「不會啦。」我說。「真的不會。」

她沒再說什麼，然後就默默出去了。於是，圖片就這麼貼著了。

真正會害我作噩夢的不是牆上那些怪物，而是布蘭林兄弟。我反倒覺得那些怪物就像我的守護神，令我很有安全感。有他們守護我，布蘭林兄弟絕對不敢從窗戶爬進來找我。甚至，在夜深人靜的時刻，我彷彿聽得到他們跟我說話，鼓勵我，安慰我，叫我要勇敢面對外面那個世界。在外面那個世界裡，大家只要碰到難以理解無法解釋的事物，本能的反應就是畏懼。

而我從來就不怕那些怪物，因為我覺得我能夠控制他們。黑夜裡，我就睡在他們旁邊，但他們絕不會越過那條界線侵犯我。我的怪物並不是天生就喜歡自己脖子上有螺絲釘，喜歡自己長著布滿鱗片的翅膀，喜歡吸人血，喜歡自己有一張會嚇壞女孩子的臉。我的怪物並不邪惡，他們只是想在那個古老的險惡世界裡尋找一個安身立命的所在。看到那些怪物，我會想到自己，還有我那幾個朋友。他們都很笨拙，長相平庸，一天到晚被欺負，可是，他們絕對不讓自己被擊倒。他們是一群邊緣人，他們只是想在那個充滿敵意的世界裡找到自己的歸宿。在那個世界裡，有人拿著火把，有人拿著護身符，有人拿著十字架，有人槍裡裝了銀子彈。在那個世界裡，有原子彈，戰鬥機，火燄槍。在那個世界裡，大家都要對付他們。他們並不完美，他們飽受折磨，然而，他們才是真正的英雄。

不過，還是有些東西會令我感到畏懼。是什麼呢？

有一天下午，媽媽整理了一疊舊雜誌放在門廊上準備要拿去丟掉，結果我發現裡面有一本過期的「Life」雜誌，於是就坐在門廊上看起來。叛徒懶洋洋的趴在我旁邊，樹上傳來陣陣蟬鳴，清澈蔚藍的天空美得像一幅畫。雜誌裡有幾張照片。那些照片和一樁震驚全國的事件有關。時間是一九六三年十二月，地點在德州達拉斯。照片裡陽光燦爛，總統和他的夫人坐在一輛黑色的加長敞篷禮車上，面帶微笑向四周的民眾揮手致意。接著，我忽然看到一張模糊的照片。照片中的那一刻，我們國家遭遇了驚天動地的鉅變。我在電視上看過那個叫奧斯華的傢伙被人開槍打死。我還記得，電視裡那傢伙看起來個子好小，而那聲槍響也只是啪的一聲，聽起來像氣球破掉，完全不像西部片裡那種六發左輪槍的轟然巨響。我記得，當時奧斯華只是輕輕叫了一聲，然後就倒下去了。有一次我的腳趾頭被石頭砸中，叫得比他還大聲。

接著，我看到甘迺迪總統葬禮的照片。照片裡，隊伍中的馬都沒有人騎，而總統的孩子擺出敬禮的姿勢，夾道的人群看著棺木從他們面前經過。看著那張照片，感覺十分怪異，甚至有點毛骨悚然。照片裡，你可以看到地上是一團又一團的黑影。也許你會認為那是光線的關係，或者是底片之類的問題。不過在我看來，那張照片裡全是黑影。路口的轉角是一個個黝黑的人影。男人穿著西裝，女人在哭泣，有人把捲曲的細紙條撒在他們身上。照片裡有車隊，有一棟棟的大樓，還有修剪得很整齊的草坪，而一個個的黑影把那些都串連在一起。照片裡的人，臉部都籠罩在黑影中，而腳邊都拖著一條條長長的黑影。那張照片裡，黑影彷彿變成了活生生的東西。有些黑影夾在人群中，感覺上就像病毒一樣，迫不及待想擴散到照片外面。

接著，我翻到下一頁，看到另一張照片。照片裡有一個全身著火的人。他是一個光頭的東方人，盤腿坐在馬路上，全身都是火。儘管火焰已經逐漸吞噬他的臉，但他卻還是閉著眼睛，神情好安詳，好神聖。每次爸爸在收音機裡聽到羅伊奧比森的歌聲，也會出現那種神情。有人說羅伊奧比森是六〇年代最偉大的白人搖滾歌手。那張照片底下有一行字，上面說明拍攝的地點是一個叫做西貢的城市，而那個光頭的男人是一個和尚，他把汽油澆在自己身上，然後點燃一根火柴。

接著，我又看到第三張令我驚心動魄的照片。照片上是一間被燒毀的教堂，窗戶的彩繪玻璃支離破碎，消防隊員在廢墟裡撿東西。有幾個黑人站在教堂四周，臉上露出那種震驚過度的呆滯表情。教堂前面的樹都光禿禿的看不到半片葉子，但奇怪的是，照片底下的文字說，這件事是發生在一九六三年九月十五日，當時應該還是夏天不是嗎？文字裡還提到，那片廢墟本來是位於伯明罕十六街的浸信會教堂，當時正在上主日學，結果有人引爆了一枚預先埋設的炸彈，炸死了四個小女孩。

我轉頭看看遠處的奇風鎮。這是我的家鄉，青翠的山嶺連綿起伏，天空碧藍如洗，而且遠遠就看得到布魯登區家家戶戶的屋頂。叛徒在我旁邊嗚嗚哼著，我猜牠一定是夢見了美味的骨頭。

我從來不曾真正了解什麼叫仇恨，直到我看到這些照片。我無法想像，竟然會有人在禮拜天把炸彈放在教堂裡，炸死那些小女孩。

我忽然覺得不太舒服。之前我的頭被戈薩揍了好幾拳，到現在還是會痛。於是我回到房間，躺到床上。在那些怪物的懷抱裡，我不知不覺睡著了。

這是我們的奇風鎮，夏天才剛開始。清晨，空氣中瀰漫著薄霧，接著，太陽出來了，晨霧漸漸消散，空氣中開始瀰漫著濃濃的濕氣。那濕氣有多重呢？就算你只是走過院子到信箱去拿信，等你走回屋裡的時候，你會發現衣服已經濕透，整個黏在皮膚上。到了中午，你會感覺地球彷彿已經停止轉動，那蒸騰的熱氣足以把半空中飛過的小鳥烤熟。到了下午，你會看到西北邊的天際湧起一團暗紫色的濃雲。你可以坐在門廊上，打開收音機，一邊喝著冰涼的檸檬汁，一邊聽棒球轉播，看著那團烏雲緩緩飄過眼前。沒多久，你會聽到遠處的天空傳來隱隱約約的雷聲，雲端閃著雷光，而收音機會出現雜訊。有時候可能會突然下起滂沱大雨，下個三十分鐘，不過，絕大多數的時候，你只會聽到飄過的雲團裡傳來隱隱的雷聲，卻看不到半滴雨。到了黃昏，大地的熱氣漸漸消散，你會聽到樹林裡揚起一波波的蟬鳴，一波接著一波，彷彿樹林裡成千上百的蟬齊聲鳴叫。成群的螢火蟲從草叢裡飛出來，飛到樹上，停在樹枝上，這時候，你會看到樹枝上閃爍著無數光點，一片燦爛，彷彿整串的聖誕燈。那種感覺，彷彿盛夏的七月飄散著聖誕節氣息。接著，天空開始依次綻放出點點星光，慢慢浮現出一彎明月。在這樣的夜裡，要是爸媽心情好，他們就不會硬逼著我早早上床睡覺。我可以熬到十一點再睡。這樣一來，我就可以坐在門廊上，看著家家戶戶的燈火漸次熄滅，看著夜色慢慢籠罩整個奇風鎮。燈火熄滅之後，天上的星光就會越來越明亮。你抬頭看著滿天迴旋流轉的燦爛星光，那種感覺，彷彿看著宇宙的心臟緩緩搏動。微風輕拂，大地的清香隨風飄散，枝葉隨風搖曳。在這樣的時刻，你一定會覺得這是一個和諧而有秩序的世界，就像電影中那靜謐安詳的農場，而且，你一定深信住在這裡的人都是純樸善良的人。而我也一直如此憧憬。我渴望自己的家鄉就是一個這樣的世界。然而，我看到了那些照片。我看到幢幢黑影逐漸籠罩了這個世界，看到一個全身是火的人，看到一座被炸毀的教堂。於是，我開始看到這個世界的真相。

後來，爸媽終於又准許我騎腳踏車出去了，而我對火箭也漸漸越來越熟悉了。不過，我媽話說得很清楚。「要是你再摔下來，嘴唇的傷口又裂開，那這次巴瑞斯醫師恐怕需要幫你縫二十針！」而我自己也心知肚明，運氣是靠不住的，小心為妙。於是，我都只繞著我家附近騎，而且小心翼翼，彷彿在巡迴馬戲團的會場上騎小馬，一步一步慢慢走。有時候，我會看到頭燈裡似乎又出現那隻眼睛，可是當我仔細一看，那隻眼睛又不見了。火箭似乎明白我的心意，於是也乖乖配合我慢慢來。然而，鏈條齒輪的運轉是如此滑順，踏板踩起來是如此輕盈，如此靈活，我感覺得到，火箭渴望盡情奔馳。我感覺得到，我還沒有見識到真正的火箭。

我嘴唇的傷口癒合了，頭也消腫了，然而，我受創的自尊和自信並沒有隨之復原。心裡的創傷，外表是看不見的。我也只能默默承受。

星期六那天，爸媽帶我去鎮立游泳池游泳。游泳池裡人山人海，擠滿了中學生。我必須附帶提一下，這座游泳池只有白人才可以進來。媽媽一看到那清澈碧綠的池水就迫不及待跳下去了。我爸在池邊找了張椅子坐下，不管我和媽媽怎麼拉他，他就是不肯下水。後來，過了一陣子我才想到，他上一次下水，就是在薩克森湖裡，結果，他眼看著那個人沈進湖底。我陪他坐了一下，看媽媽在水裡游了好幾趟。這時我終於有機會再跟他說一次尼莫科理斯的事。尼莫有一雙異於常人的手臂，投球的速度快得嚇人。這件事我已經告訴過他兩、三次了，可是當時他不是在看電視就是在聽收音機，根本沒有專心聽。而這次機會來了，因為他顯然沒什麼興趣下水游泳，而旁邊也沒有電視或收音機會讓他分心，所以他就只好專心聽我說話。聽我說完之後，他說我應該去找莫達克教練，把尼莫的事說給他聽聽看，說不定他會去找尼莫的媽媽，勸她讓尼莫參加棒球隊。我決定過些時候再去找教練。

到了下午，我看到大雷也跑到游泳池來了。跟他一起來的有他爸媽，還有他那個六歲的小弟安迪。大雷臉上那些瘀青幾乎都不見了。他爸媽過來坐在我爸媽旁邊，接著，他們的話題開始繞著布蘭林兄弟打轉。聽他們說，被布蘭林兄弟修理過的人，好像不只我們這幾個。我和大雷都不想再聽一次那天的事，所以我們就跟爸媽要錢，說我們要去「飛輪」喝冰奶昔。爸媽果真塞了幾塊錢給我們，於是我們就穿著拖鞋頂著大太陽一溜煙跑掉了。安迪哭著說他也要跟，但最後還是被大雷的媽媽拉住了。

「飛輪露天冰店」就在游泳池對面，是一棟白色粉刷的建築，屋簷底下垂著一排白色灰泥粉刷的假冰柱，門口有一隻北極熊的雕像，上面畫滿了塗鴉式的廣告標語。「飛輪」可以算是我們奇風鎮青少年消磨時間鬼混的大本營，店裡賣漢堡，熱狗，薯條，還有三十幾種不同口味的奶昔。平常，你可以看到很多十幾歲的男生女生開著爸媽的車到這裡來，把停車場擠得水泄不通，而這個星期六也不例外。停車場上的車子一台接著一台，擠得像沙丁魚罐頭，窗戶大開著，收音機放得很大聲，音樂聲瀰漫了整個停車場。記得有一次，我看到「小個子」史蒂夫克雷開著他的午夜夢娜到這裡來，停在一個角落裡，車上有個金髮美女，頭靠在他肩上。我從他車子旁邊經過的時候，史蒂夫瞄了我一眼。他一頭黑髮，眼睛藍得像游泳池裡的水。我沒看到那女孩子的臉。我忽然有點好奇，不知道那女孩子究竟是誰，還有，不曉得她知不知道，在奇風鎮和聯合鎮中間那條公路上，「小個子」史蒂夫和午夜夢娜依然陰魂不散。

大雷一向膽子比較大，什麼都敢。他買了一杯巨無霸薄荷奶昔，花了五毛錢。我想買一杯香草奶昔，可是他勸我不要。「香草奶昔有什麼稀罕！」他說。「你應該試試——」說著他抬頭看看價目表，上面什麼口味都有。「我覺得你應該試試花生奶油！」

我聽他的話買了一杯，結果沒有讓我失望。那是我這輩子喝過最好喝的奶昔，味道很像融化的花生巧克力棒。接著，奇怪的事發生了。

我們手上端著冰涼的白色大紙杯，杯子上有兩個紅色的大飛輪圖案。頭頂上艷陽高照，我們慢慢走過停車場。就在這時候，那聲音出現了。那是音樂聲，一開始是從幾輛車裡的收音機傳出來的，接著，別的車裡的年輕人也紛紛打開收音機，轉到同一家電台的頻率，而且把音量開得很大。於是，音樂聲從小小的喇叭流瀉出來，鋪天蓋地的瀰漫了整個停車場，瀰漫了夏日燦爛的天空。沒幾秒鐘，停車場上每一部車裡的收音機都在播放同一首歌，而且，有幾部車子甚至發動引擎，歡笑聲此起彼落。

我忽然停下腳步，因為我完全被那首歌吸引住了。那跟我從前聽過的音樂截然不同。聽得出來那首歌是好幾個男生同時唱出來的，乍聽之下，他們有時候好像各唱各的，但有時候又變成合唱，變幻莫測。他們的聲音交織在一起，融合成一種渾然天成的完美和音。他們高亢嘹亮的歌聲充滿喜悅，彷彿小鳥自由自在飛入雲端。另外，在那完美的和聲背後，還交織著令人振奮的鼓聲，還有輕盈的吉他聲。聽著那首歌，我忽然感覺背脊竄起一股興奮的戰慄。

「大雷，那是什麼？」我問。「那是什麼歌？」

……Round……round……get around……wha wha whaoooo……（自由……自由……奔向自由……）

「那是什麼歌？」我又問了他一次。那一刻，心裡的感覺是一種無法形容的驚慌。

「你還沒聽過嗎？中學那邊每個人都會唱了。」

……Gettin' bugged drivin' up and down the same ol' strip……I gotta find a new place where the kids are hip……（……一成不變的日子太無聊，我受不了……我要到另一個地方，尋找跟我一樣的孩子……）

「這首歌到底叫什麼名字？」我一直追問。我感覺得到整個停車場已經陷入一種狂亂癡迷。

「電台一直在播這首歌，已經很久了。叫做——」

這時候，全停車場的孩子都開始跟著唱起來，有人甚至開動車子忽前忽後的移動，彷彿車子在前後搖晃。我愣愣站在那裡，手上端著一杯花生奶油奶昔，太陽照在我臉上，消毒水的味道從馬路對面的游泳池飄過來。

「——海灘男孩唱的。」大雷說。

「什麼？」

「海灘男孩。Beach Boys。就是他們唱的。」

「老天！」我讚嘆了一聲。「那聽起來……聽起來……」

那種感覺簡直不知該怎麼形容。那首歌道盡了年輕人的希望，自由，熱血，道盡了他們渴望流浪的心，道盡了他們對朋友的熱情。當你沈浸在那燦爛奔放的歌聲中，你會感覺自己已經和他們融合為一體，感覺自己已經成為那無拘無束熱情狂放的年輕生命的一部份。

「太酷了。」大雷說。

沒話說的酷。

……Yeah the bad guys know us and they leave us alone……I get arounnnddd……(壞蛋知道我們是什麼人，不敢來找我們麻煩……奔向自由……)

我驚訝得不知該怎麼形容。我完全被迷住了。我彷彿隨著那飛揚的歌聲飛向天空，隨著他們飛向那不知名的遠方。我從來沒去過海邊，從來沒親眼看過海洋，只在雜誌電視和電影裡看過海洋的景象。海灘男孩。他們的和聲如此完美，如此渾然天成，震撼了我的靈魂，有那麼一剎那，我忽然感覺自己彷彿也穿著一件印著字母的夾克，開著一輛紅色跑車，路上的金髮美女拼命對我招手。而我，奔向自由。

後來，那首歌結束了，彷彿歌聲又回到了喇叭裡。而我，忽然又變回了原來的柯力麥肯遜，一個奇風鎮的孩子。然而，在剛剛那短暫的片刻，我彷彿感受到另一個世界，感受到另一個太陽的熱力。

「我忽然很想拜託我爸媽讓我去學吉他。」大雷說。我們走到馬路對面。

我忽然想到，等一下回到家之後，我一定要拿出二號筆記本，在上面寫一個故事。我要描寫飄揚的音樂會飛到什麼地方。我知道，有些音樂飛進了大雷的腦海，因為我們走回游泳池的時候，他一直在哼那首歌。

沒多久，七月四日到了，公園裡舉辦了一場大規模的烤肉餐會，而旁邊的棒球場正在進行一場比賽。結果，我們鎮上的成人棒球隊「鵪鶉隊」打輸了，輸給聯合鎮的「火球隊」，三比七。我注意尼莫也在場邊看那場比賽。他兩邊坐著一男一女。那個女人穿著紅花圖案的洋裝，而那男人瘦瘦高高的，戴著厚厚的近視眼鏡，身上的白襯衫已經被汗水浸透了。尼莫的爸爸並沒有一直陪著太太和孩子。球賽第二局結束之後，他就走開了。後來，我看到他在現場的人群中穿梭，手上拿著一本襯衫的樣品冊，一臉沮喪的表情。

另外，我一直沒有忘記那個帽子上有綠色羽毛的男人。我和爸媽坐在樹蔭下的一張野餐桌旁邊，津津有味的啃著烤肋條。旁邊有幾位老先生在玩丟馬蹄鐵，而年輕小伙子則是大玩美式足球。我掃視著現場的人群，看看有沒有誰帽子上有綠色的羽毛。結果我發現，大家戴的帽子都不一樣了。冬天那種厚帽子已經沒人戴了，大家頭上戴的都是涼快的草帽。

史沃普鎮長戴著一頂軟草帽。他一邊抽著煙斗，一邊在人群中穿梭，兩手沾滿了烤肉醬。另外，消防隊長馬凱特和達樂先生也都戴著草帽。而樂善德醫師那光禿禿的頭頂上也戴著一頂平頂硬草帽，綁著紅色的帽帶。他朝我們這桌走過來，走到我旁邊看看我嘴唇上那白色的傷疤。他凝視著我，露出一種嚴峻的眼神。「要是那兩個小子敢再找你麻煩。」他的荷蘭口音很明顯。「你就來告訴我，我就用闖割剪來伺候他們。」說著他用手肘輕輕頂了我一下，咧開嘴對我笑笑，露出那顆銀色的門牙。這時樂善德太太忽然走過來把他拉走了。樂善德太太跟他一樣也是荷蘭人。她下巴很長，每次看到她的臉，我總是忍不住會想到馬臉。樂善德太太有點冷漠孤僻，平常很少跟別的太太打交道。媽媽說，她大哥在荷蘭和納粹德軍對抗，結果全家都被殺了。我想，那樣的遭遇確實很可能會傷害到一個人對人的信任。樂善德夫婦在荷蘭淪陷之前及時逃出了祖國，而且，樂善德醫師自己就親手開槍打死了一名德軍士兵，因為那名士兵破門闖進他家裡。我對這件事很好奇，因為，大雷、班恩、強尼和我常常在森林裡玩打仗的遊戲，所以我很想當面問問樂善德醫師，真實的戰場上究竟是什麼模樣。可是爸爸不准我跟樂善德醫師提這件事，因為那會很像刻意去撕裂人家內心的傷痛。

而莫倫泰克斯特也沒缺席那天的烤肉餐會。他一出現，在場的太太們立刻紅了臉，而男人忽然都開始埋頭猛吃盤裡的烤肉，假裝沒看到他。面對他，大多數人都是一副視若無睹的樣子，彷佛當他是隱形人。莫倫手上也端著一盤烤肉走到棒球場邊那棵樹下。那裡有一張桌子。嚴格說來，那天他並非一絲不掛，因為他頭上戴著一頂軟草帽，那模樣看起來很像《頑童流浪記》裡的哈克芬。我相信，科理斯先生一定沒把他那本襯衫樣品冊拿給莫倫看，沒找他推銷。他應該是在場唯一倖免的人。

整個下午，我一直聽到手提收音機在播放海灘男孩那首歌，聽了好幾次。每次聽，感覺都比前一次更棒。爸爸一聽到那首歌，立刻皺起鼻頭，那表情彷彿聞到餿掉的牛奶。而媽媽呢，她一副耳膜快破掉的模樣。不過我倒是覺得很棒。十幾歲的年輕小伙子一定會瘋狂愛上那首歌。後來，當那首歌播放到第五次的時候，我們忽然聽到不遠的地方傳來一陣吵鬧聲。就在玩美式足球那幾個男孩子那邊。我和爸爸立刻從那群看熱鬧的人中間擠過去，看看究竟怎麼回事。

我們看到了。那個人身高大概有一百九十公分，滿頭卷曲的紅髮隨風飄揚。他一副怒氣沖天的樣子，那張馬臉般的長臉顯得更猙獰。他穿著一套淡藍色西裝，領口別了一枚美國國旗的胸針，還有一個小十字架。我們注意到他腳上那雙黑皮鞋擦得亮晶晶，而此刻，那雙黑皮鞋正踩在一台紅色的收音機上，把它踩得稀爛。「夠了！我忍耐不下去了！」他一邊踹那台收音機，嘴裡一邊大吼。那幾個男孩子忽然都不打球了，他們全都目瞪口呆的看著安格思布萊薩牧師。旁邊有一個十六歲的女孩子忽然開始哭起來。那台被踩爛的收音機就是她的。海灘男孩的歌聲彷彿被牧師的腳踩得無影無蹤。「這根本就是撒旦的呼喚，一定要制止他！」這位自由浸信會的布萊薩牧師對全場的人大喊。「這種垃圾音樂從早轟炸到晚，沒完沒了，所以上帝叫我來消滅他！」說著他又用力踹了收音機最後一下，結果裡頭的線圈和電池都被他踹得飛出來。接著，布萊薩牧師脹得滿臉通紅，滿頭大汗。他轉頭看看那個哭得很傷心的女孩，然後伸出雙手想過去抱她。「我愛妳！」他大喊著說。「上帝愛妳！」

她立刻轉身跑掉了。這能怪她嗎？要是我眼看著一台那麼拉風的收音機在我面前被人踹爛，那一剎那，我絕不會想再讓任何人碰我。

布萊薩牧師去年就曾經發起一個活動，要求政府勒令停止女王的復活節儀式，不准她在石像橋上供奉老摩西。鬧得很凶。接著，他轉過來面向圍觀的人群。「大家看到了嗎？那可憐的孩子已經迷失了，她甚至分不清誰是聖人誰是罪人！大家知道原因是什麼嗎？因為她聽那種垃圾音樂，聽撒旦的吶喊！」他指向那台被踹爛的收音機。「今年夏天，你們的孩子聽的是什麼樣的音樂，大家都注意到了嗎？」

「我只是覺得那聽起來像是一大群吵死人的蜜蜂。」有人忽然冒出這麼一句，大家都笑起來。我轉頭一看，發現原來是迪克毛特利。他那張肥臉上全是汗，襯衫前面沾滿了烤肉醬。

「笑啊！儘管笑沒關係！不過我警告你們，上帝可不會覺得那很好笑。」布萊薩牧師越說越氣。印象中，我好像沒看過布萊薩牧師心平氣和的講過話。「你們仔細聽過那首歌嗎？我一聽到那首歌，馬上就全身汗毛直豎，難道你們都不會嗎？」

「噢，算了吧，牧師！」我爸忽然笑起來。「不過就是一首歌嘛！」

「不過就是一首歌？」布萊薩牧師脹得滿臉通紅，立刻轉過頭來狠狠瞪著我爸，那雙灰色的眼珠子彷彿快要冒出火來，而他的眉毛也紅得像著火一樣。「不過就是一首歌？湯姆麥肯遜，你怎麼敢說這種話？告訴你，那首歌會蠱惑我們的年輕人，會引誘他們墮落！告訴你，那首歌鼓勵年輕人淫蕩放浪，鼓勵年輕人在街上飆車，鼓勵年青人追求紙醉金迷的萬惡城市生活！湯姆麥肯遜，難道你都聽不出來嗎？」

爸爸聳聳肩。「那我只能說，你的聽力真是太驚人了，比獵狗還厲害，聽一次就有辦法聽那麼清楚！我半個字都聽不懂。」

「啊哈！這就對了！你明白了嗎，這就是撒旦的伎倆！」布萊薩牧師伸出食指在我爸爸胸口上戳了一下。他指尖上沾著烤肉醬，把我爸爸的襯衫弄髒了。「那首歌就是這樣不知不覺的滲透到我們年輕人的腦子裡，而他們根本就搞不清楚自己聽到的是什麼！」

「哦？是這樣嗎？」爸爸反問他。這時候媽媽忽然跑到爸爸旁邊，一把抱住爸爸的手臂。爸爸一向都不怎麼吃布萊薩牧師那一套，媽媽大概是擔心他一時按耐不住出手打人。

這時布萊薩牧師忽然往後退開，然後轉頭掃視圍觀的人群。看眼前這種情況，要是想拉攏在場的群眾，說話一定要夠大聲，而且要抬出撒旦來恐嚇眾人。「我知道大家都是純樸善良的人，所以，禮拜三晚上，歡迎大家到自由浸信會教堂來，我會向大家說明我剛剛說的那些話！」他逐一掃視著四周每個人的臉。「如果你愛上帝，如果你愛我們的小鎮，如果你愛自己的孩子，那麼，你們一定要把收音機都砸爛，因為收音機播放那種垃圾音樂，散播撒旦的誘惑！」而令我驚訝的是，真的有幾個人露出茫然的表情，嘴裡嚷嚷著說他們會去。「讚美主！各位親愛的兄弟姊妹！讚美主！」布萊薩牧師一路擠過人群，看到人就拍拍人家肩膀，拍拍人家背後，到處跟人握手。

「你看他把烤肉醬弄到我衣服上了！」爸爸低頭看著自己的襯衫。

「好啦，沒關係啦。」媽媽硬是把他拖走了。「走吧，我們到樹下去，那邊比較涼快。」

我也跟在他們後面走過去，邊走邊回頭看看布萊薩牧師。他得意洋洋的漸漸走遠，一群人簇擁著他，個個都脹紅了臉。布萊薩牧師西裝外套背後已經濕了一大片。我第一次聽到這首歌，是在「飛輪露天冰店」的停車場上，但我實在聽不出來，這首歌到底哪裡邪惡。我不知道紙醉金迷的萬惡城市到底長什麼樣，但我自己很清楚，我並沒有受到魔鬼誘惑，我並沒有墮落。那只不過是一首很酷的歌，而且它讓我感覺到……感覺到……呃……感覺很酷。而且，除了開頭Round……round……get around那幾句，後面的歌詞我半句也聽不懂。而且，班恩、大雷和強尼也都聽不懂。強尼頭上還纏著繃帶。他身體還沒復原，暫時還不能出門。我很好奇，布萊薩牧師到底在那首歌裡聽到了什麼，因為我自己實在聽不出來。

於是我決定，禮拜三晚上我一定要到他的教堂去聽聽看他怎麼說。

到了晚上，鎮上還放了煙火。紅色白色藍色的火花照亮了奇風鎮的夜空。

而就在半夜十二點左右，有人在女王家門口插了一根十字架。十字架上全是火。

5 撒旦降臨

我忽然聞到一股燒東西的味道，於是就醒過來了。

太陽已經出來了，而且我聽到鳥鳴聲，但我卻忽然想到一件很可怕的事。三年前，我們家那條路南邊距離兩個路口的地方，有一棟房子失火。當時也是夏天，天氣又乾又熱，火勢凶猛，燒得很快。住在那棟房子裡的，是貝伍德夫婦，還有他們的兩個孩子，十歲的女兒艾美，還有八歲的兒子卡爾。事後調查，那場火是電線走火引起的。由於火勢又快又猛，貝伍德夫婦措手不及，來不及衝到卡爾房間把他拉出來，於是，卡爾就這樣在睡夢中被燒成重傷，幾天後就死了。後來，他被埋在波特山的墓園裡，墓碑上刻著「摯愛的兒子」幾個字。沒多久，貝伍德夫婦就搬走了，留下卡爾長眠在奇風鎮的地底。我對卡爾印象很深，因為他媽媽對動物過敏，不准他養狗，所以他常常跑到我家來跟叛徒玩。他個子瘦瘦小小的，一頭黃色的卷髮，顏色看起來像香蕉口味的冰棒。有一次他告訴我，他這輩子最渴望的，就是能夠養一隻小狗。後來，那場大火奪走了他的生命。葬禮上，爸爸坐在我旁邊。他告訴我，冥冥中，上帝對萬事萬物都有安排，然而，有時候，上帝的旨意卻是那麼令人費解。

七月五日這天早上，爸爸出去送牛奶，只剩我和媽媽兩個人在家。於是，媽媽跟我解釋，剛剛我聞到的燒焦味是從哪裡來的。她幾乎整個早上都在打電話。奇風鎮的太太媽媽們沒事就打電話東家長西家短，無形中構成了一個準確度和效率都十分驚人的消息網路。我坐在餐桌旁邊吃我的早餐，煎蛋和玉米餅。媽媽坐在餐桌對面陪我。「你知道什麼是三K黨嗎？」她問我。

我點點頭。我在電視新聞上看過三K黨徒。他們身穿白袍，頭上套著兜帽，手上抱著霰彈槍或來福槍，然後繞著一根火燒的十字架轉圈圈。他們的發言人拉掉了頭上的兜帽，露出一張大肥臉，臉上彷佛塗滿了豬油。他嘴裡滔滔不絕，好像在說什麼誓死捍衛南方精神，叫大家勇敢站出來，「華盛頓那些政客叫我們跟那些黑鬼一家親，他們是在作夢！」那個人怒氣沖天，脹得滿臉通紅，滿臉浮腫，眼窩也腫。而他身後就是那根火燒的十字架，那群身穿白袍的人繞著十字架轉圈圈。

「昨天晚上，三K黨在女王家的院子裡燒掉了一根十字架。」媽媽說。「他們一定是在警告她，逼她離開我們奇風鎮。」

「女王？為什麼？」

「你爸爸說，有人很怕她。他說，很多人覺得她對布魯登區的人影響太大，簡直像皇帝一樣。」

「她住在布魯登區，這有什麼好奇怪的嗎？」我說。

「沒錯，可是有些人怕她會想干預我們奇風鎮的事。去年夏天，她要求史沃普鎮長開放游泳池，讓黑人去那邊游泳。結果今年她又提了一次。」

「爸爸也怕她，對不對？」

媽媽說：「對，可是那不一樣。他怕她，並不是因為她是黑人。他怕，只是因為……」她聳聳肩。「因為他不了解她。」

我拿叉子戳戳盤子裡的玉米餅，仔細想想媽媽剛剛說的話。「史沃普鎮長為什麼不肯讓布魯登區的人到游泳池去游泳？」

「因為他們是黑人。」媽媽說。「白人不喜歡跟黑人泡在同一池水裡。」

「可是上次洪水的時候，我們不是跟他們一起泡在水裡嗎？」

「那是河水，不一樣。」媽媽說。「總之，鎮上的游泳池一直都不准他們進來。女王寫了好幾份請願書給政府當局，希望政府能夠開放布魯登區的人進游泳池，要不然就應該在布魯登區蓋一座游泳池。我想，這大概就是為什麼三K黨的人要趕她走。」

「她已經在那裡住了那麼久了，她還有別的地方能去嗎？」

「我不知道。不過，我認為燒十字架那幫人根本不會管她死活。」媽媽皺起眉頭，眼角忽然出現魚尾紋。「我沒想到的是，奇風鎮竟然也有三K黨。你爸爸說，那些人心裡怕得要命，他們希望時間能夠倒流，回到從前那個時代。他說，情況恐怕會繼續惡化。」

「萬一女王不肯走，會怎麼樣？」我問。「那些人會傷害她嗎？」

「有可能。最起碼他們一定會試試看。」

「她不會走的。」我說。我還記得那一天，我看到滿臉皺紋的女王忽然變成一個漂亮的少女，她凝視著我，那雙綠眼睛充滿威嚴。「那些人趕不走她的。」

「你說得沒錯。」媽媽突然站起來。「而且，我絕對不想惹毛她。對了，要不要再喝一杯柳橙汁？」

我說不要，於是媽媽就自己倒了一杯。我把盤子裡剩下的蛋吃掉，然後跟媽媽說：「我想到布萊薩牧師的教堂去一下。我想聽聽看他說些什麼。」媽媽目瞪口呆的看著我，那表情彷彿我跟她說我要上月球。「是因為那首歌。」我又說。「我很想知道他為什麼那麼痛恨那首歌。」

「安格思布萊薩看什麼都不順眼。他什麼都討厭。」媽媽說。「就算你只是穿著拖鞋逛街，一旦被他看到，他都會覺得世界末日快到了。」

「那是我最愛的一首歌，可是我聽不太懂。我很想知道他到底在那首歌裡聽到什麼東西。」

「那還不簡單。因為他年紀大了。」她淡淡笑了一下。「大概就像我一樣吧。那首歌我也聽不太下去，不過，我並不覺得那首歌有他說的那麼邪惡。」

「我想去聽聽看嘛。」我還是不罷休。

這是我第一次自己想上教堂。過去，我從來沒有像現在這樣吵著要上教堂，而且，那甚至還不是我們教區的教堂。後來，爸爸回來了，他費盡唇舌想勸我打消這個念頭。他說布萊薩牧師狂熱過頭了，他說他打死都不肯踏進布萊薩牧師的教堂一步。此外，他還說了很多有的沒的理由，但我就是不罷休。最後，他實在被我纏得沒辦法，只好和媽媽兩個人關到房間裡商量。我偷聽到媽媽好像說了什麼「好奇心」、「讓他自己去體會」之類的話。最後，爸爸終於老大不情願的答應了。他說禮拜三晚上會帶我們去。

於是，那天晚上，我們來到蕭山路靠近石像橋的路段。自由浸信會教堂就在這裡。裡面已經擠得人山人海，熱氣騰騰，活像一座烤箱。我和爸爸都沒穿西裝，也沒打領帶，因為又不是禮拜天上教堂做禮拜。而且，我們甚至還看到有人穿的是髒兮兮的連身工作褲。我們遇到了幾個認識的人，因為講道的時間還沒到，大家都站著聊天。我們看到好幾個十幾歲的年輕人。他們顯然是被爸媽硬拉來的，個個都是一臉不情願，而他們的爸媽則是臭著一張臉。我猜，牧師那種迫切的呼籲已經傳遍了小鎮，而且，他在鎮上到處貼滿了標語告示，宣稱他「禮拜三晚上要和魔鬼搏鬥——為我們的下一代搏鬥」。另外，我看到他在講台上擺了電唱機和喇叭。沒多久，布萊薩牧師終於出現了。他穿著一套白西裝，一件紅襯衫，滿頭大汗，滿臉通紅。他一步步踏上講台，一隻手上拿著一張黑膠唱片，另一隻手上提著一個木盒子，盒子旁邊有幾個小洞。走上講台之後，他把那個木盒擺在旁邊的地上，對全場的聽眾笑了一下，然後忽然大聲問：「各位兄弟姊妹，今天晚上我們要跟撒旦搏鬥，大家準備好了嗎？」

阿門！大家都跟著大喊起來。阿門！阿門！

好吧，看樣子他們是準備好了。

布萊薩牧師開始了。首先，他開始聲嘶力竭的控訴，說大城市的魔鬼已經滲透到我們奇風鎮來了，撒旦打算把我們奇風鎮的年輕人都拖進地獄。他呼籲大家要奮力和魔鬼搏鬥，一分一秒都不能鬆懈，免得淪落到地獄被烈火焚燒。布萊薩牧師滿頭大汗，高舉雙臂在半空中揮舞，而且來回走來走去，那模樣還真有點像被魔鬼附身。我必須承認，他真是唱作俱佳，連我都忍不住開始相信撒旦真的躲在我床底下，要是哪天我又翻開國家地理雜誌上那些裸女圖片，說不定撒旦真的會從床底下冒出來把我拖進地獄。

接著，他忽然停下腳步，臉上露出燦爛的笑容。教堂大門開著，可是裡頭依然是熱氣蒸騰。我滿身大汗，濕透的襯衫整個黏在皮膚上。金黃燦爛的陽光照在布萊薩牧師身上，他頭上彷彿冒出蒸氣來了。他把手上的唱片舉在半空中。「來，大家仔細聽。」他說。「你們就會聽到那首歌究竟在說什麼。」

接著，他打開電唱機的開關，把那張唱片放到轉盤上，一根手指抬著唱針頭懸在唱片外緣上方。「你們聽。」他說。「這就是魔鬼的聲音。」接著他把唱針放下去，喇叭裡立刻傳出一陣摩擦聲。

歌聲出現了。那是魔鬼的聲音，還是天使的歌聲？噢，那歌聲！Round round get around I get around. Way out of town. I get around.（自由，自由，奔向自由，遠走高飛）

「大家聽到嗎了？」他忽然把唱針抬起來。「就是這裡！你們聽，這首歌是不是在告訴我們的孩子，外面的世界比我們的故鄉更美麗，草地更翠綠？這首歌是不是在告訴他們，不要留戀自己的家鄉？這首歌說的就是魔鬼對流浪的渴望！」說到這裡，他又放下唱針。接下來，那首歌的歌詞正好提到有人飆車從來沒輸過，而且，碰上的女孩子個個都投懷送抱。聽到這裡，布萊薩牧師簡直已經是怒髮衝冠了。「聽到了嗎？這首歌是不是在鼓勵我們的年輕人到街上飆車？是不是在鼓勵他們放縱自己的肉慾？」他的吼聲充滿輕蔑。「大家想像一下！要是大家的兒子女兒被這種垃圾音樂煽動了，那我們豈不是會被撒旦笑死？大家想像一下，說不定有一天，我們奇風鎮滿街都是撞爛的車子，地上血跡斑斑，而且常常會有某個人家的女兒大肚子，某個人家的兒子沈迷肉慾，那多可怕呀！你以為只有大城市才會出現這種景象嗎？你以為撒旦不會找上我們奇風鎮嗎？來，大家再仔細聽聽這首歌，你就會知道自己錯得有多離譜！」這時他又放下唱針，那首歌又出現了。電唱機播出來的雜音很多，顯然那張唱片已經磨損得差不多了，由此可見，布萊薩牧師可能已經聽了不下幾十次。我根本不在乎他說什麼，因為，我覺得那首歌真正想表達的是一種無與倫比的自由和歡樂，絕對不是鼓勵年輕人到街上飆車。我在這首歌裡聽到的，和布萊薩牧師聽到的根本不一樣。我聽到的，是燦爛明亮的夏日，是人間天堂。可是他聽到的，卻是地獄的景象，魔鬼的誘惑。我覺得很奇怪，既然他是上帝的使者，那他聽到的為什麼總是撒旦的聲音？聖經上說，上帝無所不知，無所不能，不是嗎？既然如此，為什麼布萊薩牧師這麼畏懼魔鬼？

接著，海灘男孩又唱到了下一段。這段的歌詞說，漂亮的女孩子那麼多，星期六晚上怎麼忍心讓她們窩在家裡忍受寂寞的煎熬？聽到這裡布萊薩牧師又開始咆哮。「邪惡的垃圾音樂！色情淫穢！主啊，求求你拯救我們的女兒！」

這時我爸忽然湊到我媽耳邊說：「這人根本就是瘋子。」

那首歌還在播放，布萊薩牧師又開始咒罵那首歌摧毀家庭倫理價值，藐視法律，然後又扯到夏娃的罪，還有伊甸園那條蛇。他說得口沫橫飛，滿頭大汗，滿臉通紅，那模樣彷彿整個人已經快爆炸了。「海灘男孩！」他口氣中的不屑已經達到極點。「大家知道他們是什麼貨色嗎？根本就是一群混混，每天遊手好閒不務正業！他們整天在加州閒晃，整天像野獸一樣在沙灘上鬼混！結果，我們的年輕人一天到晚聽的就是這種歌？主啊，求求你解救我們！」

「阿門！」有人忽然大喊了一聲。現場的人群已經被他鼓動起來了。「阿門，各位兄弟姐妹！」另外一個人也大喊了一聲。

「更可怕的大家還沒聽到呢！」布萊薩牧師忽然大吼了一聲。他抬起唱針，手壓在唱片上，讓唱片無法轉動。電唱機裡的機件發出嘎吱嘎吱的聲響，而牧師則是忙著在唱片上尋找某一道凹槽。「來，大家聽聽看！」說著他關掉電源，把唱針慢慢放下去，然後用另一隻手倒轉唱盤。

這時大家開始聽到一陣緩慢的怪聲音：Daaadeelsmaaastraaabaaa。

「聽到了嗎？聽到了嗎？」牧師眼中射出一種得意的神色。不得了，這首歌隱藏的祕密被他破解了。

「魔鬼是我的愛人！這首歌真正想說的就是這個！清清楚楚！他們唱的是一首讚美撒旦的歌，而且他們根本不怕別人知道！現在，全美國的廣播電台一天到晚都在播這首歌！我們的孩子整天聽這首歌，可是他們根本搞不清楚自己聽的是什麼！撒旦打算要摧毀他們的靈魂！要是我們再不趕快阻止他，一切就太遲了！」

「當初二〇年代流行查爾斯登舞的時候，他們也說那種舞是撒旦用來摧毀我們靈魂的工具。」爸爸又湊在媽媽耳邊說。只不過，鼓噪的人群大喊著阿門阿門，根本沒人聽得到他說什麼。

人世間就是這麼回事。大家都渴望相信這個世界是美好的，可是卻老是認定這個世界殘酷又醜陋。我不難想像，就算是最純真無邪的一首歌，要是你心裡有鬼，那不管怎麼聽，你都會聽到歌裡有魔鬼。尤其是，有些歌的內容會提到我們這個世界，還有世間的人，那麼，這樣的歌特別容易被人咒罵，因為，就算是天底下最好的人，也免不了會犯錯，內心也都有複雜的一面，而且，對有些人來說，面對這個世界的真相往往是很痛苦的。我坐在教堂裡，聽著牧師怒氣沖沖的大吼大叫，看到他脹得滿臉通紅，兩眼發紅，口沫橫飛。那一剎那，我忽然覺得他只不過是心裡很害怕。所以，他拚命想激起教友內心的恐懼，拚命挑撥。他一直反轉那張唱片，不斷發出那些奇怪的聲音。在我聽來，那只是一堆雜音，可是在他聽來，他認為那裡面暗藏著魔鬼撒旦的訊息。我忽然想到，他不知道在那台電唱機上耗了多少時間，而那張唱片他不知道反覆聽了多少次，拚命尋找魔鬼的訊息。他真正的目的究竟是想保護大家，還是拚命想誤導大家，我實在猜不透。不過，可以確定是，在誤導大家這一點上，他是非常成功的，因為沒多久，現場絕大多數的人已經開始吶喊阿門阿門。爸爸一直搖頭，兩手交叉在胸前。而媽媽似乎搞不懂現場的騷亂到底是怎麼回事。

布萊薩牧師滿頭大汗，眼神越來越狂亂，汗水沿著他的下巴往下滴。接著，他忽然大喊：「來，我們來看撒旦跳舞。我們來看他隨著自己的音樂節拍跳舞！」接著，他打開那個木盒子，然後從裡面抓出某個東西。那好像是什麼小動物，兩手兩腳拚命掙扎。那小東西脖子上綁著一條細鍊子，鍊子另一頭抓在布萊薩牧師手裡。海灘男孩的歌聲依然迴盪著整間教堂，布萊薩牧師甩了一下鍊子，那隻小動物立刻開始隨著音樂瘋狂跳起舞來。

那是一隻小猴子，手腳細瘦。每當布萊薩牧師甩一下鍊子，牠臉上就露出憤怒的表情。「跳啊，撒旦！」牧師瘋狂大喊，他的聲音聽起來甚至已經有點像海灘男孩了。「那就是你的音樂！跳啊！」那隻叫撒旦的猴子不知道已經被關在盒子裡多久了，因為牠顯然很不高興。牠氣得吱吱叫，尾巴瘋狂的甩來甩去，彷彿一條毛茸茸的灰色鞭子。布萊薩牧師繼續大喊：「跳啊！撒旦！繼續跳啊！」他猛甩手上的鍊子，那隻猴子被他甩得晃來晃去。這時候，現場的群眾有人開始站起來拚命拍手，渾身扭來扭去。接著，有個女人突然站起來哭喊主耶穌基督。她肚子大得像水桶，兩條腿粗得像樹幹，渾身猛烈搖晃。「跳啊！撒旦！」牧師繼續大喊。有那麼一剎那，我忽然覺得他可能會開始揮舞鍊子，把那隻可憐的猴子甩到半空中轉圈圈。接著，我們這排座位有個男人突然站起來，張開雙臂開始聲嘶力竭的大喊。我聽到他好像喊了什麼「主啊！」、「讚美主！」、「消滅異教徒！」之類的話。我不由自主的看著他脖子後面被太陽曬得黝黑的皮膚，想看看有沒有那種X型的傷口。

我忽然覺得整間教堂彷彿變成了瘋人院。爸爸伸手拉住媽媽的手說：「我們趕快出去吧！」大家開始失魂落魄的在原地轉圈圈，瘋狂的手舞足蹈。真沒想到，我還一直以為浸信會教徒不會跳舞！

這時候，布萊薩牧師忽然用力甩了一下鍊子。「跳啊！撒旦！」他在驚天動地的音樂聲中大吼著。「讓大家看看你的能耐！」

那一剎那，撒旦突然做出一個舉動。牠真的讓大家看到了牠的能耐。

那隻猴子突然聲嘶力竭的尖叫起來。剛剛被牧師瘋狂拉扯，甩來甩去，牠顯然受不了了。牠忽然跳到牧師頭上，兩手兩腿緊緊抱住牧師的腦袋，接著，牠忽然張開嘴露出一口尖牙咬住牧師的右耳。布萊薩牧師嚇得慘叫起來。接著，撒旦的肛門忽然噴出一條黃黃的東西，噴到牧師的白西裝上。那一剎那，原本陷入癡狂唸唸有詞的全場教友忽然都鴉雀無聲。牧師搖搖晃晃的跳來跳去，拚命想把頭上的猴子抓開，而撒旦噴出來的東西沿著他的白西裝不斷往下流。那個肚子大得像水桶的女人突然尖叫起來。坐在前排的幾個男人立刻衝上去救牧師。牧師的耳朵已經被咬得皮開肉綻。那幾個男人慢慢靠近牧師，伸出手想去抓猴子，那一剎那，撒旦轉頭看到那幾隻手，立刻齜牙咧嘴露出一口尖牙，尖牙上還黏著一小片血肉模糊的耳朵。接著，牠忽然放開布萊薩牧師的頭，尖叫一聲跳向那幾個男人頭上，屁股繼續噴出一條條黃黃的東西。那幾個人立刻大喊大叫蹲下去閃躲，但還是被那些黃黃的東西噴了滿頭滿身。這時候，牧師忽然放開手，鍊子脫手而飛。撒旦自由了。

牧師幫那隻猴子取那個名字真是取得好。牠真的就像撒旦的化身。牠在全場教友頭頂上跳來跳去，咬他們的耳朵，扯破他們的衣服。我不知道牧師餵牠吃了什麼，不過我可以確定，牠一定吃壞了肚子。接著，撒旦忽然從我們頭上跳過去，媽媽嚇得尖叫起來，而爸爸立刻飛身閃開。老天保佑，那些黃黃的東西差一點就噴到我們身上。接著，撒旦忽然從長椅上跳起來，一把抓住天花板上的吊燈，吊在上面搖了幾下，然後又跳到一位太太的藍帽子上，又拉了一堆黃黃的東西在帽簷的一朵康乃馨上。接著，牠又繼續跳來跳去，爪子亂抓，尾巴亂甩，齜牙咧嘴的亂咬，連聲尖叫，而且那種黃黃的東西到處亂噴。那種味道很像爛掉的香蕉，聞了就想吐。有一位勇敢的基督徒奮不顧身衝上去想抓住那條鍊子，可是卻被撒旦噴了一臉，什麼都看不見了，連忙退開。那一剎那，撒旦忽然尖叫了一聲，那聲音聽起來像是狂笑。而那個人的太太立刻躲得遠遠的。接著，撒旦忽然一口咬上一位太太的鼻子，然後又跳到一個年輕人頭上噴出一坨東西。牠在一條條的長椅間跳來跳去，看起來好像一個被魔鬼附身的舞王。

「抓住牠！」布萊薩牧師抓著血流如注的耳朵，嘴裡大叫。「抓住那隻該死的猴子！」

接著，有個男人真的抓到了撒旦，但很快又把手縮回來，因為他手指關節上多了好幾個齒洞。那隻猴子動作快如閃電，而且真的像惡魔一樣凶狠。大多數人腦子裡想的都不是要去抓猴子，而是忙著閃避猴子噴出來的東西。我趴在一條長椅上，而爸媽蹲在走道上。布萊薩牧師大喊：「大門！大門關起來！」

這是很明智的判斷，只可惜晚了點。撒旦已經開始朝門口衝過去了，牠那兩隻小小的眼睛閃爍著勝利的光芒。牠飛身跳到牆上然後又立刻彈開，牆上立刻就留下一條條黃黃的痕跡。「抓住牠！」牧師大吼。然而，撒旦從一個男人肩膀上跳過去，接著又從一位太太頭上跳過去，然後尖叫著竄出門口，衝進無邊的夜色中。

有幾個人跑出去追他，而其他人終於可以鬆一口氣了。大家拚命喘氣，可惜教堂裡的空氣實在不太適合人類呼吸。爸爸媽媽站起來，然後又過去幫另外兩個先生把那位胖太太扶起來。她昏倒了，整個人像樹幹一樣倒在地上。「大家冷靜一點！」牧師顫抖著聲音說。「沒事了！沒事了！」

我忽然有點佩服他。他的耳朵被那隻猴子咬爛了，白西裝上全是猴子大便，而他竟然還說得出這樣的話。

今天大家齊聚一堂，本來是為了要討論那首罪惡的歌，而此刻，那首歌彷彿已經被遺忘了。此刻，跟大家一肚子的火氣比起來，那首歌忽然變得沒那麼重要了。有人開口大罵布萊薩牧師，說他不應該放開那隻猴子。接著，有人說他明天一大早就要把清洗衣服的帳單寄給牧師。而那個鼻子被咬爛的太太更是聲嘶力竭的說她要告牧師。叫罵聲此起彼落，這時我發現布萊薩牧師忽然顯得有點畏縮，原先那種威嚴氣勢已經蕩然無存了。他看起來很困惑，慘兮兮的。其實，全場的人都差不多。

過了一會兒，那幾個跑出去追猴子的人都回來了。他們個個滿頭大汗，氣喘如牛。他們說，猴子爬到一棵樹上去，一下就不見了。有人說，明天天亮之後，那隻猴子一定會出現在某地方，到時候也許可以用網子設陷阱誘捕牠。

我忽然想到，通常都是撒旦誘捕人類，倒是很少聽說人類要去誘捕撒旦。這種話聽起來又古怪又好笑。這時候我忽然聽到爸爸說了一句：「別作夢了。」

布萊薩牧師坐在講台上一動也不動，低頭看著自己的手。他那套白西裝上全是猴子大便。教堂裡的人都走光了，只剩下那台電唱機還在轉著，唱針發出喀嚓……喀嚓……喀嚓的聲音。

而我們也開車回家了。夏夜的空氣飄散著濃濃的濕氣。街道上悄然無聲，只聽到樹梢上傳來陣陣蟲鳴。我忽然想到，說不定撒旦此刻正躲在哪棵樹上偷看我們。現在牠自由了，誰還有辦法把他抓回籠子裡呢？

此刻，我彷彿又聞到那股十字架被燒焦的氣味。那股焦味瀰漫了整個奇風鎮。我告訴自己，那應該只是有人在烤熱狗，不小心烤焦了。

6 尼莫的媽媽

漫漫長夏，日子一如以往。

布萊薩牧師還是不肯放過那首歌，還是鬧個沒完，另外還有少數幾個人寫信到報社去呼籲當局查禁那首歌，禁止賣他們的唱片，但除此之外，這場風波已經差不多算是平息了。這可能跟七月慵懶漫長的炎炎夏日有關吧。另外，也可能是因為有人在女王家的院子裡放火燒了一根十字架，分散了大家的注意力。另外，也有可能是因為大家都仔細聽過了那首歌，看法和布萊薩牧師不一樣吧。不管是哪個原因，奇風鎮上的人似乎認為布萊薩牧師的瘋狂行徑只不過是無的放矢吧。後來，史沃普鎮長甚至親自登門拜訪，叫他不准再搬出撒旦來恐嚇鎮上的人，因為，好像只有布萊薩牧師自己看得到撒旦，其他人根本看不到。

至於撒旦，後來大概有五、六個人看到牠在樹林裡遊蕩。另外，有一次葛拉斯姊妹把香蕉餡餅放在窗台上吹涼，後來發現被抓得一塌糊塗。平常，大家一定會認定是布蘭林兄弟幹的，不過這陣子他們一直都很收斂，所以大家都認為很可能是撒旦幹的好事。這些日子，撒旦和布蘭林兄弟正好形成鮮明的對比。兩兄弟很收斂，而我們的撒旦卻招搖到極點。馬凱斯隊長試過想抓牠，而且還有另外幾個人也嘗試拿網子想去抓牠，結果下場都很悽慘。他們全都被那隻猴子噴得滿衣服都是。我們的撒旦噴東西顯然很準，而且彈藥充足，無論從嘴巴或是從屁眼。爸爸覺得很好笑，他說那真是絕佳的防衛武器。可是媽媽說，看那隻猴子在我們鎮上橫行霸道，她覺得很不自在。

白天的時間，撒旦通常都不見蹤影，不過，一到夜晚降臨，大家就會聽到牠尖聲嗥叫，那驚天動地的聲音恐怕足以把波特山上的死人都吵醒。有一兩次，我聽到霰彈槍的槍聲，原來是有人被撒旦的叫聲吵醒，氣得拿出霰彈槍想在牠身上打幾個洞，結果，子彈沒打到撒旦，槍聲倒是把附近的狗都吵醒了，然後，此起彼落的狗吠聲把全奇風鎮的人都吵醒了。後來，奇風鎮的鎮民大會通過了一條規定，晚上八點以後全鎮禁止開槍。沒多久，撒旦開始學會翻垃圾桶，從此樂此不疲，而且通常都是利用半夜三點到凌晨六點這段時間下手。史沃普鎮長擺了很多有毒的香蕉想捕殺牠，但牠都不上當，而且搞壞了那個陷阱。後來，牠開始把大便拉在人家剛洗好的車上，而且有一天下午，吉拉德哈奇森正在送信，結果半路上，撒旦忽然從一棵樹上跳下來，在他耳朵上咬了一口。隔兩天哈奇森先生送信到我們家，在門廊上陪我爸爸坐了一下，順便抽兩口雪茄，然後把這件事告訴我爸爸。他左邊的耳朵上纏著繃帶。

「真可惜那天沒帶槍，不然我一定親手宰了那小王八蛋。」哈奇森先生說。「不過我必須承認，牠動作真是快如閃電。牠突然咬了我一口，然後一轉眼就不見了，我幾乎沒看到牠。」他嘆了口氣，搖搖頭。「好端端的走在路上都會被猴子咬，真是要命。」

「說不定牠很快就會被抓到了。」爸爸安慰他。

「也許吧。」哈奇森先生噴出一口煙，看著那團煙霧裊裊上升。「你知道我有什麼感覺嗎，湯姆？」

「什麼？」

「我有一種感覺，那隻該死的猴子到處亂咬人，這事恐怕不單純。」

「什麼意思？」

「呃，你有沒有想過，那隻該死的猴子為什麼一直賴在我們奇風鎮不走？為什麼牠不到布魯登區去撒野？」

「我不知道。」爸爸說。「我沒想過。」

「我認為這件事跟那個女人一定脫不了干係。」

「什麼女人，吉拉德？」

「你應該知道。」他朝布魯登區的方向歪歪頭。「就是她。那個老女人。」

「你是說女王？」

「沒錯。就是她。我認為她一定是施了什麼法術，叫那隻猴子來找我們麻煩，因為……因為……因為那件事。」

「你是說燒十字架的事？」

「嗯哼。」太陽已經照到哈奇森先生大腿上了，於是他挪了一下屁股，坐進陰影的範圍裡。「我認為就是她在用巫毒教的法術對付我們。而且真的很邪門，怎麼也逮不到那隻該死的猴子。有一天晚上，牠跑到我們家窗戶外面鬼叫鬼叫，琳達差點就被牠嚇出心臟病！」

「那隻猴子到處亂跑，罪魁禍首就是那個布萊薩牧師。」爸爸提醒他。「這跟女王哪有什麼關係？」

「你確定嗎？」哈奇森先生把雪茄的煙灰抖到草地上，然後又把雪茄塞回嘴裡。「我們根本搞不清楚她的法術厲害到什麼程度。告訴你，我認為三K黨說得有道理，不應該讓那個女人住在我們這邊。她竟然還敢跟鎮長請願。」

「我可不認同三K黨那種做法，吉拉德。」爸爸對他說。「我無法接受燒十字架這種事。我認為那根本就是懦夫的行徑。」

哈奇森先生哼了一聲，嘴裡又噴出一口煙。「沒想到我們這一帶也有三K黨。」他說。「不過，我倒是聽到一些消息。」

「比如說？」

「呃……就只是傳言。你也知道，我們幹郵差的常常有機會聽人家東家長西家短。有人覺得三K黨很帶種，燒十字架警告那個女人。有人覺得時候也差不多了，應該趁早把那女人趕走，免得她毀了我們奇風鎮。」

「你知道她已經在我們這裡住多久了嗎？我們奇風鎮不是一直都好好的？」

「呃，前幾年她還算安分，不會亂講話。可是現在她開始會製造麻煩了。你有辦法想像嗎，黑人和白人在同一池水裡游泳！而且你知道嗎，史沃普鎮長竟然答應了她的請願！」

「嗯。」爸爸說。「時代不一樣了嘛。」

「老天！」哈奇森先生忽然瞪著我爸爸。「湯姆，你該不會是跟她一個鼻孔出氣吧？」

「我沒有跟誰同一個鼻孔出氣。我只是說，從前那個警長『公牛』尤金康納的時代已經過去了。我們奇風鎮不需要用消防水龍和警犬對付抗議的民眾。在我看來，時代不一樣了，現在的世界已經不再像從前那樣了。」爸爸聳聳肩。「我們擋不住未來的，吉拉德。就這麼回事。」

「我想，三K黨的人恐怕不會同意你的說法。」

「大概吧。不過，他們的時代也已經過去了。冤冤相報何時了。」

哈奇森先生忽然沈默了好一會兒。他遠遠看著布魯登區的房子，但他的視線卻彷彿落在不知名的遠方。後來，他站起來，把他的郵件包甩到肩上。「湯姆，我一直以為你是個很有理智的人。」說著，他開始朝車子那邊走過去。

「吉拉德？等一下！你回來，我有話跟你說。」爸爸在後面叫他，可是哈奇森先生卻一直走，根本不理他。我爸爸和哈奇森先生當年都是亞當谷中學畢業的，他們是同班同學。有一次爸爸告訴我，哈奇森先生當年是足球隊的四分衛，到現在學校的榮譽榜上還有一面銀牌刻著他的名字。「嘿，大熊！」爸爸一直叫他。那是哈奇森先生高中時代的綽號。然而，哈奇森先生把雪茄煙蒂丟進路邊溝裡，然後就開車走了。

我的生日到了。我邀了大雷、班恩和強尼到我們家來吃蛋糕和冰淇淋。蛋糕上插了十二根蠟燭。後來，蛋糕吃到一半，爸爸不知什麼時候摸進我房間，偷偷把禮物放在我桌上。

後來，強尼不得不提早回家。他頭有時候還會痛，而且會頭昏眼花。他送我兩隻白色的箭頭。那是他自己的寶貝收藏。大雷買了一個木乃伊模型送我當禮物。班恩則是送了我一整袋的塑膠恐龍。

後來，我進了房間，赫然發現書桌上有一台Royal牌的打字機，轉輪上還夾著一張白紙。那打字機看起來很像一艘灰色的戰艦。

那打字機顯然已經被人用過很多年了，上面的按鍵有點磨損。Z、P、L三個字母打出來的字，邊緣有點模糊。我後來才想到，那三個字母就是「奇風鎮公共圖書館」的簡寫，而那台打字機就是他們拍賣的舊設備。K的按鍵卡住了，而小寫字母i上面那個點不見了。然而，我還是興奮得心臟怦怦狂跳，整夜睡不著覺。我在那台打字機前面坐了一整夜，一直到天亮。我把滿滿一筆筒的鉛筆丟到一邊，然後小心翼翼的在那張紙上打出我的名字。

我的科技時代來臨了。

後來，我很快就明白打字並沒有我想像中那麼容易。我的手指頭老是不聽使喚，必須好好訓練一下。我一直練，練到三更半夜。媽媽叫我去睡覺，但我不理她。我在紙上打了一堆字，但字母老是拼錯：柯力麥肯遜，大雷卡蘭，強尼威爾森，班恩席爾斯，叛徒，老摩西，女王，火燒十字架，帽子上的綠羽毛，奇風鎮，奇風鎮，奇風鎮。

看樣子，我恐怕還很有得練的。不過，我感覺得到一種興奮慢慢滋生，彷彿我腦海中那無數故事中的人物迫不及待想在那張紙上重新活過來。西部牛仔，印地安戰士，英勇的士兵，私家偵探，還有烏賊海怪。

有一天下午剛下過一場雨，我騎著火箭去兜風。路面上熱氣蒸騰，感覺很像是在騰雲駕霧。後來，我不知不覺騎到尼莫家附近，立刻就看到他那瘦小的身形。他站在院子裡，把棒球丟到半空中，然後等球掉下來再一把接住。我把火箭停到旁邊，然後跟他說我想跟他丟幾球。其實，我是很渴望再見識一下尼莫那驚人的臂力。不管那條手臂看起來多細瘦，我確定尼莫絕對是上帝最得意的傑作。後來，我注意到馬路對面有一棵橡樹，樹上有個洞。於是我就叫尼莫把球丟進那洞裡。結果，他輕而易舉就把球丟進洞裡，而且球還卡在洞裡沒掉下來。連續三次。我差點就忍不住當場跪下來膜拜他。

這時候，尼莫家的前門忽然叮噹一聲打開了，尼莫的媽媽走到門廊上。我注意到尼莫的眼神忽然畏縮起來，那模樣彷彿認定自己快被打了。「尼莫！」她大吼了一聲。聽到她的聲音，我忽然聯想到那天被虎頭蜂螫到的感覺。「告訴你多少次了，不准玩棒球，你聽不懂嗎？小朋友，我剛剛一直站在窗戶前面看你，看好久了！」

尼莫的媽媽慢慢走下門廊前的台階，走到我們旁邊，那股氣勢彷彿暴風雨來臨。她一頭長髮是深棕色的，臉色鐵青。我感覺得到，她從前應該很漂亮，可是現在整個人都變了樣。她那雙棕色眼睛眼神好凌厲，眼角有深深的魚尾紋，臉上的粉塗得很厚，整張臉看起來像橘紅色。她穿著一條緊身的五分褲，一件圓點花樣的白上衣，手上戴著一雙黃色的橡膠手套。她嘴唇上塗著大紅色的口紅，感覺很怪異。我有點納悶，做家事幹嘛打扮得這麼漂亮？「我要告訴你爸爸！」她說。

告訴他什麼？我覺得很奇怪。尼莫只不過是在院子裡丟棒球。

「我又沒跌倒。」尼莫說。

「你很可能會跌到！」他媽媽大聲斥喝。「你知道自己有多脆弱嗎？萬一你摔斷了骨頭，我們該怎麼辦？我們拿什麼付醫藥費？你這孩子腦筋一定有問題！」接著她視線忽然掃到我身上，彷彿監獄裡的探照燈。「你是誰？」

「他叫柯力。他是我的朋友。」尼莫說。

「朋友。嗯哼。」科理斯太太從頭到腳打量了我一眼。看她那種眼神，還有她皺起鼻頭那種表情，我感覺得到，在她眼裡我跟痲瘋病患沒什麼兩樣。「你姓什麼，柯力？」

「麥肯遜。」我告訴她。

「你爸爸買過我們的襯衫嗎？」

「沒有。」

「那算什麼朋友。」她說。接著她又轉頭狠狠盯著尼莫。「告訴你多少次了，不要跑到外面像野孩子一樣，不要玩棒球，你是聽不懂嗎？」

「我沒有野啊。我只是——」

「你就是不聽我的話。」她突然打斷他。「老天，家裡都沒規矩了嗎？家裡都沒規矩了嗎？你爸爸整天在外面跑，結果賺的錢還不夠他的開銷。結果呢，你還敢跑出來，害我整天提心吊膽！」她臉上的肌肉繃得好緊，彷彿快要繃破了。她眼中露出一種怪異的光采。「你不知道自己很脆弱嗎？」她逼問他。「你不知道自己的骨頭風一吹就會斷掉嗎？」

「媽，我沒怎麼樣啊。」尼莫說得好小聲，脖子後面一直冒汗。「真的。」

「是嗎？你不怕突然心臟病發作，整個人昏過去？你不怕摔到地上撞斷牙齒？誰要幫你付醫藥費？你好朋友的爸爸會幫你付錢給牙醫嗎？」這時她又狠狠瞪著我。「難道這鎮上的人都不穿好一點的襯衫嗎？都沒人打像樣的領帶嗎？」

「沒有耶。」我不得不老實承認。「大家好像都隨便穿。」

「哦，真了不起啊！」她咧開嘴笑起來，但眼中毫無笑意。她那種笑就像太陽一樣，看了很刺眼。「你們這個鎮上的人水準真高啊！」她忽然一把抓住尼莫肩頭。「你給我進去！」她對他說。「馬上進去！」說著她開始拖著他走向門廊。他轉頭看了我一眼，眼中流露出又渴望又遺憾的神色。

這時我終於忍不住開口問了。「科理斯太太？妳為什麼不肯讓尼莫參加少棒隊？」

這時她已經快走上門廊了。本來我以為她會馬上進門，根本不會理我，但沒想到她忽然停下腳步，然後猛一轉身瞪著我，眼中彷彿快噴出火來。「你剛剛說什麼？」

「我……我只是問妳……為什麼不讓尼莫參加少棒隊。我的意思是……他的手臂……」

「我說我兒子很脆弱，你是聽不懂嗎？你知道脆弱是什麼意思嗎？」我還來不及回答她立刻就接著說。「意思就是他的骨頭很脆弱。他沒辦法像別的孩子一樣整天在外面野！意思就是他不是野蠻人！」

「我知道。可是——」

「尼莫跟你們不一樣！他不是你們那種小孩，懂嗎？他是有教養的小孩，他不會像別的孩子一樣整天在泥巴裡打滾，像野獸一樣！」

「我……我只是覺得他……」

「你給我聽著！」她忽然嘶吼起來。「你竟敢跑到我家來教我怎麼教育我的孩子！他三歲的時候得了肺炎差點死掉，我急得差點發瘋，那是什麼滋味你懂嗎？他爸爸呢？他爸爸整天在外面跑，拚命想多賣一件襯衫，免得我們家破產！可是最後呢？我們家的房子還是沒了！那棟房子有三面凸窗，多漂亮你知道嗎？結果呢，房子最後還是沒了！有誰幫過我們嗎？大家都號稱是基督徒，可是有誰幫過我們嗎？沒半個人！於是，我的房子沒了，當年我養的那隻好漂亮的小狗就埋在那房子後院！」那一剎那，我忽然發覺她的表情好像沒那麼嚴厲了。我忽然發覺，她那憤怒的面具背後隱藏的是令人心酸的恐懼和悲傷。她一直緊抓著尼莫肩頭。接著，她很快又變回原先那種冷漠的表情，然後冷笑說：「噢，你以為我沒見過你這種小孩嗎？告訴你，我見多了！從前我們住過的每個鎮上都有你這種小孩！你們根本就只是想傷害我兒子，背地裡嘲笑他！你們巴不得他跌倒，摔得皮破血流，你們巴不得聽他講話結結巴巴，把他當笑話！哼，想欺負人，去找別的小孩，不要找我兒子！」

「我沒有要欺負——」

「你給我進去！」她忽然對尼莫大吼了一聲，然後把他推上台階。

「我要進去了！」尼莫拚命想表現出不以為意的樣子。「不好意思！」

接著，紗門碰的一聲關上了，而裡面那扇門也碰的一聲關上了。到此為止了。

旁邊樹梢的鳥兒好像渾然無覺，啾啾叫得很開心。我站在綠油油的草地上，陽光照在我身上，在草地上拖出長長的影子。接著，我注意到房子的窗口忽然拉上窗簾。我已經不知道該說什麼，也不知道該怎麼辦了。於是，我轉身走到火箭旁邊，騎上去，然後一路騎回家。

騎回家的路上，夏日的微風夾帶著清香迎面撲來，小蟲子繞著我團團轉。當時，我忽然想到一個問題。究竟什麼才是監獄？我最先想到的是那種灰撲撲的石頭建築，四周的高塔上有荷槍實彈的警衛，高牆上有帶刺的鐵絲網。沒錯，那是監獄，但監獄並非只有那一種。有時候，如果你把整間屋子的窗戶都拉上窗簾，透不進半點陽光，那麼，這不也是另一種監獄嗎？如果你的骨骼太脆弱，輕輕一碰就會斷裂，那麼，對你的靈魂來說，那不也是一種監獄嗎？還有，那位衣服上有圓點花樣的媽媽不也是一種監獄嗎？事實上，你必須親眼見到囚犯，感受到他那被囚禁的靈魂，你才會知道什麼叫監獄。我騎車的時候，滿腦子想的都是這些。過了一會兒，我感覺到火箭的把手忽然往旁邊一偏，車子在人行道上和莫倫泰克斯特擦身而過。我心裡想，要是火箭看到莫倫在光天化日之下一絲不掛，說不定他那隻金黃色的眼睛會猛眨好幾下。

整個七月恍恍惚惚就過去了，有如一場夢。那段時間，套句我們奇風鎮的名言，我「好像很忙，可是卻不知道忙了些什麼」。強尼的傷勢漸漸復原了，比較不會暈眩，於是，他爸媽也就答應讓他偶爾跟我們一起到外面走一走。於是，強尼，班恩，大雷，還有我，我們四個偶爾會騎車到處兜兜風。不過，強尼總是儘量放慢動作，不敢太激烈，因為巴瑞斯醫師告訴他爸媽，頭部創傷必須長期觀察。強尼還是跟從前一樣沈默拘謹，不過我注意到，他的動作變得比從前遲緩。我們騎腳踏車兜風的時候，他總是騎得特別慢，常常落在後面，甚至比身材笨重的班恩還慢。自從那天被布蘭林兄弟瘋狂毆打之後，他似乎變得跟我們有點疏離。那種感覺很微妙，我無法形容。我覺得那是因為他嚐到了痛苦的滋味，所以，他靈魂中那種自由奔放的神祕力量似乎已經消失了，而那種神祕力量，正是小孩和大人之間最大的區別。唯獨小孩子才具有那種神祕的力量。如今，不管他如何奮力踩踏板，不管他騎得多快，他也已經永遠追不回那種神祕力量了。強尼還那麼年輕，但他卻已經看到了死亡的黑暗深淵，而我們三個都還沒看到。而且他已經意識到，有一天，當夏天再次來臨，他恐怕已經無法和我們一起在燦爛的陽光下翱翔天際了。

我們躲在製冰廠門口，聽著製冰機轟轟作響，享受裡頭吹出來的涼風。我們聊著聊著，不知不覺忽然聊到死亡這個話題。最先扯到這個話題的是大雷。他告訴我們，他爸爸開車撞到一隻貓，結果回到家之後，發現右前輪上黏滿了那隻貓的內臟。我們都相信，貓和狗也有牠們自己的天堂，不過我們好奇的是，牠們也有地獄嗎？班恩認為沒有，因為貓狗不會犯罪。可是大雷立刻反問他，要是有隻狗發瘋咬死人，被抓去安樂死，那牠會下地獄嗎？這個問題立刻引發了更多問題。

強尼靠在一棵樹旁邊。他忽然說：「有時候我會把收藏的那些箭頭拿出來看。我忍不住會想，那些箭頭到底是誰做的。我很好奇，不知道他們的靈魂是不是還附在那些箭頭上，渴望看到箭頭落在什麼地方。」

「沒這回事！」班恩忽然大叫了一聲。「天底下根本就沒有鬼這種東西！你說對不對，柯力？」

我聳聳肩。我一直沒有告訴他們那天我在路上看到午夜夢娜。要是他們不相信我把掃帚柄插進老摩西的喉嚨，那麼，他們怎麼可能會相信我看到過午夜夢娜和史蒂夫的鬼魂？

「我爸說雪靈就是鬼魂。」大雷說。「他說那就是為什麼沒有人能夠開槍打中牠，因為牠早就死了。」

「根本就沒有鬼這種東西。」班恩說。「也沒有所謂的雪靈。」

「當然有！」大雷挺身捍衛他爸爸的想法。「我爸說，我爺爺小時候看到過雪靈！看過一次。而且我爸還說，他認識一個紙廠的人，那個人說去年他的朋友親眼看到雪靈！那個人說，當時雪靈就出現在森林裡。那是一片大得嚇死人的森林！那個人說他朝雪靈開了一槍，可是子彈都還來不及飛到，只見雪靈影子一閃，轉眼就不見了！」

「哪有這種事！」班恩說。

「就是有！」

「沒有！」

「就有！」

「沒有！」

這樣扯下去會沒完沒了。於是我從地上撿起一顆毬果往班恩肚子上砸過去。班恩嚇了一跳，大叫了一聲，大家都忍不住笑起來。在奇風鎮那群獵人的心目中，雪靈是一種希望的象徵，一個神祕的傳說。據說，奇風鎮和聯合鎮之間那片廣袤的森林裡，有一隻巨大的白鹿。牠頭上的鹿角巨大無比，糾結扭曲有如橡樹的樹枝，你甚至可以抓在上面盪來盪去。有一位獵人信誓旦旦的說，通常每年一到獵鹿季節，雪靈就會出現。他說他每年至少會看到一次。他還說，他看到雪靈躍向空中，沒入茂密的枝葉間，然後就消失了。一大群男人拿著來福槍去追蹤雪靈，後來，他們回來之後說了很多不可思議的事，比如，他們看到地上有巨大的蹄印，樹根上有磨損的痕跡。他們說，一定是雪靈在樹幹上磨牠的鹿角。而且他們說，雪靈是不可能抓得到的。我心裡想，要是森林裡真的有那隻巨大的白鹿，那麼，我相信沒有任何一位獵人真的會開槍打牠，因為對他們來說，雪靈象徵著生命中某種無法觸及的神祕力量。雪靈永遠深藏在那深邃茂密的森林中，而秋天的時候，牠永遠在林間落葉飄零的空地上遨遊。雪靈永生不死，牠的傳奇在獵人的家族裡一代代流傳不息。每一個世代的獵人心中都懷有一個憧憬，總有一天，他一定會獵到傳說中的雪靈，那人類永遠無法企及的自由狂野的靈魂。我爸爸不是獵人，所以我不會像大雷那樣，對雪靈的傳說那麼著迷。大雷的爸爸對打獵十分狂熱，每年一到狩獵季節，他就迫不及待想大顯身手。

「我爸說他今年要帶我一起去。」大雷說。「他已經答應我了。所以，愛怎麼笑隨便你們，到時候，等我真的帶著雪靈從森林裡出來，你們就笑不出來了。」

其實我覺得，就算他們真的看到雪靈，他們也不會真的開槍。不管是大雷還是他爸爸，都不會。大雷有一把青少年專用的來福槍，有時候，他會用那把槍打松鼠，可是卻從來沒有真的打死過什麼。

班恩拿著一根野草放進嘴裡嚼，然後用力吸了一口製冰廠裡吹出來的冷氣。「有一件事我一直非常好奇。」他說。「沈在薩克森湖底那個人到底是誰？」

我縮起雙腿，抬頭看著兩隻烏鴉在半空中盤旋。

「你不覺得很詭異嗎？」班恩問我。「你爸爸看到那個人沈到湖裡，可是現在呢，那個人可能已經全身長滿了水草，而且全身的肉都被鱉吃光了。」

「我不知道。」我說。

「難道你都沒想過嗎？我是說，當時你就在現場不是嗎？」

「沒錯，我確實想過。」可是，我說不出口的是，我幾乎沒有一天不會想到那天的情景。那輛車就從我們車子前面衝進湖裡，然後我爸爸跳下水去救人，然後，我看到有個人站在樹林邊緣，帽子上有綠色的羽毛，手上拿著一把刀。我幾乎每天都會想到。

「真是毛骨悚然。」大雷說。「奇怪的是，為什麼都沒人認識那個人？為什麼都沒有人在找他？」

「因為他不是我們這邊的人。」強尼說。

「這一點警長也想到過了。」我說。「所以他打電話到別的警察局去問過。」

「是哦。」班恩又繼續說。「可是全美國的警察局他都問過了嗎？他應該沒有問過加州或阿拉斯加的警察局吧？」

「笨蛋，加州人或阿拉斯加人怎麼可能跑到我們奇風鎮來？」大雷反問他。

「你又知道了，天才！你怎麼知道他們不會來？」

「只有笨蛋才不知道！」

班恩正準備要罵回去的時候，強尼忽然說：「說不定他是間諜。」他一開口，班恩立刻就閉嘴了。

「間諜？」我問。「我們奇風鎮又不是什麼大不了的地方，間諜跑到這裡來幹什麼？」

「羅賓空軍基地。」強尼開始按他的指關節，按得嘎吱嘎吱響。「說不定那個人是俄國間諜。說不定他是來監視我們的飛機投擲炸彈，也說不定基地裡正在進行什麼祕密計畫。」

我們忽然都興奮得說不出話來。俄國間諜在我們奇風鎮被人殺了，這實在太刺激了。

「那麼，他是被誰殺的？」大雷問。「另外一個間諜嗎？」

「有可能。」強尼歪著頭想了一下，他的左眼皮又開始有點抽搐。這是他上次受傷的另一個後遺症。

「不過，也說不定沈在湖底那個人是美國間諜。他發現了那個俄國間諜，結果反而被他殺了。」

「哇！」班恩忽然笑起來。「你是說可能有一個俄國間諜躲在我們這裡，是不是？」

「有可能。」強尼說。班恩忽然笑不出來了。強尼轉過頭來看我。「你爸爸說那個人全身赤裸，是不是？」我點點頭。「你知道為什麼會這樣嗎？」我又搖搖頭。「因為……」強尼繼續說。「殺他的人很聰明，知道必須脫光他的衣服，衣服才不會浮到水面上。而且，殺他的人一定是我們鎮上的人，因為他知道湖水有多深。另外，那個死掉的人知道某種祕密。」

「祕密？」大雷很專心在聽。「什麼樣的祕密？」

「我不知道。」強尼說。「反正就是祕密。」接著他又轉頭看著我。「你爸爸說那個人被打得很慘，很像是被人嚴刑拷打，對不對？想想看，既然你已經打算要殺人了，為什麼還要先把他打個半死？」

「為什麼？」我問。

「因為兇手在逼問他。這就是為什麼。就像我們在電影裡看到的，壞人抓到好人之後，總是把他綁在椅子上，因為他要逼他說出密碼。」

「什麼密碼？」大雷又問。

「我只是打個比方。」強尼說。「不過，我是覺得，既然兇手已經打算要殺人了，他不會無緣無故先把那個人打一頓。」

「也對，不過，說不定凶手本來就是打算把那個人活活打死。」班恩說。

「不對。」我告訴他。「那個人脖子上纏著一條鐵絲。他是被活活勒死的。要是他早就被打死了，那凶手幹嘛還要多此一舉，拿鐵絲勒死他？」

「老天！」班恩又拔了一根野草放進嘴裡嚼起來。半空中，那兩隻烏鴉拍著翅膀呱呱叫個不停。「有個殺人凶手躲在我們奇風鎮！搞不好他還是個俄國間諜！」說到這裡，他忽然愣住了，嘴裡的野草也不嚼了。「嘿！」他好像忽然想到了什麼。「他為什麼沒有再繼續殺人？」

這時候，我決定要說出來了。我清了清喉嚨，開始告訴他們，那天我看到一個人站在樹林邊，然後，我在地上撿到一根綠色的羽毛。後來，洪水那天，我看到一個人帽子上有綠色的羽毛。「我沒看到他的臉。」我說。「不過，我看到他帽子上有綠色的羽毛。而且，我看到他從大衣口袋裡掏出一把刀。我以為他打算偷偷靠近我爸爸，然後從背後刺他一刀。說不定他本來真的打算這樣做，可是因為怕自己跑不掉，所以才沒下手。說不定就是因為我爸爸看見那輛車掉進湖裡，跑去告訴艾莫瑞警長，所以他很不高興。也說不定他注意到那天我看見他了。只不過，我並沒有看到他的臉。根本沒看到。」

我說完之後，他們幾個好一會兒都沒說話。後來是班恩先開口了。「這件事你為什麼一直沒告訴我們？你怕我們知道嗎？」

「我本來是打算要告訴你們，可是自從那天老摩西——」

「噢，別再扯那個了！」大雷警告我。

「我不知道那個帽子上有綠色羽毛的人是誰。」我說。「不過，我們奇風鎮上的任何一個人都有可能是他。甚至……說不定是我們很熟的人，而且，我們絕對想不到他會做這種事。我爸爸說過，知人知面不知心，每個人心裡或多或少都有不為人知的一面。所以，奇風鎮上的每個人都有可能就是他。」

聽我說了這件事，他們都很興奮，個個都躍躍欲試，想嚐嚐幹偵探的滋味。他們都說一定會幫我留意那個帽子上有綠羽毛的人。不過，我們也說好了，這件事就只有我們幾個人知道，絕不能告訴我們的爸媽，免得我們的爸媽無意間碰到那個殺人凶手的時候說出這件事。此刻，卸下了千斤重擔，心裡輕鬆多了，不過，我還是有點不安。我忽然想到，那天在理髮廳裡，達樂先生說唐尼布萊洛克殺了一個人。那麼，他殺的是誰？另外，女王告訴我媽說她夢見有人在彈鋼琴，那又代表什麼意義？爸爸還是不肯去找女王，我也還是常常聽到他睡覺做夢的時候一直哭。我心裡明白，雖然那個可怕的早晨已經過了很久了，但我爸爸始終忘不了那個人兩手被銬在方向盤上。那一幕依然陰魂不散的糾纏著他。不知道後來爸爸是不是瞞著我偷偷跑回薩克森湖邊，但我懷疑他很可能回去過，因為有好幾次下午的時間，我看到門廊前的台階上沾到了一些紅土。那很可能是因為他進門前在台階上刮掉鞋子上的泥砂。

沒多久，八月到了，帶來一波更驚人的熱浪。有一天早上我醒過來的時候，忽然想到再過幾天我又得去爺爺家住一個禮拜。那一剎那，我立刻又把被子拉上來蓋住頭。

只可惜我沒辦法讓時間靜止，而牆上那些怪物也救不了我。每年夏天，我都必須到爺爺奶奶家去住一個禮拜，不想去都得去。其實，我週末常常會到外公外婆家去玩，每年都會去個好幾次，不過問題是，那和去爺爺家根本就是兩回事。去爺爺奶奶家，就算只待一個禮拜，都足以把人搞到發瘋。

不過今年，我決定跟爸媽談個條件。我告訴他們，每次去爺爺家的農場，爺爺老是大清早五點就把我叫起來，然後六點就開始除草。我告訴他們，如果非去不可，那他們要答應讓我跟大雷班恩他們去露營。爸爸說他會考慮。看樣子，我也只能祈求老天保佑了。於是，那天終於來臨了，臨走之前，我跟叛徒說，我們一個星期後再見了。我把行李箱丟到車子後面，然後爸媽就開車載著我出發了。我們一路從奇風鎮開到鄉間，然後，車子轉了個彎開上一條崎嶇不平的泥土路，穿過一大片玉米田，於是，我爺爺的農場到了。

看得出來，奶奶年輕的時候一定很漂亮。所以我猜，爺爺年輕的時候一定是英俊瀟灑，活力充沛，充滿魅力，所以奶奶才會喜歡上他。只可惜，隨著時間一年一年過去，他腦袋裡的螺絲好像越來越鬆。如果是媽媽，她大概會說爺爺是「有點脫軌」。如果是爸爸，他會直截了當說爺爺根本就是腦袋有問題，心腸不好，自以為是。不過，有一點我必須承認：要不是因為爺爺，我永遠寫不出我的第一篇故事。

我從來沒看過爺爺表現出和藹體貼的一面，從來沒聽他讚美過奶奶或爸爸。每次和他相處，我老是覺得他只是把我當作他的財產。他很情緒化，他的心情彷彿隨著月亮圓缺不斷變化。不過，他倒是很會說故事。他真是天生的說故事高手。每當他興致一來，開始說起鬼屋，魔鬼附身的稻草人，印地安人的墳場，狗靈之類的故事，你一定會情不自禁的徹底被他迷住。

也許可以這麼說，那個陰森森的死亡世界簡直就是他生命的一部份。他絕頂聰明，可是在現實生活中卻是個白癡。有時候我覺得很奇怪，我爸爸跟爺爺在一起生活了十七年，在那種詭異陰森的陰影下成長，長大以後怎麼還會那麼「正常」。不過，我先前提到過，我爺爺並不是一開始就那麼瘋。他是在我出生以後才開始變得不正常的，而且，我奶奶頭腦很清楚，也許我爸爸遺傳了不少她的優良基因。接下來的一個禮拜，免不了是一場煎熬。我不知道那幾天會發生什麼事，不過可以確定的是，那絕對會是驚心動魄。

爺爺家雖然沒什麼特別之處，但住起來還蠻舒服的。房子外面，除了那一大片發育不良的玉米田和一小片草地之外，四面八方幾乎全是茂密的森林。爺爺平常就是在那片森林裡找小動物來虐待。奶奶看到我們來了，高興得說不出話來，立刻把我們拉進客廳裡坐。客廳裡很悶熱，電風扇嘩啦啦吹個不停。接著，爺爺也出現了。他還是穿著那條連身工作褲，手上端著一個大玻璃瓶，裡頭裝滿了琥珀色液體。他說那是「忍冬茶」。「這壺茶已經整整浸泡了兩個禮拜。」他說。「這樣香氣才出得來，喝起來才會甘醇。」這壺茶是他特地準備要給我們喝的。「來，喝喝看！」

我不得不承認，真的好好喝，除了爺爺自己，每個人至少都喝了兩杯。只不過，我猜他大概知道這玩意兒威力驚人，因為，大概十二個鐘頭後，我坐在馬桶上起不來，拉肚子拉到五臟六腑都快要拉出來了。

至於爸媽呢，我相信他們一回到家就知道厲害了。不過，奶奶還是一覺到天亮，因為她對這東西大概已經免疫了，不過，我聽到她半夜發出一種很可怕的聲音，差點沒把我嚇死。

後來，時間也差不多了，爸媽該回奇風鎮去了。我感覺得到自己整張臉都垮了。我知道，我的表情看起來一定很像受傷的小狗，因為媽媽在門廊上緊緊摟了我一下，然後跟我說：「不用怕，柯力。晚上記得要打電話給我，知道嗎？」

「我知道。」我站在門廊上看著他們車子越開越遠，揚起漫天沙塵，然後那些沙塵又慢慢落到滿田的玉米梗上。只不過一個禮拜。然而，我活得過這個禮拜嗎？

「嘿，柯力！」爺爺坐在搖椅上叫了我一聲。我轉頭一看，看到他正咧開嘴對我笑。我心裡暗叫不妙。「來，說個笑話給你聽！白雪公主和小木偶皮諾丘一起住在森林裡。有一天，白雪公主實在耐不住寂寞，於是就把小木偶找來，把他的頭壓在她兩腿中間，然後對他說，『說謊話，說實話，說謊話，說實話，說謊話，說實話……』就這樣連續說了一千次，她才心滿意足的放開小木偶。」說完爺爺立刻大笑起來，但我卻愣愣的站在那裡看著他。「你聽懂了嗎？聽懂了嗎？」我搖搖頭。「不太懂。」爺爺忽然皺起眉頭。「哼！」他凶巴巴的說。「你跟你爸一樣都沒什麼幽默感！」

一整個禮拜。老天。

有兩個話題爺爺最感興趣，一開口就沒完沒了，一說就是好幾個鐘頭。第一個話題是：他是如何熬過當年的經濟大蕭條時期。當年，他曾經在葬儀社幫死人擦過棺材，當過鐵路平交道守衛員，幹過馬戲團的雜工。至於第二個話題呢，就是女人。他說他年輕的時候對女人是手到擒來，無往不利，就連大情聖范倫鐵諾也要自嘆不如。真可惜我不知道范倫鐵諾是什麼人物，要不然我一定會更佩服爺爺。只要奶奶不在旁邊的時候，爺爺就會開始細數他的豐功偉業，比如那個「牧師的女兒艾荻絲」，或是那個「列車長的女兒南西」，或是那個「一天到晚吃糖葫蘆的暴牙女生」。他口沫橫飛地吹噓自己的「強寶」有多厲害，說那些女人如何被他的「強寶」迷得神魂顛倒。他說，他曾經被十幾個人追殺過，他們不是那些女孩子的丈夫，就是她們的男朋友。只不過，他反應很靈敏，只要一有什麼風吹草動，他立刻就逃之夭夭。他說，有一次他躲在鐵路高架橋底下，緊緊抱住一根支架，底下就是五十公尺深的山谷，而上面有兩個人手上拿著霰彈槍在找他。他聽到那兩個人說什麼要活活剝掉他的皮，然後把他的皮吊在樹幹上示眾。「說實在的。」爺爺拿起一根野草放進嘴裡嚼。「我惹上了人家的老婆女朋友。沒錯，就是我，還有我的強寶。我們曾經有過輝煌的日子。」每次說到這裡，他就會露出一種哀傷的眼神，而昔日那個年輕人還有他的強寶彷彿逐漸變得模糊黯淡。「我跟你打賭，要是哪天在街上碰到當年那些女孩子，我一定認不出她們。不可能了。因為現在她們都老了，我恐怕一個也認不出來了。」

爺爺很排斥睡覺。也許那是因為他知道自己日子不多了。不管大晴天還是刮風下雨，他每天都是五點就起床，然後衝進我房間把我從被窩裡拉出來，嘴裡一邊大吼：「起床啦，小子！時間寶貴，你以為自己可以活到一百歲嗎？」

而我也一定迷迷糊糊的嘀咕一聲說。「沒有啊。」然後立刻坐起來。接著，爺爺會去把奶奶也叫起床，叫她去準備早餐，而每次奶奶做出來的早餐大概夠一整個軍團吃了。

住在爺爺家那幾天，每天吃過早餐之後，爺爺都會叫我去做某些事，至於做什麼倒是沒有一定的規則。有時候，他會丟一把鋤頭給我，叫我去整理花園。有時候，他也會叫我到房子後面的森林裡去玩，那裡有一個池塘。爺爺養了幾十隻雞，還有三隻羊。那三隻羊看起來長得都很像他。另外，基於某種奇怪的理由，他還在後院的一個玻璃缸裡養了一隻會咬人的麝香鱉。他幫那隻麝香鱉取了一個名字，叫「天才」。那個玻璃缸裡的水黏糊糊的，看了好噁心。那幾隻羊偶爾會把頭探進玻璃缸裡去喝水，這時麝香鱉就會一口咬上去。這一來，免不了就是一場天翻地覆。爺爺家永遠都像戰場一樣，而他最喜歡形容那叫做「妖精打架」。就像那天，「天才」咬上羊的鼻子，那隻羊立刻痛得橫衝直撞，一頭撞上奶奶晾在曬衣繩上那些剛洗好的衣服，然後全身被一條被單裹住，最後拖著那條被單一路衝過我剛整理好的花園。另外，爺爺收藏了一些小動物的骨頭，而且還用細繩子串在一起。那是他的得意傑作。你永遠無法預料那些骨頭什麼時候會突然出現在你眼前。爺爺很喜歡故意把那些骨頭藏在那種你看都不看就會把手伸進去的地方，比如說，枕頭底下，或是鞋子裡。然後，一聽到你被嚇得尖叫起來，他就會笑得東倒西歪。說得含蓄一點，他的幽默感真是有點不太正常。有一個星期三下午他告訴我，他上禮拜在房子附近發現了一窩響尾蛇，然後全部都被他拿鏟子打死了。結果那晚上我正準備要上床睡覺的時候，他忽然開門探頭進來。房間裡黑漆漆的，我聽到他用那種淡淡的陰森森的口氣告訴我：「柯力？如果你半夜起來尿尿，最好小心一點，因為你奶奶告訴我，今天早上她在你床底下看到一條剛蛻掉的蛇皮，上面有一個好大的蛇尾。好啦，晚安了。」

接著他關上門。結果，到了早上五點，我眼睛還睜得大大的。

很久以後，我回想起來，慢慢覺得當時那很像是爺爺在訓練我。那種訓練的方式彷彿在磨刀子。我不覺得他是有意的，可是對我來說，那是一種嚴酷的磨練。就拿響尾蛇那件事來說吧，那天夜裡我緊張得睡不著，房間裡黑漆漆的，我的膀胱已經脹得快爆炸了，但我滿腦子想的都是那條蛇。我彷彿看到那條響尾蛇盤踞在房間的某個角落裡，等著我的腳嘎吱一聲踩到地板上。我彷彿看得到那灰灰白白的鱗皮，那恐怖的扁平型蛇頭仰在半空中，毒液從兩支尖牙上往下滴。我彷彿看得到牠在半空中猛嗅我的味道，體側肌肉緩緩蠕動。我彷彿看得到牠對我露出猙獰的笑容，彷彿在告訴我：「你跑不掉了，臭小子。」

要是有人想辦一所學校訓練小孩子發揮想像力，那麼，他真的應該把爺爺找去當校長。他真是不做第二人想。一直到很久以後，那天晚上的情景依然歷歷如在眼前。而那天晚上我學到的東西，就算進了最頂尖的大學付出再高昂的學費也學不到的。另外，我也學會了忍受痛苦的折磨，因為，吃晚飯的時候，我總是被迫喝好幾杯牛奶。對我來說，那真是無比的煎熬。

所以，你懂了嗎，爺爺給了我很嚴格的磨練，儘管他自己並不知道。

另外，我還學到了許多很寶貴的經驗，也接受了不少考驗。那個禮拜五下午，奶奶叫爺爺去雜貨店買一盒冰淇淋鹽。爺爺平常是不管這種事的，可是那天他卻一反常態的答應了，而且，他叫我跟他一起去。奶奶叫我們早點回來，越早回來就越快有冰淇淋可以吃。

那真是一個吃冰淇淋的大好日子。那天，就算躲在陰影裡，氣溫都高達攝氏三十二度，而一旦你走到太陽底下，那火毒的陽光彷彿會把你的影子烙印在地上。我們買到冰淇淋鹽之後，立刻就開車回家。而也就是在這個時候，我另一項考驗又開始了。

「傑瑞米克萊普爾就住在這條路上。」他說。「他人還不錯，我們去跟他打個招呼怎麼樣？」

「我們還是快點把冰淇淋鹽拿回去——」

「嗯，傑瑞米人真的很不錯。」說著爺爺已經轉彎開向他朋友家了。

車子開了十公里之後，停在一棟快要倒塌的房子前面。院子裡擺著一條破破爛爛的沙發，一台報廢的榨汁機，一堆爛掉的輪胎，還有一具銹痕累累的汽車水箱。我想，不久之前，我們已經沿著煙草路越過奇風鎮邊界，來到德帕奇鎮了。不過看起來，這位傑瑞米克萊普爾好像真的蠻受歡迎的，因為他家門口還停了另外四輛車。「下來吧，柯力。」爺爺推開駕駛座的車門。「我們進去一下就好，馬上就走。」

我才走上門廊，立刻就聞到一股濃又嗆的廉價雪茄煙味。爺爺敲了幾下門：咚、咚、咚咚。「誰啊？」門裡那個人聲音聽起來充滿警覺。爺爺立刻回答：「來搶劫的！」我立刻目瞪口呆的看著他，心裡想，他一定是瘋了。接著門忽然嘎吱一聲開了，那聲音好刺耳。我看到一個人站在門口，他下巴好長，一雙黑眼睛，眼角全是魚尾紋。接著，那個人忽然盯著我。「他是誰？」

「我孫子。」爺爺伸手搭住我肩膀。「他叫柯力。」

「老天，傑伯！」那人忽然皺起眉頭。「你帶小孩子來這裡幹什麼？」

「應該沒什麼關係吧。他不會說出去的。對不對，柯力？」他忽然用力掐住我肩膀。

我搞不清楚到底怎麼回事，不過顯然這裡不是什麼好地方。要是奶奶知道了，她一定會不高興。我忽然想到薩克森湖附近的葛蕾絲小姐家，想到那個對我吐舌頭的女孩子萊妮。「對，我不會講出去。」我說。然後爺爺就放開了我的肩膀。他安心了，知道我不會洩露他的祕密。

「霸丁一定會不高興。」那個人警告爺爺。

「我才懶得管霸丁高不高興，叫他去死吧。傑瑞米，你到底要不要讓我進去？」

「有帶錢嗎？」

「多的是。」爺爺拍拍口袋。

接著爺爺拉住我準備要進門了，但我忽然畏縮起來。「奶奶還在等冰淇淋鹽——」

他瞪了我一眼，那一剎那，我注意到他眼中閃過一絲怪異的光芒，忽然明白那是他深藏的本性。他臉上顯現出一種飢渴。不知道那房子裡究竟是什麼東西，不過那顯然激起了他內心強烈的渴望。他已經把冰淇淋抛到九霄雲外了。「進來！」他忽然大叫一聲。

我站在原地不肯動。「可是這樣好像不太——」

「小孩子少囉嗦！」他表情忽然變得很猙獰，彷彿那屋子裡的誘惑已經徹底淹沒了他。「叫你幹什麼你就幹什麼，懂嗎？」

接著他用力一扯，我就被他拖進去了。我心裡忽然好難過。克萊普爾先生關上門，拉上門閂。窗戶都用木板封死了，透不進半點陽光，只點了幾盞燈泡，屋子裡瀰漫著雪茄煙霧。我們跟在克萊普爾先生後面穿過一條走廊，走到房子最裡面，接著，他又打開另一扇門。我們走進那房間，發現裡面沒有窗戶，而且也是煙霧瀰漫。房間正中央有一張圓桌，天花板上懸著一盞燈，光線很刺眼，四個人坐在桌子四周，桌上有好幾堆撲克牌，而每個人手邊都擺著一個裝著琥珀色液體的玻璃杯。「操他媽的！」其中一個人忽然大叫起來，那聲音震得我耳朵很不舒服。「你以為我在唬你嗎？老兄，你搞錯了！」

「哦，是嗎？那我跟，五塊錢。」另一個人說。接著他把一片紅色的東西丟到桌子中央。那裡已經堆了一堆。他猛吸了一口雪茄，煙頭忽然燒出一小團紅光，看起來彷彿火山口的岩漿。「再加五塊。」第三個人說。他嘴唇上滿是疤痕，咬著一根雪茄。他慢慢把雪茄擠到嘴角。「下注下注，快點，要不然就閉——」這時他忽然轉過頭來，用他那豬眼般的小眼睛狠狠瞪著我，然後立刻把手上的牌蓋到桌上。「這小鬼到這裡來幹嘛？」

那一剎那，所有的人忽然都轉過頭來看我。「傑伯，你瘋了嗎？」其中一個人問。「把他帶出去！」

「他不會惹麻煩的。」我爺爺說。「他是我孫子。」

「他是你孫子，不過不是我孫子！」那個嘴裡咬著雪茄的人忽然皺起眉頭，兩條粗壯的手臂撐在桌面上。他一頭棕髮剃成平頭，右手小指上戴著一枚鑽石戒指。接著，他把嘴邊的雪茄拿下來夾在手指上，然後瞇起眼睛盯著我爺爺。「傑伯，你應該知道規矩。沒有我的允許，誰都不准進來。」

「他不會惹麻煩的。他是我孫子。」

「他是天王老子我也不管。你破壞了規矩。」

「哎呀，別這樣嘛，只不過是——」

「你這白癡！」那個人忽然大吼了一聲，齜牙咧嘴，面露猙獰，滿臉的汗珠在燈光下閃閃發亮，身上的白襯衫已經濕透，胸前的口袋上有一小塊菸草渣的污痕，旁邊還繡著兩個英文字母：BB。「白癡！」他又繼續罵。「你是想把警察引到這裡來嗎？你想坐牢嗎？我看你乾脆畫一張地圖給他媽的警長看好了！」

「柯力不會說出去的，他很乖。」

「是嗎？」那雙豬眼般的小眼睛忽然轉過來盯著我。「小鬼，我看你跟你爺爺一樣是豬腦袋，對不對？」

「不是。」我說。

他忽然大笑起來。聽到他那種笑聲，我忽然聯想起四月那一天，菲利浦在教室裡把早上吃的燕麥粥吐得乾乾淨淨。那聲音聽起來真像。只是，那個人雖然在笑，眼裡卻完全沒有笑意。「哼，看你這小子倒還不像笨蛋。」

「布萊洛克先生，我生的孫子當然不會是笨蛋。」傑伯說。這時我才明白，原來眼前這個說我不像笨蛋的人就是霸丁布萊洛克。他弟弟就是唐尼和魏德，而他爸爸就是惡名昭彰的「大砲」。我忽然想到，爺爺剛剛在門口罵他罵得很難聽，說什麼叫他去死，這下子，要死的恐怕是爺爺了。

「哼哼，還真不愧是你的種。」霸丁忽然又大笑起來，然後轉頭看看另外幾個人，於是他們也跟著大笑起來。老大都笑了，他們敢不笑？「傑伯，你滾出去吧。」他說。「等一下有幾位貴賓會上門。是基地那邊的飛行員，他們說他們要讓我輸到脫褲子。」

爺爺有點緊張的清清喉嚨，眼睛死盯著桌上的撲克牌。「呃……我是想……既然我都已經來了，那就讓我玩兩把吧，可以嗎？」

「趕快把這小鬼帶走。」霸丁說。「我這裡是開賭場的，不是托兒所。」

「噢，我可以叫柯力在外面等。」爺爺說。「他一定會乖乖在外面等的，對不對，柯力？」

「奶奶叫我們趕快把冰淇淋鹽帶回去。」我說。

霸丁布萊洛克又大笑起來。這時我注意到爺爺臉紅了。「去他媽的冰淇淋！」爺爺忽然破口大罵，眼中彷彿快噴出火來。「讓她等到天亮好了，管他去的！我愛怎麼樣就怎麼樣，誰管得著！」

「傑伯，乖乖聽話，趕快回去吧。」另一個人調侃他。「趕快回去吃冰淇淋，不要在外面當野孩子。」

「閉上你的臭嘴！」爺爺大吼。「你們看！」他忽然把手伸進口袋，掏出一張二十塊錢的鈔票，然後砰一聲壓在桌上。「怎麼樣，要不要讓我玩？」

那一剎那我差點窒息。爺爺竟然要拿二十塊錢來賭博。二十塊錢是多少錢你知道嗎?霸丁布萊洛克默默抽了一口雪茄,看看桌上的錢,再看看我爺爺的臉。「才二十塊。」他說。「塞牙縫都不夠。」

「我還有。不用怕我沒錢。」

那一剎那我忽然想到,爺爺一定是把奶奶那個玻璃罐裡的錢都拿光了,要不然就是他藏了一堆私房錢,專門拿來賭博用的。要是奶奶知道他打算來賭博,一定說什麼都不讓他出來,所以,他會願意出來買冰淇淋鹽,顯然只是個幌子。不過,也說不定他只是過來瞧瞧,看今天是誰在玩牌。不過,我感覺得出來他已經按耐不住了,不坐下來玩兩把他會渾身不對勁。「怎麼樣,到底玩不玩?」

「叫這小鬼出去。」

「柯力,去外面。到車上去坐。」爺爺說。「我馬上就出去了。」

「可是奶奶要——」

「叫你去就去,快點!」爺爺又開始大吼了。霸丁在瀰漫的煙霧中凝視著我,他的表情彷彿在說:小鬼,看到了嗎,碰到我,你爺爺還是一樣要乖乖聽話。

於是我只好乖乖走出去,快走到門口的時候,我聽到有人又拖了一張椅子到桌子旁邊。我走到門外的大太陽底下,手插進口袋裡,然後抬起腳把地上的一顆毬果踢得遠遠的。於是,我就這樣等著。十分鐘過去了,二十分鐘過去了,接著,有一輛車開到門口停下來,三個年輕人鑽出車子,走到門口敲敲門,然後克萊普爾就開門讓他們進去,然後又關上門。爺爺還是沒出來。我又在車子裡坐了好一會兒,可是車子裡被太陽曬得好熱,我很快就滿身大汗,襯衫都濕透了。於是我只好又跳下車,在門口踱來踱去,然後偶爾停下腳步看看地上那隻死鴿子。鴿子已經被螞蟻啃得幾乎只剩下骨頭了。我算了一下,大概已經等了一個鐘頭了。我忽然覺得,爺爺根本沒把我當回事,而且,也根本沒把奶奶當回事。我開始不高興了,怒火在我心頭緩緩燃燒,越燒越旺。我轉身看看門口,心裡吶喊著爺爺趕快出來。我想試試看能不能用意念的力量把爺爺召喚出來。結果，門還是緊緊關著，紋風不動。

接著，我腦海中忽然浮現出一個念頭。一個很堅決的念頭：管他去的！

於是，我拿著那盒冰淇淋鹽開始走回家。

剛開始那三公里路感覺還好。但接下來那一公里，我已經被太陽曬得開始頭昏了，汗水沿著我的臉頰往下滴，頭頂上彷彿一團火在燒。公路兩邊是茂密的森林，路面的柏油被太陽曬得發亮。一路上偶爾有幾輛車子開過去，可惜都是反方向。鞋子踩在熱騰騰的路面上，我甚至已經感覺腳有點燙了。我很想到樹蔭下坐下來休息，但我還是忍住了，因為我覺得那表示我已經開始軟弱了。軟弱，意味著我會開始後悔當初決定要走這十公里的路。太陽那麼大，氣溫高達攝氏三十七度，我實在應該留在屋子那邊等，等爺爺玩過癮了，他就會心甘情願載我回家。不行，我不能軟弱，我一定要繼續走。雖然我的腳已經起水泡了，但我決定不去想它。

我開始構思我的故事。我打算把這件事編成一篇故事。故事裡，有人把一盒價值連城的水晶交給一個男孩，而男孩打算帶著那盒水晶穿越那片炙熱如地獄般的沙漠。我抬頭看看天空，看到幾隻老鷹隨著熱氣流向上盤旋，然而，我光顧著看天空，沒注意到前面路上有一個洞。結果，我的腳踩了個空，扭到腳踝，整個人摔到地上，那盒冰淇淋鹽被我壓扁了。

我差點哭出來。

差一點。

我腳踝痛得要命，但我勉強還站得起來。真正令我心痛的，是撒了滿地面的冰淇淋鹽。盒子底端摔破了一個洞。我用手捧起冰淇淋鹽，塞進口袋裡，然後又開始一跛一跛的往前走。

冰淇淋鹽一直從我口袋裡漏出來。我說什麼都不肯停下來，不想躲到樹蔭底下去。而且，我絕不能哭。我絕對不讓爺爺把我擊倒。

又走了差不多一公里之後，忽然有一輛車在我背後按喇叭。我轉頭一看，本來以為會看到爺爺的車，但沒想到卻是一輛黃銅色的車。那輛車慢慢減速，然後，我發現開車的人是科德巴瑞斯醫師。他把車窗搖下來看著我。「柯力？要我載你嗎？」

「好啊。」我暗暗謝天謝地，然後立刻就鑽進車子裡。我的腳已經痛得快麻掉了，腳踝整個腫起來。接著，巴瑞斯醫師踩下油門又開上路了。「我住在爺爺家。」我說。「沿這條路大概五公里就到了。」

「我知道你爺爺家。」巴瑞斯醫師忽然從前座的夾縫裡提起他的診療包，然後丟到後座去。「天氣真的好熱。你從哪裡走過來的？」

「我……呃……」我忽然面臨天人交戰，不知道到底該不該說？「我……我去幫奶奶買東西。」我決定還是別說的好。

「噢。」他忽然沈默了一下，然後問：「你口袋裡好像有東西漏出來，那是什麼？沙嗎？」

「鹽。」我說。

「噢。」他點點頭，彷彿明白了什麼。「你爸爸最近怎麼樣了？工作輕鬆一點了嗎？」

「嗄？」

「我是問他工作狀況有沒有改善。幾個禮拜前湯姆來找我，說他工作壓力太大，晚上都睡不好，所以我就開了一些藥給他。你應該知道，壓力是很可怕的，所以我叫你爸爸去度個假。」

「喔。」這下輪到我點點頭，彷彿明白了什麼。「我覺得他應該好多了。」我說。接著我忽然想到巴瑞斯醫師剛剛說的：我開了一些藥給他。奇怪，我從來沒聽爸爸提到過他工作壓力很大，也沒聽說他去找過巴瑞斯醫師。我開了一些藥給他。我愣愣的看著前方筆直的馬路。爸爸還在掙扎，拚命想躲開湖底亡靈的糾纏。我忽然想到，也許長久以來，爸爸一直把內心的某一面隱藏起來，不讓媽媽和我看到。就好像爺爺一樣，他不讓奶奶知道他在賭撲克牌。

巴瑞斯醫師送我回到爺爺家之後，還扶我下車走到門口。他敲敲門，奶奶很快就過來開了門。巴瑞斯醫師告訴她，他半路上看到我一個人在路上走，就順便把我送回來。「你爺爺呢？」她問我。我想，我的表情一定很痛苦，因為過沒多久，她自己已經猜到答案了。「他一定又是去幹壞事了。哼，他就是這種人。」

「冰淇淋鹽的盒子破掉了。」我從口袋裡掏出一把鹽給她看。我滿頭大汗，頭髮全濕了。

「我們再去買一盒新的就好了，至於漏出來的這些，就留給你爺爺吃好了。」本來我聽不懂她這話是什麼意思，過了好一陣子我才明白。在往後的那一整個禮拜，每當爺爺坐下來吃飯，他那盤東西裡一定撒滿了鹽巴，鹹得他哇哇叫。「巴瑞斯醫師，要不要進來喝杯檸檬汁？」

「不用了，謝謝妳。我要趕快回診所去了。」說著他臉上忽然閃過一絲陰霾，表情很沮喪。「麥肯遜太太，妳認識瑟瑪納維爾嗎？」

「認識啊。不過我大概有一個多月沒看到她了。」

「我剛剛才從她家裡出來。」巴瑞斯醫師說。「她得了癌症，已經治療很久了，大概整整一年了。」

「什麼？怎麼會這樣？」

「她很勇敢，跟病魔纏鬥了那麼久。但很遺憾，兩個鐘頭前，她已經過世了。她不想待在醫院。她希望能夠在自己家裡離開人世。」

「老天，我竟然一直不知道瑟瑪生病了！」

「她不想驚動別人。過去這一年來她竟然還有辦法教書，我真不知道她是怎麼辦到的。」

這時候，我才意識到他們說的人是誰。原來就是納維爾老師。就是她鼓勵我去參加今年的寫作競賽。我還記得，學期結束那天我要離開教室之前，她忽然對我說了一句「再見」。我還記得，當時她說的不是九月再見，或是下學期再見，而是斬釘截鐵的一句「再見」。她一定知道自己快死了，所以那天她坐在教室的辦公桌前面，心裡感觸一定很多。也許她是在想，她已經等不到九月再帶一班野猴子了。

「我只是覺得應該跟妳說一聲。」巴瑞斯醫師說。他拍拍我肩膀。我忽然想到，兩個鐘頭前，他就是用那隻手把被單拉上去蓋住納維爾老師的臉。「柯力，下次要注意一點囉。」說完他就轉身朝車子走過去。我目送著他車子漸漸遠去。

一個鐘頭後，爺爺回來了。看他的表情，彷彿剛剛被人一腳踢出大門，而且口袋裡的鈔票也已經被人洗劫一空了。他拚命想裝出一副很不高興的樣子，怪我自己「跑掉了」，害他擔心得要死，沒想到很快就被奶奶拆穿了牛皮。奶奶只是淡淡問了他一句：冰淇淋鹽在哪裡?他立刻啞口無言。結果，他一個人跑去坐在門廊上。天色漸漸暗了，一大群蛾繞著他盤旋飛舞。他那張長臉顯得好憔悴，心情很低落，就像他那疲軟下垂的「強寶」一樣。我忽然有點可憐他。真的。但問題是，爺爺不是那種值得同情的人。只要我開口對他說出任何道歉的話，他一定會立刻反唇相譏，氣焰又開始高漲起來。爺爺從來不曾對人說抱歉。他永遠不會錯。而這也就是為什麼他沒有半個真正的朋友。這也就是為什麼他會一個人孤零零的坐在門廊上。此刻，成群的飛蛾繞著他盤旋飛舞，彷彿昔日的記憶依然纏繞著他。他的記憶裡，曾經有一位很漂亮的農夫的女兒。

後來又發生了一件事，為我和爺爺奶奶同住的那個禮拜劃下了句點。禮拜五那天晚上，我睡得不太好。我夢見自己走進教室。教室裡空蕩蕩的，同學都跑光了，只剩下納維爾老師一個人。她坐在辦公桌後面改考卷。金黃的陽光斜照在地上，斜照在黑板上。納維爾老師臉色好憔悴，但眼睛卻又大又亮，看起來好像嬰兒的眼睛。她坐得直挺挺的。我站在教室門口，她忽然轉過頭來看著我。「柯力?」她叫了我一聲。「柯力麥肯遜?」

「老師?」我答了一聲。

「你過來一下。」她說。

我乖乖走過去，走到她辦公桌旁邊。我注意到辦公桌邊緣那顆紅蘋果已經枯乾了。

「暑假快結束了。」納維爾老師對我說。我點點頭。「你又長大一歲了，對不對？」

「我剛過生日。」我說。

「那很好。」她嘆了口氣。她呼出來的氣雖然還不至於難聞，但聞起來很像一朵快枯死的花。「這輩子，我看過太多男孩子來來去去。」她說。「有些男生長大了，還是一直住在這裡，而有些孩子長大了就搬走了。柯力，男生的童年總是很快就結束了。」她淡淡一笑。「男生總是希望自己快點長大變成男人。然而，總有一天，他們一定會希望自己可以再回到童年時光。不過，我要告訴你一個祕密，柯力。想聽聽看嗎？」

我點點頭。

「從來沒有人真正長大過。」納維爾老師悄悄說。

我皺起眉頭。這算是哪門子祕密？我爸和我媽都是大人了，不是嗎？達樂先生，馬凱特隊長，巴瑞斯醫師，拉佛伊牧師，女王，他們都已經長大了，都是大人了，不是嗎？任何人，只要過了十八歲，就是大人了。

「也許他們看起來像大人。」她繼續說。「但那只是一種幻象，就像時間雕塑出來的泥偶。不管男人還是女人，在內心深處，他們永遠都只是孩子。他們心裡都渴望能夠像童年時代一樣蹦蹦跳跳，自由自在，然而，他們的泥偶身體太重了，跳不動了。這個世界在他們身上套上了太多無形的枷鎖，然而，內心深處，他們都渴望能夠甩掉那一切。他們渴望能夠丟掉手上的手錶，脫掉領帶，脫掉禮拜天的皮鞋，解開身上衣服的束縛，赤裸裸的跳進游泳池。就算只是一天也好。內心深處，他們都渴望自由，而且知道爸媽會照顧他們，無條件的愛他們。就算是那些最殘忍惡毒的人，內心深處都也只是個小男孩。他們的種種凶狠行徑，其實都只是把自己縮在一個角落裡，避免自己受傷害。」說著，她把考卷推開，兩手擺在桌面上。「我親眼看過太多男孩長大，變成大人，所以，柯力，有一件事我希望你一定要做到。你一定要『記得』。」

「記得？記得什麼？」

「把所有的事都記下來。」她說。「無論什麼事都要儘量記住。你一定要好好記下你活過的每一個日子，一定要記得某些事。而且，你一定要好好珍惜那些記憶，因為那真的太珍貴了。柯力，那些記憶就像一扇扇的門，他們是你的老師，你的朋友，甚至是你的教練。每當你看到某種東西，不要光是用眼睛看，要用心去看，用心去體會。當你感受到了，體會到了，你就把它寫下來，這樣一來，別人就有機會體會到你感受到的一切。太多人活了一輩子卻什麼都沒看到，什麼都體會不到，對一切渾然無覺。柯力，你認識的人，見過的人，絕大多數都是這樣。也許他們曾經有過某些奇妙的經歷，可是他們卻從來不曾多看一眼。然而，柯力，如果你願意，你可以活一百輩子，一千輩子，體驗每一個人的生活。如果你願意，你會有機會看到很多人。那些人，儘管你並沒有真的親眼見到，但你卻看得到，能夠跟他們說話。你會有機會去很多地方。那些地方，你並沒有真正去過，但你卻會有一種身歷其境的感覺。」說到這裡她點點頭，凝視著我的眼睛。「如果你夠厲害，如果你夠幸運，如果你有能力告訴大家一些有意義的事，說出一些有意義的話。那麼，你就有機會永遠活在世人心中，即使——」說到這裡她停了一下，彷彿在考慮該怎麼說。「即使在很久很久以後。」

「我怎麼可能辦得到呢？」我問。

「一步一步慢慢來。首先，你要做的第一件事，就是去參加寫作競賽。我先前已經告訴過你了。怎麼樣，你願意嗎？」

我聳聳肩。「我不知道能寫什麼。」

「到時候你就會知道了。」納維爾老師說。「如果你面對一張空白的紙，時間夠久，你就會知道要寫什麼了。還有，不要覺得自己是在寫文章。你就想像自己只是想說個動人的故事給你的好朋友聽。所以，你願意試試看嗎？」

「我會考慮。」我說。

「不要把它想得太難。」她提醒我。「有時候想太多，你反而做不了。」

「我知道了。」

「嗯。」納維爾老師深深吸了一口氣，然後慢慢呼出來。她轉頭看看教室裡的桌椅。那些桌子上都刻著學生姓名字母的縮寫。「我已經盡力了。」她輕聲說。「我已經盡力了。噢，孩子，你的人生還有很長的未來在等你呢。」她又轉過頭來看我。「好了，下課了。」她說。

然後，我醒過來了。天還沒亮，但我聽到遠處傳來雞啼。黎明快到了。爺爺的房間裡傳來收音機的聲音。他們聽的是鄉村音樂電台。那孤零零的吉他旋律彷彿在夜色中千里跋涉，越過森林，越過綠野，越過漫漫長路。那淒清的吉他聲總是令我心碎。

那天下午，爸媽開車來接我。我在奶奶臉上親了一下，跟她告別，然後和爺爺握握手。他跟我握手的時候特別用力捏了一下，而我也用力捏一下他的手。我們心照不宣。然後，我走到門外，和爸媽一起坐上那輛敞篷小貨車。這時候，我發現他們把叛徒也帶來了，於是立刻跳上小貨車後面的平台，坐在車尾，腳懸在外面。叛徒撲到我身上，朝我臉上噴氣，我也隨牠高興。

爺爺和奶奶站在門廊上跟我們揮手道別。終於可以回家了。

7 露營

面對一張空白的稿紙。天底下大概沒有比這更駭人、更令人興奮的事了。駭人，是因為你只能靠自己，那種感覺，就彷彿在一團無邊的黑暗中獨自穿越一片白茫茫的雪地。而興奮，是因為全世界只有你知道目的地在哪裡，然而，你卻又沒把握自己最後抵達的會是什麼樣的地方。此刻，我坐在打字機前面，開始動手打出自己生平第一篇故事，準備參加「奇風鎮藝文委員會寫作競賽」。我心裡好害怕，因為截至目前為止，我打出來的只有自己的名字。寫故事有兩種方式，一種是寫給自己消遣的，另一種是寫出來給大家看的。雖然同樣是寫故事，但兩種感覺卻有天壤之別。寫第一種故事，你會覺得很輕鬆自在，彷彿一匹溫馴的小馬，至於第二種呢，那簡直就像脫韁的野馬，你必須緊緊抓住，否則就會摔得鼻青臉腫。

不知道過了多久，那張空白的稿紙就這樣一直凝視著我。最後，我終於決定要寫一個男孩的故事。我要描寫他逃離故鄉的小鎮，到外面去看看那廣大的世界。結果，寫了兩頁之後，我才發現那篇故事根本沒有感情，沒有靈魂，沒有心。接著，我開始描寫一個男孩到舊貨回收場去找一盞神燈。結果，那張紙最後也被我丟進了垃圾桶。接著，我開始寫一篇幽靈車的故事。一開始感覺還不錯，可是後來，那輛車彷彿撞上了我想像力的圍牆，瞬間化為一團火焰。

於是，我又繼續坐在那裡愣愣的盯著另一張空白稿紙。

屋外籠罩在無邊的夜色中，樹林裡傳來陣陣蟬鳴，叛徒吠了幾聲。我聽到遠處有一輛車的引擎發出隆隆怒吼。接著，我忽然想到那天夢見納維爾老師，想到她說的那句話：不要覺得自己是在寫文章。你就想像自己只是想說個動人的故事給自己的好朋友聽。

接著，我忽然想到，為什麼不寫一些真正發生過的事呢？

比如說……史谷力先生和老摩西的尖牙。不行，史谷力先生一定不希望一堆人跑到他那裡去圍觀。那算了。那麼……也許我可以寫女王和月亮人。不行，我對他們還不夠了解。也許……

……也許我可以寫薩克森湖底那輛車，還有那個死去的人。

也許我可以把那天清晨發生的事寫出來。我可以描寫那輛車如何衝進湖裡，然後爸爸跳下水想去救人。那個三月的早晨，那黎明前的時刻，我親眼看到那一切發生，也許，我可以把當時的感受寫下來。還有，當時我看到一個人站在樹林邊，後來，大洪水那天，我又看到一個人帽子上有綠色羽毛。也許……也許……我可以把這些寫下來。

這故事我就有感覺了。於是我開始寫下一行：「柯力？柯力？小朋友，天亮了，該起床啦。」於是，那一剎那，我彷彿又回到了那輛送牛奶的小貨車上，爸爸坐在我旁邊。我們開車穿越清晨寂靜的街道，穿越奇風鎮。當時我們聊著未來。爸爸問我長大以後想做什麼。接著，忽然有一輛車從樹林裡衝出來，從我們面前衝過去，爸爸立刻猛打方向盤，車子隨即向右偏移。那輛車衝出紅岩平台，掉進薩克森湖裡。我還記得當時爸爸趕緊衝到湖邊。我還記得，他跳進湖裡那一剎那，我感覺自己的心臟彷彿瞬間縮成一團。我還記得，我眼看著那輛車開始往下沈，四周的水面不斷冒出水泡。我還記得，我忽然轉頭看向馬路對面的樹林，看到一個人站在樹林邊，身上穿著一件長大衣，衣領隨風飄揚，而且他帽子上有綠色的——

等一下。

不對，事情的經過並不是這樣。那根綠色的羽毛是我在鞋底發現的。不過，那根綠羽毛一定是從帽帶上掉下來的，不是嗎？但不管怎麼樣，既然我要寫的是真正發生過的事，那麼，我就應該忠於事實。那頂帽帶上有綠羽毛的帽子，我是在大洪水那天晚上才看到的。於是，我修改了一下故事。我寫的是：那根綠羽毛是我在鞋底發現的。至於葛蕾絲小姐，萊妮，還有那棟住了很多壞女孩的房子，我沒有寫進故事裡。媽媽一定不喜歡看到故事裡有那種東西。我一遍又一遍的大聲唸出那個故事，覺得我應該可以寫得更好，於是我又重寫。對話的部分很難寫，很難寫得真的像是在講話。最後，我用打字機打了三次之後，總算滿意了。我整整寫了兩頁。我的傑作。

後來，爸爸忽然走進我房間。他身上穿著那套紅條紋睡衣，而且因為剛洗完澡，頭髮還是濕的。他是進來跟我說晚安的。我把那兩頁故事拿給他看。

「這是什麼？」他把那兩頁稿紙拿到我檯燈底下。「黎明前的時刻。」他唸出那個標題，然後轉頭看著我，眼中露出疑惑的神色。

「這是要參加寫作競賽的故事。」我說。「我剛寫的。」

「哦，我可以看看嗎？」

「當然可以。」

於是他開始讀了。我一直看著他。當他讀到車子從樹林裡衝出來的那個段落時，我注意到他忽然咬緊牙關。接著，當我看到他伸手去扶牆壁，我立刻就明白他讀到他掙扎著浮出水面那個段落了。我看到他慢慢握緊拳頭，然後又放開，握緊拳頭，然後又放開。「柯力？」媽媽在外面叫我。「好晚了，你出去把叛徒關進狗欄裡吧！」我站起來正要出去的時候，爸爸忽然說：「等一下。」然後他又繼續看那篇故事。

「柯力？」媽媽又在叫了。客廳裡傳來電視的聲音。

「蕾貝卡，我在跟柯力說話。」爸爸朝外面喊了一聲。接著，他右手忽然垂下來，手上抓著那兩頁稿紙。然後他轉頭看著我，他臉上有一半籠罩在陰影中。

「寫得還可以嗎？」我問他。

「這不太像你平常寫的東西。」他輕聲說。「你平常寫的都都是些鬼怪，牛仔，要不然就是超人。你怎麼突然會想到要寫這種東西？」

我聳聳肩。「我也不知道。我只是想……我忽然很想寫一些真正發生過的事。」

「照你這麼說，這是真的囉？你故事裡提到，你看到一個人站在樹林邊，這是真的嗎？」

「是真的。」

「那你怎麼沒告訴我？你怎麼沒告訴艾莫瑞警長？」

「我也不知道。可能是……可能是因為我不敢確定當時我真的看到那個人。」

「那你現在確定了嗎？那已經是六個月前的事了，你現在怎麼有辦法確定？另外，這件事你實在應該告訴艾莫瑞警長的，你為什麼不說呢？」

「我……我後來覺得那應該是真的。我是說……我認為我真的看到有人站在樹林邊。他身上穿著一件長大衣，而且他——」

「你真的能確定那是一個男人嗎？」爸爸問我。「你看到他的臉了嗎？」

「沒有。我沒看到他的臉。」

爸爸搖搖頭，忽然又咬緊牙關，而且我注意到他太陽穴上的血管怦怦跳著。「這陣子，我一直拚命向上帝禱告。」他說。「真希望那天我沒有開車經過那條路。真希望那天我沒有跳進湖裡去救車裡那個人。真希望湖底那個人不要再害我作噩夢，不要再來糾纏我。」他緊緊閉上眼睛，過了一會兒，他再睜開眼睛的時候，我注意到他眼中閃爍著淚光，露出飽受折磨的神色。「柯力，這篇故事不要讓別人看到，懂嗎？」

「可是……我想去參加比賽——」

「不行！老天，不行！」他一手搭住我肩膀。「乖乖聽話。那已經是六個月前的事了。都已經過去了，不要再把這件事扯出來。」

「可是那件事真的發生過。」我說。「那是真的。」

「對我來說，那是一場噩夢。」爸爸說。「一場很可怕的噩夢。警長並沒有發現我們鎮上有人失蹤，而且鎮上也沒有任何人身上有那種刺青。沒有任何家屬在尋找他。你懂嗎，柯力？」

「我不懂。」我說。

「薩克森湖底那個人等於根本不存在。」爸爸的聲音有點嘶啞，口氣聽起來很痛苦。「他好像根本沒有親人，沒有朋友，因為根本沒有人在找他。而且，我看到他的時候，他已經被打得不成人形，而且，我們甚至沒辦法為他舉行葬禮。我是最後一個看到他的人。你知道那對我造成什麼樣的傷害嗎，柯力？」

我搖搖頭。

爸爸又低頭看看那篇故事，然後把那兩張稿紙放回書桌上的打字機旁邊。「我知道人生有時候很殘酷。」他說話的時候眼睛並沒有看我，他的視線彷彿飄向不知名的遠方。「生命中有些事是很殘酷的，可是……我們這裡從來沒有過。那些殘酷的事，永遠都發生在別的地方，一直到後來……當年我還擔任義消的時候，有一輛車在我們奇風鎮和聯合鎮之間的路段出了事，撞得稀爛。當時我也趕到了現場。那件事你還記得嗎？」

「那是小個子史蒂夫克雷的車。」我說。「午夜夢娜。」

「沒錯。從地面上的輪胎痕跡判斷，史蒂夫克雷是被另一輛車硬擠下公路的。有人故意擦撞他。而且車子的油箱爆炸，炸飛到半天高。那真是無比凶殘的行徑。而且，當我看到史蒂夫的遺骸時，

「我——」他忽然打了個哆嗦，彷彿回想起那支離破碎的殘骸。「我無法想像的是，人為什麼有辦法做出那麼殘酷的事，用那麼凶殘的手段傷害另一個人。我無法想像的是，人為什麼會有那樣的仇恨。我的意思是……一個人到底有過什麼樣的遭遇，才會變成那樣？你的靈魂必須扭曲到什麼程度，才會變得殺人不眨眼？」這時他轉過頭來凝視著我的雙眼。「我在你這個年紀的時候，爺爺都叫我什麼，你知道嗎？」

「不知道。」

「他叫我小孬孬。因為我不喜歡打獵，因為我不喜歡跟人打架，因為那個年紀的男孩子喜歡的東西，我都不喜歡。他逼我去打美式足球，其實我不太會打，但我還是硬著頭皮去打，那是為了他。有一次他告訴我，『小子，要是你沒有那種殺手的本能，你這輩子休想有出息。』他就是這麼說的。『揍扁他們，踹倒他們，讓他們看看誰狠。』問題是……我實在一點都狠不起來。我從來就不是那塊料。我只想平平靜靜過日子。這樣就夠了。平平靜靜。」他慢慢走到我房間窗口，在那裡站了好一會兒，聽著窗外的蟬鳴。「我想。」他說。「我並沒有表面上那麼強悍。那都是裝出來的。已經很久了。我一直以為我能夠忘掉湖底那個人，徹底把他拋到腦後。可是我錯了，柯力。我辦不到。他一直在叫喚我。」

「他……他叫喚你？」我問。

「對。他一直在叫喚我。」爸爸站在窗口背對著我。我注意到他垂在兩旁手又握成了拳頭。「他說他希望我知道他是誰，他希望我知道他的家人在哪裡。他希望我知道這個世界上是否有人在為他傷心痛苦。他希望我知道是誰殺了他。還有，為什麼要殺他。他要我記得他，而且他還說，殺死他的人到現在還逍遙法外。一天找不到那個人，我就一天得不到安寧。」爸爸忽然轉頭過來看我。我感覺他好像一下子老了十歲。「我在你這個年紀的時候，很渴望相信自己住在一個神奇的小鎮上。」他輕聲細語說。「在我們的小鎮上，永遠看不到邪惡。我很渴望能夠相信這裡的人都是正直善良的。我很渴望能夠相信，只要努力就有收穫，而且每個人都守信用，言出必行。我渴望相信每個人都有基督徒的博愛精神，而且是隨時隨地，並非只有禮拜天才是基督徒。我渴望相信，法律之前人人平等，而從政的人都很睿智英明。只要你行得正，你就會得到你所渴望的平靜。」說到這裡，他微微一笑，但他的笑容卻是如此苦澀。有那麼一剎那，我彷彿看到他內心深處那個小男孩。那個小男孩困在納維爾老師說的那種時間的泥偶裡。「然而，天底下根本沒有那種地方。」爸爸說。「永遠不會有。然而，就算你明白那個殘酷的事實，你還是忍不住會渴望。每天晚上，當我閉上眼睛想睡覺的時候，薩克森湖底那個人就會嘲笑我，說我好傻。」

這時候，不知道為什麼，我忽然告訴他：「說不定女王有辦法幫你。」

「幫我？怎麼幫？把骨頭丟在我身上？還是為我點一根蠟燭，燒一束香？」

「不是啦。你可以跟她談一談。」我說。

他低頭看著地上，深深吸了一口氣，然後慢慢呼出來。接著他又說：「我該去休息一下了。」說著他就走向門口。

「爸爸？」

他停下腳步。

「你要我把這篇故事撕掉嗎？」

他沒吭聲。我以為他會叫我撕掉。他看看我，然後又看看桌上那兩張稿紙。「不用了。」他終於說。「不要撕掉。這篇故事寫得不錯，而且那是真的不是嗎？」

「對，是真的。」

「你已經盡力了嗎？」

「是的。」

他轉頭看看四周牆上那些怪物的圖片，然後又轉過頭來看著我。「你想不想寫一篇鬼故事，或是火星人的故事？」他笑著問我。

「這次我不想寫那些了。」我說。

他點點頭，然後輕輕咬了一下嘴唇。「好吧，那你就把這篇故事拿去參加比賽吧。」說完他就出去了。

隔天早上，我把那篇稿子放進一個牛皮紙袋，然後騎著火箭到商店街的法院附近。圖書館就在那裡。圖書館裡很涼爽，天花板上的吊扇嗡嗡旋轉，陽光從百葉窗的隙縫透進來。我把牛皮紙袋交給櫃台的艾芙琳普萊斯摩太太。牛皮紙袋上用深咖啡色的筆寫著「短篇小說」兩個字。「能不能透露一下你寫了什麼故事啊?」普萊斯摩太太笑著問我。

「我寫的是一篇謀殺的故事。」我說。她忽然笑不出來了。「普萊斯摩太太,能不能請問一下今年的評審是誰?」

「我,葛羅夫狄恩先生,亞當谷中學英語科的老師萊爾瑞蒙先生,史沃普鎮長,那位出版過詩集的女詩人泰瑞莎艾伯克倫比,還有『亞當谷日報』的編輯詹姆斯康納豪特先生。」她用兩根手指頭捏起我的牛皮紙袋,彷彿那是一條很腥臭的魚。「你剛剛說這是一篇謀殺的故事,對嗎?」她低著頭,眼睛從眼鏡上緣瞄著我。

「是的。」

「像你這麼乖的孩子怎麼會想到要寫謀殺呢?找不到比較愉快的題材可以寫嗎?比如說……你的狗,或是你的好朋友,或是——」說到這裡她忽然皺起眉頭。「類似這種比較能夠振奮人心的題材,或是比較有趣的題材。難道你都想不出這樣的題材可以寫嗎?」

「我想不出來。」我說。「我一定要把薩克森湖底那個人的事寫出來。」

「喔。」普萊斯摩太太又低頭看看那個牛皮紙袋。「我懂了。柯力,你爸媽知不知道你寫這篇故事來參加比賽?」

「知道。我爸爸昨天晚上看過。」

普萊斯摩太太拿起一支原子筆,在紙袋上寫下我的名字。「你家電話號碼幾號?」她問。我把電話號碼告訴她,然後她就寫在我名字下面。「好了,柯力。」說著她對我微微一笑。「我會把你的稿子交給藝文委員會的人。」

我跟她說了聲謝謝,然後就轉身走向門口。臨出門之前,我故意轉頭看看普萊斯摩太太,看到她正要拆開那個牛皮紙袋。她發現我在看她,立刻停止動作。我覺得這是個好兆頭,因為她顯然迫不及待想讀那篇故事。我走出圖書館大門，解開火箭鎖在停車架上的鐵鍊，然後就一路騎回家了。

夏天的威力顯然已經漸漸減弱了。

早晨變得比較涼爽，而天黑的時間也漸漸提早。蟬鳴聲漸漸變得微弱，牠們的翅膀似乎越來越沒勁了。站在我們家門廊上，朝正東方看過去，可以看到森林茂密的山上有一棵洋蘇木，樹上的葉片彷彿一夕之間變成紅色，在一片翠綠中看起來特別怵目驚心。更令人沮喪的是，電視上開始出現那種文具用品的廣告，提醒大家快開學了。對我們這些熱愛夏天的孩子們來說，這真是令人沮喪。

夏天快過去了，時間緊迫。於是，有一天晚上吃晚飯的時候，我終於鼓起勇氣開口了。就算是槍林彈雨，也得衝鋒陷陣。

「我能不能跟我那幾個朋友去露營？」餐桌上靜悄悄的，這問題顯得很突兀。

媽轉頭看看爸，爸轉頭看看媽，兩個人就是不看我。「你們答應過我，只要我到爺爺家去住一個禮拜，你們就要讓我去露營。」我提醒他們。

爸爸清清喉嚨，拿叉子攪拌著盤子裡的馬鈴薯泥。「呃。」他說。「去露營應該沒什麼關係。沒問題。你們可以到我們家後面搭個帳篷，生一堆營火。」

「我說的不是這種露營。我說的是到野外去露營。比如說，到森林裡。」

「我們家後面就有森林啊。」他說。「那也是森林不是嗎？」

「那怎麼能算森林呢？」我心臟怦怦狂跳，因為我知道提出這樣的要求是很大膽的。「我說的是真正野外的森林。一個看不到的奇風鎮和任何燈火的地方。那才是真正的野營。」

「噢，天哪。」媽媽嘆了口氣。

爸爸哼了一聲，放下叉子，然後兩手擺在桌上十指交握，皺起眉頭。看他這一連串的動作，我知道他已準備要說「不行」了。「野外的森林？」他問。「多遠的野外？」

「現在還不知道。看我們能走多遠。我們走路過去，在那邊過夜，然後隔天早上就回來。我們會帶指南針，三明治，還有飲料。另外，我們會帶背包和一些裝備去。」

「萬一你們哪個扭傷了腳踝，那怎麼辦？」媽媽問。「萬一被響尾蛇咬了，或是被毒葛藤刺到，那怎麼辦？你們不知道夏天到處都是毒葛藤和響尾蛇嗎？」我只能先見機行事了。她那種杞人憂天的本事已經準備要火力全開了。「萬一你們哪個被山貓咬了，那怎麼辦？老天哪，天曉得森林裡還有什麼奇奇怪怪的東西？那有多可怕你們知道嗎？」

「媽，不會啦。」我說。「我們已經不是小孩子了。」

「哼，是嗎？你們已經是大人了嗎？可以自己跑到荒郊野外的森林去了嗎？跑到離家裡好幾公里的野外，萬一暴風雨來了，那怎麼辦？你們不怕閃電打雷嗎？萬一你們哪個臨時肚子痛，那怎麼辦？搞清楚，荒郊野外可沒電話讓你們打回家。湯姆，你告訴他，叫他別想那些有的沒的。」

他扮了個鬼臉。唱黑臉的永遠是爸爸。

「說嘛。」媽媽催他。「跟他說等他十三歲再去。」

「你去年也是說等我十二歲就可以去。」我提醒她。

「少跟我耍嘴皮子。湯姆，你跟他說。」

我已經做了最壞的打算。他一定會斬釘截鐵的告訴我「不行」。沒想到，出乎我意料之外，爸爸竟然問我：「你們要去哪裡弄指南針？」

媽媽不敢置信的看著他，一臉驚駭。我心裡忽然燃起一線希望。「大雷他爸爸有指南針。」我說。「他每次去打獵的時候都會用。」

「指南針也可能會壞掉啊！」媽還是不罷休。「不是嗎？」她問爸爸。

爸爸一直看著我，沒有理她。他表情很嚴肅。「到野外去過夜可不是玩家家酒。據我所知，很多大人到森林裡都還會迷路，而且，要是你去問他們，他們一定會告訴你那是什麼滋味。沒有床，沒有房間，睡在濕答答的樹葉上，整夜被蚊蟲咬。你覺得那樣會很好玩嗎？」

「我還是想試試看。」我說。

「你和你那幾個朋友討論過了嗎？」

「討論過了。只要他們的爸媽肯答應，他們都很想去。」

「湯姆，他還太小！」媽媽說。「明年再讓他去好了！」

「不可以這樣。」爸爸說。「他已經不小了。」媽媽一臉受傷害的表情。她還想再說什麼，可是爸爸卻伸出食指抵住她的嘴唇。「我已經答應過他。」他對媽媽說。「在我們家裡，男人說話算話。」接著他又轉過頭來看我。「好吧，那你去打電話給你那幾個朋友。只要他們的爸媽都同意，我們就讓你去。不過，你要去多遠，什麼時候回來，我們要先說清楚。要是你沒有在我們約好的時間回來，那你就準備一個禮拜不准出門了。懂嗎？」

「懂了！」說著我已經準備要衝過去打電話了，但爸爸卻把我叫住。「等一下，飯先吃完再說。」

自從那天以後，事情就開始有進展了。班恩的爸媽同意了，大雷的爸媽也同意了。可惜的是，強尼沒辦法跟我們一起去。他拜託我爸爸去跟他爸爸求情，而我爸爸也想盡辦法去說服他爸爸，只可惜終究還是無法挽回。因為，強尼還是有暈眩的症狀。他爸媽擔心的是，他跑到森林裡去過夜，萬一昏倒了，那就麻煩了。看起來，布蘭林兄弟無意間又剝奪了他的快樂。

於是，在一個陽光燦爛的禮拜五下午，我們準備了背包，三明治，水壺，防蚊劑，蛇毒液吸取器，火柴，手電筒，而且還跑到法院去拿了一份全郡的地圖。然後，大雷，班恩，還有我，我們三個從我家出發，準備走進森林。我們已經跟爸媽說過了再見，把我們的狗關進狗欄裡，腳踏車用鐵鍊鎖在門廊上，大雷帶了他爸爸的指南針，頭上還戴著一頂駱駝圖案的獵帽。我們都穿著長褲，另外，為了避免被毒葛藤刺到，被蛇咬到，我們都穿了冬天的長靴。我們已經準備好要踏上我們的漫長旅途了。我們面向著太陽，一步步走向我家後面那片樹林，感覺自己很像當年的拓荒者。結果，我們都還沒走進樹林，我媽已經緊張兮兮的站在後陽台上大呼小叫。「柯力！你帶的衛生紙夠用嗎？」

我說夠用，但我實在很難想像，當年那些西部拓荒者的媽媽會問他們這種問題。

我們一步步爬上山坡，經過那片空地。那裡就是我們暑假第一天舉行儀式的地方。過了那片空地之後，樹林就開始越來越茂密，放眼望去只見一片蒼翠。我回頭看看山下的奇風鎮，接著，班恩也停下腳步回頭看，然後，大雷也一樣。一切都是那麼井井有條，街道，家家戶戶的屋頂，修整得的很整齊的草坪，人行道，花圃。而眼前，我們即將進入的是一片未知的蠻荒。那裡面暗藏凶險，極不舒服，又不安全。換句話說，那一剎那我忽然明白自己面對的是什麼樣的狀況。

「嗯。」大雷終於開口了。「我們該走了。」

「嗯。」班恩也哼了一聲。「是該走了。」

「嗯哼。」我也哼了一聲。

我們站在那片空地上，微風迎面吹來，脖子後面開始冒汗。我們後面那一大片森林在風中窸窣作響。我忽然想到怪物電影裡那隻九頭蛇，那些蛇頭不斷的左右搖晃，吐著舌信嘶嘶作響。

「我要進去了。」大雷開始往前走。我也轉身跟在他後面，因為指南針在他身上。於是，我們一步步離開了奇風鎮。班恩把他背包的背帶拉緊，結果，他襯衫的下擺已經快從褲腰裡跑出來了。他說：「等我一下！」然後就拚命跑過來追我們。

眼前的森林彷彿一直在等待我們這樣的孩子，已經等了一百多年了。我們一進去之後，身後那無數茂密的枝葉彷彿變成了一道屏障，封住了那條進來的路，把我們圍在裡面。現在，我們走進了一個蠻荒世界，我們只能靠自己了。

沒多久，我們已經滿身大汗。在八月的豔陽下，我們在茂密的森林中爬上爬下，翻過一座座小山嶺。班恩已經開始氣喘如牛，一直叫大雷走慢一點。「你看，有蛇洞！」大雷忽然喊了一聲，伸手指向班恩腳邊的地上。其實，根本沒有蛇洞，但班恩走路忽然又變快了。陽光遍灑林間，在地面上映照出斑駁的光影。遍地綻放著香氣四溢的忍冬和黑莓叢。當然，我們偶爾會停下腳步摘幾顆來吃，然後又繼續往前走。我們遵照指南針和太陽的方向前進。走到一座山頂上，我們看到幾顆巨大的鵝卵石，於是就坐下來休息。沒多久，我們就發現那些石頭上刻著印第安人的圖騰，但緊接著，我們也發現我們並不是第一個看到這些石頭的人，因為旁邊的地上有一些餡餅的包裝紙，還有幾罐破掉的汽水瓶。我們又繼續往前走，越來越深入森林。我們決心要找到一個沒有人到過的地方。後來，我們來到一條乾枯的河床，於是就沿著河床往前走，我們的靴子踩在河底的小石頭上嘎吱嘎吱響。接著，我們看到一隻死掉的山鼠，成群的蒼蠅繞著牠嗡嗡盤旋，大雷威脅班恩說他要把山鼠撿起來丟他。班恩嚇得渾身發抖。後來我勸大雷別鬧了，太噁心了。班恩終於鬆了口氣。我們又繼續往前走，走了很遠一段路，來到一片樹林比較稀疏的地方。地面上有一顆顆的白色岩石凸出來，看起來好像恐龍的肋骨。大雷忽然停下腳步，彎腰看著地上。然後從地上撿起一個黑色的箭頭。箭頭的形狀還很完整，於是他把箭頭塞進口袋裡，準備帶回去送給強尼。

太陽漸漸下山了。我們已經滿身大汗，灰頭土臉。成群的小蚊子繞著我們頭上盤旋，而且一直撲向我們的眼睛。到今天我才知道，原來小蚊子對人類的眼球這麼有興趣。我猜，那應該就像飛蛾對火焰特別有興趣一樣吧。總之，我們的眼睛痛得要命，而且我們不知道花了多少時間把飛進眼睛裡的小蚊子挑出來。後來，太陽終於下山了，氣溫越來越涼爽，而那些小蚊子忽然都不見了。這時候，我們開始懷疑了，不知道能不能找得到地方過夜。而也就是在那一刻，我們終於領悟到一件事。

當東方的天空陷入一片漆黑，我們終於領悟到，爸爸媽媽已經沒有在我們身邊了，沒有人會做飯給我們吃。而且，這裡沒有電視，沒有收音機，沒有浴缸，沒有床，沒有電燈。我們搞不清楚我們已經離開家多遠了，不過，在過去的兩個鐘頭裡，我們沒有看到任何文明的痕跡。「我看，我們走到這裡就好了。」我對大雷說。我伸手指向一片空地，可是他說：「噢，我們可以再走遠一點。」我知道他很好奇，很想知道下面那座山後面是什麼東西。班恩和我也只能乖乖跟著他，因為，我剛剛說過，指南針在他身上。

夜色已經籠罩了大地，我們把手電筒拿出來。我感覺到有個東西從我面前飛過去：那是一隻蝙蝠，牠在找吃的。接著，我們靠近一堆矮樹叢的時候，聽到裡頭發出一陣窸窸窣窣，好像有什麼東西在裡面跑。班恩緊張得要命，一直問：「那是什麼?那是什麼？」但我們兩個都沒理他。後來，大雷終於停下腳步，然後拿著手電筒朝四周照了一圈。「我們在這裡搭帳篷。」我和班恩當然都沒意見，因為我們都已經兩腿發軟。我們卸下肩上的背包，然後走到矮樹叢裡撒了泡尿，然後到附近找木頭來生火。我們運氣還不錯，因為這附近有很多松樹枝和毬果，而且，一根火柴就點燃了。沒多久，我已經用石頭堆了一個火坑，然後很快就昇起了一堆火。堆石頭是爸教我的。於是，我們三位探險家圍著火堆猛啃媽媽幫我們準備的三明治。

火堆劈啪作響。班恩在他的背包裡找到一包棉花軟糖，那是他媽媽偷偷塞進去的。我們撿了一些樹枝，然後就開始高高興興的烤棉花糖來吃。搖曳的火光彷彿在火堆四周形成一團半球體的光暈，然而，在火光的範圍外，四面八方完全籠罩在黝黑的夜色中，什麼都看不見，黑漆漆的森林裡只見螢火蟲點點閃爍。一陣風輕拂過樹梢，晶瑩閃爍的銀河橫跨整個夜空。

靜謐的森林散發出一種莊嚴神聖的氣息，我們說話的時候都不自覺的壓低聲音。聊到下一季少棒聯盟的比賽，我們一致認為，無論如何都要想辦法把尼莫拉進我們球隊，另外，我們也聊到布蘭林兄弟。那兩個渾球害強尼的暑假泡湯了，真希望有人能夠替天行道好好修理他們。接著，我們也聊到，這地方離我們家一定很遠。大雷認為最起碼有十公里，可是班恩卻認為最起碼有二十公里。另外，我們都很好奇，不知道這個時間我們的爸媽都在做些什麼，不過我們一致同意，他們現在可能緊張得睡不著覺，然而，有過一次這樣的經驗，他們以後就會慢慢習慣了。我們漸漸長大了，所以一定要讓爸媽明白，我們已經不再是小孩子了。

遠處開始傳來貓頭鷹的咕咕聲。大雷又開始興沖沖的聊到雪靈。此刻，雪靈一定也躲在森林中的某個角落裡，和我們一樣享受著眼前的景致和靜謐。說不定，牠也聽到那隻貓頭鷹在叫。接著，班恩忽然說學校快開學了，我們立刻叫他閉嘴。火堆裡的火焰漸漸變得微弱，我們躺下來，看著天上的銀河，聊著奇風鎮上的點點滴滴。我們都認為，那真是一個神奇的小鎮。而且，一定是因為那種神祕力量，我們才有幸在這個神奇的小鎮出生長大。

後來，火堆終於熄滅了，只剩餘燼散發出淡淡的紅暈。那隻貓頭鷹似乎也已經睡著了，野櫻桃的清香隨著微風飄散到我們火堆附近。我們看著流星劃過天際，點點藍光後面拖著一條金黃燦爛的軌跡。又過了一會兒，天空已經看不到流星了，於是我們默默躺在地上沈思冥想。這時大雷忽然說：「嘿，柯力，說個故事來聽聽吧。」

「不要啦。」我說。「我想不出有什麼故事好講的。」

「隨便編一個嘛。」大雷慫恿我。「隨便說一個嘛。」

「對呀，不過不要說那種太恐怖的。」班恩說。「我不想做噩夢。」

我想了一下，於是就開始說了。「你們知不知道，這附近有一座納粹囚犯的監獄？我爸告訴過我。他說森林裡有一座監獄，專門關納粹囚犯，而且，他們都是那種你難以想像的殺人魔王。就在空軍基地旁邊，只不過，空軍基地還沒蓋之前，那座監獄就已經在這裡了。」

「是真的嗎？」班恩緊張兮兮的問。

「當然不是真的，白癡！」大雷說。「他是瞎編的啦！」

「隨便你怎麼想。」我對大雷說。「可能是瞎編的，也可能不是。」

大雷忽然不吭聲了。

「總而言之。」我繼續說。「有一次，那座監獄忽然失火，有幾個納粹囚犯逃出來，不過其中有幾個都被火燒傷，燒得面目全非。不過，他們終究還是逃出來了，跑到森林裡面，然後──」

「這是你在雜誌裡看到的嗎？」大雷問。

「不是。」我說「是我爸爸告訴我的。那是很久很久以前的事了，我們還沒出生之前的事。總之，那些納粹囚犯逃到森林裡，就在這附近。那群人的首領叫布魯諾，塊頭很大，臉被火燒得不成人形，看起來很恐怖。他找到了一個洞穴，於是大家都躲在裡面。問題是，東西不夠吃，所以後來，有幾個人死掉了，其他人就拿刀子把屍體切開──」

「噢，好噁心！」班恩驚呼了一聲。

「然後他們就把那些屍體吃掉了。而且，屍體的腦子永遠都是被布魯諾吃掉的。他把屍體的頭蓋骨敲爛，然後用兩手把腦子挖出來塞進嘴裡。」

「我快吐了！」大雷忽然大叫起來，故意從喉嚨擠出一種咯咯的聲音，然後大笑起來。班恩也跟著笑起來。

「過了很久很久以後，大概兩年後，那群人只剩下布魯諾還活著。他塊頭變得比從前更巨大。」我繼續說。「可是，他那張被火燒傷的臉一直沒有痊癒。他一隻眼睛長在額頭上，一顆眼睛垂到下巴。」他們兩個越笑越大聲。「而且，因為長年累月躲在洞穴裡，又吃了太多人肉，布魯諾終於發瘋了。他還是很餓，但問題是，他只想吃人腦。」

「噁！」班恩叫了一聲。

「他只想吃人腦。」我繼續說。「他身高兩百二十公分，體重一百五十公斤，手上拿著一把長刀。那把刀很鋒利，一刀就可以砍掉你的頭頂。另外，自從監獄失火之後，警察和軍隊一直在找他。後來，他們在森林裡發現了一個森林巡邏員的屍體。他腦袋上半部被砍掉了，腦子不見了。後來，他們又發現一個賣私酒的老頭的屍體，他也一樣，腦子也不見了。警方推測，布魯諾越來越靠近奇風鎮了。」

「然後警察就把〇〇七詹姆斯龐德和蝙蝠俠都找來了！」大雷說。

「少鬼扯了！」我搖搖頭。「他們並沒有找誰來幫忙。就只有警察和軍隊的士兵。於是，每天晚上，布魯諾在森林裡遊蕩，手上拿著那把長刀和一盞煤油燈。他的臉真的太恐怖了，一看到他的臉，你就會嚇得渾身無法動彈，就好像看到蛇髮女妖你就會變成石頭一樣。然後，喀嚓一聲，你頭頂就被砍掉了，然後，噗哧一聲，你的腦子就被他吞下去了。」

「噢，是哦！」班恩笑起來。「我敢打賭，布魯諾現在一定還在森林裡到處找人腦吃，對吧？」

「沒有。」故事該收尾了。「後來警察和士兵找到了布魯諾，開槍殺了他。他們開了不知道多少槍，把他打成了蜂窩。不過，從此以後，如果你在沒有月亮的夜晚走進森林，你可能會看到布魯諾的煤油燈在森林裡若隱若現。」說到這裡我故意壓低聲音，裝出一種陰森森的腔調。這時候，大雷和班恩忽然都不笑了。「沒錯，你會看到他提著煤油燈在森林裡遊蕩，到處找人腦吃。他提著煤油燈照亮四面八方，只要你一靠近，你就會看到他手上的長刀閃閃發亮。這時候，千萬不要看他的臉！」我忽然豎起一根手指。「絕對絕對不要看他的臉，因為，只要一看到他的臉，你就會跟他一樣發瘋，你會跟他一樣想吃人腦！」最後一句我是吼出來的，而且忽然跳起來。班恩嚇得大叫一聲，但大雷又開始笑了。

「喂，不好笑！」班恩罵他。

「你根本不用怕那個布魯諾。」大雷對他說。「因為你根本沒長腦子，所以他不會吃掉你——」

說到這裡大雷忽然停住了，瞪大眼睛看向前面黝黑的森林。

「怎麼了？」我問他。

「哼，他故意嚇嚇我們的！」班恩嗤之以鼻。「哼，騙不了我的！」

大雷的臉突然一片慘白。我對天發誓，我好像真的看到他頭皮在抖，頭髮一根根豎起來。他張開嘴巴：

「咯……咯……咯……」然後他慢慢抬起手指向我後面。

我立刻轉頭沿著他手指的方向看過去。那一剎那，我聽到班恩倒抽了一口氣，而我自己也全身汗毛直豎，心臟怦怦狂跳。

我看到森林裡有一盞燈朝我們的方向移動過來。

「咯……咯……老天！」大雷喉嚨哽住了，聲音好嘶啞。

我們三個都嚇壞了，那種恐懼筆墨無法形容，覺得很想趕快挖個地洞鑽進去。那盞燈移動得很慢，慢慢靠近。後來，接近到某個距離的時候，那盞燈忽然變成兩盞。我們三個都趴到地上。過了一會兒，我忽然想到，那是車子的大燈。看它前進的方向，感覺好像就要衝到我們身上。但過了一會兒，車子忽然轉了個彎，我們看到車尾的煞車燈一閃一閃。顯然是開車那個人在踩煞車。車子沿著一條彎彎曲曲的小路一直往前開。那條小路距離我們所在的位置大概只有二十公尺。過了幾分鐘後，那輛車忽然又消失在森林裡。

「你們看到沒有？」大雷壓低聲音問。

「廢話，我又不是瞎子！」班恩低聲咒罵了一句。「我們不是在你旁邊嗎？」

「不知道開車的人是誰，他們跑來這裡幹什麼？」大雷轉頭看著我。「柯力，想去看看嗎？」

「可能是那些賣私酒的傢伙。」我的聲音在發抖。「我看算了，別去惹他們。」

大雷忽然拿起他的手電筒。他臉色還是一片蒼白，但眼中射出一種興奮的光采。「我要去看看到底怎麼回事！你們兩個，去不去隨便你們！」說著他站起來，打開手電筒，然後開始躡手躡腳朝車子的方向走過去。走了兩步，發現我們沒跟上去，他立刻又停下腳步。「不會有事的。」他說。「我知道你們兩個一定不會怕的，對不對？」

「本來就沒什麼好怕。」班恩說。「所以我待在這裡就好。」

這時我站起來了。要是大雷敢去，那我怕什麼呢？更何況，我也很好奇，很想知道開車的人到底是誰，還有，他們三更半夜跑到森林裡來幹什麼。「走吧！」他說。「不過走路小心點！」

「不要把我一個人丟在這裡！」班恩也心不甘情不願的站起來。「你們兩個真他媽瘋了。」

「是啊。」大雷口氣很得意。「你們兩個身體壓一點，不要講話！」

我們壓低身體，躡手躡腳在森林裡穿梭，從一棵樹後面跑到下一棵樹後面，沿著那條小路躲躲藏藏慢慢前進。奇怪，剛剛我們升火的時候竟然沒發現這條小路。大雷把手電筒照向地面，以免被前面那些人發現。那條小路在樹林間蜿蜒纏繞。那隻貓頭鷹又開始叫了，螢火蟲繞著我們飛舞閃爍。我們沿著那條小路走了幾十公尺之後，大雷忽然停住腳步壓低聲音說：「在那裡！」

我們看到了。車子就在前面，已經停了，可是大燈還亮著，引擎也沒熄火。我們立刻趴到地上。我的心跳恐怕一分鐘已經快兩百下了。不知道他們兩個是不是也跟我一樣。車子停在那裡沒動，開車那個人也沒下車。「我要尿尿！」班恩壓低聲音說，口氣聽起來很急迫。大雷叫他憋住。

就這樣，大概過了五、六分鐘，我們看到森林另一頭也出現了燈光。是另一輛車。一輛黑色的凱迪拉克。它開到第一輛車正前方，面對面停好。大雷轉頭看看我，彷彿在說：這次我們碰到真正的大場面了。我並不在乎他們想幹什麼，我只想趕快逃之夭夭。我猜，那些人大概是來買賣私酒的。這時候，第一輛車的車門開了，兩個人走下車。

「噢，老天！」大雷輕輕驚呼了一聲。

兩部車大燈的光束在車前交錯，那兩個人就站在交錯的光束中。他們穿的衣服跟一般人沒什麼兩樣，不過，臉上都戴著白色的面罩。其中一個中等身材，一個又高又胖，肚子被牛仔褲上的腰帶擠出一圈肥肉。那個中等身材的人嘴裡叼著煙。看不太出來那是雪茄還是一般的香煙。他歪著頭，煙從嘴角噴出來。接著，那輛凱迪拉克的車門也開了，那一剎那，我心臟差點停止跳動。從駕駛座走下來的人竟然是霸丁布萊洛克。就是他沒錯。那天在賭場裡我親眼看過他。我記得他的長相。另外，從右座下來的那個人個子瘦瘦長長，一頭黑髮往後梳，下巴尖尖的，穿著一條黑色緊身褲，一件紅襯衫，肩膀上點綴著一排金屬亮片。本來我以為那一定是唐尼布萊洛克。不過仔細一想，唐尼的下巴並不是長那樣。接著，那個人走過去打開凱迪拉克右邊的後門，坐在裡面的人開始鑽出來。那一剎那，整輛車立刻搖晃起來。

那個人簡直就像一座長了兩條腿的山。

他肚子大得嚇人，把身上那件紅色格子花紋襯衫和連身工作褲繃得緊緊的。接著，當他站直身體，我發現他身高至少有兩百公分。他的頭髮幾乎已經全禿了，橢圓形的頭頂上只剩一小撮捲捲的灰髮。他滿臉灰鬍子修剪得很整齊，下巴部位的鬍子有點翹。他的呼吸聲大得像打雷，滿臉橫肉。「你們兩個是要去參加化裝舞會嗎？」他的聲音洪亮得嚇人，聽起來很像水泥攪拌機。而且，他那種呵呵的笑聲很像在發動一具老舊的引擎。霸丁笑了，另外那個人也笑了。那兩個戴面罩的人渾身扭動了一下，好像有點不安。「你們兩個看起來真像兩袋大便。」那個像山一樣的人又說話了。他開始一步步往前走。我對天發誓，他那兩隻手大得像整隻的火腿。他腳上穿著高筒靴。他的腳也是大得嚇人，感覺彷彿一腳就能踢倒小樹。

那個戴面具挺著大肚子的人說：「我們是祕密組織……我們的行動是非公開的……我們不想暴露身分。」

「去你媽的，迪克！」那大鬍子又開始大笑起來。「你那個大肚子肥屁股誰認不出來啊？除非操他媽的眼睛瞎了！」我心裡想，聽起來有點像五十步笑百步。

「噢，布萊洛克先生，沒想到還是被你認出來了！」那個叫迪克的人口氣有點不高興。那一剎那我驚訝得無法形容。原來眼前這兩個人，一個就是迪克毛特利先生，而另一個就是「大砲」，也就是布萊洛克家族的老大。

這時班恩也認出來了。「我們趕快走吧！」他壓低聲音說。可是大雷卻噓了他一聲。「小聲一點！」

「哦。」大砲兩手扠在屁股上。「你愛裝神弄鬼是你家的事。錢帶了沒有？」

「帶了。」毛特利先生手伸進口袋裡掏出一疊鈔票。

「算算看。」大砲說。

「好。五十……一百……一百五……兩百……」他就這樣算到四百塊。「魏德，去把錢拿過來。」大砲說。那個穿著金屬亮片襯衫的人立刻走過去拿錢。

「等一下。」另外那個戴面罩的人說。「東西呢？」他聲音很粗很嘶啞。我忽然覺得好像在哪裡聽過他的聲音。

「霸丁，你去把他們的東西拿過來。」大砲說。於是霸丁把凱迪拉克的車鑰匙從電門上拔起來，然後走到後行李廂。大砲眼睛一直盯著那個戴面罩的人。我暗暗慶幸，還好他眼睛不是盯著我。因為他的眼神好冷酷好凌厲，彷彿能夠鑿穿鋼鐵。「這可是上等貨。」大砲說。「完全符合你們要求的標準」。

「最好是。我們一分錢也沒少給你。」

「怎麼樣，要不要我示範一下？」大砲笑得好猙獰，露出滿嘴金牙。「還有，老兄，我勸你最好先把雪茄丟掉。」

那個戴面罩的人又吸了最後一口煙，然後轉身面向我們躲藏的位置，把煙頭朝我們彈過來。那煙頭落在我面前一公尺的地方，我注意到尾端的塑膠濾嘴被嚼得稀爛。我忽然想到有一個人抽雪茄的時候會這樣嚼濾嘴。是哈奇森先生。郵差。

霸丁打開後行李廂，然後很快又蓋上。接著，他手上捧著一個小小的木盒走向那兩個戴面罩的人。他動作很輕，彷彿抱著一個小嬰兒。

「我要看看裡面的東西。」哈奇森先生說。我從來沒聽過他用這種口氣說話。

「打開讓他看看。」大砲說。霸丁小心翼翼打開扣環，掀開蓋子，露出裡面的東西。我們三個都看不到，不過，毛特利先生走到他面前，低頭瞄了一眼，然後吹了聲口哨。

「滿意了嗎？」大砲問。

「應該可以了。」哈奇森先生說。「等到他們飛上天，然後一路下地獄，可能都還搞不清楚到底怎麼回事。」

「我還多送了一個給你。」大砲又露出那種猙獰的笑容。我忽然覺得他看起來很像撒旦。「討個吉利。」他說。「好了，霸丁，蓋起來吧。拿錢。」

「大雷！」班恩忽然壓低聲音說。「有東西在我身上爬！」

「小聲一點！白痴！」

「我不是在開玩笑！真的有東西在我身上爬！」

「你聽到了嗎？」毛特利先生忽然問。那一剎那，我感覺自己全身血液彷彿瞬間凍結了。

那幾個人忽然都安靜下來。哈奇森先生兩手抱住盒子，魏德布萊洛克緊緊抓著那疊鈔票。大砲慢慢轉頭看看四周的森林。咕咕……咕咕，遠處那隻貓頭鷹又在叫了。這時班恩忽然輕輕哼了一聲，那聲音聽起來充滿驚駭。我整個人趴在地上，下巴埋進滿地的松針裡。我看到哈奇森先生的煙蒂還冒著煙。

「沒聽到什麼聲音。」魏德布萊洛克說。他把錢拿給爸爸。大砲又拿起來算了一下，舌頭不斷舔著下唇。最後，他把那疊鈔票塞進口袋裡。「好了。」他對那兩個戴面罩的人說。「銀貨兩訖，這筆生意搞定了。要是下次還想要什麼稀奇古怪的東西，隨時聯絡。」說著他開始走回那輛凱迪拉克，霸丁立刻快步走過去幫他開門。

「多謝你的幫忙，布萊洛克先生。」聽毛特利先生那種口氣，我忽然覺得他好像一隻諂媚的小狗拚命想舔兇惡的主人。「真的非常感謝——」

「蜘——蛛！」

那一剎那，整個地球彷彿瞬間停止轉動。那隻貓頭鷹忽然也沒聲音了。天上的銀河彷彿也快熄滅了。

接著班恩又大喊了一聲：「蜘蛛！」然後他開始在滿地的松針上打滾。「我全身都是蜘蛛！」

我嚇得喘不過氣來。完全喘不過氣來。班恩滿地掙扎慘叫，大雷狠狠瞪著他，目瞪口呆。那五個人也愣住了，站在原地動也不動，眼睛都看向我們這邊。我心臟已經快爆炸了。那短短的三秒鐘彷彿一輩子那麼長。接著，大砲布萊洛克的喊叫聲劃破了夜空：「抓住他們！」

「跑啊！」大雷一邊大喊一邊掙扎著站起來。「趕快跑！」

魏德和霸丁朝我們衝過來，車燈照在他們身上，在地上拖出巨大的黑影。大雷已經開始往我們營地的方向跑。於是我也大叫了一聲：「跑啊，班恩！」然後我也站起來拔腿就跑。班恩一邊尖叫一邊掙扎著站起來，兩手發了瘋似的猛拍衣服。我邊跑邊回頭看，看到魏德已經快抓到班恩了，接著，班恩猛然往前一竄，魏德撲了空。霸丁跟在我和大雷後面追，邊追邊喊著：「臭小子，回來！」而大砲也在後面大喊：「操他媽的，把他們抓回來！別讓他們跑了！」

我必須說，大雷跑得真是快，速度驚人。他已經跑得快不見蹤影，我遠遠落在後面。麻煩的是，手電筒在他手上，我根本看不清方向。而且，我聽到霸丁的呼吸聲就在我後面。我鼓起勇氣回頭一看，發現班恩已經跑向另一個方向，而魏德緊跟在他後面追。我不知道哈奇森先生和毛特利先生是不是也跑過來追我們。霸丁幾乎已經快追上我，他的手已經快抓到我的衣領了。我趕緊低頭，轉彎跑向另一個方向，結果，他踩到地上的松針滑了一跤。我還是拚命跑，在黑漆漆的荒野上拔腿狂奔。「大雷！」我大叫了一聲，因為我已經看不到他手電筒的光了。「你在哪裡？」

「我在這裡，柯力！」他也大喊了一聲，可是我聽不出他在哪個方向。接著，我聽到霸丁穿過後面的矮樹叢，於是我又繼續跑，滿頭大汗。「柯力！大雷！」我聽到班恩在我右邊某個地方大喊。「操他媽的，把他們抓回來！」大砲大吼，聽得出來他火冒三丈。我忽然好害怕，不知道那一家子凶神惡煞會怎麼對付我們，因為我們剛剛看到不該看的東西。雖然我搞不清楚他們究竟在做什麼，但我知道大砲一定不想讓任何人知道。我又開始叫班恩，可是才一開口，我右腳忽然踩到一堆松針，滑了一跤，整個人像沙包一樣滾下山坡。後來，我滾到一堆矮樹叢和葛藤旁邊，終於停住了。我嚇得半死，頭好昏，差點把剛剛吃的烤棉花軟糖吐出來。剛剛滾下來的時候，下巴好像撞到了什麼東西，擦破了皮。我趴在地上一動也不動，因為我已經有心理準備，等著一隻手會突然從黑暗中伸出來抓住我脖子後面，這時候，我聽到一陣枝葉摩擦的窸窣聲。霸丁離我不遠了。我屏住呼吸，很怕他會聽到我的心跳聲。因為我聽得到自己的心跳有如驚天動地的鼓聲。如果霸丁聽不到我的心跳聲，那他鐵定是個聾子。

接著，我聽到他的聲音從左邊傳過來。「小子，不用再跑了。我知道你躲在哪裡。」他的口氣好像很有把握似的。我差點就忍不住要回答他，可是我忽然想到，他跟我一樣在摸黑。於是我閉住嘴巴沒吭聲，頭貼在地上。

過了一會兒，霸丁又開始大喊。這次，他的聲音聽起來變得比較遠了。「我們一定會找到你們的！沒錯，你們跑不掉的，我們一定會把你們這幾個臭小子一個個揪出來！」

他越走越遠了。我趴在那裡等了好幾分鐘，聽著布萊洛克一家人互相叫喚。顯然，大雷和班恩都跑掉了，大砲火冒三丈。「你們把那幾個臭小子給我找出來！整夜不睡覺也要給我找出來！」他朝他的兒子大吼，而他們也只能畏畏縮縮的回答：「知道了。」我心裡想，我應該趁他們繼續搜索之前趕快離開這裡，於是我站起來，躡手躡腳走開了。

我根本搞不清楚自己正往哪個方向走。我只知道，我一定要想辦法離他們遠一點。我考慮過回去找大雷和班恩，可是又怕被布萊洛克那家子抓住。於是，我只好摸黑繼續往前走。就算這附近有山貓或響尾蛇，牠們也不會比我後面那幾個兩條腿的禽獸更可怕。就這樣，我走了大半個鐘頭之後，終於看到一顆大鵝卵石，於是就坐下來休息。滿天繁星燦爛閃爍，我忽然想到自己面臨什麼處境了。我們的背包還丟在營地，東西都在裡面，而且我已經搞不清楚營地在哪個方向了。我沒東西可以吃，沒水可以喝，沒有手電筒，沒有火柴，而且，指南針在大雷身上。

我忽然想到：媽媽說對了。我真的應該等十三歲再來。

8 雪莉柳兒

我知道漫漫長夜是什麼滋味。有一次我喉嚨發炎，整夜沒辦法睡覺，每一分每一秒都是無比的煎熬。還有一次，叛徒肚子裡長了蟲，躺在地上哀鳴，一直咳嗽。我擔心得要命，陪了牠一整夜。然而，這天晚上，我躺在那塊鵝卵石上整個人縮成一團，那種滋味遠比從前那幾次更難以忍受。這天晚上，時間彷彿靜止了，每一分每一秒都有如一個世紀那麼漫長。整整六個鐘頭，我沉陷在無邊的恐懼與悔恨中，身體很不舒服。我可以百分之百確定，這是我這輩子最後一次露營了。這天晚上，我簡直是草木皆兵，滿腦子胡思亂想，一聽到有什麼風吹草動都會立刻嚇得跳起來。我看著四周黝黑的森林，常常被奇怪的黑影嚇得半死，可是後來才發現原來那只是扭曲的松樹枝。要是此刻能夠吃到一塊花生醬三明治，喝一罐汽水，我願意拿滿書架的國家地理雜誌來交換。快天亮的時候，蚊子開始找上我了。那蚊子大得嚇人，彷彿只要抓住牠的腳，牠就能夠拖著我飛回奇風鎮。我肚子餓得咕嚕咕嚕叫，被蚊子咬得滿身包，那滋味真是難熬。

那真是無比漫長的夜晚。整夜，我忙著打蚊子，一邊豎起耳朵仔細聽聽看有沒有腳步聲偷偷靠近我。另外，我也想到，毛特利先生和哈奇森先生花了四百塊買了一盒東西。四百塊，那真是好大的一筆錢！我一直在想，不知道那盒子裡究竟是什麼東西。不過，既然扯上布萊洛克那幫凶神惡煞，那鐵定不是什麼好東西。毛特利先生和哈奇森先生究竟要那些東西做什麼？我忽然想到，當時哈奇森先生說了一句話：等到他們飛上天，然後一路下地獄，可能都還搞不清楚到底怎麼回事。

雖然我不知道那是什麼東西，不過，他們三更半夜偷偷摸摸躲在森林裡，絕對不會是什麼好東西。而且我相信，布萊洛克父子一定會毫不猶豫的一刀割斷我們的喉嚨，而且，說不定毛特利先生和哈奇森先生也一樣，因為他們必須——殺人滅口。

後來，太陽終於快出來了，暗紫色的天際浮現出一絲淡淡的紅。我知道我該走了，因為布萊洛克兄弟說不定就在附近。昨天我們出發的時候，時間是下午，我們一路面對太陽的方向，所以，現在我選擇朝正東方走。雖然我兩條腿痛得快走不動了，但我好想家，好渴望回家，於是，我打起精神開始走。

我打算走到地勢比較高的位置，說不定可以看得到奇風鎮，或是薩克森湖，或最起碼看得到公路，沒想到，走到山頂上，我看到的卻只是更多的森林。走了兩個鐘頭之後，運氣來了：一架戰鬥機從我頭上呼嘯而過，我看到它正要放下起落架。於是，我改變行進方向，比原先的正東方偏了幾度，我猜，空軍基地應該就在那個方向。沒想到，越往前走，森林裡的樹不但沒有變少，反而越來越茂密。陽光越來越熱，地面凹凸不平，我很快就滿身大汗，渾身都濕透了。而且，那些小蚊子又出現了，而且這次是傾巢而出，彷彿一團黑烏烏的龍捲風把我的腦袋團團圍住。

沒多久，我又聽到更多架戰鬥機的引擎聲。雖然我在森林裡看不見飛機，但卻聽得到聲音。接著，我忽然聽到轟隆！轟隆！轟隆！的爆炸聲，立刻停下腳步。我忽然明白我已經很接近投彈訓練靶場了。我看到前面那座山頭後面冒出一團團的黑煙，揚起漫天沙塵。那個方向應該是東北方。那意味著，我距離我家還有十萬八千里。

此刻，太陽正好在我頭頂上，所以我知道，時間是正中午。照昨天跟爸媽說好的計劃，這個時間應該已經到家了。我想，媽媽一定已經開始發狂了，至於我爸呢，他大概已經打算要好好修理我了。然而，最令我難過的是，昨天我還覺得自己已經長大了，已經是大人了，可是今天，我不得不承認，我距離那種境界恐怕還遙遠得很。

我繼續往前走，繞著訓練靶場外圍走，因為，被幾百公斤重的炸彈炸到，那可不是好玩的。我在荊棘叢裡穿梭，衣服被扯得支離破碎，身上被刺得皮破血流，但我還是咬牙硬撐著繼續走。我心頭不時會湧現一陣驚慌，因為我老是覺得每個黝黑的陰影裡都躲著響尾蛇。我一直很渴望自己會飛。要是真的能飛，現在就是最好的時機。

就這樣走著走著，不知道過了多久，我忽然發覺自己走出了松樹林，眼前出現一片小池塘，水面在陽光下波光粼粼，而且有個年輕女孩子正在水裡游泳。她一定是剛剛才下水的，因為她那頭長長的金髮只有下端是濕的。她兩條手臂交替著划水，我注意到她全身被太陽曬成了古銅色，手臂和肩膀皮膚上的水珠在陽光下閃閃發亮。我正打算要開口叫她的時候，她忽然翻了個身，變成仰泳的姿勢，這時我才發現她全身赤裸。

我立刻心跳加速，趕緊躲到一棵樹後面。我忽然好怕驚動到她。她輕快的擺動修長的雙腿踢水，乳頭浮在水面上清晰可見，而且兩腿之間的私密部位裸露無遺。這樣偷看人家，我忽然覺得很慚愧，可是不知道為什麼，我的眼睛彷彿中邪了一樣就是無法移開視線。接著，她又翻了個身潛進水裡，後來，當她又浮出水面的時候，她已經游過了半個池塘。她伸手撥開額頭上的濕頭髮，然後又飛快翻了個身，仰身浮在水上看著蔚藍的天空。

我發覺自己目前面臨的狀況還真是有點啼笑皆非。我又餓又渴，被蚊子咬得滿身包，全身被荊棘刺得皮破血流，而爸媽一定正急著打電話給警長和消防隊長，可是，我面前十公尺遠的地方卻是一片碧綠的池塘，一個全身赤裸的年輕女孩正在水裡游泳。我還沒看清楚她的臉，但我看得出來，她年紀一定比我大，應該是十五、六歲左右。她身材窈窕修長，而且游起泳來姿態好優雅，不像小孩子那樣猛拍猛踢濺起漫天的水花。我注意到她的衣服擺在池塘對面的一棵樹下，那裡有條小路延伸進森林裡。那女孩忽然又潛進水裡，兩腿踢著水，接著又浮出水面，慢慢游向岸邊的衣服。過了一會兒，她忽然停住了，兩腳踩在池底，然後開始一步步走向岸邊。時候到了，不趕快叫她就來不及了。

「等一下！」我大叫了一聲。

她立刻轉身，滿臉飛紅，手飛快遮住胸部，然後整個人坐進水裡，只剩下頭露在水面上。「是誰？誰在叫我？」

「是我。」我畏畏縮縮的從樹後面走出來。「對不起。」

「你是誰？你在這裡多久了？」

「我才剛來沒幾分鐘。」接著我又補了一句：「我什麼都沒看到。」此地無銀三百兩。

那女孩張大著嘴，兇巴巴的瞪著我，濕答答的頭髮披散在肩上。一道陽光穿透林間照在她臉上，這時我才發現她長得好漂亮。那瞬間的一瞥，實在太突然了，那一剎那的感覺只能用震驚來形容。那是一種攝人心魄的美，美得令人震驚，我根本已經忘了她在生氣。會讓小男孩覺得漂亮的東西很多，比如說，亮晶晶的嶄新腳踏車，一隻可愛的小狗，YOYO球上下甩動時的嗡嗡聲，金黃燦爛的滿月，青翠的草坪，還有自由自在盡情奔跑。這一切都是小男孩心目中的美好事物。然而，女孩子的臉蛋並不包括在內。不管女孩子長得有多美，小男孩通常都不會有什麼感覺。然而，那一刻，我完全忘了自己又渴又餓，完全忘了自己被蚊子咬得滿身包，完全忘了全身被荊棘刺得皮破血流。此刻，站在我面前的，是全世界最漂亮的女孩。她瞪著我，那眼睛如紫晶般湛藍清澈。那一剎那的感覺，彷彿剛睡醒，睡眼惺忪，卻突然發現自己置身在一個從來沒見過的奇異世界。

「我迷路了。」我愣了好半天才說出話來。

「你從哪裡來的？你在偷看我嗎？」

「沒有。我……我從那個方向來的。」我伸手指向後面。

「你騙人！」她忽然斥喝了一聲。「那邊的山裡根本沒人住！」

「呃。」我說。「我知道。」

她還躲在水裡，兩手緊抱在胸前。我感覺得到她已經漸漸不生氣了，因為她的眼神已經沒那麼兇了。「迷路？」她說。「你家住哪裡？」

「奇風鎮。」

「哼，你又在騙人了！奇風鎮在山谷的另一邊，離這裡很遠！」

「我昨天晚上出來露營。」我告訴她。「我，還有幾個朋友。後來出了一件事，我就迷路了。」

「出了什麼事？」

我聳聳肩。「有人在追我們。」

「你說的是真的嗎？」

「是真的。我對天發誓。」

「奇風鎮？那很遠耶，你一定累壞了！」

「是有點累。」我說。

「好了，你轉過去。」她對我說。「不准回頭偷看，等我說好你才可以轉過來，懂嗎？」

「我知道了。」我說。於是我轉身背對她。我聽到她從水裡站起來，腦海中忽然浮現出她全身赤裸的模樣。接著，我聽到她窸窸窣窣穿上衣服的聲音。過了大概一兩分鐘之後，我聽到她說：「好了，你可以轉過來了。」於是我又轉身看著她。她已經穿上一件粉紅色的T恤，一條牛仔褲，腳上穿著拖鞋。「你叫什麼名字？」她伸手把額頭上的頭髮往後撥。

「柯力麥肯遜。」

「我叫雪莉柳兒。」她說。「走吧，柯力，跟我來。」

噢，她把我的名字叫得真好聽。

我跟在她後面沿著那條小路穿越樹林。她個子比我高，而且走路已經不再是小女孩的模樣。我想，她應該已經十六歲了。走在她後面，我聞到她身上散發出一股幽幽的清香，那味道很像清晨的露珠。我嘗試踩著她的足跡往前走。假如我是小狗，此刻我一定是猛搖尾巴。「我家不遠。」雪莉對我說。我趕緊回答：「那太好了。」

接著，我看到一條泥土路上有一棟小木屋。小木屋外面牆上貼滿了防水紙，旁邊有一座雞欄，雜草叢生的院子上有幾塊木頭，木頭上架了一具銹痕累累的報廢車殼。那房子比爺爺上次帶我去的賭場還要破爛。我忽然想到，那次爺爺賭撲克牌連襯衫都輸掉了。剛剛我已經注意到，雪莉的牛仔褲破破爛爛，上面全是補丁，而且T恤上有好幾個硬幣大小的破洞。跟她家的房子比起來，布魯登區最破爛的房子看起來都像皇宮。她拉開紗門，鉸鏈嘎吱嘎吱的聲音聽起來好刺耳。她朝昏暗的屋裡喊了一聲：「媽？我碰到一個人！」

我跟在她後面走進屋子裡。客廳瀰漫著濃濃的煙味，還有甘藍菜的味道。有一位太太坐在搖椅上，邊搖著椅子邊織毛線。她抬起頭來看看我，那湛藍的眼睛看起來和她女兒一模一樣，不過不同的是，她滿臉皺紋，而且因為長年在大太陽底下工作，皮膚曬得又黑又乾。「叫他出去。」她嘴裡咕噥了一句，手一直沒停，繼續織她的毛線。

「他迷路了。」雪莉告訴她。「他說他是從奇風鎮來的。」

「奇風鎮。」那位太太又轉過頭來看我。她穿著一條深藍色的連身裙，胸口有黃色的繡花圖案，腳上穿著夾腳拖鞋。「小朋友，你怎麼會跑到這麼遠的地方來呢？」她的聲音好低沈好嘶啞，聽起來彷彿她的肺也已經被太陽曬乾了。她椅子旁邊有一張刮痕累累的小茶几，上面擺著一個煙灰缸，裡頭堆滿了煙蒂，而且有一根煙還冒著煙。

「我知道。我想打電話給我爸媽。不知道能不能借用一下妳的電話？」

「我家沒電話。」她說。「我們這裡沒奇風鎮那麼方便。」

「噢，呃……不知道有沒有人可以送我回家？」

雪莉的媽媽拿起煙灰缸上那根煙，深深吸了一口，然後又把煙放回去。接著，她說話的時候，煙從她嘴裡緩緩噴出來。「車子被比爾開走了。他應該很快就回來了。」

我很想問她「很快」的意思是多快，可是那樣很沒禮貌。「我可以喝杯水嗎？」我問雪莉。

「當然可以。還有，我看你襯衫都濕透了，最好先脫掉。快呀，快點脫掉。」雪莉走進那間簡陋的小廚房幫我倒水，我立刻解開鈕釦，然後剝掉那件黏在皮膚上的襯衫。「小朋友，我看你身上全是荊棘刺。」雪莉的媽媽嘴裡又開始噴煙了。「雪莉，把碘酒拿過來幫這孩子擦一下傷口。」雪莉說：「我知道了。」我把那件濕透的襯衫摺好，然後站在那裡等雪莉來。我知道等一下一定會痛死，可是心裡卻很興奮。

廚房裡用的是那種手壓式的抽水機。雪莉用力壓了幾下，水龍頭立刻咕嚕咕嚕的噴出水來。然後，雪莉端著一個大玻璃杯走到我面前。我注意到那杯子上有「摩登原始人」的卡通圖案，裡頭的水溫溫的，而且黃濁濁的。接著，雪莉忽然湊近我的臉，她呼出來的口氣有如玫瑰般芬芳。她手上拿著一團棉花，還有一瓶碘酒。「可能會有點痛。」她說。

「沒問題啦，再痛他也忍得住。」我還沒開口，她媽媽就替我說了。

於是雪莉開始幫我擦碘酒。一開始有點刺痛，但很快就變成刀割般的劇痛。我立刻皺起眉頭，呼出了一口氣。我強忍著痛，看著雪莉的臉。她的頭髮已經漸漸乾了，有如金黃色的波浪披散在肩上。雪莉跪在我面前，那團紅褐色棉花在我皮膚上留下紅紅的痕跡。我心跳越來越快，愣愣的看著她那湛藍色的雙眼。她發現我在看她，於是就對我笑了一下。「你滿勇敢的。」雖然我痛得眼淚都快掉出來了，但我也對她笑了一下。

「小朋友，你幾歲了？」雪莉的媽媽問我。

「十二歲。」我又在睜著眼睛說瞎話了。「再過幾天就十三歲了。」我一直盯著雪莉的眼睛。「妳幾歲？」我問她。

「我？我已經不是小孩子了。我今年十六歲。」

「妳在唸高中嗎？」

「唸過一年。」她說。「不過，唸了一年我就不想再唸了。」

「妳已經沒上學了？」我嚇了一跳。「哇！」

「她還在唸啊。」她媽媽嘴巴說話，手還是沒停。「她唸的是社會大學。跟我一樣。」

「喔，媽。」雪莉嘀咕了一聲。她那櫻桃小嘴不管說什麼，聽起來都有如音樂般悅耳。

我已經忘記痛了。男子漢大丈夫，這點痛算什麼。雪莉的媽媽說得一點都沒錯，再怎麼痛我都忍得住。我轉頭看看昏暗的客廳。客廳裡的家具又破又髒。接著我又回頭看著雪莉的臉。那種感覺就彷彿熬過風雨交加的漫漫長夜後看到燦爛的陽光。雖然碘酒擦在傷口上有如刀割，但她溫柔的撫觸卻令人通體舒暢。我覺得她一定喜歡我，所以才會那麼溫柔。我看過她赤裸的身體。從小到大我從來沒看過女人赤裸的身體，除了媽媽。我見到雪莉柳兒也才不過短短的幾十分鐘，然而，當你內心開始激盪，時間就已經變得不重要了。此時此刻，雪莉柳兒為我擦拭傷口，對著我微笑。我心中暗暗對她吶喊：如果妳是我的女朋友，我會抓一百隻螢火蟲送給妳，把牠們放在綠色的玻璃罐裡，它會永遠為妳照亮前面的路。我會送妳一片青翠的草地，草地上開滿了成千上萬繽紛燦爛的野花，每一朵都不一樣。我要把我的腳踏車送給妳，那輛車有一隻金黃燦爛的眼睛，它會保護妳。我要為妳寫一篇故事，故事裡，妳就是那住在白色城堡裡的公主。只要妳喜歡我，我會送妳一個神奇的世界。只要妳喜歡我。

只要妳——

「你滿勇敢的。」雪莉說。

這時我聽到屋裡傳來嬰兒的哭聲。

「噢，老天。」雪莉的媽媽把針線丟到一邊。「巴伯醒了。」她站起來朝哭聲的方向走過去，她的拖鞋劈哩啪啦踩在滿是裂痕的地板上。

「我馬上就去餵他。」雪莉說。

「不用了，我來餵就好。比爾馬上就進來了，我勸妳最好趕快戴上戒指，要不然他鐵定會發飆。那個人發飆有多恐怖，妳又不是沒見過。」

「哼，看過太多次了。」說這句話的時候雪莉幾乎是自言自語。我注意到她眼中閃過一絲陰霾。接著，她用那團棉花擦過我身上最後一處傷口。「好了。」

這時雪莉的媽媽回來了。她手上抱著一個嬰兒，看起來好像還不到一歲。雪莉站起來走進廚房。過了一會兒，她出來的時候左手無名指上多了一個小小的金戒指。她從媽媽手上把那個嬰兒抱過來，然後開始輕輕搖著他，輕聲細語唱起歌來。

「這小子脾氣不太好。」雪莉的媽媽說。「長大以後鐵定是個大麻煩。」接著她走到窗口掀開髒兮兮的窗簾。「比爾回來了。小朋友，等一下他會載你回家。」

那輛小貨車嘎吱嘎吱的開到門廊前，接著，我聽到車門開了，然後又砰的一聲關上。然後，紗門被推開了，那個叫比爾的人走了進來。他個子高高瘦瘦，頭髮剃成了平頭，看起來大概十八歲左右。他穿著一條髒兮兮的牛仔褲，一件藍襯衫，胸口有一片油污。他嘴裡嚼著一根火柴，那雙棕色的眼睛看起來眼神很呆滯。「他是誰？」他劈頭就問。

「你開車載這孩子回奇風鎮吧。」雪莉的媽媽對他說。「他在森林裡迷路了。」

「我幹嘛要開車載他回奇風鎮？」比爾大吼。「車子裡熱得要命！」

「你剛剛去哪裡？」雪莉手裡抱著嬰兒。

「幫華爾斯那老頭修引擎。哼，妳問這幹嘛？妳以為我去玩嗎？你嘴巴最好放乾淨點！」他從她面前走過去，走向廚房，眼睛一直盯著她。我注意到他的眼神很冷漠，彷彿當她不存在。而雪莉眼中忽然失去了神采。

「他有給你錢嗎？」雪莉的媽媽大聲問他。

「廢話，當然有給錢！妳以為我是白癡嗎？幹那種活怎麼可能不收錢？」

「要買點新鮮牛奶給巴伯喝！」雪莉說。

我聽到水龍頭嘩啦啦的水流聲。「媽的。」比爾低聲咒罵了一句。

「你到底要不要載這孩子回奇風鎮？」雪莉的媽媽又問了一次。

「不要！」他說。

「喔。」雪莉把孩子抱給媽媽。「那我開車載他回去好了。」

「妳說什麼！」比爾又回到了客廳，手上端著一個「摩登原始人」圖案的大玻璃杯。「妳開什麼車？妳又沒駕照！」

「我跟你說過多少次了，我早就該去——」

「輪不到妳開車。」比爾說。他又用那種視若無睹的眼神看著她。「妳乖乖待在家裡就對了。波塞爾太太，教教妳女兒吧！」

「她愛幹什麼我管不了。」她嘴裡這樣說，但她並沒有把雪莉的孩子抱過去。她還是一樣坐在搖椅上，嘴裡叼著煙，手上繼續編她的毛線。

比爾仰頭喝掉那杯黃濁濁的水，然後皺了一下眉頭。「罷了，他媽的，我載他去空軍基地附近那間加油站算了。那裡有公共電話。」

「這樣可以嗎，柯力？」雪莉問我。

「我……」看到她手上的金戒指，我心裡很不舒服，頭有點暈。「這樣就可以了。」

「哼，這樣已經很不錯了，不然你還想怎樣？沒把你一腳踢出去就很不錯了。」比爾威脅我。

「可是我沒錢打電話。」我說。

「臭小子，我看你真他媽的夠慘了。」比爾把杯子拿回廚房。「我賺的是血汗錢，少打我注意。一毛錢都不會給你！」

這時雪莉把手伸進牛仔褲口袋裡。「我這裡有。」她說。接著她掏出一個紅色的心型小錢包。那錢包很像「五毛商店」賣的那種便宜貨，而且破破爛爛，一看就知道用很多年了。她打開錢包，我注意到裡面有幾枚硬幣。「一毛錢就夠了。」我對她說。於是她拿了一枚一毛錢的硬幣給我。我立刻塞進口袋裡。她對我笑了一下，那一剎那，我忽然覺得自己是全世界最有錢的人。「你可以回家了。」

「我知道。」我低頭看看那嬰兒的臉，發現他那湛藍的眼睛跟媽媽一樣漂亮。

「要走就快點。」比爾從我面前走過去，走向門口。他對自己的太太孩子好像視若無睹，連看都不看一眼。他推開紗門走出去，紗門又砰的一聲關上了。接著我聽到他發動了引擎。

那一刻，我忽然很捨不得離開雪莉柳兒。一直到很久以後，我才明白男女之間「來電」是什麼意思。爸爸可能會用抽象到沒人聽得懂的方式跟我解釋男女之間的事，不過，大概不需要他來教吧，學校裡那些死黨一定會教我。那一刻，我只感覺到一種渴望：好希望自己年紀大一點，長得高一點，強壯一點，帥一點。我好渴望吻一下她的嘴唇，好渴望時間能夠倒流，回到她還沒有幫比爾生下那孩子的時光。那一刻，我最想問她的一句話是：妳為什麼不等我？

「回家去吧，孩子。」波塞爾太太說。她若有所思的盯著我，手上的針線已經停下來了。不知道她是不是已經猜到我心裡在想什麼。

這輩子我不可能再到這裡來了。我永遠不會再見到雪莉柳兒。我明白，所以我凝視著她，努力把她此刻的模樣烙印在腦海中。

比爾很不耐煩的趴在方向盤上，寶寶又開始哭了。

「謝謝妳。」我對雪莉說。接著我把那件濕透的襯衫拿起來，走出大門。那輛車的烤漆是暗綠色，車身兩側凹痕纍纍，整個車身向左傾。後照鏡上吊著一個紅色的天鵝絨骰子。我爬上右座，坐墊上的彈簧刺到我的屁股。座位前面的地板上塞了一個工具箱和幾綑電線。雖然車窗已經搖下來了，但車子裡依然瀰漫著一股汗臭味，還有一種怪異的香甜味。在往後的歲月裡，每當我聞到那種氣味，我都會聯想到那種一貧如洗的窮。我轉頭看看門口，看到雪莉正從屋裡走出來，手上抱著嬰兒。「比爾，別忘了去幫他買點牛奶！」她喊了一聲。我注意到她媽媽就站在她後面，整個人籠罩在陰影中。我忽然發覺她們兩個人長得好像，只不過，其中一個已經被時間和貧苦的生活折磨得很蒼老，而且，說不定她心裡埋藏了太多失望和辛酸。但願雪莉永遠不要步上她的後塵。但願雪莉那燦爛的笑容永遠不會被殘酷的現實磨滅。

「再見囉！」她對我說。

我向她揮揮手，然後比爾就開車上路了。我看著後面的房子越來越遠，車子揚起的沙塵遮蔽了視線，雪莉柳兒的身影漸漸隱沒。

車子在那條泥土路上開了大概兩公里之後，終於開上了柏油路。一路上比爾都沒說話，後來，車子終於抵達空軍基地旁邊那座加油站，他就叫我下車了。我正要下車的時候，他忽然對我說：「嘿，小子，以後碰到女孩子不要亂塞小雞雞，不然你會跟我一樣的下場。」說完他就開車走了，只剩我一個人站在熱騰騰的柏油路面上。

男子漢大丈夫，這點痛苦算什麼。

我問加油站老闆公共電話在哪裡，他指給我看。於是我從口袋裡掏出那枚一毛錢的硬幣準備要投進電話機，但那一剎那，我忽然猶豫了，忽然很捨不得投進去。這是雪莉柳兒送給我的，我不能就這樣把它拋棄。我不能。於是我問老闆能不能借我一毛錢，我說等一下爸爸來了就還他。「我這裡又不是開銀行。」

老闆嘴裡嘀咕著，但他還是從收銀機裡拿了一毛錢給我。我立刻拿著那枚硬幣去打電話。電話響了第二聲，媽媽就接起來了。

不到半個鐘頭，爸媽就開車來接我了。我本來已經做了最壞的打算，但沒想到媽媽竟然只是緊緊抱住我，抱得好緊，害我差點就沒辦法呼吸。而爸爸只是拍拍我後腦勺，那一剎那，我立刻就明白我已經化險為夷了。開車回家的路上，爸媽告訴我，早上七點鐘左右，大雷和班恩兩個人已經一起回到了奇風鎮，而且已經把事情的經過都告訴了艾莫瑞警長。他們說，有兩個蒙面人跟「大砲」布萊洛克買了一個木盒子，裡面有某種東西。可是後來我們的行蹤被發現了，布萊洛克兄弟就一直追我們。「那兩個蒙面人就是哈奇森先生和毛特利先生。」我告訴他們。其實我心裡很難過，因為我還記得那天我們被布蘭林兄弟痛毆的時候，是哈奇森先生救了我們。但不管怎樣，該說的還是要說。我還是把一切都告訴了艾莫瑞警長。

我們經過空軍基地的時候，看到裡面有跑道、營房和幾棟樓房，外面圍著鐵絲網牆，牆上有帶刺的鐵蒺藜。我們開車穿越森林裡那條公路，中途還經過了葛雷絲小姐家那個路口。後來，車子經過薩克森湖的時候，我感覺到車速似乎有點慢下來，不過，爸爸並沒有轉頭去看湖面。另外，我也注意到樹林邊那個地方已經長滿了雜草。那天，那個人影就是站在那個位置，身上穿著長大衣，衣領隨風飄揚。後來，薩克森湖終於過了，爸爸又開始加速。

回到家之後，我受到貴賓級的款待。媽媽拿了一大桶巧克力冰淇淋給我吃，而且還有整盒的 Oreo 巧克力夾心餅，愛吃多少隨我高興。爸爸每隔幾秒鐘就會叫我一聲「小老弟」，而叛徒也撲上來拚命舔，我的臉幾乎快被牠舔爛了。我終於擺脫了那個蠻荒世界，而且，平安無事的回來了。

當然，他們迫不及待想知道我有過什麼驚心動魄的遭遇，而且，他們最有興趣的是那個幫我療傷的女孩子。他們緊迫盯人追問不休。我告訴他們，她叫雪莉柳兒，今年十六歲，而且，她美得就像迪士尼卡通「仙履奇緣」裡的灰姑娘。「嗯，看樣子我們這位小老弟對人家有意思哦。」爸爸對媽媽使了個眼色，露出一種詭異的笑容。我說：「我？她年紀太大了，我沒興趣。」

然而，後來我躺在沙發上睡著的時候，手上還抓著她給我的那枚硬幣。

後來，禮拜六黃昏的時候，艾莫瑞警長跑到我們家來。他已經去找過大雷和班恩，現在輪到我了。我們坐在門廊的椅子上，叛徒趴在我椅子旁邊，偶爾會抬起頭來舔一下我的手。濃密的烏雲漸漸凝聚在遠處的天際，雲中偶爾會傳來隱隱的雷聲。他仔細聆聽我描述事情的經過。我告訴他，那個盒子裡裝了某種東西，還有，那兩個蒙面人，一個是迪克毛特利先生，一個是吉拉德哈奇森先生。這時他忽然問我：「柯力，你並沒有看到他們的臉，為什麼會認為就是他們？」

「因為大砲布萊洛克叫出『迪克』這個名字。他叫的是那個胖胖的蒙面人。還有，另外那個蒙面人抽完雪茄之後，把煙蒂丟向我這邊，正好掉在我面前。我發現，那個煙蒂就是哈奇森先生平常抽的那種牌子的雪茄，尾巴有白色的塑膠濾嘴。」

「我明白了。」他點點頭，不動聲色。「不過，那種牌子的雪茄可能不只他一個人抽。而且，就算『大砲』布萊洛克叫那個人迪克，我們也不能一口咬定他就是迪克毛特利。」

「絕對是他們。」我說。「就是他們兩個。」

「大雷和班恩告訴我，他們都不知道那兩個蒙面人是誰。」

「他們可能不知道。不過，我知道。」

「好吧，我會去找迪克和吉拉德。我會問問他們，昨天晚上十一點的時候，他們人在什麼地方。另外，我也問過大雷和班恩，看他們能不能帶我去昨天的現場，可是他們說他們已經找不到了。你找得到嗎？」

「我也找不到了。不過，我知道那個地方離小路不遠。」

「嗯哼。那是從前用來運木材的小路。問題是，那個山區裡，那種小路實在太多了。噢，對了，你剛剛提到那個木盒子，裡面裝的是什麼東西，你看到了嗎？」

「沒有。我不知道那是什麼，不過，哈奇森先生說，那東西可以讓他們飛上天，然後一路下地獄。」

艾莫瑞警長皺起眉頭，眼中閃過一絲熱切好奇的光芒。「嗯，你覺得他說那句話什麼意思？」

「我不知道。不過，『大砲』布萊洛克應該知道。因為他說他多放了一個在盒子裡。」

「多放了一個？多放了一個什麼？」

「我也不知道。」我看著遠處天際的雷光閃閃。「你要去找『大砲』布萊洛克問問看嗎？」

「沒人找得到『大砲』布萊洛克。」警長說。「沒人找得到他。我聽說過他這個人，而且我知道他和他那幾個兒子幹了什麼勾當。不過，我從來沒有看過他。我猜，他在森林裡一定有一個祕密巢穴，說不定就在你們那天去的那附近。」說到這裡他也轉頭看著遠處的閃電，接著他忽然開始按自己的指關節，按得劈啪響。「要是我有機會趁他那幾個兒子幹壞事的時候逮到其中一個，那我就有辦法把大砲引出來。只不過，柯力，我必須老實告訴你，整個奇風鎮算起來只有我一個警察。郡政府分配給我的預算很有限。唉，真要命。」他忽然苦笑了一下。「我之所以會當上警長，純粹只是因為沒有別人肯幹。我太太一直勸我不要幹了，她叫我乾脆回去幹我的油漆工。」他聳聳肩。「呃，算了，不說這個了。」接著他又說：「鎮上的人多半都很怕布萊洛克一家人。尤其是大砲。要是我打算到森林裡去找他，我必須找人幫忙，但問題是，敢出面幫我的人恐怕不會超過六個。而且，就算我們真的去找他，他也一定很快就會察覺，所以，我們還來不及找到他，他大概就已經先跑了。所以，柯力，我的困難在哪裡，你明白了嗎？」

「明白了。布萊洛克一家人的勢力比警察更大。」

「倒也不是說他們的勢力比警察大。」他糾正我。「他們只是比警察更兇狠。」

暴風雨快來了，森林裡已經傳來呼嘯的風聲。叛徒忽然站起來，伸長鼻子在半空中猛嗅。

艾莫瑞警長也站了起來。「我該走了。」他說。「謝謝你幫忙。」天色漸漸暗了，黯淡的晚霞照在他臉上，我忽然發覺他看起來好蒼老，好沈重，有點垂頭喪氣。接著，他隔著紗門跟我爸媽說了聲再見，於是爸爸也走出來跟他道別。「柯力，你要多保重囉。」他說。然後爸爸就陪他走到車子旁邊。我坐在門廊上，伸手摸摸叛徒，看著艾莫瑞警長又和我爸爸談了好幾分鐘。後來，警長終於開車走了，爸爸轉身走回門廊上。我發覺他忽然也變得好沈重。「進來了，小老弟。」說著他拉開門讓我進去。「暴風雨快來了。」

那天晚上，我聽到屋外狂風呼號，聽到大雨劈哩啪啦打在屋頂上。一道道的閃電彷彿一隻神祕的魔爪，從天空抓向我們的奇風鎮。

而也就是在那天晚上，我第一次夢見那四個黑人小女孩。她們都穿著漂亮的衣服，鞋子擦得亮晶晶。她們站在一棵光禿禿的樹下不斷叫我的名字。不斷叫我的名字。

9 夏日的尾聲

八月快過去了，夏天已接近尾聲，而金黃燦爛的秋天正逐漸逼近。那意味著，快開學了，又要開始聽老師教我們人生的大道理。

每年夏天一接近尾聲，這一切就要開始了。我聽說艾莫瑞警長真的去找過哈奇森先生和毛特利先生。結果，他們的太太告訴警長，那天晚上他們整夜都在家裡，根本沒有跨出門口半步。警長也無可奈何，因為，那兩個蒙面人從大砲布萊洛克手中拿走那個木盒的時候，我畢竟沒有親眼看到他們的臉。

九月號的「怪獸世界」雜誌寄來了。封套上有我的名字，可是我的名字上有一團綠綠的鼻屎。有一天早上電話響了，媽媽接了電話之後忽然叫了我一聲：「柯力！找你的！」

我立刻跑過去接電話。是艾芙琳普萊斯摩太太打來的。她是來通知我，奇風鎮藝文委員會舉辦的寫作競賽，我得了個短篇小說類的第三名。她告訴我，我會得到一面獎牌，而且獎牌會刻上我的名字。另外她還說，九月的第二個禮拜六，他們會在圖書館舉行頒獎典禮，到時候，我必須在現場當眾朗讀我的作品。她問我準備好了沒有？

我楞住了，支支吾吾的說我準備好了，然後就掛了電話。那一剎那，我瞬間被一陣狂喜淹沒，感覺飄飄然彷彿在騰雲駕霧，但緊接著，我忽然又感覺到一陣莫名的恐懼，於是立刻又重重摔回地面。當眾朗讀我的故事？當眾朗讀？對著滿屋子不認識的人？

媽媽立刻過來安撫我。這早已是她例行日常工作的一部份。她很有一套。她告訴我，時間還很充裕，我可以好好練習。她說她以我為榮。而且她還說她興奮得快爆炸了。她立刻打電話到牧場叫我爸爸回來，爸爸說他會帶兩瓶巧克力牛奶回來給我喝。接著我打電話給強尼、大雷和班恩，告訴他們這個消息。他們都說那真是太棒，恭喜我得獎，不過，一聽說我要當眾朗讀那篇故事，他們的反應反而更加深了我的恐懼。大雷立刻問我，萬一我褲子的拉鏈在台上忽然裂開了，那怎麼辦？班恩問我，萬一我忽然開始發抖，抖得連手上的稿紙都拿不住，那怎麼辦？接著強尼問我，萬一我一開口卻發現喉嚨哽住了，根本發不出聲音，那怎麼辦？

老天，這就是我的朋友。他們永遠在緊要關頭把我嚇得屁滾尿流，真有一套。

還有三天就要開學了，那天下午，天氣很晴朗，天空只有幾朵棉絮般的淡雲，陣陣微風輕拂。我們四個騎腳踏車到棒球場，棒球手套掛在把手上。棒球場內野的草皮還沒有完全長好，所以四周打了幾根木樁，圍著繩子。我們各自站在外圍的一角。從記分板上可以看得出來，被打得落花流水的不光是我們少棒隊。我們鎮上的成人棒球隊「鵪鶉隊」也一樣，被空軍基地的「捍衛戰士隊」打得片甲不留，五比○。已經是中午了，我們分別站在內野外圍的四個角落，球依序丟來丟去，邊丟邊聊天。提到夏天快過去了，我們都有點感傷。不過，快開學了，我們心中也有一種莫名的興奮，因為，有時候，自由太過頭了也……。我們已經準備回學校再學點規矩，然後，到了明年夏天，我們又可以再度凌空翱翔。

我們就這樣不知道丟了多少球，有的是快速球，有的是曲球，有的是高飛球，也有那種挖地瓜的滾地球。班恩絕對是你生平僅見的挖地瓜高手。而強尼會投一種很奇特的變化球，球飛進你手套之前會像魚擺尾一樣飄來飄去。談到打擊，我們幾個都是三振高手。噢，不要誤會，我的意思是我們老是被人三振。沒有一個例外。不過話說回來，永遠都會有下一個球季的，不是嗎？

我們就這樣丟著丟著，大概丟了有四十分鐘，丟得滿頭大汗。這時大雷忽然叫了一聲：「嘿，你們看誰來了！」我們立刻轉頭去看，看到尼莫正從外野的野草叢那邊走過來。他低垂著頭，兩手插在牛仔褲口袋裡。他還是一樣瘦得像竹竿，皮膚還是一樣蒼白。不過也難怪，他根本就等於被他媽媽關在籠子裡。

「嗨！」我跟他打了聲招呼。「嗨，尼莫！」大雷也打了聲招呼。「過來投幾球嘛！」

「噢，老天！」強尼忽然想到上次為了接他的球，手腫了好幾天。「呃……這次你丟幾球給班恩接好了。」

尼莫搖搖頭。他一直低著頭往前走，一路穿越整個球場，從強尼和班恩旁邊走過去，一直朝本壘板上的我走過來。後來，他終於走到我面前，停下腳步，抬起頭看著我。我發現他在哭。隔著他那副大大的眼鏡，我注意到他眼睛腫腫的，臉上掛著晶瑩的淚珠。

「怎麼了？」我問他。「有人打你嗎？」

「沒有。」他說。「我……我……」

大雷也湊過來了，手上拿著球。「怎麼了，尼莫？你怎麼在哭？」

「我……」他忽然又啜泣起來。他拚命想忍住不哭，可是卻怎麼也忍不住。「我要走了。」他說。

「要走了？」我皺起眉頭。「走去哪裡，尼莫？」

「離開這裡。反正……」他攤開瘦巴巴的兩條手臂擺出一種無奈的姿勢。「反正就是離開這裡。」

接著班恩和強尼也走到本壘板來。我們站成一圈把尼莫圍在中間。他一直啜泣，一直伸手擦鼻涕。班恩不忍心看，於是就走開了幾步，站在旁邊踢地上的石頭，踢過來踢過去。「我……我剛剛去你家，想告訴你這件事，結果你媽說你在這裡。」尼莫說。「我想讓你知道這件事。」

「呃，你到底要去哪裡？你們是要去找親戚朋友嗎？」我問。

「不是。」他又掉下淚來，那模樣看了令人好心疼。「我們要搬家了，柯力。」

「搬家？搬去哪裡？」

「我不知道。不知道什麼地方，反正就是要離開這裡。」

「老天。」強尼說。「今年夏天你們才剛搬來奇風鎮，現在夏天都還沒過你們又要搬走？」

「我們本來還打算下學期要把你拉進我們球隊咧！」大雷說。

「對呀。」我說。「而且我們本來以為你會來唸我們學校。」

「沒辦法。」尼莫一直搖頭，眼中露出痛苦的神色。「沒辦法，沒辦法，我就是沒辦法。我們要搬家了，我們明天就要搬了。」

「明天？這麼快？」

「我媽說非搬不可。因為我爸爸的襯衫都賣不掉。」

襯衫。對了，那些襯衫。奇風鎮根本沒有人會穿手工製的白襯衫。而且，不光是我們奇風鎮，我相信別的地方恐怕也都沒人會穿那種襯衫。科理斯先生帶著太太孩子跑了那麼多地方，結果恐怕都一樣。我猜，根本沒人買過他的襯衫。

「我根本……」尼莫凝視著我。看他那種痛苦的眼神，我心裡好難過。「我根本……我根本交不到朋友。」他說。「因為……因為我們一直在搬家。」

「我真的很難過，尼莫。」我說。「真的很難過。我真的好希望你不要搬走。」說到這裡我忽然想到一件事。於是，我把手套裡那顆棒球拿出來遞給他。「這個送你。你留著做紀念，這樣你就不會忘記奇風鎮這些好朋友。好不好？」

尼莫遲疑了一下，然後，他伸出那隻充滿神奇力量的手，用細瘦的手指抓住那個球。這樣的時刻，你就可以看出強尼這個人的格調。那顆球是他的，可是他完全沒吭聲。

尼莫把那顆球拿在手上轉了幾下，兩手交替。我看到他的鏡片上反射出棒球上的紅色縫線。他凝視著那顆球，彷彿凝視著一顆神奇的水晶球。「我好想留在這裡。」他輕聲說著，鼻涕又開始流下來。他用力吸吸鼻子。「我好想留在這裡，我好想跟你們一起去上學，好想跟你們做朋友。」他抬頭看著我。「我好想跟大家一樣。我真的好想留在這裡。」

「有一天你可以再回來啊。」強尼說。可惜說這些根本毫無意義。「也許有一天——」

「不可能的！」尼莫忽然打斷他。「我永遠不可能再回來了。永遠不可能！永遠不可能！」說著他忽然轉頭看著他家的方向，一行眼淚沿著他的臉頰往下流，懸在他下巴底下。「我媽說，要是爸爸賣不掉襯衫，我們就沒錢吃飯。有時候一到晚上，她會對我爸爸大吼大叫，罵他懶惰，說當初實在不應該嫁給他。然後我爸爸就會說，『我們到別地方去吧。到了下一個鎮就沒問題了。到了下一個鎮，說不定運氣就來了。』」說到這裡尼莫又回頭看著我。那一剎那，他的表情忽然變了。他還在哭，可是他眼中射出一股咄咄逼人的怒火。我嚇了一跳，不由自主的往後退了一步。「就算到了別的鎮上結果還是一樣。」他說。「我們還是一樣，會一直搬家，一直搬，一直搬，然後我媽還是一樣會一直罵我爸爸，然後我爸就會說到下一個鎮上就沒問題了。可是根本沒用！全都是騙人的！」

然後尼莫忽然不說話了，但他眼中的怒火並沒有消失。他忽然緊緊抓住那顆球，抓得好用力，指關節都泛白了。他的眼睛彷彿被熊熊怒火遮蔽了，什麼都看不見。

「我們會想念你的，尼莫。」我說。

「對呀。」強尼說。「我們都喜歡你。」

「尼莫，有一天你一定會變成一個很恐怖的投手。」大雷對他說：「等到那一天，根本沒人會是你的對手，知道嗎？」

「嗯。」他應了一聲，可是他的口氣卻好像沒怎麼當一回事。「真希望我不用……」說到一半他忽然沒聲音了。說什麼都沒用，因為他只是個小孩子，就算他想留下來也沒用。

然後，尼莫轉身準備要走回家了。他慢慢走過整個球場，手上還抓著那顆球。「再見了！」我對他喊了一聲。可是他卻沒反應。我體會得到他過的是什麼樣的日子。他天生就是打棒球的料，可是他媽媽卻不准他打棒球。他跟著爸媽到處流浪，不停的搬家，從一個小鎮搬到另一個小鎮，而且每到一個地方都待不了多久。每到一個地方，他都只是被人欺負，根本沒機會認識朋友。在別人眼裡，他就只是個蒼白瘦小的孩子，講話結結巴巴，戴著一副大眼鏡。沒人有機會認識真正的他。換成是我，我恐怕承受不了這種煎熬。

這時候，尼莫忽然放開嗓門大叫起來。

聽得出來那是用盡全身力氣的吶喊，那聲音是如此驚天動地，嚇了我們一大跳。接著，他的喊叫聲忽然變得不太一樣，變成一種哀嚎，越來越尖銳，越來越淒厲，充滿痛苦，充滿渴望。接著，尼莫忽然猛一轉身，我注意到他眼睛瞪得好大，眼中滿是怒火，齜牙咧嘴。我看到他身體猛然一扭，整個背往後拱，然後手臂像一團幻影似的劃了個圓弧甩出去，那顆球立刻筆直的飛向天空。

我看著那顆球往上飛，一直往上飛，然後變成一個小黑點，然後，彷彿像被太陽吞沒了似的，不見了。

尼莫還跪在地上，那淒厲的哀嚎聲漸漸沈寂了，彷彿他全身力氣已經耗盡。他眨眨眼睛，臉上的眼鏡已經歪了。

「準備接球！」大雷叫了一聲，抬頭盯著天空。「快掉下來了！」

「在哪裡？」強尼高舉著手套。

「在哪裡？」我往後退了一步，想避開刺眼的陽光。

班恩也抬頭看著天空，但他的手套並沒有舉起來。「那顆球。」他說得很小聲。「不見了。」

我們仔細看著天空，等球掉下來。

我們一直等，手套舉得高高的。

我們一直等。

接著我轉頭看看尼莫，發現他已經站起來了。他正一步步走回家。他的腳步不快也不慢，那種感覺彷彿他已經認命了。他心裡明白到了下一個小鎮會有什麼遭遇。一個小鎮接著一個小鎮。「尼莫！」我又對他大喊了一聲，可是他卻頭也不回的一直走。

我們一直在等那顆球掉下來。

過了一會兒，我們都坐到地上。我們抬頭看著天空，看著一朵朵的雲飛快飄過天空，看著太陽逐漸西沈。

我們都沒說話。我們都不知道該說什麼。

幾天後，我們又談起那顆球。班恩認為那顆球是被風吹跑的，很可能掉進河裡了。強尼認為那顆球可能打中了天上的鳥群，結果方向偏了。大雷則是認為那顆球一定有問題，很可能飛到半空中忽然裂開，變成碎片掉下來，只是我們沒注意到。

而我呢，我心裡明白。

夕陽餘暉逐漸籠罩了大地。最後，我終於騎上火箭，大雷、班恩和強尼也各自騎上他們的腳踏車。我們離開球場，告別夏日的美夢。接下來，我們準備要迎接秋天了。我一直夢見那四個黑人小女孩。她們穿著漂亮的衣服，站在一棵光禿禿的樹下呼喊我的名字。這件事我一定要想辦法告訴別人。另外，我寫了一篇故事，故事裡寫的是沈在薩克森湖底那個人。而且，我必須當眾朗讀那篇故事。另外，我一定要想辦法查清楚那個木盒子裡究竟裝了什麼東西。那天半夜在森林裡，兩個蒙面人花了四百塊跟「大砲」布萊洛克買了那盒東西。

我一定要想辦法幫助爸爸，讓他內心能夠恢復往日的平靜。

我用力踩著腳踏車迎風奔馳，他們三個跟在我後面。我們沿著那條路向前奔馳，奔向未來。

第三部 燃燒的秋天

1 帽子上的綠羽毛

「柯力？」

有人壓低聲音叫我。一聽到那個聲音我就知道麻煩來了。我假裝沒聽到。

「柯力？」

不行，不能回頭看。綽號「老鐵肺」的茱迪斯哈波老師正在黑板前面教我們分數的除法計算。對我來說，每次上數學課，感覺就像走進電視影集「陰陽魔界」的世界，而分數計算令人眼花撩亂的程度有如走進異次元空間。

「柯力？」她又在叫我了。她就坐在我後面。「我手指上有一團綠綠的黏黏的東西喔。」

噢，老天！又來了！

「你馬上轉頭過來笑一個給我看，否則我就把這個黏黏的東西抹在你脖子後面。」

今天是開學第四天。打從開學第一天，我就已經知道今年日子難過了。因為不知道哪個白癡老師說魔女是「資賦優異兒童」，讓她連跳兩個年級，結果，她竟然變成我的同班同學。再加上，我們這位「老鐵肺」老師分配座位有個怪癖——男生、女生、男生、女生、男生、女生，結果，魔女就坐在我後面的位子。

而這還不是最恐怖的。最恐怖的是，那天大雷把我拉到一邊偷偷告訴我，魔女對我有意思，非常非常有意思。他邊說邊笑，笑得好邪門。

「柯力？」我已經沒辦法假裝沒聽到了。裝不下去了。

於是我只好回頭看看她。上次她叫我回頭，我不理她，結果她用手指蘸口水在我脖子後面畫了一顆心。布蘭達夏特利露出猙獰的笑容，她那滿頭紅髮油膩膩髒兮兮，亂得像雜草，兩隻眼睛骨溜溜轉來轉去，滿是狡猾的神色。接著她伸出食指給我看，我才發現她手指上根本沒有什麼黏黏綠綠的東西，只不過是指甲有點髒。

「你上當了。」她壓低聲音說。

「柯力麥肯遜！」老鐵肺忽然大吼了一聲。「你眼睛在看哪裡？」

我趕緊回頭看前面，脖子差點扭到。我聽到旁邊有人在竊笑。真是一群不講義氣的傢伙。我心裡明白，老鐵肺不會這麼輕易就放過我。她最恨學生沒把她放在眼裡。「哼，看樣子，你分數的除法一定很厲害囉，是不是？」她兩手叉在肥得像汽油桶的屁股上。「那麼，就請你上來算幾題給大家看看，教教大家怎麼算，好不好？」說著她伸長手臂，要把手上那截黃色粉筆遞給我。

從我的座位上走到她面前，這短短的幾步路，簡直比死刑犯從牢房走到電椅更恐怖。接著我從老鐵肺手中接過那截粉筆，走到黑板前面，垂頭喪氣像一隻可憐兮兮的小狗。「好。」她說。「我唸幾個分數，你寫到黑板上。」於是她開始唸，而我就乖乖寫到黑板上，可是寫到一半粉筆忽然斷了。這時尼爾森畢特納忽然大笑起來。這下子可妙了，不到兩秒鐘，我旁邊又多出一個倒楣鬼。

大家都已經明白，我們是沒有能力和哈波老師正面對抗的。我們根本不是她手上那本數學課本的對手。要是想征服她，我們必須慢慢來，而且必須像狙擊手一樣暗中攻擊，像詭雷一樣出其不意，慢慢摸出她的弱點。現在，我們這些小鬼已經摸出了每位老師的罩門：有人痛恨學生嚼口香糖，有人痛恨學生在他背後偷笑，也有人受不了學生在油布毯上磨鞋底。另外，像是咳嗽咳不停，或是發出像豬一樣的咕嚕聲，或是不停的清喉嚨，或是把口水吐在黑板上，類似以上種種行徑，都會被那些像希特勒一樣專制的老師視為挑釁。也許哪天我們應該慫恿魔女用鞋盒裝一隻發臭的動物屍體帶到學校來，或是慫恿她從她那神奇的鼻孔裡噴出一坨鼻屎，把哈波老師嚇到頭髮一根根豎起來。

「錯了錯了錯了！」我好不容易把黑板上的題目算出來，老鐵肺卻立刻咆哮起來。「你這個蠢材！回去坐好！上課專心聽！」

被老鐵肺和魔女前後夾攻，真是要命。

到了下午三點，放學的鐘聲響了，我和大雷、強尼、班恩聊了幾句，然後就騎上火箭回家了。天色一片灰暗陰沈。回到家，我走進廚房，看到媽媽正在清洗烤箱。她拚命想把黏在烤箱裡的餅乾屑刷乾淨。她一看到我立刻說：「柯力！剛剛鎮長辦公室有一位小姐打電話來找你。大概是十分鐘前。她說史沃普鎮長要找你。」

「史沃普鎮長？」我正伸手要去拿餅乾，聽到這句話忽然愣了一下。「找我有什麼事？」

「她沒說。不過她說是很重要的事。」媽媽轉頭瞥了窗外一眼。「暴風雨快來了。看看你要不要再等一個鐘頭，等爸爸回來，讓他開車載你去法院。」

我覺得很好奇。史沃普鎮長找我到底有什麼事？媽媽又鑽進烤箱裡繼續猛刷，我轉頭看看窗外越來越濃的烏雲。「我應該可以在下雨之前趕到。」我說。

媽媽又從烤箱裡鑽出來，抬頭看看外面的天空，皺起眉頭。「很難說。我看雨隨時可能會下，我怕你會淋到雨。」

我聳聳肩。「應該不會啦。」

我看她那種杞人憂天的習性又快發作了，但沒想到她忽然遲疑了一下，沒有再說什麼。自從上次露營回來之後，我看得出來她拚命告訴自己，不需要再替我操那麼多心了。雖然我在森林裡迷了路，碰到危險，但我畢竟平安無恙的度過了。於是她終於說：「好吧，那你就去吧。」

我拿了兩塊餅乾，然後就轉身走向門廊。

「萬一雨下得太大，你就先待在法院等雨停！」她忽然又喊了一聲。「聽到了沒？」

「聽到了啦！」我應了一聲，然後就跳上火箭騎上路，邊騎邊嚼餅乾。結果，離開家還沒多遠，火箭突然震了一下，接著我感覺到把手忽然向左偏。這時候我看到了。我看到布蘭林兄弟就在前面。他們並肩騎著那兩台黑色的腳踏車，不過，他們和我同方向，所以沒看到我。我忽然明白了，原來火箭是叫我在下一個路口向左轉，於是，我也就乖乖照它的意思繞路走。

法院座落在商店街最尾端，是一棟哥德式建築，外牆灰灰暗暗。我騎到那裡的時候，天上已經開始打雷，而且開始飄下雨絲。雨水打在身上涼颼颼的，感覺得到，夏天真的已經是過去式了。我用鐵鍊把火箭鎖在一根消防栓上，然後就走進法院大門。裡頭飄散著一股地下室的霉味，牆上有一面指示牌，上面寫著史沃普鎮長辦公室在二樓，於是我開始爬上樓梯。樓梯很寬，四面牆上都是那種高高的長窗，看得到外頭那陰沈黝黑的天空。樓梯最頂端的欄杆上有三座怪獸石像，牠們兩條長滿鱗片的腿縮到胸口，兩隻爪子環抱在胸前。有一面牆上掛著一面破爛不堪的「南方聯盟」國旗，底下有幾座展示櫃，裡頭擺了幾套當年南軍的棕色制服，制服上滿是蟲蛀的破洞。我頭頂上是高高的玻璃穹頂，必須架梯子才上得去。轟隆隆的雷聲在穹頂裡迴蕩著。

我沿著那條長長的走廊一路往裡面走。走廊地上鋪著黑白雙色的油布毯，兩邊是一間間的辦公室：工商管理處，稅捐處，遺囑認證法庭，交通裁決法庭，諸如此類。裡面的燈都關了。這時我看到一個男人從一個房間裡走出來。那扇門上有一扇霧面玻璃小窗，玻璃上寫著「清潔工具房」，那個人一頭黑髮，領口打著一個藍色的蝴蝶結。他從口袋裡掏出一串鑰匙，找出其中一根鎖上門，然後轉頭看著我。「有什麼事嗎，小朋友？」他問我。

「我跟史沃普鎮長有約。」我說。

「走廊最裡面那間就是他的辦公室。」接著他低頭看看手錶。「不過，他可能已經走了。通常下午三點半左右，辦公室的人就走光了。」

「謝謝你。」我跟他說了聲謝謝，然後繼續往前走。他朝樓梯口走過去，我聽到他嘴裡哼著一首我沒聽過的曲子，口袋裡的鑰匙叮叮噹噹。

接著，我經過黑漆漆的會議室和檔案室，來到走廊最底端。那裡有一扇很大的橡木門，門上貼幾個黃銅字：「鎮長辦公室」。門邊也看不到電鈴。我猶豫了一下，不知道該不該敲門。我就這樣站在那邊猶豫了好半天，外頭雷聲隆隆。最後，我終於舉起拳頭敲敲門。

過了一會兒，門開了，有一位小姐探頭出來。她戴著牛角框眼鏡，滿頭銀灰色的頭髮，臉型有如大理石雕像，輪廓很深。她揚起眉毛，露出疑惑的眼神。

「我是……我跟史沃普鎮長有約。」我說。

「喔，你是柯力麥肯遜對嗎？」

「是的。」

「請進。」她拉開門，我立刻鑽進去。才一進門，我馬上就聞到一股紫羅蘭的香味。不知道是她噴的香水，還是她頭髮的味道。辦公室裡鋪著紅地毯，擺著一張辦公桌，幾張椅子，還有一座擺滿了雜誌的書架。有一面牆上掛了一張奇風鎮的地圖，邊緣已經發黃。辦公桌上有一個文件收發盤，一疊堆得很整齊的紙，還有一張裱框的照片，上面是一對年輕男女，面帶微笑，兩人一起抱著一個小嬰兒。另外，桌上還有一個名牌，上面寫著「伊妮絲艾克佛太太」，底下還有一行更小的字：鎮長祕書。

「你先坐一下。」艾克佛太太說。辦公室另一頭有另一扇門，她走到門口輕輕敲了一下。接著我聽到史沃普鎮長在裡面問了一聲：「什麼事？」艾克佛太太開門對他說：「那孩子來了。」

「謝謝妳，伊妮絲。」我聽到椅子嘎吱一聲。「今天的事也處理得差不多了，妳可以下班了。」

「要叫他進來嗎？」

「請他再等兩分鐘，我馬上就好。」

「知道了。噢，對了……交通號誌申請書你簽名了嗎？」

「我還要再仔細看看，伊妮絲。我明天一大早就看。」

「好的，那我就明天早上再處理。」說完她就轉身走出來，關上門，然後對我說：「你再等兩分鐘，鎮長馬上就好。」於是我乖乖站在那邊等。艾克佛太太把辦公桌的抽屜鎖好，拿出她那個咖啡色小皮包，把桌上的相框扶正。接著，她把皮包夾在腋下，轉頭看看四周，好像在檢查看看是否有什麼東西沒收好。然後她就一聲不吭的走出門口，甚至沒跟我說聲再見。

我只好繼續等。屋外雷聲隆隆，迴盪在空蕩蕩的法院裡。我聽到外面開始下雨了，一開始雨勢不大，但很快就劈哩啪啦下起滂沱大雨。

這時候，鎮長辦公室的門突然開了，史沃普鎮長從裡面走出來。他穿著一件藍襯衫，捲著袖子，胸前的口袋上有白字繡著他姓名的縮寫字母。他褲子上的吊帶是紅條紋的。「柯力！」他笑著對我說：「來，請進，我們聊一聊。」

我無法形容此刻的感受。當然，我認識史沃普鎮長，不過，我從來沒跟他講過話。而此刻，他就站在我面前對著我微笑，叫我進他的辦公室！這件事要是說給我那幾個死黨聽，他們一定不相信，就好像上次我告訴他們老摩西的事，他們也是打死都不相信！

「請進請進！」鎮長又說了一次。

於是我走進他的辦公室。辦公室裡到處都是亮晶晶的木頭家具，空氣中飄散著煙斗菸草的香氣。裡頭有一張很大的辦公桌，大得像航空母艦。書架上擺滿了厚厚的皮面精裝書，不過我覺得那些書好像根本沒人翻過，因為側邊的書頁上看不到書籤條。每一本都一樣。另外，那張辦公桌前面鋪著波斯地毯，上面擺著兩張黑色的皮椅。從窗口望出去，可以看得到整條商店街，只是現在大雨滂沱，窗外只見一片霧濛濛。

史沃普鎮長一頭灰髮往後梳得很整齊，一雙深藍色的眼睛，神情很親切。他關上門，走回辦公桌後面，然後對我說：「坐啊，柯力。」我遲疑了一下，不知道該坐哪張椅子。「隨便坐沒關係。」於是我選了左邊那張椅子坐下。我一坐下就聽到坐墊發出噗茲一聲。史沃普鎮長坐回他自己的椅子上。那張椅子有雕花扶手，看起來很考究。諾大的桌面上只擺了一部電話，一盒菸草，一個皮面筆筒，裡面插滿了鋼筆，一具煙斗架，上面插著四根煙斗，其中一根是白色的，上面雕著一張大鬍子的臉孔。

「這雨下得可真不小，是吧？」他兩手擺在桌面上，十指交纏，然後又對我笑了一下。這次我注意到他牙齒好白。

「真的好大。」

「呃，下點雨也好，農夫的田裡需要雨水，不過，希望不要像上次那樣變成大洪水就好了。」

「嗯。」

「沒有。我自己騎腳踏車來的。」

接著，史沃普鎮長清清喉嚨，手指在桌上敲個不停。「你爸媽在外面等你嗎？」他問。

「噢，天哪，那你等一下騎回家不是要淋成落湯雞了？」

「沒關係。」

「那可不太好。」他說。「萬一半路上出了什麼意外，那怎麼辦？雨勢這麼大，視線不好，萬一開車的人沒看到你，你可能會被車子撞到，或者，你有可能會摔進水溝裡，而且……」剛剛他表情忽然變得很嚴肅，但說到這裡他忽然又對我笑起來。「呃，反正這樣不太好。」

「我知道。」

「你一定很好奇，不知道我為什麼要找你，對不對？」

我點點頭。

「這次的寫作競賽，我也是評審委員之一，你應該知道吧？我很喜歡你的故事。真的，得獎是應該的。」他拿起一根煙斗，打開那盒菸草。「實至名歸。你是有史以來最年輕的得獎者。」他用手指捏起煙草塞進煙斗裡，我一直看著他的動作。「我查過從前的紀錄，你是有史以來最年輕的一個。你爸媽真的應該引以為榮，而且，你應該也感到很驕傲。」

「那沒什麼。」

「噢，你太謙虛了。柯力！換成是我，當年在你這個年紀，我根本不可能寫得出這樣的故事！絕不可能！我數學還不錯，可是英文就很不怎麼樣。」他從口袋裡掏出一盒火柴，點燃一根，把火頭湊近煙斗裡的菸草，用力吸了幾口，然後嘴裡噴出一團煙。他眼睛一直看著我。「你很有想像力。」他說。「你故事裡有一段提到說，你看到一個人站在馬路對面的樹林旁邊。我很喜歡那一段。你怎麼想得出這種東西？」

「我真的——」我本來要說我真的看到，可是話說到一半忽然聽到有人敲門，然後艾克佛太太又走進來了。「史沃普鎮長。」她說。「外面雨實在下得太大了，真可怕！我想走到車子那邊都走不過去。而且，我的頭髮昨天才燙過！你這裡有雨傘可以借我一下嗎？」

「應該有。你到那邊的櫃子裡去找找看。」

她打開櫃子，在裡面摸了半天。「角落裡應該有一把。」史沃普鎮長告訴她。「哎喲，裡面霉味怎麼那麼重！」艾克佛太太驚呼了一聲：「一定有東西發霉了！」

「是啊，改天實在應該好好清理一下。」他說。

艾克佛太太從櫃子裡掏出一把雨傘，皺著鼻頭。她另一隻手從裡面拿出兩團看起來像布的東西，上面全是白白的霉。「你看看這個！」她說。「裡面一定是發霉了！」

那一剎那，我感覺自己全身的血液彷彿瞬間凍結了。

艾克佛太太手上拿的是一件長滿了霉的雨衣，還有一頂縐巴巴的帽子。那頂帽子彷彿被水泡過太久，幾乎快爛了。

而帽子上有一個銀色的小圓片，上面綁著一根綠羽毛。

「哇！你聞聞看！」艾克佛太太眼睛鼻子皺成一團。「你把這些東西收起來幹什麼？」

「那是我最喜歡的帽子。呃，也許應該說是我從前最喜歡的帽子。大洪水那天晚上被水泡爛了。本來想找人修理一下，看看能不能修得好。還有那件雨衣，我已經穿十五年了。」

「難怪你一直不肯讓我幫你清理櫃子！裡面到底還藏了什麼東西？」

「妳就別管了！趕快回去吧！萊拉還在家裡等妳呢！」

「這個要我順便拿出去丟掉嗎？」

「不要！不要！」史沃普鎮長說。「妳就放回櫃子裡就好了！然後把櫃子的門關起來！」

「老天。」艾克佛太太把東西放回櫃子裡，嘴裡一邊嘀咕著。「你們這些男人比小孩子還糟糕！小孩子總是黏著他們小時候用的毯子不放，而你們這些男人老是把垃圾當寶貝！」她砰的一聲用力關上櫃子的門。「好了，放回去了！門關上了都還聞得到霉味，真受不了！」

「好了，沒關係啦。妳趕快回家吧，路上小心。」

「我知道。」她瞥了我一眼，然後就拿著雨傘走出了辦公室。

剛剛他們說話的時候，我緊張得連氣都不敢喘。此刻我才回過神來，吸了一口氣，感覺整個肺彷彿火在燒。我開始發抖了。

「柯力。」史沃普鎮長說。「我們剛剛說到哪裡了？哦，對了，你說你看到一個男人站在馬路對面的樹林邊。你怎麼想得出這種東西？」

「我……我……」那頂綠羽毛的帽子就在我前面三公尺遠的櫃子裡。而史沃普鎮長就是那個人。大洪水那天晚上，穿著雨衣戴著那頂帽子的人就是他。「我……我故事裡並沒有說那個人是男人。」我說。「我故事裡寫的只是……只是有人站在那邊。」

「嗯，那裡寫得不錯。那天早上你一定很激動吧？」他手伸進另一個口袋裡。過了一會兒，他手又伸出來了，手上抓著一把銀色的小刀。

大洪水那天晚上，他手上拿的就是那把刀。當時我好怕他會偷偷摸摸走到我爸爸後面捅他一刀，因為我爸爸在薩克森湖邊看到不該看的東西。

「真希望我能夠寫得像你這麼好。」史沃普鎮長說。他把手上的刀倒轉過來，刀柄尾端有一根細鐵條。他用那根細鐵條翻攪煙斗裡燒紅的煙絲。「我一直都很喜歡看推理小說。」

「我也是。」我好不容易才說出話來。

接著他忽然站起來，雨水劈哩啪啦打在他身後的窗玻璃上。這時，忽然一道閃電劃過天空，照亮了整個奇風鎮，那一剎那，辦公室裡的燈忽然閃了一下。接著，轟隆隆的雷聲響徹雲霄。「噢，老天。」史沃普鎮長驚呼了一聲。「好險，這雷好像差點就打到地上。」

「真的。」我緊緊抓住椅子的扶手，那扶手已經快被我抓斷了。

「你在這裡等我一下。」他忽然說。「我要拿個東西給你看，看了你就明白了。」他走向門口，嘴上叼著煙斗，身後拖著一團煙霧，一步步走到門外艾克佛太太的辦公桌旁邊。門半開著，我看到他打開檔案櫃的抽屜。

這時我眼睛瞄向那個櫃子。

那根綠羽毛就在裡面。伸手就拿得到。也許，我應該偷偷把那根羽毛拔下來帶走，回家和那天黏在我鞋底那根羽毛比對一下。我是不是該這樣做？要是比對的結果吻合，我又該怎麼辦？

假如真的要做，那動作就要快。

這時候，史沃普鎮長又打開一個抽屜，「你再等我一下！」他大聲對我說：「奇怪，怎麼不在這裡？」

該動手了。馬上。

我兩腿發軟，但我還是硬撐著站起來，打開那個櫃子。一打開，一股霉味立刻迎面撲來。我看到那件雨衣和那頂帽子丟在最底下的角落裡。接著我聽到史沃普鎮長關上那個抽屜。我立刻抓住那根羽毛用力一扯，沒想到竟然扯不掉。

史沃普鎮長已經快走回到辦公室了。我的心臟彷彿快要爆炸了。外頭雷聲隆隆，大雨嘩啦啦打在窗玻璃上。接著我又用力一扯，這一次，帽帶上那根綠羽毛終於被我扯掉了。我拿到了。

「柯力？你在幹什——」

這時窗外又劃過一道閃電，距離好近，那嘶嘶聲彷彿就在窗外。那一剎那，辦公室裡的燈忽然熄了，緊接著，一陣驚天動地的雷聲震得窗戶劈啪響。

辦公室裡一片漆黑。那根羽毛在我手上，而史沃普鎮長站在門口。

「柯力，不要動。」他說。「你在哪裡？」

我不敢吭聲。我慢慢走到牆邊，背靠在牆上。

「柯力？別鬧了。」辦公室裡一片死寂。我聽到他關上門，接著，我聽到鞋子踩在地板上的嘎吱聲。他已經朝我走過來了。「柯力，坐下來，我要跟你好好聊聊。有些事我一定要跟你說清楚。」

此刻，窗外烏雲密布，辦公室裡宛如一座黑漆漆的地牢。我似乎看到他那瘦瘦高高的身影漸漸靠近。我必須閃過他才有辦法出去。

「別這樣。」史沃普鎮長的口氣很平靜，拚命想安撫我，但那種口氣一聽就知道很虛假，跟哈奇森先生一樣。「柯力？」我聽到他深深嘆了口氣。「你已經知道了，對不對？」

沒錯。

「你在哪裡，柯力？你怎麼不說話？」

我根本不敢吭聲。

「你是怎麼知道的？」他問。「告訴我。」

這時窗外又劃過一道閃電。那一剎那的光亮，我看到了史沃普鎮長。他顯得好蒼白，死氣沉沉，站在辦公室一角，煙斗冒出一陣陣煙霧，像幽靈一樣纏繞著他。我心臟已經快從嘴裡跳出來了。因為在剛剛那片刻的閃光中，我看到他手上拿著某種亮亮的金屬。

「沒想到竟然被你發現了，柯力。」史沃普鎮長說。「我只是不希望你受到傷害。」

這時我再也忍不住了。我驚慌失措的大喊：「我要回家！」

「我不能讓你回去。」他的身影在黑暗中一步步向我逼近。「你懂嗎？」

我懂。那一剎那，我閉住氣，抓緊那根羽毛，從他旁邊繞過去衝向門口。我不知道自己閃得夠不夠遠，不過我很順利就跑到了門口沒遭到阻攔。我立刻抓住門鈕用力轉，可是我手上全是汗，太滑了，轉不動。他一定是聽到了門鈕轉動的聲音，因為我聽到他說：「不要跑！」這時我感覺到他又逼近了。接著，門鈕終於被我轉開了，門應聲打開，我立刻像箭一樣衝出去，結果不小心撞到艾克佛太太的辦公桌，桌上的相框啪的一聲倒了。

「柯力！」他大叫了一聲。「不要跑！」

我撞到桌子之後立刻彈開，結果卻又撞上那排椅子，右邊膝蓋撞到硬梆梆的木頭。我立刻痛得慘叫一聲，然後繼續掙扎著想衝向門口，可是，那幾張椅子彷彿突然變成了活生生的東西，擋住了我的去路。就在這時候，史沃普鎮長忽然抓住我的肩膀，那一剎那，我背脊立刻竄起一股涼意。

「不要跑！」他又叫了一聲，手指越掐越緊。

我奮力掙脫他的手。我看到旁邊有一張椅子，立刻把椅子朝他推過去。他撞到那張椅子，絆了一跤，接著只聽到他大叫了一聲：「唉喲！」，然後就摔倒在地上。我轉身拔腿就跑，拚命衝向門口。我本來已經有心理準備，他隨時可能抓住我的腳踝。那一剎那，我忽然想到「外星人入侵」那部電影，想到那個關在玻璃桶裡的火星人頭。此刻，我想像史沃普鎮長的手會像那個火星人的觸鬚一樣伸過來纏住我的腳踝。我心裡很害怕，眼淚已經快掉下來了。但我用力眨了幾下眼睛，強忍住淚水。接著，我忽然摸到了門鈕，於是就轉動門鈕用力一推，門開了。終於逃出來了。我立刻拔腿狂奔，一路衝過黑漆漆的走廊。我的鞋子踩在油布毯上嘎吱嘎吱響，轟隆隆的雷聲迴盪在空蕩蕩的法院裡。

「柯力！快回來！」他聲嘶力竭的大喊，那口氣彷彿真的以為我會乖乖回去。接著，他開始跑過來追我。這時我腦海中開始浮現出可怕的想像。我想像自己被他打得不成人形，然後兩手被他銬在火箭上，然後被他連人帶車丟進薩克森湖裡。於是，我就隨著火箭往下沉，一直往下沉，沈到深不可測的湖底。

我衝得太快，不小心絆倒自己的腳，整個人摔到地上往前滑，下巴撞到牆腳。但我立刻掙扎著站起來繼續跑。我聽到史沃普鎮長的腳步聲就在我後面。「柯力！」他的喊叫聲充滿憤怒，聽起來真像瘋狂殺手。「不要跑！」

我心裡暗忖著，不要跑？不跑豈不是死定了！

接著我注意到昏暗的光線從樓梯上方的穹頂透進來，於是立刻衝下樓梯。我下樓梯的時候根本沒想到要去扶欄杆，要是媽媽在這裡，她鐵定當場嚇昏。我聽到史沃普鎮長在我後面猛喘氣，喊叫聲漸漸變得有氣無力：「不要跑，柯力！不要跑！」我一路衝到樓梯最底下，衝過大廳，衝出大門。那一剎那，雨水打在身上感覺冷颼颼的。暴風雨的威力已經減弱了，我注意到那一大團烏雲已經飄過奇風鎮上空，飄到遠處的山嶺上，乍看之下彷彿一大群灰壓壓的癩蛤蟆。我解開火箭上的鐵鍊，隨手往地上一丟，然後飛快跳上火箭猛踩踏板一溜煙騎走了。史沃普鎮長衝出法院大門，站在門口大喊，只是那時候我已經騎得很遠了。

我聽到他最後喊的一句話是：「老天保佑！」這倒很奇怪，瘋狂殺手怎麼會說出這種話。

馬路上到處都是一灘灘的積水，火箭在積水間穿梭，它那隻金黃色的眼睛彷彿自己會找路。烏雲已經漸漸散了，一道道金黃燦爛的陽光從雲間灑落。爸爸從前告訴過我，等雨停了，太陽出來了，那就代表魔鬼已經退縮了。商店街上的車子濺起水花，火箭一路閃躲，而我也只好死命抓緊把手。

一回到家，我把火箭停在門廊的台階前面，然後飛也似的衝進屋裡。我頭髮濕透了，整個貼在頭皮上。我手上抓著那根綠羽毛。

「柯力！」媽媽聽到紗門關上的聲音，立刻叫了我一聲。「柯力麥肯遜，你過來！」

「等一下！」我飛快衝進房間，把那七個神祕抽屜一個個拉開，找了半天終於找到那個雪茄盒。我打開盒蓋拿出那根綠羽毛。就是那天在薩克森湖邊黏在我鞋底那根綠羽毛。

「馬上給我過來！」媽媽又大吼一聲。

「等一下！」我把湖邊那根羽毛擺在書桌上，然後把剛剛拿到的那根羽毛擺在它旁邊。

「柯力！馬上過來！我正在跟史沃普鎮長說話！」

噢！

我本來很興奮，以為自己解開了一個天大的祕密，但那種得意很快就煙消雲散了。

湖邊那根羽毛顏色比較深，是翡翠綠，而鎮長帽帶上那根羽毛卻是淺綠色的。而且，鎮長的羽毛比湖邊那根羽毛足足大了兩倍。

兩根羽毛沒有半點相像的地方。

「柯力！快點過來！鎮長有話要跟你說。再不來我就要修理人了。」

我鼓起勇氣走進廚房，發現媽媽氣得滿臉通紅。她對著話筒說：「沒有沒有，我保證柯力的精神狀態絕對沒有問題。沒有沒有，他也沒有受到驚嚇。他已經過來了。我叫他聽電話。」她把話筒遞給我，然後狠狠瞪我一眼。「你發什麼神經？快點，鎮長有話要跟你說！」

我接過話筒，囁囁嚅嚅的嘀咕了一聲：「嗨。」

「柯力！」史沃普鎮長說。「我急著打電話到你家，是想確定你有沒有出什麼事！剛剛法院裡黑漆漆的，我真怕你從樓梯上摔下去，摔斷脖子！剛剛你忽然跑掉，我還以為……我還以為你受到什麼驚嚇！」

「沒有。」我有點不好意思的說。「我沒有受到什麼驚嚇。」

「喔，剛剛燈突然熄了，我以為你怕黑，被嚇到了。我怕你會受傷，所以拚命想安撫你。而且，風雨這麼大，我想你爸媽一定不希望你冒雨回家！萬一車子不小心擦撞到你……呃，謝天謝地，還好你沒事。」

「我……我以為……」我喉嚨忽然哽住了，說不出話來。我注意到媽媽一直瞪著我。「我以為……我以為你想殺我。」我說。

鎮長沈默了好一會兒。我猜得到他心裡在想什麼。他一定以為我是天字第一號的神經病。「殺你？為什麼要殺你？」

「柯力！」媽媽大罵：「你瘋了嗎？」

「對不起。」我對鎮長說。「我……大概是我胡思亂想吧。不過，你剛剛問我是不是知道了你的什麼事，而且你問我是怎麼知道的。然後──」

「你錯了。我不是問你知不知道我的什麼事。」鎮長說。「那件事和你得獎有關。」

「得獎？」

「你的獎牌。這次的寫作競賽，你得了短篇小說類的第三名。這就是我叫你來的原因。我怕哪個評審委員不小心說溜嘴，太早把那件事告訴你。我必須先親口告訴你。」

「告訴我什麼？」

「呃，我想先拿給你看看。剛剛我正要把獎牌拿給你看的時候，燈忽然熄了，結果你嚇壞了，突然就跑掉了。事情是這樣的，刻獎牌的人把你的名字拼錯了。他把『柯力』寫成了『柯利』。我想先拿給你看看，免得頒獎典禮的時候你發現了，心裡會不舒服。刻獎牌的人答應要幫你重做一個，可是目前他忙著趕工，要先把網球比賽的獎牌做出來，所以必須等兩個禮拜才能做你的。你明白嗎？」

噢，太糗了。真的糗大了。

「我知道了。」我說。我忽然覺得有點頭昏，而且右膝蓋又開始痛了。「我知道了。」

「你是不是……你是不是在吃什麼藥？」鎮長問我。

「沒有。」

他輕輕哼了一聲。聽得出來他心裡一定是在想：我看你是真的需要吃點藥了。

「真對不起，做這種傻事。」我說。「我也不知道自己到底怎麼回事。」我心裡想，現在他一定以為我腦子出了什麼問題，不過，等到他看到他的帽子，他一定會認為我真是天字第一號的神經病。但我還是決定先不要告訴他，等他自己發現再說吧。

「嗯。」這時鎮長笑了一下，好像忽然覺得這件事很好笑。「柯力，今天下午還真是驚險刺激，你說對不對？」

「是……是啊。呃……鎮長？」

「什麼事？」

「呃……獎牌的事就算了。名字刻錯了沒關係。不用再重做了。」我想，這樣也算是贖罪吧。以後，每次看到那枚獎牌，我一定會想到那天我把椅子推到鎮長身上，害他摔倒。

「那怎麼行。一定要重做。」

「反正我很快就會拿到那面做錯的獎牌。」我說。我猜鎮長一定聽得出來我態度很堅決，因為他接著又說：「好吧，柯力，要是你真的覺得沒關係，那就算了。」

接著他說他需要去泡個熱水澡，等頒獎典禮那天我們再見了。然後他就掛了電話。接下來，我不得不跟媽媽解釋一下這件事。我告訴她我為什麼會認為史沃普鎮長想殺我。講到一半，爸爸也走進來了。本來我認定，幹了這種傻事，爸媽一定會修理我，但沒想到他們只是叫我回房間去面壁思過一個鐘頭。其實這算不上什麼處罰，因為我本來就要回房間。

回到房間，我看著桌上那兩根綠羽毛。一根是淺綠色，一根是深綠色，一根比較小，一根比較大。我拿起薩克森湖畔那根羽毛，擺在手掌心，然後拿出我的放大鏡，仔細檢查上面的紋路和凸起的部位。假如福爾摩斯在這裡，他應該能夠從羽毛上推敲出某些線索。只可惜我不是福爾摩斯。我就跟華生醫師一樣楞頭楞腦。

大洪水那天晚上，我看到一個帽子上有綠羽毛的人。原來，那個人就是史沃普鎮長，而他手上的「刀子」其實只是他用來清煙斗的工具。所以，我手上這根羽毛，跟史沃普鎮長根本毫無關聯。另一方面，這根羽毛和那天站在樹林邊那個人有關聯嗎？跟沈到湖底那個人有關聯嗎？不過，有一點是可以確定的：奇風鎮這一帶的樹林，沒有任何一種鳥身上有這種翡翠綠的羽毛。那麼，這根羽毛到底是哪兒來的？

我把鎮長那根羽毛放到一邊。我很想拿去還他，只是，我心裡很清楚，我恐怕永遠沒那種勇氣。我把薩克森湖那根羽毛放回雪茄盒，然後把盒子塞進抽屜裡。

這天晚上，我又做夢了。我又夢見那四個黑人小女孩。她們都打扮得很漂亮，彷彿準備要上教堂。我猜最小的那個大概十歲或十一歲，另外三個大概十四歲左右。不過這次做的夢和先前那幾次有點不太一樣。這次她們站在一棵枝葉茂密的大樹底下，四個人互相交談，其中兩個手上拿著聖經。我聽不到她們在說些什麼，不過，我看到其中一個小女孩忽然笑起來，然後另外幾個也跟著笑起來，那笑聲聽起來有如水波一樣蕩漾。接著，我忽然看到一陣強烈的閃光，非常刺眼，我不由得閉上眼睛。這時我才發現自己全身被一道閃電的光焰籠罩住了，我的衣服和頭髮被狂風吹得劈啪響。當我再度睜開眼睛的時候，那四個小女孩已經不見了，而那棵樹也變得光禿禿。

這時我醒過來了。我發現自己臉上全是汗，彷彿剛剛真的經歷過一場暴風雨。我聽到叛徒在後院一陣狂吠，立刻轉頭看看鬧鐘上的夜光刻度。差幾分鐘就半夜兩點半了。叛徒還是吠個不停，結果牠的叫聲刺激到別處的狗，於是牠們也跟著叫起來。我心裡想，既然已經醒了，乾脆到外面去安撫牠一下。我走出房間，忽然看到書房裡的燈還亮著。

我聽到一陣沙沙沙的聲音，立刻循著那聲音走到書房門口。書房裡有一張書桌，爸爸平常都是坐在那裡開付帳單用的支票。我看到爸爸穿著睡衣坐在書桌後面，桌上檯燈亮著，他拿著一枝筆在紙上寫東西。不過，看不太出來他是在寫還是在畫。他眼窩深陷，兩眼佈滿血絲，而且，他也跟我一樣，額頭上滿是汗珠。

這時候，叛徒忽然不吠了。牠開始嚎叫。

爸爸嘴裡嘀咕了一聲：「要命。」接著他站起來，輕輕把椅子往後推。我立刻躲進陰影中。我不知道自己為什麼要躲，我只是覺得，爸爸似乎不想讓別人知道他在這裡。他走向後門，然後我聽到他走到門外去叫叛徒閉嘴。

叛徒立刻安靜下來。我估計爸爸大概再一兩分鐘就回來了。

我實在忍不住好奇。我一定要搞清楚他為什麼半夜兩點半一個人躲在書房裡。他在做什麼？

我走進書房，低頭看看那張紙。

我看到了。爸爸在紙上畫了五、六個骷顱頭，而每個骷髏頭太陽穴上都伸出一對翅膀。接著他還畫了一長串的問號，旁邊寫了五次「薩克森湖」這幾個字。另外，我看到他寫了「女王」兩個字，旁邊又是一大串問號。接著，我看到「跟我到那黑暗世界」這幾個字，寫得非常用力，幾乎把紙都劃破了。接著是一行大大的字：

他到底是誰？到底為什麼？

底下還有幾行字。看到那些字，我忽然感覺整個胃彷彿扭絞成一團。

我……

我好怕……

我快發瘋了

這時我聽到後門開了，我看著爸爸走進書房。他又坐回書桌後面，楞楞的盯著那張紙上的東西。黎明前的時刻，萬籟俱寂。而此刻，坐在書桌後面的人，是一個我從來沒見過的人。此刻，他不再是平常的爸爸，而是一個滿臉驚駭的小男孩。他面對超乎他能夠理解的事物，內心飽受折磨。

他拉開抽屜，拿出一個咖啡杯。那杯子旁邊有綠茵牧場的商標。接著他拿出一盒火柴，然後把那張紙摺起來，慢慢撕開，然後把碎片放進咖啡杯裡。最後，那張紙已經被撕成碎片，全部丟進咖啡杯裡了。這時爸爸點燃一根火柴，丟進咖啡杯裡。

杯子裡冒出一小團煙。他走過去打開窗戶，沒多久，那團煙都散掉了。

我悄悄溜回房間，躺回床上，腦海中思緒起伏。

剛剛我夢見那四個黑人小女孩的時候，爸爸夢見了什麼？他是不是又夢見了湖底那個人？說不定爸爸夢見一群麝香鱉把那個人從湖底抬上來，而那個人全身都是泥巴，整張臉被打得不成人形。那個人嘴裡喃喃說著：跟我來。跟我來。跟我到那黑暗世界。他手上戴著手銬，肩膀上有刺青。或者，爸爸夢見的不一定是那個人，而是一個有家庭有妻兒的男人。那個人孤零零的陳屍湖底，被這世界徹底遺忘。這就是爸爸夢見的嗎？

我不知道。我不敢想像。但我很確定一件事：兇手殺死的不是只有那個人。他也正用一種方式慢慢殺死我爸爸。

後來，我不知不覺睡著了。那些紛亂駭人的思緒終於消失了。牆上那些怪物的圖片環繞著我。有他們保護，我安心的睡著了。

2 神奇的盒子

禮拜六的夜晚終於來臨了。今天晚上就要舉行「奇風鎮藝文委員會寫作競賽」的頒獎典禮。我和爸媽都穿上最漂亮的衣服，坐上我們那輛敞篷小貨車，出發前往圖書館。如果以滿分一百來衡量，前些時候我緊張的程度大概是八十分左右，但此刻已經超過九十分了。過去這個禮拜來，我那幾個所謂的死黨好像唯恐天下不亂，不斷摧毀我的自信。他們一直恐嚇我，當眾朗讀我的故事可能會發生什麼恐怖的狀況。要是真的被他們說中了，那我很可能會當場崩潰，當場嚇得尿褲子，當場上吐下瀉。大雷叫我準備一個軟木塞，把該塞的地方塞住，以防萬一。班恩不斷提醒我，在眾目睽睽之下走上講台的時候要特別小心，因為那是最容易發生意外的時刻。至於強尼呢，他說他聽說有個小男孩上台去朗誦文章，結果一上台就忘了要唸什麼，然後，他嘴裡開始嘀咕一種沒人聽得懂的語言，很像是火星話。

嗯，什麼軟木塞，太扯了。然而，當我們的車來到燈火通明的圖書館，當我看到門前的廣場上擠滿了車，我立刻開始後悔了。我真的應該準備軟木塞。媽媽摟摟我肩頭。「不要怕，你沒問題的。」她說。

「對呀。」爸爸說。此刻他又恢復了平常的模樣，然而，我注意到他的眼神很陰鬱，而媽媽說他該考慮吃點安眠藥了。當然，她知道事情不太對勁，可是她卻搞不清楚爸爸的狀況有多嚴重。「你沒問題的。」爸爸又對我說。

圖書館的會議廳裡滿滿的全是椅子，最前面有一張桌子，而桌子前面就是恐怖的講台。更恐怖的是，講台上有一支麥克風！現場大概已經坐了四十幾個人，有史沃普鎮長，普萊斯摩太太，葛羅夫狄恩先生。

他們和另外那幾個評審湊在一起聊天。史沃普鎮長一看到我們進門，立刻朝我們走過來。那一剎那，我忽然好希望可以像夢遊仙境的愛麗絲一樣，整個人忽然縮小，然後找個角落躲起來。只可惜爸爸抓住我肩頭，我動都動不了。

「嗨，柯力！」史沃普鎮長對我笑了一下，但他的眼神卻小心翼翼。他大概覺得我隨時可能還會再發神經。「今天晚上你就要朗讀故事了，準備好了嗎？」

還沒。我心裡暗暗吶喊，但我嘴裡卻說：「準備好了。」

「嗯，相信今天晚上一切都會圓滿順利。」接著他轉頭看著我爸媽。「我相信你們一定很驕傲有這樣的孩子。」

「確實很驕傲。」我媽說。「我們家族裡還沒有出過作家呢。」

「他真的很有想像力。」史沃普鎮長又對我笑了一下，只不過笑得很僵。「對了，柯力，前兩天我從櫃子裡拿出那頂帽子，本來想拿去給人修理一下，可是……你知不知道那頂帽子的──」

「路德！」忽然有人打斷了他的話。「終於找到你了！」

原來是達樂先生。他急吼吼的走到鎮長旁邊。他穿著一套黑西裝，渾身散發出刮鬍水的味道。我立刻鬆了一口氣。他來得真是時候。「什麼事，派瑞？」鎮長轉過頭去問他。

「路德，那隻該死的猴子！你一定要想個辦法！」達樂先生氣急敗壞的說。「那隻死猴子昨天晚上跑到我們家屋頂上，吵得我跟愛倫整晚都沒睡！更該死的是，他竟然把大便拉在我車上！我就不相信抓不到牠！一定有辦法！」

噢，撒旦。那隻猴子還在奇風鎮的樹林裡遊蕩，沒事就跑到人家屋頂上撒野，誰家被牠挑上誰倒霉。布萊薩牧師早在八月中就已經逃之夭夭，不知去向，因為很多人的房子車子被那隻猴子搞得亂七八糟，大家都把這筆帳算到牧師頭上，威脅要告他。

「要是你想得出什麼好辦法，趕快來告訴我。」史沃普鎮長的口氣已經有點不耐煩了。「什麼辦法都試過了，就差沒有請空軍基地派一架戰鬥機到我們奇風鎮來丟幾個炸彈。」

「說不定樂善德醫師逮得到牠，或者，我們可以花點錢請動物園的人到這裡來——」史沃普鎮長都已經轉身走了，達樂先生卻還是纏著他囉嗦個沒完。爸媽跟我找了個位子坐下來。這時候，眼看越來越多人走進會議廳，我也越來越坐立不安。接著，巴瑞斯醫師也帶著他太太進來了。然後，老天，魔女也來了，還有她那個頭髮紅得像火燒一樣的媽媽和瘦得像竹竿的爸爸。我坐在椅子上拚命壓低身體，但還是被她看到了。她很興奮的揮手跟我打招呼。還好，老天保佑，我們椅子四周已經沒有空座位，否則的話，等一下我走上講台的時候，說不定脖子後面會黏著一團鼻屎。接著，我又受到另一次驚嚇，因為我看到強尼和他爸媽走進來了。又隔了兩分鐘，班恩和他爸媽也進來了，而大雷和他爸媽就跟在他們後面。他們是來看好戲的，我一定要振作起來，不能讓他們看笑話。不過，我還是很高興他們來了。我記得有一次班恩告訴我，他們都是我的好兄弟。

看到來的人這麼踴躍，我只能說，奇風鎮的人對自己家鄉的事一定很熱心。如果不是這樣，那就可能是因為禮拜六晚上的電視沒什麼好看。有人打開會議廳的櫃子，拿出更多椅子。接著，莫倫泰克斯特進來了。一看到他，大家忽然安靜下來。他邁著大步走進會議廳，面帶微笑，而且還是老樣子，全身赤條條的，只是因為過了一個夏天，皮膚曬得比較黑。現在大家都已經習慣莫倫了，知道眼睛該看哪裡，還有，不該看哪裡。「媽，那個人還是沒穿衣服耶！」魔女叫得好大聲，然而，除了少數幾個人竊笑了幾聲，幾個太太小姐有點臉紅之外，其他人都沒什麼反應。大家都已經見怪不怪了。莫倫拖了一張椅子擺在會議廳最後面的角落，坐下來，一副心滿意足的表情。

後來，史沃普鎮長和普萊斯摩太太把一個裝滿了獎牌的箱子搬到桌上，這時候，現場大概已經來了七十多個「愛好文藝」的奇風鎮民。葛羅夫狄恩先生大概四十多歲，身材瘦瘦長長，帶著一副圓形的銀絲框眼鏡。雖然他頭上戴的是一頂棕色的假髮，但他還是梳得很整齊。他揹著一個小背包走到最前面，然後坐到桌子後面，就在鎮長和普萊斯摩斯太太旁邊。他拉開背包上的拉鏈，從裡面掏出一疊文件。我猜那應該就是得獎作品。總共三個獎項：短篇小說，散文，還有詩。

史沃普鎮長站起來走到講台上，用手指敲敲麥克風，沒想到擴音系統突然發出一陣刺耳的巨響，結果全場的人都哄笑起來。史沃普鎮長立刻對控制廣播系統的人比了個手勢。過了一會兒，麥克風音量調整好了，大家也跟著靜下來。鎮長清清喉嚨正要開口說話，底下的觀眾忽然起了一陣小騷動，大家竊竊私語。我回頭去看門口，那一剎那，我心臟立刻怦怦狂跳。女王走進來了。

她一身紫衣，戴著一頂圓盆帽，手上戴著手套，帽簷垂下一層薄紗遮住了她的臉。她雙臂雙腿瘦得像竹竿，看起來弱不禁風。查爾斯德馬龍在她旁邊攙著她的手肘。他還是老樣子，虎背熊腰，凸出的眉骨看起來真像狼人。月亮人跟在女王後面走進來，隔著三步的距離。他拿著拐杖，穿著一套黑得發亮的西裝，打著紅領帶。他沒戴帽子，所以那張黑白雙色的臉看起來格外分明。

那一剎那，全場鴉雀無聲，要是當時有根針掉到地上，大家一定聽得清清楚楚。或者，形容得更傳神一點，要是當時有一團鼻屎從魔女鼻孔裡掉出來，掉到地上，大家一定聽得清清楚楚。「噢，老天。」媽媽驚呼了一聲。爸爸有點緊張的調整了一下坐姿。我覺得要不是因為我的關係，他很可能會當場站起來走出大門。

女王轉頭看看全場的人。座位都已經滿了。我偷偷瞄了她一眼。看到她那碧綠的雙眼，那一瞬間我彷彿聞到一股潮濕的氣息，一種沼澤特有的花香。接著，莫倫突然站起來向女王鞠了個躬，把位子讓給她坐。她邊坐下邊對莫倫說：「噢，謝謝你。」她的聲音還是像平常一樣有點微微顫抖。莫倫還是站在後面，而查爾斯德馬龍和月亮人則是分別站在女王兩邊。這時候，大概有五、六個人忽然站起來走出去。其實，他們走出去，並不是因為跟我爸爸一樣怕女王。那純粹是一種表達不滿的舉動，因為女王未經允許就貿然走進一個全是白人的地方。我們都心知肚明，而女王自己也心裡有數。我們就是活在這樣的時代裡。

「好了，時間差不多了，可以開始了。」史沃普鎮長說。他轉頭看看全場的觀眾，接著看看坐在最後面的女王和月亮人，然後又再看看全場的觀眾。「各位先生，各位女士，歡迎蒞臨一九六四年奇風鎮藝文委員會寫作競賽頒獎典禮。首先，我要感謝大家的熱烈參與。要不是因為大家熱烈參與，寫作競賽根本無法順利進行。」

於是，他就這樣說了一大串場面話。要不是因為太緊張，我可能早就睡著了。接著，史沃普鎮長逐一介紹每位評審，還有藝文委員會的全體委員，然後是「亞當谷日報」的記者昆丁法拉迪。他今天是特地來訪問得獎人，拍幾張照片。後來，史沃普鎮長終於坐下，輪到普萊斯摩太太上台。她開始宣布散文組第三名的得主。得獎人是一位叫荻若瑞絲海道爾的老太太。她慢吞吞的站起來，從狄恩先生手上接過稿子，然後慢慢走上講台開始朗讀。那篇作品描寫的是她種藥草的樂趣，她足足唸了十五分鐘。唸完之後，她拿到獎牌，然後就回到座位上去。散文組第一名是一位老先生，叫喬治伊格斯，體格很魁梧，牙齒已經掉了好幾根。文章裡描寫，有一次他開車去杜斯卡蘿莎市，結果快到市區的時候，車子突然爆胎。當時路上很多車子來來去去，可是卻沒有半個人願意停下來幫他。結果，我們鎮上的教練「大熊」布萊恩正好路過，立刻停車問他需不需要幫忙。於是，這篇文章證明了「大熊」教練果然是個大好人。

接下來宣布的是詩組的得獎人。沒想到，當普萊斯摩太太宣布第二名的時候，觀眾席中站起來的人竟然是魔女的媽媽。你一定不難想像我當時的驚訝。那首詩的部份內容是這樣的：「那個夏日，太陽對雨說，雨啊，請別再下，因為我必須讓陽光遍灑大地，然而，看著那蔽天的烏雲，我好想哭泣……」她朗誦那首詩的時候，情緒非常激動，我真怕她會當場哭出來，彷彿整間會議廳就快下起她詩中的大雨。她才剛唸完那首詩，魔女和她爸爸立刻拚命拍手，拍得好大聲，彷彿她媽媽是希臘詩人荷馬再世。

第一名的得主是一位滿臉皺紋的老太太，叫海倫德羅特。基本上，那首詩的內容是一封情書，第一段是：「他滿懷熱血，捍衛正義，無懼一切……」而最後一段是：「噢，他的笑容如此可親，我們摯愛的州長，喬治華萊士。」

「噢，老天。」爸爸暗暗嘀咕了一聲。那個喬治華萊士公然鼓吹種族隔離政策，是歧視黑人的急先鋒。女王，查爾斯德馬龍，還有月亮人，他們沒有當場站起來抗議，真是很有風度的。

這時普萊斯摩太太又宣布：「接下來是短篇小說組。」

我忽然很後悔沒帶軟木塞來。後悔莫及。

「我們奇風鎮從一九五五年開始舉辦寫作競賽，今年的得主是有史以來年紀最小的一位。由於這篇作品的內容是真實事件，所以評審委員都有點為難，不知道該把它歸類為短篇小說，還是散文。不過，最後我們一致認為作者才華洋溢，充滿想像力，所以還是決定把它歸類為短篇小說。那麼，我們歡迎第三名得主上臺為我們朗讀他的作品。作品的標題是『黎明前的時刻』，作者是柯力麥肯遜。」說著普萊斯摩斯太太開始帶頭鼓掌。爸爸為我打氣說：「上去吧，讓他們瞧瞧。」於是我只好站起來。

我戰戰兢兢的走上講台。這時候，我聽到大雷嘰嘰咯咯的笑起來，然後聽到啪的一聲，看到他爸爸在他脖子後面用力拍了一下。狄恩先生把我的作品遞給我，接著普萊斯摩太太把麥克風往下壓，壓到我嘴巴的高度。我看著底下的人群，忽然感覺他們變成模糊的一團，只看到無數的眼睛鼻子和嘴巴。那一剎那，我忽然恐慌起來，開始想到褲襠的拉鏈。拉鍊有沒有拉上來？要不要低頭去看看？接著我忽然看到「亞當谷日報」那個攝影記者，他那巨大的鏡頭正對準著我。我心臟差點從嘴裡跳出來，而且感到一陣反胃。可是我知道，萬一我當場吐出來，我這輩子就不用再見人了。我聽到有人咳了幾聲，有人在清喉嚨。每一雙眼睛都盯著我。我手上拿著稿紙，稿紙抖個不停。

「慢慢來沒關係，柯力，慢慢唸。」普萊斯摩斯太太安慰我。

我低頭看看稿紙上的標題，準備唸出來，但我忽然覺得喉嚨好像被什麼東西哽住了，根本發不出聲音。

我開始眼前發黑，難道，我真的快要在眾目睽睽之下昏倒了嗎？難道我真的會變成「亞當谷日報」的頭條新聞嗎？想像報紙上出現一張照片，照片中的我翻白眼，倒在地上渾身發抖，褲檔拉鏈沒拉上，露出裡面的白內褲。難道報上真的會出現那種照片？

「放輕鬆。」普萊斯摩太太安慰我。我聽得出來她已經開始緊張了。

我感覺眼球彷彿快要從眼眶裡爆出來掉到地上到處亂跳。我看到大雷、班恩和強尼。他們都已經笑不出來了。看樣子不妙。我注意到散文組第一名那位喬治伊格斯先生一直低頭看手錶。這也不妙。我聽到觀眾席裡有人低聲嘀咕著：「可憐哪，看那孩子嚇壞了！」

這時，我注意到坐在最後面的女王忽然站起來了。她的眼睛隔著面紗凝視著我，那眼神是如此平靜祥和。她揚起下巴，那姿態彷彿在對我說兩個字：勇氣。

我深深吸了一口氣，感覺整個肺都震動起來。今天是我的大日子，就在此時此地。無論如何，我一定要振作起來。

於是我開口了。「黎明前———」透過麥克風，我聽到自己的聲音突然變成驚天動地的巨響。我嚇了一跳，忽然又愣住了。普萊斯摩太太拍拍我背後，彷彿想安撫我。「———的時刻。」我要繼續唸。「作者柯———柯———柯力麥肯遜。」

於是我開始唸了。那些字句，那個故事，早已深深烙印在我的腦海中。雖然我的聲音聽起來不像自己的聲音，但那個故事卻是我生命中的一部份。當我繼續一字一句的往下唸，我發覺現場忽然不再有人咳嗽，不再有人清喉嚨，不再有人竊竊私語了。讀著故事，感覺就好像沿著一條熟悉的小路穿越森林。我知道該往哪個方向走，那種感覺是如此的自在安心。當我鼓起勇氣抬頭看看底下的觀眾，那一剎那，我真的感覺到那種自在。

這是我有生以來第一次當眾朗讀自己的作品。而就像生命中許許多多第一次的體驗，那一剎那的感覺會跟著你一輩子。我也說不上來那種感覺是什麼，不過，那種感覺深深烙印在我內心深處，永遠無法磨滅。每個人都看著我，每個人都在聽我說故事。當那些字句在我腦海中醞釀成形，然後從我口中流瀉而出，時間彷彿也隨之靜止了，凝固了。那些字句彷彿帶著滿屋子的人踏上一段旅程，而沿途他們都會看到同樣的景象，聽到同樣的聲音，感應到同樣的思緒。雖然，三月那個冷冽的早晨，他們並沒有跟我一起在薩克森湖邊，但當時的景象卻隨著那些字句滲透到他們腦海中，滲透到他們的記憶中。當我看著現場的觀眾，我感覺得到他們都渴望跟隨我。我想帶他們去一個地方，而他們也渴望跟著我到那裡去。那種感覺是最棒的了。

當然，這些都是我很久很久以後才想通的。當時，稿子已經快唸完了，我忽然察覺全場的觀眾變得好安靜。我發現了一種啟動時光機器的奧祕，我發現自己竟然擁有一種做夢都想不到的力量。我發現了一種神奇的盒子，叫打字機。

我發覺自己的聲音越來越洪亮，表情越來越豐富，口齒越來越清晰，完全不像剛開始的時候那麼含混不清。我又驚訝又興奮。沒想到我是這麼喜歡大聲朗誦。這真是奇蹟中的奇蹟。

最後，我終於唸完了最後一個句子，說完了這個故事。

或者說，暫時告一段落。

媽媽第一個帶頭鼓掌，接著是爸爸，然後全場的觀眾也都跟著開始鼓掌。我看到女王也在拍手。滿場的掌聲感覺真好，然而，剛剛我帶著全場觀眾踏上一段旅程，而他們全然的信任我，相信我一定知道方向，那種感覺更美好。也許，明天我會想跟爸爸一樣，長大要當送奶員，也或許我會想當戰鬥機駕駛員，或是偵探。然而，此時此刻，我最希望的，是有一天自己能夠成為一個作家。這遠超過世上其他的一切。

我從史沃普鎮長手中接過那面獎牌，然後走回座位上。我一坐下，旁邊的人紛紛拍拍我的背。我注意到爸媽露出笑容，感覺到他們為我感到驕傲。我並不在乎獎牌上的名字刻錯了，因為，重要的是，我知道自己是誰。這樣就夠了。

小說組第二名是泰倫斯霍斯莫先生，他的故事描寫一個農夫在玉米收成之後如何和一群烏鴉鬥智。第一名的得主是愛達葉爾拜太太，她的故事描寫耶穌誕生的那一天，所有的動物在午夜時分都跪到地上。然後，史沃普鎮長又上台致詞，他謝謝大家的熱情參與，最後希望大家平安回家。我和爸媽開始往門口走過去，半路上大雷強尼和班恩跑過來把我圍住。我感覺得到我比葉爾拜太太受到更多人的矚目。魔女的媽媽也擠過來向我道賀。她那又寬又大的臉上長滿了毛。她看著我媽媽說：「是這樣的，下禮拜六我們要幫布蘭達辦生日宴會，布蘭達很希望你們家柯力能過來。其實，剛剛那首詩是為布蘭達寫的，因為她是個很敏感的孩子。不知道柯力可不可以來參加布蘭達的生日宴會？對了，不需要準備禮物，什麼都不用帶。」

媽媽轉頭看看我，看我有什麼反應。我看到魔女了，她和她爸爸站在會議廳另一頭。她對我揮揮手，一直竊笑。大雷用手肘頂了我一下，笑得很邪門。那小子搞不清楚狀況，不知道自己死期快到了。我說：「呃，夏特利太太，禮拜六我好像要幫忙做點家事。對不對，媽？」

媽媽。我愛死媽了。她反應真快。「對呀！你要除草，還要幫你爸粉刷門廊。」

「嗄？」爸楞了一下。

「門廊不粉刷不行了。」媽媽盯著他的眼睛。「只有禮拜六我們才能全家一起動員，把這些工作處理掉。」

「說不定我還可以找幾個朋友來幫忙。」我說。這下子，我那幾個死黨一定馬上就不見蹤影。

「呃，只要你想來參加布蘭達的宴會，她一定很歡迎。所有的親戚都會來。」她心裡有數。接著她轉身走回魔女旁邊，跟她說了幾句話。魔女還是跟剛剛一樣竊笑。我忽然感覺腳底發冷。可是，我絕不能讓魔女對我存有任何幻想。絕對不能！叫我去她家，實在太慘無人道。而且，老天，她們家的親戚會是什麼模樣，實在不難想像。跟他們比起來，雜誌裡那些怪物說不定還可愛得多。

就在我們快走到門口的時候，忽然聽到背後有人輕輕叫了一聲：「湯姆？湯姆麥肯遜？」爸爸立刻停下腳步轉身去看是誰。

站在他面前的是女王。

她比我印象中更矮，身高幾乎還不到我爸爸的肩膀。然而，她渾身散發出來的那種力量，十個男人加起來也比不上。你可以感覺到她的生命力。她就像一棵斑駁的老樹，歷經無數狂風暴雨卻依然屹立不搖。德馬龍先生和月亮人並沒有跟著她走過來。他們站得遠遠的。她是自己一個人走過來的。

「嗨，我們又見面了。」媽媽說。女王朝她點點頭。爸爸的表情看起來很像那種被困在陷阱裡的小動物。他左顧右盼，那模樣彷彿拚命想找地方逃。不過，他那個人非常有紳士風度，不會對人這麼沒禮貌。

「湯姆麥肯遜。」她又說。「你和你太太教出了一個很有天份的兒子。」

「我……我們……我們儘量想把他教好。謝謝妳。」

「他口才真好。」說著女王對我笑了一下。「你表現得很不錯喔。」她說。

「謝謝。」

「那輛腳踏車好不好騎？」

「很棒。我幫它取了個名字叫『火箭』。」

「嗯，好名字。」

「我喜歡這個名字。而且……」我想了一下，決定告訴她。「而且車燈裡有一隻眼睛。」

她略略揚了一下眉毛。雖然那動作輕微到無法察覺，但我還是注意到了。「真的？」

「柯力！」爸爸斥喝了我一聲。「別胡說八道！」

「我倒覺得。」女王說。「男孩子的腳踏車必須很清楚自己該往哪個方向走。它必須能夠判斷前面的道路安不安全，會不會碰到麻煩。在我看來，男孩子的腳踏車應該具備某些特性，比如說，應該要像馬一樣有活力，像鹿一樣靈敏，有時候，甚至應該要像蛇一樣狡猾。你不覺得嗎？」

「是的。」我說。看樣子，她知道火箭的秘密。

「謝謝妳的好意，送柯力一輛腳踏車。」爸爸對她說。「雖然我們家不隨便接受別人施捨，不過——」

「噢，麥肯遜先生，你怎麼可以說那叫施捨呢？那是為了表達我的謝意，因為柯力幫了我很大的忙。麥肯遜先生，你家裡還有什麼東西壞了嗎？我可以請來福先生過去幫你修。」

「謝謝妳，不用了。家裡的東西都很好。」

「嗯。」她忽然凝視著我爸。「其實，東西什麼時候會突然壞掉，是很難說的不是嗎？人也是一樣。」

「很高興見到妳……呃……夫人。」爸爸忽然攙住媽媽的手肘。「不過，我們該回家了。」

「麥肯遜先生，有件事我必須跟你談一談。」我們轉身正要走開的時候，女王忽然說。「那是人命關天的事。我想，你應該懂我的意思。」

爸爸立刻停住腳步。我注意到他在用力咬牙。看得出來他很想轉身走開，可是卻被她懾住了，動彈不得。說不定他也跟我一樣，感受到她渾身散發出來的生命力越來越強烈——那種原始的、充滿野性的生命力。他似乎很想往前跨出一步，可是兩條腿卻釘在地上無法動彈。

「你相信主耶穌基督嗎，麥肯遜先生？」女王問他。

這問題終於突破了他最後的心防。他立刻轉身面對她。「我相信。」他一臉莊嚴。

「我也相信。耶穌基督是天底下最完美的人。但儘管如此，他也會痛苦，也會掙扎，也會流淚，也會有茫然無助的時候。那些痲瘋病人和重病的人把他團團圍住，哀求他為他們施行神蹟。他們糾纏不休，耶穌基督被他們纏得筋疲力盡。麥肯遜先生，我的意思是，即使是耶穌基督有時候也需要幫助，而且對他來說，開口求別人幫助也是一件很痛苦的事。」

「我不需要……」他說到一半就說不下去了。

「我相信任何人腦海中偶爾都會浮現出某些景象。」女王說。「那是人類的一種本能。而我們看到的那些景象都只是片斷的畫面，只是整個大景象的一小部分，就像整張大拼圖的一小片。雖然我們看到了那些畫面，可是卻不知道那是整體畫面的哪個部分。那些景象，通常都是在我們睡覺的時候出現在我們夢裡，不過也有時候，大白天我們也會看到。每個人或多或少都會有這樣的經驗，只不過，大家都猜不透那代表什麼意義。你懂嗎？」

「不懂。」我爸說。

「噢，你當然懂。」她忽然舉起一隻枯瘦的手指。「我們這個世界就像一團黏黏的膠帶，大家的眼睛都被矇住了，耳朵被掩住了，根本看不到，也聽不到另外一個。」

「另外一個？另外一個什麼？」

「另外一個世界。隔著一條河，有另一個世界。」她說。「薩克森湖底那個人就是在那個世界呼喚你。」

「我不想聽這些。」雖然嘴裡這麼說，他卻一動也不動。

「他在呼喚你。」她繼續說。「我也聽得到他的呼喚。他害得我沒辦法睡覺。我年紀大了，需要休息，需要清靜。」她往前跨了一步湊近我爸爸，盯著他的眼睛。「那個人想告訴你是誰殺了他，這樣他才有辦法安息。噢，他拚命想引起你的注意，可是他卻說不出兇手的名字，也說不出他的長相。他能讓我們看到的，也就只有那些零星片斷的畫面。要是你願意來找我，那我們就可以把我們腦海中各自的影像拿出來討論，一起歸納分析，把完整的真相拼湊出來。這樣一來，以後你晚上就可以好好睡覺，而我也一樣，而他的靈魂就可以安息了。更重要的是，我們可以抓到兇手。我們可以把那個躲在我們奇風鎮的兇手揪出來。」

「我不……我不相信……我不相信那種——」

「不管你相不相信，你自己決定。」女王打斷他的話。「不過，要是今天晚上那個人又來找你，你一定要認真聽他說話。你別無選擇。而且我相信今天晚上他一定會來找你。所以，麥肯遜先生，我的建議是，你最好認真聽他說什麼。」

爸爸似乎想說什麼。他張開嘴，可是卻說不出半句話。

「對不起。」我忍不住開口問女王。「不知道能不能請教妳一個問題……不知道妳有沒有……有沒有做過別的夢。」

「噢，當然有。我常常做夢。」她說。「不過問題是，在我這個年紀，我做的夢常常是重複的。」

「呃……不知道……不知道妳有沒有夢見過四個小女孩？」

「四個小女孩？」她問。

「對，四個小女孩。她們就像妳一樣，黑黑的。她們都穿得很漂亮，就像禮拜天上教堂那樣。」

「沒有。」她說。「好像沒有。」

「我常常夢見她們。雖然不是每天晚上都會夢到，可是常常會。妳覺得那代表什麼意義呢？」

「一個大真相的片斷。」她說。「很可能是一件你已經知道的事，可是你卻搞不清楚究竟是哪件事。」

「怎麼說？」

「也許那並不是幽靈在呼喚你。」她解釋說。「說不定那只是你自己內心深處的某種疑惑。你拚命想解開某個謎團。」

「喔。」我說。女王也夢見了我爸爸夢見的東西，可是她卻沒有夢見我夢中的景象，那一定是因為那並不是過去的幽靈在呼喚我，而是某種未來的隱憂。

「等我們布魯登區的新博物館落成之後，你們一定要來參觀。」女王對我媽媽說：「我們募到了一些錢，康樂中心已經開始蓋了，應該再幾個月就完工了。裡面的展覽廳一定很漂亮。」

「我聽說過。」媽媽說。「祝福你們。」

「謝謝。嗯，等開幕典禮日期確定之後，我一定會通知妳。還有，麥肯遜先生，別忘了我剛剛說的話。考慮一下。」她伸出一隻戴著紫手套的手，我爸爸立刻抬起手跟她握握手。我爸爸雖然有點怕女王，不過，再怎麼樣他還是很有紳士風度。「你隨時可以來找我。」

說完女王就走回月亮人和德馬龍先生旁邊，然後他們一起走出門外。外頭夜色已深，四下一片寂靜，空氣中帶著一絲暖意。我們也很快就跟在他們後面走出去。一走出大門，正好看到他們開車走了。不過，他們這次開的並不是那輛鑲滿了塑膠鑽石的大轎車，而是一輛淡藍色的雪佛蘭。有幾個觀眾還站在路邊的人行道上聊天，他們一看到我立刻又讚美了我幾句，說他們很喜歡聽我朗讀。「一定要繼續寫啊！多寫一些那樣的好故事！」達樂先生鼓勵我。接著我聽到他得意洋洋的對另一個人說：「你知道嗎，那孩子的頭髮都是在我那裡剪的。告訴你，我已經幫他剪了好幾年了！」

然後我們開車回家。我兩手抓著獎牌擺在大腿上。「媽？」我問。「布魯登區的博物館是哪種博物館？裡面擺的是恐龍骨頭嗎？」

「不是。」爸爸告訴我。「裡面展覽的是黑權運動的東西，像是文件、信件和照片之類的。」

「聽說是黑奴的歷史文物。」媽媽說。「可能是像腳鐐手銬、烙鐵之類的東西。伊麗莎白席爾斯告訴我，女王把她那輛寶貝的老爺車賣了，錢都捐出來當建築經費。」

「還記不記得有人在她家院子裡燒掉一根十字架？我保證那些人對那座博物館一定很有意見。」爸爸說。「三K黨那幫人一定會有所行動。」

「我覺得那座博物館很有意義。」媽媽說。「我覺得他們一定要了解自己的過去，才知道未來該往哪個方向走。」

「哼，我也知道三K黨希望他們往哪個方向走。」爸爸開始減速，轉個彎開上山峰路。我注意到遠處泰克斯特家的豪宅在樹林間的隙縫裡忽隱忽現，整座屋子燈火通明。「她很厲害。」爸爸忽然說。他很像在自言自語。「我是說那個女王。」我們都知道他說的是誰。「她真的很厲害。我覺得自己好像被她看透了。我無法抗拒她那種眼神。她知道我在想——」說到這裡他好像猛然意識到我們在旁邊，於是忽然又不說了。

「我陪你一起去。」媽媽鼓勵他。「要是你想去找她，我一定會守在你旁邊。她想幫助你。我真希望你能夠接受她的好意。」

他沒吭聲。車子已經快開到家了。「我會考慮。」他說。他的意思是叫我們不要再提女王了。

爸爸知道自己隨時可以去找女王。爸爸知道自己確實需要女王的幫助。薩克森湖底那個幽靈一直在糾纏他，而他知道女王有辦法趕走那個幽靈。問題是，他還沒有心理準備。我不知道他最終有沒有辦法下定決心去找女王。那只能看他自己了。他必須自己決定要不要跨出第一步，沒人能夠強迫他。眼前我必須先應付自己的難題。第一，我一直夢見那四個黑人小女孩，第二，魔女對我有意思，第三，我該怎麼應付老鐵肺，第四，我下一篇作品該寫什麼？

還有那根綠羽毛。永遠都是那根綠羽毛。那根綠羽毛被我收在一個神祕的抽屜裡，然而，羽毛背後隱藏的謎團卻依然陰魂不散的糾纏著我。

那天晚上，爸爸幫我把獎牌掛到房間的牆上，正好在打字機上面。那獎牌掛在兩張圖片中間，看起來很舒服。左邊的圖片是脖子上釘了一根螺栓的科學怪人，右邊的圖片是穿著黑斗蓬露出兩根獠牙的吸血鬼。

3 莫倫的晚餐之約

接下來那幾天，魔女一直糾纏不休，逼我去參加她的生日宴會。打個比方吧，那就好像貓死纏著老鼠要跟牠做朋友。那幾天，後面是魔女在我背後喋喋不休，前面是老鐵肺在講台上河東獅吼，到了禮拜三，我已經瀕臨精神崩潰。而且，我還是搞不懂分數除法要怎麼算。

禮拜三那天晚上，吃過晚飯之後我到廚房幫媽媽擦盤子，爸爸坐在客廳的椅子上看報紙。我忽然聽到爸爸說：「有車子停在我們家門口。我們跟誰有約嗎？」

「好像沒有吧。」媽媽說。

我聽到椅子嘎吱一聲，爸爸站起走過去開門。走到門口，他忽然吹了聲口哨。「哇，你們過來看看！」說完他就走到門外。當然，我和媽媽都忍不住好奇立刻跟著走到外面去。門口停著一輛長長的禮車，黑色的車身閃閃發亮。輪框是鋼絲輪輻，車頭是白白亮亮的鍍鉻水箱罩，擋風玻璃好寬敞。那真是我這輩子見過最長最漂亮的車，我們那輛敞篷小貨車擺在旁邊簡直就像破銅爛鐵。接著，駕駛座的車門開了，有個穿黑西裝的人鑽出來。他繞過車子，穿過我們家的草坪，邊走邊對我們說聲：「晚上好。」他的口音不像我們這一帶的人。他沿著門前的步道朝我們走過來，沒多久，門廊上的燈光漸漸照亮了他。我們看到他滿頭白髮，嘴唇上方有兩撇白鬍子，皮鞋也像車子一樣黑得發亮。

「請問有什麼事嗎？」爸爸問他。

「請問是湯姆麥肯遜先生嗎？」

「我就是。」

「太好了。」他走到門旁的台階前面，忽然停下腳步。「麥肯遜先生。」他向我媽點點頭，然後轉頭看著我。「柯力少爺嗎？」

「呃……我是柯力。」我說。

「噢，太好了。」他微微一笑，然後手伸進西裝內口袋裡掏出一個信封。「這是要給你的。」他把信封遞給我。

我轉頭看看爸爸，他點點頭，意思是叫我收下沒關係。我接過那個信封，慢慢拆開，而那位白頭髮的先生兩手交叉在背後看著我拆信。信封用一圈紅蠟封著，蠟上印著一個英文字母T。我從信封裡抽出一張白白的小卡片，上面有幾行打字機打出來的字。

「上面寫什麼？」媽媽湊近我肩頭想看看卡片上寫了什麼。

我大聲唸出來。「莫倫泰克斯特先生誠摯邀請您共進晚餐。時間是一九六四年九月十九日晚上七點。穿著不拘。」

「最好是平常的穿著。」那位白頭髮的先生特別強調。

「噢，老天。」媽媽每次一緊張就會冒出這句口頭禪。她立刻皺起眉頭。

「呃……不好意思，請問您是……」爸爸開口問對方，然後把我手上那張卡片拿過去看了一下。

「麥肯遜先生，我叫賽瑞爾普利察，我在泰克斯特先生家裡幫忙。我太太和我負責照料莫武先生和莫倫少爺的生活起居。已經八年了。」

「哦，這麼說，你……你是泰克斯特家的管家嗎？」

「我和我太太遵照泰克斯特先生的指示辦事。」

爸爸嗯了一聲，皺起眉頭。他也開始有點擔心了。「請你送這封邀請函過來的是莫倫，不是他爸爸。

為什麼會這樣？」

「因為想邀你們家柯力共進晚餐的人是莫倫。」

「為什麼？印象中莫倫好像並不認識我兒子。」

「寫作競賽頒獎典禮，莫倫少爺也去參加了。他很欣賞你們家柯力的寫作天分。我想你應該也知道，從前他自己也想過要當作家。」

「他寫過一本書不是嗎？」媽媽問。

「是的。那本書叫做《月亮是我的情人》，是一九五八年紐約索諾頓公司出版的。」

「我在圖書館借過。」媽媽老實承認。「老實說，光看封面那把血淋淋的切肉刀，我大概不會花錢去買那本書。我一直覺得那封面看起來怪怪的，因為那本書描寫的是多半是小鎮的生活，而不是那個屠夫……呃，你應該知道我的意思。」

「是的，我明白。」普利察先生說。

後來我才知道，莫倫那本書裡寫的是一個屠夫。每逢月圓時刻，他就會殺害一個女人，取出她的內臟。他前後殺了好幾個女人，而且每次他從屍體裡取出來的內臟都是不一樣的部位。小說裡描寫的那個虛構的小鎮上，每個人對屠夫賣的東西都讚不絕口，像是腎臟排骨肉餡，辣味香腸，還有女人的手指肉做成的三明治。

「雖然那只是他的第一本小說，但我覺得已經寫得很不錯了。」媽媽說。「他為什麼沒有再寫第二本？」

「很不幸的是，不知道為什麼，那本小說賣得並不好。所以莫倫少爺就……怎麼說呢……他就不再抱希望了。」接著普利察先生轉頭過來看著我。「那麼，莫倫少爺邀請您共進晚餐的事，不知道我該怎麼跟他回報？」

「噢，你先別急。」爸爸說話了。「本來我不想說得太白，不過，莫倫好像不太……呃，他的精神狀況好像不太穩定，好像沒辦法接待客人，是吧？」

這時普利察先生的眼神忽然變得有點冷。「麥肯遜先生，莫倫少爺絕對有能力好好款待他的客人。我知道你的顧慮，不過我可以告訴你，你的孩子和他在一起絕不會有任何安全上的顧慮。」

「我無意冒犯，不過，平常他老是不穿衣服到處走來走去，大家當然會認為他神智不是很清楚。我真搞不懂，莫武為什麼有辦法容忍他這樣光著身體到處亂跑。」

「莫倫少爺有他自己的生活方式。泰克斯特先生不想干涉他。」

「那很明顯。」爸爸說。「提到這個，我已經很久沒看到莫武了……嗯，好像有三年了吧。我知道他一向行蹤很隱密，可是，難道他完全不需要出來透透氣嗎？」

「泰克斯特先生的事業有專人在處理。租金都有專人在收，土地有專人在管理維護。他喜歡這種隱密的生活，所以，到現在他還是保持這種方式。好了，你要我怎麼回覆莫倫少爺呢？」

莫倫泰克斯特出版過一本書。感覺上似乎是一本推理小說。那是紐約一家公司出版的，一本真正出版的書。我忽然想到，說不定這輩子我不會再有第二次機會和一個真正的作家見面。所以，不管他有沒有發瘋，不管他是不是光著身體到處走來走去，我都不在乎。他見識過奇風鎮外那個廣大的世界。儘管那樣的經驗對他來說是一種折磨，但不管怎麼樣，我很想知道他對打字機那個神奇盒子有什麼感覺。「我想去看看他。」我說。

「這麼說，你們願意接受他的邀請了嗎？」普利察先生問我爸媽。

「這樣好嗎，湯姆？」我媽說。「也許我們兩個應該要有一個人陪他去。以防萬一。」

「麥肯遜太太，我了解妳的顧慮。不過，我可以告訴妳，我和我太太都很了解莫倫少爺。他很親切，很聰明，感情豐富。他沒有半個朋友。他爸爸跟他有距離。多年來一直都是這樣，到現在也還是。」這時他又露出那種冷冰冰的眼神。「泰克斯特先生是很固執的人。他一直都很不希望莫倫少爺成為作家。事實上，不久之前，他甚至還不准圖書館採購《月亮是我的情人》這本書。」

「那現在他為什麼忽然又同意了？」我媽問。

「一方面是時間久了，一方面是因為某些情勢慢慢在改變。」普利察先生說。「泰克斯特先生已經明白莫倫少爺對他的事業根本沒興趣。我剛剛說過，莫倫少爺感情很豐富。」這時他眼神中那種冰冷漸漸消退，漸漸變得溫和。他眨眨眼，淡淡笑了一下。「很抱歉，恕我直言，我知道你們有很多顧慮，所以我相信你們一定不太願意讓你們的孩子去赴約。問題是，我時間有限，莫倫少爺正等我去回覆。那麼，我是不是可以回去告訴他，你們已經答應了？」

「如果大人可以陪他一起去。」爸爸對他說。「那麼，我倒是很想去參觀一下那棟傳奇豪宅。」他轉頭看了媽媽一眼。「這樣方便嗎？」

她想了好一會兒。我一直在看她的表情，看她有什麼反應。要是她開始咬下唇，那就代表她不同意，要是她右邊的嘴角開始微微抽搐，那就代表她快要答應了。結果，我發現她的嘴角開始抽搐了。「好吧。」她終於說。

「太好了。」普利察先生笑了，這次是真的露出了笑意。我爸媽答應了，他似乎鬆了一口氣。「莫倫少爺交代，禮拜六晚上六點半，我會開車到府上來接你。這個時間可以嗎？」

這個問題他是對著我問的。我說沒問題。

「那麼，我們就禮拜六見囉。」他往後退了一步，對我們微微鞠了個躬，然後就轉身走回那輛黑色大禮車。車頭的引擎發出一陣低沈的隆隆聲，聽起來有如音樂般悅耳。接著，普利察先生就開車上路，開到下一個路口，車子向右轉上聖殿街。

「但願不會出什麼問題。」我們一回到屋子裡，媽媽立刻說。「老實說，看了莫倫的書，那種感覺有點毛骨悚然。」

爸爸又坐回到椅子上，拿起剛剛沒看完的報紙體育版。報上的標題全是阿拉巴馬大學和奧本大學足球隊決戰的新聞。這有點像是每年秋天的盛大祭典。「我一直很想到莫武家去看看裡面長什麼樣子，這倒是個好機會。至少，柯力也可以有個機會和莫倫聊聊寫作。」

「老天，如果哪天你也寫出一本書，千萬不要是那種恐怖兮兮的書。」媽媽對我說。「而且有點奇怪的是，書裡那些恐怖的情節好像是硬拚湊上去的，好像本來沒有要寫那些。那本書描寫的是小鎮生活，本來應該是一本很好的書，要不是因為書裡穿插了那些謀殺場面。」

「謀殺沒什麼好奇怪的。」爸爸說。「到處都看得到。」

「沒錯，可是單單純純的描寫小鎮生活，不是已經很好了嗎？還有封面那把血淋淋的切肉刀……要不是因為封面上有莫倫的名字，我根本不會去看那本書。」

「這世界不可能十全十美。」爸爸放下手上的報紙。「我也希望這個世界是一個完美無缺的世界。我真的希望。但事實上不可能。人生有歡樂，但痛苦並不少於歡樂。這個世界有某種秩序，但也有混亂的時刻，甚至很可能混亂的時候居多。我想，如果有一天你也領悟到這個道理——」他苦笑了一下，轉頭看著我，眼神好哀傷。「那就代表你長大了。」然後他又低頭繼續看他的報紙。他看的是奧本大學美式足球隊的報導。過了一會兒，他忽然又想到了一件事。「蕾貝卡，有一件事很奇怪。這兩三年來妳有沒有看過莫武泰克斯特？妳一定連半次也沒看到過對不對？妳去銀行，或是去剪頭髮，或是去鎮上隨便哪個地方，妳看到過他嗎？」

「沒有。沒看到過。不過，也可能是因為我連他長什麼樣都搞不清楚。」

「一個瘦瘦的老頭，老是穿著黑西裝，打著黑蝴蝶結。我還記得小時候看過莫武。當時他看起來就很蒼老，乾乾癟癟的。自從他太太死了以後，他就很少跨出家門。不過，我覺得以後我們應該不可能再看到他了，妳不覺得嗎？」

「我從來沒見過那位普利察先生。大概他們都喜歡過那種隱祕的生活。」

「除了莫倫。」我說。「當然，等天氣一冷，連他也不見了。」

「沒錯，就是這樣。」爸爸說。「不過，明天我打算到附近找人打聽看看。看看有沒有誰最近見過莫武。」

「幹嘛？」媽皺起眉頭。「那關你什麼事？說不定禮拜六晚上你就會見到他了。」

「他可能已經死了。」爸爸說。「哼，那就好玩了不是嗎？說不定莫武已經死了兩三年了，但他的死訊卻一直被隱瞞，結果，整個奇風鎮的人一聽到他的名字還是一樣嚇得發抖。」

「幹嘛隱瞞他的死訊？目的是什麼？」

爸爸聳聳肩，但我看得出來他拚命在想。「可能是想逃避遺產稅，要不然就是怕那些虎視眈眈的親戚覬覦他的財產。可能是法律上有什麼麻煩。什麼都有可能。」這時他嘴角泛起一抹微笑，眼睛忽然亮起來。「莫倫一定知道。假如擁有全鎮半數以上房地產的人是一個整天不穿衣服的神經病，而大家都戰戰兢兢，以為幕後發號施令的人是莫武，那不是太可笑了嗎？比如說，大洪水那天晚上，莫倫要我們到布魯登區去幫忙，免得那裡被洪水淹沒，妳不覺得那件事有點怪嗎？莫武這個人寧可把錢擺在自己口袋裡發霉，也不會願意施捨半毛錢給那些黑人。在他眼裡，黑人根本就是低賤的動物。」

「說不定他忽然大徹大悟，變了一個人。」媽媽說。

「是喔，大概要等他死了以後才有可能吧。」

「反正禮拜六晚上你就有機會知道了。」媽媽說。

所以我們就開始等待那一天來臨。不過，從那天到禮拜六那段期間，我還是必須面對魔女。她還是纏著我不放，一直告訴我什麼她的生日宴會一定會很好玩，而且全班同學都會去。那幾天，我爸到處找人打聽，看看有誰見過莫武泰克斯特，而我則是找每個同學打聽，看看有誰要去參加魔女的生日宴會。

結果我發現根本沒半個人要去。那些同學反應是，他們寧可吃狗屎也打死不去她家。一旦去她家，就會進入她鼻屎的射程範圍，而且還會看到她那些長得像怪物的親戚。我說我寧可躺在燒紅的木炭上，寧可親吻那個俄國佬赫魯雪夫的光頭，我也打死都不去參加魔女的生日宴會。更不想看到她那些稀奇古怪的親戚。

不過，我說這些話的時候當然不會讓她聽到。事實上，我甚至開始有點同情她，因為我發現根本沒半個同學打算去參加她的生日宴會。

我也不知道為什麼我會同情她。或許是因為我體會得到那種感覺。想像一下，如果你準備了滿屋子吃不完的冰淇淋和蛋糕，打算邀請全班同學參加你的生日宴會，而且還特別強調不需要帶禮物，結果卻還是沒有半個人領情，每個人都當面拒絕你。想像一下，那會是什麼滋味？那一定很傷心。我想，接下來的幾天裡，魔女一定會不斷的遭到拒絕。問題是，我絕對不能去參加，因為那會很像是自投羅網，後患無窮。於是，禮拜四放學後，我騎著火箭到商店街上的五毛商場，花一毛五買了一張生日卡片。卡片正面有一隻小狗戴著生日帽，內頁有一首詩。我在那首詩底下寫了一行字：「全班同學祝妳生日快樂」。然後我把那張卡片塞進一個粉紅色的信封裡。禮拜五那天一大早，我趁同學都還沒上學的時候就跑到學校去，把那個信封放在魔女桌上。謝天謝地，還好沒有人看到我，要不然我就算跳進密西西比河都洗不清了。

後來，上課鈴響了，老鐵肺進教室開始發號施令。魔女走到我後面的座位坐下。我聽到她打開信封的聲音。這時老鐵肺又開始河東獅吼了，因為有一個叫瑞吉杜飛的同學在嚼葡萄口香糖。這是全班同學共同策劃的陰謀的一部分：我們知道她最痛恨葡萄口香糖的味道，所以幾乎每天都會有一個同學故意嚼葡萄口香糖。

這時，我聽到背後傳來輕微的啜泣。

酸。

就只是輕微的啜泣。但我心裡想著，那種喜極而泣的淚水，居然只花了我一毛五，覺得還真是有點心酸。

下課的時候，大家都跑到學校後面那片滿地沙塵的操場去玩。魔女到處跑來跑去，把那張卡片輪番拿給每個同學看。還好大家反應都很快，都假裝早就知道這件事。其中有同學叫賴德迪凡，個子高高瘦瘦的，紅頭髮，剃個小平頭。他是大家公認的足球隊的明日之星，因為他跑得很快，傳球動作靈敏，而且有暴力傾向。他聽到有些女孩子說買那張卡片的人真的好體貼，於是就告訴全班女孩子，那卡片是他買的。我沒吭聲。結果，魔女開始用愛慕的眼神看著賴德，一邊用手指去挖鼻孔。

到了禮拜六那天晚上預定時間，普利察先生又開著那輛黑色的長禮車來到我們家門口。「要注意禮貌！」媽媽交代我，不過她也是在交代爸爸。我們並沒有穿西裝。上次普利察先生特別強調「平常的穿著」，於是我們穿的是短袖襯衫和牛仔褲。我和爸爸坐進禮車的後座，忽然覺得自己彷彿走進一座貂皮和皮革裝潢的山洞。普利察先生坐在駕駛座上，和後座隔著一片透明塑膠。車子從我們家出發，然後轉彎開上聖殿街的坡道。一路上，我們幾乎聽不見引擎聲，而且車子平穩到幾乎完全不會顛陂。

聖殿街沿路都是橡樹和白楊樹，奇風鎮的上流階層都住在這條路上。我們看到史沃普鎮長家那棟紅磚屋，門前有環狀車道。過了一會兒，爸爸指著一棟白色的石頭豪宅叫我看。那是銀行總裁的家。沿著蜿蜒的坡道開了一小段之後，我們看到聖特沃麥克先生家的房子。他就是「飛輪露天冰店」的老闆。而他家正對面那棟房子有白色的希臘式柱子。那就是巴瑞斯醫師的家。後來，車子來到聖殿街的盡頭，眼前出現一道卷軸型雕花的鐵柵欄門。門裡是一條彎彎曲曲的卵石車道，車道兩旁是整排筆直挺立的長青樹，乍看之下有如一個個的衛兵。泰克斯特家豪宅的窗口燈火通明，屋頂上是一根根的煙囪和一座座的洋蔥形塔樓。普利察先生停住車子，下車打開那扇柵欄門，開車進門，然後又下車把門關上。接著車子開始往裡面走，車輪在卵石車道上留下兩道痕跡。車道蜿蜒扭曲，兩邊的松樹散發出陣陣清香。普利察先生把車子開到一座巨大的帆布棚底下，那裡有一條石磚步道通往豪宅的大門。爸爸正想拉開車門把手的時候，普利察先生已經幫他開了車門。接著，普利察先生飛快走到門口打開門，那動作好迅速好優雅，無聲無息。於是我們走進了屋子裡。

一進門，爸爸忽然停下腳步。「老天。」他驚訝得說不出話來。

我也跟他一樣楞住了。泰克斯特家豪宅裡富麗堂皇的程度是語言無法形容的。不過，最令我震驚的是那種寬敞遼闊。天花板高得嚇人，一根根的橫樑顯得很突出，一座座的樹枝形吊燈從天花板上垂掛下來。屋子裡每樣東西都光滑潔淨，閃閃發亮，地上鋪滿了東方地毯，空氣中飄散著雪松和皮革清潔劑的香氣。牆上掛滿了裱框的畫像，每幅畫框上方都有一盞燈，光線明亮。有一整面牆上掛著一幅巨大的織錦，上面的圖畫的是中世紀的景象。一座寬闊的迴旋梯通往二樓。放眼望去，滿屋子裡到處都是木紋，皮革，天鵝絨，彩色玻璃，甚至連吊燈上的燈泡都乾乾淨淨，閃閃發亮，完全看不到蜘蛛網。

這時有一位太太從走廊裡走出來。她年紀看起來和普利察先生差不多，身上穿著白制服，雪白的頭髮往後梳，用幾根銀髮夾挽成一個髮髻。她臉圓圓的，長得很漂亮，眼睛湛藍清澈。她跟我們打了聲招呼，口音聽起來和她丈夫一模一樣。爸爸偷偷告訴我那是英國腔。「莫倫少爺在玩火車。」她對我們說。「他請你們過去那邊找他。」

「謝謝妳，關朵琳。」普利察先生說。「兩位請跟我來。」說著他走進走廊，我們立刻快步跟上去。走廊兩邊有無數的房間。光看一眼就知道，這棟豪宅裡可以塞進好幾棟我們家那種房子，而且多出來的空間甚至還可以再塞進一座穀倉。普利察先生來到一道巨大的雙扇門前面，停下腳步打開門。我們立刻聽到輕微的火車汽笛聲。

我看到莫倫了。他還是一樣全身光溜溜的。他彎腰低頭仔細打量著手上的某種東西。從我們站的位置看過去，他的屁股一覽無遺。

普利察先生清了一下喉嚨，莫倫立刻轉身面向我們。我注意到他手上拿著一個玩具火車頭。他立刻露出笑容，嘴巴咧得好開，乍看之下彷彿整張臉上下分成兩半。「噢，你來了！」他說。「請進請進！」於是我們就走進去。那房間裡沒有任何家具，只有一張巨大無比的桌子，上面是一座野外的全景模型，有山嶺，森林，綠油油的田野，還有一個小鎮，一列列的玩具小火車在田野山嶺間穿梭。莫倫正拿著一把刷子撥弄著玩具火車頭的輪子。「軌道上有灰塵。」他解釋說。「如果灰塵堆得太厚，火車會出軌。」

我看著那座巨大的玩具火車模型，不由得愣住了。總共有七列玩具火車同時在上面跑。模型上有小小的轉轍桿擺來擺去，小小的信號燈不斷閃爍，小小的汽車模型停在平交道前面。綠油油的田野上到處點綴著紅葉的洋蘇木。模型上的小鎮是一棟棟火柴盒大小的房子，漆成紅磚和石頭的色澤。商店街的尾端有一棟穹頂的哥德式建築。那裡就是法院，那天我就是在裡面和史沃普鎮長見面，結果嚇得逃出來。一條條的公路在重重山嶺間蜿蜒纏繞，有一座橋跨越一條水面碧綠如玻璃的河流。鎮外有一片巨大的橢圓形，像一面塗黑的鏡子。我知道那就是薩克森湖。莫倫甚至把湖岸漆成紅色，象徵那些紅岩平台。我看到棒球場，游泳池，還有布魯登區的房子。我甚至看到某一條路的盡頭有一棟七彩繽紛的房子。那條路一定是茉莉街。另外，薩克森湖四周環繞著森林，十號公路穿越那片連綿無盡的森林。我試著想從那座模型裡找出某棟房子。嗯，找到了，和我的大拇指指甲差不多大小。那是葛蕾絲小姐家，也就是那群壞女孩住的地方。森林遍布的山嶺一路往西連綿起伏，邊緣有一塊圓形的燒焦痕跡。那個位置是在奇風鎮和聯合鎮中間。當然，這座模型上看不到聯合鎮。「好像有什麼東西著火了。」我說。

「那裡就是隕石掉落的地點。」莫倫頭也不敢抬的說。他全神貫注的朝著火車頭的輪子吹氣，那模樣看起來很像「怪獸大戰外星人」電影裡那個失控的巨人。接著，我看到山峰路了。我認出樹林邊緣那棟房子就是我家。接著，我的視線沿著蜿蜒纏繞的聖殿街一路往上看，終於看到那棟厚紙板拼湊成的豪宅。此刻，爸爸和我就在裡面。

「你們就在那裡面，柯力。你們兩個都在裡面。」莫倫伸手指向他右手邊那個鞋盒。鞋盒旁邊有幾節火車廂，幾節片段的軌道，還有幾條電線。鞋盒蓋上用黑臘筆寫了一個大大的「人」字。我掀開蓋子，看到盒子裡有好幾百個模型小人，上面都塗著頭髮和皮膚的顏色，做工非常精緻細膩，一絲不苟。而且，都沒穿衣服。

這時有一列火車忽然發出一陣細微的尖銳汽笛聲，而另外一列火車的車頭冒出一小團白煙。顯然那火車頭用的是蒸汽引擎。爸爸繞著那座巨大的模型走來走去，看得目瞪口呆。「我們整個奇風鎮都在這座模型上了，對不對？」他問。「連波特山上的墓碑都看得到！泰克斯特先生，你是怎麼做出來的？」

他抬頭看了我爸一眼。「我不叫泰克斯特先生。」他說。「我叫莫倫。」

「噢，好吧，莫倫。你是怎麼做出來的？」

「我只能說，當然不是一天做出來的。」莫倫說。他又笑了。遠遠看過去，他的臉看起來好孩子氣，可是一旦走近看，你會發現他眼角已經有了魚尾紋，而且鼻翼兩側也有兩道很深的法令紋延伸到嘴角。「我愛奇風鎮，所以我做了這座模型。奇風鎮是我永遠的愛，以後也一樣。」他轉頭瞥了普利察先生一眼。普利察先生一直站在門口等。「謝謝你，賽瑞爾。你可以先下去了。噢……等一下，你跟麥肯遜先生說明過了嗎？」

「說明什麼？」爸爸問。

「呃……莫倫少爺希望能夠單獨和你的孩子共進晚餐。希望你到廚房用餐。」

「我不懂，為什麼要這樣？」

莫倫一直盯著普利察先生。於是那位老先生又繼續說：「因為莫倫少爺邀請的是你的孩子。是這樣的，你陪孩子一起來，角色是監護人，這我了解，所以，如果你還有任何……呃……還有任何顧慮的話，我可以保證你的顧慮是多餘的，因為廚房就在餐廳旁邊。莫倫少爺和你的孩子在餐廳用餐，而我們就在隔壁用餐。麥肯遜先生，這是莫倫少爺的心願。」最後一句話的口氣聽起來有點像祈求。

爸爸轉頭看看我，我聳聳肩。我看得出來他不喜歡這樣的安排，而且，他好像有點按耐不住了。

「不過，既然你已經陪柯力來了。」莫倫把火車頭放回軌道上，火車頭立刻喀噠喀噠的跑起來。「那就留下來吃頓飯吧。」

「吃頓飯吧。」我對爸爸說。

「我相信晚餐你一定會吃得很愉快。關朵琳手藝很棒。」普利察先生又補了一句。

爸爸兩手交叉在胸前，看著軌道上的火車。「好吧。」他心平氣和地說。「我相信一定會很愉快。」

「太好了！」莫倫又笑了。這是真的笑得很開心。「就這樣，賽瑞爾，這裡沒問題了。」

「好的。」普利察走出房門，順手關上門。

「聽說你是送奶員，對嗎？」莫倫問我爸爸。

「是的。我在綠茵牧場工作。」

「綠茵牧場是我爸爸開的。」莫倫從我旁邊走過去，繞到桌子另一頭檢查電線接頭。「就在那裡。」他抬起一隻瘦骨嶙峋的手臂，指向模型上牧場的方向。「下個月聯合鎮有一家新的百貨店就要開張了，這件事你們知道嗎？就在那座新的購物中心裡。已經快完工了。他們說那家百貨店以後叫做超級市場，裡面有一整個區都是在賣牛奶，而且都是用塑膠罐裝的。塑膠罐，很難想像吧？」

「塑膠罐？」爸爸哼了一聲。「這倒沒想過。」

「以後不管什麼東西都會變成是塑膠做的。」莫倫說。他伸手到模型上把一棟房子扶正。「這就是未來。塑膠，什麼都是塑膠。」

「我……我已經很久沒看過你爸爸了，莫倫。昨天我問過達樂先生，今天又跟巴瑞斯醫師和史沃普鎮長談到這件事。我甚至還跑到銀行去問了幾個人。已經有兩三年了，沒有人看到過你爸爸。銀行的人說，普利察先生會去那裡收重要文件，等莫武簽過名之後又送回去。」

「沒錯。就是這樣。柯力，你喜歡這座奇風鎮的全景模型嗎？那種感覺就很像在天空翱翔，你不覺得嗎？」

「是啊，莫倫先生。」剛剛我正好也有同樣的感覺。

「噢，不要叫我先生。叫我莫倫就好。」

「從小我們就教他要尊重長輩。」爸爸說。

莫倫一臉驚訝的看著他。「長輩？我不是跟他一樣大嗎？」

爸爸忽然沒吭聲，好一會兒才嘀咕了一句：「噢。」他口氣流露著警覺。

「柯力，來，我們來玩火車好不好？」他站在一個控制盒前面。那盒子上全是旋轉鈕和按鍵。「特快車要來了！嘟嘟！」

我走到控制盒旁邊，發現上面的機件好複雜，比分數除法還讓人頭疼。「要怎麼按？」

「隨便按。」莫倫說。「就是這樣才好玩。」

我遲疑了一下，開始轉動旋轉鈕，壓按鍵。這時，有些火車開始越跑越快，而有些則是越來越慢。火車頭的蒸汽引擎開始冒煙，開始發出汽笛聲，而訊號燈也開始閃爍。

「莫武還在這裡嗎，莫倫？」我爸爸又問。

「他在休息。在樓上休息。」莫倫全神貫注盯著火車。

「我可以去看看他嗎？」

「他休息時候不見任何人。」莫倫說。

「那他休息到什麼時候？」

「不知道。他整天都很累，根本沒力氣告訴我。」

「莫倫，你轉頭看看我。」莫倫轉頭面向我爸，但眼睛還是看著火車。「莫武還活著嗎？」

「活著啊，還活著啊。」莫倫說。「活得好好的呀。」接著他皺起眉頭，彷彿突然聽懂了我爸爸在問什麼。「他當然還活著！不然你以為事業是誰在經營的？」

「說不定是普利察先生在經營的。」

「我爸爸在樓上休息。」莫倫特別強調休息那兩個字。「你是送奶員還是警察？」

「我當然只是小小的送奶員。」我爸說。「只不過有點好奇。」

「你也好奇過頭了。柯力！趕快加速。六號列車已經快誤點了。」

我繼續轉動旋轉鈕。玩具列車飛快繞過彎道，在山嶺間快速奔馳。

「你寫的那篇湖的小說我很喜歡。」莫倫說。「那就是為什麼我會把湖漆成黑色。因為湖底隱藏著一個黑暗的祕密，對不對？」

「是的，莫倫先——」說到一半我就停住了。我得趕快習慣直呼大人的名字。

「我在報上看過那篇新聞。」莫倫彎腰湊近模型，伸手拉直山腰上一棵彎曲的樹，然後，他往後退了一步，低頭打量著整座模型。「兇手一定知道薩克森湖很深，所以，他一定是當地人，說不定就住在我們奇風鎮的某一棟房子裡。另外，據我所知，死者的身份一直查不出來，而且自從三月以來我們奇風鎮也沒有人失蹤，這樣看來，死者一定不是當地人。所以，一個是奇風鎮的人，一個是外地來的人，那麼，這兩個人之間到底有什麼關聯？」

「這就是警長想查清楚的。」

「艾莫瑞警長是個好人。」莫倫說。「可惜，他不適合幹警察。他自己一定很樂於承認。他沒有那種獵狗的本能。就算線索攤開在他眼前，他還是一樣看不到。」說著莫倫忽然伸手搔搔肚臍下面的某個地方，然後歪著頭。接著，他忽然走到一片黃銅牆板前面，關掉兩個電燈開關。房間的燈忽然滅了，只剩下幾間模型房子裡露出微弱的燈光，還有玩具火車頭的燈光照著前方的軌道。「那天一大早大概就像這樣。」他的口氣有點像開玩笑。「不過，要是我打算殺人，我一定會挑半夜或凌晨下手，這樣才有時間把屍體丟進湖裡，而且，那個時間十號公路上一定不會有車。那麼，兇手為什麼等到快天亮了才動手？」

「這我就想不通了。」爸爸說。

我繼續壓著控制盒上的按鍵，轉盤上的燈光照亮了我的臉。

「那個人一定沒有跟綠茵牧場訂牛奶。」莫倫推測。「因為他根本沒有考慮到送奶員的作業時間，對吧？你知道我有什麼看法嗎？」爸爸沒吭聲。「我認為那兇手一定是個夜貓子。我認為他一直等到睡覺時間快到了才把屍體丟進湖裡，然後才回家睡覺。所以我認為，如果你查得出我們鎮上誰是夜貓子，而且不喝牛奶，那麼，你就逮到兇手了。」

「不喝牛奶？你的推論是根據什麼？」

「因為牛奶有催眠的效果。」莫倫說。「而那個兇手不喜歡睡覺。要是他白天必須工作，他一定會喝很濃的咖啡。」

爸爸沒反應，只是輕輕哼了一聲。看不太出來他是同意莫倫的看法，還是覺得莫倫傻得可憐。

這時普利察先生又回到黑漆漆的房間。他告訴我們晚餐已經準備好了。於是莫倫關掉玩具火車的電源，然後說：「來吧，柯力，跟我來。」於是我乖乖跟在他後面，而爸爸則是跟在普利察先生後面。過了一會兒，我們走進一個房間，裡頭擺了好幾個鐵甲武士，還有一條很長的餐桌，而餐桌兩頭各擺著一份餐具。莫倫叫我自己選個座位，於是我就挑了那個面向鐵甲武士的座位坐下。過了一會兒，關朵琳進來了，手上端著一個銀托盤。於是，我們開始用餐了。這是我這輩子吃過最奇特的一頓晚餐。

第一道菜是草莓汁，上面撒著香草鬆餅的碎屑。接著是義大利水餃和巧克力蛋糕。這兩道菜裝在同一個盤子裡，另外還有一杯碳酸飲料錠泡成的檸檬汽水。莫倫把整片的碳酸飲料錠放進嘴裡，結果嘴裡開始冒出綠色的泡泡。我看了忍不住笑出來。接著，我們還吃了漢堡肉餅和奶油爆米花。最後的點心是一碗惡魔蛋糕糊，必須用湯匙舀起來吃。我吃這些東西的時候，心裡有一種偷偷做壞事的興奮。媽媽要是知道我吃這種東西，一定會當場昏倒，因為整餐飯沒有半樣蔬菜，沒有紅蘿蔔，沒有甘藍菜。我聞到廚房那邊傳來燉牛肉的香味，所以我猜爸爸吃的一定是大人的東西。我想，他可能不知道我是怎麼在摧殘自己的腸胃。莫倫吃得很開心，邊吃邊笑。我們因為甜的東西吃太多，有點興奮過度，於是就把碗裡的惡魔蛋糕糊用舌頭舔得乾乾淨淨。

莫倫很想多了解我，問個不停。他問我喜歡做什麼，有什麼朋友，喜歡看什麼書，喜歡看什麼電影。他說他也看過「火星人入侵」。那是我們兩個之間的默契。他說他曾經有一整箱的超級英雄漫畫，可是他爸爸逼他拿去丟掉。他說他曾經有好幾個書架的「哈迪男孩」冒險小說，後來他爸爸很不高興，全部拿去丟在壁爐裡一把火燒了。他說他曾經有很多漫畫雜誌，像是「野蠻醫師」、「泰山」、「火星上的約翰卡特」、「影子俠」、「怪譚」、「少年世界」等等，可是他爸爸說莫倫長大了，不能再看這種東西了，所以又是一把火全部燒成灰，或是埋到地底下。他說，要是有機會能夠把那些東西全部找回來，他願意付一百萬。他說，要是我也有那些東西，一定要好好珍惜，一輩子留著，因為那些東西具有魔法般的神祕力量。

莫倫說，那些具有神奇力量的東西一旦被火燒了，或是丟進垃圾桶，那麼，那麼，那種神祕力量就永遠失去了，再也回不來了。

「我不得不捲起褲管。」莫倫說。

「什麼？」我楞住了。後來我才知道，那句話的典故來自艾略特一首很有名的詩「普魯佛洛克的情歌（The Love Song of J. Alfred Prufrock）」，表達歲月流逝的無奈。

「我寫過一本書。」他告訴我。

「我知道。我媽看過。」

「你長大以後想當作家嗎？」

「也許吧。」我說。「我是說……要是我有能力的話。」

「你那篇故事寫得很棒。我也寫過小說。我爸爸說那是一種不錯的嗜好，不過他也提醒我，別忘了有一天我必須承擔起一切責任。」

「一切？什麼一切？」我問他。

「我也不知道。他沒告訴我。」

「喔。」我大概懂他的意思。「你為什麼沒有再寫下一本書？」

莫倫開口好像想說什麼，但嘴巴忽然又閉上，愣愣的盯著自已的手。我注意到他手指上沾滿了蛋糕糊，眼睛忽然亮起來。「因為我腦海中只有那本書。」他終於說。「我努力在尋找下一本，可是，不管我怎麼努力也想不出下一本書要寫什麼。從前想不出來，現在也還是想不出來……我想，以後恐怕也永遠想不出來了。」

「怎麼會呢？」我問他。「你想不出別的故事嗎？」

「我要說個故事給你聽。」他說。

於是我等著他說故事。

莫倫深深吸一口氣，然後慢慢吁出來。他眼神有點渙散，彷彿掙扎著想保持清醒，可是卻又昏昏沈沈的醒不過來。「從前有一個小男孩。」他開始說。「他寫了一本書，書裡描寫的是一個小鎮。是的，一個很像奇風鎮的小鎮。為了寫那本書，那個男孩花了四年的時間一改再改，最後終於滿意了。而在他寫那本書的過程中，他爸爸……」說到這裡他忽然停住了。

我等著他繼續往下說。

「他……他爸爸……」莫倫皺起眉頭，彷彿拚命想釐清思緒。「對了。」他說。「他爸爸說他根本就是個笨蛋。他爸爸從早罵到晚，罵他是笨蛋，罵他是白癡，不好好學學經營事業，卻把時間浪費在寫什麼書。他爸爸說，把你養這麼大，就是為了要讓你繼承事業，不是要讓你浪費時間糟蹋自己的人生。你真是令我失望透頂。還有你媽媽，她在地下有知一定傷透了心，因為你辜負了她的期望。沒錯，當年你被大學退學的時候，她就已經傷透了心，所以她才會吞安眠藥自殺。她就是你害死的。就是你。浪費了那麼多錢，結果你竟然被退學了。早知道，那些錢還不如撒到窗戶外面，讓那些黑鬼和白種人渣去撿。」說到這裡莫倫猛眨了幾下眼睛，表情顯得很疲憊。「『黑鬼』。那孩子說我們應該要有教養，不可以用這種羞辱人的字眼。你懂嗎，柯力？」

「我……我不太……」

「第二章。」莫倫說。「四年。那孩子忍受了四年。他寫了一本書，書中描寫的是一個小鎮，還有小鎮上的人。因為有那些人，小鎮才有了生命。說起來，那本書裡並沒有什麼真正的情節，沒有令人喘不過氣來的懸疑，也沒有令人毛骨悚然的驚悚。然而，那本書描寫的是生命，是人生。那些你曾經有過的歡樂與悲傷，你曾經聽過的話，說過的話，還有生活中的點點滴滴，這一切組成了你的記憶，構成你的人生。人生就像河流一樣蜿蜒扭曲，緩緩奔流，你永遠不知道自己將流向何方，直到最後那一天。然而，那段旅程卻是甜蜜而深沈，你會希望人生可以綿延無盡，直到永遠。從某個角度來看，少年歲月終究會有結束的一天，但你的人生旅程卻還是會繼續走下去。」他那茫然的雙眼彷彿望著不知名的遠方。我注意到他那沾滿巧克力糊的手指忽然緊緊掐住桌緣。「後來，那孩子終於找到一家出版公司。」莫倫又繼續說。「那可是真正的出版公司。在紐約。你知道嗎，那裡就是書的世界的中心。他們在那裡出版成千上百的書，每本書都像一個孩子，而每個孩子都不一樣，都是獨一無二。有的孩子一帆風順，平步青雲，而也有些孩子卻是歷盡坎坷。但無論如何，他們都是從那裡出發，走向世界。後來，那孩子接到一通紐約打來的電話，他們說他們想出版他的書，不過，他們考慮要變更那本書的部分內容，讓那本書變得更好。那男孩好開心，好驕傲，所以他答應了。他希望那本書能夠儘可能十全十美。」莫倫眼神還是那麼呆滯，彷彿在虛無縹緲的空中搜尋什麼畫面。

「所以。」莫倫忽然越說越小聲。「那男孩收拾好行李，準備出發。而他爸爸一直罵他是笨蛋，說他最後的下場一定是爬著回家，到時候他就會後悔當初沒聽爸爸的話。那天，那男孩子態度忽然變得很激烈，他告訴他爸爸他寧願死在外面也不會回家，說下次再見的時候一定是在地獄。於是，他從奇風鎮出發，搭巴士到伯明罕，然後再從伯明罕搭火車到紐約。後來，他走進紐約一棟大樓，走進一間辦公室。他渴望知道自己的孩子未來的命運是什麼。」

說到這裡莫倫又停住了。他捧起桌上的碗，努力想把碗裡的東西舔乾淨。「然後呢？」我忍不住追問。

「他們告訴他。」他淡淡笑了一下，笑得好苦澀。「他們告訴他，出版也是一種事業，跟別的事業沒什麼兩樣。他們也是要看報表，看曲線圖，牆上一樣貼滿了數據。根據研究，今年讀者想看謀殺推理小說，而你們小鎮是一個很不錯的背景。他們說，謀殺推理小說讀起來驚心動魄，比較能夠吸引讀者。他們說，現在的書還得面對電視的競爭。從前大家比較有時間讀書，可是現在不一樣了。報表和曲線圖已經充分證明大家喜歡看謀殺推理故事。他們說如果男孩能夠在那本書裡添加謀殺推理的素材，那麼，他們出版的時候就會把男孩的名字印在封面上。他們說，添加謀殺素材並不難，一點都不難。另外，他們不喜歡《月亮鎮》這個書名。他們說那個書名沒有吸引力。他們問男孩會不會寫冷硬派推理？他們說今年他們出版社需要一位冷硬派推理作家。」

「結果他真的答應了嗎？」我問。

「噢，答應了。」莫倫點點頭。「他答應了。不管他們叫他做什麼，他都乖乖答應了。因為就差那麼一點點了。就差那麼一點點，他就可以嚐到成功的滋味。而且他知道爸爸正等著看好戲。所以他答應了。」

莫倫又笑了一下，笑得好悲哀，好苦澀。「只不過，他們錯了。他們說改編故事一點都不難，真是大錯特錯。因為那真的好難，好難好難。那男孩在旅館租了一個房間，開始改編小說。旅館……他身上帶的錢只住得起旅館。他租了一台打字機，在那個破破爛爛的小房間裡開始工作。那間旅館，還有那個城市，彷彿散發出某種無形的力量滲透進他的腦海中，然後透過他的指尖，透過打字機，滲透到那本書裡。後來有一天，他忽然發現，他已經不知道自己身在何處了。他迷路了，可是卻看不到任何指標可以為他指引方向。在那間旅館裡，他聽到有人在哭，看到有人受傷害，漸漸的，他感覺彷彿有一隻無形的手抓住他的心臟，越抓越緊，越抓越緊。到後來，他只想趕快把那本書寫完，趕快逃得遠遠的。夜深人靜的時刻，他彷彿聽得到爸爸在嘲笑他，你這個笨蛋，你這個小白癡，當初你根本就不應該答應改編這個故事。誰叫你一開始不堅守自己的原則？其實，爸爸一直躲著他腦海中。當初離開奇風鎮到紐約來的時候，爸爸一直都陰魂不散，潛伏在他腦海中。」

莫倫忽然用力閉上眼睛，露出痛苦的表情。過了一會兒，他又睜開了眼睛，但我注意到他眼眶已經紅了。「那小男孩，那個傻瓜小男孩，他拿了出版公司給他的錢，然後就跑了，跑回小鎮，跑回那靜謐安詳山嶺環抱的故鄉。回到那裡，他才有辦法靜下來思考。後來，那本書出版了，上面真的印著小男孩的名字。然而，當他看到那本書的封面，他忽然明白他出賣了自己的孩子，他忽然明白他把自己的孩子打扮得像妓女，結果，只剩下那些渴望醜惡的人才會找上他的孩子。他們只想玩弄她，縱情之後就把她丟到一邊，因為世上像她這樣的妓女太多了，而她的靈魂早已殘破不堪。而那個小男孩……這一切都是那小男孩一手造成的。那個貪心邪惡的小男孩。」

他的聲音忽然變得好嘶啞，最後一句彷彿突然哀嚎出來，嚇了我一跳。

莫倫忽然伸手掩住嘴巴，過了一會兒，他手放下來的時候，我看到一絲唾液沿著他的下唇往下垂。「那小男孩……」他說得好小聲。「那小男孩很快就發現……那本書失敗了。他很快就發現了。他打電話給出版公司，他說，只要能夠挽救那本書，不管做什麼他都願意。結果出版公司說，我們手上有報表有曲線圖，牆上有統計數字，事實已經擺在眼前。他們說，大家已經厭倦謀殺推理小說。他們說，現在大家想看不一樣的東西。不過，他們也說，他們還是想出版他的下一本書。他們說，只要他能夠寫出不一樣的東西，他還是很有前途的。他們說，你還年輕，你還可以寫出很多書。」他抬起手，用手背擦擦嘴，動作好慢，彷佛很吃力。「他爸爸等的就是這一天。他一直冷笑，一直冷笑，一直冷笑。他感覺爸爸的臉彷彿突然變得像太陽一樣又大又熱，每當他抬起頭來看爸爸就覺得好刺眼，幾乎快張不開眼睛。他爸爸對他說，你沒資格穿我的鞋子。鞋子是我買的。沒錯。你的衣服也是我買的，褲子也是我買的。你不夠資格穿我花錢買的任何東西。你根本就是個失敗者，下半輩子永遠都是失敗者。他爸爸說，要是今天晚上我睡著以後沒有再醒過來，那就是你害的。要是我死了，那完全是因為你失敗了。那小男孩站在一樓的樓梯口。他一直哭，一直哭。他對他爸爸說，你去死吧。我會祈求上帝讓你趕快死掉。你這個……卑鄙下流的王八蛋。」

最後那句咒罵聽起來真是驚心動魄。我注意到他淚水奪眶而出，呻吟了一聲，臉上因痛苦而扭曲，彷彿有一把銳利的矛刺進他心頭。他的模樣很像我在「國家地理雜誌」上看到的一幅裸體聖人畫像。一滴淚水沿著他的臉往下滑，垂掛在他的下巴。接著，又有一滴淚水滑落到他的嘴角，被巧克力蛋糕的碎屑纏住。

「噢……」他的聲音變得好嘶啞好微弱。「噢……噢……老天！」

「莫倫少爺？」我忽然聽到背後有人叫了他一聲。那聲音很輕柔，可是口氣很堅定。普利察先生不知什麼時候已經走進了餐廳。莫倫沒有轉頭看他。我不由自主的站起來，但普利察先生忽然說：「柯力少爺？先不要起來。」於是我又乖乖坐下。普利察先生從門口走過來，站到莫倫背後，伸手輕輕拍拍莫倫肩頭。

「莫倫少爺，該準備下餐桌了。」他說。

全身赤裸的莫倫毫無反應，一動也不動。他眼神茫然呆滯，毫無生氣，只剩滿眶淚水。

「少爺，該去睡覺了。」普利察先生說。

莫倫的聲音忽然變得好遙遠，好空洞。「我還會醒過來嗎？」

「當然會，少爺。」普利察繼續拍著莫倫肩頭，那姿態彷彿有一種父親的慈祥。「該跟客人說聲晚安了。」

莫倫轉頭看看我，那眼神彷彿從來沒見過我，彷彿我是一個闖進他家裡的陌生人。但過了一會兒，他眼中忽然又露出生氣。他吸吸鼻子，又露出孩子般笑容。「軌道上有灰塵。」他說。「要是灰塵積得太厚，火車可能會出軌。」這時他臉上忽然閃過一絲陰霾，但很快又消失了。「柯力。」他又對我笑起來。「謝謝你今天晚上過來陪我吃晚餐。」

「哪裡，先——」

他立刻舉起一根手指制止我。「叫我莫倫。」

「莫倫。」我說。

接著他站起來，我也跟著站起來。普利察先生對我說：「你爸爸在門口等你。等一下從餐廳出去之後向右轉，沿著走廊一直走就會走到門口。你們先到車子旁邊等我幾分鐘，我馬上就去開車送你們回家。」

普利察先生攙住莫倫的手肘，扶著他走向門口。莫倫走路的模樣感覺好蒼老。

「這頓飯吃得真開心！好好吃！」我對他說。

莫倫嘴角泛起一抹微笑，但很快又消失了，彷彿一閃而逝的霓虹燈。「柯力，你一定要繼續寫。祝你未來有光明的前途。」

「謝謝你，莫倫。」

他點點頭，露出滿意的表情，彷彿很高興可以跟我見面。走到餐廳門口的時候，他忽然又停下腳步。「你知道嗎，柯力，有時候我會做一個很奇怪的夢。我夢見自己大白天在街上到處走來走去，身上什麼衣服都沒穿。」他忽然笑起來。「一絲不掛耶！你想像得到嗎？」

我不知道自己有沒有笑出來。

然後莫倫就乖乖讓普利察先生扶他走出去。我轉頭看看杯盤狼藉的餐桌，忽然覺得胃有點怪怪的。

我輕而易舉就找到前門，爸爸正在那裡等我。他對我笑了一下。看他的表情，他一定不知道我剛剛聽了一個驚心動魄的故事。「聊得開心嗎？」我敷衍了他幾句，而他也沒有再繼續追問。「他沒有對你怎麼樣吧？」我點點頭。爸爸顯得很愉快，因為他吃了一肚子的燉牛肉，而且發現莫倫沒有傷害到我。我們一步步走向那輛長長的黑禮車，他邊走邊問我：「這房子蠻漂亮的，對吧？像這樣的房子……不用想也知道一定貴到難以想像。」

我確實想像不出來，不過我知道，那種沈重的代價不是一般人承受得了的。

我們站在車子旁邊等。過了一會兒，普利察先生走出來了，開車送我們回家。

4 五雷的怒火

禮拜一早上，我發現魔女對我已經失去興趣了。現在她眼裡只有賴德迪凡。她那可怕的手指已經有了新目標，不再瞄準我脖子後面。這都是那張生日卡的功勞，再加上賴德不知死活公然宣稱那張生日卡是他送的。賴德上高中之後一定會成為足球明星，不過前提是，他必須能夠活到上高中。在那之前，他會有很多機會練習閃躲逃命。

魔女過生日這件事還有最後一個小插曲。下課的時候，魔女坐在一邊盯著賴德。賴德正要走過足球場去找巴尼卡拉威。我走到她旁邊，問她生日宴會好不好玩。她瞥了我一眼，彷彿我是個隱形人。「噢，蠻好玩的。」她說。她的視線又回到我們那位未來的足球明星身上。「我們家的親戚都來了，大家一起吃蛋糕，吃冰淇淋。」

「有人送妳禮物嗎？」

「嗯哼。」她又開始咬指甲了。她的指甲好髒，頭髮乾枯油膩，像一團亂草，把臉都遮住了。「我爸媽給我一套護士用品玩具，我阿姨送我一雙她自己編的手套，我表姊雪莉送了我一個乾燥花做成的花環，可以掛在門口當平安符。」

「那真不錯。」我說。「那真——」

本來我已經要走開了，但那一剎那我忽然兩腳釘在地上無法動彈。她剛剛提到一個名字——

「雪莉？」我迫不及待的追問。「她姓什麼？」

「波塞爾。不過那是她娘家的姓。她已經嫁人了，嫁給一個渾球，已經生了一個小孩。」魔女嘆了口氣。「噢，對了，賴德真是帥呆了，你說對不對？」

我覺得上帝真的蠻有幽默感，偶爾還會幫我找替死鬼。

九月過去了，十月到了。有一天早上，我忽然發現群山已經染上了一片金黃燦爛，一片紅艷，彷彿魔法師魔杖一揮，森林一夕之間變色。下午的時間天氣還是很熱，不過早上卻已經開始有點涼颼颼的，必須穿毛衣了。現在是秋老虎的季節，你會看到雜貨店的籃子裡，玉蜀黍穗已經開始泛出紫紅，人行道上偶爾會散落幾片枯葉。

我們這個年級要上「看東西說故事」的課，意思就是，每位同學都要帶某種很特殊的東西到課堂上，說明給大家聽。我帶了一本「怪獸世界」雜誌到課堂上。我相信，老鐵胏一看到這種東西，一定會當場像煙火一樣開花，而我則會變成班上受壓迫的苦難同胞的英雄。大雷帶來的是海灘男孩那張「I Get Around」專輯唱片，還有一張電吉他的照片。他希望有一天他爸媽能夠付得起學費，這樣他就可以去學彈電吉他了。班恩帶來的是一枚當年「南方聯盟」的錢幣，而強尼帶來的是他蒐集的箭頭。那些箭頭收在一個放釣具用的鐵盒裡。鐵盒裡有好幾個小抽屜，而每個箭頭都用棉花球包著，分別擺在不同的小抽屜裡。

那些箭頭真的很壯觀，有大有小，有的很粗糙，有的很光滑，有的亮晶晶，有的黑漆漆。看到那些箭頭，你會不由自主的聯想到很久很久以前那個時代。當年，奇風鎮還只是一片蠻荒未知的森林。當年，每到夜裡，你唯一看得到的光，就只有印地安人部落的營火。當年，奇風鎮還沒有出現，可能只有印地安人的巫醫陷入出神狀態時才看得到未來的奇風鎮。強尼是我在小學二年級那年認識的，當時他就已經開始收集箭頭了。當時我們這些小孩都還只會玩捉迷藏，對所謂的歷史根本毫無興趣，而強尼卻已經很熱衷於收集箭頭。當時強尼踏遍森林小徑，跑遍大大小小的溪流，到處尋找那些象徵歷史遺跡的小箭頭，到現在已經收集了上百個。他把那些箭頭清洗得乾乾淨淨，然後收在釣具盒裡。不過，他堅決不肯用蟲膠清潔劑，因為那對打造箭頭的人是一種侮辱。我想像得到，每到夜裡，他一定常常躲在房間裡，拿出那些箭頭，腦海裡幻想著兩百年前亞當谷的景象。不知道他有沒有想過，兩百年前，說不定印地安部落裡也有四個像我們一樣的死黨，他們每個人都有一隻狗，一匹小馬。他們住在同一個村子裡，住在帳篷裡。他們也常常在一起聊著生活中的點點滴滴，還有學校裡那些狗屁倒灶的事。我沒問過他，不過，我猜他應該想過。

其實在上那堂課之前，我已經提心吊膽了好幾天，因為我不知道魔女會拿出什麼駭人聽聞的東西。到了那天早上，我和幾個死黨趁上課鐘還沒響之前約在老地方碰面。所謂老地方，就是遊樂場的攀爬架旁邊。鐵柵欄圍牆旁邊停了幾十輛腳踏車，每輛車都用鐵鍊鎖在柵欄上。我們的腳踏車也停在那邊。早上有點涼，但天氣很晴朗，於是我們坐在地上曬太陽。「打開嘛。」班恩對強尼說。「打開讓我們看看嘛。」

其實根本用不著班恩催，強尼很快就自己打開了盒蓋。雖然他把那些箭頭當成稀世珍寶，保管得小心翼翼，但他絕不吝於和朋友分享他的的神奇寶貝。「這個是上禮拜六找到的。」他打開一團棉球，拿出一支灰灰白白的箭頭攤在陽光下。「看得出來這根箭頭是趕工做出來的。你們看，邊緣很粗糙，而且不平均，看到沒有？他沒有花很多時間。他只是急著把箭頭趕快做出來，拿去打獵填飽肚子。」

「嗯。而且從它的尺寸，我敢說這根箭頭只射中過地鼠。」大雷說。

「說不定他射箭技術很爛。」班恩說。「說不定他自己心裡明白，他可能什麼東西都射不中。」

「有可能。」強尼說。「說不定他只是個小男孩，說不定那是他做的第一支箭。」

「假如我也跟他一樣，靠射箭打獵填飽肚子。」我說。「我可能很快就會餓死。」

「你收集的箭頭還真不少。」班恩似乎很想伸手去翻翻那個鐵盒，但他很尊重強尼，不會隨便碰他的東西。「有沒有哪支箭頭是你最喜歡的？」

「有啊。就是這支。」強尼從鐵盒裡挑出一團棉球，慢慢打開，讓我們看裡面那支箭頭。

那根箭頭是黑色的，表面很平滑，幾近完美無缺。

我立刻就認出那支箭頭是哪兒來的。

就是那天我們到森林去露營的時候，大雷無意間撿到的。

「真漂亮。」班恩說。「好像上過油對不對？」

「那倒沒有，只是不久前我剛洗乾淨。不過，看起來確實很亮。」他用手指搓搓那根箭頭，然後放到班恩的手掌心。「你摸摸看。」強尼說。「幾乎沒有半點磨損。」

班恩看過之後，把箭頭遞給大雷，然後大雷又遞給我。箭頭上有一個小缺口，但擺在手上卻感覺不出來。你會感覺箭頭自然而然的緊貼著你的皮膚，幾乎和你的手融為一體。「不知道這支箭頭是誰做的。」我說。

「是啊，我也很想知道。雖然不知道是誰做的，但可以確定的是，他花了很多時間，做得很用心。他想做的，不是普通的印地安人箭頭。他想做出一支一流的箭頭，一支可以射得很遠的箭頭。對他們來說，箭頭就像錢一樣，而且那會顯示出你用心的程度。看你做的箭頭，就知道你是不是一個好獵人。或許，你必須做過無數普通箭頭，累積無數經驗之後，才做得出那種東西。而且，很可能你必須有很多空閒的時間才做得出的那種箭頭，而且一輩子也做不出幾支。我真的很想知道是誰做的。」

強尼似乎很在意箭頭的來歷。「一定是酋長做的。」我說。

「酋長？真的？」班恩忽然睜大眼睛。

「他又要編故事了。」大雷說。「從現在開始他的話不能隨便相信。」

「一定是酋長！」我口氣很堅定。「絕對是酋長，而且他是部落裡有史以來最年輕的酋長！他大概只有二十多歲，而且，他爸爸也是酋長！」

「噢，老天！」大雷縮雙腿，膝蓋縮到胸口，臉上露出一種狐疑的笑容。「柯力，要是有人舉辦吹牛比賽，你鐵定是第一名。」

強尼微微一笑，不過他眼神顯得很熱切。「繼續說啊，柯力。說給大家聽聽看。他叫什麼名字？」

「很難說。他應該叫……飛鹿。我——」

「不行！」班恩說。「那是印地安女生的名字！你應該幫他取一個……呃……戰士的名字。比如說大雷雲！」

「乾脆叫大屁股好了！」大雷咯咯笑起來。「就像你一樣，班恩！」

「他叫雷神酋長。」強尼說。大雷班恩兩人吵來吵去，他根本懶得理會。他眼睛看著我。「不對。應該叫五雷酋長。因為他個子很高，皮膚黝黑，而且——」

「而且有點斜視。」大雷補了一句。因為他有點斜視。

「而且腳是彎的，有點畸形。」強尼最後又說了一句。大雷笑不出來了，因為強尼腳是彎的。

我沒吭聲。那支箭頭在我手上閃閃發亮。

「說嘛，柯力。」強尼輕聲催了我一下。「說五雷酋長的故事給我們聽。」

「五雷酋長。」我想了一下，開始在腦海裡編故事。我手上抓著那支打火石做成的箭頭，用力捏一下，然後放開，再捏一下，然後又放開。「他是徹羅基族的印地安人。」

「不對，是馬斯科吉族。」強尼糾正我。

「好，馬斯科吉族。他是馬斯科吉族的印地安人。他爸爸也是酋長，可是有一次去打獵的時候受傷死掉了。那次他是去獵鹿，結果不小心從岩石上摔下來。族人發現了他的屍體。當時他已經奄奄一息，不過，他告訴兒子，他看到了雪靈。沒錯，他看到了。當時他距離雪靈很近很近，清楚看到雪靈全身白毛，還有那像樹一樣巨大的鹿角。他說，只要雪靈在森林裡好好活著，這個世界就會很正常，不過，萬一有人殺了牠，世界就會毀滅。說完他就死了。於是，五雷繼承他爸爸成為酋長。」

「當酋長不是要先接受族人挑戰嗎？打敗了對手才能當酋長不是嗎？」大雷問。

「嗯，當然要！」我說。「這個大家都知道。族裡很多勇士都認為自己有資格擔任酋長，所以他必須和他們決鬥。他生性愛好和平，不喜歡爭鬥，然而，當爭鬥無可避免的時候，他還是會勇敢迎戰。他自有分寸，不會好勇鬥狠，但也絕不畏縮。不過，他可不是沒脾氣。那就是為什麼大家不叫他『一雷』或『二雷』，而是稱呼他『五雷』。他很少發脾氣，不過，一旦他發起脾氣——那你就要小心了！他發起脾氣來，就像五道雷電同時劈到你頭上一樣。」

「上課鐘快響了。」強尼說。「趕快說，後來怎麼樣了？」

「他……呃……他當了很久很久的酋長，一直到他六十歲。後來，他兒子『明狐』也繼承他擔任酋長。」我轉頭看看學校大門，看到很多學生陸陸續續走進學校。「可是五雷始終是族人心目中最偉大的酋長，因為他努力和別的部族維持和平，從來沒有戰爭。他死了以後，族人把他最好的箭頭遍撒在森林裡，希望一百年後，後代的族裔有人會發現這些箭頭。他們把他的名字刻在一顆岩石上，然後火化了他的屍體，把他的骨灰埋在印地安人的祕密墓園裡。」

「真的？」大雷又露出狡猾的笑容。「在哪裡？」

「我不知道。」我說。「那是祕密。」

他們有點失望的嘀咕了一聲。這時上課鐘響了，該進教室了。我把五雷的箭頭還給強尼。他用棉花球包起來，收進釣具盒。然後，我們站起來，穿越操場跑向教室。操場是一片沙地，我們跑過去的時候揚起漫天沙塵。快到教室門口的時候，強尼忽然說：「說不定真的有五雷酋長這樣的人。」

「當然有！」班恩忽然說。「柯力不就是這樣說的嗎？」

大雷鬼叫了一聲，但我知道他不是故意的。在我們這個小團體裡，他扮演某種特定的角色——負責嘲笑別人，跟別人唱反調。這個角色他勝任愉快。我了解大雷真正的天性。多虧了他，五雷酋長才會變成一個有血有肉的人物。

這時我聽到賴德迪凡大叫了一聲：「妳不要過來！不要碰我！那些松鼠頭噁心死了！趕快拿走！」接著我聽到幾個女孩子尖叫起來，然後有人大叫：「噢，老天！」好戲上場了，魔女開始發威了。

正如我所料，「怪獸世界」雜誌裡那些電影怪獸果然惹毛了老鐵胏。她大發雷霆，那種氣勢，就連五雷酋長都要自嘆不如。老鐵胏不斷逼問，問我爸媽知不知道我在看這種垃圾雜誌。接著她開始長篇大論，說我們這個世界快完蛋了，規矩，禮貌，思想，教養，這些美好的特質已經快被摧毀了，世界快完蛋了。她問我為什麼不多看一些有益身心的書，偏偏要看這種垃圾？而我也只能乖乖坐在那裡聽她訓話。然後，輪到魔女了。她打開鞋盒，掏出裡面的東西。幾個松鼠頭，上面全是螞蟻，眼眶裡插著牙籤，上面串著眼球。老鐵胏當場嚇得花容失色，落荒而逃，哀聲慘叫跑回教師辦公室。

到了下午三點，下課鐘響了，我們飛也似的衝出校門。一天又過去了。我們隱隱約約聽到老鐵胏發出嘶啞的哀號聲。午後的太陽曬在身上還是熱辣辣的，成群的學生爭先恐後衝到操場，揚起漫天沙塵。他們自由了。就像平常一樣，大雷又在捉弄班恩。強尼把釣具盒放在地上，然後動手解開腳踏車上的鐵鍊。而我也跪到火箭旁邊，開始撥轉輪子上的數字鎖。

就在那一剎那，事情發生了。就在轉眼之間。意外永遠令人措手不及。

他們從茫茫的沙塵中衝出來。其實他們還沒出現之前，我就已經有不祥的預感。我忽然感覺脖子後面汗毛直豎。

「你看，那四個娘娘腔。一個都沒少。」有人開砲了。

我立刻轉頭去看。我認得那個聲音。大雷和班恩本來也正在解輪子上的鐵鍊，結果一聽到那個聲音，兩個人立刻動彈不得。強尼也抬起頭看向他們，眼中露出恐懼的神色。

「看到沒有，他們在那裡。」戈薩布蘭林說。戈寇在他旁邊，他們笑得很猙獰。「看起來好可愛，你說對不對啊，戈寇？」

「是啊。」

「這是啥玩意兒？」戈薩忽然搶走我手上的雜誌。被他這樣一扯，雜誌中間裝訂的地方裂開了。封面那個吸血鬼卓九勒伯爵彷彿被他們激怒了，齜牙咧嘴的咆哮起來。「你看看這什麼鬼東西！」戈薩叫了他弟弟一聲。戈寇看到雜誌裡有一張女機器人的圖片，忽然大笑起來。「你看，連奶頭都有耶！」戈寇大叫了一聲。「給我！」他伸手去搶那頁圖片，但戈薩卻不肯放手，結果兩個人扯來扯去，那一頁被他們扯成兩半。戈薩搶到了大半頁——有女機器人胸部的那半頁。那頁圖片被他揉成髒兮兮的一團塞進牛仔褲口袋裡。戈寇大罵了一聲：「臭小子，給我！」然後他伸手去抓那本雜誌，而戈薩當然死也不肯放手。轉眼之間，裝訂線上最後那幾根釘書針也鬆脫了，整本雜誌全散了。於是，雜誌裡那些英雄和壞蛋，那些黑暗世界與光明世界交戰的影像，全都隨著漫天沙塵四散飄飛。「被你扯爛了啦！」戈薩氣得大吼一聲，狠狠推了戈寇一下。由於力道太猛，戈寇被他推得整個人摔倒在地上，嘴巴甩出一條長長的唾液。接著，戈寇猛然坐起來，氣得滿臉通紅，眼中噴出熊熊怒火，但戈薩立刻跨到他身上，掄起拳頭狠狠瞪著他。「來啊！你試試看啊！」戈薩大吼。「來啊！」

戈寇坐在地上沒動。他手上抓著一張圖片，上面是金剛大戰巨蟒的畫面。原來這兩個怪獸般的兄弟也會起衝突，也會自相殘殺。戈寇表情很兇狠。一般小孩子被人這樣用力推打，多半都會哭出來。但我不難想像，布蘭林兩兄弟在家裡是不准掉眼淚的，所以，他們都是把淚水吞進肚子裡，而那些淚水漸漸化為滿腔怒火，於是，戈薩和戈寇的人格也就漸漸扭曲了。他們就像兩頭被關在籠子裡的野獸，永遠逃不出去。不管他們如何奮力掙扎，不管他們腳踏車騎得有多快，他們始終逃不出那個心靈的牢籠。

如果有機會，說不定我還會同情他們，只可惜他們根本不給我機會。只聽到戈薩忽然大喊了一聲：「這是什麼？」然後他忽然把地上那個釣具盒提起來子，強尼根本來不及反應。接著，戈薩扳開盒蓋上的扣環，那一剎那，強尼立刻倒抽了一口氣，喉嚨發出咯的一聲。戈薩那雙大手伸進盒裡亂翻亂攪，扯開那些棉球，動作很粗暴。「嘿，老天！」他對戈寇說：「你看這個小雜種藏了什麼東西！一大堆箭頭耶！」

「拜託你們放過我們行不行？」大雷忽然說：「我們又沒有礙到你——」

「閉上你的臭嘴！豬頭！」戈薩對他大吼了一聲，然後戈寇忽然笑出來。這兩兄弟好像忽然忘了剛剛還在吵架，他們開始把盒子裡的箭頭一個個拿出來，抓在手上捏一捏摸一摸。看他們那德性，我簡直不敢想像布蘭林家吃晚飯的時候是什麼場面。

「那是我的東西。」強尼忽然說。

長久以來，布蘭林兄弟一直都是橫行霸道，根本不理你說什麼，現在當然也還是一樣。「那是我的東西。」強尼又說了一次。他滿頭滿臉都是汗。

這時候，強尼那種異樣的口氣忽然引起戈薩注意了。他抬起頭來看看強尼。「小雜種，你剛剛說什麼？」

「那些箭頭是我的。還……還給我。」

「嘿，你看，他叫我們還他欸。」戈寇得意洋洋的大叫一聲。「你這臭娘娘腔，想找麻煩嗎？」戈薩右手抓了滿滿一把的箭頭。「你是不是又想去找警長哭訴，然後警長就會去找我爸爸，然後我爸爸就會很不高興，然後就會找我們麻煩，是不是？」

戈薩故意東拉西扯，想轉移焦點，但強尼並沒有上當。「還我。」他說。

「嘿，戈薩！這小雜種叫我們把箭頭還給他！」

「喂，你們——」我才剛開口，戈寇不知什麼時候已經衝到我面前了。他一把抓住我衣領，把我壓在柵欄上。

「臭娘娘腔。」戈寇咂咂嘴。「臭娘娘腔。」

這時我看到火箭車頭燈裡忽然又出現那隻金色的眼睛。它在衡量眼前的情勢。但那只是短短的一剎那，那隻眼睛很快又消失了。

「要箭頭是不是，在這裡啊，小雜種。」說著戈薩忽然把手上那些箭頭用力丟出去，遠遠丟到操場的另一頭。強尼忽然渾身發抖，那模樣彷彿突然被一陣狂風掃過。接著，他看到戈薩的手又伸進釣具盒裡，掏出一把箭頭，然後又用力一丟，彷彿在丟石頭。

「娘娘腔，娘娘腔，娘娘腔！」戈寇嘴裡嘀咕著，手臂架在我脖子上。他在流鼻涕，身上飄散著機油味，還混雜著一種烤肉燒焦的怪味道。

「你放手！」我嘶啞的叫了一聲。他嘴裡呼出來的氣，味道也很難聞。

「呼嗚——呼嗚——！」戈薩一邊丟箭頭，一邊開始學印地安人尖叫。「呼嗚——呼嗚——」

「夠了！」大雷叫了一聲。

這時戈薩忽然摸到那支很特殊的箭頭。那支光滑黑亮、完美無瑕的箭頭。就連戈薩都感覺得到那箭頭很特別，因為他忽然停止動作，拿到眼前仔細看了一下。

「不要。」強尼的聲音有點像在哀求了。

那支黑箭頭所隱藏的五雷酋長的力量，或許戈薩也感覺到了，但那只是短短的一剎那。他很快又把手臂往後拉，然後把那支箭頭丟向半空中。箭頭飛得好高，最後落在垃圾箱旁邊的雜草堆裡。我聽到強尼呻吟了一聲，彷彿被人打了一拳。

「好不好玩啊，小雜——」他話都還沒說完，只見人影一閃，強尼已經跳到他面前，拳頭猛力一揮，在半空中畫出一團模糊的影子，正中戈薩的下巴。

戈薩身體搖晃了幾下，眨了幾下眼睛，整張臉痛得扭曲起來。接著，他伸出舌頭，我注意到他舌頭流血了。他把那個釣具盒往旁邊一丟，然後大叫了一聲：「臭雜種，你死定了！」

「揍死他，戈薩！」戈寇在旁邊大叫。

強尼實在不應該動手打架。我心裡明白，而且我相信他自己也知道。上次他已經被布蘭林兄弟打成重傷送進醫院，到現在偶爾還是會暈眩。更何況，戈薩的體型實在比他高大太多。「趕快跑，強尼！」我大叫一聲。但強尼好像根本沒打算要跑。

戈薩衝到他面前，拳頭用力一揮打在強尼肩上，然後又是一拳打向強尼的臉。但強尼很巧妙的閃過那一拳，然後一拳打在戈薩肋骨上。

「打啊！打啊！」操場上還有幾個學生還沒走，他們開始吆喝起來。

我用盡全身的力氣推開戈寇，他倒退了好幾步，伸出一隻手想抓住什麼東西穩住身體。結果，他抓到火箭的把手。「哎喲！」他忽然慘叫一聲，手立刻抬到面前看了一下。我注意到他手掌上虎口的部位在流血。「有東西咬我！」我猜他可能被把手上的螺絲釘割到，要不然就是被什麼尖銳的東西刺到。不過，事後我仔細檢查火箭的把手，發現上面並沒有螺絲釘凸出來，也沒有什麼尖銳的地方。戈寇忽然轉身踹了火箭一腳，那一剎那，我彷彿聽到五雷酋長在召喚我。

他對我說：夠了，該還手了！我相信強尼一定也聽到了。

揮拳頭打人，我根本不是那塊料，不過，如果戈寇想跟我比賽誰的腳比較會踢，那我倒還可以奉陪。我往前跨了幾步慢慢逼近他，臉上在流血。接著，我對準他的小腿用力踹了一下，他立刻慘叫一聲，抬起那條腿，剩單腳跳來跳去。強尼和戈薩兩個人扭打成一團在地上翻滾，揚起漫天沙塵，只見拳頭起起落落。大雷和班恩兩個人在旁邊等著看。他們已經準備好，只要一看到戈薩騎到強尼身上開始痛毆他，他們立刻就會撲上去。但沒想到，強尼居然挺得住。他滿地翻滾，纏鬥不懈，臉上全是汗水，沾滿了泥沙。戈薩揪住強尼的頭髮，但強尼很快就掙脫了。接著，強尼下巴被戈薩打了一拳，但他居然面不改色，好像一點都不痛。然後，強尼開始瘋狂的揮拳反擊，一拳接著一拳，拳頭有如雨點般落在戈薩身上。此刻，強尼渾身散發出一種不可侵犯的威嚴，一種不顧一切的鬥志。戈薩被他打得連連退縮，痛得哀嚎起來，渾身蜷曲成一團。「打啊！打啊！」旁邊那些學生開始吶喊助威，他們聚攏過來，把強尼和戈薩圍在中間。強尼和戈薩在地上扭打翻滾。

但沒想到，戈寇竟然沒去幫他哥哥，而是右手拿著一根棍子跑來追我。

我可不想被打得腦漿迸裂，也不想看到火箭被打成一團廢鐵，於是我立刻跳上火箭飛也似的騎走。我拼命想拉開一段距離，因為我以為戈寇不會來追我，然後我就可以掉頭用最快的速度衝向他，撞掉他手上那根棍子。但我錯了。戈寇立刻跳上他那輛黑色的腳踏車，使盡全力騎過來追我。他丟下他哥哥自己一個人和強尼繼續打。

我來不及叫班恩和大雷來救我，而且，那群看熱鬧的學生吆喝得很大聲，就算我喊他們，他們可能也聽不見。於是我又立刻掉頭，騎著火箭拚命往遠處衝，希望能夠甩掉戈寇。戈寇在我後面騎著腳踏車全力衝刺，衝過操場，衝出柵欄的大門，騎上人行道。後來我轉頭一看，看到戈寇速度越來越快。他兩腿使盡全力踩踏板，整個人往前傾，脖子伸得長長的，頭伸出到腳踏車把手前面。接著，我打算轉彎騎回操場找班恩和大雷幫忙。

但沒想到，火箭竟然不聽使喚。

火箭執意向前，不肯讓我轉動把手。我沒辦法，只好沿著彎彎曲曲的人行道繼續往前騎。這時候，怪事發生了。

火箭的腳踏板開始越轉越快，快到我的腳幾乎踩不住。事實上，我的鞋子一直從腳踏板上的套子裡滑出來，滑掉了好幾次，但車子速度卻越來越快。鏈條帶動齒輪高速運轉，發出一種充滿力量的尖銳嘶嘶聲。

火箭一路往前衝，而我根本使不上力，只能緊緊抓住把手，那種感覺彷彿騎在野馬背上。火箭速度越來越快，風聲在我耳邊呼嘯。我轉頭看看背後，看到戈寇還是緊跟在我後面，有如窮追不捨的死神。

我知道他想活活剝了我的皮，而且他絕不會罷休。

至於操場那邊，戈薩掙扎著站起來，掄起拳頭要打強尼，但還來不及出手就被強尼一腳踹上膝蓋，立刻又倒下去。圍觀的學生興奮得大喊大叫。這時大雷和班恩才想到要找我。他們轉頭一看，發現火箭不見了，而且戈寇和他那輛黑色的腳踏車也不見了。

「噢，糟了！」班恩叫了一聲。

戈寇的腳踏車速度很快，全奇風鎮大概沒有任何腳踏車會比它更快。只不過，火箭可不是普通的腳踏車。火箭迅如閃電，敏捷如美洲豹。我有點提心吊膽，萬一齒輪上的鏈條脫落了，後果不堪設想。有個人在人行道上清掃落葉，兩個太太在庭院裡聊天，我和火箭從他們面前呼嘯而過。我想煞住車子，可是每次我去拉煞車把柄，火箭就會發出刺耳的吱吱聲，說什麼都不肯讓我煞車。前面就是下一個路口了，我想向右轉騎回家，但火箭卻執意向左轉。到了路口，火箭的把手忽然向左轉，那一剎那，後輪突然打滑了一下，感覺好像快翻車了。但奇怪的是，輪胎卻緊緊貼住路面，順利轉過那個彎，接著，火箭又開始加速，風聲又開始在我耳邊呼嘯。「你到底想幹什麼？」我大叫。「你到底想去哪裡？」我想，答案已經很清楚了：火箭瘋了。

我又轉頭看後面一眼，發現戈寇還是緊跟在我後面，不過，他已經氣喘如牛，脹得滿臉通紅。「不用跑了！」他大吼。「你跑不掉的！」

而火箭根本不聽我使喚了。每次我想轉動把手騎回家，火箭說什麼都不肯轉。顯然它想去某個地方，而我也只能隨它去了。

而操場上沙塵漫天飛揚，戈薩和強尼掙扎著站起來。戈薩從小橫行霸道，從來就沒人敢還手，但沒想到今天竟然碰到對手，他的弱點暴露出來了。他的拳頭在半空中亂揮，可是卻什麼也沒打到。他已經筋疲力盡，像酒鬼一樣搖搖欲墜。強尼像拳擊手一樣前後跳來跳去，不管戈薩再怎麼揮拳，就是打不到他。後來，戈薩氣得大吼一聲，奮力向前一撲，但強尼立刻閃開。戈薩撲了個空，被自己的腳絆倒，摔了個狗吃屎，瘀青腫脹的下巴撞到滿是碎石子的地上。接著他又掙扎著站起來，但兩條手臂已經酸軟得抬不起來了。他使盡全力揮出一拳，但強尼又閃開了，兩腿不斷變換步伐，左右迴旋跳躍。「你站好！」戈薩嘶吼著。「你這個黑鬼小雜種！站好！」他胸口劇烈起伏，臉脹紅得像豬肝。

「好啊。」說著強尼果然站在原地不動了。他鼻孔在流血，顴骨上有一道傷痕。「你動手啊。」

戈薩立刻衝過去，掄起拳頭猛力一揮，但強尼向左一閃又躲開了。事後大雷回憶說，當時強尼那種動作姿態真的好像拳王阿里。接著，強尼故意揮了幾記空拳，然後趁戈薩拚命閃躲的時候，集中全力揮出一記重拳正中戈薩下巴。戈薩被打得整個頭往後扭。班恩說，那一剎那他看到戈薩翻了白眼。但強尼還有最後致命的一擊。他衝上前，用盡全力一拳打中戈薩的嘴。那一剎那，全場的人都聽到強尼的指關節喀喇一聲。

戈薩忽然沒聲音了。他連哼都哼不出來。

他像一截被砍斷的樹幹一樣翻倒在地上。

然後，他像一灘爛泥似的躺在地上，嘴裡鮮血直冒，一根門牙從嘴角流出來。過了一會兒，戈薩開始全身發抖，然後忽然號啕大哭起來。那哭聲充滿憤憾。

沒有人過去扶他。有人放聲大笑，也有些人語帶諷刺的說：「他要哭著回去找媽媽了！」

班恩拍拍強尼背後。大雷摟住強尼肩頭說：「今天他終於明白誰才是狠角色了，對吧？」

然而強尼卻輕輕推開他們。他抬起手，用手背擦擦鼻子。其實，他的指關節已經斷了，後來是巴瑞斯醫師用夾板把他折斷的手指固定住。強尼的爸媽氣瘋了，事後他們才明白為什麼整個夏天強尼老是一個人關在房間裡。強尼花了五毛錢郵購了一本奧運拳擊冠軍羅賓遜寫的《拳擊原理》，整個夏天他一直在研究那本書。

「我不是什麼狠角色。」說著強尼忽然蹲到戈薩旁邊問：「要不要我扶你起來？」

至於我呢，我可沒研究過什麼拳擊原理。我騎在發了瘋的火箭上，而戈寇在後面窮追不捨。接著，車子的把手忽然又猛轉了一下，火箭忽然衝上一條林間小路。我嚇壞了，心裡想，這下子我很快就要變成甕中之鱉了。

但不管我怎麼拚命拉煞車把柄，火箭就是不肯慢下來。我心裡想，要是火箭真的發瘋了，我一定要趕快下車。於是，我擺好姿勢，鼓起勇氣準備跳進旁邊的矮樹叢裡。

這時候，火箭忽然衝出樹林，那一剎那，我赫然看到前面有一條大土溝，裡頭雜草叢生，堆滿了垃圾。接著，火箭忽然加速往前一竄，整台車飛起來，那一剎那，我嚇得頭皮發麻，汗毛直豎。

我猜當時我一定是哀聲慘叫，嚇到尿褲子，但我也只能死命抓住把手。我一定是抓得非常用力，因為後來我的手痠痛了好幾天。

火箭飛過那條土溝，落到另一邊。那撞擊的力道太猛了，震得我兩排牙齒撞在一起，脊椎骨彷彿剛射出箭的弓弦一樣抖了好大一下。那落地的力道之猛，就連火箭也有點承受不了。車身整個彈起來，輪胎壓到一堆落葉和松針，滑了一下，然後就連人帶車翻倒在地上。接著，我看到戈寇也從那條小徑衝出來了。當他看到眼前赫然出現那條土溝，嚇得整張臉都扭曲了。他立刻猛拉煞車把柄，可惜速度太快，根本來不及煞住。於是，那輛黑色腳踏車車身一歪，戈寇連人帶車翻進土溝裡，摔在那堆雜草垃圾上。

那條土溝其實並不深，而且也沒有太多帶刺的植物或尖銳的石頭，所以，嚴格說來，戈寇摔落的位置，只是一堆軟軟的三叉葉藤蔓叢和一堆雜七雜八的東西，比如破枕頭，垃圾筒蓋，空罐頭，幾個烤餡餅用的鋁盤，還有破襪子破襯衫破布之類的。戈寇在那堆藤蔓叢裡掙扎了一會兒，從腳踏車底下爬出來。他顯然沒受什麼傷。接著他開口了：「臭小子，不要跑，你等著——」

這時他忽然慘叫起來。

土溝裡好像還有某種動物。

剛剛他摔下去的時候正好壓在那隻動物身上，而那隻小動物正在吃牠十分鐘前剛從某個人家廚房窗台上偷來的椰子餡餅。

牠就是那隻可怕的猴子撒旦。這個垃圾坑是牠的地盤，絕對不容外人入侵。所以，牠生氣了，非常非常非常生氣。

於是，撒旦猛然從藤蔓叢裡竄出來，跳到戈寇頭上，齜牙咧嘴，屁股開始噴出黃黃的東西。

戈寇開始掙扎逃命了。那隻兇猛的猴子開始猛抓猛咬，於是，戈寇的手臂臉頰耳朵都被咬得血肉模糊，甚至整根手指都差點被咬掉。戈寇的慘叫聲淒厲到令人不忍心聽，而掙扎之激烈已經近乎瘋狂。他費了九牛二虎之力，好不容易爬出那條土溝，然後開始拔腿狂奔。撒旦緊追不捨，尖聲嘶吼，口沫橫飛，而且屁股還一路噴出黃黃的東西。接著，我看到撒旦跳到戈寇頭上，死命揪住戈寇的金頭髮，那模樣真像印度皇帝騎在一頭大象上。

我把火箭從地上扶起來，騎上車。火箭現在又恢復了正常，剛剛那種野性忽然消失了。我開始踩著腳踏板，沿著土溝邊尋找剛剛那條小徑。這時我忽然想到，接下來的幾天戈寇會有什麼下場。他滿臉滿手被咬的地方一定會腫得不成人形，而且到時候他就會明白，在那條土溝裡，在撒旦的地盤上，那種三叉葉的藤蔓叢就是毒葛藤。要是他敢上街，你會看到一個渾身潰爛化膿的怪物，不過，你看到的機會不大，因為他可能根本沒辦法走路。

「沒想到你這小子壞心眼還不少。」我對火箭說。

那輛摔爛的黑色腳踏車無聲無息的躺在土溝裡。要是有人打算下去把車子拖出來，最好先塗點潤膚油。

我一路騎回學校，發現戰鬥已經結束了，不過，我看到三個男孩在操場上東找西找，其中一個腋下夾著一個釣具盒。

絕大多數的箭頭都找回來了，但另外有十幾個一直找不到，彷彿被那片沙地吞沒了。算了，就當是奉獻給大地之神吧。那十幾支失蹤的箭頭當中，有一支就是五雷酋長的箭頭。

不過，強尼好像並不怎麼在意。他說他以後再慢慢找。他說，就算他找不到，十年後，二十年後，甚至更久以後，說不定會有別人找到。他說，那本來就不是屬於他的東西，他只是暫時保管一下。現在，五雷酋長又把它收回去了。他把箭頭帶回另一個世界去了。那神祕的「獵人極樂世界」。

拉佛伊牧師曾經提到過「豁達大度」這幾個字。當時我終於明白那幾個字真正的涵義。失去心愛的東西，總是令人心碎，然而，一旦你能夠放下那種失落的痛苦，能夠欣然面對，那麼，你才算真正達到「豁達大度」的境界。

從這個角度來看，強尼的境界無人可及。

我還不知道自己能不能達到那種境界，但再過不久，我就要面臨那種考驗了。

5 病歷3243

自從那天遊戲場那場戰鬥結束之後，布蘭林兄弟就再也沒來騷擾我們了。戈薩回到學校的時候，嘴裡多出了一顆假門牙，態度也變得比較謙遜。至於戈寇呢，他終於也出院回到學校，不過，只要一看到我，他就會馬上躲得遠遠的。而最精彩的是，有一天戈薩竟然跑去找強尼，拜託他再示範一次那天最後那一記重拳——當然是慢動作示範。那天，自己是怎麼被那拳打倒的，他根本連看都沒看到。當然，並不是說戈薩和戈寇從此以後就脫胎換骨變成大好人，不過，戈薩被狠狠揍了一頓，戈寇被猴子和毒葛藤整得死去活來，這對他們來說未嘗沒有好處。從此以後，他們開始學會尊重別人。這是一個好的開始。

沒多久，十月過去了，山腰漸漸染上一片金黃，風中開始飄散著秋的氣息。阿拉巴馬大學和奧本大學兩支球隊都贏了。老鐵肺已經不再那麼咄咄逼人，而魔女也愛上了別人，不再整天盯著我。我的世界，一切都開始慢慢恢復正常了。

除了爸爸。

我常常會想到爸爸。我常常會回想起那天凌晨，爸爸一個人躲在書房裡，在紙上寫滿了他自己都回答不出來的問題。他越來越瘦，胃口越來越差。有時候他會笑，但笑得很勉強，而且由於他的臉越來越削瘦，笑的時候露出牙齒，牙齒會顯得特別大。另外，他的眼神也越來越呆滯。媽媽開始緊張了。她一直哀求他去看醫生，或是去找女王，但爸爸說什麼都不肯。他們吵過好幾次架，結果每次一吵完，爸爸就會衝到門外去，開著他那輛敞篷小貨車不知去向。然後媽媽就會躲到房間去哭。好幾次我聽到她打電話給奶奶，求她勸勸爸爸。「……那件事一直在折磨他的心，他已經快崩潰了。」我聽到她在說。這時候，我就會跑到門外去跟叛徒玩，因為我實在不忍心聽媽媽跟奶奶哭訴她受到什麼樣的煎熬。我感覺得到，爸爸已經把自己囚禁在一個煉獄般的內心世界裡。

還有我的夢。我老是做那個夢。一開始連續兩天晚上都做同樣的夢，然後隔一晚又是同樣的夢，接著隔三晚之後，連續七天晚上都做同樣的夢。

柯力？柯力麥肯遜？她們穿著白衣服，站在那棵光禿禿的樹下輕聲叫喚我。她們的聲音好輕柔，彷彿翩然翱翔的白鴿，然而，她的口氣卻透露出一種急迫，令我不寒而慄。做過幾次那個夢之後，我開始注意到夢裡的一些細節，那種感覺彷彿隔著一片霧濛濛的玻璃看到某些東西。那四個黑人小女孩背後有一道黑黑暗暗的石牆，牆上有一扇破掉的窗戶，窗框上殘留了幾片玻璃。柯力麥肯遜？我聽到遠處傳來滴答聲。柯力？那滴答聲越來越大聲，這時我內心忽然湧現出一股莫名的恐懼。柯——

到了第七天晚上，燈忽然亮了。我睜開眼睛，看到爸媽站在我床前。我睡眼惺忪，腦子裡還是昏昏沈沈的。「那是什麼聲音？」爸爸問。這時我媽忽然叫了一聲：「湯姆，你看！」我床對面那片牆上出現一道刮痕，牆腳的地面上散落著碎玻璃和鬧鐘的零件，鐘面上的指針指著兩點十九分。「所謂時間飛逝不是叫你把鬧鐘拿起來丟。」媽媽對我說：「鬧鐘很貴的。」

接著爸媽討論了一下，最後的結論是，我會作噩夢，一定是因為早上吃了太多墨西哥式玉米肉餡餅。

而差不多就在那時候，有一件不幸的事快要發生了。只能說，在那個特定的時間，在那個特定的地點，那是命運機緣冥冥中註定的結果。當時我根本無法預料，我爸媽也無法預料，而且，即將釀成悲劇的那個人也無法預料。那個人在伯明罕一家飲料公司上班，每天早上，他都會拿到一份事先擬好的客戶名單，然後開著他的小貨車把飲料送到名單上的各個加油站和雜貨店。假如那天早上那個人多花個兩分鐘沖澡，或者，假如他早餐吃的是煎培根而不是香腸加蛋，這樣一來，他出發的時間就可能提前或延後，而他也就不會在那個時間正好抵達那個地點，那麼，這件悲劇是否就不會發生了？如果當時我再多丟一次棍子，讓叛徒再多撿一次，晚個兩分鐘去上學，那麼，這件悲劇是否就不會發生了？

叛徒是男生，所以牠很愛吠，只要心血來潮就是一陣狂吠。樂善德醫師勸過我爸媽把叛徒送到他那邊去結紮，這樣牠就不會一天到晚想到處亂跑。可是每次提到這件事，爸爸就會皺眉頭，意興闌珊，而我也一樣。所以最後就做罷了。至於媽媽呢，她看叛徒幾乎一天到晚都趴在門廊上，很少到處亂跑，所以她也就覺得沒有必要把叛徒整天關在狗籠裡。更何況，我們家門口這條路沒什麼車。

所以，各項因素的聚合，註定了這場悲劇。

十月十三號那天，我放學回到家，看到爸爸已經提早下班回到家了。「孩子。」他開口叫了我一聲。我立刻有一種不祥的預感。每次他這樣叫我，一定是出了什麼嚴重的事。

接著爸爸開車送我去樂善德醫師家。商店街和山塔克街是兩條平行的街道，中間有一大塊空地，佔地三英畝。樂善德醫師家就在那片空地上。空地外圍有一道白色的柵欄圍牆，裡頭是一片連綿起伏的草地，陽光遍照，有兩匹馬正默默吃著草。房子旁邊有一座狗舍，還有一片訓練場，而房子另一邊是一座穀倉。樂善德醫師家是一棟白色的兩層樓房子，看起來四四方方，造型簡潔俐落，乾淨清爽。我們繞過彎彎的車道，開到房子後面。那裡有一面告示牌，上面寫著「請先為你的寵物套上鍊條」。我們把車停在後門前方，跳下車。過了一會兒，門開了，樂善德太太出現在門口。

我在前面的章節裡描述過樂善德太太。她的臉像馬一樣長，身材高大壯碩，簡直可以嚇跑黑猩猩。她老是陰沈著一張臉，不苟言笑，彷彿頭頂上永遠籠罩著一片烏雲。但此刻，她的表情卻變得有些不太一樣。也許是因為她注意到我眼睛都已經哭腫了。

「噢，可憐的孩子。」樂善德太太忽然露出很親切的表情，差點嚇到我。「可憐的小狗，看了真的好難過。」她的德國口音很重。「來，請進！」她對我爸爸說了一聲，然後就帶我們走進接待室。裡頭的牆面鑲著松木板，上面掛滿了小孩抱著小貓小狗的照片。我們穿越接待室，走到一扇門前面。門裡是一座樓梯通往地下室，樂善德醫師的辦公室就在底下。我一步步往下走，每跨一步都是一種無比的折磨，因為我知道等一下會看到什麼。

我心愛的小狗快死了。

下午一點鐘左右，在商店街，叛徒正要過馬路，結果被那輛伯明罕來的飲料車撞到。當時叛徒正和一群狗玩在一起。當時打電話到我家通知我媽的人是達樂先生。當時達樂先生剛吃過中飯，正從明星餐廳走出來，忽然聽到有一輛車輪胎發出尖銳的吱吱聲，接著就看到叛徒被輪胎輾過去。結果，叛徒直挺挺的躺在商店街上，另外那幾隻狗拚命朝牠猛吠，想叫牠起來。達樂先生把馬凱特隊長找來，請他幫忙把叛徒抬到副鎮長韋恩吉利的敞篷小貨車上，送到樂善德醫師家。為了這件意外，媽媽差點崩潰，因為她太自責。那天下午她本來想把叛徒關進狗欄裡，可是卻因為看連續劇看得太入神，一時忘了。從小到大，叛徒從來沒有跑到商店街那麼遠的地方過。顯然牠是被那群狗帶壞了，結果就付出了慘痛的代價。

地下室裡瀰漫著動物的味道，雖然不至於難聞，但多少有點腥騷味。地下室用柵欄隔成了好幾個小間，在日光燈的照耀下，白磁磚和不鏽鋼閃閃發亮。樂善德醫師就在那裡。他身上穿著白袍，臉色凝重。他跟我爸爸打了聲招呼，然後就轉過頭來看我，拍拍我肩膀。「柯力？」他說。「你想不想去看看叛徒？」

「要。」

「好，我帶你去看牠。」

「牠……牠死了嗎？」

「沒有，牠沒死。」他伸手揉揉我脖子後面。「不過，你要有心理準備。牠快死了。」樂善德醫師緊盯著我，不讓我躲開他的視線。「我已經盡量讓叛徒感覺舒服一點，不會有痛苦，可是……牠傷得太重了。」

「可是你一定可以醫好他啊！」我說。「你是醫生啊！」

「對，我是醫生，可是，柯力，就算我幫牠動手術，牠的傷還是一樣不會好。牠傷得太重了。」

「可是牠……牠不能……你一定要救牠！」

「孩子，去看看牠吧。」爸爸催了我一聲。「趕快去。」我知道他最後一句話沒說完。他的意思是，趕快去，趁現在還來得及。

於是，爸爸就這樣站在那邊等，而樂善德醫師帶著我走向一間小隔間。我注意到樓上傳來陣陣嘶嘶聲。那是水壺冒出蒸氣的聲音。樂善德太太正在樓上的廚房裡煮開水準備泡茶。小隔間裡飄散著一股刺鼻的氣味，牆上有一座架子，上面擺滿了瓶瓶罐罐，另外還有一座流理台，上面鋪著一張藍布，擺滿了醫療用具。小隔間正中央有一座不鏽鋼桌，上面好像有一隻小動物，身上蓋著一張白棉布。那一剎那，我忽然兩腿發軟。我注意到那塊布沾滿了暗紅色的血跡。

我一定在發抖，因為樂善德醫師忽然說：「不要太勉強，要是你——」

「我一定要看看牠。」我說。

樂善德醫師掀開白棉布的一角。「不要怕，不要怕。」他對桌上那小動物說，但口氣彷彿在跟一個受傷的小孩說話。那小動物顫抖了一下，接著，我聽到嗚嗚的呻吟，那一剎那，我心都碎了，眼中不自覺的湧出熱淚。我認得那個聲音。很久很久以前，有一天，爸爸回到家的時候，手上抱著一個紙箱子，裡面有一隻小狗。那就是叛徒，而那天，牠在紙箱裡那種微微的呻吟，就和此刻一模一樣。我步履維艱的往前跨了四步，慢慢走到桌子旁邊。樂善德醫師已經掀起那塊白棉布等著我看，於是，我鼓起勇氣低頭看看叛徒。

叛徒的頭已經被車輪輾得扭曲變形，半邊的白毛皮肉都被扯到後面，露出骨頭和兩排牙齒，沾滿鮮血的舌頭軟綿綿的垂掛在外面，鼻孔淌出鮮血，一隻眼睛已經變成一片死灰，而另一隻眼睛彷彿噙著淚水，露出驚恐的神色。牠呼吸好急促，彷彿很費力，很痛苦。他一條前腿已經扭曲變形，腳趾被輾成一團血肉模糊的爛泥，末端露出粉碎的骨頭。

我想，我已經不由自主的啜泣起來了，只是我自己沒意識到。叛徒那隻僅剩的眼睛注意到我了，牠開始掙扎著想站起來，但樂善德醫師立刻按住牠的身體，於是，牠忽然又不動了。

我注意到叛徒身體側邊插著一根針，針尾有一條管子連結到一個玻璃瓶，瓶裡有透明的液體。接著叛徒又開始呻吟起來，我本能的伸出手想摸摸牠那扭曲變形的嘴。「小心！」樂善德醫師忽然開口警告我。當時我根本沒想到，動物受到劇痛折磨的時候，看到任何會動的東西就會本能的張嘴去咬，即使是牠最親愛的主人。這時，叛徒忽然伸出血淋淋的舌頭，輕輕在我手指上舔了一下。我感覺得到牠好虛弱，好無力。而我就這麼站在那裡，愣愣的看著手指上的血痕。

「牠很痛苦。」樂善德醫師說。「你應該也看得出來，對不對？」

「嗯。」我哼了一聲。我忽然感覺眼前的一切彷彿不像真的，彷彿一場噩夢。

「牠肋骨斷了，其中一根刺穿了肺部。照理說，牠的心跳應該早就停了，不可能撐到現在，而且，就算勉強撐到現在，也撐不了多久了。」樂善德醫師又把那張白棉布蓋回叛徒身上。我幾乎沒聽到樂善德醫師在說什麼，我眼裡只注意到叛徒一直發抖。「牠會冷嗎？」我問。「牠一定很冷。」

「不會，應該不會。」他的德國口音很明顯。接著他又摟住我肩頭，帶我走向門口。「走吧，我們回去找你爸爸，好不好？我有話要跟他談談。」

爸爸還站在原地等我們。「你還好嗎，小老弟？」他問我。我說我沒事，但其實我覺得胃很不舒服，很想吐。我鼻腔裡還殘留著濃濃的血腥味。

「叛徒真是一隻很強壯的狗。」樂善德醫師說。「竟然還能夠撐到現在。換成是別的狗，當場就斷氣了。」他從辦公桌上拿起一個檔案夾，從裡面抽出一張紙。紙上有表格，最頂端寫著「病歷３４３２」。

「我不知道叛徒還能撐多久，不過，不管牠能撐多久，都已經沒什麼意義了。」

「你的意思是，已經沒希望了？」爸爸問他。

「沒希望了。」樂善德醫師飛快瞥了我一眼。「很抱歉。」

「牠是我最心愛的狗。」我又忍不住開始掉眼淚，鼻子又塞住了。「牠一定會好起來的。」儘管嘴裡這麼說，其實我心裡明白，那只是我一廂情願的想像。

「湯姆，能不能麻煩你在病歷表上簽個名，這樣我才能幫叛徒打一針，讓牠……呃……」他又飛快瞥了我一眼。

「讓牠好好安息，是不是？」爸爸替他說完了那句話。

「是的，就是這樣。麻煩你在這裡簽個名。噢，對了，忘了拿筆給你。」說著他打開一個抽屜，在裡面摸索了一下，然後掏出一枝筆。

爸爸接過那枝筆。我知道他們在說什麼。我不是三歲小孩子。我知道他們是要讓叛徒安樂死。也許這樣做是對的，也許這樣比較人道，然而，叛徒是我最心愛的狗，從牠剛出生沒多久，我就一直親手照顧牠，餵牠吃東西，幫牠洗澡，看著牠一天天長大。我熟悉牠身上的氣味，熟悉他伸出舌頭舔我的臉那種感覺。牠幾乎是我生命的一部份，再也不會有另一隻狗能夠像叛徒一樣讓我產生那種感覺。我忽然覺得喉嚨哽住了。爸爸彎下腰，準備在病歷表上簽字。我撇開頭，眼睛四下搜尋，想看看有沒有什麼東西能夠引開我的心思。我注意到辦公桌上有一張裱著銀框的照片，照片裡是一個年輕的女人，頭髮顏色淡淡的，面帶微笑揮著手，背後是一座風車。我看了好一會兒才意識到，照片裡那個臉像蘋果一樣紅潤的女人就是薇諾妮卡樂善德。

「等一下。」爸爸忽然放下手上的筆。「柯力，叛徒是你的狗，這應該要由你來決定。你覺得呢？」

我沒吭聲。我這輩子從來沒有面臨過這種抉擇。太沈重了。

「很少有人比我更愛動物。」樂善德醫師說。「對一個小男孩來說，小狗在他心目中的份量，我體會得到。柯力，我只能告訴你，這樣做對叛徒比較好。已經別無選擇了。叛徒很痛苦，牠正在受折磨，而且，我已經救不了牠了。有生就有死，這是生命的法則，不是嗎？」

「牠不一定會死。」我囁囁嚅嚅的說。

「或許牠可以再多撐一個鐘頭，甚至兩個鐘頭，甚至三個鐘頭，或許牠還能夠再撐過今天晚上，甚至明天晚上。問題是，牠已經沒辦法走路了，牠甚至連呼吸都有困難。牠的心臟已經快要跳不動了，牠有很嚴重的休克現象。」樂善德醫師皺起眉頭，凝視著面無表情的我。「柯力，如果你認為叛徒是你最要好的朋友，那麼，你就不應該讓牠繼續受這種折磨。」

「柯力，我想我們最好還是趕快簽名。」爸爸說。「你覺得呢？」

「我……我想跟牠單獨在一起幾分鐘，可以嗎？就我跟牠？」

「當然可以。不過，我勸你最好還是別碰牠。牠可能會咬人。知道了嗎？」

「知道了。」我失魂落魄的走回那個小隔間，感覺自己好像在夢遊。叛徒還是躺在那張不鏽鋼桌上發抖，虛弱無力的呻吟著，彷彿在哀求牠的主人讓牠的痛苦趕快結束。

我開始哭起來，而且是號啕大哭，根本克制不住。我兩腿一軟，跪到冷冰冰的地面上，垂著頭，兩手交握在胸前。

我開始禱告。我用力閉上眼睛，感覺滾燙的熱淚沿著臉頰往下流。多年以後的今天，我已經記不清楚當初禱告的時候說了些什麼，但我清楚記得當時內心的強烈渴求。我祈求上帝從天堂伸出手來關上門，把死神擋在門外。我知道死神一定會嘶吼咆哮，伸出魔爪要奪走我心愛的狗，但我祈求上帝全力頂住那扇門，不要讓死神闖進來。我祈求上帝用祂那無所不能的手趕走死神，救活我心愛的叛徒。我祈求上帝用祂那強而有力的手捏碎死神，然後丟得遠遠的。那一刻，我彷彿感覺得到死神就在我旁邊，用一種飢渴的眼神看著叛徒，我彷彿聽得到死神伸出舌頭舔嘴唇，但我祈求上帝用祂那強而有力的手封住死神的嘴，打斷他的牙齒，變成一隻獠牙掉光的怪獸。

我就是這樣禱告的。我全心全意的禱告，發自靈魂深處。我的頭髮彷彿變成一根根的天線，發射出幾千萬瓦的強烈訊息，穿透那無垠的宇宙，傳送到那遙不可及的天堂，傳送到上帝耳中。

我心中暗暗吶喊：求求你回答我。

求求你。我就這樣跪在地上，低著頭，不斷啜泣，不斷禱告，不知道過了多久。大概有十分鐘吧，也可能更久。我心裡明白，等一下我就必須走出去找爸爸和樂善德醫師，告訴他們我答應——

這時，我忽然聽到叛徒咕嚕了一聲，然後猛吸了一口氣。牠肺裡全是血，那種吸氣的聲音聽起來令人毛骨悚然。

我立刻抬頭一看，看到叛徒掙扎著站起來，那一剎那，我脖子後面立刻汗毛直豎，渾身起了雞皮疙瘩。叛徒用兩條後腿撐起身體，發了瘋似的猛甩頭，然後發出長長的一聲哀嚎，那聲音聽起來好嚇人，彷彿一把利刃刺進我的心臟。接著牠身體忽然向後一扭，彷彿要去咬自己的尾巴，而那隻僅剩的眼睛忽然閃過一道光芒，被扯裂的那半邊嘴巴露出牙齒，那表情彷彿在嘲笑死神。

「爸！」我失聲大喊。「爸！樂善德醫師！你們快來！」

接著叛徒忽然弓起身體，那力道之猛，我幾乎以為牠脊椎骨會斷裂。我聽到牠的骨頭發出一陣嘎吱嘎吱的聲音，接著，牠忽然又一陣劇烈抽搐，然後又側身倒下去了。

樂善德醫師衝進來，爸爸緊跟在他後面。「你退開。」樂善德醫師叫了一聲，然後伸手按住叛徒的胸口。接著，他戴上聽診器聽叛徒的心跳，然後手指伸向叛徒那隻沒受傷的眼睛，撐開眼皮，發現那隻眼睛也翻了白眼。

「不要急。」爸爸兩手按住我肩膀。「不要急。」

樂善德醫師忽然開口了。「呃。」他嘆了口氣。「看樣子，病歷表也不需要你簽名了。」

「不！」我大叫起來。「不會！爸，牠不會死！」

「柯力，我們回家吧。」

「爸！我剛剛禱告過！我祈求上帝不要讓牠死！牠不會死的！牠是不可能會死！」

「柯力？」樂善德醫師口氣很平和，但很堅定。我抬頭看著他，淚眼模糊。「叛徒已經——」

這時，我們忽然聽到一聲噴嚏。

在密閉的小隔間裡，那聲噴嚏有如轟然巨響，我們都嚇了一跳。接著，我們聽到有某個東西倒抽了一口氣，然後又呼出了一大口氣。

然後，叛徒忽然坐起來，鼻孔冒出氣泡，流出鮮血。牠那隻沒受傷的眼睛轉了幾下，看看四周，然後用力甩甩頭，彷彿掙扎著想醒過來。

爸爸忽然說：「牠不是已經——」

「牠已經死了！」樂善德醫師露出極度震驚的表情，眼圈都發白了。「老……老天！那隻狗明明已經死了！」

「牠還活著。」我吸吸鼻子，不由自主的笑了起來。「你們看，我就說他一定不會死！」

「不可能！」樂善德醫師幾乎是在嘶吼。「剛剛牠心跳已經停了！心跳已經停了！牠已經死了！」

叛徒掙扎著想站起來，可是卻太虛弱，根本站不起來。牠打了個嗝，我立刻衝到牠旁邊，伸手去摸牠那溫熱的背。接著牠又打了好幾個嗝了，慢慢躺下去，伸出舌頭舔著冷冰冰的不鏽鋼桌面。「牠不會死了。」我忽然充滿信心，不再哭了。「我剛剛跟上帝禱告，求他幫我趕走死神。」

「我……我真不敢……」樂善德醫師已經說不出話來了。

病歷3432已經不需要簽名了。

後來，叛徒睡著了，然後又醒過來，就這樣睡睡醒醒。樂善德醫師反覆檢查牠的心跳和體溫，然後記錄在病歷表上。後來，樂善德太太也跑到地下室來了。她問我和爸爸要不要喝點茶，吃塊蘋果蛋糕。於是我們就跟她到樓上去了。我可以放心到樓上去了，因為我知道叛徒已經平安無事。爸爸打電話告訴媽媽，說叛徒好像已經沒事了，我們等一下就可以回家。爸爸打電話的時候，我走進廚房隔壁那個小房間。房間裡有四座鳥籠從天花板上垂掛下來，另外還有一個小籠子，裡頭有一個很像跑步機的小裝置，一隻小倉鼠在上面跑個不停。其中兩座鳥籠是空的，不過，另外兩座分別關著一隻金絲雀和一隻小鸚鵡。那隻金絲雀忽然開始叫起來，那聲音是如此婉轉輕柔。接著，樂善德太太也走進來了，手上拿著一袋鳥飼料。

「要不要幫我餵鳥？」她問我。我說好。「不要餵太多，一點點就好。」她交代我。「牠們不太舒服，不過，很快就會好起來了。」

「那是誰家的鳥？」

「小鸚鵡是葛羅夫狄恩先生養的。金絲雀是茱迪斯哈波太太的。你看，那隻金絲雀好漂亮對不對？」

「哈波太太？妳是說哈波老師？」

「對，就是她。」樂善德太太忽然湊近金絲雀那個籠子，嘴裡發出嘖嘖嘖的聲音。樂善德太太平常說話的聲音很嘶啞，但此刻那種嘖嘖嘖的聲音聽起來很不一樣，感覺好輕柔。我把飼料倒進飼料槽裡，那隻金絲雀開始小心翼翼的啄食起來。「牠叫小鈴鐺。嗨，小鈴鐺，妳好可愛！」

老鐵肺竟然養了一隻名叫「小鈴鐺」的金絲雀。真難以想像。

「我最愛鳥。」樂善德太太說。「牠們跟人最親近，感覺好神聖，好純真。你看，那是我養的鳥。」樂善德太太伸手指向鋼琴。我看到琴台上擺了十二隻手繪的陶瓷鳥。「當年從荷蘭逃出來的時候，它們一直跟在我身邊。」她說。「從小到大，它們一直都是我最心愛的。」

「好漂亮。」

「噢，不只是漂亮！每次看到它們，腦海中就會浮現出往日的美好回憶：阿姆斯特丹，運河，每到春天那漫山遍野成千上萬的鬱金香。」說著她拿起一隻陶瓷知更鳥，伸出食指摸摸它鮮紅的胸口。「當年逃亡的時候，時間很倉促，趕著把它們塞進行李箱，不小心弄破了，破成碎片。但我後來又把它們一隻一隻重新拼湊黏起來，你看，仔細看你就會看到裂縫。」她拿給我看，但我幾乎看不到半點裂縫。看得出來她花了很大的功夫。「我好想念荷蘭。」她說。「好想念。」

「妳想過要回去嗎？」

「也許吧，總有一天。我和法蘭斯討論過這件事。我們甚至跟旅行社拿了旅遊手冊。只是……我們的過去就像一場噩夢……納粹，還有那些可怕的……」她忽然皺起眉頭，把那隻鳥放回琴台上，擺在蜂鳥和黃鸝鳥中間。「呃，有些東西一旦破了，並不是那麼容易就能夠補回去。」她說。

這時我聽到狗吠聲。是叛徒在吠，聲音聽起來好嘶啞，可是卻很有精神。那聲音是從通氣孔傳出來的，聽得出來是在地下室。接著我聽到樂善德醫師大叫了一聲：「湯姆！柯力！你們趕快下來看看。」

我們衝到地下室，看到樂善德醫師又在叛徒的肛門塞了一根溫度計幫牠量體溫。叛徒還在睡覺，身體一動也不動，但看得出來牠並沒有死。樂善德醫師在叛徒嘴巴的傷口上塗了藥膏，而且在牠身上插了兩根針，針的尾端有管子連接到兩個裝滿透明液體的玻璃瓶。「你們趕快來看看牠的體溫。」他說。「一個鐘頭的時間裡，我已經幫牠量了四次。」說著他又拿起筆記本，把溫度記下來。「這實在太匪夷所思！這輩子從來沒見過這種事！」

「怎麼了？」爸爸問。

「叛徒的體溫一直往下降，不過現在好像已經穩定下來了。可是，半個鐘頭前，我以為牠已經死了。」樂善德醫師把筆記本拿給爸爸看。「你自己看。」

「老天！」爸爸驚叫了一聲。「怎麼會這麼低？」

「沒錯，湯姆，攝氏十八度，這種體溫，沒有任何動物能夠存活……絕對不可能！」

我摸摸叛徒，發覺牠的身體冷冰冰的，身上的白毛摸起來又粗又硬。接著牠忽然轉頭，那隻沒受傷的眼睛盯著我，開始搖尾巴，但顯然搖得很費力。牠被扯裂的那半邊嘴巴露出牙齒，那表情彷彿在獰笑，看起來有點嚇人。接著牠忽然從兩排牙齒中間伸出舌頭，在我手掌上舔了一下。牠的舌頭感覺好冰冷。

但至少牠還活著。

我們把叛徒留在樂善德醫師家裡。接下來那幾天，樂善德醫師開始幫牠縫合裂開的嘴巴，幫牠打抗生素，並且打算切除牠那條被壓碎的腿。而也就在這個時候，他注意到那條腿開始萎縮，白毛漸漸脫落，露出死灰的皮肉，於是，樂善德醫師決定暫緩切除。他決定把那條萎縮的腿包紮起來，繼續觀察。就這樣，叛徒一直留在樂善德醫師家觀察治療，到了第四天，叛徒忽然咳嗽起來，吐出一團壞死的器官組織，大小跟人的拳頭差不多。樂善德醫師拿一個瓶子裝滿酒精，把那東西泡在裡面，然後拿給我和爸爸看。那是叛徒的肺。

而叛徒卻還活著。

每天下午放學後，我都會騎著火箭到樂善德醫師家看看叛徒。而每次到他家，我都會注意到他的表情越來越困惑。他會帶我去看叛徒，而我發現叛徒的身體狀況每次都有新的變化。有一次，叛徒又吐出了幾根骨頭。那一定是斷掉的肋骨。有一次，叛徒又掉了幾根牙齒。有一次，叛徒那顆灰白的眼球從眼眶裡掉出來。有一段時間，叛徒偶爾會吃一些肉醬，喝一點水。牠的籠子底下鋪了幾張舊報紙，而那些報紙都被鮮血浸濕了。可是過了一段時間，叛徒忽然不肯再吃東西，也不喝水，不管我怎麼慫恿牠，牠就是不吃不喝。牠老是窩在角落裡，用那隻僅剩的眼睛盯著我後方，而我實在猜不透牠到底在看什麼。牠常常保持那種姿勢一動也不動，一窩就是一整個鐘頭，甚至更久，那恍神的模樣彷彿在夢遊，或是睜大著眼睛在睡覺。有時候，我把手伸到牠面前，啪啪彈了幾下手指，可是牠卻毫無反應，然後過了好一會兒，牠才彷彿突然醒過來似的，伸出舌頭舔舔我的手，輕輕哼一聲。接下來，牠可能會睡著，渾身發抖，但也有時候又繼續陷入恍神狀態。

但至少牠還活著。

有一天下午，樂善德醫師忽然對我說：「柯力，你聽聽看牠的心跳。」於是我用他的聽診器聽了一下，結果，我聽到一種緩慢的咚咚聲，彷彿心臟跳得很吃力。叛徒的呼吸聲很嘶啞，聽起來很像那種廢棄的老房子的門，搖來搖去嘎嘎吱吱。牠的身體摸起來已經不再溫暖，但又不至於冷冰冰。後來，樂善德醫師找來一隻玩具老鼠，上緊發條，然後擺在叛徒面前。他放開手，那隻老鼠立刻竄出去，然後飛快向右轉。這時我還是繼續用聽診器聽著叛徒的心跳。叛徒懶洋洋的了搖了幾下尾巴。我注意到牠的心跳根本沒有變快，而是一直維持著那種緩慢的律動，慢慢的，慢慢的。那心跳聲聽起來很像一具引擎日以繼夜保持固定的轉速，無論車子突然加速或減速，輸出的動力永恆不變。那心跳聲聽起來就像一部機器在黑暗中運轉，感覺不到絲毫的生命氣息，感覺不到絲毫生命的喜悅。我愛叛徒，但我痛恨那種空洞死寂的心跳聲。

到了十月，天氣依然是暖烘烘的，有一天下午，我和樂善德醫師坐在陽光斜照的門廊上。樂善德太太烤了一個蘋果蛋糕，切了一片給我。於是，我就這樣坐在門廊上，一邊喝柳橙汁，一邊吃蛋糕。那天早上，天氣突然轉涼了，所以樂善德醫師身上穿的是一件藍毛衣，上面有金色的鈕釦。他坐在搖椅上，面對著遠處金黃燦爛的山嶺。他忽然對我說：「這已經不是我能理解的了。這輩子從來沒見過這種事。從來沒有。也許我應該把這件事記錄下來，寄給醫學期刊，只不過，我認為根本沒人會相信我。」說著他忽然兩手交疊，陽光照在他臉上。「柯力，叛徒已經死了。」

我愣愣的看著他，嘴唇上殘留著一圈黃黃的柳橙渣。

「牠已經死了。」他繼續說。「這件事，連我自己都搞不懂，你當然更沒辦法懂。叛徒不吃不喝，也沒有排便。牠體溫太低，根本不足以維持器官的正常運作。牠的心跳……像在打鼓一樣，保持固定的節拍，完全沒有變化。另外，我試過幫牠抽血做檢驗，很困難，幾乎抽不出血來，不過我還是勉強抽出了一點，結果發現，牠血液中全是毒素。牠的生命機能幾乎已經完全消失了，可是，牠卻還活著。柯力，你有辦法解釋這種現象嗎？」

可以。我心裡吶喊著。因為我向上帝禱告，求他趕走死神。

但我嘴裡沒說什麼。

「噢，實在太詭異，太離奇了，根本無法解釋。」他說。「我們都來自一個黑暗世界，而總有一天，我們最終都要回到那黑暗世界去。」他幾乎是在自言自語。他坐在搖椅上搖著搖著，兩手十指交纏。「人類是這樣，動物也一樣。」

我忽然很不喜歡他的想法，也很不想聽他說這些話。我很不願意去想到眼前的叛徒。牠越來越削瘦，一直掉毛，而且，牠不吃不喝，卻居然還活著。我很不願意去想這些。我很不喜歡聽叛徒那空洞的心跳聲。那聲音聽起來好像時鐘滴答滴答的聲音，在一棟空蕩蕩死氣沉沉的房子裡迴盪。我拚命想揮開這些思緒，於是我說：「聽我爸爸說，你曾經殺死過一個納粹士兵。」

「什麼？」他忽然瞪大眼睛看著我，一臉驚訝。

「你殺了一個納粹士兵。」我又說了一次。「在荷蘭的時候。我爸爸說，你和那個納粹士兵靠得好近，幾乎可以看到他的臉。」

樂善德醫師好一會兒沒吭聲。我記得爸爸交待過我，不要在樂善德醫師面前提到那些事，不要問東問西，因為參加過戰爭的男人都不喜歡提起殺人的事。只不過，「洛克中士」那類漫畫雜誌裡的戰爭英雄令我十分著迷。對我來說，戰爭就像是電視上那些精彩刺激的場面。

「對。」最後他終於說。「我跟他靠得很近。」

「老天！」我說。「你一定嚇壞了！我是說……要是我的話，我一定嚇死了。」

「噢，我確實嚇壞了。非常害怕。他衝進我家，手上拿著步槍。我手上拿著一把手槍。他很年輕，大概才十幾歲。金色的頭髮，藍眼睛，看起來就像那種愛出風頭的十幾歲的男生一樣。我朝他開了一槍，然後他就倒下去了。」樂善德醫師坐在椅子上搖著搖著。「我這輩子從來沒有開過槍。可是，滿街都是納粹士兵，他們衝進我家，所以，我別無選擇了，不是嗎？」

「你是英雄嗎？」我問。

他淡淡笑了一下，笑得很苦澀。「不是。我不是什麼英雄，我只是想活下去。」我注意到他的手忽然緊緊抓住椅子的扶手，然後又鬆開。他的手指短短的，很結實，感覺很有力。「我們都很怕納粹黨。他們就是所謂的閃電戰部隊，身上穿著土黃色的制服，納粹黨武裝親衛隊。一聽到這些字眼，我們就會心驚膽跳。不過，大戰結束之後，過了幾年，我遇見一個從前的納粹黨人。當年，他也是那群禽獸中的一員。」樂善德醫師忽然仰起頭，看著天上一群鳥飛向南方，漸漸消失在遠處的天際。「當時我才發現，原來他也只是個平凡人。他牙齒幾乎快掉光了，身上有一股怪味道，頭髮上全是頭皮屑。原來，他並不是當年我們想像中的超人，原來，他也只不過是個平平凡凡的人。我告訴他，一九四○年納粹入侵荷蘭的時候，我就在那裡。他說當時他不在荷蘭，不過，他還是求我們……原諒他。」

「你原諒他了嗎？」

「是的。雖然我很多親戚朋友都被納粹殺害了，雖然他也曾經是納粹的一份子，但我還是決定要原諒他，因為，他也只不過是個士兵，他只是奉命行事。你懂嗎，柯力，紀律是德國人的天性，就算叫他們上刀山下油鍋，他們還是一樣會服從命令。噢，也許我應該打爛他的臉，也許我應該朝他臉上吐口水咒罵他，也許我應該天涯海角追殺他，不殺了他絕不罷休，然而，我畢竟不是禽獸。過去的已經過去了，就算殺了他也改變不了過去的一切，不是嗎？」

「對。」

「好了，我們該去看看叛徒了。」然後他站起來，膝蓋發出嘎吱一聲。於是我跟在他後面走進屋子裡。

後來，有一天，樂善德醫師告訴我，他能做的都已經做了，叛徒已經不需要繼續待在他家了。他把叛徒交給我們，於是我們就把叛徒放在小貨車後面，載牠回家。

我愛我的狗。牠身上的白毛越來越少，露出底下死灰的皮膚。牠的頭疤痕累累，扭曲變形。他那條萎縮的腿包著繃帶，瘦得像竹竿。但儘管如此，我依然愛牠。媽媽不忍心看到牠，不敢靠近牠。至於爸爸呢，他偶爾會重提安樂死的事，但我根本不想聽。叛徒是我的狗，牠還活著。

牠不吃不喝，整天窩在狗欄裡，因為牠一條腿瘸了，幾乎沒辦法走路。牠瘦得皮包骨，一根根的肋骨幾乎可以數得出來，而且隔著薄薄的皮膚，我甚至看得到骨頭斷裂的邊緣。每天下午，當我放學回到家，牠會愣愣的看著我，搖幾下尾巴，然後，我會拍拍牠。可是，我必須坦白承認，每當我碰觸到牠的身體，我都會不由自主的起雞皮疙瘩。而牠總是失魂落魄的凝視著不知名的遠方，彷彿感覺不到我就在牠面前，彷彿根本看不到我。牠常常這樣失魂落魄了很久，然後才會回過神來。我那幾個死黨都說叛徒生病了，勸我應該讓牠安樂死。可是我會反問他們，要是有一天他們生病了，他們希不希望醫生讓他們安樂死？每次聽我這樣一說，他們就閉嘴了。

秋天到了，鬼魂也開始活躍了起來了。

萬聖節快到了，「五毛商店」的架子上開始擺滿了五花八門的萬聖節商品，有裝著鬼怪道具服和面具的紙盒，五彩繽紛的魔法棒，女巫帽，橡皮做的南瓜鬼頭，還有黑色的蜘蛛網，上面有蜘蛛。黃昏時刻，涼颼颼的風翻過沈寂靜肅的山嶺，你感覺得到風中瀰漫著鬼魅的氣息。那些鬼魂已經開始凝聚力量，準備迎接十月。如果你願意聆聽，說不定可以聽到他們在對你傾訴。由於我平常對怪物特別有興趣，所以我那幾個死黨和我爸媽都一致認定萬聖節一定是我最喜歡的節日。他們猜得沒錯，萬聖節確實是我最喜歡的節日，只不過，原因並不是他們所想像的那樣。他們以為我喜歡在衣櫥裡掛滿骷髏模型，他們以為我喜歡萬聖節晚上那些稀奇古怪的活動，他們以為我喜歡跑到山上那棟陰森森的房子，喜歡那些穿著白袍的幽靈。

他們錯了。當十月來臨，當萬聖節的腳步逐漸逼近，在那沈寂肅穆的風中，我感受到的並不是五毛商店裡那些陰森森的鬼怪氣息，而是一種巨大神祕的力量，一種無以形容的力量。那不是幽暗山谷的無頭騎士，不是月圓時刻嗥叫的狼人，不是笑容猙獰的吸血鬼。那是光明的力量，也是黑暗的力量，是正義的力量，也是邪惡的力量，純淨如天地萬物的元素，早在太古洪荒之初就已經存在。當我低頭看著床底下，我看到的並不是小精靈，而是來自黑夜世界的千軍萬馬，他們手執刀斧，衝破重重迷霧，準備掀起一場大戰。而我腦海中浮現出來的畫面，是那狂亂騷動的幽冥世界。當黎明來臨的時候，我聽到公雞的啼叫劃破了黑夜，成千上萬面目猙獰的幽靈立刻轉頭面向東方，露出憂傷忿恨的表情，開始一步步走回那瀰漫著腐朽氣息的墓穴。我看到一個男人的身影在晨曦中漸漸消散。他在思念逝去的情人，傷心欲絕。我看到一個孩子半透明的身影，還有一個身穿白衣的女人正在向一個陌生人哀求。她祈求的就只是一點點的善意。

萬聖節前夕，夜晚總是飄散著寒意。有一天晚上，我走到外面去看叛徒的時候，忽然看到有人站在狗欄前面。

叛徒兩條前腿撐在地上坐著，微微歪著頭，隔著鐵絲網牆愣愣的看著那個人影。看得出來那是一個小男孩的身影，他好像在跟叛徒說話。我聽到他細微的說話聲。這時候，剛剛被我推開的門忽然碰的一聲關上了，那小男孩嚇得跳起來，立刻拔腿就跑，有如驚弓之鳥似的飛快衝進樹林裡。「嘿！」我大叫一聲。「等一下！」

但他還是一直跑。他從滿地的落葉上踩過去，可是很奇怪的卻沒有發出半點聲響。他的身影很快就消失在樹林裡。

微風陣陣吹來，樹林隨風搖曳。叛徒在狗欄裡拖著那條萎縮的腿不停的繞圈子。牠伸出冷冰冰的舌頭舔舔我的手，我感覺到牠的鼻子冷得像冰塊。我坐到牠旁邊陪了牠一會兒。牠想舔舔我的臉頰，可是我卻不由自主的撇開頭，因為牠呼出來的氣有一股屍體的腐臭味。牠搖了幾下尾巴，輕輕哼了幾聲。

後來，我開始覺得冷了，於是就走進屋子裡，丟下牠獨自在外面。牠依然愣愣的盯著不知名的遠方。

那天晚上，不知道幾點的時候，我忽然醒過來，心裡很痛苦，因為我一直在想，剛剛我不肯讓叛徒舔我的臉。那種痛苦越來越強烈，越來越強烈，到最後會讓你無法承受。擺在眼前事實是：我不肯讓我的狗舔舔我的臉。不久之前，我向上帝禱告，祈求祂趕走死神，別讓死神帶走叛徒。然而，那是多麼自私的行為，因為此刻，我害我心愛的叛徒陷入生與死之間的渾沌世界，求生不能，求死不得。剛剛牠只是想舔舔我的臉頰，而我卻拒絕了牠。房間裡一片漆黑，我摸黑爬下床，穿上毛衣，然後走向後門。來到門口，我伸手去扳開關，準備打開門廊上的燈。就在這時候，我忽然聽到叛徒吠了一聲。我立刻停住動作。

如果有一隻狗已經跟了你很多年，那麼，你一定會很了解牠。不管牠有什麼舉動，你都會立刻明白牠想表達什麼。有時候，牠會伸長鼻子嗅一嗅，或是吠一聲，或是哀鳴一聲，或是抖一下耳朵，或是搖搖尾巴。不管牠做什麼，你都會立刻明白牠的意思。剛剛聽牠吠了那麼一聲，我立刻就明白牠很開心，很興奮。自從那天叛徒死裡逃生之後，我已經很久沒有聽到牠那種快樂的吠叫聲。

我慢慢伸出手肘，小心翼翼頂開後門。我站在黝黑的夜色中，隔著紗門仔細聆聽。我聽到咻咻的風聲，聽到疏疏落落的蟋蟀鳴叫。已經是夏末了，每年到了這個時候，絕大多數的蟋蟀都已經死去，只剩生命力最頑強的少數幾隻殘留至今。接著，我聽到叛徒又吠了一聲，很明顯聽得出來牠很開心。

接著，我聽到一個小男孩壓低聲音說：「你來當我的小狗狗好不好？」

那一剎那，我忽然感覺心臟一陣緊縮。感覺得出來他儘可能說得很小聲，好像怕驚動到別人。「我好希望你是我的小狗狗。」他說。「你好漂亮。」

從我站的位置，我看不見叛徒，也看不見那個小男孩。我聽到鐵絲網嘎吱嘎吱響，立刻就知道叛徒一定是站起來趴在圍欄上，腳趾塞在鐵絲網孔裡。從前，每次我到外面去找牠，牠也是同樣的反應。

那小男孩又開始悄悄跟叛徒說話，可是我聽不清楚他說些什麼。

不過，我已經知道他是誰了，而且，我也明白他為什麼會出現在這裡。

接著，我悄悄推開門，盡量不弄出聲音，但沒想到門的鉸鏈還是嘎吱了一聲。雖然那聲音並不大，聽起來跟蟋蟀的鳴叫聲差不多，但還是驚動到他們了。我一出門就看到那小男孩往樹林裡衝過去，銀白的月光照在他那頭金黃燦爛的卷髮上。

他只有八歲。他永遠都只有八歲。

「卡爾！」我喊了他一聲。「卡爾貝伍德！」

他就是住在我們這條街上那小男孩。他常常跑到我家來找叛徒玩，因為他媽媽不准他養狗。當年，他們家電線走火，釀成火災，他在睡夢中被活活燒死。如今，他已經安息在波特山上的一座墓碑底下，而那座墓碑上刻了一行字：「我們摯愛的孩子」。

「卡爾，不要怕！」我又大喊了一聲。

他回頭瞄了我一眼，我注意到他的臉變成一片模糊的慘白，眼中閃爍著晶瑩的月光，流露出畏懼的神色。然後，他消失了，還沒走到樹林就消失了。

叛徒開始拖著那條萎縮的腿，在狗欄裡繞圈圈，嗚嗚哀鳴。牠一直望著樹林的方向，我看得出來牠很眷戀那小男孩。我就站在狗欄門口，門閂就在我手邊。

牠是我的狗。我的狗。

這時後門廊上的燈忽然亮起來，我看到爸爸站在門廊上，睡眼惺忪。他問我：「柯力，你在叫什麼啊？」

我只好臨時編個藉口，說聽到有人在翻後院的垃圾桶。我不敢扯那隻猴子撒旦，因為十月中的時候，撒旦已經被人拿霰彈槍打了個稀爛。開槍的人是「爵士人」蓋布瑞爾傑克森，因為撒旦跑到他太太的南瓜田裡去亂搞。於是我說，可能是一隻老鼠。

隔天吃早餐的時候，我沒什麼胃口。中午，我帶了一個火腿三明治當午餐，結果放學回到家的時候，三明治還好端端的在我的午餐盒裡。吃晚飯的時候，我拿叉子翻攪盤子裡的牛排。結果媽媽忽然伸手摸摸我的額頭。「沒發燒嘛。」她說。「可是我看你好像生病了。你還好嗎？」

「還好吧。」我聳聳肩。

「你在學校裡沒怎麼樣吧？」爸爸問。

「沒事。」

「是不是布蘭林家那兩兄弟又找你麻煩了？」

「沒有。」

「不過，好像有什麼事讓你很煩？」媽媽問。

我忽然不吭聲了。他們的眼睛簡直就像是X光，一眼就可以看穿我。

「可以說給我們聽聽看嗎？」

「我……」我抬頭看著他們。廚房裡的燈光昏黃而溫暖，而窗外的大地是一望無際的黑暗，一陣風呼嘯著掃過屋簷。今夜，漫天烏雲遮蔽了月光。「我錯了。」我終於開口了，而且不由自主的流下眼淚。我告訴爸媽，當初我向上帝禱告，祈求祂趕走死神，不要讓死神帶走叛徒，但現在我後悔莫及。我錯了，因為叛徒實在傷得太重，本來是救不活的。我好希望當初沒有向上帝禱告。因為我太自私，而我的自私散發出一股邪惡的力量，導致叛徒陷入那種僵屍般的可怕狀態。我好希望叛徒永遠都是從前記憶中的模樣，雙眼永遠都是那麼炯炯有神，永遠那麼活潑機靈。我好希望。我真的好希望。然而，我錯了，我感到很羞愧。

爸爸的手轉動著桌上的咖啡杯，轉個不停。每次他碰到複雜的問題，就會開始轉咖啡杯，因為這種動作有助於他釐清腦海中的思緒。「我懂。」最後他終於開口了。聽到他說出那兩個字，我心頭忽然感到無比輕鬆。「我想，天底下沒有無法彌補的錯誤。只要你願意，永遠有機會。雖然，彌補錯誤，有時候是很艱難的，有時候會很痛苦，但無論如何你都必須盡力。」說到這裡，他凝視著我的眼睛。「該怎麼做，你自己應該明白吧？」

我點點頭。「把叛徒送回樂善德醫師那邊。」

「對。」爸爸說。

我們決定隔天就把叛徒送去。那天晚上臨睡前，我拿了一塊漢堡肉到外面去要給叛徒吃。對小狗來說，那可真是豐盛大餐。我真希望牠可以好好大吃一頓。然而，牠鼻子湊過來嗅了幾下，然後就轉頭看著樹林的方向，彷彿在期待誰來找牠。

我感覺得到，在牠心目中，我已經不再是牠的主人了。

一陣冷風從我們旁邊呼嘯而過。我坐到牠旁邊。叛徒喉嚨裡發出一聲輕輕的哀鳴。牠乖乖地讓我拍拍牠的頭，但卻顯得心不在焉。我還記得牠小時候的模樣，永遠精力充沛。從前，我有一顆黃色的小球，上面綁了一個小鈴鐺，每次我把那顆球丟出去給牠撿，牠都會興奮得又跳又叫。我還記得，從前我們常常比賽看誰跑得快，而牠永遠都是那麼充滿紳士風度，每次都故意讓我贏。我還記得，每到夏日的第一天，我們總是一起在天上飛，在連綿的山嶺上盤旋。雖然那只是我的想像，但感覺卻是如此真切，比真實的世界更真實。我忍不住掉下眼淚。其實，不只是掉下眼淚，我哭得很傷心。

接著我站起來，轉身面向樹林大喊了一聲：「卡爾，你在那裡嗎？」

他沒吭聲。他當然不會回答我，因為他從前一直都是個害羞的小男孩。

「卡爾，我把叛徒送給你好不好？」我大聲問。

他還是沒回答，不過我知道他在那裡。我感覺得到。

「卡爾，你過來帶牠走好不好？我不忍心看牠那麼孤單。」

他還是靜悄悄的沒有半點聲息，靜靜聽我說話。

「牠喜歡人家搔牠的耳朵。」我又繼續大喊。「卡爾，現在你身上已經沒有燒傷的痕跡了，對不對？叛徒……叛徒也會跟你一樣恢復到像從前那樣嗎？」

樹林裡依然靜悄悄的，只聽到風聲呼號。只有風聲。

「我要進去了。」我說。「我不會再出來了。」我轉頭看了叛徒一眼。牠依然目不轉睛的盯著樹林，尾巴搖個不停。我走進屋子裡，關上門，然後關掉後門廊上的燈。

到了凌晨，我忽然聽到叛徒那充滿歡欣的叫聲，立刻驚醒過來。我心裡明白，要是此刻我走到後門外，一定會看到什麼景象。我決定不去打擾他們。我必須讓他們有機會單獨相處，有時間好好熟悉對方。於是，我翻了個身，漸漸又睡著了。

第二天下午，爸爸送我和叛徒到樂善德醫師家。然後，他們兩個走到外面去，讓我和叛徒單獨在房間裡，讓我有機會和牠說再見。牠伸出冷冰冰的舌頭在我臉上舔了一下。我拍拍牠那扭曲變形的頭，輕輕摸了牠幾下。時候到了。樂善德醫師已經把病歷表準備好了，爸爸手上拿著筆要遞給我，要我做出最後的決定。

「爸爸？」我問他。「叛徒是我的狗，對不對？」

爸爸明白我心裡在想什麼。「是的，他當然是你的狗。」說著，他把筆遞給我。

我在那張代號３４３２的病歷表上簽上我的名字，然後交給樂善德醫師。不久，回到家之後，我在叛徒的狗欄裡繞了幾圈，忽然感覺那裡真的好小。

然後，我走出狗欄，沒有把門關上。

6 車上的幽靈

快到十月底的時候，爸爸買了一個鐵絲網籃裝在火箭上。起初我還覺得很酷，後來我才明白爸爸是要我幫媽媽送東西。差不多就在那陣子，媽媽在教會的佈告欄上貼了一張手寫的廣告單，上面說她要開始販賣餡餅和蛋糕餅乾之類的東西。沒多久，達樂先生的理髮廳裡也出現了同樣的廣告單。有人開始打電話來訂購，沒多久，媽媽開始整天埋頭在盆子裡攪麵粉，廚房裡到處都是堆積如山的蛋殼和砂糖盒。

後來我才明白，媽媽之所以會做這件事，是因為牧場縮減了爸爸的工時，家裡的經濟狀況越來越拮据了，只是當時他們一直瞞著我。綠茵牧場縮減了爸爸的工作量。牧場的老客戶不再訂牛奶，因為聯合鎮新開了一家超級市場。那家超市叫做「巨霸超市」，開幕那天，他們甚至還請來亞當谷高中的樂隊到現場演奏進行曲。「巨霸超市」真的就像巨無霸一樣，足以一口吞掉小小的「五毛商場」，有如大鯨魚吞掉小蝦米。超市規模龐大，劃分成無數個區域，日用百貨一應俱全，光是牛奶就占了一整個走道，而且都是塑膠瓶裝，不需要清洗回收。正因為巨霸超市牛奶存貨量驚人，能夠低價促銷，把綠茵牧場打得毫無招架之力。結果，爸爸送牛奶的工作量越來越少。超市裡的陳設漂亮又乾淨，甚至還有冷氣，而且牛奶都是塑膠瓶裝的，喝完就可以丟掉，大家都覺得很新奇。另外，巨霸超市營業到晚上八點，這真是聞所未聞。

在火箭身上裝上一個籃子，就像在賽馬身上裝上郵袋一樣，但我還是乖乖執行我的任務，每天下午把媽媽做的餡餅和蛋糕送到顧客家裡。有時候，火箭會顯得有點難以駕馭，彷彿在抗拒，不過，車上餡餅蛋糕倒是從來沒掉過。

不久之前，樂善德醫師夫婦對叛徒十分照顧，為了表達感激，媽媽決定做一個最受顧客歡迎的南瓜餡餅送給他們。她把餡餅放在一個盒子裡，用繩子綁好，然後放在火箭的籃子裡。然後，我就騎著火箭一路奔向樂善德醫師家。半路上，我遇見戈薩和戈寇。他們還是騎著那兩輛黑色的腳踏車。戈薩一看到我，立刻微微揚起下巴。至於戈寇呢，他身上的傷還沒好，還纏著繃帶。一看到我，他立刻猛踩腳踏車，一溜煙跑得不見蹤影。後來，我終於來到樂善德醫師家，走到後門去敲門。沒多久，樂善德太太就開門了。

「媽媽烤了一個餡餅要送給樂善德醫師。」說著我把盒子遞給她。「是南瓜餡餅。」

「噢，她真是太客氣了。」她把盒子接過去，然後舉到鼻頭嗅了幾下。「唉啊。」她忽然驚叫了一聲。「餡餅裡是不是放了奶油？」

「應該是脫脂牛奶吧。」我猜得到，因為廚房裡到處都是牛奶罐。「這是媽媽今天早上做的。」

「真謝謝你媽媽，柯力，只可惜我們沒福氣嚐嚐你媽媽的手藝。我和樂善德醫師對乳製品都會過敏。」她說。「我們就是因為這樣認識的。當年在荷蘭鹿特丹，我們同一天在醫院碰面，全身紅腫。」

「噢，老天。呃，那妳送給別人吃好了，我媽媽烤的餡餅很好吃的。」

「我相信一定很好吃。」她說。「可是我們家裡最好不要有餡餅這種東西，因為法蘭斯簡直就像老鼠一樣，常常三更半夜在屋子裡東翻西翻找吃的。他很愛吃甜食，要是這餡餅讓他發現了，要不了兩天，他就會全身紅腫發癢，就像起麻疹一樣，連衣服都沒辦法穿。所以，最好還是不要讓法蘭斯看到這東西，否則他恐怕會跟莫倫泰克斯特一樣，全身光溜溜在路上走，懂嗎？」

想像到那個畫面，我不由得大笑起來。「知道了。」於是我又把餡餅拿回來。「那我請媽媽幫你做點別的東西好了。」

「不用這麼客氣。你們的心意我已經很感激了。」

我轉身走到門口，走到一半忽然想到一件事，於是立刻停下腳步。我有點猶豫，不知道該不該跟她提。

「怎麼了？還有什麼事嗎？」樂善德太太問我。

「我可以去找醫師嗎？我想跟他說幾句話。」

「他還在睡覺。他昨天晚上整夜沒睡，聽收音機的廣播。」

「收音機廣播？」

「對，他有一台短波收音機。有時候他會整晚不睡，聽外國的廣播聽到天亮。如果你有什麼事要跟他說，我可以幫你轉告。」

「呃……那我晚一點再跟他說好了。」其實我只是想問他下午有沒有什麼事我可以幫得上忙。自從看過樂善德醫師幫動物治病之後，我忽然覺得當獸醫很了不起。長大以後，我除了當作家之外，還是可以兼任獸醫。對這個世界來說，獸醫是很重要的，就像送奶員一樣重要。

「我下次再來好了。」我說，然後就把南瓜餡餅放回火箭的籃子裡，跳上車騎回家。

我騎得很慢。我感覺到火箭似乎有點緊張，不過我認為它只是有點不高興，因為身上被掛了個籃子，彷彿獵狗身上被拴了條鐵鍊。太陽照在身上暖烘烘的，遠處連綿的山丘一片燦爛金黃。大概再過一個禮拜，漫山遍野的樹葉就會變成深棕色，然後紛紛墜落，這樣的季節，就連幽暗的陰影都會散發出一種無與倫比的美。每到這樣的午後，你一定會不由自主的放慢步伐，好好品味眼前的景致，因為你心裡明白，這樣的美稍縱即逝，很快就會消失。

接著我腦海中忽然浮現出一幅畫面：樂善德醫師像莫倫泰克斯特一樣，光著身子在街上走來走去。想到這個，我不由得笑起來。那一定很壯觀，不是嗎？我聽說過各種各樣的過敏症狀，有人對草類過敏，有人對貓狗過敏，對豚草過敏，對煙草過敏，對蒲公英過敏。我外公對馬過敏。每次一靠近馬，他就會打噴嚏打個不停，到最後幾乎連站都站不住。就是因為這樣，每年十月，巡迴馬戲團到我們鎮上的時候，他都不敢去。聽奶奶說，我爺爺傑伯對工作過敏。我想，天底下無奇不有，不管什麼東西都有人會過敏，搞不好有人曬太陽都會過敏。真難以想像，樂善德醫師夫妻兩人都不能吃冰淇淋，不能吃香蕉布丁，不能喝香草牛奶，對我來說，這簡直無法想像！換成是我，吃不到這些東西，我鐵定會發瘋——

這時我忽然想到莫倫。

那天，莫倫站在火車模型前面說了幾句話。

你知道我有什麼看法嗎？

我還記得那天，莫倫關了燈，房間裡一片漆黑，只剩下那些模型小房子的窗戶透出燈光。

如果你查得出我們鎮上誰是夜貓子，而且不喝牛奶，那麼，你就逮到兇手了。

我忽然猛拉煞車把手，這突如其來的動作似乎把火箭嚇了一跳。車子猛然停住。

我忽然想到樂善德太太剛剛說，他昨天晚上整夜沒睡，聽收音機的廣播。

我用力嚥了一口唾液，感覺自己的喉嚨彷彿被石頭哽住了。

有時候他會整晚不睡，聽外國的廣播聽到天亮。

「噢，老天！」我暗暗驚呼。「噢，不會吧，不可能是樂善德醫——」

這時忽然有輛車停到我旁邊，停得好近，幾乎擦到我的腿，然後拐了個彎堵住我的去路。那是一輛深藍色的低底盤跑車，右前側被撞凹了一大片，上面有一條條的銹痕，形狀看起來很像毒葛藤葉。後照鏡上吊著一隻兔子，底下還有一個方塊。引擎蓋底下發出低沈的隆隆聲，整輛車都在震動，彷彿潛藏著巨大的力量。「喂，小鬼！」開車的人搖下車窗吼了我一聲。方向盤上覆蓋著藍色的毛皮。「你不就是麥肯遜家那臭小子嗎！」

他的聲音聽起來有點含糊不清，瞇著眼睛，眼球上佈滿血絲。他就是唐尼布萊洛克，看起來似乎已經爛醉如泥。他滿臉坑坑洞洞，像凹凸不平的岩壁，塗著髮油的頭髮捲曲凌亂，看起來油膩膩髒兮兮。「我還記得。」他說。「在希姆家看到的就是你這個臭小子！」

我感覺到火箭突然震動起來，然後往前一竄，往那輛車撞了一下，彷彿小蝦米在挑戰大鯨魚。

「臭小子，到處亂跑，連不該看的東西你也看到了！」唐尼又繼續說。「搞得我們很麻煩！就是你對不對？」

「不是我。」我趕緊說。火箭往後退了一下，然後又往前一竄，朝那輛車再撞了一下。

「噢，就是你！臭小子，大砲一直在找你，他很想親眼看看你。他有很多話要告訴你，然後把你的臭眼睛挖出來，撕爛你那張大嘴巴！上車！」

我心臟怦怦狂跳，越跳越劇烈，感覺自己的胸膛彷彿快要炸開了。

「你耳朵聾了嗎？沒聽到我叫你上車嗎？上車！」說著他忽然抬起右手。

他手上有一把槍，槍口對準我。

這時火箭又撞了車子一下。火箭曾經把我從戈寇的魔掌下救出來。可是這次，面對這個卑鄙下流的惡棍，面對槍口，火箭已經救不了我了。

「再兩秒鐘，我就開槍打爛你腦袋。」唐尼惡狠狠的說。

我嚇得半死。那根槍管看起來簡直就像大砲一樣，我已經徹底屈服了。我丟下火箭，爬上車子，腦海中忽然浮現出媽媽的影像。我彷彿聽到她在慘叫。然而，我還有選擇的餘地嗎？「走，我帶你去兜風。」說著唐尼忽然彎腰伸長了身子，手從我面前伸過去，關上我這邊的車門。他渾身汗臭味，酒氣沖天，那一剎那，我被他燻得差點窒息。接著他踩下油門，車子發出一陣隆隆怒吼，忽然衝上路邊的護欄，然後才又轉回到車道上。我回頭看了火箭一眼，看著它很快就變成一個小小的黑影。車子的後擋風玻璃上吊著一個塑膠玩偶。那是一個搖呼拉圈的夏威夷女郎。「你給我乖乖坐好，不要亂動！」唐尼又吼了我一聲，我嚇得動都不敢動，因為他手上有槍。接著，唐尼又猛踩油門，引擎發出一陣驚天動地的怒吼，然後車子就沿著商店街風馳電掣，然後轉了個彎衝向石像橋。

「我們要去哪裡？」我鼓起勇氣問他。

「你等著瞧吧。」

車速錶上的指針已經攀升到時速一百公里。沒多久，車子已經過了石像橋，引擎一路隆隆怒吼。沒多久，車子開到一處彎道，車速竟然高達一百二十公里。沿著那條路往前開，就會從薩克森湖旁邊經過。我用力抓緊扶手，可是唐尼卻放聲狂笑。底板上有一個空酒瓶在我腳邊滾來滾去，車裡彌漫著一股劣質威士忌的刺鼻酒氣，燻得我淚眼迷濛。

馬路兩邊的樹林在車窗外向後飛逝，形成一片模模糊糊的黃。車子的後輪在蜿蜒的路面上摩擦，發出刺耳的吱吱聲。「我還真他媽的生龍活虎！」唐尼大吼大叫。也許他真的是生龍活虎，只不過和鬼門關只有一線之隔。他眼窩深陷，滿臉鬍渣，全身衣服縐巴巴髒兮兮，彷彿在豬圈裡睡了三天三夜。仔細想想，說不定他真的窩在豬圈裡喝酒喝了三天三夜。「終於被我逮到了！」車窗外風聲呼嘯，他放開嗓門大吼。「我一直跟在你後面！怎麼樣，我唐尼布萊洛克很厲害吧？我神不知鬼不覺的盯上你，終於逮到你這兔崽子！」他的背整個弓起來，那種怪異的姿勢看得我目瞪口呆。「那死胖子竟敢說我笨！我要讓他瞧瞧，在布萊洛克家，誰才是真正的聰明人！」

他手上有槍，他開著一部綽號「大隻佬」的跑車，他是天字第一號的酒鬼。要是這樣就算是聰明人，那麼，我們這位唐尼簡直就是哥白尼、達文西和愛因斯坦三個人的結合體。

後來，車子風馳電掣的經過薩克森湖，經過那一片紅岩平台。就在這時候，唐尼忽然大叫了一聲：「哇！慢點慢點大隻佬！」說著他立刻猛踩煞車，車速稍微慢下來了一點，但還是很快，而他卻忽然猛打方向盤，車子飛快衝出十號公路，向右轉上那條樹林間的泥巴路，差點撞上旁邊的樹。接著，他又繼續猛踩油門，往前開了大概五十公尺，那條路就到了底，眼前出現一棟白色的小房子。那棟房子門廊外面圍著紗網，我一眼就認出那是什麼地方了。那輛紅色的野馬跑車還停在那座綠色的塑膠遮雨棚下面，不過那輛銹痕累累的凱迪拉克卻不見了。門前那座玫瑰花園還是跟我印象中一樣，沒半朵花，可是卻長滿了刺。

「哇！」唐尼大吼了一聲，大隻佬很快就停在葛蕾絲小姐家門口。

老天，救救我！我心裡吶喊著。他到底想幹什麼？

他跳下車，手上抓著那把槍，槍口對著我。「你最好乖乖坐在這裡等我回來！要不然，我一定不會放過你，我一定會宰了你！聽懂了嗎？」

我趕緊點點頭。聽達樂先生說，唐尼布萊洛克殺過一個人，而我相信，他會毫不猶豫的再次殺人，所以我只好乖乖聽話，坐著動也不敢動。唐尼搖搖晃晃走到門口，開始猛敲門。接著我聽到屋子裡有人大叫了一聲，然後唐尼就用力踹開門衝進去大喊：「她人呢？他媽的那臭婊子呢？」

我楞住了，嚇得六神無主，但那一剎那，不知道為什麼我卻突然想到樂善德醫師。薩克森湖底那個人，不可能是樂善德醫師殺的。一定是唐尼布萊洛克幹的。達樂先生告訴過我，他聽班恩的爸爸說，那是唐尼布萊洛克幹的，不是樂善德醫師。

衝進屋子裡不到半分鐘，唐尼很快又跑出來了，而且還揪住一個女孩子的頭髮拖著她走出來。她拚命掙扎，大聲咒罵。

那女孩子就是萊妮。那天我和爸爸第一次遇見她的時候，她還朝我吐舌頭做鬼臉。

「妳給我上車！」唐尼又大吼了一聲，拖著她走過庭院。她穿著一件粉紅色的露背背心和一條紫色的熱褲，腳上穿著銀色的鞋子，其中一隻鞋子在掙扎的時候鬆脫了。「上車！快點！」

「王八蛋！你放手！你放手！」

這時滿頭紅髮身材壯碩的葛蕾絲小姐忽然從門口衝出來。她穿著白毛衣和藍色的牛仔褲。那條牛仔褲大得像布袋。她怒氣沖沖，眼睛彷彿快噴出火來，手上抓著一把炒鍋。她舉起鍋子，用力打在唐尼頭上。

碰！他忽然朝她開了一槍。

葛蕾絲小姐慘叫一聲，伸手捂住肩膀。她那件白毛衣上綻出一片鮮紅，彷彿開出一朵玫瑰。她立刻跪倒在地上，嘴裡哭喊著：「王八蛋，你敢開槍打我？王八蛋！」這時又有兩個女孩子衝出來了。她們都是黑頭髮，只不過一個胖一個瘦。她們衝到葛蕾絲小姐身邊跪下來。接著，另一個金頭髮的女孩子站在門口大喊：「我要打電話叫警長了！我要叫警察了！」

「臭婊子！」唐尼邊咒罵邊走向車子。「警長早就被我們收買了！」他拉開車門把萊妮推上車。萊妮倒在我身上，拳打腳踢拚命掙扎，我趕緊爬到後座。「妳還鬧！」說著他忽然用力甩了她一巴掌，甩得她整個頭往後扭，面向著我。她的臉好漂亮，但表情很兇悍，而且因痛苦而扭曲，嘴角滲出鮮血。「妳敢再鬧，我就打死妳！」唐尼恐嚇她。接著他繞到車子的另一邊，坐上駕駛座。沒多久，引擎立刻發出一陣隆隆怒吼。這時候，我擺出姿勢準備要跳下車，但唐尼從後照鏡注意到我的舉動，立刻舉槍對準我的頭。我趕緊低頭避開，要不然萬一槍突然走火，我恐怕真的會長出翅膀。「你們兩個！乖乖給我坐好！」唐尼大吼了一聲，然後猛然一個急轉彎，衝上十號公路。

「你瘋了！」萊妮手捂著嘴巴，氣得大罵。「放我們走！」

「少廢話！」

「你膽子太大了！葛蕾絲小姐會——」

「會怎麼樣？我真該一槍打爛她腦袋！」

萊妮伸手去抓門把，但車子上了十號公路之後，唐尼開始猛加速，輪胎摩擦路面發出刺耳的吱吱聲，一路朝奇風鎮狂奔。萊妮緊緊抓著門把，但車速已經達到九十公里。

「跳啊！」唐尼笑得很猙獰。「有種就跳啊！」

她終於放開門把。

「我一定會叫警察來抓你！我對天發誓！」

「想也知道。」他越笑越猙獰。「只可惜，警察不會甩妳這種貨色。」

「你這個酒鬼！神經病！」她轉頭看我一眼。「你抓這個小孩幹什麼？」

「那是我家的事！夠了，妳可以閉嘴了。」

「你會下地獄。」她朝他吐了一口唾液，但他卻一直笑。

車子又越過石像橋，從火箭旁邊經過。我注意到有一隻烏鴉停在火箭的把手上，拚命想把南瓜餡餅盒啄開。那真是一種侮辱！車子以每小時一百公里的速度飛快穿過奇風鎮，路上的落葉被車尾的廢氣掃得滿天飛。過了一會兒，車子忽然向右轉，轉上十六號公路，一路翻過山嶺，奔向聯合鎮。

「你綁架他！」萊妮還是氣呼呼的。「就是這樣！你竟敢綁架小孩子！警察會吊死你！」

「管他去死！反正妳被我逮到了。我目的已經達到了。」

「你纏著我幹什麼？我不想看到你！」

他忽然伸手抓住她的下巴用力一掐，這一分神，車子開始在路面上左右游移。我看到路邊的樹林逐漸逼近，嚇得我喘不過氣來。過了一會兒，唐尼才又抓穩方向盤，車子終於又回到車道上，開在路中央的分隔線上。「妳敢再說一次試試看！妳敢再說一次試試看！我會讓妳後悔一輩子！」

「你嚇到我了！」她拚命想掙脫他的手，但他抓得好緊。

「我不會傷害妳的，萊妮。妳應該明白。」他終於放開手，但她的下巴已經紅了一片。

「我不是你的女朋友！我老早就跟你說得很清楚了，我不想跟你，或是跟你們家的兄弟有半點瓜葛！」

「妳拿了我們家的錢，不是嗎？妳一上了賭桌就生龍活虎，不是嗎？」

「那是我的工作！」她說話的口氣透出一絲驕傲。「我根本就不愛你，你搞不清楚嗎？我甚至一點都不喜歡你！我這輩子只愛一個人，可惜他已經死了，上天堂了。」

「上天堂！」他口氣充滿嘲弄。「他老早就下地獄了。」從後照鏡裡，我看到他眼中閃過一絲怪異的光芒，瞇起眼睛。「咦，他媽的那是什麼東西？」他嘴裡嘀咕了一聲。

我回頭一看，看到一輛車跟在我們後面，越開越快。

那輛車子是黑色的，黑得像煤炭。

「不可能！」唐尼猛搖了幾下頭。「噢，不可能。我應該沒有醉到那種程度！」

萊妮也回頭看了一眼。她下唇已經腫起來了。「什麼東西？」

「妳沒看到那輛車嗎？」

「什麼車？」

她那雙棕色的漂亮眼睛露出茫然的神色。不過，我倒是看到了那輛車，看得清清楚楚。唐尼也看到了。

車子又開始在路面上左右游移，我感覺得到他很緊張。顯然，他也看到那輛車了。那輛黑車在我們後面猛追，越開越快，逐漸逼近。沒多久，我已經看得到引擎蓋上的火焰圖案，看得到擋風玻璃裡那個模糊的人影。他似乎弓著身體湊向前，彷彿急著想追上我們。

「見鬼了！」唐尼方向盤抓得好緊，指關節都泛青了。「我可能發瘋了！」

「你現在才知道自己瘋了？綁架我已經夠嚴重了，結果你還開槍打傷了葛蕾絲小姐！萬一她死了，會有什麼後果？」

「妳閉嘴！」唐尼額頭上開始冒出汗珠。他眼睛不斷上下瞄來瞄去，一下瞄瞄後視鏡，一下瞄瞄前面的馬路。車子經過一個彎道的時候，那輛黑車忽然不見了，但沒多久，我看到它又從彎道的陰影中竄出來，緊追在後。它就是午夜夢娜。陽光照在黑漆漆的引擎蓋上，照在黝黑的擋風玻璃上，可是光線卻顯得很黯淡。我們的車時速已經高達一百一十公里，而午夜夢娜的速度必定超過每小時一百四十公里。

「他就是在這裡出事的！」窗外呼嘯的風掃過她的臉，她的頭髮隨風飄揚，表情顯得好落寞，好憔悴。

「我最愛的人就是在這裡出事的！」

她指的地方是一大片雜草和茂密的灌木叢，不過，其中有兩棵並排的枯樹看起來特別顯眼。那兩棵樹都燒得焦黑，而且上面有很深的刮痕，樹枝交纏，彷彿相擁而死。

我看著她那一頭金髮，忽然想起一件事。

我忽然想到，很久以前，在飛輪露天冰店的停車場，我常常看到一個女孩子老是跟在史蒂夫克雷身邊。

「小心！」萊妮忽然驚叫了一聲，然後趕緊抓住方向盤。原來有一輛貨櫃車正翻過前方的坡頂朝我們迎面衝過來。從我們的擋風玻璃看出去，貨櫃車的水箱罩彷彿一排雪白的森然利齒。唐尼一直盯著後照鏡，看著裡頭的午夜夢娜越來越近，越來越大，根本沒去留意前面的馬路。那一剎那，他猛打方向盤，於是那輛貨櫃車的巨輪從我們旁邊呼嘯而過，而且司機很不高興的猛按了幾下喇叭。我猛一回頭，正好看到午夜夢娜的車身彷彿鑽進了那輛貨櫃車，然後又從貨櫃車的後輪冒出來，繼續朝我們逼近，而貨櫃車越跑越遠，漸漸消失。唐尼沒機會看到這種不可思議的景象，因為他忙著抓緊方向盤。「好險！」萊妮驚呼了一聲，然後又轉頭看了後面一眼，但我注意到她還是看不到午夜夢娜。

不過我心裡明白，而唐尼也心裡有數：「小個子」史蒂夫克雷來救他的女朋友了。

「看樣子，他是想跟我玩遊戲囉？好，那我就奉陪！」唐尼大喊了一聲，腳用力一踩，把油門踩到底，引擎發出一陣驚天動地的怒吼，整輛車都震動起來，某些沒鎖緊的零件開始叮噹作響。「他永遠追不上我！永遠追不上！」

「別開那麼快！慢一點！」萊妮哀求他。她眼中露出恐懼的神色。「你會害死我們！」

但午夜夢娜已經追上來了，速度越來越快，黑壓壓的車身懸浮在半空中，乍看之下很像一架噴射戰鬥機，駕駛座上只看到一團黑影。唐尼咬牙切齒，滿頭大汗，車子在蜿蜒的公路上急速奔馳，輪胎吱吱聲作響，險象環生。車子裡迴蕩著引擎的怒吼，迴盪著呼嘯的風聲，還有萊妮的哭叫聲。她一次又一次哀求唐尼開慢一點。不過，除了這些聲音之外，我也聽到了午夜夢娜的聲音。

「來呀，臭小子！」唐尼忿忿咒罵。「上次你死在我手上！我還可以讓你再死一次！」

「你瘋了！」萊妮整人蜷曲成一團窩在座椅上。「我不想死！」

每次車子高速轉彎的時候，我的身體也隨著車身左右搖晃撞來撞去。唐尼全身緊繃，使盡全力緊抓著方向盤。我緊張得喘不過氣來，但很奇怪的腦海裡卻很清醒。我身體左右猛烈搖晃，撞得七暈八素，但我卻想通了一件事：「小個子」史蒂夫克雷是唐尼布萊洛克殺的。我想像得到當時的經過：去年十月，有一天晚上，這條路上出現兩部車。一部是藍色跑車，一部是黑色跑車。兩部車在賽車，急速狂奔，排氣管噴出火焰。很可能當時兩部車並排前進，就像「賓漢」電影裡的場景一樣，兩部馬車並排前進。當時，可能是唐尼忽然開車去擦撞史蒂夫，後輪的輪弧蓋撞上了史蒂夫的車，也可能是史蒂夫的車忽然失控，或是爆胎。總之，午夜夢娜凌空飛起，宛如一隻黑色的蝴蝶飛掠過月光燦爛的夜空，然後墜落地面炸成一團火球。我彷彿聽得到當時唐尼放聲狂笑，然後開車揚長而去，丟下草地上那堆熊熊燃燒的鋼鐵殘骸。

事實上，此刻我就聽到他那猙獰的狂笑。

「我會再殺你一次！我會再殺你一次！」他嘶吼著，眼中露出瘋狂潰散的神色，油亮捲曲的頭髮被風掃得往後豎，乍看之下有如蛇髮女妖梅杜莎頭上那一條條的小蛇。明顯看得出來，他已經瀕臨崩潰邊緣。

接著他忽然猛踩煞車，萊妮嚇得尖叫起來，我也尖叫起來，而車子的輪胎則是發出尖銳刺耳的吱吱聲。午夜夢娜已經追到我們後面兩公尺的地方，越來越逼近，然後，他的車頭撞上我們了。

接著，我看到午夜夢娜黑漆漆的車頭從後座的椅背鑽出來，那火焰圖案就在我眼前了。我看得目瞪口呆，眼球幾乎快從眼眶裡跳出來。接著，就像一幕幕電影慢動作的畫面，午夜夢娜整輛車已經在我們車子裡了。我聞到一股熱乎乎的汽油味，燒焦的金屬味，香煙味，還有古龍水的香味。那短短的那一剎那，我看到一個黑頭髮的年輕人在我旁邊。他的眼睛像海水一樣湛藍，兩手緊緊抓著方向盤，嘴上叼著一根雪茄。他的臉很帥氣，輪廓很深，下巴尖尖的。我嚇得渾身汗毛直豎。

午夜夢娜穿過我們的車，穿越前座，穿越車頭引擎的部位。當時，史蒂夫甚至還伸出手在萊妮臉上輕輕摸了一下。我注意到她眨了眨眼睛，臉色發白，似乎嚇了一跳。至於唐尼，他整個人縮成一團，嚇得尖聲怪叫。午夜夢娜穿越我們車子的時候，萊妮根本感覺不到，可是唐尼卻嚇得左右亂轉方向盤，車子幾乎失控。接著，午夜夢娜從車子的前保險桿鑽出去，脫離了我們的車子，我看得到它的尾燈像兩顆發亮的紅鑽石，排氣管冒出廢氣噴在唐尼臉上。這時候，唐尼的車子忽然失控，開始像陀螺一樣打滑旋轉，發出尖銳刺耳的煞車聲和輪胎摩擦聲。

接著我感覺到車子震了一下，聽到碰的一聲，整個人飛起來撞上前座的椅背，感覺全身彷彿被一片看不見的鐵網壓住。「老天！」我聽到唐尼驚叫了一聲，而且這次他是真的嚇壞了。車子的擋風玻璃破成碎片，車身旁邊好像被什麼東西撞了一下，接著車子撞進矮樹叢，撞斷了許多枝葉，一陣窸窸窣窣，然後車頭撞進了那堆紅土路邊坡。

「啊啊啊啊！」唐尼痛得慘叫起來，聽起來很像小狗被車子壓斷腿的哀嚎聲。我感覺到嘴裡有血腥味，感覺鼻子彷彿被擠扁了。我注意到唐尼驚慌失措的轉頭看看四周，兩鬢的頭髮都變成了灰色。「他被我殺了！」他嘶啞著嗓子尖聲大叫。「那王八蛋被我宰了！午夜夢娜被火燒爛了！你們看，燒爛了！」

萊妮瞪大眼睛看著他，眼神有點渙散，額頭上腫了一大塊。「你說……他是被你殺的……」

「他被我宰了！他被我宰了！他車子飛起來撞到路邊！砰！撞爛了！砰！」唐尼又開始狂笑起來，然後開始鑽出車子。他沒有開車門，而是直接從窗口鑽出去。他整張臉都腫起來，而且滿頭大汗，眼中透出瘋狂潰散的神色。接著，他開始搖搖晃晃的繞圈圈，我注意到他褲襠尿濕了。「爸爸！」他淒厲的嘶吼著。「救命呀，爸爸！」然後他開始爬上路邊坡，朝樹林的方向爬過去，邊爬邊啜泣。

這時我聽到喀嚓一聲。

我看到萊妮已經把車子地板上那把槍撿起來拿在手上，槍上的撞針已經拉到後面。她舉槍瞄準眼前那個惡棍。他走起路來搖搖晃晃，邊走邊哭著喊爸爸。

她的手在發抖。我注意到她手指已經開始扣扳機了。

「不要！」我勸她。

但她終究還是扣下了扳機。

不過她手上的槍卻偏移了位置。槍響了，可是子彈卻打在那堆紅土上。她又連開了好幾槍，大概有四槍吧。只見那堆紅土上濺起了一團團的泥沙。

唐尼布萊洛克快步走向那片滿是黃葉的樹林。進了樹林之後，他被樹枝絆到了好幾次，結果他掙扎的時候，襯衫背後都被扯破了，但我們卻聽到他又哭又笑。過了好一會兒，他的哭笑聲終於漸漸消失了。

萊妮低下頭，伸手掩住臉。我注意到她背後開始一抖一抖的。她在啜泣。這時我開始感覺到鼻子像火在燒。

儘管鼻子很痛，但我還是聞到一絲淡淡的古龍水香味。

接著萊妮忽然抬起頭來，一臉驚訝。她伸手摸摸自己滿是淚痕的臉。「史蒂夫？」她輕輕喊了一聲，那聲音聽起來忽然變得很有精神，而且流露出希望。

我曾經說過，秋天到了，鬼魂也開始活躍了起來。他們開始在田野裡遊蕩，在公路上遊盪，開始凝聚力量，準備迎接十月。如果你願意聆聽，說不定可以聽到他們在對你傾訴。

或許萊妮始終看不到他，或許她就算看到了也不會相信，說不定還會跟唐尼一樣嚇得發瘋。

但我相信她一定清楚聽到了他對她說的話。不過，也說不定她只是聞到他身上的古龍水香味，只是回想起記憶中他那溫柔的撫觸。

我相信，對她來說，這樣已經夠了。

我的鼻子沒斷，不過卻腫得像包子一樣大，而且變成青紫色，而且眼眶也腫起來黑了一大圈。不用說，我媽聽我說了整件事的經過之後，當然嚇得魂不附體。但我終究還是逃過了這一劫。而且，除了鼻子腫起來之外，我並沒有受什麼傷。

事發當時，葛蕾絲小姐打電話給艾莫瑞警長，於是警長立刻開車趕到十六號公路，發現我和萊妮在路上走。當時我並沒有對他多說什麼，因為我想到唐尼說過，警長已經被布萊洛克家收買了。後來爸媽過來接我，送我到巴瑞斯醫師的診所。半路上，我把艾莫瑞警長的事告訴他們。當時爸爸沒吭聲，但我注意到他臉上閃過一絲陰霾。我心裡明白，他不會就此罷休。

後來，葛蕾絲小姐終於平安無事。她被送到聯合鎮的醫院，檢查之後發現子彈並沒有傷及要害，只是皮肉傷。我有一種感覺：這麼點小傷恐怕沒這麼容易就可以撂倒葛蕾絲小姐。

接著我要說的是萊妮和史蒂夫克雷的故事。那是爸爸告訴我的，而爸爸是從警長那裡聽來的。十七歲那年，萊妮離家出走，跑到伯明罕去跳脫衣舞，結果就在那裡碰見了唐尼布萊洛克。唐尼誘拐她，勸她加入他們的「家族事業」，說那種工作才會賺大錢，而且告訴她，空軍基地那些年輕小伙子的錢很好賺。於是她真的跟他回去了，結果被送到葛蕾絲小姐那邊。沒多久，有一天，她跑到奇風鎮上的五毛商店去買衣櫃，結果在那裡遇見了史蒂夫克雷。或許我們不能說那叫做一見鍾情，不過已經很接近了。反正，史蒂夫一直勸萊妮離開葛蕾絲小姐，找一份正當的工作。後來他們甚至還論及婚嫁。而葛蕾絲小姐也寧願讓她離開，讓她跟史蒂夫在一起，因為就算硬把她留下來，她也無法專心工作。她對那些女孩子的要求是：如果要留在她那裡，就必須把全副的心思都放在工作上。麻煩的是，唐尼布萊洛克一廂情願認定自己是她的男朋友。他恨死了「小個子」史蒂夫，不過，那不只是因為萊妮的緣故，更是因為他的寶貝車「大隻佬」始終跑不贏午夜夢娜。他已經明白，要想把萊妮拉回葛蕾絲小姐那邊去工作，唯一的辦法就是幹掉史蒂夫。那天，午夜夢娜炸成一團火球，萊妮的夢想也隨之幻滅了。從此以後，她自暴自棄，沈淪皮肉生涯。我曾經聽葛蕾絲小姐說過，萊妮越來越暴躁，越來越兇悍。

後來，我聽說萊妮回家去了。她長大了，也變得更懂事。那是我最後一次聽到她的消息。

當然，我相信此後她內心也將懷著永遠無法磨滅的憂傷。

畢竟，人生在世，有誰能夠事事圓滿呢？

其實，這些事都是從那個混蛋嘴裡聽來的。唐尼被關在奇風鎮的監獄裡，就在法院旁邊。那天，有個農夫聽到田裡有怪聲音，於是抓起一把巨大的霰彈槍跑過去看，發現唐尼抱著一個稻草人跳舞。被關進監牢裡之後，面對著鐵欄桿，唐尼終於恢復了一點神智。在那短暫清醒的時刻，他一五一十的供出了自己從前犯下的罪行。他說，就是他開車去擦撞史蒂夫克雷的車，害死了史蒂夫。顯然，這次布萊洛克家終於有人逃不掉法律的制裁了，儘管某些執法的人已經被他們收買。

沒多久，十一月來臨了，每到清晨時分，奇風鎮開始蒙上一層冰霜。連綿的山嶺染上了一片棕黃，遍地落葉。每當有人踩在落葉上，都會聽到陣陣清脆的窸窣聲。有一個星期二的晚上，媽媽忙著翻食譜研究餡餅和蛋糕的新做法，而爸爸則是在客廳看他的報紙。

後來，我們聽到敲門聲，爸爸立刻走過去開門。是艾莫瑞警長。他站在門廊上，全身籠罩在昏黃的燈光下。他繃著一張臉，手上拿著帽子，外套的衣領翻起來。外頭天冷了。

「我可以進去坐一下嗎，湯姆？」他問。

「呃……」爸爸遲疑了一下。

「我知道你可能已經不想再跟我說話了。我明白。不過……我還是希望你能夠聽我說幾句話。」

媽媽走過來站在爸爸旁邊。「湯姆，請人家進來坐一下嘛，好不好？」

爸爸拉開門，於是警長就進來了。

「嗨，柯力。」他跟我打了聲招呼。當時我坐在壁爐旁邊的地上做功課，讀阿拉巴馬州的歷史。從前，叛徒總是喜歡趴在壁爐前面取暖，如今牠走了，我忽然感覺一種莫名的空虛。然而，失去的已經無法挽回，我們還是要好好活下去。

「嗨。」我應了一聲。

「柯力，你先回房間去吧。」爸爸對我說。但艾莫瑞警長卻說：「湯姆，既然這件事是柯力發現的，我希望他也留下來聽我說。」

於是我就坐在原地沒動。艾莫瑞警長坐到沙發上，把帽子放到茶几上，然後愣愣的盯著帽子上的銀星警徽。爸爸也坐下來。媽媽招呼客人一向很周到，她立刻問警長要不要吃點蘋果餡餅或是蛋糕，然而，警長搖搖頭，於是她也坐下來。她和爸爸分別坐在壁爐的兩頭。

「再過不久，我就不再是警長了。」艾莫瑞警長說。「史沃普鎮長已經有好幾個新人選，只差還沒做最後決定。等他決定了，他就會任命新的警長。我想，大概這個月中我就可以卸任了。」他深深嘆了口氣。「如果沒有意外的話，我應該十一月底之前就會搬走，離開奇風鎮。」

「很遺憾。」爸爸說。「不過，聽柯力說了一些你的事，那才更令人遺憾。但說起來，我好像也不應該太苛責你，因為上次我當面問你的時候，你並沒有隱瞞。你坦白承認自己做了那件事。」

「老實說，當時我很想隱瞞，很想矢口否認。只不過，你兒子說的是實話，你應該要相信。要是你連自己的兒子都沒辦法相信，那天底下還有誰能夠相信？」

爸爸皺起眉頭。看他的表情，彷彿很想朝警長臉上吐口水。「老天！ＪＴ，你為什麼要幹這種事？你為什麼要拿布萊洛克家的錢包庇他們？看看他們幹的是什麼勾當！賣私酒，開賭場詐賭，更別提葛蕾絲小姐那地方！唉，葛蕾絲小姐是個好人，可是老天，天底下沒別的正經事可以做嗎，何苦要去幹那種行業？我問你，ＪＴ，大砲布萊洛克拿錢給你，只是叫你包庇他們賣私酒開賭場嗎？你還要提供什麼別的服務嗎？幫他擦鞋嗎？」

「你說對了。」警長嘆了口氣。

「什麼？」

「我真的幫他擦過鞋。」艾莫瑞警長淡淡笑了一下，那笑容好苦澀，好疲憊，眼神好空洞，充滿悲哀，悔恨。接著，他的笑容消失了，露出痛苦的表情，嘴角開始扭曲。「每次拿錢都是在大砲家裡，每個月一號。信封袋裡裝著兩百塊錢，上面寫著『艾莫瑞大警長』。他都是這樣叫我。」說到這裡他臉上抽搐了一下。「那天，我又到他家去，他那幾個兒子剛好都在。唐尼，霸丁，魏德。大砲拿著一把來福槍在上潤滑油。他的身材真是巨大得嚇人，就算坐在椅子上，感覺好像整個房間都被他塞滿了。而且，每次他瞪著你的時候，你會感覺他好像用眼神就可以殺人。我拿起那個信封的時候，他忽然伸手到地上提起他的靴子丟到桌上。那雙靴子上全是泥巴。『大警長，我的鞋子髒了，可是我沒力氣擦。不知道能不能麻煩你幫我擦乾淨？』我正想開口拒絕，他卻忽然從襯衫口袋裡抽出一張五十塊的鈔票塞進一隻靴子裡，然後說，『當然，不會讓你白做工。』。」

「我不想聽。ＪＴ，你跟我說這個幹嘛？」爸爸說。

「我非告訴你不可。」警長瞄了壁爐一眼，我注意到火光和陰影在他臉上交織閃爍。「當時我告訴大砲說我要走了，我不幫別人擦鞋，可是他卻很猙獰的對我笑了一下說，『噢，大警長，你乾脆直接開個價吧。』接著他又從口袋掏出一張五十塊的鈔票塞進另一隻靴子裡。」艾莫瑞警長低頭看著自己那隻拿錢的右手。「我一直想幫我女兒買一件新衣服，買一雙新鞋子。」他說。「那種上面有蝴蝶結的鞋子，可以穿到教堂去做禮拜。她老是穿別人不要的破衣服破鞋子，我看了很不忍心。所以，我多拿了那一百塊。可是，你知道嗎，大砲知道我那天會去，所以故意穿靴子去踩泥漿。後來，我把他的靴子擦乾淨之後，立刻衝到門外去一直吐一直吐，而且我聽到他那幾個兒子在裡面大笑。」說到這裡他忽然閉緊眼睛，好一會兒才又張開。「我帶我女兒到聯合鎮上最好的鞋店，而且還幫我太太買了一束花。其實，我買那束花，不光是為了想送給她。其實，我是想聞聞那種乾乾淨淨的清香。」

「露辛達知道這件事嗎？」爸爸問他。

「不知道。她以為是我加薪了。湯姆，我找過史沃普鎮長和鎮委會代表，拜託他們幫我加點薪水，就這樣，我不知道已經拜託他們多少次了，可是你知道嗎湯姆，他們老是告訴我，『噢，JT，我們明年一定會幫你編預算。』」說到這裡他苦笑了一下。「『哎，JT我們都知道你最刻苦耐勞，一塊錢可以當兩塊錢用。更何況，你好像沒有必要加薪吧，因為你好像滿悠閒的，每天不是開警車到處晃來晃去，就是坐在辦公桌前面看偵探小說。頂多就是有人打架的時候你去把他們拉開，或是某個人家的小狗不見了，你去幫他們找回來，或是有人把鄰居家的籬笆搞壞了，兩個人吵起來，你就去勸架。我們鎮上幾乎從來沒發生過搶劫，殺人，或是像車子沈到薩克森湖底這類案件。JT，你是個老好人，只可惜不太像幹警長的料。雖然你帽子上別著警徽，只不過，你身材笨重動作遲鈍，怎麼看都沒有警長的架式。而且，我們奇風鎮從沒出過什麼大案件，所以好像沒什麼必要幫你加薪，甚至也不需要給你加油的津貼，或是獎金。當然啦，我們倒是可以給你一點精神上的鼓勵。』」說到這裡，他眼中射出怒火。那一剎那，我和爸媽才忽然意識到，原來艾莫瑞警長並不是沒脾氣，只是一直壓抑著。「該死！」他咒罵了一聲。「對不起，我實在不應該跑到你們家來發牢騷。」

「要是長久以來你一直覺得這麼委屈。」媽媽問：「那為什麼不乾脆辭職算了？」

「因為……因為我喜歡當警長。我喜歡那種感覺。如果我們鎮上發生了某件事，我會很想知道是誰幹的，還有，原因是什麼。我喜歡那種被人依賴的感覺。那就像……感覺就像大家把你當成爸爸或哥哥那樣尊重，把你當成最好的朋友。也許史沃普鎮長和鎮委會那些代表不尊重我，但我知道鎮上的人都很尊重我。那就是為什麼雖然我明知道自己早就該辭職不幹了，但我卻還是堅持下去。原因就在這裡。一直到後來，有一天半夜，『大砲』畢剛布萊洛克忽然打電話給我，說他有個計畫想跟我談一談。他說，他經營的事業並不會危害到奇風鎮上的人，說他只是希望大家日子能夠過得愉快一點。他還說，要不是因為大家有需要，他的事業也不可能經營得起來。」

「老天，ＪＴ，這種鬼話你都相信！」爸爸一臉不屑的搖搖頭。

「不光是這樣。大砲還說，要不是因為有他們一家人經營這個事業，隔壁郡的『賴克幫』早就過來接收地盤了。而且，我聽說那幫人都是殺人不眨眼的凶神惡煞。大砲要我收下他的錢。他說，收了他的錢，或許我會覺得自己是在跟魔鬼打交道，但好歹他這個魔鬼是我認識的，總比外地來的凶神惡煞好吧。所以，沒錯，湯姆，我相信他。到現在我還是相信他。」

「這麼說，你一直都知道他躲在什麼地方囉？大家竟然都被你蒙在鼓裡，還以為你根本找不到他們的老窩。」

「對，我知道。上次在森林裡，柯力和那幾個小朋友撞見他們把那盒東西賣給那兩個三K黨，那地方你還記得吧？他們就是躲在那附近。另外，我倒是真的不知道盒子裡面裝了什麼東西，不過很久以前我就知道，吉拉德哈奇森和迪克毛特利都是三K黨。但不管怎麼說，我終究還是錯了。我做了違法的事。奇風鎮是一個純樸善良的地方，我已經不夠資格和你們在一起了。」說到這裡，艾莫瑞警長忽然轉頭盯著爸爸。

「湯姆，不用你說我也知道自己做錯了事，我有虧職守，沾污了警長這個神聖的職務，而且害我的家人蒙羞。從前我們跟鎮上很多人都是好朋友，可是現在，他們看到我太太和我女兒，表情都很不屑。每次看到那種場面，我的心都在滴血。我剛剛說過，我們很快就要搬走了，不過，身為奇風鎮的警長，我還有最後一項使命要完成。」

「什麼使命？幫大砲打開銀行金庫的門？」

「不是。」警長輕聲說。「我要親眼看著唐尼以謀殺罪被起訴送進監牢。或者最起碼要以過失殺人罪起訴。」

「哦？」聽爸爸的口氣，我感覺到他好像突然振奮起來，但很快又洩了氣。「問題是，大砲會有什麼反應？你不是收了他的錢嗎？」

「我收大砲的錢，只是掩護他賣私酒開賭場，並不代表他兒子殺人罪我也要包庇。事實擺在眼前，唐尼殺人，沒什麼好說的。葛蕾絲小姐僥倖逃過一劫，是上帝保佑。我很了解史蒂夫克雷。他這個人也許比較暴躁，老愛跟我過不去，但好歹他是個好人。他爸媽也都是很好的人。所以，湯姆，我不會放過唐尼。不管大砲怎麼威脅我，我都不會放過唐尼。」

「威脅你？」媽媽忽然出聲問他。這時爸爸站起來，拿火鉗夾了一塊木柴丟進壁爐裡。

「對。或許應該說，他警告我。」艾莫瑞警長忽然皺起眉頭。「後天，郡警部那邊會派兩個州警搭公路巴士到我們這裡來。三十三號巴士。大概中午會到。到時候，我會把所有的移送文件都準備好，把唐尼交給他們。」

每隔一天就會有一班公路巴士經過奇風鎮，開往聯合鎮，不過，那班車很少在我們鎮上停車。瑞奇頓街那座加油站旁邊有一個站牌，偶爾會看到兩三個乘客上車下車，但通常那班車都是呼嘯而過，停都不停。

「唐尼車子駕駛座底下有一個袋子，裡面有一本黑色筆記本。」警長說。爸爸又丟了另一根木柴到火堆裡，但他很仔細在聽。「本子裡記錄了好幾個人的名字和電話號碼。感覺上，好像有人針對高中足球賽在簽賭，筆記本就是賭客的名單。而且，名單裡竟然出現了幾個不尋常的人，你看了可能會嚇一大跳。雖然不是奇風鎮上的人，不過，他們都是新聞人物，政界的人。看樣子，布萊洛克家收買了一兩個教練，打假球。」

「老天！」媽媽倒抽了一口氣。

「那兩個州警要過來帶走唐尼，我一定要親手把唐尼交給他們。」艾莫瑞警長忽然伸手摸摸警徽。「大砲說，他不會讓我有機會把他兒子押上車。他會先殺了我。湯姆，我認為他不是隨便說說。」

「他在虛張聲勢！」爸爸說。「他只是在嚇唬你，然後你就會乖乖把唐尼放走！」

「今天早上，有人把一隻死掉的動物丟在我家前面的院子裡，看起來很像……很像是一隻貓，不過已經被剁成肉醬，院子裡到處都是血，大門上用貓血寫了幾個字，『不放唐尼，你就沒命！』。我兩個女兒看到那種場面，嚇得臉都白了。」艾莫瑞警長忽然低頭看著地上。「我很怕。怕得要命。我覺得大砲真的想殺我，然後趕在那兩個州警抵達之前把唐尼救出去。」

「露辛達和你女兒的處境恐怕更危險。那些混帳王八蛋一定會找上她們。」媽媽忽然開口了。我感覺得到她很激動，因為平常她是不罵髒話的。

「出了這種事，今天早上我已經叫露辛達帶我女兒回她媽媽家去避避風頭。下午兩點的時候她打電話給我，說她們已經平安到達了。」說到這裡，他忽然抬頭盯著我爸爸，眼中滿是痛苦的神色。「湯姆，我需要人幫忙。」

接著艾莫瑞警長又繼續說，他需要人手，至少要找三、四個。今天晚上，明天，還有明天晚上，他們必須守在監獄，免得唐尼被布萊洛克他們劫走。他還說，消防隊長馬凱特已經守在監獄，只不過，他找不到更多人幫忙。他還說，他問過十個人，結果卻沒半個人肯幫忙。他說這件事很危險，所以他自掏腰包，只要有人肯幫忙，他會給那個人五十塊錢。不過，他也只給得起這麼多了。監獄裡有手槍和彈藥，而且監獄的建築很堅固，有如銅牆鐵壁，防守不是問題。真正棘手的是要怎麼把唐尼從監獄帶到公車站。這段路程才是真正的考驗。

「情況就是這樣。」艾莫瑞警長忽然抓緊瘦骨嶙峋的膝蓋。「湯姆，你能幫忙嗎？」

「不行！」媽媽忽然大吼一聲，那聲音驚天動地，差點就把窗戶震破。「你瘋了嗎？」

「很抱歉，蕾貝卡，我實在沒辦法了，只好來求湯姆幫忙。真的很抱歉，可是我已經別無選擇。」

「你可以去找別人啊！為什麼非要來找湯姆？」

「湯姆，你能幫忙嗎？」警長追問。

爸爸站在壁爐旁邊，壁爐裡的木柴劈啪劈啪響。他看看艾莫瑞警長，然後看看媽媽，接著還轉頭瞄了我一眼。他把手插進口袋裡，低下頭。「我……我不知道該怎麼說。」

「該怎麼做才是對的，你心裡應該很清楚不是嗎？」

「對，我很清楚，可是我反對暴力。這輩子我從來沒想過要對人使用暴力。尤其是……這幾個月來，經歷了這麼多事，心裡感觸更深。我感覺自己彷彿走在薄冰上，背上還扛著一塊大鐵砧。我自己很清楚，我根本沒辦法開槍射殺別人。我根本辦不到。」

「這樣的話，那你就別帶槍。我並不要求你一定要對人開槍。我只希望你跟我們站在一起，向大砲表明立場，殺人償命，誰都別想逍遙法外。」

「表明立場？布萊洛克那夥人會把你們全部殺光！」媽媽激動到根本坐不住。「不行！湯姆最近壓力已經夠大了，身體不太好，精神也不太好——」

「蕾貝卡！」爸爸忽然大叫了一聲，媽媽立刻安靜下來。「有話我自己會說，可以嗎？」他說。

「湯姆，就你一句話。」艾莫瑞警長露出一種哀求的口氣。「我真的很需要你幫忙。」

爸爸表情很痛苦。我注意到他鐵青著臉。他心裡明白自己該怎麼做，可是他內心卻陷入痛苦掙扎，天人交戰，而且，薩克森湖底那個人彷彿伸出一隻冷冰冰的手掐住他的脖子。「不行。」他嘶啞著聲音說。

「我幫不了你，JT。」

那一剎那，我腦海中忽然浮現出一個字眼：懦夫。我心頭忽然湧現出一陣羞愧，感覺自己臉上一陣熱辣辣的。我立刻站起來衝回房間裡。我實在克制不了自己。

「柯力！」爸爸叫了我一聲。「等一下！」

「唉，算了！」艾莫瑞警長站起來，拿起茶几上的帽子戴回頭上。帽頂壓扁了，銀星警徽也歪了。「算了！鎮上的人，每個都希望布萊洛克那家子被抓去坐牢，而且，要是有人拿了他們家的錢，一定會被全鎮的人唾棄。可是現在呢，好不容易終於有機會逮住布萊洛克家的人，大家卻忽然變成了縮頭烏龜。不管我找誰幫忙，那個人一家子都避之唯恐不及！所以，我看他媽的算了！」

爸爸說：「我真的很希望能——」

「算了吧，你就好好待在家裡，家裡比較安全。好了，我走了，再見。」說著艾莫瑞警長推開門走出去。屋外是冷颼颼的夜，我們聽到他踩過落葉，那窸窸窣窣的聲音漸漸遠去，沒多久就消失了。爸爸站在窗口，看著艾莫瑞警長的車消失在路的盡頭。

「用不著替他擔心。」媽媽說。「他一定找得到人的。」

「萬一找不到呢？萬一每個人忽然都變成縮頭烏龜呢？」

「要是這鎮上的人都不在乎公理正義，都不肯幫助警長，那奇風鎮就真的是個鬼地方，活該毀滅。」

爸爸忽然轉頭看著媽媽，嘴角往下一沉。「蕾貝卡，我們不就是奇風鎮的人嗎？你，我，柯力，還有JT，我們不都是奇風鎮的人嗎？JT去拜託十個人，結果沒半個人肯幫他，而他們不也都是奇風鎮的人嗎？所謂奇風鎮，並不只是一堆大大小小的房子。奇風鎮的生命，來自所有住在這鎮上的人。大家互相關懷，互相幫助，奇風鎮才有了生命。就算房屋垮了，奇風鎮永遠是奇風鎮，可是，如果鎮上的人失去了互相關懷的心，奇風鎮就不存在了。」

「可是你幫不了他，湯姆。你沒那種能力。萬一你出了什麼事……」說到一半她忽然停住了，因為接下去的話聽起來很不吉利。

「他雖然做錯了事，可是大家還是應該要幫他。剛剛我實在應該答應他。」

「不行，你不應該答應他。湯姆，你根本就不是跟人打鬥的料。只要一閃神，你立刻就會被布萊洛克那夥人殺了。」

「那我會提高警覺，不要閃神。」爸爸臉色鐵青。

「湯姆，JT說得沒錯，你應該好好待在家裡，家裡比較安全，好不好？」

「妳有沒有想過，在柯力眼裡我會變成什麼樣的爸爸？剛剛他看我的那種眼神，妳看到了嗎？」

「他自己會想通的。」媽媽拚命想擠出笑容，讓氣氛和緩一點。「湯姆，吃個蛋糕喝杯咖啡好不好？」

「我不要吃蛋糕，我不要吃餡餅，我不要吃鬆餅，我什麼都不要，不要不要。現在我只想——」說到一半他忽然停住了。雖然他拚命想往下說，但心情實在太激動，喉嚨哽住了。猜得出來，他接下去想說的應該是：我只想一個人靜一靜。「我要去找柯力談一談。」說完他就走到我房間門口，敲敲門。

我說了聲請進。我怎麼可能不讓他進來呢？他畢竟是我爸爸。他走進我房間之後，立刻坐在我床上。我手上捧著一本「黑鷹中隊」的漫畫。剛剛他還沒進門之前，我一直在想莫倫說的那些話：艾莫瑞警長是個好人，可惜他不適合幹警察。他沒有那種獵狗的本能。就算線索攤開在他眼前，他還是一樣看不到。從某個角度來看，艾莫瑞警長是個好丈夫，好爸爸，這點誰也無法否認。接著爸爸清清喉嚨。「呃，我想，你心裡一定很瞧不起我，對不對？」

要是平常聽到爸爸講這種話，我一定會覺得很好笑，可是今天我卻笑不出來了。我愣愣的盯著手上的漫畫書，心裡忽然有一股衝動很想鑽進漫畫書的世界裡。在那個世界裡，全都是滿天翱翔的飛機和粗獷豪邁的英雄，在那個世界裡，英雄會奮不顧身維護公理正義。

也許那種心情很明顯寫在我臉上，也許爸爸一下就看穿我的心思。我聽到爸爸說：「孩子，真實的人生不是漫畫。」說完他拍拍我肩膀，然後就站起來走出去，關上門。

那天晚上我睡得很不安穩，噩夢連連。我夢見那四個黑人小女孩在呼喚我。我夢見那輛車衝出紅岩平台掉進黝黑的湖裡。我夢見午夜夢娜從我旁邊衝過去。我夢見「大砲」布萊洛克那滿臉的大鬍子，看到他露出猙獰的笑容對我說：你快要倒大楣了！我夢見猴子撒旦那張被霰彈槍轟得稀爛的臉，牠在淒厲哀嚎。我夢見樂善德太太端了一杯汽水給我，聽到她對我說：有時候他會整晚不睡，聽外國的廣播聽到天亮。

樂善德醫師不喝牛奶，半夜不睡覺，這件事我還沒有告訴爸媽，因為我覺得那跟薩克森湖那件事毫無關聯。樂善德醫師何必無緣無故殺害一個外地來的人？而且樂善德醫師是個大好人，他那麼愛動物，怎麼可能用那麼凶殘的手段把那個人折磨得不成人形，然後用鋼琴弦勒死他？難以想像！

然而，我卻忍不住還是會想。

莫倫對艾莫瑞警長的判斷是正確的，那麼，他說那個殺人兇手不喝牛奶，而且半夜不睡覺，這樣的推論是不是也有道理？

莫倫雖然是個瘋子，可是他就像海灘男孩一樣，接觸過很多人很多事。他有點像上帝之眼，看著奇風鎮的人來來去去，看得透每個人的希望與貪婪，善良與邪惡。他看透了赤裸裸的人性。也許，他已經看透了人生。

我決定開始監視樂善德醫師，還有他太太。要是他真的是那種表面溫文儒雅、內心冷血兇殘的禽獸，那她怎麼可能渾然無覺？

第二天，天氣又濕又冷，下著毛毛雨。放學後，我騎著火箭從樂善德醫師家門口經過。他和他太太兩個人都在家，而且那兩匹馬也都在穀倉裡。我也說不上來自己究竟想做什麼，但我就是想看看。根據莫倫的推論，薩克森湖事件可能和樂善德醫師有關，可是，如果沒有進一步的線索，那就只是純屬臆測。那天晚上吃晚飯的時候，飯桌上的氣氛冷得幾乎要結冰。我不敢看爸爸的眼睛，而爸媽則是拼命避開彼此的目光，但不管怎麼樣，那頓飯吃得還算平靜。

我們吃的是南瓜餡餅。這陣子，我們幾乎天天吃南瓜餡餅，吃到都想吐了。後來，爸爸終於開口說：

「今天瑞克史賓納被資遣了。」

「瑞克？他不是已經在綠茵牧場待很久了嗎？他的年資跟你一樣吧？」

「對。」爸爸用叉子戳戳盤子裡的餡餅屑。「今天早上和尼爾亞伯談了一下，他說，他聽說牧場正在裁員。這也是沒辦法的事，都是因為那該死的……超市。」他發覺自己說溜嘴講了髒話，趕緊改口，可惜我已經聽到了。「巨霸超市。」他很不屑的哼了很大一聲，餡餅屑差點從鼻子噴出來。「塑膠瓶裝的牛奶。天曉得接下來他們還有什麼鬼花樣！」

「瑞克他太太莉亞八月不是才剛生了孩子嗎？」媽媽說。「他們已經有三個孩子了。瑞克要怎麼辦？」

「我也不知道。他一接到通知，立刻就走了。尼爾說，他聽說牧場給瑞克一個月的薪水，問題是，他們一家五口，靠那麼點錢恐怕也撐不了多久。」他放下叉子。「我看，妳做幾個餡餅，我送去給他們好了。」

「我明天一大早就做一個新的。」

「那好。」爸爸伸出手握住媽媽的手。雖然他們兩個起過爭執，但那種不愉快似乎已經煙消雲散了。此刻，看著他們手握著手，感覺好溫馨。「蕾貝卡，我感覺得到，問題才剛要開始而已。綠茵牧場根本拼不過大型超市那種超低的價錢。上個禮拜，我們又給我們的老客戶打折優惠，結果兩天前，巨霸超市也跟著降價，降得比我們還低。我想，情況只會越來越嚴重。」我注意到他忽然握緊媽媽的手，而她也握緊他的手，彷彿兩個人要同心協力面對即將來臨的嚴酷挑戰。

「對了，還有一件事。」說到一半，爸爸忽然又停住了。他露出一種咬緊牙根的表情，似乎必須鼓足勇氣才說得出口。「今天下午我跟馬凱特隊長聊了一下。我到加油站去加油的時候，正好碰到他在那裡。

他說——」說到這裡他又遲疑了一下。「他說，除了他自己之外，ＪＴ另外只找到一個人肯幫忙。你知道那是誰嗎？」

媽媽沒說話。

「月亮人。」爸爸忽然苦笑了一下。「妳想像得到嗎？整個奇風鎮身強力壯的人那麼多，結果竟然只有馬凱特隊長和月亮人肯幫ＪＴ對付布萊洛克家。我還真懷疑月亮人拿得動槍嗎？開槍就更別提了！嗯，看樣子，全鎮的人都打算窩在家裡保住自己的小命，妳說對不對？」

媽媽忽然把手縮回來，撇開頭不看爸爸。爸爸隔著桌子凝視著我，眼神好凌厲，有如咄咄逼人的熊熊烈火，看得我有點坐立不安。「小老弟，你覺得你爸爸是什麼樣的人？今天到學校去，有沒有告訴你那幾個朋友說，你爸爸是個膽小鬼，不敢幫警察捍衛正義，有沒有？」

「沒有。」我說。

「你應該告訴他們的。你應該告訴班恩，強尼，還有大雷。」

「哼，他們的爸爸也沒做什麼啊！逞英雄跟布萊洛克家過不去，白白送命，他們沒那麼笨吧？」媽媽聲嘶力竭的說。「你們這些人真的會用槍嗎？平常那些喜歡拿槍打獵的人怎麼都不見了？有些人不是很愛吹牛嗎，老愛吹說自己多神，拳頭有多厲害，槍法有多準，打架從來沒輸過，什麼事都擺得平，現在呢？人呢？怎麼都不見了？」

「我不管他們怎麼樣。」爸爸忽然兩腿一伸把椅子往後推，站起來。「我只知道自己該做什麼。」說著他開始往門口走過去。媽媽倒抽了一口氣，趕緊問他：「你要去哪裡？」

爸爸快走到門口的時候忽然停下腳步，站著不動，然後抬起一隻手按住自己的額頭。「我只是想到門廊上坐一下。蕾貝卡，只是想到門廊上坐一下。我要一個人靜一靜，好好想一想。」

「可是外面那麼冷！」

「沒什麼大不了。」說完他就走到門外去了。

半個鐘頭後，他又走進來，走到壁爐前面烤火取暖。今天是禮拜五，我決定晚上晚點睡。到了晚上快十一點的時候，睡覺時間到了，可是爸爸卻還坐在壁爐前面的椅子上，兩手交握撐著下巴。外頭風聲呼號，雨水有如小石子一樣劈哩啪啦打在窗玻璃上。

「媽，晚安，我要去睡了！」我朝廚房叫了一聲。媽媽正在廚房裡忙著，弄得嘩啦嘩啦響。她回了我一聲晚安。接著我轉頭對爸爸說：「爸爸，晚安。」

「柯力？」他忽然輕輕叫了我一聲。

「什麼事？」

「要是我殺了人，你會有什麼感覺？你會覺得我跟薩克森湖邊那個兇手有什麼不一樣嗎？」

我想了一下。「當然不一樣。」我說。「因為你殺人是為了保護自己。」

「問題是，從某個角度來看，說不定那個兇手殺人也是為了保護他自己啊，你覺得呢？」

「也許吧。不過你跟他不一樣的地方是，殺了人你會很難過。」

「對。」爸爸說。「我確實會很難過。」

我還有別的話想跟他說，可是我不知道他想不想聽。不過，我還是決定要跟他說。「爸爸？」

「怎麼了？」

「爸爸，任何人都無法讓你內心得到平靜，除了你自己。我覺得你別無選擇了，必須自己想辦法。爸爸，你知道強尼和戈薩布蘭林打架的事吧？強尼並不想跟他打架，他是被逼的，不過最後，布蘭林兄弟再也不敢來找我們麻煩了。」爸爸臉上沒有任何反應，我不知道他懂不懂我的意思。「你覺得我說的有道理嗎？」

「很有道理。」他說。接著他忽然仰起臉，我注意到他嘴角泛起一抹微笑。「明天收音機就要轉播阿拉巴馬州高中足球賽，一定很精彩。你趕快去睡覺吧，明天才有精神聽廣播。」

「我知道了。」於是我轉身走開，準備回房間。

「謝謝你，孩子。」爸爸忽然對我說。

第二天早上七點，我聽到爸爸的小貨車發動引擎的聲音，立刻就醒過來了。「湯姆！」我聽到媽媽站在門廊上叫爸爸。「湯姆，不要去！」我趕緊跑到窗口看看外面，看到媽媽穿著睡袍衝向馬路，早晨陽光照在她身上。可是，爸爸的小貨車已經開走了，媽媽在後面大叫：「不要去！」爸爸手伸到車窗外面，揮揮手。轟隆隆的車聲驚動了整條山峰路上的狗，牠們都衝出狗屋狂吠起來。我知道爸爸要去哪裡，而且，我也知道為什麼。

昨天夜裡，他做了一個重大的決定，但我很擔心他，心裡七上八下。他決定不再等待平靜自己降臨。他打算去做一件事，讓自己內心得到平靜。

那天早上，我終於知道什麼叫煎熬。媽媽已經害怕得說不出話來了。她穿著睡袍踱來踱去，眼中滿是驚恐。她每隔十五分鐘就打一次電話到警長辦公室去找爸爸。到了九點，她忽然不再打了，我猜一定是爸爸告訴她，時候到了，他們要行動了。

九點三十分的時候，我開始穿衣服。我穿上牛仔褲和襯衫，再套上一件毛衣，因為，儘管天空一片蔚藍，陽光普照，但空氣卻是冷颼颼的。我匆匆刷過牙，把頭髮梳整齊，然後看著牆上的時鐘滴答滴答慢慢走到十點。我想到那班三十三號巴士正沿著蜿蜒的公路開向奇風鎮。車子會提早到嗎？會誤點嗎？還是會準時抵達？我爸爸、艾莫瑞警長、馬凱特隊長、還有月亮人，今天，他們即將面對生死關頭，就算是短短的一秒鐘也是攸關生死的。儘管我努力不去想那些，但那些惱人的思緒卻依然纏繞在我的腦海中。到了十點三十分，我知道自己該走了。我必須到現場去看我爸爸。我沒辦法眼巴巴的坐在家裡等電話。電話來的時候，我可能會聽到兩種結果：第一，唐尼被那兩位州警押上巴士，第二，爸爸被布萊洛克家的人開槍打死了。我沒辦法坐在家裡等電話。我一定要去。我戴上手錶，準備出發。

快十一點的時候，媽媽已經緊張到極點。她把電視和收音機全都打開，然後把三個餡餅同時放進烤箱裡烤。阿拉巴馬州高中足球賽已經快開打了，可是，我根本沒心思去想那個。

我走進廚房，廚房裡瀰漫著一股南瓜香。我問媽媽：「媽，我想去強尼家可以嗎？」

「什麼？」她瞪大眼睛看著我。「你要去哪裡？」

「強尼家。我和班恩大雷約在強尼家……」這時我轉頭瞄了收音機一眼。我聽到收音機傳來觀眾的歡呼：阿拉巴馬！阿拉巴馬！加油加油加油！「……去強尼家聽比賽轉播。」我不得不編個藉口。

「不行。你一定要待在家裡陪我。」

「可是我已經跟他們約好了。」

「我說什麼你聽不……」她已經氣得滿臉通紅，把攪拌盆用力摔在流理台上，南瓜醬灑了滿地。她淚水奪眶而出，然後忽然伸手掩住嘴巴，不讓自己哭出來。

屋外冷颼颼的，可是我卻激動得渾身發燙。「可是我想去嘛。」我說。

媽媽已經克制不了自己了。她哭了出來。「算了，要去就去！」媽媽大吼了一聲。她的情緒已經瀕臨爆發邊緣。「要去就去，隨便你！」

我立刻轉身跑出大門，以免自己哭出來，以免自己一時心軟決定留在家裡。我跳上火箭，忽然聽到廚房裡傳來一陣劈哩啪啦的聲音。我知道怎麼回事。媽媽把那個攪拌盆摔到地上砸了個粉碎。我開始騎車衝向瑞奇頓街，冷颼颼的風凍僵了我的耳朵。

那天火箭跑得特別快，彷彿它感覺得到我心中的悲傷。在那個星期六的早晨，大家都還在睡夢中，整個奇風鎮靜悄悄的。天氣太冷，大多數人都躲在屋裡，只看到幾個不怕冷的小鬼在街上跑來跑去。大家都守在收音機旁邊，等著聽「大熊」教練帶領的球隊打贏對手。我彎腰湊向前，冷颼颼的風颳在我臉上。火箭在路面上急馳，我感覺得到輪胎的震動。後來，雖然我的腳已經不再踩踏板，火箭卻依然風馳電掣。

十一點十五分，我來到加油站，那裡有兩座加油機，還有一台輪胎打氣機。辦公室旁邊有一間車庫，裡頭隔成兩小間。加油站老闆是海瑞姆懷特先生，他年紀很大了，而且駝背很嚴重。看著他在滿是扳手和引擎皮帶的車庫裡走來走去，那模樣真的很像鐘樓怪人。此刻他坐在辦公桌前面，歪著頭聽收音機。辦公室是煤渣磚搭成的，角落有一面黃色的鐵皮標示牌，用生銹的螺絲釘掛在牆上。那就是公路巴士的站牌。我把火箭騎到辦公室後面，停在那個油膩膩髒兮兮的垃圾桶旁邊，然後坐到地上，等待中午時刻來臨。太陽照在我身上。

到了十一點五十分，我已經緊張到極點，指甲都快被我咬光了。這時我忽然聽到車聲逐漸逼近。我立刻把頭探出屋角瞄了一眼，看到警長的車朝加油站開過來，爸爸的小貨車跟在後面。月亮人坐在爸爸車上，頭上還是戴著那頂高禮帽。馬凱特隊長坐在警長車上，而唐尼就坐在後座。他穿著黑色條紋的囚服，嘻皮笑臉。車子停住之後，卻沒有人下車。大家都躲在車子裡，引擎沒熄火，發出低沈的隆隆聲。

懷特先生走出辦公室門口。他走路是橫著走的，那模樣很像螃蟹。艾莫瑞警長搖下車窗，跟懷特先生聊了幾句，可是我聽不到他們在說什麼。接著，懷特先生忽然走回辦公室，過了幾分鐘，他又走出來了，身上穿著一間油膩膩的外套，頭上戴著一頂棒球帽。他坐上他的車，然後就開走了，車尾瀰漫著一團黑煙。

兩分鐘後，那班巴士並沒有抵達。

這時我忽然聽到背後有人叫了我一聲：「小朋友，不要動。」

我正要轉頭的時候，忽然感覺一隻手掐住我脖子後面，掐得好緊，嚇得我渾身僵直。那個人拉著我往後退，把我拖到後面。是魏德嗎？還是霸丁？老天，怎麼辦？我一定要想辦法警告爸爸！那個人一直把我往後拖，拖回到垃圾桶旁邊才放手。我立刻轉頭去看他。

原來是老歐文，也就是上次在理髮廳碰到的那位傳說中的神槍手「棒棒糖小子」。他問我：「真該死，小鬼，你跑到這裡來幹什麼？」

看到他，我震驚得說不出話來。老歐文皺起眉頭，臉上滿是斑點，頭上那頂棕色的牛仔帽已經被汗水浸濕了，那模樣看起來一點都不像傳說中威風凜凜的「棒棒糖小子」，反而比較像老公公。他滿頭淡黃色的頭髮披散在肩頭，身上穿著一條綴巴巴的黑褲，一雙黑靴，一件顏色像泥巴的毛衣，外面還套了一條米黃色的防塵披肩，顏色更像泥巴。披肩的邊條幾乎垂落到腳踝的位置。然而，令我震驚的，並不是他那身打扮，而是掛在他腰上那副槍套皮帶，還有左邊槍套裡那把槍柄上有骷髏圖案的手槍。他側著身子，那骷髏頭正好面對著我。老歐文瞇起眼睛打量我。「我有話要問你。」他說。

「我爸爸。」我鼓起勇氣說。「他跑到這裡來幫警長。」

「我知道。不過，我還是搞不懂你跑來這裡幹什麼。」

「我只是想——」

「想找死嗎？你不知道布萊洛克家的人都是狠角色嗎？這裡很快就要子彈滿天飛了！上車！趕快走！」

「巴士誤點了。」我找藉口拖延時間，轉移他的注意力。

「小子，你敢跟我玩這種把戲？」他反應很快。「上車！」說著他把我推向火箭旁邊。

我還是站著不動。「不，我要留下來陪我爸爸。」

「你再不走，我就不客氣囉！」我注意到他脖子上青筋暴露。不難想像，要是他真的動手，恐怕不會像我爸爸平常修理我那麼客氣了。老歐文一步步朝我逼近，我不由自主的往後退了一步，但接著我又鼓起勇氣站穩腳步，不再退了。

接著，老歐文走到距離我大概一公尺的地方時，忽然也停下腳步，嘴角泛起一抹微笑。「嗯。」他說。

「看樣子，你還挺帶種的嘛。」

「我要留下來陪我爸爸。」我告訴他。

就在這時候，我們兩個都聽到有一輛車逐漸逼近的聲音。那一剎那，我們立刻就明白已經沒時間再僵持了。老歐文立刻轉身衝到牆角，快如閃電，披風窸窸窣窣的飄飛起來。他微微探頭瞄了外面一眼，動作敏捷，神情機警。那一剎那，我忽然明白眼前的老歐文已經不是平常的老歐文了。

他已經變成年輕時代那個棒棒糖小子。

我也跑到牆角去探頭看外面，但老歐文立刻揮揮手叫我退後。

看到眼前的景象，我心臟怦怦狂跳。我看到的並不是公路巴士，而是一輛黑色的凱迪拉克。那輛車開進加油站，斜斜的停在警長車子前面。我身體往後一縮，掙脫老歐文的手，衝向車庫旁邊那堆舊輪胎後面，然後迅速趴在地上。那一剎那我已經很清楚接下來要發生什麼事了。老歐文不斷朝我比手勢，叫我退回到辦公室旁邊，但我還是趴在原地沒動。

霸丁布萊洛克從駕駛座鑽出來。他穿著一件白襯衫，領口敞開，外面披著一件灰色西裝外套。那件外套材質很光滑，在陽光的映照下散發出五彩繽紛的光澤。他頭髮剃成了很短的平頭。他表情很陰沈，嘴角露出一抹冷笑。接著他突然彎腰，上半身鑽進車裡，然後拿出一把左輪槍，槍的把柄上鑲著珍珠。接著，魏德布萊洛克從右前座鑽出來。他一頭黑髮往後梳得很整齊，仰頭挺出下巴，身上穿著一條黑色的緊身褲，還有一件藍格子牛仔襯衫。雖然天氣很冷，但他還是把袖口捲到手肘上方，露出滿是刺青的小臂。他身上掛著一副肩揹式的槍套，裡頭有一把手槍。然後，他又從車子裡抽出一把來福槍，然後迅速喀嚓一聲拉槍機，讓子彈上膛。

接著，後車門開了，車身忽然搖晃了一下，大砲那巨大的身影從車子裡鑽出來。大砲穿著一件迷彩連身工作褲，一件深棕色襯衫，那種景象，看起來彷彿十一月的季節裡，一座遍地黃葉的大山忽然活過來，掙脫地底的岩盤，在地面上緩緩移動。他齜牙咧嘴笑得很猙獰，頭髮稀疏的頭頂油光發亮。他從車子裡鑽出來的時候，喘氣喘得很厲害，嘴裡一邊說著：「孩子們，動手吧。」

魏德舉起來福槍，霸丁舉起手槍，把擊鐵往後拉。他們瞄準警長的車，開始射擊。我嚇得渾身汗毛直豎。子彈打破了警長車子的兩個前輪，輪胎立刻扁平貼在地上。接著，魏德和霸丁瞄準爸爸的小貨車，那一剎那，爸爸趕緊把排檔桿拉到倒車檔，想讓車子退離現場，只可惜太遲了。兩個前輪很快就被子彈打破，車子立刻就動彈不得，搖晃了幾下。

「怎麼樣，大警長！要不要商量一下啊？」大砲大吼一聲。

艾莫瑞警長沒下車。湯尼臉貼在窗玻璃上，龇牙咧嘴笑得很得意，那模樣活像小孩子把臉貼在商店的玻璃櫥窗上看著裡頭的蛋糕。我轉頭瞄瞄老歐文，看看他在幹什麼。沒想到，他已經不見了。

「巴士恐怕不會準時抵達了！」大砲說。他彎腰鑽進凱迪拉克後座，一手拿出一把雙管霰彈槍，另一手拿出一個迷彩背包。接著，他把那個背包丟到車頂上，拉開拉鏈，然後手伸進背包裡。「有好戲看了，大警長！」他抖了一下霰彈槍，讓槍管往下折，露出槍膛口，然後從背包裡掏出兩顆子彈塞進槍膛裡，接著又抖了一下，槍身又恢復了原狀。「那班巴士還在十號公路上，離這裡還有十公里遠，兩個輪胎已經被我打爛了！有得他們修的！」他靠在車身上，身體的重量壓得車子嘎吱作響。「換輪胎最要命！我自己就最恨換輪胎！」

就在這時候，我忽然聽到兩聲槍響：碰！碰！

那輛凱迪拉克的後輪忽然爆了。大砲立刻跳起來，跳得好高。沒想到他那一座山似的笨重身軀竟然有辦法跳那麼高。他大吼了一聲，那聲音聽起來又像歡呼又像尖叫。魏德和霸丁立刻轉身，而大砲那笨重的身軀飛快趴到地上，碰的一聲彷彿地震。

這時候，我看到那輛凱迪拉克後面有一個煙霧裊繞的人影。那個人站在懷特先生的拖吊車旁邊。是棒棒糖小子。他右手拿著一把槍，槍口冒著煙。

「操他媽的——！」大砲氣瘋了，脹得滿臉通紅，滿臉的大鬍子抖個不停。

艾莫瑞警長忽然從車裡跳出來。「歐文！我不是叫你不要來嗎？」

棒棒糖小子根本不理他。他冷冷的盯著大砲。「布萊洛克先生，你知道眼前的局面叫什麼嗎？」說著他忽然開始轉動手上的槍。他的食指套在扳機護環裡，整把槍就這樣繞著他的食指轉個不停，在陽光照耀下只見一團模糊的金屬光暈。接著，他刷的一聲把槍插到左邊的槍套裡，槍柄朝前。他說：「這叫做勢均力敵，僵持不下。」

「去你媽的勢均力敵！」大砲大吼起來。「兒子們，宰了他！」

魏德和霸丁立刻舉槍瞄準棒棒糖小子一陣猛射。艾莫瑞警長大喊：「不要！」然後他立刻舉起擺在旁邊的來福槍。

也許你可以說棒棒糖小子已經老了，但他年輕時的那股狠勁卻沒有消失。「棒棒糖小子」的氣魄依然不減當年。他飛快壓低身體跑到拖吊車旁邊。呼嘯的子彈打碎了拖吊車擋風玻璃，把引擎蓋打穿了好幾個洞。這時艾莫瑞警長也開了兩槍，那輛凱迪拉克的擋風玻璃也破成碎片。魏德尖叫了一聲立刻趴到地上。霸丁氣呼呼的猛轉身連開了好幾槍，艾莫瑞警長的帽子被他打飛了。但緊接著，艾莫瑞警長立刻開槍還擊，一顆子彈擦過霸丁側邊的頭髮。霸丁一定是感覺到子彈的熱度，立刻大叫一聲：「啊！」然後立刻趴到地上。

這時馬凱特隊長也跳出車子，手上拿著一把手槍。爸爸也從小貨車裡跳出來趴到路面上。那一剎那，我心裡又是驕傲又是害怕，因為我看到他手上也抓著一把槍。月亮人坐在小貨車裡沒動。他壓低著頭，我們只看得到他頭上那頂高禮帽。

這時大砲又舉起雙管霰彈槍開了一槍。碰！那輛拖吊車震了一下，玻璃碎片和碎鐵片四散飛濺。大砲跪在那輛凱迪拉克旁邊。我看到那輛車，忽然想到大砲實在不應該把那輛拖吊車打爛，因為他等一下會用得上。

「爸！」唐尼在警長的車裡大喊。「快點救我出去，爸！」

「放心，看看誰敢動我兒子！」大砲大喊了一聲，然後又朝警長的車連開了好幾槍，水箱罩應聲爆裂，滾燙的水狂噴四射。這時我聽到唐尼又在警長車子的後座裡大喊：「爸！不要再開槍了！恐怕等不到你救我，我就已經先被你打死了！」我猜他一定是被五花大綁，而且扣上手銬，困在車裡出不來。

我忽然明白，唐尼那種豬腦袋是誰的遺傳。

大砲忽然站起來伸手去抓車頂上的彈藥背包。他抓住揹帶，把背包拖下去，然後開始裝子彈。這時候，又有一發子彈擊中凱迪拉克，車尾燈應聲碎裂。看樣子，棒棒糖小子並沒有閒著。

「趕快投降吧！」說著大砲又開了一槍。「不然你們一定會全部被我殺光！聽到了嗎大警長？」

這時爸爸忽然站起來了。我忍不住想開口大喊，叫他趕快趴下去，可是他卻壓低身體沿著車子悄悄走到警長旁邊。我注意到他嚇得臉色發白，但他畢竟還是堅持下去。不愧是我爸爸。

這時候，槍火忽然平息了，似乎雙方都需要喘一口氣，準備打起精神再戰。過了一會兒，霸丁和魏德又開始朝警長的車開槍，而唐尼趕緊壓低身體躲到座位下方。「你們這兩個白癡！不要開槍！」大砲忽然斥喝了一聲。「你們不怕打死你們的弟弟嗎？」

可是我卻發覺魏德和霸丁都沒有立刻停火。不知道是不是我的錯覺。

「魏德，你繞到他們後面去。」霸丁大吼。

「你不會自己去啊，豬頭！」

霸丁玩撲克牌的時候像個天才，但顯然一離開賭桌就變成白癡。他忽然站起來衝向辦公室後面，結果才跑了三步就聽到一聲槍響，他立刻抓住右腳趴倒在地上。「爸！我被槍打到了！爸！我被打到了！」他呻吟著大喊，手槍已經飛了大老遠。

「你這個白癡！你怎麼會笨到自己跑出去當槍靶？」大砲嘶吼著。「老天！我怎會生出這種沒長腦袋的兒子！」

「再來呀！再多幾個出來讓我練打靶啊！」棒棒糖小子用嘲諷的口吻大喊。他躲在拖吊車暗處，根本看不見人影。

「投降吧，大砲！」艾莫瑞警長大喊。「你們已經山窮水盡了！」

「王八蛋！去你媽的山窮水盡！」

「不要再掙扎了！我不想再看到有更多人流血！把槍丟出來，到此為止！」

「操你媽個頭！」大砲嘶吼著。「操他媽的老子這輩子從來不知道什麼叫到此為止！老子赤手空拳打出天下，難不成還怕你們這些臭警察？這樣就想把我兒子帶走，毀了老子一輩子心血，我看你是瘋了！老子給了你一大把錢，我看你就趕快拿去看看神經病科的醫生。」

「大砲，投降吧！你們被包圍了，跑不掉了！」我聽到爸爸說話了。我想，我這輩子是永遠忘不了他那種堅定的口氣。是的，他果然就像漫畫裡的黑鷹中隊英雄。

「包圍個屁！」魏德忽然跳起來，舉起來福槍朝我爸爸的方向連開了好幾槍。大砲立刻大吼，叫他不要開槍，可是魏德就像唐尼一樣，已經瀕臨崩潰邊緣。子彈打在水泥路面上，撞出點點火花。其中有一顆子彈打到我旁邊那堆輪胎上，那一剎那我嚇得心臟差點停止跳動。接著棒棒糖小子又開槍了。只聽到一聲槍響，接著就看到魏德左邊耳朵突然爆開，鮮血四散飛濺灑在凱迪拉克的引擎蓋上。

魏德發出像女人一樣尖銳的慘叫聲。聽到那種聲音，你會以為他受了什麼重傷。他立刻伸手抱住受傷的耳朵，倒在地上開始像陀螺一樣在原地繞圈圈。

「噢，老天！」大砲哀嚎起來。

情勢已經很明顯了，布萊洛克一家人就像布蘭林兄弟一樣，平常橫行霸道欺負人，一碰到挫折就會立刻變成縮頭烏龜。

「該死，射歪了！」棒棒糖小子嘀咕了一句。「我瞄準的明明是他那個豬腦袋！」

「我要宰了你！」大砲又開始驚天動地的咆哮起來。「我要把你們全殺光！」聽起來有點嚇人，只可惜，霸丁和魏德都已經躺在地上翻轉扭滾，而唐尼則是躲在車子裡像小狗一樣哀嚎，所以，不管大砲吼得多大聲，感覺上就像是雷聲大雨點小。

就在這時候，小貨車右前座的門忽然開了，月亮人跨下車子。他穿著一套黑西裝，打著紅蝴蝶結，當然，還有他那頂高禮帽。他脖子上掛了大概六、七條鍊子，而每條鍊子上都掛著一個看起來像茶包的東西。西裝的翻領上別了一隻雞腳，每隻手上都各戴著三隻手錶。他就這麼直挺挺的站著，沒有彎腰，沒有低頭，甚至，他開始往前走，從馬凱特隊長面前走過去，從我爸爸和艾莫瑞警長面前走過去。「嘿！」馬凱特隊長大叫一聲。「趕快低頭！」

可是月亮人還是抬頭挺胸邁著大步一直往前走。他一直朝「大砲」布萊洛克走過去。大砲蹲在凱迪拉克旁邊，手上抓著一把子彈上膛的雙管霰彈槍。

「不要再打了！」月亮人輕聲說，那口氣聽起來很像小孩子在說話。過去我從來沒有聽他說過話。「為了大家好，不要再打了！」他那兩條長腿跨過魏德身體上方，毫不猶豫一直走。

「你這噁心的黑鬼，滾開！」大砲威脅他，但月亮人還是一步步朝他走過去。這時爸爸忽然大叫了一聲：「趕快回來！」說著他慢慢站起來，可是艾莫瑞警長立刻抓住他的手臂。

「你這個搞巫毒的臭黑鬼，我要轟爛你腦袋！」大砲顯然知道月亮人和女王的來歷，所以他眼中露出畏懼的神色。「你不要過來！滾遠一點！」

接著，月亮人走到大砲面前，停下腳步，臉上露出笑容，瞇起眼睛，伸出他瘦長的手。「我們一起來讓這個世界更光明。」他說。

大砲舉起霰彈槍對準月亮人，槍口幾乎貼在月亮人身上。他冷笑著說：「哼，想要讓這個世界更光明是不是？好哇，等我的槍口噴出火，等你身上多出兩個窟窿，這世界就光明了。」說著他那粗大的手指同時扣下兩支槍管的扳機。

我剛剛已經被槍聲震得耳朵快聾了，此刻我以為槍聲又要響了，不由自主的畏縮了一下。

沒想到，竟然沒聽到槍聲。

「站起來吧，男人要有男人的樣子。」月亮人臉上還是帶著微笑。「趁現在還來得及。」

大砲冷笑了一聲，同時又倒抽了一口涼氣。他又扣了一次扳機，結果，槍聲還是沒響。大砲立刻抖了一下槍身，讓槍管往下折，結果，槍膛裡忽然有東西鑽出來爬了他滿手。

那竟然是一條條綠色的小草蛇，好幾十條糾纏在一起。那種蛇完全沒有毒性，但還是會咬人。大砲被咬得傷痕累累。

「啊——啊——啊——！」他嚇得倒抽了一口氣，抓起槍用力把槍膛裡的蛇抖掉，接著他手伸進彈藥背包裡摸索了幾下，結果抓出來的竟然也是滿手的蛇。大砲發出一聲驚天動地的尖叫：「嗚嗚嗚嗚哇——！」接著他整個人忽然跳得好高，彷彿飛起來一樣，然後拔腿就跑。你絕對無法想像他那巨大得像一座山的身體居然有辦法跑得像兔子那麼快。當然，那種不尋常的衝力畢竟是短暫的，任何人都躲不掉地心引力，於是，跑沒幾步，碰的一聲，他果然倒下去了，然後手腳開始掙扎，彷彿一隻仰面翻倒的烏龜。

接著，我聽到一陣刺耳的輪胎吱吱聲，立刻轉頭一看，看到一輛敞篷小貨車衝進加油站，車上載滿了人。我注意到強尼的爸爸和大雷的爸爸就在那群人裡面。絕大多數人手上都拿著球棒、斧頭，也有人拿著槍。然後，又有兩輛車緊跟著衝進加油站，接著是另一輛敞篷小貨車。全奇風鎮的男人幾乎都來了，其中有很多是布魯登區的黑人。他們決定挺身對抗惡勢力。「真沒想到。」艾莫瑞警長很感慨。他慢慢站起來。

可惜戰鬥已經結束了，他們來晚了一步。那些人真是大失所望，這麼說一點都不誇張。後來我聽人說，當時他們一聽到槍聲大作，立刻熱血沸騰，決定站出來幫助他們的警長，保護他們的家園。我猜，一開始他們都想躲在家裡，覺得這種責任讓別人來扛就好了。很多女人就像我媽媽一樣，哭著哀求丈夫不要強出頭，但那些人終究還是來了。奇風鎮和布魯登區的男人都來了，雖然不是每個人都來，但要對付布萊洛克一家子，人手已經綽綽有餘。那些人手中拿著各式各樣的武器，有屠刀，球棒，斧頭，手槍，切肉刀。布萊洛克一家人看到這種場面，我猜他們一定暗自慶幸，被抓去坐牢可以說是上天的恩典。

混亂中，我從那堆輪胎後面走出來。老歐文跨在魏德身上，滔滔不絕的教他做人的道理，不過我看得出來魏德根本心不在焉。我爸爸和月亮人站在布萊洛克的凱迪拉克旁邊。我朝他走過去，他一直看著我。我感覺得到他很想問我怎麼會出現在這裡，但他終究沒有開口，因為要是我說出原因，一定會逼得他非得狠狠修理我一頓不可。他心知肚明，所以乾脆就不問了。他對我點點頭。

我走到爸爸面前，和他並肩站在一起低頭看著大砲的霰彈槍和那個彈藥背包。背包上那些綠色的小草蛇像海草一樣糾纏成一團。

月亮人笑得很得意。「我太太。」他說。「她真的很頑皮。」

可以這麼說，布萊洛克一家子全都進了籠子。他們再也出不來了，他們再也沒辦法到處收保護費，他們的犯罪帝國徹底瓦解了。聽說他們一開始口風都很緊，什麼都不肯說，可是後來州警開始運用個個擊破的偵訊技巧分化他們，他們就開始窩裡反了。州警告訴魏德，他販賣私酒賺的錢被唐尼偷走了一大筆。接著州警告訴霸丁，他經營的賭場被魏德偷了不少錢。唐尼甚至懷疑魏德在他酒瓶裡下了迷藥，害他醉得不省人事。最後，布萊洛克家兄弟什麼都招了。大砲知道大勢已去，於是就開始採取低姿態。他在法庭上哭哭啼啼的說，他本來是一個虔誠的基督徒，可是卻被那幾個天生壞胚子的兒子帶壞，不自覺的開始和魔鬼打交道，可是現在他已經徹底悔悟，已經找回失落的信仰，決定重回上帝的懷抱。他說，兒子們的劣根性一定是媽媽的遺傳。只要法官願意法外施恩，那麼，下半生，他要把自己奉獻給上帝，當牧師宣揚上帝的福音。

結果法官告訴他，監獄是一個很平靜舒適的地方，他會有很長很長的時間可以好好讀聖經，好好學習如何傳道。

後來，他被拖出法庭的時候，大吼大叫拳打腳踢拚命掙扎，而且狠狠咒罵法庭上所有的人，連無辜的速記員都被他罵了。他在法庭上罵了數不清的髒話，假如每句髒話都是一塊磚頭，那麼，那些磚頭大概足夠用來蓋一棟三個房間的大房子，外帶一座可以停兩部車的車庫。接下來，那幾個兄弟在法庭上的反應也都如出一轍。以我對布萊洛克那家子的了解，我根本不會同情他們，因為我知道，他們很快就會在監獄裡重新建立起他們的勢力，賣香煙賣衛生紙賺大錢。

不過，唯獨有一件事，布萊洛克那夥人打死都不肯透露，那就是：當初吉拉德哈奇森和迪克毛特利在森林裡跟他們買了一個木盒子，裡頭裝的到底是什麼東西？州警甚至查不出任何證據，足以證明他們做過那筆交易。不過我心裡有數。

後來，艾莫瑞警長一家人搬走了。而馬凱特隊長則卸下消防隊長的職務，接任警長。馬凱特去找歐文，請他擔任副警長。他對歐文說，只要歐文願意，他隨時可以幫歐文戴上副警長的警徽。不過老歐文說，當年大西部那個叱吒風雲的棒棒糖小子已經是很遙遠的事了，如今的他就只是一個平平凡凡的老歐文。

接連好幾天，媽媽顯得有點失魂落魄，因為她一直想到那天可能會發生什麼事，不過後來她終究還是慢慢恢復了平靜。我相信，在她內心深處，她一定希望那天爸爸乖乖待在家裡，不過，最後爸爸還是決定做他該做的事，她卻因此更尊敬爸爸。那天我跟媽媽撒謊說我要去強尼家聽比賽轉播，事後當然也被揭穿了。爸爸本來打算要懲罰我。他說，過幾天巡迴馬戲團就要到我們鎮上來了，到時候我不准去看。可是後來他又改變了主意，罰我洗一個禮拜的盤子就好。我當然乖乖聽話。做錯事當然要付出代價。

沒多久，鎮上開始出現巡迴馬戲團的海報，大街小巷貼得到處都是：「驚奇馬戲團即將隆重演出」。強尼最想看的是印地安小馬，還有騎術表演。班恩最有興趣的是遊樂場，還有那種七彩霓虹燈一閃一閃的碰碰車。而我最喜歡的是鬼屋遊樂場。坐著搖搖晃晃的軌道小車進了鬼屋，一路上你會感覺到某種看不到的東西劃過你的臉，看到黑暗中冒出恐怖兮兮的臉對你嘶吼。至於大雷，他最愛的是畸形人。我從來沒見過有誰像他那樣，對畸形人那麼狂熱。不管是三臂人，針頭人，鱷魚皮人，或是甜血人，他都十分著迷。

星期四是七月四日，那天我們在棒球場旁邊的公園裡舉辦國慶烤肉會，到了晚上，當家家戶戶的燈火都熄了，萬籟俱寂的公園又變得空蕩蕩的，看不到半個人影。但就在那天晚上，奇蹟出現了。禮拜五一大早，當奇風鎮的孩子出門去上學的時候，發現公園裡漫天灰塵，驚奇馬戲團已經出現了，遠遠看去有如一座島。短短幾個鐘頭的時間，公園已經變了一個樣。大貨車到處穿梭，一大群人忙著搭帳篷，遊樂設備的結構體已慢慢拼湊起來，遠遠看去有如博物館裡的恐龍骨骼。而各種賣東西的攤位也一座座蓋起來了，有些是賣吃的，有些是賣紀念品的。那裡賣的馬靴一雙要兩塊錢，不過，他們會送你一個兩毛五的娃娃玩偶。

在騎車去上學的路上，我和那幾個死黨特別騎到馬戲團外圍繞了幾圈。除了我們，還有很多小朋友也來了。我們騎車繞著馬戲團外圍，有如飛蛾繞著電燈泡。「鬼屋在那裡！」我叫了一聲，伸手指向那棟哥德式的大屋子。那棟屋子的屋頂上有一雙巨大的蝙蝠翅膀。班恩說：「看樣子，今年有摩天輪可以玩了！」強尼一直盯著一輛拖車。車身旁邊有印第安人的圖案，車上有好幾匹馬。接著大雷忽然大喊了一聲：「哇！你們看那邊！」我們不知道他在興奮什麼，於是立刻轉頭去看，結果看到一座五彩繽紛的巨大帳篷，帳篷上畫了一張臉。那張臉很恐怖猙獰，而且臉的正中央只有一顆眼睛。帳篷上寫了幾個大字：天生怪物！悲慘世界！

其實，那個馬戲團規模並不算大，甚至連中等規模都還談不上。帳篷破破爛爛，拖車滿是銹痕，卡車看起來都很老舊，而那些工人也都一臉疲憊。對他們來說，馬戲團的巡迴季節已經快結束了，我們奇風鎮幾乎已經算是終點。不過，我們從來不認為我們奇風鎮是人家墊底用的備胎。我們相信，印地安小馬和騎術表演的騎師還是一樣會賣力演出，不會邊跑邊瞄時鐘。我們相信，遊樂場那些碰碰車還是一樣會滿場跑，不會生銹故障。我們相信，儘管馬戲團的麵包師傅都已經累了，但他們賣的麵包還是會一樣美味可口。在我們看來，眼前的馬戲團依然生氣蓬勃，蓄勢待發。我們相信自己的眼睛。

然後我們開始騎車到學校去，半路上班恩說：「看樣子，今年一定會很熱鬧！」

「應該會——」

這時我們忽然聽到後面有車按了一聲喇叭，火箭立刻轉向右邊，接著一輛卡車從我們旁邊呼嘯而過，然後轉向漫天沙塵的馬戲團場地。車子好像載得很重，輪胎都快壓扁了。那卡車看起來像一輛拼裝車，車身各部位的顏色很不協調。卡車後面拖著一節沒有車窗的拖車。我們聽得到車廂底下的懸吊系統嘎吱嘎吱響。拖車兩邊畫著叢林的圖案，樹葉畫得不倫不類，一看就知道是生手畫的。叢林圖案旁邊寫了幾個紅色的字，字體很粗，而且還故意畫出鮮血淋漓的效果。那幾個字是：來自失落世界的怪物。

車子轟隆隆的從我們旁邊開過去，開向那一大群卡車和拖車。不過，就在車子從我面前經過的那一剎那，我忽然聞到一股怪異的味道。雖然這邊卡車很多，到處都是廢氣的味道，但我聞得出來，那不光只是汽車廢氣的味道，還有別的……很像是……蜥蜴的味道。

「哇！」大雷忽然皺起鼻頭。「班恩放屁！」

「才沒有！」

「臭屁不響。」大雷嘲笑說。

「少胡說八道，我看是你自己放的！」

「我也聞到了。」強尼淡淡的說。大雷和班恩立刻安靜下來。我們都已經有一種共識，只要強尼一開口說話，我們都會立刻安靜下來仔細聽。「那是拖車上的味道。」他說。

我們看著那輛卡車和拖車在帳篷間繞來繞去，然後很快就消失無蹤。我低頭看看地上，看到剛剛卡車輪胎從木頭鋸屑上輾過去，在地面上留下兩條長長的棕色胎痕。「奇怪，車子裡裝的到底是什麼？」大雷自言自語嘀咕了一句。他似乎覺得那是某種怪物的味道。我說我不知道，不過，我感覺得到那東西很重。

然後我們開始騎車到學校去，半路上我們一直在聊去看馬戲團的計畫。我告訴他們，只要爸媽允許，我們傍晚六點半在我們家集合，然後四個人一起去看馬戲團。最後我問他們：「大家都沒問題吧？」

「不行。」班恩說。他騎在我旁邊，氣喘如牛，說起話來很費力。

「為什麼不行？我們從前都是六點半去的啊！六點半遊樂場就開始了。」

「反正就是不行。」班恩又說了一次。

「喂，你是鸚鵡啊？」大雷罵了他一句。「吃錯藥啦？」

班恩深深嘆了口氣，那口氣在清晨冷冽的空氣中凝結成一團白霧。他戴著一頂毛線帽，肥嘟嘟的臉脹得通紅。「反正……反正就是不行。要等到七點。」

「可是我們從前都是六點半去的啊！」大雷還是不罷休。「那是……那是……」說著他轉過頭來看我，意思是要我幫他說話。

「那是我們的傳統儀式。」我說。

「沒錯！我們的傳統儀式！」

「我想他一定是有什麼事很為難吧，只是不好意思告訴我們。」強尼忽然說。接著他把車子騎到大雷旁邊。「班恩，告訴我們沒關係啦。」

「反正……反正就是不行……」班恩皺起眉頭，然後又嘆了一大口氣。他決定說出來了。「六點我要上鋼琴課。」

「什麼？」大雷大叫了一聲，我感覺到火箭似乎嚇了一跳，車身晃了一下。而強尼那種驚訝的表情彷彿見了鬼似的。

「鋼琴課。」班恩又說了一次。聽到鋼琴這兩個字，我腦海中立刻浮現出一幅畫面：一群娘娘腔的小男生坐在直立式鋼琴前面，而他們的媽媽則是面帶微笑摸摸他們的頭，一臉得意。「藍色葛拉斯小姐最近開始教鋼琴課。媽媽叫我去上，六點我就要開始上第一堂課了。」

我們都傻住了。「班恩，幹嘛去學什麼鋼琴？」我問他。「你媽為什麼要送你去學鋼琴？」

「她要我去學聖誕歌。老天，聖誕歌！」

「老天！」大雷一臉同情的搖搖頭。「要是藍色葛拉斯小姐能教你彈吉他，那就太棒了！」他說。「彈吉他就真的很酷了！可是鋼琴……噁。」

「那還用你說嗎?」班恩嘀咕了一句。

「嗯,還有一個辦法。」快到學校的時候,強尼忽然說。「我們乾脆去葛拉斯小姐家接班恩好了。然後我們不要六點半去,我們等七點再一起騎車去看馬戲團。」

「對了!」班恩忽然很興奮的大喊了一聲。「這樣最好!」

於是我們就這樣說定了。只要爸媽那邊沒問題,我們就七點去。只不過,往年我們都是禮拜五晚上六點半一起去,一直到十點。選這個時間去,爸媽通常都會答應。對我們這個年紀的小孩子來說,也只有禮拜五晚上才是屬於我們的時間,因為禮拜六早上和下午會有很多黑人去,而禮拜六晚上通常都是我們哥哥姊姊那個年紀的大孩子會去。然後,馬戲團通常都是在禮拜天早上撤走,到了十點以後,公園又變得空蕩蕩的,只剩地上一些零零星星的木頭鋸屑、壓扁的紙杯、票根。清潔工人有時候沒有撿乾淨。

等待的滋味是很難熬的,所以禮拜五那天感覺特別漫長。老鐵肺罵我蠢材,罵了兩次,而喬治桑德斯則是因為上課耍嘴皮子,結果被老鐵肺罰站在黑板前面,臉貼著黑板上那個圓圈。賴德迪凡筆記本裡夾了一張色情圖片,結果被叫到辦公室去。魔女把老鐵肺的車搞得面目全非,結果她爸媽必須負責把車修好。有時候我會想,假如我是老鐵肺,我一定會發瘋。

暮色漸深,一彎明月已經悄悄浮上天際。從我家的窗戶望出去,可以看到燈火通明的「驚奇馬戲團」。摩天輪矗立在一片紅色的光暈中,看得出來已經開始轉了。遊樂設施鑲滿了燈泡,燦爛耀眼。隔著靜謐的奇風鎮,遠遠就聽得到一種歡樂的喧鬧聲,有風笛的旋律,有笑聲,也有驚叫聲。我口袋裡有爸爸給我的五塊錢。外頭天氣冷了,所以我穿上一件毛線外套禦寒。我已經準備好了。

葛拉斯姊妹住在山塔克街,離我家大概還不到一公里。大概六點四十五分的時候,我騎著火箭來到她們家,結果看到大雷的腳踏車已經停在門口了,就停在班恩的腳踏車旁邊。她們家的房子看起來好像童話故事裡的薑餅屋。我跳下車,走上門廊,立刻就聽到門裡傳來鋼琴聲,還有藍色葛拉斯小姐那尖細的聲音。

「輕一點，班恩，輕一點！」

我按了一下門鈴，門鈴叮噹一聲，接著就聽到藍色葛拉斯小姐大喊：「大雷，麻煩你去看一下是誰來了好嗎？」

他過來幫我開門的時候，屋裡的鋼琴聲依然沒停。從他的表情可以看得出來，聽班恩一次又一次地彈出那五個音符，他覺得很噁心。「是溫妮佛奧斯本嗎？」鋼琴聲沒停，所以藍色葛拉斯小姐問得很大聲。

「不是。是柯力麥肯遜。」大雷對她說。「他也是來等班恩的。」

「那就請他進來吧，外面太冷了。」

我走進門，走進客廳。對男孩子來說，那個客廳簡直就像地獄。不管桌子椅子看起來都像是吹彈可破的老骨董，彷彿蒼蠅一停上去就會垮掉。小茶几上擺滿了各種陶瓷玩偶，有跳舞的小丑，有抱著狗狗的小孩，諸如此類。地板上有一張灰色的地毯，上面有很深的鞋印。那個擺骨董珍品的玻璃櫃幾乎和我爸爸一樣高，裡頭擺著五顏六色的水晶高腳杯、咖啡杯。那些咖啡杯上印著歷屆總統的肖像。另外還有二十幾個穿著蕾絲禮服的陶娃娃，另外還有二十幾個鑲著假鑽石的蛋，而且每個蛋都擺在四腳銅架上。我忽然想到，萬一那個櫃子倒了，那些東西破掉的聲音會有多驚天動地。另外還有一座藍綠相間的大理石基台，上面擺著一本攤開的聖經。那本聖經大得像牛津字典，上面印著斗大的字體，隔著房間遠遠都可以看得很清楚。客廳裡每樣東西看起來都好珍貴，可是卻又好脆弱，彷彿一碰就會破，在這種環境裡生活想必是戰戰兢兢。真難想像，有誰受得了這種生活？噢，對了，還有那台亮晶晶的棕色直立式鋼琴。班恩就坐在鋼琴前面，而藍色葛拉斯小姐站在他旁邊，手上拿著一根指揮棒。

「嗨，柯力，請坐。」她對我說。她就像平常一樣，全身打扮都是藍色，除了她細瘦的腰上那條白色的寬邊皮帶。她那淡金色的頭髮梳得好高，捲成一團一團，臉上戴的還是那副厚厚的黑框眼鏡，眼睛顯得好小。

「坐哪裡？」我問她。

「那邊。坐那邊的沙發。」

沙發上蓋著絨布，上面有牧羊人彈豎琴帶領羊群的圖案。沙發的四隻腳看起來很像被雨水泡爛的樹枝，彷彿隨時會垮掉。於是，我和大雷一起小心翼翼的輕輕坐到沙發上。沙發發出輕輕的嘎吱一聲，我和大雷嚇得心臟差點從嘴裡跳出來。

「來，認真想一下！手指要像水波一樣柔軟有韻律！一、二、三，一、二、三。」藍色葛拉斯小姐開始上下擺動指揮棒，而班恩則開始在琴鍵上彈奏那五個音符，拚命想彈出正確的旋律。沒多久，他越彈越用力，感覺不像在彈琴鍵，反而像是拚命想把琴鍵敲爛。「要像水波一樣柔軟有韻律！」藍色葛拉斯小姐說。「輕一點，輕一點！一、二、三，一、二、三！」

問題是，班恩彈出來的旋律，不像水波一樣柔軟有韻律，反而像是一團死氣沉沉的爛泥。「我彈不出來！」他大叫了一聲，然後把手從那些恐怖的琴鍵上縮回去。「我手指都快打結了！」

「索妮亞！讓那孩子休息一下吧！」綠色葛拉斯小姐在屋子裡大喊。「他手指頭會吃不消的！」她聲音聽起來好嘹亮。

「少管閒事，凱薩琳娜！」藍色葛拉斯小姐大吼。「我一定要教班恩學會正確的技巧！」

「喂，可憐可憐他吧，他才第一次來上課啊！」綠色葛拉斯小姐也不甘示弱。她沿著走廊走到客廳，細瘦的雙手叉在腰上，臉上也戴著厚厚的黑框眼鏡。她穿得滿身綠，但色澤濃淡變化繁複，有些地方是淺綠，有些地方是翡翠綠。那種色調讓人看得眼花撩亂，頭暈目眩。她那淡金色的頭髮梳得比索妮亞還高，看起來有點像金字塔。「並非全世界的人都像妳一樣是音樂天才！這妳應該知道吧？」

「當然知道！用不著妳提醒！」藍色葛拉斯小姐那雪白的臉上忽然泛起一朵紅暈。「我在幫班恩上課，能不能麻煩妳不要打擾！」

「算了，班恩大概也快下課了。接下來又是誰要被妳折磨了？」

「我的下一個學生是溫妮佛奧斯本。」藍色葛拉斯小姐特別強調學生那兩個字。「而且，要不是因為妳堅持要訂什麼雜誌，我還需要這麼苦命教學生彈鋼琴嗎？」

「別亂扯！這跟我訂不訂雜誌有什麼關係？要怪就怪妳自己！要是妳敢再亂買盤子，我就要發瘋了！從來就沒有客人會到我們家來吃飯，你買那麼多盤子幹嘛？」

「因為盤子很漂亮！就這樣！我喜歡漂亮的東西！我倒是要問妳，妳明明不會刺繡，沒事買那個名牌針箍幹什麼？」

「因為會增值。就這樣！妳根本不懂什麼叫投資！就拿妳買的那些鬼盤子來說，就算有哪個盤子忽然變得價值連城，妳恐怕也搞不清楚吧。」

我忽然很怕葛拉斯兩姊妹會打起來。兩個人的聲音都很尖銳刺耳，聽起來很像走音的二重奏。班恩夾在她們兩個中間，那模樣彷彿快要屁滾尿流了。過了一會兒，房子後面忽然傳來咯咯咯的聲音。一聽到那聲音，我立刻聯想到電影裡那個桶子裡的火星人頭。藍色葛拉斯小姐用指揮棒刺了她姊姊一下。「聽到沒？我們吵到牠了！牠不高興了！這下子妳滿意了嗎？」

這時門鈴忽然響了。「妳那個破鑼嗓子！一定是鄰居來抗議了！」綠色葛拉斯小姐說。「妳那個大嗓門，大老遠在聯合鎮都聽得到！」

接著藍色葛拉斯小姐過去開門，發現站在門口的人是強尼。他穿著高領毛衣，外面披了一件深棕色的外套。「我來這裡等班恩。」他說。

「老天！好像全世界都在等班恩！」她皺了一下眉頭，那表情彷彿吃到很酸的檸檬酸。「還有五分鐘才下課！先進來吧！」強尼走進門，看到我們兩個一臉倒楣樣，立刻就明白自己也上了賊船了。

咯咯咯！咯咯咯！後面房間裡那隻動物又開始叫了。

「大忙人！就麻煩妳去安撫牠一下囉！」藍色葛拉斯小姐對綠色葛拉斯小姐說。「是妳惹牠生氣的，妳應該要去安撫牠。」

「要是找得到可以住人的紙箱，我一定馬上搬出去住紙箱！」綠色葛拉斯小姐抱怨了兩句，但還是乖乖進了走廊。沒多久，那咯咯咯的聲音就不見了。

「老天，我快發瘋了！」藍色葛拉斯小姐拿起一本教堂的會刊朝自己身上猛搧。「班恩，你站起來一下。我教你該怎麼彈。只要你回家乖乖練習，就可以彈得跟我一樣。」

「我知道了。」他立刻跳起來。

藍色葛拉斯小姐坐到鋼琴前面的凳子上，抬起那雙纖細優雅的手，手指懸在琴鍵上方閉上眼睛。我猜她應該是在培養情緒。「我擔任過全職的鋼琴老師，當年我教的學生每個都學過這首歌。」她說。「你們聽過『美麗的夢仙』（Beautiful Dreamer）嗎？」

「沒有。」班恩說。大雷用手肘頂了我一下，翻了翻白眼。

「就像這樣。」說著，藍色葛拉斯小姐開始彈了。

跟「海灘男孩」不太一樣，可是很好聽。旋律從琴鍵流瀉而出，迴盪在整個房間裡。藍色葛拉斯小姐在凳子上左右搖晃，手指在琴鍵上左右游移。我必須承認，那音樂真美。

就在這時候，我忽然聽到一陣刺耳的叫聲，嚇得我渾身汗毛直豎。那聲音聽起來彷彿就像把碎玻璃灌進你耳朵裡。

「死人骨頭！漢納福！死人骨頭！沖蟋蟀！」

藍色葛拉斯小姐立刻停止彈琴。「凱薩琳娜！拜託妳餵牠吃個餅乾好不好？」

「牠已經瘋了！牠在啃籠子！」

「死人骨頭！要一包！死人骨頭！」

我不知道自己有沒有聽錯，那隻動物叫的是否真的就是那幾句話，不過聽起來很像。班恩，大雷，強尼，還有我，我們四個人面面相覷，感覺自己彷彿走進了瘋人院。「漢納福！咯咯咯！沖蟋蟀！」

「餅乾！」藍色葛拉斯小姐大喊。「還不趕快給牠一塊餅乾！」

「我拿餅乾砸爛你腦袋！」

那刺耳的叫聲和喊叫聲還是沒停。騷亂中，忽然門鈴又響了。

「就是那首歌害的妳知不知道？」綠色葛拉斯小姐大喊。「每次妳彈那首歌，牠就開始發瘋！」

「咯咯咯！要一包！漢納福！漢納福！」

我站起來打開大門，正打算要開溜，結果卻看到一個中年男人帶著一個八、九歲的小女孩站在門廊上。我認得他是誰。他就是明星餐廳的廚師尤金奧斯本。「我帶溫妮佛奧斯本來上鋼琴課——」他才說到一半，那怪叫聲又開始了。「死人骨頭！咯咯咯！沖蟋蟀！」

「怎麼這麼吵？那是什麼聲音？」奧斯本先生問。他的手搭在女兒肩上。她那雙藍眼睛瞪得好大，一臉困惑。我注意到奧斯本先生的指關節上有幾個刺青字。大姆指關節上是US，然後另外四隻手指上的分別是：A、R、M、Y。

「是我的鸚鵡在叫，奧斯本先生。」藍色葛拉斯小姐立刻走過來把我擠到旁邊。看她這麼瘦，沒想到力氣這麼大。「牠最近脾氣不太好。」

這時綠色葛拉斯小姐正好從走廊裡面走出來，手上提著一個鳥籠，裡頭就是那隻吵死人的鸚鵡。那隻鸚鵡還真不小，在籠子裡猛拍翅膀撞來撞去，有如一團小小的龍捲風。「死人骨頭！」牠又開始叫了，露出黑黑的小舌頭。「要一包！」

「妳自己餵牠吃一塊餅乾！」綠色葛拉斯小姐把籠子重重摔在鋼琴凳子上。「我可不想被牠咬掉手指！」

「從前妳的都是我在幫妳餵的，難道我就不怕手指頭被咬掉嗎？」

「我才不餵牠！」

「漢納福！要一包！死人骨頭！」那隻鸚鵡全身的羽毛都是天藍色，不過只有嘴巴是黃色。牠狠狠啄著鳥籠，藍羽毛四散飄飛。

「嗯，那妳帶牠去睡覺吧！」藍色葛拉斯小姐說。「幫牠蓋上小被子，哄牠睡覺！」

「哼，我簡直像個奴隸！在自己家裡，我竟然變成奴隸！」綠色葛拉斯小姐嘀咕了幾句，不過她還是乖乖提起鳥籠走出了客廳。

「死人骨頭！」那隻鸚鵡還是叫個不停。「沖蟋蟀！」

接著，我們聽到關門聲，那叫聲終於消失了。

「那小傢伙專會找麻煩。」藍色葛拉斯小姐很不自在的對奧斯本先生笑了一下。「牠好像不太喜歡我最愛的一首歌。來，請進請進。班恩，你可以下課了。別忘了，要認真想想看該怎麼彈。手指頭要像水波一樣柔軟有韻律。」

「知道了。」接著他壓低聲音對我說：「我們趕快走吧！」

於是我邁步走向門外，大雷跟在我後面。我們已經沒有再聽到那隻鸚鵡叫了。牠大概已經睡著了。就在這時候，我聽到奧斯本先生說：「這是我第一次聽到鸚鵡用德語罵髒話。」

「不好意思，奧斯本先生，您剛剛說什麼？」藍色葛拉斯小姐揚起眉毛。

我忽然停下腳步，轉身想聽聽奧斯本先生說什麼，結果強尼撞在我身上。

「用德語罵髒話。」奧斯本先生又說了一次。「是誰教牠的？」

「呃，我……我不太懂你在說什麼。」

「第二次世界大戰的時候，我在歐洲打過仗，在『第一步兵師』當炊事兵。我跟不少德軍戰俘說過話，所以我聽得懂德語的髒話，一聽就知道。從前聽太多了。」

「我……我的鸚鵡會說德語？」她的笑容忽然消失了一下，但很快又擠出笑容。「你大概是聽錯了吧！」

「我們走吧！」強尼催我。「馬戲團快開演了！」

「而且，牠不光是罵髒話。」奧斯本先生又繼續說。「牠還說了另外幾句德國話，不過有點含糊，聽不太清楚。」

「我的鸚鵡是美國鳥。」藍色葛拉斯小姐忽然仰起臉說，表情有點不屑。「我真的完全聽不懂你在說什麼！」

「呃，算了吧。」他聳聳肩。「沒什麼。」

「你們幾個！麻煩把門關起來好嗎？屋子裡的暖氣會漏出去。」

「走啦，柯力！」大雷又開始催我了。他已經跨上腳踏車了。「我們快來不及了！」

這時屋裡那個房間的門忽然開了，綠色葛拉斯小姐從走廊走出來說：「謝天謝地，牠終於安靜下來了！拜託妳，彈什麼都沒關係，就是千萬別再彈那首歌了，好不好？」

「凱薩琳娜，我剛剛不是已經告訴過妳了，跟那首歌根本沒關係。從前我一天到晚彈給牠聽，牠很愛聽啊！」

「呃，現在牠很討厭聽！反正不要彈就對了！」

看她們兩個在鬥嘴，我忽然覺得她們兩個就像兩隻喋喋不休的鸚鵡。一隻藍鸚鵡，一隻綠鸚鵡。「麻煩你把門關起來好嗎？」藍色葛拉斯小姐對我大叫了一聲，強尼立刻推了我一把，把我推向門廊，接著他自己走出來之後就順手關上門。在外面，我們還是聽得到葛拉斯姊妹喋喋不休吵個不停。我忽然很同情奧斯本家那小女孩。

「那兩個真的瘋了！」班恩跨上腳踏車的時候，嘴裏嘀咕著說：「老天！那真是比學校還恐怖！」

「老兄，你到底幹了什麼壞事，搞得你爸媽氣成這樣，讓你來受這種酷刑。」大雷嘴巴閒不住了。「真是浪費時間！」說著他大叫了一聲，然後就猛踩腳踏車飛也似地衝向馬戲團。

我騎得很慢，遠遠落在後面，他們一直回頭叫我趕快跟上去。但我滿腦子想的都是那隻鸚鵡。用德語罵髒話？藍色葛拉斯小姐的鸚鵡怎麼會用德語罵髒話呢？據我所知，那兩姊妹根本就不會說德語。另外，沒想到奧斯本先生在二次大戰期間竟然待過「第一步兵師」。我在很多雜誌上讀到過，「第一步兵師」是很有名的部隊。沒想到奧斯本先生真的上過戰場，就像「洛克中士」漫畫裏的英雄一樣！哇！那實在太酷了！

接著我的思緒又回到那隻鸚鵡。那隻鸚鵡為什麼會用德語罵髒話？

沒多久，我們已經聽到馬戲團那邊傳來的喧鬧聲，而且聞到陣陣的爆米花香和糖葫蘆的香甜味。於是，那隻用德語罵髒話的鸚鵡很快就被我拋到腦後，我開始猛踩踏板，追上我那幾個死黨。

來到馬戲團大門口，我們買了門票，然後就像餓了好幾天的乞丐一樣，迫不及待就衝進會場。頭頂上是縱橫交錯的電線，上面掛滿了燈泡，燦爛閃爍，有如一顆顆被綁住的星星。現場已經擠滿了跟我們年紀差不多的孩子，不過還是有一些大人和高中生。四周的遊樂設施嘩啦啦驚天動地。我們到了摩天輪的入口，買了票坐上去，結果，我很快就發現我犯了大錯，因為我坐在大雷旁邊。摩天輪轉到最頂端的時候，停了一下，讓底下的遊客坐上座艙。那時候，大雷忽然開始猛搖座艙，大吼大叫，螺栓被他搖得嘎吱嘎吱響，好像快要鬆脫了。「別鬧了！別再搖了！」我嚇得渾身僵直，一直哀求他。在那樣的高度，馬戲團的整個會場一覽無遺。我立刻就注意到那面色彩鮮豔的招牌。那面招牌上畫著叢林圖案，上面還用很鮮豔的紅油漆寫了幾個血淋淋的字：來自失落世界。

後來，我們進了鬼屋遊樂場之後，輪到我給大雷一點顏色看了。我們坐在軌道車上，來到某個地方，忽然有個滿臉鼻涕的巫婆從黑暗中竄出來，我立刻抓住大雷脖子後面，然後開始呼喊嗥叫，叫得比那些鬼怪還恐怖。過了一會兒，我放開他之後，他大叫了一聲：「別鬧了！」後來，我們走出鬼屋之後，他說鬼屋是天底下最無聊的東西，一點都不可怕。不過我注意到，他走路的樣子有點怪怪的，而且匆匆忙忙衝進廁所。

我們吃棉花糖，吃爆米花，吃甜甜圈，吃得滿頭滿臉都是。我們吃裹滿了花生的蘋果糖葫蘆，吃熱狗，喝麥根沙士，撐得肚子鼓得像汽球。後來，班恩跑去坐雲霄飛車，結果一下來就說他好想吐，我們只好扶他去上廁所。還好，他總算撐到進了廁所才吐，沒有把衣服弄髒。

後來，我們來到那座獨眼怪物的帳篷前面時，班恩一溜煙不見了。至於大雷呢，他迫不及待就要衝進去了。而強尼和我決定和他一起進去，不過事後想想，這實在不是明智的決定。

帳篷裡瀰漫著一股陰森森的氣息，裡面有一個人，表情很冷酷，鼻子大得像黃瓜。帳篷裡還有另外五、六個愛看畸形人的遊客，那個人站在遊客前面，手舞足蹈說笑話逗他們開心。他滔滔不絕說了好一會兒，一下說什麼肉慾的罪惡，一下說什麼上帝之眼。接著，他掀開一面小布簾，打開一盞強光燈，眼前出現一個巨大的玻璃瓶，裡頭有一個赤裸裸的小嬰兒，全身萎縮，皮膚呈現一種淡紅色。它有兩隻手，兩條腿，可是卻只有一隻眼睛。那隻眼睛長在圓圓的額頭上，模樣看起來像極了電影裡那個獨眼巨人。那個人把裝滿了福馬林的玻璃瓶拿起來，裡頭的小嬰兒漂游了一下，那一剎那，我和強尼都不由自主的皺起眉頭，感覺很不自在。那個人拿著玻璃瓶湊近每一位遊客面前。「這就是肉慾的罪惡。那隻眼睛就是上帝之眼，是上帝的懲罰，是天譴。」他說。我忽然有一種感覺：這個人和布萊薩牧師一定很合得來。過了一會兒，那個人把玻璃瓶舉到我面前，我注意到那隻眼睛是金黃色的，就像火箭的眼睛一樣。那小嬰兒臉上滿是皺紋，看起來好像一個侏儒老人。那種表情，彷彿他想開口吶喊，祈求上帝劈下一道閃電，幫助它解脫痛苦。「仔細看，小朋友，看看上帝是如何防堵世人犯下肉慾之罪。」那個人說。他眼袋浮腫，眼中射出一種宗教式的狂熱。我知道他在說什麼：那小嬰兒下陰的部位一片平滑，沒有男性生殖器官，也沒有女性生殖器官。然後那個人轉動了一下玻璃瓶，讓我看看小嬰兒背部。它緩緩往下沈，背部碰到玻璃瓶，這時我聽到它的肩膀在玻璃上摩擦，發出一種悶悶的聲音。

我仔細一看，看到那小嬰兒肩胛骨特別厚，骨骼很突出，感覺有點像翅膀的殘根。

那一剎那我忽然明白了。真的明白了。

那獨眼小嬰兒是天使。墜落到人間的天使。

「這是為了警惕世上的罪人。」那個人邊說邊走向大雷和強尼。「上帝之眼俯視人間，這是為了警惕世上的罪人。」

過了一會兒，我們走出帳篷，走回遊樂區。這時大雷說：「噢，上當了！我本來以為會看到活生生的獨眼人！本來以為他會說話！」

「它確實跟我們說過話，你沒聽到嗎？」我問他。他轉過頭來看著我，那表情彷彿看到了瘋子。

接著我們去看摩托車特技表演。有幾個人騎著摩托車在一個球形籠子裡繞來繞去，轟隆隆的引擎聲和輪胎摩擦的吱吱聲迎面襲來。接著我們去看印地安小馬表演。那是一個大帳篷，裡頭有一大群白人纏著腰布，頭上戴著羽毛。他們繞著一匹奄奄一息的馬跳舞，好像在進行什麼儀式，要喚醒那匹馬。結尾的一幕，一群牛仔坐在一輛馬車上繞圈圈，一群假扮的印地安人在後面追趕，牛仔開槍射殺瘋狂呼嘯的印地安人，最後終於逃出一條生路。其實，阿拉巴馬州的歷史並沒有這麼無聊。強尼看了之後苦笑了一下說，那群小馬當中，有一匹是黃褐色的小馬，背有點凹。只有那匹小馬比較有點味道，看起來像是真的可以跑得很快。

接著大雷又想去看畸形人了，於是我們只好又陪他去看。我們先去看一個紅頭髮的女人。她把電燈泡放進嘴裡，燈泡就會亮起來。接下來，我們去看「黑社會老大艾爾卡邦的死亡之車」。路邊七橫八豎躺著好幾具屍體，血流成河，而旁邊是好幾個幫派分子拿著衝鋒槍對空掃射。那輛車是真車，不過已經破爛不堪，很像史谷力先生回收場裡那些破銅爛鐵。駕駛座上坐著一個假人，而另外四個假人則是站在旁邊愣愣看著車子。大雷愈走愈快，我們只好百無聊賴的跟在他後面。一路上我們還看了「鱷魚皮男孩」，「人臉毛毛蟲」，還有「長頸鹿女」。當時隔著帳篷看到長頸鹿女的影子，大雷就已經按耐不住要衝進去了。

接著我們繞過一個轉角，突然聞到一股怪味道。

那味道淡淡的，夾雜著漢堡和甜甜圈的油膩味。

那是蜥蜴的味道。

「班恩尿褲子了！」大雷說。他那張嘴真的閒不住。

「哪有！」班恩老是學不會，跟大雷鬥嘴是很無聊的事。

「在那邊。」強尼忽然說。原來就在我面前，幾個大大的紅字，「來自失落」就在我左邊，「世界的怪物」就在我右邊。

那節拖車是一個四四方方的車廂，後面有門，底下有階梯，門口遮著一面髒兮兮的布簾。旁邊有一座售票亭，裡面有個人坐在板凳上，嘴裡叼著一根牙籤，手上拿著一本漫畫低頭猛看。那個人幾乎已經快禿頭了，稀疏的頭髮看起來油膩膩的，灰灰的眼睛看起來像大理石。他抬起頭瞄了我們一眼，然後懶洋洋的伸手拿起麥克風。沒多久，旁邊的喇叭裡就傳出他嘶啞的聲音。「來來來！大家來看失落世界的怪物！來來來……」說沒兩句他就沒勁了，又低下頭繼續看他的漫畫。

「這裡好臭。」大雷說。「我們走！」

「等一下。」我說。「等一下。」

「幹嘛？」

我一直看著「失落」那兩個字。「我倒想看看裡面是什麼東西。」

「浪費錢幹嘛！」班恩說。「了不起就是大蛇之類的東西吧！」

「呃，再怎麼樣也不會比死亡之車無聊！」

這他們倒是沒話說。

「喂，你們看，那邊有一隻兩個頭的牛。」大雷忽然伸手指向前面那幾座帳篷。「那個我喜歡！」接著他開始走過去。班恩跟在他後面，可是才走了兩步又停住了，因為他發現我和強尼並沒有跟上去。大雷回頭瞄我們一眼，皺起眉頭，然後停下腳步。「那一定又是騙人的把戲！」他說。

「也許吧。」我說。「不過也可能是——」

我本來想說「很好玩的東西」。

但就在這時候我們忽然聽到一種怪聲音，聽起來很像是很重的東西在地面上摩擦，整節拖車開始嘎吱嘎吱響。接著，砰！聽起來像是木頭撞擊的聲音，整節拖車都震動起來。售票亭裡那個人趕緊伸手到旁邊的地面上抓起某種東西。是一根插滿鐵釘的球棒。他拿那根球棒用力敲拖車。我注意到車廂上「失落世界」那幾個字上都是鐵釘痕。

裡面的東西立刻安靜下來，車廂也不再搖晃了。於是那個人又把球棒放回去，面無表情。

我越來越好奇了。那股沼澤特有的氣味會把一般的遊客嚇跑，但我反而更想一探究竟。我走向售票亭。

「一張嗎？」他連頭都沒抬。

「那是什麼東西？」我問他。

「來自失落世界的怪物。」他說話的時候眼睛還是盯著漫畫。他面黃肌瘦，臉頰和額頭坑坑疤疤，全是粉刺疤。

「我知道，不過那到底是什麼？」

這次他抬起頭來了。我忽然忍不住想往後退，因為他目露凶光，那眼神令我聯想到布蘭林兄弟。「就是要讓你看到意想不到的東西。要是我說了。」他用力吸吸牙籤。「那還有什麼意思，不是嗎？」

「那是……是不是……是不是畸形人之類的？」

「自己進去看就知道了。」他冷笑了一下，露出斷裂的牙齒。「因為我也說不出來那到底是什麼。」

「柯力！走了啦！」大雷已經站在我後面了。「那一定是騙人的把戲！」

「哦，是嗎？」那人忽然把漫畫書往地上一丟。「小子，你懂什麼？住在這種雞不生蛋鳥不拉屎的小鎮，什麼世面都沒見過，你懂什麼？」

「騙人的把戲一看就知道！」說完大雷立刻發覺自己態度不好，於是又補了一句。「先生。」

「是嗎？小子，我看你連雞蛋鴨蛋都分不清楚。滾吧！不想看就不要來煩我！」

「誰希罕哪！」大雷點點頭。「我本來就懶得看！走啦，柯力！」說著他就走開了，但我卻站在原地沒動。大雷看我不肯走，於是就嗤了一聲，然後走向雙頭牛旁邊那座賣紀念品的攤位。

「一張票。」我從牛仔褲口袋裡掏出一枚兩毛五的硬幣。

「一張票五毛。」他說。

「不是每個地方的門票都是兩毛五嗎？」班恩問他。他站在我旁邊，強尼站在另一邊。

「這裡要五毛。」那個人說。「裡面的東西食量很大。餵牠要花很多錢。」

我把錢擺到他面前，他立刻把那兩枚硬幣丟進一個空罐頭裡。聽那聲音，裡頭好像沒什麼錢。他撕下一張票，然後又把那張票撕成兩半，一半遞給我。「上去吧，掀開布簾走進去，然後在裡面等我。裡面還有另外一塊布簾，不過你不要自己進去，先等我，我再帶你進去，聽懂了嗎？」我說好，然後就爬上階梯走進去。那股潮濕的蜥蜴味真的很難聞，而且還夾雜著一股爛掉的水果味。我走到那道布簾門口的時候，忽然有點猶豫。有需要這麼好奇嗎？但我還是掀開布簾走進去。裡頭一片漆黑。「我也要看看。」我聽到強尼說。於是我站在那裡等他。我伸手摸摸裡頭那面粗麻布簾。拖車裡到底是什麼東西？

這時我忽然感覺到一陣震動，感覺彷彿遠處有一列火車正要開過來。

「可以進去了。」賣票那個人在我後面說。他已經走上台階，強尼和班恩跟在他後面。他掀開第一面布簾的時候，我注意到他手上又拿著那根插滿鐵釘的球棒。我往旁邊挪了一下，讓他們進來有地方站。班恩忽然抬起手捏住鼻子。「好臭！」

「那是爛掉的水果。」那個人說。「牠喜歡吃爛掉的水果。」

「那到底是什麼？」強尼問。「失落的世界又是什麼地方？」

「失落的世界就是失落的世界！意思就是，那個世界已經不見了。聽懂了嗎？」

他那種態度誰受得了？強尼本來可以給他一點顏色看，但他卻只是淡淡的說：「我知道了。」

「嘿，我也要看！」是大雷的聲音。「你們在哪裡？」

那個人立刻快步走到門口擋住他。「五毛錢。」

這下子當然有得吵了。我掀開布簾，看到大雷人跟那個人僵持不下，邊吵還邊啃著棒棒糖。他吃的是那種正中央有巧克力的白色棒棒糖。「你再囉唆，五毛錢就要變成七毛五了！給不給？」

最後大雷只好乖乖給他五毛錢，然後跑進來站在我們旁邊。接著那個人已經來了，嘴裡還喃喃嘀咕著。他對我說：「喂，小子，可以進去了！」

於是我推開那面粗麻布簾走進去。一進門，那股強烈的臭味立刻迎面撲來，差點把我燻昏。強尼大雷和班恩排成一排跟在我後面走進來。最後，那個人也進來了。裡頭有四盞煤油燈掛在天花板的鉤子上，那是唯一的光源，光線昏暗。我看到眼前是一片看起來很像豬圈的地方，外面圍著鐵柵欄，那欄杆有碗口粗。接著，我看到好像有個東西躺在裡面，巨大無比，我忽然覺得兩腿發軟。我聽到班恩在我後面倒抽了一口氣，而強尼也輕輕吹了聲口哨。那獸欄裡到處都是腐爛發霉的水果皮，堆積如山。那個腐臭味沖天的東西躺在一大灘黃黃綠綠的泥漿裡，或者，形容得更正確一點，應該說那灘泥漿裡堆積著幾十塊黃黃的東西，形狀看起來像木頭，而且每一塊都有我爸爸的手臂那麼長，而且是兩倍粗。一大群蒼蠅在獸欄上空盤旋，乍看之下有如一團龍捲風。距離這麼近，那臭味簡直比臭鼬還要臭上好幾百倍。難怪這個人賺不到什麼錢。

「靠近一點，仔細看！」他說。「既然花了錢就過去看啊！」

「我快吐了！」班恩呻吟了一聲，然後立刻轉身跑到外面去。

「我這裡是不退票的！」那個人朝班恩大喊了一聲。

這時候，不知道是因為那個人喊得太大聲，還是因為獸欄裡實在臭得令人難以忍受，那怪物突然從那灘泥漿裡慢慢站起來，而且，當埋在泥漿裡的部位漸漸露出來之後，那軀體就顯得越來越巨大了。接著，那怪物忽然叫了一聲，那低沈的巨響有如轟隆隆的雷鳴。然後，牠開始慢慢往拖車裡面走，灰灰的軀體上滿是泥漿和糞便，在燈光下閃閃發亮。成千上萬的蒼蠅在牠身上爬。這時候，整節拖車忽然發出轟隆一聲巨響，開始往一邊傾斜，木板開始嘎吱嘎吱響。我們三個嚇得大叫一聲，那一剎那的感覺比剛剛在鬼屋裡更恐怖。

「笨蛋，不要動。」那個人忽然站到一座木頭平台上。「叫你不要動沒聽到嗎？再動就要翻車了！」他忽然舉起球棒狠狠往下打。

聽到球棒打在怪物身上的聲音，我忽然感到一陣噁心，差點就吐出來，但我還是咬牙忍住了。接著，那個人又繼續打那隻怪物，兩下，三下，四下。一開始那怪物沒出聲，但打到第四下的時候，牠開始從牆邊慢慢移到獸欄正中央，而拖車也立刻恢復平穩。

「笨蛋，給我乖乖地待在那裡不要動！」那個人大喊。

「先生，你是想打死牠嗎？」大雷質問他。

「那王八蛋不會痛啦！牠的皮比鐵甲還厚！喂，你敢教訓我？再囉唆我把你轟出去！」

我不知道那怪物是不是真的不會痛，我只看到眼前那龐然大物灰灰的軀體，上面全是傷痕，血不斷流出來。

那怪物幾乎有大象的一半高，而體型和我們家輛小貨車差不多大。牠身體一扭動，身上的蒼蠅立刻懶洋洋的飛起來。在昏暗的燈光下，我看到那怪物站在那灘泥漿裡一動也不動，四條巨大的腿踩在爛水果皮和糞便裡。我注意到牠頸部的骨盤上突出三塊殘根，上面覆蓋著厚厚的灰皮。顯然牠本來有三隻角。

我差點昏倒，但我不敢倒在這裡的地上。

「這東西已經很老了。」那個人說。「你們知不知道有些烏龜可以活兩三百年？哼，跟這東西比起來，烏龜只能算是小娃娃。牠比傳說中的人瑞瑪士薩拉還老。」他邊說邊笑，好像覺得那很好笑。

「你在哪裡找到牠的？」我不知道自己怎麼會想到這問題。

「我買的。花七百塊錢買的。那年在路易斯安那州的卡津族保留區巡迴的時候，我看到有人把這隻怪物拿出來展覽，而那個人是在德州巡迴表演的時候看到的。更早之前，是一個蒙大拿州來的傢伙開著卡車帶牠到處巡迴展覽。我估計應該是在二〇年代左右。沒錯，牠什麼地方都去過。」

這時我忽然聽到大雷說：「牠在流血。」他說得很小聲，口氣很不安。那根棒棒糖抓在手上，顯然已經沒心情吃了。

「哦，那又怎麼樣？不打牠會聽話嗎？哼，沒腦袋的東西，腦子大概只有花生米那麼大。」

「牠是在哪裡被人發現的？」我問。「我是說……是誰最先找到牠的？」

「那是很久以前的事了。當年那個卡津族的傢伙告訴過我，不過我已經記不太起來了。好像是……好像是一個教授找到的。在亞馬遜的哪個叢林裡吧，還是非洲剛果，我想不起來了。在一片沒有人知道哪裡的高原上。那個教授的名字好像是……夏德教授……不對不對……」他皺起眉頭。「夏利……不對，還是不對。」接著他忽然伸出手指在半空中啪的彈了一下。「對了，他叫夏林傑教授！就是他發現這隻怪物，把牠從高原上帶回來！你們知道牠是甚麼動物嗎？就是三……三……」

「三犄龍。」我替他說了。恐龍我太熟悉了。

「對，就是三犄龍。」那個人說。「沒錯。」

「牠的角被鋸掉了。」強尼說。他也認出來了。接著他從我旁邊走過去，伸手抓住鐵欄杆。「牠的角是被誰鋸掉的？」

「我。就是我。不鋸掉不行。可惜你沒有親眼看到，他媽的那三隻角太恐怖了，簡直就像長矛。拖車的鐵皮都被牠撞爛了，破了好幾個洞。為了鋸掉那三隻角，我的電鋸都報銷了，還沒鋸到一半就報銷了，沒辦法最後只好用斧頭砍。當時牠就像這樣躺在地上，真的，就這樣躺在地上吃大便。」說著他注意到腳邊有一片白白的西瓜皮，立刻一腳踢開。西瓜皮本來在獸欄裡，不知怎麼會跑到外面來。「你們知道這個季節餵牠吃水果要花多少錢嗎？當年我怎麼會笨到花七百塊把牠買下來？這輩子從來沒有這麼笨過。」

這時大雷忽然走到柵欄前面，站在強尼旁邊。「牠為什麼只吃水果？」

「噢，牠什麼都吃。有一年巡迴結束的時候，我餵牠吃垃圾和樹皮。」那個人笑得很猙獰。「最後還是決定餵他吃水果，拉出來的東西才不會那麼臭。」

那隻三犄龍黑黑的小眼睛忽然慢慢眨了一下，巨大的頭左右擺了幾下，好像在想什麼。獸欄實在太小，牠連轉身都有困難。接著牠忽然長長吐了一口氣，然後又趴回那灘泥漿裡，兩眼無神愣愣的看著前面。牠身體側邊一直流血。

「裡面真的太擠了。」大雷問他。「你放牠出去過嗎？」

「放牠出去？開什麼玩笑！天才，請問一下，放牠出去，我要怎麼把牠關回來？」說著他靠在鐵柵欄上。站在那個木頭平台上，鐵柵欄的高度大概到他腰部。他忽然轉頭對那隻三犄龍大吼：「喂，豬腦袋！為什麼你就是學不會耍點小把戲，幫我賺點鈔票？為什麼你就是沒辦法像海狗一樣，用鼻子頂球，或是學跳火圈？本來我還以為可以教你耍點小把戲，結果呢，你就只會整天賴在地上，笨得像豬一樣。」他越說越氣，整張臉開始扭曲起來，表情很猙獰。「喂，我在跟你說話聽到沒有？」說著他又舉起球棒朝三犄龍背上打下去，接著又打了一次，打得牠皮開肉綻血流如注。三犄龍水汪汪的眼睛慢慢閉起來，雖然牠沒吭聲，但感覺得到牠很痛苦。那個人又齜牙咧嘴舉起球棒，打算打第三次。

「先生，不要打牠！」大雷忽然說。

他口氣聽起來有點異樣，好像豁出去了。

那個人球棒舉在半空中，忽然停住動作。「小子，你說什麼？」

「我說……請你不要再打牠了。」接著他又補了一句。「這樣很不應該。」

「確實不應該。」那個人說。「不過很好玩。」說著他又舉起球棒，用盡全力朝三犄龍背上打下去。第三下了。

我注意到大雷忽然握起拳頭，手上那半截棒棒糖被他捏碎了。

「我看不下去了。」強尼說完立刻轉身從獸欄前面走開，走到拖車外面。

「大雷，我們走。」我對大雷說。

「你不應該這樣。」大雷又說一次。那個人停手了，球棒上的鐵釘鮮血淋漓。「這種動物怎麼可以關在這種地方？」

「你花的五毛錢應該值回票價了。」那個人說。他好像精疲力盡，額頭上全是汗。要把球棒上的鐵釘從三犄龍身上拔出來，一定很費力。血腥暴力似乎有略微平息了他的怒火。「回家去吧，你們這些土包子。」他說。

大雷毫不退縮。他眼中彷彿有一團怒火熊熊燃燒。「先生，你知道這是什麼動物嗎？」

「知道啊，他媽的一頭大笨豬。你想買嗎？好啊，我可以算你便宜一點！回家去叫你爸爸給我五百塊，我會很樂意把牠丟到你家院子裡，晚上你還可以把牠帶到床上陪你睡覺。」

大雷不理會他。「這樣是不對的。」他說。「你恨牠，就因為牠沒辦法幫你賺錢，這樣是不對的。」

「你懂個屁！」那個人冷笑著說：「臭小子，你懂個屁！接下來的二十年，你好好看看這個世界是什麼狗屁樣，二十年後你再來告訴我什麼是對什麼是錯！」

接著大雷做了一件很奇怪的事。他把手上碎掉的棒棒糖丟進獸欄的泥漿裡，正好掉在三犄龍嘴邊。棒棒糖掉入泥漿那一剎那發出啪的一聲。三犄龍趴在地上，瞇著眼睛。

「喂！臭小子，東西不准丟進去！你們兩個給我滾出去！」

當時我正要跨出門口。

接著，我忽然聽到吞東西的聲音，很大聲，立刻轉頭一看，看到三犄龍張開嘴把那塊棒棒糖連同泥漿一起吸進嘴裡，嚼了幾下，接著，牠忽然抬起頭，把糖果吞下去。

「出去出去！」那個人催我們出去。「我要關門——」

就在這時候，拖車忽然搖晃起來，那隻三犄龍正慢慢站起來，身上的泥漿水一直往下滴，乍看之下彷彿一棵老橡樹從沼澤裡浮上來。我看到他伸出紅紅的舌頭舔了一下滿是泥漿的嘴邊，然後轉頭看著大雷，開始慢慢往前走。

眼前的景象很像一輛坦克車慢慢加速。接著，牠低下頭去撞鐵欄杆，頸部的骨盤撞上鐵欄杆之後，發出砰的一聲巨響，聽起來很像兩頂巨大的美式足球頭盔相撞。三犄龍往後退了三步，發出一聲低吼，然後又用頭去撞鐵欄杆。

「嘿！嘿！」那個人大喊。

三犄龍又往前衝，腳掌在泥漿裡滑了好幾下。牠力氣真是大得嚇人，全身那有如大象般的肌肉劇烈抖動，身上的蒼蠅都飛跑了。鐵欄杆發出陣陣嘎吱聲，開始往前彎，而欄杆尾端的螺釘也發出嘎吱聲，漸漸被撞鬆了。

「喂，不要再撞了！不要再撞了！」那個人又開始拿球棒打三犄龍，打到他自己的指甲都滲出血來。

但三犄龍根本不理他，還是拼命撞鐵欄杆，鐵欄杆越撞越彎。我看得出來，牠是想去找大雷。「王八蛋！你這個臭王八蛋！」那個人大吼大叫，舉起球棒打個不停。接著他轉頭看著我們，目露兇光。「滾出去！牠發瘋了，都是你們害的！」

我抓住大雷的手拖著他往外走。他乖乖讓我拉著走。我們聽到嘎吱聲越來越頻繁，顯然更多螺釘鬆掉了。拖車開始像搖籃一樣晃來晃去。我感覺得到那隻三犄龍發脾氣了。我們走下階梯，看到強尼站在聞不到臭味的上風處，而班恩呢，他坐在一個塑膠箱上，臉埋在手心裡，看起來好悲慘。

「牠想逃出來。」大雷說。我們站在旁邊看著拖車猛烈搖晃震動。「你看到了嗎？」

「看到啦。牠瘋了。」

「我跟你打賭，牠一定沒吃過棒棒糖。」他說。「一輩子沒吃過。沒想到牠也跟我一樣這麼喜歡棒棒糖。我家裡有一整箱呢，要是都給牠吃，牠一定樂瘋了！」

牠會突然發瘋，是因為吃了棒棒糖的關係嗎？這我倒不敢確定，不過我說：「很有可能。」

拖車已經漸漸不再搖晃了。沒多久，那個人走出來了。他臉上衣服上沾滿了泥巴和大便。我和大雷開始不由自主的渾身顫抖，拚命想憋住笑。那個人拉上布簾，關上門，用鐵鏈鎖上。接著他轉頭瞪著我們破口大罵：「滾蛋！還不趕快滾，趁我還——」他朝我們衝過來，舉起球棒在半空中揮舞。我們忍不住大笑起來，轉頭就跑。

夜深了，馬戲團已經準備要打烊了。遊樂設施區的人群漸漸散去，跑馬場準備要關了，畸形人區那些吆喝顧客的人也安靜下來了。燈火逐漸熄滅，一盞接著一盞。

我們慢慢走回停腳踏車的地方。夜深了，空氣越來越冷冽。冬天快到了。

班恩吐得差不多了，好像舒服一點了，又開始有說有笑。強尼話很少，但他倒是提到摩托車特技表演很精彩。至於我呢，我說有一天，要是我有那個興致，我可能會建造一座鬼屋遊樂園，把全世界的人嚇得屁滾尿流。而大雷卻不吭一聲。

後來，我們走到腳踏車旁邊的時候，大雷終於開口了。「我不想過那種日子。」

「什麼日子？」班恩問他。

「像那隻失落世界的怪物一樣。」大雷說。「住在那種獸欄裡。」

班恩聳聳肩。「噢噢噢，說不定牠早就習慣了。」

大雷說：「習慣並不代表喜歡，豬頭。」

「喂，氣不要出在我身上！」

「我不是在生氣。」大雷跨上腳踏車，緊緊抓住把手。「我只是……我只是很不願意過那種生活。幾乎連動都沒辦法動，暗無天日，就這樣一天過一天，一輩子就這樣過。柯力，你過得下去嗎？」

「我不敢想像。」我說。

「看那個人那樣打牠，我想牠可能很快就會被他打死，然後被他丟到垃圾堆裡，就這樣完了。」大雷抬頭看看彎彎的月亮，嘆了一口氣，嘴裡呼出一團白霧。「不過，我認為那不是真的三犄龍。那個人根本就是個江湖郎中。那只是一頭畸形的犀牛。就這麼回事，懂了嗎？那根本就是冒牌貨。」結果我還來不及回答他，他就開始越騎越快，一溜煙就不見了。

驚奇馬戲團的一天就這樣度過了。

奇風鎮的防空警報器裝在法院屋頂上。禮拜天凌晨三點左右，警報器忽然大叫起來。爸爸連忙跳起來穿衣服，一陣手忙腳亂，連內衣都穿反了。他立刻開著小貨車去看看到底發生了什麼事。當時我以為是俄國人來轟炸我們奇風鎮。可是後來凌晨四點左右，爸爸回來了，我們才知道出了什麼事。

馬戲團有一隻動物跑掉了。牠撞破了拖車，結果拖車起火燃燒。當時那隻動物的主人睡在另一輛拖車裡。後來我偷偷聽到爸爸告訴媽媽說，住在另外那輛拖車裡的是一個紅頭髮的女人，聽說，只要她把燈泡放進嘴裡，燈泡就會亮。反正，那隻動物跑掉了，把遊樂設施撞得一蹋糊塗，帳篷被扯成碎片，彷彿整個馬戲團被一輛坦克車輾過去。而且，那隻動物顯然從商店街經過，因為好幾家店都被撞爛了，還有好幾輛停在路邊的車都被撞成了破銅爛鐵。爸爸說，史沃普鎮長告訴他，財物損失估計有一萬多美金。到目前為止，他們還沒抓到那隻動物。而且大家都還沒回過神來的時候，牠就已經逃進了樹林裡，往山上跑。只有韋恩吉利先生看到牠，因為當時牠正好撞破了他臥房的牆壁。結果吉利先生和他太太都因為驚嚇過度被送進聯合鎮的醫院。

那隻來自失落世界的怪物逃走了。馬戲團一直找不到牠，最後只好黯然離開。

這件事有點蹊蹺，但那一整天我都按耐住沒有採取行動，一直到了晚上我才跑到強尼家。強尼的爸媽在客廳看電視，我和強尼趁這個機會跑到最裡面的房間打電話到大雷家。接電話的是大雷的小弟安迪。我叫他請他爸爸來聽電話。

「有什麼事嗎，柯力？」他問我。

「爸爸要我打電話給你。」我對他說。「這禮拜我們想拆掉叛徒的狗欄，所以想找您問一下，不知道您有沒有……呃，有沒有鐵鍊剪？」

「呃，應該用鐵絲剪才對吧。應該用不著鐵鍊剪。」

「也有一些鐵鍊要剪。」我說。

「那好吧。借你們當然沒問題。我會叫大雷明天下午送過去。那把鐵鍊剪已經買了好幾年了，可是卻從來沒用過。我記得應該是放在地下室哪個工具箱裡吧。」

「大雷應該知道放在哪裡。」我說。

至於在馬戲團展覽三犄龍那個傢伙，他逃走了。雖然他損失了七百塊，可是三犄龍卻造成了一萬多塊的財物損失，他很可能會因此去坐牢，比較起來，七百塊實在算不了什麼。我們鎮上有幾個打獵老手到山裡去找那頭三犄龍，結果回來的時候個個垂頭喪氣，而且靴子上沾滿了大便。

我腦海中一直浮現出一幅畫面。

我一直看到那片公園。馬戲團已經離開了，公園裡又恢復一片空曠，只看到稀稀落落的票根、鋸木屑和紙杯點綴其間。這些清潔工人沒撿乾淨的東西，是馬戲團曾經來過此地所留下的唯一痕跡。

不過，今年卻有些不太一樣。今年，我看到棒棒糖的包裝紙隨風飛揚，那窸窸窣窣的聲音，聽起來好像隱隱約約的笑聲。

第四部　嚴冬的真相

1 孤獨的旅程

「你爸爸失業了。」媽媽說。

那天是感恩節過後的第四天，我放學回到家，一進門就聽這個消息。那一剎那我忽然感覺自己的胃彷彿被人重重打了一拳。媽媽鐵青著臉，看她的表情，顯然她已經預見到未來的苦日子。她心裡明白，賣餡餅糕點的生意已經做不下去，因為巨霸超市除了賣塑膠罐裝牛奶之外，現在也開始賣餡餅和蛋糕了。

「今天你爸爸去上班，結果一大早進牧場就聽到這個壞消息。」她說。「他們給他兩個禮拜的薪水，另外還有一些獎金，不過他們說，他們也只能付得起這麼多了。」

「爸爸呢？」我把書包丟到地上。

「他出去了，已經快一個鐘頭了。這一整天他幾乎都是坐著發呆，中飯一口也沒吃，也不說話。他本來想睡一下，可是卻根本睡不著。柯力，我知道他心情一定很惡劣。」

「妳知道他去哪裡嗎？」

「不知道。他只說他想找個地方靜一靜，好好想一想。」

「好，我去找他。」

「你要去哪裡找？」

「我先去薩克森湖那邊找找看。」說著我就走到門外，跳上火箭。

她跟在我後面走到門廊上。「柯力，要小心——」說到一半她忽然停住了。也許她忽然想到，我已經長大了，已經是半個大人了。「想辦法把爸爸找回來吧。」她說。

於是我就騎車走了。天空一片陰沈，灰暗的雲層壓得好低。

一出家門，忽然覺得今天車子騎起來特別吃力，陣陣強風迎面襲來。我騎上十號公路，壓低身體頭往前伸。一路上，左右兩邊都是陰暗的樹林，風在林間呼嘯。我不時轉頭看看兩邊的樹林。三犄龍還在野外的某個地方，不過，那隻來自失落世界的怪物性情溫和，不會傷人，而且，我覺得牠一定很不想靠近人類。不過，有一點倒是必須提高警覺。感恩節兩天前的清晨，馬蒂巴克利照例從伯明罕開車載報紙到奇風鎮來。他沿著十號公路一路開過來，開到我現在騎車的地點，忽然有一個龐然大物從樹林裡衝出來，猛力撞上他的車，把車子都撞離了路面。我看過他的車。右前座的車門整個都被撞凹了，玻璃破成碎片，彷彿被一雙大鐵鞋踹到一樣。巴克利先生說，那隻怪物撞上他的車之後，立刻就跑掉了。我想，那隻三犄龍已經把這片樹林當成是牠的地盤了，只要有車子從十號公路經過，牠都會誤以為那是別的恐龍想侵犯牠的地盤。萬一牠誤以為火箭也是要侵犯牠的地盤，會不會又突然衝出來？我不知道，不過，我小心翼翼左顧右盼，繼續往前騎。馬戲團那個人一定做夢都沒想到，被他關在鐵欄杆裡的那頭大笨豬，居然像坦克車一樣力大無窮，足以把車子撞得稀爛。自由總是會賦予我們無限的力量。雖然那隻三犄龍已經很老了，雖然牠巨大無比，但在內心深處，牠就像個孩子一樣。

後來，大雷果然把鐵鍊剪送到我們家來。我一直懷疑三犄龍是他放走的，所以故意叫他送鐵鍊剪來。不過除此之外，我沒有對任何人提過這件事。強尼也知道內情，但他也不曾對任何人提過，不過他倒是說過，他希望那隻三犄龍能夠自由自在平平靜靜的過日子。其實我並不那麼確定那就是大雷幹的，不過，這很像他的作風。但話說回來，他怎麼想得到那隻三犄龍會造成一萬美元的財物損失？嗯，不管怎樣，玻璃破了可以換新的，車子撞凹了可以鈑金，不是嗎？韋恩吉利先生和他太太搬到佛羅里達州去了。那是他們六年以來的夢想，如今在機緣巧合下竟然也實現了。吉利先生搬家之前到達樂先生店裡去理髮，結果達樂先生告訴他，佛羅里達州的沼澤裡全是恐龍，而且牠們會跑到你家後院跟你要剩菜剩飯吃。吉利先生當場嚇得面無血色渾身發抖，不過後來「爵士人」傑克森安慰他說，達樂先生只是在跟他開玩笑。

接著，我騎過一個彎道之後，眼前就是薩克森湖了。我看到爸爸的小貨車就停在紅岩平台附近。我騎到湖邊，絞盡腦汁思考待會兒該怎麼說，但卻發覺自己根本想不出該說些什麼。這次不像平常用打字機寫故事了，這次是真實的人生，而且是殘酷血淋淋的真實。

我把腳踏車的停車支架踢下來，把車子停好，然後看看小貨車四周，可是卻看不到爸爸的人影。過了一會兒，我終於看到他了：在湖對岸的一座花崗岩巨石上，他的身影遠遠看去顯得好渺小。他凝視著黝黑的湖面，一陣陣的風在湖面上激起漣漪。我注意到他拿起一個瓶子湊到嘴上灌了好幾口，然後把瓶子放下來，繼續凝視著湖面。

我慢慢朝他走過去，走過一大片野草叢生荊棘密布的泥地，紅紅的濕土被我的鞋子踩得滋滋響。我注意到濕土上有爸爸的腳印。他一定來過這裡很多次了，因為那片草叢裡已經被他走出一條窄窄的小路。沒想到的是，他無意間做了一件爸爸該做的事，那就是，為他的孩子開出一條比較好走的路。

當我逐漸靠近，他也注意到我了，但他不但沒有對我揮揮手，反而低頭看著地上。我心裡明白，他也不知道該說什麼。

那座花崗岩巨石本來是薩克森湖石礦場的一部分。走到距離巨石三公尺左右的地方，我停下腳步。他坐在那裡，低著頭，閉著眼睛，旁邊的地上擺著一瓶塑膠罐裝的葡萄汁。我知道那是他在巨霸超市買的。呼嘯的風掃在我身上，光禿禿的樹枝隨風飄搖。「你還好嗎？」我問他。

「不太好。」他說。

「媽媽跟我說了。」

「我猜也是。」

我兩手插進外套口袋裡，凝視著那黝黑的湖面。好一會兒，爸爸都沒出聲，我也沒出聲。後來他終於清清喉嚨說：「要不要喝點葡萄汁？」

「不用了。」

「沒關係，這裡還很多。」

「不用了，我現在不太想喝。」

他抬起頭看著我。在昏暗淒寒的天光下，他顯得好蒼老，我忽然產生一種錯覺，彷彿看到一張骷髏般的臉。那一剎那，我忽然害怕起來。那種感覺，就好像看著你摯愛的人慢慢的、慢慢的死去。他的情緒已經瀕臨崩潰邊緣。我還記得那天半夜，他在紙上寫了一大堆瘋狂囈語似的問題，當時他所表現出來的那種難以言喻的恐懼，顯示他已經瀕臨精神崩潰。當時我就已經明白，我爸爸並不是偉大的英雄，不是超人，而只是一個平平凡凡的好人。而且，他就像一個孤獨的旅人，在苦難的荒野中踽踽獨行。

「公司要我做的事，我都做到了。」他說。「我一天要送兩趟牛奶，別人不願意做的工作，我都任勞任怨。我每天一大早就到牧場，而且常常為了整理倉庫留到很晚。不管他們要我做什麼，我都做了。」說著他抬起頭看著天上，彷彿想尋找陽光，然而，他看到的卻是沈重低垂的雲層。「他們說，湯姆，希望你能夠體諒我們的困難。他們說，為了讓綠茵牧場能夠經營下去，我們逼不得已只好裁減人手。而且，柯力，你知道他們還說了什麼嗎？」

「說了什麼？」

「他們說，配送新鮮牛奶這個行業已經做不下去了。他們說，面對超市裡那些罐裝牛奶，我們根本沒有競爭能力。他們說，未來的時代是講求便利的時代，這是大家的期待。」說著他忽然兩手交握，十指緊緊纏在一起，露出齜牙咧嘴的表情。「問題是，那並不是我的期待。」

「爸，別這樣，我們一定可以熬過去的。」我安慰他。

「噢，但願如此。」他點點頭。「但願如此。我會去找別的工作。我剛剛已經去過五金行，問他們缺不缺人手。小范德康說他們需要一個卡車司機。唉，我想要的是收銀員的工作，只可惜，我好像已經沒有選擇餘地了，未來三年，我大概也只能幹個助理領班，當苦力負責裝卸貨。大概就是這樣了。很悲哀吧？」

「也許未必吧。」

「對，我已經不知道自己接下來會怎麼樣了。」他說。「問題就在這裡。」

陣陣強風掠過湖面，漣漪隨風蕩漾，漸漸擴散為起伏的波浪。湖邊的森林裡傳來陣陣的呱呱聲，似乎有烏鴉躲在裡面。「爸，這裡好冷。」我說。「我們回家吧。」

「我失業的事，你爺爺一定很快就會知道，我已經迫不及待想看看他會有什麼反應。」他扯到了爺爺傑伯。「他一定會笑死，你說對吧？」

「我和媽媽都不會笑你。」我說。「沒有人會笑你。」

他拿起那罐葡萄汁，仰頭又灌了一大口。「剛剛我要到湖邊來的時候，半路上經過巨霸超市門口。我特別進去看看架上那些罐裝牛奶。一眼看過去只見整片白茫茫有如一片汪洋。」說到這裡他又轉頭看著我，嘴唇發白。「我好希望一切能夠回到從前。看看超市裡，櫃台的收銀員都是那種十幾歲的年輕女孩子，嘴裡嚼著口香糖，一副什麼都不在乎的樣子。我跟她們打招呼，她們卻冷冰冰的笑也不笑，只管收錢。超市裡燈火通明，刺得我眼睛很不舒服，天花板上吊滿了長條形的海報，上面全是商品的廣告標語。超市一直營業到晚上八點才打烊，問題是，晚上八點應該是一家人團聚的時間，而不是跑到超市買東西的時間。我的意思是……這個世界變得太多，雖然現在還不至於所有的東西都變，但已經和從前完全不一樣了，再也回不去了。總有一天，你一定會聽到有人說，『噢，太棒了，天黑了還可以到超市來買東西，而且貨架上的東西有很多都是從來沒聽過的。回想起來，從前我們喝的牛奶都是牧場送到家裡來的，我們吃的甜瓜都是有人開著小貨車載出來賣的，我們吃的新鮮蔬菜都是那位太太在自己菜園裡種的，每次跟她買菜，她都會跟我們說聲早安，笑得好燦爛。可是現在不一樣了。』你一定會聽到他們說，『噢，現在那些東西超市裡都買得到，不用再為了買個東西東跑西跑。現在，我們只要去超市就可以買到牛奶，買到蔬菜，買到甜瓜，買到所有需要的東西。真希望超市可以賣更多東西，讓我們什麼都買得到。真希望我們小鎮上所有的商店都集中在同一個地方，這樣我們就不需要再東奔西跑，風吹日曬雨淋。那樣不是很棒嗎？』」說到這裡爸爸忽然用力捏了一下拳頭。「哼，這樣一來，小鎮就不再是小鎮了。雖然一樣有商店，有街道馬路，有房子，可是，那已經不再是小鎮了，再也不像我們現在這樣了。現在，我們走進一個地方，就會看到所有的商店，而且會看到那些嚼口香糖的年輕女孩子。你開口問她們店裡有沒有什麼東西，她們會搖搖頭說店裡沒賣，而且也沒辦法幫你調貨，因為現在都已經不生產了。所以，你明白嗎，從此以後我們就不會再想要買那些東西了。吊在天花板的那些海報上有各式各樣的商品，從此以後，我們就只會想買海報上那些東西了。那些女孩子會說，那些東西都是機器大量生產的，一分鐘可以生產上千個，不過，就算是大量生產，整體來說，那些商品還是一樣完美無缺。另外，同樣的商品用久了，我們一定會感到厭倦，那麼，順手丟掉就是了，因為那些東西本來就是設計成隨用隨丟的，而且，到時候海報上又會出現新商品。所以最後，她會問我們，今天店裡有這麼多完美無缺的商品，我們需要什麼嗎？不過，請你們動作快點，因為後面還有很多人在排隊。」

說到這裡他忽然沈默了。我聽到他指關節喀噠喀噠響。

「那也只不過是一家超級市場。」我說。

「這才剛開始。」他說。

他忽然皺起眉頭，臉上閃過一絲陰霾。他瞇起眼睛遠眺著湖面，看了大概有一分鐘。

「嗯，我聽到了。」他忽然輕輕說了一聲。

我忽然明白他是在跟誰說話。「爸？我們回家好不好？」

「你先回去吧。我想在這裡多坐一下，跟我的朋友說話。」

我聽到呼嘯的風聲，還有烏鴉的啼叫聲，但我心裡明白，爸爸聽到的是另外一種聲音。「爸，他說什麼？」

「那些話他已經說過很多次了。他說，除非我跟他一起走，否則他是不會放過我的。看來我得跟他一起下去，到那個黑暗世界去。」

我不禁淚眼盈眶，但我趕緊眨眨眼睛，不敢讓眼淚掉出來。「爸，你不會跟他一起去吧？」

「不會的，孩子。」他說。「我今天不會跟他一起去。」

這時我差點就忍不住想告訴他樂善德醫師的事。我正要開口的時候，腦海中忽然閃過一個問題：我究竟能跟他說什麼？樂善德醫師不喜歡喝牛奶，而且是個夜貓子，半夜不睡覺。而根據莫倫泰克斯特的推斷，兇手具備這樣的特質。然而，我應該跟他說這些嗎？結果我最後說的是：「女王知道很多事。爸，只要我們去找她，她一定幫得上忙。」

「女王。」他喃喃嘀咕了一聲，聲音聽起來有點含糊。「『大砲』布萊洛克被她整得很慘，對吧？」

「是啊。她真的好厲害。她一定可以幫得上我們。」

「也許幫得上，但也可能根本救不了我。」說著他又皺起眉頭，彷彿光想到要去求女王幫忙，內心就很痛苦。然而，跟他此刻的痛苦比起來，去找女王又算得了什麼呢？「我看這樣好了。」他表情漸漸和緩下來。「我來問我的朋友，看他究竟在想什麼。」

我忽然害怕起來，非常非常害怕。我很擔心他。「爸，求求你，等一下要趕快回家，好不好？」我哀求他。

「我知道。」他點點頭。「我等一下就回去了。」

於是我就走了，留下他一個人坐在那座巨石上。天上灰暗的雲層依然低垂。我慢慢走向火箭，一路上我一直轉頭看他，發現他站在巨石邊緣，全神貫注盯著底下的湖面，彷彿想看透深不可測的黝黑湖底，尋找那輛車的蹤跡。我正想開口叫他退後的時候，他忽然自己就退回原來坐的位置，慢慢坐下。

今天不會。這是他剛剛說的，我也只好相信他。

我循原路騎回家，一路上，腦海中思緒起伏，根本就忘了那頭失落世界的怪物可能會從樹林裡衝出來。

接下來那幾天，天氣一直都冷冽陰沈。奇風鎮四周的連綿山嶺，還有波特山，到處都染上了一片棕黃。已經十二月了。那些日子，每當我放學回到家的時候，爸爸偶爾會在家，但有時候不在。那陣子媽媽忽然變得好蒼老，好疲憊。她說爸爸是出去找工作。我心裡暗暗祈禱，希望他不會又跑回那座巨石上，面對著黝黑的湖面思索未來。

至於媽媽那些朋友倒是很夠意思。他們開始送吃的東西到我們家來，有人送菜，有人送餅乾，有人送罐頭食品，諸如此類。大雷的爸爸說，等打獵季節一開始，他會把獵物送到我們家來。而媽媽則是堅持要烤蛋糕回送他們。他們送的東西，爸爸都吃了，不過我看得出來他內心飽受煎熬，因為這是很明顯的接受人家施捨。後來，爸爸並沒有到五金行去工作，因為他們不缺貨車司機，也不缺收銀員。每到深更半夜，我常常會聽到爸爸爬起床，在屋子裡到處走來走去。到後來，他的生活開始變得日夜顛倒，常常到凌晨四點才上床睡覺，一直睡到中午快十一點才起床。他已經變成夜貓子了。

有一個禮拜六下午，媽媽叫我騎車到商店街的五毛商店幫她買一盒蛋糕盤。於是我立刻出門跳上火箭騎走了。我走進五毛商店，買了蛋糕盤，然後又走出去跳上車，準備騎回家。

半路上，我經過明星餐廳門口，把車子停下來。

尤金奧斯本先生就在那裡工作。當年第二次大戰的時候，他曾經待過著名的第一步兵師，而且他聽得懂德國人罵髒話。

從我們去看馬戲團那天起，這件事一直纏繞在我腦海中。我一直在想葛拉斯姊妹家那隻鸚鵡。葛拉斯姊妹明明不會講德語，可是她們養的鸚鵡怎麼會用德語罵髒話？另外，我還記得奧斯本先生說過：牠不光是罵髒話。牠還說了另外幾句德國話，不過有點含糊，聽不太清楚。

怎麼可能會有這種事？

我把火箭停在門口，走進餐廳。

餐廳裡實在不怎麼起眼，只有幾張桌子，一些雅座，還有一座吧台。吧台前面有一排高腳凳，客人可以坐在那裡跟那兩個女服務生聊天。那兩位女服務生，一位是麥德琳哈克畢太太，一位是比較年輕的凱莉法蘭奇。老實說，大家比較喜歡找法蘭奇小姐搭訕，因為她是個金髮美女，而哈克畢太太又醜又胖。不過，早在我出生之前，哈克畢太太就已經在餐廳裡當了很久的女服務生，所以那裡是她的地盤，她有絕對的權威，鐵腕統治。每天到了這個時間，明星餐廳裡總是冷冷清清，不過還是有幾個客人在裡面喝咖啡。多半是一些已經退休的老先生。老歐文也在其中，他坐在雅座裡看報紙。吧台上那台電視開著。而那個高大得像一座山的迪克毛特利就坐在吧台前面，露出白白的牙齒朝法蘭奇小姐傻笑。

他一看到我，立刻就不笑了，擺出一張臭臉。

「嗨，你好！」法蘭奇小姐露出燦爛的笑容跟我打了聲招呼。我慢慢走向吧台。要不是因為暴牙，她可愛迷人的程度不下於雪莉柳兒。「想吃點什麼嗎？」

「奧斯本先生在嗎？」

「在呀。」

「我能不能跟他說幾句話？」

「那你等一下喔。」她走到廚房窗口，我注意到毛特利先生忽然彎腰湊向前，水桶般的肚子頂在吧台邊緣，伸長脖子拼命想瞄法蘭奇小姐的腿。「尤金？有人找你！」

「誰呀？」我聽到他在問。

「請問你是？」她轉過頭來問我。我從來沒碰到過法蘭奇小姐，而且我很少進明星餐廳，所以她不知道我是誰。

「柯力麥肯遜。」

「哦，你就是湯姆的兒子呀？」她問我。我點點頭。「是湯姆的兒子！」她大聲告訴奧斯本先生。

我爸爸認識的人真不少。我感覺得到毛特利先生一直盯著我。他端起杯子啜了口咖啡，似乎想引起我的注意，但我裝作沒看到。

奧斯本先生推開彈簧門走出來。他繫著一條圍裙，還戴著一頂白廚師帽，手上拿著一條抹布擦手。「你好。」他說。「有什麼事嗎？」

毛特利先生又彎腰湊向前，大肚子頂在吧台邊緣，豎起耳朵仔細聽。我說：「我們可以到那邊去坐一下嗎？」我指向最裡面那排雅座。

「好啊，我們過去吧。」

我選了背對毛特利先生的位子坐下，然後對奧斯本先生說：「那天你帶溫妮佛去葛拉斯小姐家上鋼琴課的時候，我正好也在。」

「對，我記得你。」

「你還記得那隻鸚鵡嗎？那隻會用德語罵髒話的鸚鵡。」

「我聽得懂德語。沒錯，牠確實在罵髒話。」

「那你記不記得那隻鸚鵡還說了什麼別的？」

奧斯本先生往後靠到椅背上，略微歪歪頭，拿起餐桌上的叉子把玩起來。我注意到他手指上那幾個刺青字：USARMY（美國陸軍）。「能不能告訴我，你為什麼要問這些？」

「沒什麼。」我聳聳肩。「我只是好奇。」

「好奇？」他淡淡笑了一下。「你特地跑進餐廳來問我鸚鵡說了些什麼，這只是為了好奇？」

「是的。」

「那已經幾乎是三個禮拜前的事了。這麼久了，你怎麼到現在才來問我？」

「因為我一直在忙別的事。」我當然很想知道，可是後來發生了很多事轉移了我的心思，比如說，那隻失落世界的怪獸跑掉了，還有爸爸失業了，所以我一時沒把那件事放在心上。

「我已經不太記得那隻鸚鵡說了些什麼別的，只記得牠說了很多很難聽的話。什麼難聽話呢？要是沒有你爸爸允許，我不能說給你聽。」

「我爸爸也來過這裡嗎？」

「有時候。不久之前，他到這裡來應徵工作。」

「噢，老天。」我說。「我爸爸會做菜？我怎麼從來不知道？」

「他是來應徵洗碗工。」奧斯本先生小心翼翼的看著我。我好像抽搐了一下。「不過，徵聘人的工作是哈克畢太太負責的。她管理很嚴格。」

我點點頭，拚命想避開他的目光。

「那隻鸚鵡。」他突然露出笑容。「那隻藍鸚鵡，罵髒話像機關槍掃射一樣，真是厲害。」

「應該吧。」

「柯力，老實告訴我，你問這些，到底想做什麼？」

「我想當作家。」我編了個藉口。「我覺得這種故事很有趣。」

「作家？你是想寫小說嗎？」

「是的。」

「當作家可不輕鬆。」他忽然抬起手，手肘撐在桌面上。「你是……你是在蒐集資料嗎？」

「是的。」我心中開始燃起一線希望。「沒錯，我就是在蒐集資料。」

「你是想寫藍色葛拉斯小姐的故事嗎？」

「我想寫的是……鸚鵡的故事。」我說。「會說德語的鸚鵡。」

「真的？真有意思！當年我還在你這個年紀的時候，我曾經想過要當偵探，或是當軍人。沒想到後來真的實現了。實現了一半。」他低頭看著自己手指上的刺青。「事後想想，當年實在應該去當偵探才對。」他輕輕嘆了口氣，彷彿在告訴我，當軍人並不像漫畫書裡描寫的那麼光輝燦爛。

「那麼，奧斯本先生，你記不記得那隻鸚鵡還說了些什麼別的？」

他哼了一聲，不過臉上還是帶著笑容。「看你這種鍥而不捨的精神，好像真的拼命想當作家，不過，你真的覺得這件事有那麼重要嗎？」

「真的。真的很重要。」

奧斯本先生遲疑了一下，思考了一下，然後說：「其實那天鸚鵡講得含混不清，我並沒有完全聽懂。」

「你能不能大概說給我聽聽看。」

「嗯，我要想想看。對了，告訴你一個祕密。」他忽然彎腰湊近我。「哈克畢太太工作的時候很會罵髒話。」我立刻轉頭看看哈克畢太太在什麼地方，可是卻沒看到她的蹤影。她不在廚房，也不在化妝室。

「我記得那隻鸚鵡說——」說到一半他忽然閉上眼睛，努力回想。「——誰知道？」

「你真的想不起來了嗎？」我繼續追問。

「不，你誤會了，鸚鵡說的就是這句話。」他忽然睜開眼睛。「鸚鵡罵完髒話之後，接著又說了『誰知道？』這句話。」

「誰知道？牠說的誰是什麼人？知道什麼？」

「我不知道。我就只是聽到牠說『誰知道』。另外，我還聽到牠提到一個名字。」

「一個名字?什麼名字?」

「好像是漢納福。聽起來很像是漢納福。」

漢納福。

「也有可能是我聽錯了,因為那個名字我只聽到牠唸了一次。不過,他罵的髒話我絕對沒聽錯!」

「那天,綠色葛拉斯……呃,凱薩琳娜葛拉斯小姐說,她彈了一首曲子,結果那隻鸚鵡一聽到那首曲子就發瘋了。這你還記不記得?」說到這裡我想了一下。「那首曲子叫美麗的夢。」

「美麗的夢仙。」他糾正我。「嗯,我記得。那首歌就是藍色葛拉斯小姐教我的。」

「她教你的?」

「對。我一直很希望能夠學彈鋼琴,所以我就請藍色葛拉斯小姐幫我上課……呃,那大概是四年前的事了,當時她還是全職的鋼琴老師,收了很多大人學生。她教所有的學生彈那首歌。提到這個,我倒是忽然想到,當時我從來沒聽過那隻鸚鵡像那天晚上那樣罵髒話。很奇怪吧?」

「好奇怪。」

「是啊。噢,我該回去幹活了。」他看到哈克畢太太正從化妝室裡走出來。她那副兇神惡煞的模樣真的會嚇死一堆人。「我剛剛告訴你的,你覺得有用嗎?」

「應該吧。」我說。「試試看才知道。」

於是奧斯本先生站了起來。「嘿,你可以把我寫進你那篇故事裡嗎?」

「什麼故事?」

他有點驚訝的看了我一眼。「你不是要寫一篇藍鸚鵡的故事嗎?」

「噢,對了,那篇故事!當然會,我一定會把你寫進去!」

「那你一定要把我寫得像個好人喔。」他特別交代了我一句,然後就匆匆走向廚房。這時我注意到電視上出現一個穿著卡其制服的人，他正在發表煽動性的演講。

「嘿，尤金！」毛特利先生忽然大叫了一聲。「你來看看這傢伙！」

「奧斯本先生？」我忽然又叫了他一聲。他本來正要轉頭去看電視，一聽到我在叫他，立刻又回過頭來看我。「也許我們可以去找藍色葛拉斯小姐，請她當那隻鸚鵡的面再彈一次那首曲子，然後你再聽聽看鸚鵡說些什麼，你覺得這樣可以嗎？」

「恐怕有困難。」他說。

「為什麼？」

「因為幾個禮拜前，那隻鸚鵡已經被藍色葛拉斯小姐送到樂善德醫師那邊去了。根據樂善德醫師的說法，牠好像是得了某種鳥類特有的腦熱病。反正，那隻鸚鵡死了。呃，迪克，你剛剛叫我幹嘛？」

「你看看這傢伙！」毛特利先生伸手指著電視裡那個咆哮嘶吼的人。「那王八蛋叫林肯洛克威爾，是美國納粹黨的老大，什麼狗屁啊！」

「美國納粹黨？」我注意到奧斯本先生脖子後面忽然脹紅起來。「當年我到歐洲吃了那麼多苦頭，就是為了要打納粹黨，結果搞了半天，他們竟然跑到美國來了！」

「他說他們要征服全美國！」毛特利先生說。「再繼續聽他滿嘴狗屁，你會氣炸！」

「那王八蛋要是被我逮到，我肯定會打爆他腦袋！」

當時我正要走出門，腦海中思緒起伏，結果卻聽到毛特利先生大笑著說：「哼，有件事他倒是說對了！我們確實應該把所有的黑鬼用船送回非洲去！打死我都不會讓黑鬼跨進我家一步。不像有些人，竟然還把來福先生請到他們家去。」

一聽到他這句話，我立刻就知道他在影射誰了。我立刻停下腳步，轉頭盯著他。電視上那個人還在大放厥詞，說什麼「種族淨化」。我曾經聽艾莫瑞警長說過，毛特利先生是三K黨。此刻他齜牙咧嘴的笑著，一邊對奧斯本先生說話，可是眼角卻瞄著我。「就是這樣，我的家就是我的堡壘！我打死都不讓黑人進我家，把我的堡壘搞得烏煙瘴氣！我相信你應該也不會吧，尤金？」

「林肯洛克威爾，哼！」奧斯本先生說。「納粹黨竟然也有臉取這個名字！」

「不過最起碼那傢伙還有點腦袋，知道不可以跟黑人做朋友。你說對吧，尤金？」毛特利先生還是不罷休，一直在激我。

這時候，奧斯本先生終於意會到他在說什麼了。他立刻用一種憎惡的眼神瞪著毛特利先生。「當年在歐洲戰場上，有個叫恩尼格瑞佛遜的人救了我一命。他那張臉比木炭還黑。」

「噢……呃……我的意思不是……」毛特利先生忽然笑得很僵，拚命想找台階下。「呃……當然總也會有一兩個黑鬼是有長腦袋的，不像其他那些黑鬼一樣笨得像豬。」

「我看。」奧斯本先生忽然伸出那隻刺青的手搭在毛特利肩上，然後狠狠掐了一下。「迪克，你還是趕快閉嘴比較好。」

毛特利先生不敢再吭聲了。

我走出明星餐廳的時候，電視上那個穿卡其制服的人還在接受訪問。我騎著火箭回家，蛋糕盤還安安穩穩的在車頭的籃子裡。一路上，我滿腦子想的還是那隻鸚鵡，而且越想越困惑。那隻鸚鵡用德語罵髒話，而且牠最近得了腦熱病死掉了。

我回到家的時候，發現爸爸坐在椅子上睡著了，而收音機卻還開著。其實，剛剛我還沒出門去買東西之前，收音機轉播的阿拉巴馬大學隊的比賽就已經結束了，現在播放的是鄉村音樂。我把蛋糕盤拿到廚房給媽媽，然後又走回客廳看著睡著的爸爸。他整個人縮成一團，兩手緊抱在胸前，那模樣彷彿想把自己緊緊綁住，免得四分五裂。他嘴裡發出呼嚕呼嚕的聲音，聽起來有點像打鼾。接著，他似乎夢見了什麼東西，渾身忽然又抽搐了一下，睜開眼睛，眼皮紅紅的。我覺得他好像瞪大眼睛看著我，看了好久，然後又閉上了眼睛。

看他睡覺那種表情，我心裡忽然很難過。他的神情好悲傷，並且奇怪的是，家裡吃的東西明明還很多，他看起來卻好像很餓的樣子。那是一種意志消沈的表情。當洗碗工人並不是什麼可恥的事，因為職業無貴賤，而且任何工作都有它獨特的價值。然而，我感覺得到他內心的絕望，因為那天他被迫走進明星餐廳，想應徵卸貨區的助理工頭，但當時並沒有職缺，所以只好應徵洗碗工。那件事對他傷害很大。我注意到他的臉扭曲了一下，嘴裡發出一聲輕輕的呻吟。我感覺得到，他連大白天都在作噩夢。即使在夢中，他都躲不掉內心的糾纏。不管他如何極力想逃避，卻總是躲不了多久。

我走進房間，關上門，打開抽屜，拿出那個雪茄煙盒，掀開蓋子，拿出那根羽毛，拿到書桌檯燈底下仔細端詳。

沒錯！那一剎那，我忽然心跳加速。就是這個。

這很可能就是鸚鵡羽毛。

問題是，這根羽毛是翠綠色，而藍色葛拉斯小姐那隻罵髒話的鸚鵡，除了嘴巴是黃色之外，全身上下都是藍色。

可惜綠色葛拉斯小姐沒養鸚鵡，要不然，她養的鸚鵡一定是全身翠綠——

——全身翠綠。想到這裡，我心臟差點從嘴裡跳出來。

我忽然想到藍色葛拉斯小姐說過，綠色葛拉斯小姐不肯餵自己養的鸚鵡吃餅乾，因為怕手指被咬斷。

我想到了。

藍色葛拉斯小姐說：

我幫妳餵的

從前妳的都是我在幫妳餵的

妳的？妳的什麼？鸚鵡嗎？

葛拉斯姊妹之間有一種微妙的對立，兩個人大半輩子都在較勁，所以，說不定她們兩個人都各養了一隻鸚鵡？會不會她們家裡還有另一隻鸚鵡，只是比較安靜，不像那隻藍鸚鵡那麼聒噪？說不定，那就是一隻綠鸚鵡，而這根羽毛就是從牠身上掉下來的？

對了，打個電話去就問就知道了。

我不由自主的握緊那根羽毛，心臟怦怦狂跳，然後立刻轉身衝出房間，打算到客廳去打電話。我不知道葛拉斯姊妹家的電話號碼，不過沒關係，查一下電話簿就知道了。

我正在查號碼的時候，電話忽然響了。

我大喊了一聲：「我來接！」然後立刻接起電話。

結果，當時電話裡那個聲音，我一輩子都忘不了。

「柯力，我是卡蘭太太。能不能麻煩你請媽媽來聽電話？」

她的口氣聽起來好緊張，好害怕。我立刻就感覺到，一定是出事了。「媽！」我大喊。「媽！是卡蘭太太！」

「小聲點！不要吵到你爸爸睡覺！」媽媽叱喝了我一聲，然後走過來接電話。可惜她提醒得有點太遲了，因為我已經聽到爸爸哼了一聲，身體動了一下。「嗨，黛安，妳好——」說到一半她突然停住了。我注意到她的笑容忽然僵住。「什麼？」她輕輕驚呼了一聲。「噢……老天……」

「怎麼了？怎麼了？」我急著追問她。這時爸爸也醒過來了，睡眼惺忪。

「好，我們一定會去。」媽媽說。「當然會去。我們會儘快趕到。噢，黛安，我好難過！」說完她就掛了電話，淚眼盈眶，一臉震驚。她轉頭看著爸爸，然後又看看我。「大雷受傷了，被槍打中。」她說。

我不由自主的鬆開手，那根綠羽毛從我手中滑落。

不到五分鐘，我們就已經坐上車奔向聯合鎮的醫院。我坐在爸媽中間，腦海中迴盪著媽媽剛剛告訴我的事。今天大雷和他爸爸去打獵。大雷很興奮，因為他終於可以和爸爸一起到初冬的森林去獵鹿了。卡蘭太太告訴我媽，當時他們正在下坡。說起來，那山坡並不陡，可是沒想到地上有一個地鼠洞被落葉遮住了，大雷一不小心踩下去，立刻往前摔倒。沒想到，就在他摔倒的那一剎那，他的槍忽然往前滑，頂在他和地面之間，槍口對準他肺部和心臟的位置。結果，槍托一撞到地面，槍忽然走火，射穿了大雷胸口。卡蘭先生立刻抱起兒子在森林裡狂奔了將近兩公里，回到車上。卡蘭先生身材並不高大，不知道當時他是哪來的力氣。

大雷立刻被送進醫院緊急動手術。媽媽說，他傷得很重。

醫院是一座紅石和玻璃搭成的建築。醫院是拯救人命的地方，照理說應該很大才對，可是那所醫院看起來好小。我們匆匆走進急診室大門，看到一個滿頭銀髮的護士。她教我們手術室該往那個方向走。沒多久，我們走到了手術室外面的等候室。裡頭四面都是刺眼的白牆，我們看到大雷的爸媽已經坐在那邊等了。卡蘭先生身上穿著一件迷彩獵衫，胸前沾滿了血。看到眼前的景象，我嚇得手腳發軟。他臉頰和鼻樑上塗著橄欖綠的油彩，但那些油彩已經被抹成模糊的一團，乍看之下彷彿他臉上青一塊紫一塊。不難想像，他一定是驚嚇過度，根本就沒想到應該去洗個臉。更何況，兒子命在旦夕，洗不洗臉有那麼重要嗎？他指甲裡還夾著森林裡的泥沙。意外發生那一剎那，他嚇得魂飛魄散。卡蘭太太一把抱住我媽，開始哭起來。爸爸陪卡蘭先生站在窗口。我沒看到大雷的小弟安迪，不過我猜，大雷的爸媽可能是把安迪託給哪個親戚或鄰居照顧吧。他還太小，一定搞不懂醫生為什麼要拿刀子刺進大雷的身體。

我坐下來，從書報架上抓起一本雜誌，打起精神想看看內容，可是注意力卻根本無法集中。「事情發生得太快。」我聽到卡蘭先生說。「我根本來不及反應。」媽媽坐在卡蘭太太旁邊，緊緊抓著她的手。這時，走廊那邊忽然傳來一聲鈴響，然後我們聽到播音系統在呼叫史柯菲爾醫師。接著，有一個穿藍毛衣的人忽然從等候室門口探頭進來，我們立刻緊張起來。後來他開口問：「哪位是魯塞爾的家屬？」發現我們都沒反應，他就走了，到別的地方去找那位病患的家屬。

後來，聯合鎮長老教會的牧師走進了等候室。大雷他們一家是長老教會的信徒。牧師要我們手牽手跟他一起禱告。我一手拉住卡蘭先生的手，發現他手上全是冷汗。我了解禱告的力量，但我再也不敢那麼自私了。當然，我希望大雷能夠好起來，我全心全意的禱告，但我不敢祈求上帝為大雷趕走死神，因為，大雷是那麼朝氣蓬勃的孩子，我說什麼都不想看到他變成叛徒那樣，變成一具沒有靈魂的行屍走肉。

後來，強尼和他爸媽也來了。強尼的爸爸也跟他一樣酷酷的，跟卡蘭先生說話的時候口氣很平靜。而強尼的媽媽走到卡蘭太太旁邊坐下來，另一邊坐的是我媽媽。卡蘭太太愣愣的盯著地上，嘴裡反覆說著：「他真的好乖，他真的好乖。」她一次又一次說個不停，彷彿在跟上帝祈求，求他挽救大雷的命。

強尼和我卻面對面說不出話來。這是我們這輩子所經歷過最痛苦的事。幾分鐘後，班恩和他爸媽也進來了，接著是卡蘭家的幾位親戚。後來，長老教會的牧師把大雷的爸媽帶到別的地方，大概是要帶他們私下進行某種特別的禱告。而班恩，強尼，還有我，我們三個站在走廊上討論大雷的遭遇。「他一定會好起來的。」班恩說。「我爸說這家醫院很棒。」

「我爸說，大雷還能撐到現在已經是萬幸。」強尼說。「他說，他看過有個小男孩被槍打到肚子，不到幾個鐘頭就死了。」

我低頭看看手錶。大雷已經在手術室裡四個鐘頭了。「他一定撐得過來。」我告訴他們。「他身體很壯，他一定撐得過來。」

後來，又過了一個鐘頭，天黑了，外頭冷颼颼的，夜霧瀰漫。卡蘭先生又回到了等候室。他臉上的油彩已經洗掉了，指甲裡的泥沙也洗乾淨了，身上換了一件醫院借給他的綠色手術袍。「我這輩子再也不打獵了。」他告訴我爸爸。「我對天發誓，只要大雷能夠平安無事，我會把家裡的槍全部拿到森林裡去丟掉。」

說著他低頭把臉埋在手心裡啜泣起來，我爸爸趕緊摟住他肩膀。「你知道他今天說了什麼嗎，湯姆？就在出事十分鐘前，他對我說，『爸，要是等一下看到鹿，我們不會真的開槍殺牠吧？我們出來獵鹿，只是為了好玩的，對不對？要是真的看到鹿，我們不會真的殺牠吧？』湯姆，你明白他的意思嗎？」

爸爸搖搖頭。

「這一定跟馬戲團裡逃出來的怪獸有關。他為什麼會說那些話？湯姆，你想得通嗎？」

「我想不出來。」我爸說。

聽他們說這些，我心裡忽然很難過。

這時有個醫生走進來了。他滿頭灰髮，剃得很短，戴著絲框眼鏡。卡蘭先生立刻站起來。「有件事想跟兩位討論一下，能不能麻煩你們到外面來一下？」那位醫生問大雷的爸媽。我媽立刻緊緊抓住爸爸的手。我心裡明白，情況不妙。

後來，卡蘭夫婦又進來了。卡蘭先生告訴我們，大雷已經開完刀了，目前暫時在加護病房，過了今天晚上就知道結果了。他向所有的人道謝，謝謝大家專程趕來。接著他又說，已經很晚了，大家也該回去好好休息了。

班恩和他爸媽一直待到晚上十點才走，接著，到了十一點半，強尼和他爸媽也走了。後來，卡蘭家的親戚也陸陸續續走了。那位長老教會的牧師說，只要他們需要，他會一直留在這裡陪他們。卡蘭太太緊緊抓住我媽的手，求她先不要走。於是，我們就繼續留在等候室裡陪他們。等候室的四面牆壁一片蒼白，夜霧瀰漫的屋外開始下起雨來。過了一會兒，雨停了，我看到窗外又漫起夜霧。

過了半夜十二點，卡蘭先生走到外面的走廊上，想買一杯販賣機的咖啡，結果他回來的時候，那位灰頭髮的醫師也跟他一起進來了。「黛安！」他興奮得大叫起來。「黛安，他醒過來了！」

他們迫不及待衝出去，兩個人手牽手。

就這樣過了十分鐘。那十分鐘有如一輩子那麼漫長。十分鐘後，卡蘭先生又回到等候室。他兩眼通紅。這輩子我還沒看過有人眼睛那麼紅。「柯力。」他輕輕叫了我一聲。「大雷想見你。」

我心裡好怕。

「去啊，柯力。」爸爸鼓勵我。「不要怕。」

於是我慢慢站起來，跟在卡蘭先生後面走出去。

醫生就站在大雷病房門口和牧師說話，眼前的景象感覺好凝重。卡蘭先生幫我打開門，於是，我一步步走進病房。卡蘭太太在病房裡，坐在床邊的椅子上。病床上罩著一團薄膜狀的氧氣罩，大雷就躺在床上，身上蓋著淡藍色的被單，彎彎曲曲的塑膠管從被子底下延伸出來，連接到床邊架子上的透明塑膠袋裡。那些塑膠袋裡，有的裝著透明的液體，有的裝著血漿。床邊有一台儀器，上面那個圓圓的黑螢幕裡有一個跳動的綠色光點，一起一伏形成一條波浪狀的線。卡蘭太太一看到我走進來，立刻彎腰湊近大雷耳邊說：「大雷，他來了。」

我聽到濃濁的呼吸聲，聞到一股濃濃的藥水味。雨水開始滴滴答答打在窗玻璃上。卡蘭太太對我說：「柯力，你坐這邊。」說著她就站起來了。我慢慢走到她旁邊。卡蘭太太抓住大雷的手，慢慢抬起來。大雷的手一片蒼白，幾乎沒有血色。「大雷，我就在旁邊喔。」她硬擠出一絲笑容，把大雷的手輕輕擺回床上，然後就從床邊走開。

我站在床邊，隔著氧氣罩看著大雷的臉。我的好朋友。

他臉色蒼白，眼眶深陷，眼圈發黑，但頭髮卻很整齊，看得出來有人拿沾了水的梳子幫他梳理過，他全身蓋著被子，所以我看不到他受傷有多嚴重。他鼻孔插著管子，嘴唇灰青，臉色慘白，眼睛盯著我。

「是我。」我說。「我是柯力。」

他很費力的嚥了一口唾液。這時我發現銀幕上那個綠色光點起伏擺動的幅度似乎變大了。不知道是不是我的錯覺。

「你摔倒了。」我一開口就發覺自己說錯話了。怎麼那麼笨。

他沒反應。我忽然想到，他可能沒辦法說話吧。「班恩和強尼都來了。」我說。

大雷喘了幾口氣，最後終於說出了兩個字：「班恩。」接著他嘴角微微往上一彎。「那個白癡。」

「是啊。」我拚命想擠出笑容，可是卻笑不出來。我沒有卡蘭太太那麼堅強。「你記得自己是怎麼受傷的嗎？」

他點點頭，眼睛忽然亮起來。「你聽我說。」他聲音忽然變得好嘶啞。「這件事我一定要讓你知道。」

「好啊。」說著我坐了下來。

他微微一笑。「我看到牠了。」

「真的？」我小心翼翼的湊近他，接著，我忽然聞到一股血腥味，但我沒有表現出來。「你是說，你看到那隻失落世界的怪物嗎？」

「不是。我看到更棒的。」這時他又用力嚥了一口唾液，表情變得很痛苦，笑容消失了。接著他又繼續說：「我看到雪靈了。」

「雪靈！」我輕輕驚呼了一聲。那隻巨大的白鹿，牠頭上的角像橡樹一樣巨大。太好了。我告訴自己，假如這世上有誰夠資格看到雪靈，那個人一定就是大雷。

「我看到牠了。所以才會跌到。我沒有注意到地面。噢，柯力。」他說。「牠好漂亮。」

「我想像得到。」我說。

「牠比我想像中更巨大！而且更白！」

「想像得到。」我說。「牠一定是全世界最漂亮的白鹿。」

「就在我面前。」大雷有氣無力的說。「牠就在我面前。結果，我正要叫爸爸看的時候，雪靈忽然用力一跳，不見了。牠就這麼跳起來，然後就不見了。然後我就跌倒了，因為我沒有注意到地上。不過，柯力，這不能怪雪靈。不能怪任何人。純粹是意外。」

「你一定會好起來的。」我注意到他嘴角滲出唾液。紅色的唾液。

「我終於看到雪靈了。我好高興。」大雷說。「我真是太幸運了。」

接著，他已經說不出話來了，只剩下濃濁的呼吸聲。那台儀器開始發出嗶……嗶……嗶的聲音。「你好好休息吧，我該走了。」說著我慢慢站起來。

這時他忽然用力抓住我的手。

「說個故事給我聽好不好？」他有氣無力的說。

我猶豫了一下。大雷一直盯著我，眼中露出渴切的神色。於是我只好坐下來。他一直抓著我的手，而我也就這樣讓他抓著。他的手好冷。

「好吧。」我說。我想，就像當初說五雷酋長那個故事一樣，我恐怕也只能邊說邊編故事了。「從前有個男孩。」

「對。」大雷說。「主角當然是個男孩。」

「這個男孩能夠自由自在的飛到別的星球。只要他開始想像某個星球，他就會瞬間飛到那個星球上。他可以到火星上踩紅土玩，到冥王星上溜冰，到土星環上騎腳踏車，到金星和恐龍打鬥。」

「他能夠去太陽嗎，柯力？」

「當然可以。只要他高興，他每天都可以飛到太陽那裡。每次他想做做日光浴的時候，他就會飛到太陽那裡去。他會戴上太陽眼鏡飛向太陽，只不過，每次他回來，全身都會曬得像咖啡一樣黑。」

「那裡一定熱得要命。」大雷說。

「他帶了電扇去。」我說。「而且，那男孩和每一個星球的國王都是好朋友，每個星球的皇宮他都去過。他去過火星國王的紅土城堡，去過木星國王的雲中城堡。有一次，土星國王和海王星國王為了爭奪一顆隕石，兩個星球差點就打起來，而那男孩及時阻止了那場戰爭。後來，那男孩也去過水星國王的火城堡，而且還跑到金星上，幫國王在藍色森林裡蓋了一座城堡。天王星國王邀請男孩到天王星住一年，擔任海軍冰上艦隊的司令。噢，每個星球的貴族都認識那男孩。他們都知道，那男孩是獨一無二的。即使過了一百萬年，有的星星殞滅了，有的星星誕生了，全宇宙還是找不到第二個像他那樣的男孩。他是地球上唯一能夠飛到其他星球的男孩，也是每個星球唯一願意邀請的對象。」

「嘿，柯力？」

「怎麼了？」

他說話的聲音越來越虛弱無力。「我好想看看雲中城堡。你想不想？」

「當然想。」我說。

「好棒。」他看著我，但他的視線卻似乎落在那不知名的遠方。那一剎那，我忽然覺得他好像一個孤獨的旅人，孤零零的走向那虛無縹緲的神話世界。「我不怕在天上飛，對不對？」

「當然。你一點都不怕。」

「柯力，我好累。」他忽然皺起眉頭，嘴角的紅色唾液慢慢流到下巴。「我不喜歡這種感覺。」

「那你趕快休息吧。」我說。「我明天再來看你。」

他的表情立刻和緩下來，對我笑了一下。「要是今天晚上我飛到太陽那裡，你就看不到我了。我全身會曬得像咖啡一樣黑，而你就只能窩在這裡冷得發抖。」

「柯力？」卡蘭太太在叫我。「柯力，醫生要進來看他了。」

「好，我知道了。」我站起來。大雷那冷冰冰的手還是抓著我的手，過了好一會兒才放開。「回頭見了。」我隔著氧氣罩對他說。「好不好？」

「再見了，柯力。」大雷說。

「再——」我說到一半就停住了。我忽然想到納維爾老師。上學期最後一天，納維爾老師也跟我說過同樣的話。「明天見囉。」我對大雷說了一聲，然後就轉身從他媽媽旁邊走過去，走向門口。還來不及走出門，我就開始哽咽起來，但我終究還是強忍著沒哭出來。就像雪莉柳兒的媽媽說的，我一定忍得住。

我們已經無能為力了，於是，爸爸開車載我和媽媽回家。我們沿著十六號公路開回家，一路上夜霧瀰漫。這裡就是午夜夢娜出沒的地方，也是小史蒂夫解救他女朋友的地方。一路上我們都沒說什麼。在這樣的時刻，言語是多餘的。回到家之後，那根綠羽毛還在我房間的地板上。我把它放回雪茄盒裡。

禮拜天一大早，我忽然驚醒過來，熱淚盈眶。陽光照在我房間的地板上。我看到爸爸站在門口，身上還是穿著昨天那套衣服。

「柯力？」他輕輕叫了我一聲。

旅程，孤獨的旅程。他即將飛向群星，跟那些星球上的國王見面。火星國王，木星國王，土星國王，海王星國王，水星國王，金星國王，天王星國王。旅程，孤獨的旅程。他即將造訪每個星球的城堡。紅土城堡，藍色森林城堡，火城堡，雲中城堡。旅程，孤獨的旅程。那無數星球正等待著他的光臨。孤獨的旅人即將離開這個世界，永遠不再回來。

2 信心

我曾經認為自己已經懂得什麼是死亡。

從小到大，在電視上，或是坐在電影院裡啃爆米花的時候，我看過太多死亡的畫面。原野上風沙漫漫，篷車隊急速奔馳，成千上百的印地安人緊追不捨，無數的牛仔中箭落馬，無數的印地安人被槍射殺。我看到過偵探警察和歹徒搏鬥，被歹徒開槍擊中，倒在地上奄奄一息。我看到過無數的動物被霰彈槍擊中，被衝鋒槍掃射。我看到過電影裡的怪獸張開血盆大口咬人，而那些人在怪獸的利牙下淒厲慘叫。

當叛徒用那空洞茫然的眼神看著我，那一刻，我認為自己已經懂得什麼是死亡。當納維爾老師最後一次對我說再見時，我認為自己已經懂得什麼是死亡。當那個人開車衝進薩克森湖，被黝黑冰冷的湖水吞沒，那一剎那，我認為自己已經懂得什麼是死亡了。

但我錯了。

因為死亡是無法理解的。因為死亡是不能親近的。假如死神是個小男孩，那麼，他一定是天底下最孤獨的小男孩。當遊戲場上洋溢著孩子們的歡笑，他卻只能孤零零的站在最邊邊的角落。假如死神是個小男孩，那麼，他註定只能一個人踽踽獨行，只能說話給自己聽，而他那神祕深邃的眼神是凡人無法理解的。他腦海中的祕密，是凡人無法承受的。

在夜深人靜的時刻，有一句話始終纏繞在我腦海中：我們都來自一個黑暗世界，而總有一天，我們最終都要回到那黑暗世界去。

我還記得，那天，我和樂善德醫師坐在他家的門廊上，眺望著金黃燦爛的連綿山嶺，當時，他跟我說了那句話。我不願相信那是真的。我不敢想像，此時此刻，大雷就在那個完全看不到光的黑暗世界裡。而那個黑暗世界，就連長老教會教堂的燭光也照耀不到。我不敢想像大雷被囚禁在一個看不到陽光的地方，無法呼吸，無法歡笑，就連他的靈魂也無力掙扎。大雷過世之後那幾天，我忽然明白，從前面對的死亡，都只是一種虛幻的想像。牛仔和印地安人，偵探和警察，士兵和那些被怪獸咬死的人，他們並沒有真的死亡。只要電影院燈光一亮，他們就會再度活過來。他們只是演員，他們會回家，等待下一次演出。然而，大雷卻是真的死了。他永遠不會再活過來。我不忍心想像他在那個黑暗世界裡。

我無法入睡。房間裡一片漆黑，眼前的景象忽然變得好陌生，黑夜彷彿化為一團模糊的黑影，在跟叛徒說話。假如大雷在那個黑暗世界裡，那麼，卡爾貝伍德一定也在那裡，而叛徒也在那裡。波特山上那些長眠的死者，還有埋骨在奇風鎮地底下世世代代的祖先，也都在那裡。他們，都回到了那個黑暗世界。

我還記得那天大雷葬禮的情景。他墳墓邊緣的紅土堆好深好厚。如此深厚，如此沈重。牧師唸完悼詞之後，來賓漸漸散去，布魯登區的工人把紅土鏟進墓穴裡，而我卻忽然想到，墳墓底下沒有門。在那深厚的泥土底下，是無邊的黑暗。想到這裡，我心頭忽然感到一陣撕裂的劇痛。

我已經不再知道天堂在哪裡了。我已經無法確定上帝是否知道自己在做什麼。他的一切作為真是有計畫的嗎?有道理嗎?說不定，上帝自己也身陷在那個黑暗世界裡。對於這一切，我再也不像從前那麼篤定了。對生命，對死後的世界，對上帝，對善良的人性，我再也不像從前那麼篤定了。商店街上，大家已經開始忙著張燈結綵，準備迎接聖誕節，而我，腦海中思緒纏繞，內心深陷在痛苦中。

距離聖誕節只剩兩個禮拜了，但整個奇風鎮的人卻還在掙扎，努力想營造出節慶的歡樂氣息。大雷的死，使得奇風鎮瀰漫著一股揮之不去的哀傷。不管是在達樂先生店裡，在明星餐廳，還是在教堂裡，街頭巷尾大家都在談大雷的死。大家都說，他還那麼年輕。大家都說，這次意外真是一場悲劇，然而，人生就是這麼回事。世事難料，這就是人生。

然而，不管他們怎麼說，我內心還是無法釋懷。我爸媽當然拚命想安慰我。他們說，大雷已經解脫了，已經沒有痛苦了。而且，他去的地方，是一個更美好的世界。

但我根本不相信。天底下還有什麼地方會比奇風鎮更美好？

那天，我坐在壁爐前面，面對熊熊火焰。媽媽陪在我旁邊。「天堂。」她告訴我。「大雷已經上天堂了。你一定要相信。」

「為什麼一定要相信？」我問她。她立刻露出一種不敢置信的表情。我等著她回答。我渴望找到答案，然而，她給我的答案卻令我大失所望。她對我說的是：「因為那是信仰。」

他們帶我去看拉佛伊牧師。到了教堂，我們走進他的辦公室，坐在他辦公桌前面。他桌上擺了一個大盆子，裡面裝滿了糖果。他從盆子裡拿了一顆檸檬糖給我。「柯力。」他說。「你相信耶穌嗎？」

「相信。」

「上帝派耶穌來到人間，為世人的罪犧牲性命，你相信嗎？」

「相信。」

「耶穌被釘死在十字架上，被送去埋葬，三天後卻又復活了。這你相信嗎？」

「相信。」這時我忽然皺起眉頭。「可是，耶穌不是普通人，而大雷卻只是一個平凡的小孩子。」

「這我知道，柯力，不過，耶穌來到人世，就是為了要讓我們明白，生命並不只存在於人類的軀體。他告訴我們，只要我們相信上帝，遵從上帝的意志，奉行上帝的訓示，那麼，有一天，我們就可以回到上帝的天堂。你明白嗎？」

拉佛伊牧師往後靠到椅背上，眼睛看著我。我想了一下。「天堂比我們奇風鎮更好嗎？」我問他。

「好千百萬倍。」他說。

「天堂有漫畫書嗎？」

「呃……」他微微一笑。「我也不太清楚天堂到底有什麼。我只知道，天堂很美好。」

「為什麼？」我問他。

「因為……」他說。「我們一定要有信仰。」說著他端起那個盆子推向我。「要不要再吃顆糖？」

我想像不出天堂是什麼模樣。要是天堂裡根本沒有我們喜愛的東西，那怎麼可能會美好呢？要是天堂沒有漫畫，沒有電影，沒有腳踏車，沒有鄉間小路可以自由自在的奔馳，那麼，天堂怎麼可能會美好呢？要是天堂沒有游泳池，沒有冰淇淋，沒有夏天，沒有七月四日國慶日的烤肉餐會，那麼，天堂怎麼可能會美好呢？要是天堂沒有暴風雨，我們就沒有機會坐在門廊上欣賞狂風暴雨雷電交加的景象，那麼，天堂怎麼可能會美好呢？聽牧師的形容，感覺上，天堂就像一座只有一本書的圖書館，而我們卻必須日復一日讀同一本書，直到永遠。要是天堂沒有打字紙，沒有那個神奇的盒子——打字機，那麼，天堂會像什麼？

這樣的天堂，跟地獄有什麼兩樣？

當然，那陣子，日子倒也不是每天都這麼黯淡沈悶。商店街上已經掛滿了五彩繽紛的聖誕燈，街頭巷尾到處都有聖誕燈紮成的聖誕老人，紅綠燈的燈柱上掛滿了一條條的金箔絲。爸爸找到了新工作。他在巨霸超市當倉庫工人，一個禮拜上三天班。

後來有一天，老鐵肺罵我蠢材，連罵了六次。她叫我上台演算質數給全班看。

結果，我說我不要。

「柯力麥肯遜，你馬上給我上來！」她大吼。

「不要。」我說。坐在我後面的魔女笑得好開心，因為她感覺得到有好戲看了，居然有人敢正面挑戰老鐵肺。

「你！馬！上！給！我！上！來！」老鐵胏氣得滿臉通紅。

我還是搖搖頭。「不要。」

她立刻朝我衝過來，動作快得超乎我的想像，然後一把抓住我的毛衣，把我從座位上拖起來。她拖得太用力，害我膝蓋撞到桌子，那一剎那，一股劇痛立刻沿著腿向上蔓延，痛徹心肺，隨即化為一團怒火。那陣子，我心情一直都很沈痛，因為我老是想到大雷身陷在那個黑暗世界裡，而且又聽牧師說什麼信仰不信仰的，心情更加惡劣。這一切，在那一瞬間化為一股難以言喻的怒火，於是，我忽然抬起手打向老鐵胏。

結果，我的手不偏不倚正中她的臉。平常就算認真瞄準都不可能打得這麼準。她的眼鏡一下就被我打飛了，她嚇得倒抽了一口氣，哼了一聲。而就在那一剎那，我滿腔怒火立刻就消失得無影無蹤。接著，老鐵胏開始大吼了：「你敢打我！你敢打我！」然後她一把揪住我的頭髮，猛扯我的頭。全班同學都愣住了，目瞪口呆。雖然他們也喜歡惹老鐵胏，但這種場面已經超乎他們想像。不知不覺中，我的舉動已經進入一種超自然的境界。老鐵胏揪住我，然後用力把我甩開，我被甩得撞向莎莉米瓊的桌子，差點就把她壓倒。接著老鐵胏拖著我快步走出教室，準備去找校長。她已經氣得七竅生煙。

結果，我爸媽當然就被請到學校來了。當他們發現我竟敢打老師，那種震驚是無法形容的。校長個子小小的，長相有點像鳥，而且更巧的是，他姓卡迪納，英語發音聽起來跟北美紅雀一模一樣。他罰我三天不准到學校，在家裡面壁思過，而且還要寫一封悔過書向哈波老師道歉，而且悔過書還要我爸媽簽名。

雖然這裡是他的辦公室，但我還是當著爸媽的面狠狠瞪著他。我告訴他，就算他罰我三個月不准到學校，我也無所謂。我還告訴他，悔過書我絕對不寫，而且，一天到晚被老師罵蠢材，一天到晚算那種無聊的鬼數學，一天到晚面對那些討厭的人，我已經受夠了。

爸爸緊張得從椅子上跳起來。「柯力！」他大叫了一聲。「你到底怎麼回事？」

「本校自創校以來，從來沒有出過這種事！竟然有學生敢打老師！」卡迪納校長越說越大聲。「從來沒有！在我看來，這孩子需要狠狠教訓一下才知道悔改。」

「雖然我覺得打孩子不是什麼好事。」爸爸說。「不過，在這件事情上，我同意你的看法。」

後來，在回家的路上，我拼命想跟他們解釋，可是他們根本聽不進去。爸爸說，打老師就是不對，沒什麼好說的。媽媽說，這輩子她從來沒有這麼丟臉過。所以，我就索性不再說了。火箭被擺在車子後面的貨廂，而我坐在前面，一臉陰鬱。回到家之後，爸爸真的打了我好幾下屁股。他下手並不重，可是很痛。後來我才知道，前一天爸爸在巨霸超市統計聖誕節糖果的數量，結果算錯了好幾箱，被他老闆罵了一頓。更令他難受的是，他老闆比他年輕了八歲，開雷鳥跑車，而且，他竟然幫我爸爸取了個綽號叫小湯米。

被爸爸打的時候，我強忍著沒有叫出聲，但一回到房間，我立刻撲到床上，把臉埋在枕頭裡。

後來媽媽進來了。她說她搞不懂我為什麼要打老師。她說她明白，大雷的死對我傷害很大，可是大雷已經上天堂了，而我們也應該要好好活下去，好好過日子。她說，不管我願不願意，悔過書一定要寫，所以，越快寫完越好。我抬起頭告訴她，就算爸爸每天打我，我也無所謂，反正我就是不寫。

「既然如此，年輕人，那我看你就繼續關在房間裡閉門思過，好好想清楚。」她說。「還有，我看你晚飯就別吃了，空著肚子，頭腦會比較清楚。」

我沒反應。沒什麼好說的。然後媽媽就走出去了，我聽到爸媽在走廊上討論我的事，說他們搞不懂我到底怎麼回事，怎麼會這麼沒禮貌。過了一會兒，我聽到他們在吃晚飯，聞到陣陣的炸雞香。我翻了個身，不知不覺就睡著了。

我又夢見那四個黑人小女孩，夢見閃光，接著，我忽然感覺到一陣無聲的爆炸，立刻驚醒過來，又把床頭桌上的鬧鐘打翻了，不過這次爸媽沒有跑進來。我看了一下，發現鬧鐘沒摔壞，還在轉，上面的時間是半夜兩點。我下床走到窗口看看外面。天上有一彎新月，尖尖細細的像一根鉤子，彷彿可以用來掛帽子。

窗外是冷冽的夜，萬籟俱寂，滿天繁星燦爛閃爍。我心裡想，就算打死我，我也不寫什麼悔過書。我忽然想到，我會有這種反應，說不定也是遺傳到爺爺的一部分性格。但不管怎麼樣，叫我向老鐵肺低頭，想都別想。

我好想找個人聊聊。一個了解我的人，比如說大雷。

我那件毛料外套吊在大門旁邊的衣櫃裡，問題是，我不想從前門出去，因為那樣會驚動到爸爸。於是，我穿上那條燈芯絨褲，穿上兩件毛衣，再戴上手套。接著，我輕輕把窗戶往上拉，結果窗框還是發出尖銳的嘎吱一聲，嚇了我一大跳。我等了差不多一分鐘，確定門外沒有傳來腳步聲，然後才又繼續把窗戶往上拉，鑽出窗口。夜晚的風冷冽刺骨。

我關上窗戶，只留下一道手指伸得進去的細縫，然後跳上火箭騎上路。天上那一彎新月猶如一根尖銳的獠牙。

我騎車沿著深夜寂靜的街道一路前行，經過一個又一個閃著黃燈的路口，每次呼吸都會噴出一口白霧。我注意到有幾戶人家還亮著燈，不過，那都是浴室裡的燈光，以免半夜有人起來上廁所摔倒。我鼻子耳朵很快就凍僵了。像這樣冷冽的夜晚，大概連狗都寧願躲在窩裡不肯出來，而且，我相信就連莫倫泰克斯特也不敢光溜溜的走出來。我一路騎向波特山，半路上來到一個路口，我忽然拐了個彎繞到另一條路。雖然走這條路會多出大概半公里的路程，但我還是決定繞遠路，因為我想去看看某個地方。沒多久，我已經慢慢靠近了。那棟房子座落在一片三英畝的空地上，旁邊還有一座馬房。

樓上有個房間裡透出燈火，看起來好亮，不像浴室的燈。樂善德醫師果然還沒睡，還在聽外國的廣播。我腦子裡忽然閃過一個奇怪的念頭。樂善德醫師之所以會變成夜貓子，說不定是因為他也怕黑。說不定，他三更半夜不睡覺開著燈聽收音機，是因為這樣聽得到人聲，他就不會覺得自己孤零零的一個人。

接著，我騎著火箭又轉了個彎，慢慢遠離樂善德醫師家。自從大雷過世以後，我就一直沒再去想那根羽毛的事了。本來，打個電話給藍色葛拉斯小姐，答案就水落石出了，問題是，那些日子，我面對生離死別，對生命感到困惑，根本連電話都不想打。那些日子，我感覺自己也快要被那個黑暗世界吞沒，而我唯一能做的，就是奮力掙扎。那些日子，我很少再去想到沈落在薩克森湖底那個陌生人。我甚至不願再去想樂善德醫師和這一切是否有關聯。假如這件事真的和他有關，那麼，這世上還有什麼是真的？還有誰能相信？

後來，我終於騎到了波特山。墓園的鐵柵門上了鎖，不過，四周的石牆很矮，只有六十公分高，不費吹灰之力就可以跨進去。我把火箭留在門口，走路上山。月光遍灑滿園的墓碑。波特山彷彿座落在一條分隔黑與白兩個世界的無形交界線上，同時，它的位置也正好介於奇風鎮和布魯登區之間。白人死者長眠於山的一邊，而黑人死者則是在另一邊。白人黑人不能在同一家餐廳吃飯，不能在同一座游泳池裡游泳，不能在同一家店裡買東西，就連死了也不能葬在墓園的同一邊。這樣的區隔是可以理解的，不過，有一點我卻始終搞不懂。有時候我很想問問拉佛伊牧師，要是有一天女王和月亮人也上了天堂，那麼，大雷去的是否也是那個天堂？假如黑人白人死後上的都是同樣的天堂，那麼，他們活著的時候為什麼不能在同一家餐廳吃飯，不能在同一家店裡買東西？假如黑人白人上的都是同樣的天堂，而我們在世的時候卻偏要劃清界線，那麼，這種行為，是因為我們比上帝更聰明，更有智慧，還是因為我們實在太笨呢？當然，如果有一天我們死後都是回到那個黑暗世界，那麼，這些問題也就沒什麼好討論的了，因為那裡沒有上帝，也沒有天堂。看著眼前那一座座的墓碑，我忽然想到那天我親眼看到小史蒂夫克雷開著午夜夢娜從我身邊穿過去。他是怎麼從那個黑暗世界裡逃出來的，到現在我還是想不通。

眼前的墓碑數都數不清。數不清。我記得很久以前曾經聽人說過一句話：如果有個老人過世了，那就好像一座圖書館被燒毀了。我忽然想到，那天在「亞當谷日報」上看到大雷的訃聞，上面寫了很多和大雷有關的資料，比如，他是打獵的時候意外喪生的，他爸媽是誰，他有一個叫安迪的小弟，他們全家都是長老教會的信徒。另外，訃聞上還註明了葬禮的時間是早上十點三十分。看到這樣的訃聞，我驚訝得說不出話來，因為他們竟然漏掉了那麼多更重要的事。比如說，每次大雷一笑起來，眼角就會出現皺紋。每次他準備要跟班恩鬥嘴的時候，嘴巴就會開始歪向一邊。每當他發現一條從前沒有探勘過的森林小徑，他眼睛就會發亮。每當他準備要投快速球的時候，他就會不自覺咬住下唇。這一切，訃聞裡隻字未提。訃聞裡只寫出大雷的生平，可是卻沒有告訴我們大雷是個什麼樣的孩子。我在滿園的墓碑中穿梭，腦海中思緒起伏。這個墓園裡埋藏了多少被遺忘的故事，埋藏了多少燒毀的老圖書館？還有，年復一年，究竟有多少年輕的靈魂在這裡累積了越來越多的故事？這些故事都被遺忘了，失落了。我好渴望能夠有個像電影院的地方，裡頭有一本記錄了無數名字的目錄，我們可以在目錄裡找出某個人的名字，按下一個按鈕，銀幕上就會出現某的人的臉，然後他會告訴你他一生的故事。如果世上真有這樣的地方，那會很像是一座天底下最生動有趣的紀念館，我們的歷代祖先的靈魂會永遠活在那裡，而我們可以聽得到他們沈寂了百年的聲音。當我走在墓園裡，聆聽著那無數沈寂了百年、永遠不會再出現的聲音，我忽然覺得我們真是一群浪費寶貴資產的後代。我們拋棄了過去，而我們的未來也就因此消耗殆盡。

我來到大雷墳前。他的墓碑還沒豎起來，不過碑文石板已經埋在土堆上。他安葬的地點並不在山腳下，也不在山頂上，而是在半山腰。我慢慢坐下來，坐在碑文石板旁邊，小心翼翼不敢踩到那微微隆起的土堆。經過這漫長的冬季，經過雨水的滋潤，到了春天，這土堆上將會萌發出綠草的新芽。我眺望著遠處那無邊的黑暗，眺望著天際那一彎如獠牙般銳利森冷的月亮。我很清楚，在大白天的時候，坐在這裡可以看得到整個奇風鎮，看得到那連綿起伏的山嶺。石像橋，酋長河，放眼望去盡收眼底。你會看到那條鐵路在山嶺間蜿蜒，經由高架橋跨越酋長河，然後穿越整個奇風鎮，一路延伸到遠方那更大的城市。如果你用心去看，你會感受到那無與倫比的美。我不知道大雷是否喜歡眼前的景緻，我不知道大雷是否眷戀那連綿的山嶺、奔流的河、還有那遼闊的沼澤。這樣的景象，對於因失去朋友而哀傷的我來說，或許會特別觸景傷情，然而，對長眠於九泉之下的大雷來說，他是否也能感受到此刻我心中的感受？

「唉。」我輕輕嘆了一口氣。「我覺得好困惑。」

大雷沒吭聲。我真的期待大雷會回答我嗎？不，我心裡明白，我當然不可能會再聽到他跟我說話，所以當然不會感到失落。

「你究竟是在那個黑暗世界，還是在天堂呢？我真的不知道。」我說。「要是上了天堂就沒辦法再調皮搗蛋，那我真不知道天堂究竟有什麼好。在我看來，天堂跟教堂好像沒什麼兩樣。禮拜天到教堂去做一個小時的禮拜，這我還可以忍受，可是，要是叫我到教堂去住一輩子，說什麼我都不要。不過，我當然也不喜歡那個黑暗世界。那裡什麼都沒有，什麼都沒有。在那個黑暗世界裡，你從前記得的、相信的一切，都會化為烏有，就像水面上那一圈圈的漣漪，到頭來終會消失無蹤。」我縮起雙腿，兩手環抱著膝蓋。「在那個黑暗世界裡，我們沒辦法說話，什麼都看不見，什麼都聽不見。什麼都沒有。大雷，要是到頭來我們都必須回到那個黑暗世界，那麼，當初我們又何必來到這個人世？」

大雷當然還是沒回答。

「我到現在還是搞不懂什麼叫信仰。」我繼續說。「我媽說，人應該要有信仰。拉佛伊牧師也告訴我，人一定要有信仰。問題是，大雷，要是這世上沒有什麼東西值得相信，那我怎麼可能會有信仰呢？我覺得，信仰就像你打了個電話，可是電話的另一頭根本沒聲音。而且，除非你開口去問對方，而對方有反應，否則你根本不知道電話另一頭到底有沒有人，不是嗎？要是搞了半天，你發現你根本就是在自言自語，那麼，你會有什麼感覺？你會不會發瘋？」

這時我忽然意識到我就是在自言自語，但不管怎樣，我心裡還是覺得舒服多了，因為我知道大雷就長眠在我旁邊的地底下。接著，我挪了一下坐的位置，移到墳堆旁邊那片黃草地，那裡沒有被圓鍬挖過。我往後躺下來，盯著夜空的滿天繁星。「你看。」我說。「你看那片天空，像不像魔女朝一塊黑絨布上噴鼻涕？」說著我不由得笑起來，因為我知道大雷聽到這種笑話一定會笑得人仰馬翻。「這樣形容好像太噁心了點。」我說。「對了，大雷，你在下面看得到天空嗎？」

大雷還是沒反應。

接著，我抬起雙手抱住胸口。雖然我躺在草地上，可是卻並不覺得有多冷，因為我感覺到大雷就在我旁邊。「今天我被爸爸打了一頓。」我決定坦白招供。「這次爸爸真的被我惹火了，也許我真的是活該吧。不過，假如我被打是活該，那老鐵肺被我打更是活該不是嗎？為什麼大人都不肯聽我們小孩子解釋？就算我們受了什麼委屈，大人還是一樣不聽你解釋。到底為什麼？」我嘆了口氣，一口白霧正好噴向天上的摩羯座。「我說什麼都不寫悔過書，大雷。我就是不寫，誰逼我都沒用。也許我真錯了，但那並不完全是我的錯，可是他們卻硬是要逼我認錯。所以，我不寫悔過書，說什麼都不能寫。可是大雷，我該怎麼辦？」

這時我忽然聽到了。

我好像聽到有個聲音在叫我，但那不是大雷的聲音。

聽起來像是火車的汽笛聲，從遠處隱約傳來。

貨運列車快到奇風鎮了。

我立刻坐起來看向遠方。我看到列車的車頭燈在山間穿梭移動，乍看之下彷彿一顆漂遊的星星，慢慢接近奇風鎮。我一直盯著它。

列車靠近酋長河高架橋的時候，會慢慢減速。一向都是這樣，而且，過橋的時候，沈重的鐵輪壓在老舊的橋體結構上，總是發出驚天動地的嘎吱聲。每當這時候，列車的速度就會變得更慢。

所以，過了橋之後，列車的速度會慢到連跑步都追得上，只要你想追。

不過，那種慢速並不會持續很久。過了橋之後，列車會開始加速，接著，到了奇風鎮邊界的時候，速度又會開始變得很快。

「大雷，我不能寫悔過書。」我輕聲說。「明天我不寫，後天也不寫，我永遠不寫。所以，這輩子我大概回不了學校了，你覺得呢？」

大雷當然不會告訴我該怎麼辦。我必須自己做決定。

「我想離開家一陣子，你覺得好不好？當然，不會太久，大概就兩三天吧。我只是想用這樣的方式告訴他們，我寧願離家出走也不寫悔過書，說不定這樣一來，他們就肯好好聽我解釋了。你覺得呢？」我注意到那顆漂遊的星星越來越逼近了。接著，汽笛聲又響了，大概是想警告那些在鐵軌上流連的鹿群。我彷彿聽到它在叫「柯──力──」。

於是我站起來。要是我騎著火箭衝過去，說不定來得及在高架橋頭追上那列火車，不過，我必須馬上就動身。要是再拖個幾秒鐘，我又得回家去面對爸媽，面對他們的憤怒和失望。要是再拖個幾秒鐘，我又要被關進房間裡，被逼著寫悔過書。每天的這個時間，都會有同一班貨運列車經過奇風鎮。我把手伸進口袋裡，摸到兩枚兩毛五的硬幣。那是去年冬天在愛之頌戲院買爆米花和糖果剩下的。去年的這個時候，一切都是那麼美好。

「我要走了，大雷！」我說。「我要走了！」

於是我開始跑了，穿越整個墓園。我一衝到火箭旁邊，立刻跳上坐墊。我很怕趕不上，於是就使盡全力猛踩踏板衝向高架橋，氣喘吁吁，口裡呼出一團團的白霧。我沿著鐵軌旁邊的碎石子路全力衝刺，聽到鐵軌上傳來喀噠喀噠的聲音。列車還在橋上，我應該趕得上。

沒多久，我看到了。那刺眼的車頭燈。巨大的火車頭衝出橋頭，從我旁邊轟隆隆開過去。那速度好慢，走路走快點都還跟得上。接下來，貨車廂開始一列列從我旁邊經過，那是南方鐵路公司的列車。喀噠、喀噠、喀噠，接連不斷。接著，列車又開始加速了，我跳下火箭，把停車支柱踢下來撐好，然後輕輕摸摸車子的把手。有那麼短短的一剎那，我注意到火箭的車頭燈又出現那隻金黃的眼睛，在月光下顯得更耀眼。

「我一定會回來！」我向它保證。

我注意到每一節車廂的門似乎都關著，不過後面的車廂裡好像有一節的門半開著。我聽說列車上的警衛很兇悍，要是有人敢搭霸王車，都會被他們打得頭破血流，然後他們會把你抓到火車頭，讓你的臉正對著鍋爐裡噴出來的蒸汽。但我很快就揮開這些駭人的思緒。我跟在那節車廂旁邊跑，車門旁有一架鐵梯，伸手就摸得到。我用四隻手指勾住鐵梯上的一根橫桿，然後立刻握緊，接著又伸出另一隻手也抓住橫桿，於是，我的雙腳就離開地面了。

接著，我兩手抓住鐵梯，左右擺盪身體，用腳去勾那扇半開著的門。沒想到我身手這麼靈活。不過我想，假如你感覺到好幾噸重的鐵輪在你腳底下轟隆作響，動作再怎麼遲鈍的人都會變得比特技演員更靈活。沒多久，我的身體已經從門口晃進車廂裡了。於是我放開鐵梯，身體摔在木頭地板上。地板上全是乾草。我晃進去的時候摔得很重，發出一聲巨響在車廂裡迴盪。我注意到另一邊的車門緊緊關著。我慢慢坐起來，毛衣上全是乾草。

車廂裡轟隆作響，搖晃得很厲害，顯然不是用來載人的。

可是，我發現車廂裡還有別人。

「嘿，普林西！」我聽到有人說。「剛剛有隻小鳥飛進來了！」

我嚇得跳起來。那個人聲音好嘶啞，聽起來好像水泥攪拌器在攪石塊，又有點像牛蛙在叫。那聲音是從車廂的陰影裡傳來的。

「嗯，我看到了。」我聽到另一個人說。那個人聲音輕柔得像黑絲，而且有一種外國口音。「看樣子，那隻小鳥差點就折斷翅膀，你說對不對呀，法蘭克林？」

我心裡想，完了，車裡竟然有搭霸王車的混混，萬一讓他們知道我口袋裡有五毛錢，那我這條小命恐怕就保不住了。於是我立刻轉身，打算從車門跳出去，但問題是，車速已經變得很快，奇風鎮在車子兩旁向後飛逝。

「小伙子，假如我是你，我絕不幹這種傻事。」那個外國口音的人說。「摔下去恐怕會死得很難看。」

我在門邊愣了一下，心臟怦怦狂跳。

「放心啦，我們又不會把你吃掉！」那個聲音像水泥攪拌器的人說。「你說對不對呀，普林西？」

「喂，那是你說的，我可沒說！」

「噢，他只是在跟你開玩笑！普林西最愛開玩笑。」

「沒錯。」那個聲音輕柔得像黑絲的人嘆了口氣。「我最愛開玩笑。」

這時忽然有人點了一根火柴，照亮了我的臉。我嚇了一跳，立刻轉身看看那是什麼人。

我看到他了。他表情很兇惡，而且靠我靠得很近，我幾乎聞得到他呼出來的口氣。

那個人好瘦，簡直瘦得像竹竿，一雙黑眼睛，眼窩深陷彷彿一個無底洞，顴骨高聳。他的皮膚！他的皮膚簡直比夏季乾枯的河床還要乾。他滿臉都是裂痕，都是皺紋。而且，他張著嘴露出滿口黃牙，嘴角的裂痕一路向上延伸到光禿禿的頭頂，彷彿戴著一頂看不見的帽子。在火柴亮光的照耀下，我注意到他手指又細又長，而且整隻手也是一樣乾癟枯瘦。另外，他脖子上也滿是乾癟癟的裂痕。他身上穿著一套白禮服，上面滿是灰塵，襯衫是白的，褲子也是白的，腰圍的部位幾乎分不清褲子和襯衫的交界。他整個人看起來彷彿一根竹竿上掛著一團髒兮兮的破布。

我嚇得渾身僵直，心想這下子小命不保了。

這時候，那滿臉皺紋的人又抬起另一隻手，那動作彷彿響尾蛇抬起頭。我又緊張起來。

他手上拿著一個包包，裡頭裝了幾個無花果餡餅。

「哇！」那個外國口音的人顯然很驚訝。「真沒想到，阿莫喜歡你耶！他不會說話，不過他要請你吃餡餅喔。來，吃一個吧。」

「呃……我……這樣好像不太……」

這時火柴熄了。我感覺得到阿莫就在我旁邊，因為我聞得到他呼出來的氣。他的口氣有一種很乾燥的感覺，一吸進鼻孔裡，鼻毛似乎馬上變得又乾又脆，彷彿隨時會粉碎。他呼出來的氣有一種落葉的腐爛氣息。

接著，他又點燃了第二根火柴。阿莫下巴很突出，上面有一條黑色斑紋。他手上還是提著那包無花果餡餅，朝我點點頭。他點頭的時候，我彷彿聽到他身上的皮肉發出嘎吱嘎吱聲。

他咧開嘴對我笑笑，那模樣像極了溫柔的死神。或者，形容得更精確一點，應該說他像一個乾癟的死神。我伸出一隻手，從阿莫的包包裡拿出一個餡餅。我的手在發抖。不過，一看到我肯拿他的餡餅，阿莫似乎滿意了。他搖搖晃晃走到車廂另一邊，蹲下來。那裡有一個桶子上下顛倒放在地板上，上面黏著三根蠟燭。他用手上的火柴點燃那三根蠟燭。

車廂裡立刻亮起來。這時候，我看到了。然而，我真希望我沒有看到眼前的一切。

「好了。」那外國人坐在地板上，背靠著一整堆的行軍袋。「我們終於可以看清楚對方了。」但我真希望此刻我們能夠背對背相隔十萬八千里，而不是像現在這樣面對面。

我敢打賭，眼前這個人一定一輩子沒曬過太陽。他的皮膚好蒼白，沒有半點血色。跟他一比，月亮簡直黑得像木炭。他還年輕，至少比我爸爸年輕，一頭金髮往後梳，露出高高的額頭，鬢角露出一絲銀白。他穿著一套深色西裝，白襯衫，打著領帶。看得出來，那曾經是一套很名貴的西裝，只可惜現在已經變得破破爛爛。襯衫袖口邊緣都已經磨損了，領帶上全是黃黃的污垢。但儘管如此，這個人依然散發出一股高貴優雅的氣息。雖然他只是坐在地上看著我，但那種不可一世的眼神卻完全把我震懾住了。他腳上那雙皮鞋已經磨得差不多了，上方露出白白的一截。起先我以為那是他穿的白襪子，後來才發現那是他的腳踝。

他一直盯著我看，看得我很不自在。在燭光的照耀下，我注意到他瞳孔裡似乎閃著一絲紅光。

而車廂裡還有第三個人。那個人簡直可以用怪物來形容，剛剛那兩個人跟他比起來，簡直可以算得上是電影明星。

他站在角落裡，個子好高，幾乎快頂到天花板上了，看起來至少有兩百一十公分高。他腦袋的形狀好奇怪，看起來簡直就像一把鏟子，肩膀寬得出奇，簡直像羅賓空軍基地那些飛機的機翼。他身形巨大，全身凹凸不平，怎麼看都感覺很不協調。他穿著一件棕色外套，一條灰褲子。那條褲子膝蓋上有補丁，而且奇怪的是，那條褲子似乎已經濕透了，可是他卻還穿在身上。接著，我注意到他的鞋子。他那雙鞋子大得嚇人。假如你說他腳上穿的叫做鞋子，那我們也可以說原子彈只不過是一顆懷孕的手榴彈。那根本不像鞋子，比較像是兩台推土機。

「嗨，你好。」他一邊跟我打招呼，一邊踩著那雙巨大無比的鞋子朝我走過來。「我叫法蘭克林。」他咧開嘴對我笑了一下。我忽然覺得他還是不笑比較好，因為他那種笑，比恐怖電影裡那個嘴角向上咧開到耳朵的笑臉怪男爵看起來更猙獰。而更可怕的是他額頭上那條疤。他那高聳的額頭看起來很像尼安德塔人，上面那條疤痕彷彿是哪個醫學院的學生幫他縫合的，而且那學生不單是鬥雞眼，甚至還邊縫邊打嗝。他那張巨大的臉幾乎是扁平的，油光發亮的黑髮彷彿是畫在頭皮上。在燭光的照耀下，我注意到他似乎不太舒服，像是吃壞了肚子，臉色發青，看起來病懨懨的。更驚人的是，他那粗大的脖子有一邊伸出一根生鏽的小螺栓。

「想喝點水嗎？」他對我抬起手，手上拿著一個凹陷的水壺。那水壺在他手上看起來像個小貝殼。

「呃……不用了，謝謝。」

「吃餡餅最好喝點水，比較好吞。」他說。「要不然會哽在喉嚨。」

「我還好。真的。」我清清喉嚨。「真的。」

「好吧，沒事就好。」說著他又走回原來的角落裡，站在那裡看起來活像一尊雕像。

「法蘭克林很開朗。」普林西告訴我。「阿莫比較不愛說話。」

「那你呢？」我問他。

「我野心比較大。」他說。「你呢？」

「我很膽小，什麼都怕。」這時候忽然感到一陣風吹在我背後。列車開始加速了，漸漸遠離寧靜安詳的奇風鎮。

「坐一下吧。」普林西對我說。「車廂裡不怎麼乾淨，不過倒也還不至於太髒。」

我用一種盼望的眼神看著門外。列車的速度應該有……

「……每小時九十公里。」普林西說。「說得更準確一點，應該有九十六公里。看風有多強，我就知道速度有多快。這方面我很行。」

我慢慢坐下來，儘可能跟他們三個保持一點距離。

「嗯。」他把手伸進外套口袋裡。「柯力，能不能告訴我們你要去哪裡？」

「我大概是想……不對，剛剛我並沒有告訴你我叫什麼名字，不是嗎？」

「有呀。你剛剛告訴我了。」

「可是我怎麼不記得？」

法蘭克林大笑起來，那笑聲聽起來好沙啞。「哈！哈！哈！他又來了！普林西心電感應很厲害！」

「我剛剛好像沒告訴你我叫什麼名字。」我說。

「呃，別這麼頑固。」普林西說。「每個人都有名字。你叫什麼名字？」

「柯——」說到一半我忽然停住了。究竟是他們三個瘋了，還是我瘋了？「柯力麥肯遜。我住在奇風鎮。」

「你要去……？」他繼續追問。

「這列火車要去哪裡？」我問他。

「如果從這裡出發的話……」他淡淡一笑。「可以到世界上的任何角落。」

我轉頭瞄了阿莫一眼。車廂裡火光搖曳，他蹲在地上聚精會神看著我。他乾癟癟的腳上穿著一雙涼鞋，腳指甲大概有五、六公分長。「這種天氣，穿涼鞋不會覺得太冷嗎？」

「阿莫不怕冷。」普林西說。「那是他的特別挑的鞋子。他是埃及人。」

「埃及人？那他怎麼會大老遠跑到這裡來？」

「那真是遙遠漫長的旅程。」他說。

「你們到底是什麼人？你們看起來好像有點——」

「有點眼熟，對吧？要是你喜歡看人打架，那你對我們應該不會太陌生。沒錯，我說的就是拳擊。」我話都還沒說完，普林西就知道我想問什麼了。「你有沒有聽說過法蘭克林費茲傑羅這個人？或是，『費城大法蘭』？」

「沒有。」

「那你剛剛為什麼說你聽說過？」

「我……我剛剛有這樣說嗎？」

「來，跟你介紹一下，這位就是法蘭克林費茲傑羅。」他伸手指向蹲在角落裡那個怪物。

「嗨。」我打了聲招呼。

「很高興認識你。」法蘭克林向我問候了一聲。

「我叫普林西萬古力，他叫阿莫，不過他的姓發音很奇怪，我唸不太出來。」

「嘻嘻嘻。」法蘭克林掩著嘴咯咯笑起來。我注意到他指關節上全是疤痕。

「你應該不是美國人吧？」我問普林西。

「我是世界公民。」

「不過，你總有家鄉吧？」

「我的國家不在這個世界上的任何角落。也許你可以稱之為無有鄉。」他又笑了一下。「無有鄉。聽起來很不錯吧？我的國家被外國人入侵太多次，他們對我們姦淫擄掠。怎麼說呢，到美國來，錢比較好賺，過日子容易多了。」

「這麼說，你也是拳擊手囉？」

「我？」他皺了一下眉頭，彷彿有點不屑。「噢，我不是！法蘭克林四肢發達頭腦簡單，需要有人照顧，幫他出主意。我就像他的腦子一樣。我是他的經理。阿莫是他的教練。我們在一起默契很棒，只不過有時候也會打起來，打得你死我活。」

「哈哈！」法蘭克林又驚天動地笑起來。

「我們剛打完一場，現在正準備要去打下一場。」普林西微微聳聳肩。「我們總是不斷的從一個地方到另一個地方。永遠都是這樣。這就是我們的生活。」

我忽然覺得，不管他們三個人看起來有多可怕，他們對我絕對沒有惡意。「費茲傑羅先生是不是常常跟人打鬥？」我問。

「法蘭克林隨時隨地都可以跟人打。不幸的是，雖然他塊頭很大，可是動作實在太要命。」

「普林西的意思是我動作太慢。」法蘭克林說。

「沒錯。還有呢？」

那個巨人思考這個問題的時候，眉頭皺成一大團，彷彿快掉下來了。他想了好久，最後終於說：「我不是天生的殺手。」

「不過，我們一直努力訓練他，對不對啊，阿莫？」普林西問那個埃及人。阿莫咧嘴一笑，露出黃黃的牙齒，拚命點頭。看他點頭如搗蒜，我還真有點擔心他腦袋會掉下來。

接著我又轉頭看著法蘭克林的脖子。「普林西先生，他脖子上為什麼會有螺栓？」

「法蘭克林身體幾乎是拚裝出來的。」普林西說。這時法蘭克林又咯咯笑起來。「而且有很多部位都生鏽了。他上場跟人打拳，有時候會碰到很厲害的對手，被人打得斷手斷腿。簡單的說，他骨折的部位太多，醫生實在沒辦法了，只好用鐵線把斷骨接起來。他的脊椎骨是用一根鐵條固定的，螺栓就是鎖在那根鐵條上。那當然很痛，可是也沒辦法。」

「噢。」法蘭克林說。「還好啦，沒那麼痛。」

「他就像獅子一樣勇猛強悍。」普林西說。「可惜的是，他的智商恐怕只跟老鼠差不多。」

「嘻嘻嘻！普林西最愛說笑話了！」

「我好渴。」說著普林西忽然站起來。他個子很高，大概有一百九十五公分高，而且很瘦，只比阿莫稍微好一點。

「來，這給你喝吧。」法蘭克林把水壺遞給他。

「我不想喝這個！」普林西伸手推開水壺。「我想……唉，我也搞不清楚自己想喝什麼。」說著他轉頭看看我。「你有過這種感覺嗎？有時候，你感覺自己想要某種東西，可是偏偏又說不上來自己要的究竟是什麼。你也會這樣嗎？」

「有啊。我是說……」我說：「就像有時候我覺得我想喝可口可樂，可是其實我想喝的是薑汁汽水。」

「沒錯，就是這樣。我的喉嚨快乾死了！」說著他從我旁邊走過去，探頭看看車門外飛逝而過的森林。放眼望去，外面是黝黑的天空，黝黑的森林，看不到半點光亮。「好了！」他忽然說。「現在你已經知道我們是誰了，那麼，該輪到你自我介紹一下了，不是嗎？我猜你可能是離家出走，對不對？」

「沒有。我的意思是……我只是想到外面去走一走，過幾天就會回家。」

「跟你爸媽鬧彆扭嗎？還是在學校裡出了什麼問題？」

「都有吧。」我說。

他靠在車門邊，對我點點頭。「天底下的小男生都有同樣的煩惱，包括我在內。從前我也偶爾會離家出走。不過，你真的認為這樣能夠解決你的問題嗎？」

「我也不知道。不過，我實在也想不出別的辦法。」

「柯力。」普林西說。「這個世界跟你熟悉的奇風鎮是完全不同的。這世界對你這樣的小男孩是很無情的。這世界可以美好如天堂，但也可以殘酷如地獄。這你一定要明白。」

「為什麼會這樣？」我問。

「因為我們已經走遍了這個世界，看透了這個世界，見識過這世上形形色色的人。有時候，一想到這個世界，我就怕得要死，因為這世上有太多殘酷的人，冷漠的人，有太多人對別人很不尊重，草菅人命。而且，柯力，這種情況越來越嚴重。越來越嚴重。」他抬頭看看天上的月亮。月亮在天空中的位置一直沒變，彷彿一路跟著我們。「噢，世界啊世界！」他又繼續說。「我們恨你，是因為你變幻無常，因為，我們縱有神力，也難挽時光流逝，年華老去。」

「好美啊，你覺得呢？」法蘭克林問我。

「這是莎士比亞的詩句。」普林西說。「這句詩是在形容天地宇宙帶給凡人的煩惱。」接著他忽然轉頭看著我，瞳孔裡閃爍著紅光。「柯力，你想不想聽聽老人家給你一點建議？」

其實我並不怎麼想聽，不過，基於禮貌，我還是說：「好啊。」

他露出一種疑惑的表情，彷彿看穿了我的心思。「不管你想不想聽，我還是要告訴你。別太急著長大。好好珍惜你的少年時光，因為有一天，當你失去了那種神祕的力量，下半輩子，你會每天都渴望把它找回來。」

這幾句話我好像聽誰說過，但我一時想不起來是誰說的。

「柯力，你想看看這個世界是什麼樣子嗎？」他問我。

我被他眼中那種神祕的紅光震懾住了，不由自主的點點頭。

「那你運氣太好了。我看到前面有燈光，好像是個城市。」

於是我也站起來探頭看看門外。隔著那連綿起伏的山嶺，遠處是一片燈火通明，相形之下，天上的星光都黯然失色。

普林西告訴我，等一下列車進入城裡的火車調度場之後，速度會減慢，趁那個時候跳下火車，就不用怕會摔斷腿。沒多久，火車漸漸開進城裡，一開始，我們看到旁邊都是木屋，然後漸漸變成紅磚屋，然後又變成鋼筋水泥大樓。雖然已經很晚了，城裡依然熱鬧滾滾。到處都是五光十色令人眼花撩亂的霓虹燈，街道上車水馬龍，人行道上人來人往。過了一會兒，火車開進了鐵軌交錯縱橫的調度場，速度開始慢下來。我看到那裡已經停了好幾列火車。接著，列車的速度漸漸慢到跟走路差不多了，法蘭克林率先跳下車，腳上那雙巨鞋碰的一聲踩到地面上。接著，阿莫也跳下去，揚起了一片灰塵。「跳呀，如果你想跟我們去看看，那就跳吧。」普林西站在我背後說。我手忙腳亂的往外一跳，還好沒有摔倒。接著，普林西也跳下來了。我們來到一座城市，而我的家已經很遙遠了。

我們穿越火車調度場，四處迴盪著汽笛聲和低沈的引擎聲。雖然蒸汽引擎都只是怠速運轉，但空氣中依然飄散著一股焦臭味。普林西說我們最好趕快找個地方過夜。於是我們走進大樓旁邊那深深的灰暗小路裡，一路上我們好幾次停下腳步等法蘭克林。他動作真的很慢。

後來，我們來到一個地方，那裡到處都是蜘蛛網般交錯縱橫的小巷子，龜裂的路面上到處都是積水，水面反映著閃爍的霓虹燈光。這時候，我聽到有人哼了一聲，接著是一聲悶響，好像有人被揍了一拳。我立刻停下腳步轉頭去看，看到一個人被抓住，兩手被一個人反扣在背後，而另一個人則是揮拳猛揍他的臉。

那個人鼻子嘴巴都在流血，淚眼模糊，滿臉驚恐的神色。揮拳那個人似乎把打人當成家常便飯，那動作毫不費力，彷彿只是在熱身。「臭小子，錢在哪裡？」抓著他的那個人冷冷的逼問他。「把錢交出來。」而另一個人一直沒停手，一拳拳朝他身上打。那人一直呻吟，鼻音好重。我看著拳起拳落，沒多久，那個人腫脹瘀青的臉開始變形了。

這時候，一隻蒼白的手搭在我肩頭。「我們走吧。」

接著，我看到前面有一輛警車停在路邊，兩個警察左右架住一個男人。那個人頭髮很長，全身衣服髒兮兮。那兩個警察高大魁梧，腰上掛著黑黑的槍套，裡頭的手槍閃閃發亮。其中一個警察忽然湊近那個長頭髮的人，對著他的臉大吼大叫。然後，另外一個警察忽然揪住他的頭髮，用力一甩，把他的頭甩到警車的擋風玻璃上。玻璃沒破，可是那個人立刻兩腿一軟，癱倒在地上。後來，警察把那個人推進警車裡的時候，他完全沒有反抗。接著，警車從我們旁邊開過去，我瞥見那個人正看著車窗外，額頭血流如注。

然後，我聽到一棟建築的門裡傳來轟隆隆的音樂聲，聽不出任何旋律，只有砰砰砰的節拍。有一個人靠牆坐著，褲襠底下的地面上有一灘尿。他眼神狂亂，不知所以的傻笑。接著，我看到兩個年輕人朝我們走過來，其中一個手上提著一桶汽油。「起來起來！」另外那個年輕人對坐在地上那個人吼了一聲，還用腳踢他。而坐在地上那個人還是自顧自傻笑著，然後學那兩個年輕人叫了一聲：「起來起來！」結果，轉眼之間，他身上已經被淋滿了汽油，而另外那個年輕人從口袋裡掏出一盒火柴。

普林西拉著我繞過一個轉角，走進另一條路。而法蘭克林則是搖搖晃晃走在阿莫後面，邊走邊嘆氣，臉上閃過一絲陰霾。

接著我聽到一聲警笛，但很快就發現那輛警車開往別處去了。我忽然感到一陣反胃，頭好痛。普林西的手一直搭在我肩上，我心裡才稍微舒服了一點。

我看到牆角有一座燦爛炫目的霓虹燈，底下站著四個女人。她們看起來比我媽媽年輕，可是比雪莉柳兒大。她們身上的衣服比油漆還鮮艷，而且，她們好像在等什麼大人物光臨。我們從她們面前經過的時候，我聞到濃濃的香水味。我仔細看了一下其中一個女人的臉，忽然覺得她看起來好像一個金髮天使，只不過，她臉上沒有半點生命氣息，就像洋娃娃的臉。「老娘最近實在很背。」她對旁邊那個黑頭髮的女人說。「操他媽的，沒半個男人要來上老娘。」

這時我看到一輛紅色的車忽然停到她們面前。那金髮女郎立刻笑臉迎人，對開車那個人露出諂媚的笑容。另外那幾個女孩立刻圍過來，兩眼發亮，滿臉渴望的神情。只是，那種渴望是多麼的悲哀。

我很不想看到眼前這一切，但普林西還是帶著我一直走。

接著，我看到一個女人攤開手腳躺在一扇門口的地上，一個穿牛仔外套的男人兩腿跨在她身上站著。他正在拉他褲襠的拉鏈。那女人鼻青臉腫。「知道厲害了吧。」那個人說。「學到教訓了吧？現在妳知道誰是老大了吧？」接著他彎腰揪住她的頭髮。「臭婊子，趕快說。」他猛搖她的頭。「誰是老大？」

「繼續走，柯力。」普林西對我說。「不要停，不要停。」

我跌跌撞撞的往前走。所到之處，看到的都只有冷冰冰的水泥牆，看不到連綿的山嶺，看不到絲毫的綠意。我抬頭看看天空，只見群星都被烏雲掩蔽，夜空是一片陰沈灰暗。我們又繞過一個轉角，忽然聽到噹啷一聲，看到一隻小白狗正趴在垃圾桶裡瘋狂翻找。那隻小狗瘦得皮包骨。接著，忽然有個大個子跑過來朝那隻小狗大叫：「臭小子，被我逮到了。」那小狗連忙站起來轉頭看著他，嘴裡銜著一條香蕉皮。那人舉起一支球棒，用力往小狗背上打下去。小狗痛得哀嚎了一聲，躺在地上翻騰扭滾。牠的脊椎骨斷了，嘴裡的香蕉皮也掉了。那個人站在小狗旁邊，再次舉起球棒打下去。這一次，小狗的頭被打爛了，只剩一片血肉模糊。我看到小狗的腿不斷抽搐，彷彿還想跑。

「臭小子。」那個人還不罷休，又抬起腳用力在小狗肋骨上踹了一下。

我淚水不禁奪眶而出，兩腿一軟差點癱到在地上，還好普林西扶住了我。「繼續走吧。」他說。「快點。」於是我乖乖往前走，離開那個血腥的地方。我覺得自己快要吐了，於是就靠在牆上。我聽到法蘭克林在我背後說：「普林西，這孩子離家太遠了。這樣不太好吧。」

「你以為我喜歡這樣嗎？」普林西罵了他一聲。「笨蛋。」

我沿著那面牆走到盡頭，忽然停下腳步。我彷彿看到牆裡是一個小房間，我很清楚聽到有人在爭吵，不過，那房間裡只有一個小男孩。他大概和我差不多年紀，可是，他的神情看起來有一種說不出的蒼老。那孩子低頭看著地上，聽著外面越來越大聲的吵鬧，他的眼神也越來越呆滯。接著，他忽然從地上撿起一塊海綿，還有一條強力膠。平常，我們這幾個死黨都是用那種強力膠做模型。那孩子把強力膠擠到海綿上，然後把海綿湊近鼻孔用力擠壓，閉上眼睛用力吸了一口氣。過了大概一分鐘，他忽然往後一倒，開始渾身抽搐。嘴巴慢慢張開，牙齒開始打顫，一次又一次的咬到舌頭。

我開始渾身發抖，不由自主的啜泣起來，把頭撇開。普林西摸摸我的後腦勺，讓我的臉貼在他身上。「你懂了嗎，柯力？」他輕聲細語，但聲音聽起來繃得好緊，彷彿在壓抑怒氣。「這個世界會吞噬像你這樣的小男孩，你應付不了。這世界比老摩西更可怕，不是把一根掃帚柄丟進牠喉嚨裡就能夠對付的。」

「我想……我想……」

「想回家，對不對？」他替我說出來了。「回奇風鎮的家。」

於是，我們走回火車調度場。四周依然迴盪著汽笛聲和嗡嗡的引擎聲。普林西說他們要陪我坐一小段路，確定我沒搭錯車。過了一會兒，有一列南方鐵路公司的貨運列車開進來了，其中有幾節車廂的門開著。「就是這班車！」普林西叫了一聲，然後立刻跳進車門。法蘭克林也跟著跳上去。儘管他穿著一雙巨大無比的鞋子，情急之下，他動作也可以變得很敏捷。接著，阿莫也跳上去了，每踩一步就會揚起一大片灰塵。

火車的速度開始快起來。我開始沿著車廂旁邊跑，想找個地方抓，可是卻看不到鐵梯。「嘿！」我大喊了一聲。「不要把我一個人丟在這裡！」

火車越開越快，我必須拚全力跑才跟得上。車廂門裡一片漆黑，我看不到普林西，看不到法蘭克林和阿莫。「不要把我一個人丟在這裡！」我驚慌失措的大喊，兩腿越來越無力。

「跳啊，柯力！」普林西在黝黑的車廂裡對我大喊。「趕快跳啊！」巨大的鐵輪在我腳邊轟隆作響。「我好怕！」我快站不穩了。

「趕快跳！」普林西大叫。「我們會接住你！」

車廂裡看不到他們的人影，什麼都看不到，只見一片漆黑。而我背後就是那個可怕的城市。那個會吞噬男孩的城市。

我一定要有信仰。要有信心。

於是我往前一跳，跳上那黝黑的車門。

然而，我卻感覺自己一直往下墜，墜入那寒冷的黑夜和滿天繁星。

接著，我感覺到一股震動，立刻就驚醒過來，睜開眼睛。

我聽到列車的汽笛聲，聽到它漸漸遠離奇風鎮，開向另一個世界。

我坐起來，看到旁邊就是大雷的墳墓。

我大概只睡了十分鐘吧，但感覺卻彷彿經歷了一段好長好長的旅程。當我醒來的時候，驚魂未定，而且很不舒服，不過，我終於感覺到安全。我心裡明白，奇風鎮外的世界並不完全那麼可怕。我讀過國家地理雜誌，我知道城市之美，我知道到處都有藝術博物館，還有很多雕像和紀念碑，紀念那些勇敢的人和充滿人性光輝的事跡。然而，就像月亮一樣，這世界的某些角落隱藏了許多黑暗。比如說，那個在我們奇風鎮被殺害的人，他被淹沒在一個月光照耀不到的地方。這世界，就像奇風鎮一樣，有美好的事物，也有醜惡的黑暗。普林西，不管他是不是真的叫普林西，他說對了：我還沒有完全長大，還不足以面對那個怪物般的世界。此刻，我還是個孩子，我渴望回自己床上舒舒服服睡一覺，渴望回到爸爸媽媽身邊。問題是，我還是不想跟老鐵肺道歉。等我回到家，我還是必須面對這個問題。

我慢慢站起來。滿天繁星燦爛閃爍。我低頭看看大雷的新墳。「再見了，大雷。」我向他告別，然後就跳上火箭騎回家了。

第二天，媽媽說我看起來好像很累，問我是不是做了噩夢。我說我還好，沒怎麼樣。然後她就去幫我煎了幾片鬆餅。

悔過書我還是一直沒寫。那天晚上，我一個人關在房間裡，牆上海報裡那些怪物彷彿都盯著我看。我聽到電話鈴聲響了四次，後來，爸媽就跑進房間裡來找我了。「你為什麼不告訴我們呢？」爸爸問我。「我們都不知道那個老師對學生那麼粗暴。」我先前提到過，被別人糟蹋的感覺，爸爸最能夠體會。

打電話來的那些人，分別是莎莉米瓊的媽媽，魔女的媽媽，賴德迪凡的爸爸，還有喬彼得森的媽媽。他們告訴我爸媽說，他們的孩子把那個老師的事都告訴他們了。突然間，真相忽然明朗了：我打飛了老鐵肺的眼鏡，這種行為當然不可取，然而，老鐵肺也必須為自己的言行負點責任。

「再怎麼樣，老師也不應該動不動就罵學生蠢材。每個人都應該受到尊重，不管是大人小孩。」爸爸對我說。「明天我要去找校長談一談，把事情說清楚。」接著他有點困惑的看了我一眼。「奇怪的是，柯力，為什麼一開始你不告訴我們呢？」

我聳聳肩。「因為我覺得你不會挺我。」

「呃……」爸爸說。「看樣子，我們好像不夠信任你，是不是啊，小老弟？」

說著他搓搓我的頭髮。

回家的感覺真好。

3 大拼圖的一小片

後來，爸爸真的跑去找卡迪納校長，而校長已經從別的老師那裡聽到不少傳言，知道老鐵肺已經瀕臨瘋狂邊緣，於是，他決定讓我回學校，不用再停課，而且也不用再寫什麼悔過書了。

回到學校之後，我發現自己成了英雄。在往後的歲月裡，就算登陸月球的太空人返回地球都沒我這麼風光。當然，校長已經鄭重警告過老鐵肺，而且，老鐵肺一定不敢忘記。不過，我自己也有錯，而且我覺得我應該要勇於認錯。回到學校那天正好是聖誕節前夕，早點名之後，我舉手表示要發言。老鐵肺立刻大吼了一聲：「什麼事？」

我站起來，全班同學都看著我，他們都認定今天又會有大場面可瞧了，大英雄又要挺身對抗對不公不義的惡勢力，為全班同學爭取嚼口香糖的權利。「哈波老師？」我猶豫了一下，不知道該不該當著全班同學的面向老鐵肺低頭。

「有話快說！蠢材！」她又大吼一聲。「我不是你肚子裡的蛔蟲，你在想什麼我猜不出來！」

不知道校長是怎麼警告她的，不過看起來，她顯然沒有意思要降低姿態。但不管怎樣，我還是決定向她道歉，因為這樣做才對。「對不起。」我說。「我不應該打妳。」

噢，英雄墮落了！偶像粉碎了！跳蚤從盔甲的縫隙鑽進去，把我們偉大的戰士咬得倒在地上打滾。我聽到四周的呻吟嘆息此起彼落，我知道他們在想什麼。偉人的銅像從基座上走下來，撲通一聲踩進泥坑裡。

「你說什麼？你跟我說對不起？」老鐵肺驚訝得難以形容。她摘掉眼鏡，然後又戴回去。「你……你是在跟我道歉？」

「是的。」

「呃，我…我…」她忽然說不出話來。這輩子大概沒有人跟她說過對不起，所以她也不知道該怎麼原諒別人。「我……我不知道該……」

我感覺到她忽然流露出一種慈悲。這簡直就像上帝彰顯神蹟。在那神奇的短暫片刻，我注意到她的神情開始和緩下來。

「……該怎麼說，不過……」她嚥了口唾液，彷彿有什麼東西卡在她的喉嚨。

「……不過……你總算知道什麼叫規矩了，蠢材！」她忽然大吼了一聲。看樣子，卡在她喉嚨的是一根鐵釘。她終於把鐵釘吐出來了。

「坐下！數學課本翻開！」

她又變回那種嚴厲的表情。我嘆了口氣，坐下來。她的慈悲就像颱風的暴風眼，短暫的風平浪靜之後，接著又是更猛烈的狂風暴雨。

學校的餐廳簡直就像瘋人院，吵得屋頂都快掀了。吃中飯的時候，老鐵肺正對著一個可憐的小子大吼大叫，罵他怎麼笨得會把吃中飯的錢拿去買棒球卡。就在那時候，我注意到魔女躡手躡腳溜出餐廳。五分鐘後，她又回來了。老鐵肺根本還沒發現她溜出去，她就已經無聲無息的坐回她的位子上。我注意到魔女和同桌的那幾個女生竊笑不已，那一剎那，我立刻就明白有好戲看了。一定有什麼陰謀，而且已經部署好了。

吃過中飯之後，我們被老鐵肺趕回教室去。老鐵肺又縮回她的辦公桌後面，那模樣像極了一頭母獅抱住她的寶貝肉骨頭趴在地上。「把阿拉巴馬州歷史拿出來！翻開到第十章！重建時期！快點！」說著她伸手去拿她自己的課本。那一剎那，我忽然聽到她呻吟了一聲。

老鐵胏想把辦公桌上的課本拿起來，可是卻拿不起來。全班每一雙眼睛都盯著她。她雙手抓住課本，手肘撐住桌緣，拚命想把課本從辦公桌上扳開，然而課本卻還是紋風不動。這時忽然有人竊笑起來。「笑什麼？有什麼好笑？」她叱喝了一聲，眼中射出怒火。「誰在笑——」說到一半她忽然尖叫起來，因為她的手肘被黏在桌緣上了。她終於感覺到大事不妙，立刻就想站起來，沒想到她那碩大的屁股卻被黏在椅子上，結果當她一站起來，椅子也就跟著被抬起來。「搞什麼鬼！」她大吼起來，但這時全班卻開始哄堂大笑，包括我在內。老鐵胏掙扎著想走到門口，可是忽然發現她那雙棕色的厚底鞋已經被牢牢黏在油布毯上了。那一剎那，老鐵胏氣得臉都扭曲了。眼前的景象是：她彎著腰，手肘撐在桌上，椅子黏在屁股上，鞋子彷彿被焊在鐵板上一樣牢牢黏在地上，那模樣彷彿正在對我們鞠躬。只不過，她臉上的表情是說不出的憤怒。

「救命啊！」老鐵胏哀聲慘叫起來，氣得眼淚都快掉出來了。「救命啊！」她朝門口聲嘶力竭的大喊救命，可是她的慘叫聲被我們全班的哄笑聲掩蓋住了，看樣子，恐怕沒人聽得到她在喊救命。接著她忽然用力一扯，把衣服手肘的部位扯破了，那條手臂終於脫離了桌面，但問題是，她又犯了另一個致命的錯誤：剛剛她為了使力，用另一隻手去撐桌面，結果，換成那隻手被黏在桌面上了。「救命啊！」她大叫。「救命啊！」

後來，這件事終於驚動了校長。他立刻叫學校的黑人警衛丹尼斯先生到教室來解救老鐵胏。桌面上椅子上地板上全都塗著一層奇怪的纖維性物質，把老鐵胏牢牢黏住，丹尼斯先生不得不用鋼鋸從中間鋸開。結果丹尼斯先生一不小心手滑了一下，老鐵胏屁股上的肉被他鋸掉了一小片。

後來，救護車趕到了，急救人員把老鐵胏抬到擔架床上，沿著裝飾得充滿聖誕氣息的走廊推出去。一路上，老鐵胏氣喘吁吁，胡言亂語。我聽到丹尼斯先生告訴校長，那是他這輩子見過最可怕的黏膠。他說，那種黏膠不管塗在什麼東西上，就會立刻變成和那東西同樣的顏色，而且幾乎沒味道，只有一絲淡淡的酵母味。他還說，老鐵肺——當然他稱呼她哈波太太——手掌沒被迫鋸掉已經算走運了。那玩意兒實在太厲害。校長當然氣壞了，就像平常一樣暴跳如雷，問題是，教室裡根本找不到裝黏膠用的罐子或軟管，而且，校長怎麼想也想不通，哪個學生這麼厲害，這麼古靈精怪，居然有辦法想出這樣詭詐的計畫。

他實在太不了解魔女了。雖然事後我還是無法確定她是怎麼辦到的，不過我猜得出來，她一定是把黏膠罐用繩子吊在窗戶外面，然後，趁大家吃中飯的時候偷偷進教室把繩子拉上來。接著，等到她在桌子椅子和地板上塗好黏膠之後，她又把黏膠罐吊到窗外去，到了放學後，工友打掃校園的時候就會把罐子收走。我這輩子從來沒看過這麼厲害的黏膠。後來我才聽說，那種黏膠是魔女自己調配出來的。她用的材料是酉長河底的泥巴，波特山上的泥土，而調配的方法是參考她媽媽做「天使蛋糕」用的食譜。如果是真的，那麼，她媽媽做的「魔鬼蛋糕」，我當然就更不敢吃了。打死我都不敢吃。魔女說那種黏膠叫做「超級魔力膠」。這名字取得好。

我一直不知道魔女為什麼有辦法跳級變成我的同班同學，現在我終於明白，原來她是個化學天才。

有一天下午，天氣很冷，爸爸和我冒著寒風到森林裡找了一棵小松樹。那棵小松樹大小正好。於是我們就把那棵樹抬回家。那天晚上，媽媽做了一些爆米花，然後我們就用那些爆米花裝飾在小松樹上。接著，我們還在樹上掛滿了金箔絲銀箔絲，另外還把那些陳年的裝飾品拿出來掛上去。那些裝飾品平常都收在一個盒子裡，每年只有聖誕節那個禮拜才會拿出來用。

班恩還在學鋼琴，練彈聖誕歌曲。我問他綠色葛拉斯小姐有沒有養鸚鵡，可是他什麼都不知道。他說，他根本沒看到什麼鸚鵡。不過，我相信她們家的某個角落裡一定有一隻綠鸚鵡。那天，爸爸和我一起出門去幫媽媽買了一本新的蛋糕食譜，還有一張烤盤。沒多久，媽媽就帶著我出門去幫爸爸買了幾雙襪子和幾條內褲。又過了沒多久，爸爸自己一個人跑到五毛商場去幫媽媽買了一小瓶香水。後來，媽媽也自己一個人出去幫爸爸買了一條格子圖案的圍巾。聖誕樹下那幾個包裝得漂漂亮亮的包裹裡裝的是什麼東西，我一定要搞得清清楚楚，這樣我才能安心。不過，有兩個包裹上寫著我的名字，裡頭裝的究竟是什麼，我完全猜不透。一個比較小，一個比較大。對我來說，那就像兩個謎團，等著我去解開。

我整天都想打電話到葛拉斯姊妹家去，那念頭在我腦海中盤桓不去。問題是，上次我正要打電話的時候，悲劇就發生了，所以後來我一直沒有勇氣拿起電話。有一天早上，我又驚醒過來，因為我又夢見那四個黑人小女孩在呼喚我。冬天的陽光從窗口照進來，我揉揉眼睛，拿起床頭桌上那根綠羽毛。那一剎那，我已經明白非做不可了。不過，不是打電話，而是直接去找她們。

我起床穿好衣服，然後就跳上火箭穿越張燈結綵的奇風鎮，騎向山塔克街上那棟很像薑餅屋的房子。到了門口，我敲敲門，那根綠羽毛塞在口袋裡。

來開門的是藍色葛拉斯小姐。當時還很早，才剛過九點。藍色葛拉斯小姐穿著一條淡藍色的睡袍，腳上穿著一雙青綠色的棉襯拖鞋。她那淡金色的頭髮就像平常一樣紮成高高的一團，我想，這應該是她每天早上起床的第一項功課。看到她的頭髮，我立刻就想到國家地理雜誌上看到的阿爾卑斯山馬特洪峰的照片。她依然戴著那副厚厚的黑框眼鏡，眼睛隔著鏡片盯著我。我注意到她眼眶四周有一圈黑暈。「柯力麥肯遜。」她的聲音聽起來有點無精打采。「有什麼事嗎？」

「我能不能進去坐一下？」

「家裡只剩我自己一個人了。」她說。

「呃……我，我只坐一下下，很快就會走了。」

「家裡只剩我自己一個人了。」她又重複了一次，眼眶裡開始湧出淚水。接著她趕緊撇開頭，把門拉開。我一進屋裡，發現裡頭依然擺著琳瑯滿目的廉價裝飾品，就跟那天班恩在這裡上課的時候一模一樣的擺設。不過……好像有什麼東西不見了。

「家裡只剩我自己一個人了。」藍色葛拉斯小姐跌坐在沙發上，低下頭開始啜泣。那張沙發的腳又細又長。

外頭風好冷，我趕緊關上門。「綠色——另外一位葛拉斯小姐呢？」

「她已經不再是葛拉斯小姐了。」聽她的口氣好像很痛心。

「她在家嗎？」

「不在。她在……天曉得她現在跑哪兒去了。」她摘下眼鏡，拿一條藍蕾絲手帕擦掉眼淚。我忽然發現，要是她不要戴眼鏡，然後把頭髮放下來，或許看起來就不會像現在這麼……應該可以說就不會像現在這麼「令人畏懼」了。

「怎麼了？」我問她。

「怎麼了……」她說。「她傷透了我的心，我的心碎了！就這麼回事！她傷透了我的心！」她又開始掉眼淚。「噢，我實在很不願意再去想她！」

「她對你做了什麼嗎？」

「她背叛我！」她說。「我竟然被自己的親妹妹背叛！」說著她從座位旁邊拿起一張淡綠色的信紙遞給我。「你自己看！」

我接過那張信紙。那封信是用深綠色的墨水寫的，字跡很娟秀。

上面寫著：親愛的索妮亞，當兩個人的心靈彼此產生強烈感應的時候，除了互相擁抱，還能做什麼嗎？我已經沒有辦法再隱藏自己的感情了。我內心的熱情如烈火般燃燒。我渴望投入那股燃燒的熱情。親愛的姊姊，音樂很美好，可是總有一天，那些音符，那些旋律，早晚都會黯淡褪色，被人遺忘。唯有愛才是永恆的音樂。我必須把自己獻給那首更美妙更深沈的交響曲。這就是為什麼我必須跟他走，索妮亞。我已經別無選擇，只能把自己獻給他。我的軀體，我的靈魂，全都獻給他。當妳讀到這封信的時候，我們已經……

「結婚了？」我一定是不自覺的大聲唸出來，因為藍色葛拉斯小姐忽然跳起來。

「結婚了！」她口氣好陰森。

……結婚了。而且，我們都希望有一天妳會明白，我們生命的樂章並不是自己指揮的，而是上帝的傑作。再見了，愛妳的妹妹凱薩琳娜。

「她真是天底下最混蛋的人，你不覺得嗎？」藍色葛拉斯小姐問我。她下唇開始顫抖了。

「妳妹妹跟誰走了？」

藍色葛拉斯小姐喃喃說出了一個名字，然而，說出那個名字彷佛是一種更殘酷的煎熬。

「妳是說……妳妹妹跟……跟凱斯寇特先生結婚了？」

「歐文。」藍色葛拉斯小姐啜泣地說。「噢，我最親愛的歐文跟我妹妹跑掉了！」

我簡直不敢相信自己的耳朵。老歐文竟然帶著綠色葛拉斯小姐跑了，而且還結婚了，可是據我所知，他好像同時也在跟藍色葛拉斯小姐談戀愛！我知道當年西部那個狂野的棒棒糖小子還活在他內心深處，但我萬萬想不到，他內心也燃燒著南方式的熱情。我說：「可是，對妳們來說，凱斯寇特先生不會太老了點嗎？」我把那封信放回她旁邊的沙發上。

「凱斯寇特先生還有一顆像孩子般純真的心。」她露出一種如夢似幻的眼神。「噢，老天，我好想念他！」

「有件事我必須請教妳。」我趁她還沒有繼續掉眼淚之前趕緊問她。「妳妹妹有沒有養鸚鵡？」

這時她立刻轉過頭來看我，那眼神彷佛覺得我瘋了。「鸚鵡？」

「是的。妳養了一隻藍鸚鵡，那麼，妳妹妹是不是也養了一隻綠鸚鵡？」

「沒有。」藍色葛拉斯小姐說。「我的心都碎了，結果你卻跑來問我家裡有沒有養鸚鵡！」

「對不起。我有不得已的苦衷，非問不可。」我嘆了口氣，轉頭看看客廳四周。裝飾品櫃裡有一些小玩偶不見了。我覺得綠色葛拉斯小姐大概不會再回來了，而且我覺得藍色葛拉斯小姐心裡有數。看樣子，有隻小鳥飛出籠子奔向自由了。我右手伸進口袋裡，抓住那根羽毛。「對不起，打擾到妳了。」說著我就朝門口走過去。

「就連我的鸚鵡都拋棄了我。」藍色葛拉斯小姐嗚咽著說。「我那隻鸚鵡好可愛，好乖……」

「我知道。我也很難過——」

「……不像凱薩琳娜那隻鸚鵡那樣，又髒又貪心！」她竟然不自覺的說出來了。「哼，我怎麼沒有早點看出她的真面目？我早該知道她在動歐文的歪腦筋！一直都是！」

「等一下。」我說。「妳剛剛不是說妳妹妹沒養鸚鵡嗎？」

「我並沒有那樣說。我說凱薩琳娜『現在』已經沒有養鸚鵡了。那隻小怪物死掉的時候，那壞蛋差點就崩潰！」

我立刻轉身走回她面前，邊走邊從口袋裡掏出那根羽毛，攤開手掌給她看。我心臟怦怦狂跳，幾乎快從嘴裡跳出來了。「葛拉斯小姐，妳妹妹的鸚鵡是什麼顏色？」

她不經意的瞄了一眼。「就是這個顏色！我一眼就可以認出來，因為牠一天到晚在籠子裡亂飛亂撞，羽毛掉得到處都是。當初牠死掉的時候，全身羽毛幾乎都掉光了。」這時她好像忽然想到了什麼。「等一下，你怎麼會有牠的羽毛？」

「我在某個地方撿到的。」

「那隻鸚鵡是什麼時候……噢，我一時想不起來牠是什麼時候死的。」

我知道。「三月。」我說。

「對了，就是三月。當時正是快要開花的季節，我們正在考慮復活節要彈什麼曲子。可是……」她忽然皺起眉頭。她好像一時忘了自己心碎了。「柯力，你怎麼會知道？」

「我聽人說的。」我說。「葛拉斯小姐，那隻鸚鵡是怎麼死的？」

「腦熱病。跟我的鸚鵡一樣。樂善德醫師說，那是熱帶鳥類很常見的死因，一旦染病，通常就沒救了。」

「樂善德醫師。」我忽然倒抽了一口涼氣，不自覺的唸出這個名字。

「他好喜歡我的鸚鵡。他說我的鸚鵡是他這輩子見過最乖的鳥。」說著她嘴角露出一抹得意的微笑。「不過，他恨死了凱薩琳娜那隻綠鸚鵡！要是有辦法瞞住別人，我想他一定跟我一樣，恨不得親手殺了那隻鸚鵡。」

「他差點就瞞住了所有的人。」我自言自語嘀咕著。

「瞞住什麼？」

我沒有回答她。「那隻綠鸚鵡死了之後，屍體是怎麼處理的？被樂善德醫師帶走了嗎？」

「不是。那隻鸚鵡生病之後，什麼東西都不肯吃，於是凱薩琳娜就把牠帶到樂善德醫師的診所去。結果，牠第二天晚上就死了。」

「腦熱病。」我又嘀咕了一句。

「沒錯，就是腦熱病。柯力，你怎麼會跑來問我這些奇怪的問題？而且我還是搞不懂你怎麼會有那根羽毛。」

「我……對不起，現在還不能告訴妳。我很想告訴妳，可是現在還不行。」

她忽然彎腰湊近我。她已經感覺到我好像在隱瞞什麼。「柯力，到底是什麼事？我發誓我一定不會告訴任何人。」

「真的，我現在還不能說。」我把那根羽毛塞回口袋裡。藍色葛拉斯小姐臉色又開始陰沈起來。「我該走了。來打擾妳真的很不應該，可是，這件事實在太重要。」走到門口的時候，我轉頭瞄了鋼琴一眼，那一剎那，我忽然心頭一驚，想到一件事。我忽然想到女王曾經說過她夢見過鋼琴聲，而且看到一雙手，其中一手拿著鋼琴弦，一手拿著「胡桃鉗」。我忽然想到，樂善德醫師家裡擺滿了陶製小鳥的房間裡有一座鋼琴。於是我趕緊問：「妳是不是教過樂善德醫師彈鋼琴？」

「樂善德醫師？沒有，不過我教過他太太。」

他太太？那個身材高大碩壯、臉像馬臉一樣長的薇諾妮卡？「是最近的事嗎？」

「不是。那已經是四、五年前的事了。當時我是全職的鋼琴老師。後來凱薩琳娜要我跟她一起幫助窮苦人家，教鋼琴就變成副業了。」她的口氣冷冰冰的。「我記得當時樂善德太太得過很多金星。」

「什麼金星？」

「每次只要學生表現優異，我就會給他一個金星。在我看來，樂善德太太很有潛力成為職業鋼琴家。她很有天份，而且，她很愛我教的曲子。」

「什麼曲子？」

藍色葛拉斯小姐站起來，走到鋼琴前面坐好，然後開始彈一首曲子。她彈的就是那首「美麗的夢仙」。那天班恩到她家來上課的時候，她一開始彈那首曲子，那隻鸚鵡就開始用德語罵髒話。「美麗的夢仙。」她閉上眼睛，聽著旋律在客廳裡飄揚迴盪。「這就是我現在僅剩的了，不是嗎？美麗的夢，美麗的夢。」

我聽著那首曲子，腦海中忽然浮現出一個疑問：那天晚上那隻藍鸚鵡為什麼會突然發狂？

我記得當時綠色葛拉斯小姐說：就是那首歌害的妳知不知道！每次妳彈那首歌，牠就開始發瘋！

當時藍色葛拉斯小姐回答說：從前我一天到晚彈給牠聽，牠很愛聽啊！

那一剎那，我忽然靈光一閃，那種感覺就彷彿無邊的黑暗中突然露出一線曙光，或是在水底看到水面上的一線陽光。現在我還無法理出頭緒，但我知道已經有線索了。

「葛拉斯小姐？」我叫了她一聲，而且叫得比較大聲，因為她琴鍵越敲越用力，越彈越大聲，聽起來有點像班恩在彈琴。「葛拉斯小姐？」

這時她正好彈出一個很刺耳的音，忽然停住。我注意到她已經淚流滿面。她問我：「什麼事？」

「妳的鸚鵡聽到妳彈這首曲子會發狂嗎？」

「不會！別聽凱薩琳娜胡說八道，因為她痛恨我最心愛的這首曲子！」不過，看她那種神情，我知道她口是心非。

「妳最近又開始教鋼琴了，對不對？那麼，自從……呃……自從綠鸚鵡死了以後，妳有沒有常常彈那首曲子？」

她想了一下。「我也搞不清楚。應該……應該彈過吧。教會唱詩班排練的時候，我彈過幾次，為了暖身。不過，因為當時我並沒有在教鋼琴，所以我很少在家裡彈琴。倒不是說我不想彈，而是因為凱薩琳娜」她不由自主的又說出了那個名字。「——那個臭狐狸精說我彈得很難聽。」

那一線曙光並沒有消失。整個事件開始漸漸明朗了，但距離水落石出還有很長一段距離。

「動不動就是凱薩琳娜凱薩琳娜！」藍色葛拉斯小姐忽然使盡全力敲了一下琴鍵，那力道好驚人，整座鋼琴都搖晃起來。「為了怕我們偉大的凱薩琳娜不高興，我常常委屈自己！老實告訴你，我瞧不起綠色，我恨死了綠色！」說著她忽然站起來。這時我赫然發現瘦瘦小小的她激動起來氣勢還是很驚人。「我要把這間屋子裡所有綠色的東西全部拿去燒掉！就連牆壁我也不會放過！要是這輩子再也看不到綠色的東西，我一定可以含笑九泉！」

她已經開始陷入一種瘋狂狀態，拚命想砸東西。我不想看到這種場面，於是趕緊伸手去拉門把。「謝謝妳，葛拉斯小姐。」

「說得好，到現在我還是葛拉斯小姐！」她忽然大吼起來，但也忍不住開始哭起來。「現在，我是世界上最後一個、也是唯一的一個葛拉斯小姐！不過，我覺得很光榮，你懂嗎？我很光榮！」她一把抓起沙發上那張淡綠色的信紙，露出齜牙咧嘴的表情，開始把那張信紙撕成碎片。我趕緊溜出大門。現在跑還來得及。門關上那一剎那，我聽到那個裝飾品櫃被推倒了。所幸我跑得夠快，因為裡面那聲巨響真是驚天動地。

騎火箭回家的路上，我腦子轉個不停，拚命想把所有線索拼湊起來。我忽然想到女王曾經說過：整張大拼圖的一小片。所有的小片拼圖都在那裡，問題是，要怎麼樣才拼湊得起來？

一個沒有人認識的人被殺了。

命案現場有一根綠羽毛。那是一隻死掉的鸚鵡的羽毛。

另外一隻鸚鵡聽到一首曲子就會用德語罵髒話。

樂善德醫師是個夜貓子，而且很討厭喝牛奶。

誰知道？

漢納福？

要是那隻綠鸚鵡死在樂善德醫師的診所裡，那麼，牠的羽毛怎麼會跑到湖邊去呢？

那兩隻鸚鵡，那個死去的人，還有樂善德醫師，這一切究竟有什麼關聯？

回到家之後，我立刻拿起電話打到葛拉斯小姐家。我本來很怕面對別人的傷心事，但我迫不及待想知道真相，所以就管不了那麼多了。一開始我以為藍色葛拉斯小姐不會接電話，因為電話響了八聲，可是後來響到第九聲的時候，我忽然聽到她拿起電話說：「喂？」

「葛拉斯小姐，是我，柯力麥肯遜。我還有最後一個問題想請教妳。」

「我不想再談那個叛徒了。」

「誰？噢，我不是要問妳妹妹的事。我想問的是妳那隻鸚鵡。妳剛剛提到，牠得了腦熱病，死在樂善德醫師的診所裡。不過除了那次之外，牠先前有沒有生過病？」

「有。那兩隻鸚鵡曾經同一天生病。凱薩琳娜和我帶牠們去看樂善德醫師。沒想到第二天她的鸚鵡就死了。」這時她忽然哼了一聲，聽起來好像很不高興。「柯力，你到底想幹什麼？」

那絲曙光越來越明亮了。「謝謝妳，葛拉斯小姐。」說完我就掛了電話。媽媽從廚房裡問我打電話給葛拉斯小姐做什麼，我說我想寫一篇音樂老師的故事。「那好哇。」媽媽說。我漸漸發現，一旦你成為作家，你會開始有一種扭曲事實真相的本能，不過我覺得最好還是不要養成這種習慣。

回到房間裡，我開始認真思考所有的線索。我想了很久，終於拼湊出那張大拼圖的一小部份。

後來，我的結論是：三月，那個陌生人遭到殺害的那天晚上，那兩隻鸚鵡都在樂善德醫師家。那隻綠鸚鵡就是那天晚上死掉的，而那隻藍鸚鵡回到家之後，每次聽到有人用鋼琴彈奏「美麗的夢仙」，就會開始用德語罵髒話。樂善德太太會彈鋼琴。樂善德太太會彈「美麗的夢仙」。

所以，事情可能是這樣的：當藍色葛拉斯小姐彈這首曲子的時候，她的鸚鵡就會想到那天晚上某個人說的話。那天晚上，樂善德太太也在彈這首曲子，而那個時刻，有人正在慘叫，有人用德語罵髒話。會不會就是這樣呢？另外，樂善德太太為什麼要在有人慘叫咒罵的時候彈鋼琴——

我懂了。我想通了。

開始明朗了。

當時，樂善德太太彈那首「美麗的夢仙」，就是為了要掩蓋那咒罵慘叫的聲音。而當時，那兩隻鸚鵡都在那裡，在鳥籠裡。不過，樂善德太太彈鋼琴的時候，那個咒罵慘叫的人不太可能會在她旁邊吧？

我忽然想到，那次到樂善德醫師的診所去看叛徒的時候，樂善德醫師人在地下室。我們聽到他的聲音從通氣孔裡傳出來，叫我們下去找他。他知道我們在上面可以很清楚聽到他的聲音，所以他根本不需要上來叫我們。所以，三月那天晚上，他是不是因為怕屋外有人聽到那個人慘叫咒罵，所以才叫樂善德太太彈鋼琴來做掩護。當時樂善德太太腦海中想到的第一首曲子就是「美麗的夢仙」，所以，那兩隻鸚鵡聽到那首曲子，也聽到那兩人的慘叫咒罵，牢牢記在腦海中。

那麼，那兩隻鸚鵡聽到慘叫聲的時候，樂善德醫師是不是正在地下室用胡桃鉗毆打那個陌生人，用鋼琴弦勒死他？有沒有可能，那個人被折磨了一整晚，那驚天動地的慘叫聲嚇壞了那兩隻鸚鵡，害得牠們在籠子裡亂飛亂撞？有沒有可能，那人被殺之後，樂善德醫師和他那壯碩的太太合力把那具渾身赤裸的屍體抬到屋外，放進停在穀倉門口那輛車裡，而那輛車就是那個人開來的？有沒有可能，他們夫婦兩人分開行動，一個人開著那個人的車，另一個人開他們自己的車跟在後面，一起開到薩克森湖邊？有沒有可能，當時有一根綠羽毛飄出鳥籠，黏在大衣的皺褶上，或是飄進口袋裡？而且，正因為樂善德夫婦兩人都對牛奶過敏，所以，他們根本搞不清楚牧場送奶員的作業時間，不知道我爸爸什麼時間會經過十號公路？

誰知道？

漢納福？

很可能是這樣。有可能。

但也可能不是。

這個故事如果寫出來，一定是一篇很棒的推理小說。不過，我手上只有一根死鸚鵡身上掉下來的羽毛，而那整張大拼圖也只拼湊出一小部份，漏洞還很多。比如說，有人用德語罵髒話。問題是，樂善德醫師是荷蘭人，不是德國人，而那陌生人又是從哪裡來的？樂善德醫師是奇風鎮的獸醫，而那神祕的陌生人肩膀上有骷髏頭和翅膀的刺青，這兩個人是怎麼扯在一起的？漏洞。很多漏洞。

但不管怎樣……我手上還有那根綠羽毛，有「美麗的夢仙」，還有「誰知道？」

誰知道？知道什麼？在我看來，這就是解開所有謎團的關鍵。

這些事我都沒有告訴爸媽。等真相明朗了，我就會說。而現在一切都還沒有明朗，所以我暫時還不想說。不過，現在我越來越相信，有一個神祕殺手躲在我們奇風鎮上。

4　毛特利的堡壘

聖誕節兩天前，爸爸正在巨霸超市的倉庫裡忙著，我家的電話鈴忽然響了，媽媽去接了電話。她拿起話筒問了一聲：「喂？」結果發現是查爾斯德馬龍打來的。德馬龍先生打電話來，是為了邀請我們一家人參加布魯登康樂中心的招待會。這場招待會是為女王舉辦的，慶祝黑人民權運動博物館開幕。開幕日期是十二月二十六日。招待會的時間是在聖誕夜那天下午，不過，那並不是什麼正式的招待會，而比較像是好朋友的聚會。媽媽問我想不想去，我說好。當然，她根本不會去問爸爸，因為她知道爸爸絕不會去，不過，反正爸爸也不可能去，因為聖誕夜那天，有好幾箱蛋酒和真空壓縮包裝火雞肉切片要進巨霸超市的倉庫，他還有得忙的。

爸爸並沒有阻止我們去。媽媽告訴他的時候，他就只是點點頭，一聲不吭，眼神似乎飄向不知名的遠方。我猜，此刻浮現在他腦海中的，可能是薩克森湖畔那些巨大的岩石吧。於是，聖誕夜那天早上，媽媽開那輛小貨車送爸爸去上班。後來，到了下午，招待會的時間快到了，我們就開始準備了。雖然德馬龍先生要我們不必穿得太正式，但媽媽還是叫我穿上白襯衫，而她自己也穿上最好的那套衣服。然後，我們就出發到布魯登區去了。

生活在美國南方的阿拉巴馬州，你會發現很多奇特的現象。比如說，到了十月，天氣會開始變冷，到了十二月，天上偶爾會飄下雪花，不過到了聖誕節，天氣卻還是暖烘烘的。當然，還不至於像夏天那麼熱，但卻頗有秋老虎的味道。今年當然也不例外。我穿著毛衣，結果到了康樂中心的時候，我已經滿身大汗。

康樂中心是一棟紅磚建築，座落在巴克哈特街上。我們看到一面標示牌，上面有一個紅箭頭指向布魯登黑人民權博物館。那是連在康樂中心旁邊的一棟小木屋，只比拖車屋稍微大一點，漆成白色，外面圍著一條紅綵帶。雖然距離正式開幕還有兩天，但外面已經擠滿了車，一片人聲喧嘩。一大群人走進康樂中心，其中絕大多數都是黑人。我們跟在他們後面走進去。一進門是一間大廳，裡頭掛滿了毬果編成的聖誕環，還有一棵巨大的聖誕樹，上面掛滿了紅紅綠綠的蝴蝶結。衛佛丹恩太太坐在一張桌子後面，桌上擺著一本訪客登記簿，大家排成一列等著簽名。旁邊另一張桌子上有一個大盆子，裡頭裝著滿滿的淡黃色的液體，看起來像檸檬汁。大家簽完名之後，跟著又到那張桌子前面大排長龍。另外，旁邊還有很多張桌子，上頭擺著琳瑯滿目的餐點，有各式各樣的零嘴，小三明治，小香腸，兩隻金黃油亮的巨大火雞，兩隻巨大的火腿。而最後那三張桌子上就是真正的美食了：五彩繽紛漂亮得難以置信的蛋糕，布丁，還有餡餅。要是爸爸也來了，看到眼前的山珍海味，他眼睛一定會發亮。整個會場洋溢著節慶的歡欣氣氛，大家開懷大笑，閒話家常，旁邊一座小舞台上有好幾個人在拉小提琴。雖然這不是什麼正式的場合，但大家都穿得很隆重。男人穿西裝打領帶，女人都穿上正式的禮服，戴著白手套，帽子上插滿了五彩繽紛的花。要是孔雀置身在這繽紛燦爛的世界裡，一定會自慚形穢，感覺自己彷彿赤身露體。大家都以布魯登區為榮，以自己為榮。

妮娜卡斯提爾跑過來和我媽擁抱了一下。她把紙盤塞到我媽手上，帶我們擠過人群。她說，火雞已經準備好了，不過，要是我們不急著吃，可以等人把火雞肉剝下來再慢慢享用。她伸手指向老鄧柏利。他穿著一套鬆垮垮的棕色西裝，隨著小提琴的旋律跳起踢躂舞來，小凱文在他旁邊跟著跳，咧開嘴笑得好開心。來福先生身上那套西裝看起來好高貴，有絲絨翻領。他手上那個紙盤真是壯觀，上面堆著厚厚的火腿，火腿上有蛋糕，蛋糕上有餡餅，餡餅上有三明治。就這樣，他手上端著那個盤子，慢條斯理的在人群中穿梭，那姿態好優雅。沒多久，我們的盤子裡已經堆滿了吃的東西，杯子裡已經裝滿了檸檬汁。接著，德馬龍先生和他太太出現了，他們走過來向我媽道謝，謝謝她專程趕過來。我媽說她無論如何都不會錯過。小孩子到處跑來跑去，而那些爺爺奶奶則是在後面追得氣喘吁吁。丹尼斯先生悄悄走到我旁邊來，故作正經的問我是誰把黏膠塗到桌椅和地面上，搞得可憐的老鐵肺活像一隻蒼蠅被黏在捕蠅紙上。我說我知道是誰幹的，不過我不敢確定。他問我幹這件事的人是不是很喜歡挖鼻孔，我說大概是。

這時忽然有人開始彈手風琴，有人開始吹口琴，和那幾個拉小提琴的人別苗頭。有一位穿著櫻桃色禮服的老太太走到老鄧柏利面前和他一起跳踢躂舞。我相信那一剎那，他一定很高興自己當初決定要活下去。接著，忽然有個滿臉鐵灰色鬍子的人走到我旁邊搭住我肩膀。他低頭湊近我的臉說：「掃帚柄還在牠肚子裡，嘿嘿嘿！」說著他用力掐了一下我的肩膀，然後就走開了。

衛佛丹恩太太和另外一位矮矮胖胖的太太走到舞台上，把那幾個拉小提琴的人趕下去。她們兩個都穿著花朵圖案的禮服，顏色比真花還鮮艷。衛佛丹恩太太對著麥克風告訴全場來賓，女王很開心，而且很高興大家能夠齊聚一堂，和她一起分享這個特別的日子。她還說，為了興建這座博物館，大家都竭盡全力，如今終於大功告成了。衛佛丹恩太太又繼續說，聖誕節過後，博物館就要開幕了，它要告訴全世界的，不只是黑人的過去，還有我們艱苦奮鬥掙脫黑暗歲月的艱辛過程。衛佛丹恩太太說，不要以為未來就是一片美好！未來還有更多的挑戰在等待我們！不過，雖然我們還有一段很長的路要走，但我們已經創造出許多美好的成果，而這一切就是這座博物館要呈現的。

衛佛丹恩太太說到一半，德馬龍先生忽然走到媽媽和我旁邊。「她想見妳。」他悄悄對我媽說。我們明白他說的是誰，於是就跟在他後面走。

他帶我們離開大廳，穿過一道走廊。一路上，我注意到有個房間裡擺了一張乒乓球桌，一面飛鏢靶，還有一座彈珠台。另一個房間裡有四座並排的推圓盤遊戲台。而第三個房間裡有健身器材和一個拳擊砂包。然後，我們走到一扇白色的門，門上還散發著油漆味。他幫我們推開門，於是我們就走進去了。

這裡就是博物館。地面是亮漆木板砌成的，電燈從天花板上垂下來，垂得很低。我看到好幾座玻璃展示櫃，裡面的人體模特兒穿著南北戰爭時期的軍服。另外有一些展示櫃擺著古董茶壺，刺繡，還有蕾絲編織。另外還有好幾座書架，架上大概有上百本薄薄的皮面精裝冊子，看起來有點像筆記本或日記。牆上掛滿了放大的黑白照片。我注意到其中一張就是馬丁路德金恩的照片。另外有一張就是那個著名的華勒斯州長擋在學校門口的照片。

女王就站在大廳正中央，全身穿著白絲衣，手上戴著一雙長長的白手套，頭上戴著一頂白色的寬邊帽，帽簷下露出她那雙炯炯有神的綠眼睛。

「這就是我的夢想。」她說。

「這裡好漂亮。」我媽說。

「漂不漂亮並不重要，重要的是，這座博物館非蓋不可。」女王糾正我媽。「如果你不了解自己的過去，怎麼可能知道自己未來要往哪個方向走呢？對了，妳先生沒來嗎？」

我媽點點頭。我忽然覺得女王好像知道我爸爸在哪裡。

「嗨，柯力。」她說。「你最近好像過得很驚險刺激喔，是不是啊？」

「是的。」

「你想當作家，那麼你應該會對這些書有興趣。」她指向那些書架。「你知道那是什麼嗎？」我說不知道。「那是日記。」她說。「是很多年以前住在這一帶的人寫的日記。不光是黑人，也有白人。如果有人想知道一百年前這裡的人是怎麼過日子的，那麼，看這些日記就知道了。」說著她走到一座玻璃展示櫃前面，用手套摸摸櫃子頂端，看看有沒有灰塵，結果發現展示櫃一塵不染，她很滿意的哼了一聲。「在我看來，如果你遺忘了自己的過去，那麼，你根本不可能看得到自己的未來。這就是這座博物館的意義。」

「妳是不是希望布魯登區的人不要忘記他們的祖先曾經是奴隸？」我媽問她。

「對。一點都沒錯。不過，我希望他們不要忘記，並不是要他們覺得自己很可憐，覺得自己被人利用，覺得自己天生就矮人家一截。不，我是希望他們能夠充滿自信的告訴自己，『你看，雖然我們從前曾經是奴隸，可是你看，現在我們過得多好！』」接著女王轉過來看著我們。「人除了力爭上游，不會有別的出路。」她說。「讀書，寫作，思考。這些都是我們奮發向上的階梯，足以幫助我們脫離黑暗的過去。我們不應該抱怨，不應該逆來順受，在心靈上自甘墮落淪為奴隸。我們必須明白，那一切都已經過去了。現在，我們擁有的是一個全新的世界。」她繞著大廳踱來踱去，走到一張照片前面，忽然停下腳步。「我希望我的族人珍惜自己的過去。」她輕聲說。「而不是遺忘自己的過去。但我也不希望他們沉湎在過去的歲月裡，因為那就等於放棄了自己的未來。我希望他們能夠充滿自信的告訴自己，『我的祖先曾經像牛一樣拖著犁耕種，從天亮忙到天黑，無論艷陽高照，或是寒風刺骨。他們辛苦工作，拿不到半毛錢，只能求三餐溫飽，有個地方可以遮風避雨。他們做牛做馬，有時候還會被鞭子抽得皮開肉綻，滿身大汗夾雜著鮮血。有時候，他們明明已經很累了，卻還要繼續苦幹。他們的心在滴血，他們的尊嚴被踐踏，而他們卻還是只能忍受屈辱，主人交代什麼，他們都必須不計一切代價做到。在這樣的時刻，說不定他的妻子兒女正要被賣到外地去，從此骨肉分離。他們在田裡幹活的時候，常常邊工作邊唱歌，而一到夜裡，他們暗自飲泣。他們做牛做馬，任人壓榨……噢，主啊……主啊……正因為他們的任勞任怨，我才有機會唸完小學。』」說著她忽然仰起頭，露出一種輕蔑憤怒的神情。「這就是我希望他們思考的，希望他們能夠明白的。這就是我的夢。」

我從媽媽旁邊走開，走到一張放大的照片前面。照片裡是一隻齜牙咧嘴的警犬，嘴裡咬著一片破襯衫，有個黑人倒在地上拚命反抗，而一個警察把警棍高高舉在頭上。第二張照片裡有一個瘦瘦的黑人小女孩，她手上抓著課本擠過一大群人，四周圍著一大群憤怒得面紅耳赤的白人高聲咒罵她。第三張照片是……

我忽然愣住了。

我心臟怦怦狂跳。

第三張照片裡是一間被燒毀的教堂，彩繪玻璃窗破成碎片，消防隊員正在廢墟裡搜尋。有幾個黑人站在旁邊，露出一種震驚茫然的表情。教堂前面的樹上看不到半片葉子。

我好像在哪裡看過這張照片。

媽媽和女王站在一座展示櫃旁邊聊天。櫃子裡擺著一個水壺，上面有奴隸的圖案。我盯著那張照片看了半天，一時想不起來自己在哪裡看過那張照片。

接著我轉頭看向左邊。

我看到了。

我看到夢中那四個小女孩。

總共有四張照片，每張照片上都只有一個女孩，照片底下各有一面銅牌，上面寫著她們的名字，分別是：丹尼絲麥克奈爾，卡洛羅賓遜，辛西亞魏斯里，還有梅依科林斯。

照片裡的她們笑得好燦爛，完全沒有意識到未來的悲劇。

「媽？」我叫了一聲。「媽？」

「怎麼了，柯力？」媽媽問我。

我轉頭看看女王。「夫人，這四個女孩子是誰？」我的聲音在顫抖。

她走到我旁邊，告訴我那四張照片的故事。一九六三年九月十五日，伯明罕第十六街的浸信會教堂被人放了定時炸彈，結果那四個小女孩不幸罹難。

「噢……怎麼會這樣。」我輕輕驚歎了一聲。

這時我忽然想到，那天在森林裡，我聽到吉拉德哈奇森說了幾句話。當時他蒙著面罩蒙，手上捧著一個木盒子。當時他說：等到他們飛上天，然後一路下地獄，可能都還搞不清楚到底怎麼回事。

當時「大砲」畢剛說：我還多送了一個給你，討個吉利。

我很吃力的嚥了一口唾液。我感覺那四個死去的小女孩彷彿正盯著我。

我說：「我想我可能知道。」

大概過了一個鐘頭之後，我和媽媽一起離開康樂中心。準備去參加今天晚上教堂的聖誕夜燭光晚禱，爸爸會去那裡跟我們會合。不管有多忙，今天畢竟是聖誕夜。

「嗨，小朋友！聖誕快樂！歡迎歡迎，各位太陽王子！請進請進，各位月花公主！」

那是樂善德醫師的聲音。還沒看到他人，不過大老遠就聽得到他的聲音。他站在教堂門口，身上穿了一套灰西裝，一件紅背心，打著一條紅綠條紋的領結，衣領上別著一枚聖誕老公公的徽章。他一笑起來，只看到那銀色的假門牙閃閃發亮。

我心臟開始怦怦狂跳，掌心開始冒汗。「聖誕快樂，麥肯遜太太！」他一看到我媽媽就立刻打招呼，然後握住我爸爸的手。「你好嗎，湯姆？」接著，他看到我了，於是就把手搭在我肩膀上。「也祝你聖誕快樂，柯力。」

「謝謝你，聖誕老公公。」我說。

這時我忽然明白了。

他伶牙俐齒，真的很伶牙俐齒，而且總是笑容滿面。然而，他的眼神……他眼中隱約流露出一種畏縮的神色，不過，如果你沒有特別留意是很難察覺的。而且，即使在聖誕夜這樣溫暖光輝的時刻，他眼神中卻暗藏著一種說不出的冷酷無情。然而，那只是短暫的一剎那，那種冷酷的眼神很快就消失了，大概只持續了一兩秒。「柯力，你在幹嘛？」他緊緊抓住我肩膀，半開玩笑的問我。「你想搶我飯碗嗎？」

「哪有？」我說。我的反應本來還算靈敏，可是樂善德醫師越掐越用力，越掐越用力，我忽然變呆了。他兩眼緊盯著我，看了好一會兒，那一剎那，我忽然感到一種莫名的恐懼。後來他終於鬆開手，放開我的肩膀，然後轉頭去招呼其他人。「請進請進！聖誕快樂，大家聖誕快樂！」

「湯姆！快點快點，小子，趕快進來！」

一聽就知道是誰了。我爺爺傑伯，我奶奶莎拉，我外公葛蘭德奧斯丁，還有我外婆妮娜艾莉絲。他們都坐在長椅上等我們。外公就像平常一樣，看起來一副很悲慘的樣子。而爺爺已經站起來了，朝我們猛揮手，大吼大叫，實在夠丟人的。上次復活節大家被他搞得很難堪，現在聖誕夜又要歷史重演了。這證明了他這個人的傻氣不是一天兩天。後來，他一看到我就說：「嗨，年輕人。」從他的眼神，我感覺得到他認為我已經長大了。

在燭光晚禱進行的過程中，藍色葛拉斯小姐用鋼琴彈奏了「平安夜」這首曲子，而一旁的風琴卻靜悄悄的。我往前看看樂善德醫師夫婦，他們坐在我們前面第五排的長椅上。我注意到樂善德醫師一直左顧右盼，假裝在看其他的教友，但我心裡有數。後來，我們的目光短暫接觸了一下，但很快又都撇開了視線。那一剎那，他冷冷的對我笑了一下，然後就轉頭湊近他太太耳邊悄悄說了些什麼。不過，他太太倒是面不改色。

我猜他可能正在問自己：誰知道？他湊在薇諾妮卡耳邊嘀咕的，很可能是：柯力麥肯遜知道。拉佛伊牧師正在台上進行聖誕夜禱告的時候，我腦海中思緒起伏。我不禁問自己：樂善德醫師，你究竟是什麼人？隱藏在你假面具背後的，究竟是誰？

接著，大家點起蠟燭，霎那間，整間教堂裡火光搖曳。最後，拉佛伊牧師祝福大家身體健康，假日愉快，勉勵大家要讓聖誕精神永存心中。於是，晚禱就這樣結束了。然後爸媽就帶我回家了。明天聖誕節要到爺爺奶奶他們家去，但今晚的聖誕夜屬於我們一家人。

今年的聖誕夜晚餐沒有往年那麼豐盛，不過，蛋酒還蠻好喝的，我很喜歡。那是巨霸超市送給員工的禮物，我和爸媽都喝了不少。吃過晚飯後，拆禮物的時間到了。媽媽調整收音機的頻率，找到了一個播放聖誕歌曲的電台。這時候，我正在聖誕樹下拆開我的禮物。

爸爸送的是一本平裝的科幻短篇小說，書名是《太陽的金蘋果》（The Golden Apples of The Sun），作者就是《華氏四五一度》和《火星紀事》的名作家雷・布萊伯利。「你大概不知道，巨霸超市也賣書呢。」爸爸告訴我。「滿滿一整架。生產部有位同事說，雷・布萊伯利是個很棒的作家。他說他自己就有那本書，裡面有幾篇故事很不錯。」

我翻開到第一篇故事，篇名叫「霧笛（The Fog Horn）」。我大略看了一下，發現那篇故事是描寫一頭海怪，牠只要一聽到霧笛聲，就會從海底浮出來。這樣的故事很能吸引男孩子。「爸，謝謝。」我說。「這禮物很棒！」

接著爸媽也開始拆他們自己的禮物了。這時我又繼續拆開第二份禮物，結果發現一個銀色相框從盒子裡滑出來。我把相框拿起來對著燈光。

照片裡那個人是我最熟悉的。他可以算是我最要好的朋友，雖然他自己不知道。照片最底下有一行簽名：獻給柯力麥肯遜，祝福你。文森普萊斯。我興奮得無法形容。他竟然知道我的名字！

「我知道你喜歡看他的電影。」媽媽說。「所以我就寫信給電影公司，拜託他們向他要一張照片，沒想到這麼快就寄來了。」

噢，多美好的聖誕夜！前所未有的美好夜晚！

大家都拆完禮物之後，我們在壁爐裡加了一根柴火，然後又喝了第三杯蛋酒。接著，媽媽把我們白天在博物館看到的東西說給爸爸聽。他愣愣看著壁爐裡劈哩啪啦的火焰，但我知道他很認真在聽。媽媽一說完，爸爸立刻就說：「老天。沒想到我們這裡也會有這種事。」說著他皺起眉頭，我知道他在想什麼。這陣子奇風鎮出了很多事，而他這大半輩子從來沒想過奇風鎮也會出這種事，比如說，薩克森湖那件事。也許，時代已經不一樣了。電視或廣播新聞常常提到一個叫越南的地方。而民權運動的衝突有如野火燎原般在各大城市爆發，彷彿一場無形的戰爭。全國各地，大家都已經隱約感覺到一種預兆，感覺到一個新時代即將來臨。一個塑膠的時代，一個便利的時代，一個商業的時代。這世界已經開始在改變了，而我們的奇風鎮也在變。美好的過去已經一去不回。

然而，今夜是聖誕夜，明天是聖誕節。此時此刻，我們依然擁有一片寧靜安詳的大地。

只是，這樣的寧靜安詳只維持了十分鐘。

我們聽到一架戰鬥機從奇風鎮上空呼嘯而過，那聲音震耳欲聾。這並沒有什麼稀奇，因為每天晚上我們都會聽到戰鬥機在羅賓空軍基地起飛降落，早已司空見慣。戰鬥機的引擎聲我們聽多了，就像我們已經習慣了火車的汽笛聲，可是今天晚上這架飛機……

「好像飛得很低，你們不覺得嗎？」媽媽問。

爸爸說聽起來像是從屋頂上飛過去。他站起來走到門廊上，那一剎那，他忽然聽到一聲巨響，彷彿有人拿一根大鐵槌用力敲在水桶上。那聲音響徹了奇風鎮，過了一會兒，從聖殿街到布魯登區沿路的狗都開始狂吠起來，教堂的唱詩班也被吵得唱不下去了。我們站在門廊上聽那個聲音。一開始我以為是戰鬥機失事墜毀，可是後來戰鬥機又回來了，在奇風鎮上空繞了好幾圈，機翼尾端的燈一閃一閃。接著，那架飛機轉了個彎，飛向羅賓空軍基地，然後就加速飛走了。

那些狗還是吠個不停，而且尖聲號叫。大家都跑到屋外看看發生了什麼事。「一定出了什麼事。」爸爸說。「我要打個電話給傑克。」

自從JT卸任之後，馬凱特就接了警長的職務。他幹得有聲有色。不過話說回來，自從布萊洛克一家子進了監牢之後，奇風鎮就平靜多了，再也沒有人為非作歹。對新上任的馬凱特警長來說，他最重要的任務，就是找出那隻來自失落世界的怪獸，因為那隻怪獸攻擊公路巴士。雖然牠頭上的三隻角已經被鋸掉了，但衝撞力依然驚人，結果司機和車上的八名乘客都因為頸部扭傷被送進了聯合鎮醫院。

爸爸打電話到馬凱特警長家，結果接電話的是馬凱特太太，因為警長接到一通電話之後已經出門了。

馬凱特太太把警長告訴她的事說給我爸爸聽。爸爸一臉震驚的把那件事轉述給我們聽。

「是炸彈。」他說。「炸彈掉下來了。」

「什麼？」媽媽老早就在擔心俄國人會打過來。「在哪裡？」

「迪克毛特利家。」爸爸說。「毛特利太太告訴傑克，炸彈穿破了他們家的屋頂，穿破客廳的地板，掉進地下室。」

「老天！他們家的房子被炸掉了嗎？」

「沒有。炸彈沒爆炸。」爸爸把話筒放回話機上。「還在他們家地下室。迪克也在那裡。」

「迪克？」

「對。毛特利太太買了一座工作檯送給迪克當聖誕禮物，迪克拿到地下室去組裝，結果現在，迪克被困在地下室，旁邊有一顆未爆彈。」

沒多久，我們就聽到民防局的警報器開始響了。爸爸接到史沃普鎮長打來的電話，請他到法院去跟一批志願幫忙的人會合，跟他們一起挨家挨戶通知全奇風鎮和布魯登區的人，叫他們撤離。

「老天，今天是聖誕夜耶！」爸爸說。「你要撤離全奇風鎮的人？」

「沒錯，湯姆。」史沃普鎮長口氣很堅定。「難道你不知道，戰鬥機掉了一顆炸彈，掉進——」

「掉進迪克毛特利家。這我已經聽說了。不過，你剛剛說那是從戰鬥機上掉下來——」

「沒錯。萬一炸彈爆炸，後果不堪設想，所以我們一定要趕快撤離鎮上的人。」

「呃，你為什麼不打電話給空軍基地？他們一定會派人來清理。」

「我才剛打過電話給他們。我找到了他們公關部的發言人。我告訴他，他們的戰鬥機掉了一顆炸彈在我們鎮上，可是你知道他說什麼嗎？他說今天是聖誕夜，我一定是酒喝太多了！他說根本不可能會發生這種事，因為他們的飛行員不可能會這麼粗心，不可能會碰到保險桿讓炸彈掉在市區。他說，今天是聖誕夜，他們的炸彈拆除小組根本不在基地，所以就算真的掉了炸彈，他們也愛莫能助。他堅持說他們的戰鬥機不可能會掉炸彈，不過就算真的掉了炸彈，老百姓也應該要有最起碼的警覺性，因為炸彈爆炸的威力足以把整個小鎮夷為平地！好啦，你明白了嗎？」

「路德，他一定知道你說的是真的。他一定會派人來清除炸彈。」

「也許吧。問題是什麼時候？明天下午嗎？有一顆炸彈在我們鎮上，隨時會爆炸，你睡得著覺嗎？湯姆，我不能冒這個險！我們一定要撤離全鎮的人！」

爸爸叫史沃普鎮長來接他，然後就掛了電話。他叫我和媽媽今天晚上到外公家去過夜，等他忙完了就會過去跟我們會合。媽媽很想開口要求他跟我們一起走。不用想也知道，她當然很想求他，不過，她心裡明白，他已經認定自己應該去幫忙了，所以她也不好再勉強他。於是她說：「柯力，去拿睡衣和牙刷，另外再帶一雙乾淨的襪子和一套內衣褲。我們去外公家。」

「爸，奇風鎮會爆炸嗎？」我問他。

「不會啦。我們要大家疏散，只是為了以防萬一。空軍基地一定很快就會派人來清除炸彈。你放心。」

「你自己要小心，好不好？」媽媽拜託他。

「放心啦。聖誕快樂。」他微微一笑。

她也忍不住對他笑了一下。「你，你這個瘋子！」說著她立刻親了他一下。

於是媽媽和我趕緊把一些衣服收進包包裡。民防局的警報足足響了十五分鐘，那聲音好刺耳，聽起來令人心驚膽跳，連狗都嚇得靜悄悄的。大家都陸續接到消息了，所以都開車到鄰鎮的親戚朋友家去避難，要不然就是跑到聯合鎮的汽車旅館去過夜。後來，史沃普鎮長開車來了，爸爸上他的車走了，然後媽媽和我也準備要走了。就在我們準備要出門的時候，電話鈴忽然響了。是班恩打來的。他是要告訴我他們家打算到伯明罕舅舅家去過夜。「太刺激了！」他很興奮。「你聽說了嗎？毛特利先生兩條腿都斷了，脊椎骨也斷了，炸彈壓在他身上！太嚇人了！」

確實很嚇人。我們從來沒有經歷過這樣的聖誕夜。

「我得走了！晚點再跟你聊！噢，對了……聖誕快樂！」

「你也聖誕快樂，班恩！」

說完他就掛了電話。媽媽在門口叫我，然後我們就出發到外公家去了。從小到大沒見過十號公路上一口氣出現這麼多車子。萬一那隻失落世界的怪獸這時候忽然衝出來撞人，那就只能祈求老天保佑了！大概是因為背後有炸彈，所以路上的車子爭先恐後，橫衝直撞。在這樣的時刻，大家逃命的速度都比飛的還快，雖然都沒長翅膀。

我們漸漸遠離奇風鎮。真是熱鬧的聖誕夜。

後來所發生的事，都是事後才聽說的。因為我並不在現場。

爸爸忽然變得很好奇。他非得親眼看看炸彈不可。等到全奇風鎮和布魯登區的人都撤離了，那一群志願幫忙的人也都坐上車準備離開。這時候，爸爸忽然告訴他們他有事要處理，然後就自己一個人跳下車走了。他過了五、六個十字路口，走到毛特利先生家。毛特利先生家是一棟小木屋，漆成淡藍色，窗口有白色的百葉窗。燈光從破了洞的屋頂射出來。警長的車停在門口，警燈閃個不停。爸爸爬上門廊，發現整個門廊已經被震得扭曲變形。前門半開著，牆壁上滿是裂縫。炸彈的衝力已經把整座房子震離了地基。爸爸走進屋裡，一眼就看到客廳地板上那個大洞，因為那個洞的範圍佔了客廳一半的面積。地板上全是聖誕樹上掉下來的裝飾品，破洞邊緣掛著一顆小銀星。至於那棵聖誕樹呢，已經不見了。

他低頭看看破洞底下，發現木板和橫樑東翹西翹，乍看之下像一盤通心麵，而牆壁剝落的粉塵灑在上面就像乳酪粉。接著，他看到炸彈了。鐵灰色的炸彈尾翼從一堆瓦礫中突出來，彈身埋在地面的泥土裡。

「救命啊！噢，我的腿！送我去醫院！噢，我快死了！」

「你死不了的，迪克，拜託你不要動好不好？」

毛特利先生躺在一堆瓦礫中，那座木匠工作檯壓在他身上，而頂上是一根橫樑斜倒在工作檯上。那根橫樑有如橡樹一樣粗，已經裂開了。我爸猜那應該就是支撐客廳地板的橫樑。而那棵聖誕樹斜倒在工作檯的另一邊，和橫樑形成剪刀狀的交叉，跨在毛特利先生上方。至於那個炸彈，它並沒有壓在毛特利先生身上，而是陷在距離他大約一公尺的泥土裡。馬凱特警長跪在炸彈旁邊仔細打量，好像在盤算什麼。

「傑克？我是湯姆麥肯遜！」

「湯姆？」馬凱特警長抬頭看看我爸爸，臉上全是粉塵。「老兄！你跑到這裡來幹什麼？」

「我想看看炸彈。看起來沒有我想像的那麼大。」

「夠大了。」警長說。「要是這玩意兒爆炸，整棟房子就不見了，而且會在地上炸開一個跟房子一樣大的洞。」

「噢——噢——！」毛特利先生呻吟著。他的襯衫被斷裂的木頭扯得破破爛爛，圓滾滾的身體扭來扭去。「媽的，我快死了你們不知道嗎？」

「他傷得很重嗎？」我爸問。

「我沒辦法靠近，現在還很難說。他說他的腿可能斷了，說不定也斷了一兩根肋骨，所以他才一直喘氣。」

「哦，那是喘氣嗎？我看他平常呼吸好像就是那樣。」

「嗯，救護車應該快到了。」馬凱特警長低頭看看手錶。「我一到現場就打電話叫救護車了，不知道為什麼拖到現在還沒到。」

「你是怎麼跟他們說的？你是不是告訴他們有人被天上掉下來的炸彈砸中了？」

「是啊。」警長說。

「這樣的話，我們迪克恐怕還有得等了。」

「救命啊！」毛特利拚命想推開身上的瓦礫木塊，使盡全力，整張臉都開始抽搐，但最後還是推不動。他轉頭看看旁邊的炸彈，嚇得滿臉冷汗直冒。「救命啊！老天！趕快救我出去！」

「毛特利太太呢？」爸爸問。

「哼！」毛特利先生冷笑了一聲。他滿臉都是粉塵。「她跑掉了，把我一個人丟在這裡！她就是這種人！只顧自己逃命，根本沒想到要救我！」

「這樣說好像不太公平。是她打電話給我的，不是嗎？」警長強調。

「哼，你來有什麼用？我，噢——我的腿！我的腿斷了！」

「我可以下去嗎？」我爸問。

「最好不要。夠聰明的話，最好跟大家一樣儘量躲遠一點。不過，願意的話你就下來吧，不過要小心點。樓梯已經垮了，我架了一座梯子。」

爸爸小心翼翼爬下梯子，然後轉頭打量了一下四周。斷裂的木頭堆積如山，而聖誕樹和橫樑跨在毛特利先生身上。「我們可以試試看，把大塊的木頭搬開。」他說。「我抬一頭，你抬另外一頭。」

於是，他們真的就這樣把那棵聖誕樹和那根橫樑抬開了，只不過搬完之後，他們兩個恐怕都需要找人好好按摩一下背脊。問題是，雖然聖誕樹和橫樑都搬開了，毛特利先生還是被工作檯和成堆的斷木頭壓在底下動彈不得。「我們可以想辦法把他挖出來，把他抬上你的車，然後送他去醫院。」爸爸建議。「救護車不會來了。」

警長跪到毛特利旁邊。「喂，迪克，你最近量過體重嗎？」

「量體重？沒有啊！量體重幹嘛？」

「你上一次量體重是幾公斤？」

「七十二公斤。」

「什麼時候量的？」艾莫瑞警長問。「小學三年級的時候嗎？迪克，你現在到底多重？」

毛特利先生忽然皺起眉頭咒罵了一聲，然後說：「大概九十公斤多一點吧。」

「真的嗎？」

「噢，媽的！一百三十公斤啦！高興了嗎，混球？」

「他的腿可能斷了，肋骨也可能斷了，說不定內臟也破裂，體重一百三十公斤，湯姆，你覺得我們有辦法把他抬上梯子嗎？」

「怎麼可能！」我爸說。

「我已經想不出辦法了。看樣子，他只能暫時留在這裡，除非有人帶起重設備來，用吊索來把他吊上去，否則他是出不去了。」

「你說什麼？」毛特利大叫了一聲。「你是說你們要把我丟在這裡？」他用一種驚恐的眼神看看那個炸彈。「哼，你們趕快想辦法把那玩意兒弄走！」

「我會想辦法，迪克。」警長說。「我一定會想辦法，不過，要把那玩意兒弄走，一定要用手去碰。問題是，萬一那玩意兒的保險已經啟動，碰一下恐怕就會爆炸。到時候，你會被炸得粉身碎骨，我恐怕負不起那個責任。更何況，我和湯姆都在這裡，我們兩個恐怕也會遭殃。所以囉，我現在還不能去動那玩意兒！」

「史沃普鎮長告訴我，他和羅賓空軍基地的人談過了。」爸爸告訴警長。「他說空軍基地的人不相信——」

「我知道。路德剛剛來過。他打算開車帶他老婆孩子到外地去躲一下，不過他剛剛先過來看了一下。空軍基地那王八蛋說的話他都說給我聽了。說不定開飛機那傢伙不敢讓別人知道他闖了大禍，搞不好他是聖誕夜派對酒喝太多，醉醺醺的爬上飛機。反正，可以確定的是，羅賓空軍基地暫時不會派人來處理這玩意兒。」

「那我怎麼辦？」毛特利先生問。「難道要我躺在這邊痛到死？」

「我到上面去找個枕頭給你，好不好？」馬凱特警長安慰他。

「迪克？迪克？你沒事吧？」這時他們忽然聽到有人在上面大叫，那口氣聽起來好像很緊張，很害怕。

「嘿嘿！好得很，好得不得了！」毛特利大吼。「我兩條腿斷了，偏偏旁邊他媽的還有一顆炸彈隨時會爆炸，老天！我不知道是哪個白癡讓這鬼玩意兒掉下來，不過看你們兩個比他也好不到哪裡去。真他媽的不知道是誰——噢，是你！」

「嗨，迪克。」吉拉德哈奇森忽然不知道從哪裡冒出來，悄悄跟他打了聲招呼。「你還好嗎？」

「你看這樣會好嗎？」毛特利先生的臉越脹越紅。「他媽的！」

哈奇森先生站在洞口邊緣低頭看著下面。「那個就是炸彈對吧？」

「不對，那是鵝大便！」毛特利先生破口大罵。「媽的！豬頭！沒看過炸彈嗎？還用問嗎？」

毛特利又開始掙扎著想推開身上的東西，可是掙扎了半天就只是揚起一大片灰塵，結果還是動彈不得，反而痛得哀聲慘叫。爸爸轉頭看看地下室四周，發現一個角落裡有一張書桌，桌前的牆上有一面牌子，上面寫著：男人的家就是他的堡壘。爸爸慢慢走到書桌前面，桌上是堆積如山的紙，堆得足足有十五公分高，一片凌亂。他拉開最上面那層抽屜，發現裡面有一本色情雜誌，封面上是一個大胸脯的女人，雜誌底下有一大堆迴紋針、鉛筆、橡皮圈之類雜七雜八的東西。另外有一張曝光過度的照片，照片裡，迪克毛特利穿著一件白袍，一手抱著一把來福槍，而照片裡另外幾個人都戴著白帽或兜帽。毛特利先生咧開嘴笑著，彷彿對自己的所作所為十分得意。

「嘿！別碰我的東西！」毛特利忽然轉頭去看我爸爸。「被壓在這裡已經夠悲慘了，現在你還亂翻我的東西，你是覺得我還不夠倒楣嗎？」

爸爸關上抽屜，走回馬凱特警長旁邊。站在上面的哈奇森先生好像很不自在，鞋子在地上磨來磨去。

「喂，迪克，我只是過來看看你，看你……呃，有沒有怎麼樣。」

「有沒有怎麼樣？哼，還沒死啦。你大概跟我太太一樣，巴不得炸彈正好砸在我腦袋上。」

「我要帶我家人去躲一下。」哈奇森先生說。「呃……可能要等過了聖誕節隔天再回來，大概早上十點鐘左右到。你聽到了嗎，迪克？早上十點。」

「嗯，聽到了啦！管你幾點回來！」

「呃，我們聖誕節過後隔天回來，早上十點。告訴你一聲，這樣你才可以對時。」

「對時？你——」話說到一半忽然停住了。「噢，好吧。沒問題。我會對時。」他笑了一下，然後轉頭看看警長，額頭在冒汗。「聖誕節過後隔天，我和吉拉德打算去幫一個朋友清理車庫，所以他才告訴我他什麼時候會回來。」

「是嗎？」警長問。「是哪個朋友啊，迪克？」

「噢……那個朋友住在聯合鎮。你不認識。」

「聯合鎮的人我認識好幾個。你的朋友叫什麼名字？」

「喬。」毛特利才剛說完，哈奇森先生立刻接著說。「喬山姆。」

「對對對，喬山姆。」毛特利先生額頭還在冒汗。「他叫喬山姆。」

「迪克，我看聖誕節過後，你是不太可能去幫那個喬山姆清理什麼車庫了，因為那時候你恐怕已經在醫院裡了，不是嗎？」

「嘿，迪克，我要走囉！」哈奇森先生大聲說。「放心，你不會有事的。」這時候，他的鞋子踩到洞口邊緣那個小銀星，小銀星開始往下掉。那一剎那，爸爸看著眼前的這一幕，彷彿在看電影慢動作，看著一片雪花緩緩飄落。

結果，小銀星正好掉在炸彈的一片鐵灰色尾翼上，破成無數彩色玻璃碎片。

接著，地下室裡忽然陷入一片寂靜，四個人都聽到某種聲音。

他們都聽到炸彈發出嘶的一聲，彷彿蛇在吐蛇信。過了一會兒，那種嘶嘶聲消失了，不過，彈身裡開始發出一種緩慢的滴答聲，聽起來令人膽顫心驚。那種滴答聲不像鬧鐘的滴答聲，而比較像是熱騰騰的引擎快要爆開了。

「噢，慘了！」馬凱特警長咒罵了一聲。

「老天！救命啊！」毛特利倒抽了一口氣，原本脹得通紅的臉一下子變成一片慘白，沒半點血色。

「炸彈的引信啟動了。」爸爸的聲音哽住了。

哈奇森先生動作最快。他什麼都不說了，直接採取行動。他三步併作兩步衝到外面的門廊上，衝到路邊像彈簧一樣跳上車，然後就一溜煙開走了，那速度比砲彈還快，轉眼間就不見蹤影。

「噢，老天！噢，老天！」毛特利嚇得眼淚都快掉出來了。「我不想死！」

「湯姆，該走了。」馬凱特警長說得很小聲，彷彿覺得這句話太沉重，會把房子壓垮。「已經沒時間了。」

「你怎麼可以丟下我？不可以這樣！你是警長啊！」

「迪克，我已經無能為力了。我對天發誓，只要還有希望，我一定不會放棄。問題是，我已經無能為力了。看起來，眼前只有魔法或奇蹟出現才救得了你，但那機會恐怕很渺茫。」

「不要把我一個人丟在這裡！傑克，你一定要救我出去！不管你要多少錢我都給你！」

「對不起了。湯姆，上去吧。」

我爸已經明白時間緊迫，於是立刻飛快爬上梯子，一到了上面，他立刻探頭對下面喊了一聲：「傑克！

我幫你扶梯子。趕快上來！」

炸彈還是滴答滴答響。滴答滴答響。

「我救不了你了，迪克。」馬凱特警長開始沿著梯子往上爬。

「不要走！聽我說！你要怎麼做都沒關係！只要能夠救我出去就好！再痛我都忍得住！好不好？」

爸爸和馬凱特警長已經快走到門口了。

「求求你們！」毛特利開始大喊，他的聲音變得好嘶啞，而且開始啜泣。他又開始拚命掙扎，想推開身上的東西，可是卻痛得哀嚎起來。「不要把我一個人丟在這裡等死！太不人道了！」

後來，我爸和警長都已經走到外面了，他還在大哭大叫。我爸和警長兩個人都鐵青著臉。「有時候，警長還真不是人幹的。」馬凱特警長說。「老天。」說著他們走到了警長車子旁邊。「要我載你去哪裡嗎，湯姆？」

「好啊。」接著他忽然又皺起眉頭。「唉，算了，不用了。」他靠在車身上。「我也不知道該怎麼說。」

「喂，別這樣好不好！你應該明白，我們實在無能為力，根本救不了他。」

「可是我覺得總該有個人守在他旁邊等一下，說不定拆彈部隊很快就會到了。」

「那好啊。」警長轉頭看看空蕩蕩的街道。「你要留下來嗎？」

「呃……」

「我也不想留下來！他們不可能那麼快來的，而且，湯姆，就算他們趕到恐怕也來不及了。我想，炸彈早晚會爆發的，這條街恐怕完了。我不知道你有什麼打算，不過我呢，我想趁現在趕快走，保住老命。」說著他繞到駕駛座的車門旁邊。

「傑克，等一下。」我爸忽然叫了他一聲。

「沒時間了，快走吧。你到底要不要走？」

爸爸跟著鑽進車裡，馬凱特警長立刻發動引擎。「你要去哪裡？」

「聽我說，傑克。你剛剛說過：除非魔法或奇蹟出現，迪克才有可能活命，對不對？所以，要是我們這裡有誰會用魔法，說不定就救得了他了，不是嗎？」

「你是說布萊薩牧師嗎？他已經跑掉了。」

「不，我說的不是他！是她。」

馬凱特警長本來已經在拉排檔桿，一聽到這話忽然停住動作。

「上次有人把一整袋的霰彈槍子彈變成一整袋的草蛇，你忘了嗎？要是她有這種本事，說不定她也會有辦法處理那顆炸彈，你不覺得嗎？」

「我不覺得！我不認為那件事和女王有關。我覺得是『大砲』畢剛喝了太多自己私釀的威士忌，神智不清，把一整袋的草蛇看成霰彈槍子彈。其實那個袋子裡本來就全是草蛇。」

「噢，算了吧！那天你就在我旁邊，你自己也在現場，那些蛇你自己也親眼看到的不是嗎？好幾百條耶！大砲怎麼可能一口氣抓到那麼多蛇？」

「我不相信巫毒教那些玩意兒。」馬凱特警長說。「我根本不相信。」

那一剎那，爸爸腦海中很本能的浮現出一句話，於是立刻衝口而出。但話一說出口，他自己都嚇了一跳。他說：「傑克，不要覺得找她幫忙是丟人的事。現在只剩她有辦法。」

「媽的。」馬凱特警長說。「媽的，他媽的。」他轉頭看看毛特利家，看到燈光從屋頂的破洞射出來。「說不定她早就已經跑了。」

「也許吧。不過也可能沒走。走吧，開車過去看看她在不在，好歹試試看吧。」

布魯登區很多房子都是一片漆黑，住在裡面的人一聽到警報就都乖乖走了，因為炸彈隨時可能會爆炸。不過，那棟彩虹般五彩繽紛的房子還亮著燈。窗口露出搖曳的火光。

「我在車上等。」馬凱特警長說。爸爸點點頭，然後就下車。他深深吸了一口氣，鼓起勇氣往前走，慢慢走到門口。門上有一個銀色的小門環。他抬起門環輕輕敲了幾下，然後，他做了一件這輩子從來沒有想過的事。他大聲告訴女王，他來了。

他就這樣站在門口等，心裡希望她會來開門。

他就這樣站在門口等，低頭看著門把。

他等著。

十五分鐘後，迪克毛特利家那條街上忽然出現嘩啦拉的聲響。那是轟隆隆的汽車引擎聲和噹啷噹啷的金屬撞擊聲。那是一輛敞篷小貨車，銹痕累累，彈簧嘎吱嘎吱響。沒多久，那輛車停到毛特利家門口的路邊，一個又高又瘦的黑人從車裡鑽出來。駕駛座的車門上印了幾個模模糊糊的字：「來福維修」。

他走路好慢好慢，彷彿走路是一件很痛苦的事。他穿著一件洗得乾乾淨淨的連身工作褲，戴著一頂灰帽子，帽簷底下露出一頭灰髮。接著，他就這樣慢得出奇的走到小貨車後面，從平台上拿出一條工具腰帶圍到腰上。腰帶上有各種大大小小的鐵鎚、螺絲起子和形狀奇奇怪怪的扳手。然後，他又很慢很慢的拿起工具箱。工具箱裡有數不清的小抽屜，裡頭裝滿了各種尺寸的螺釘和螺帽。接著，我們這位馬克斯來福先生開始一步步走上迪克毛特利家那扭曲變形的門廊。他走得好慢好慢，彷彿已經好幾百歲。接著，他敲敲門。門雖然開著，他還是慢慢敲著門：一下……兩下……

好慢好慢，漫長如永恆。從他敲第一下到第二下之間那漫長的時間裡，人類文明的興盛衰亡已經數度交替，浩瀚宇宙已經有無數星星誕生，無數星星隕落了。

……三下。

「謝天謝地！」毛特利先生忽然大叫起來，但他的聲音已經嘶啞到不成聲。「傑克，我就知道你一定不會丟下我！噢，主啊，我就知道你一定會保——」說到一半他忽然停住了，因為，當他抬起頭看著客廳地板上那個大洞，他看到的並不是白白的上帝，而是一張木炭般的黑臉。對他來說，那是魔鬼的臉。

「老天，老天。」來福先生輕輕驚呼了一聲。他一眼就看到那顆炸彈，而且立刻就聽到引爆裝置那滴答滴答的聲響。「你…真…的…很…慘！」

「你這個臭黑鬼！你是來看熱鬧的嗎？你是來看我怎麼被炸得粉身碎骨的嗎？」毛特利先生大聲咒罵。

「不是。我…是…來…救…你…的，免…得…你…被…炸…得…粉…身…碎…骨。」

「你？你來救我？哈哈！」他用力吸了一口氣，然後聲嘶力竭的大吼：「傑克！救命啊！白人都死光了嗎？」

「毛特利先生，噓……」來福先生等他喊完了才開口說。「這…麼…大…聲…不…怕…引…爆…炸…彈…嗎？」毛特利脹得滿臉通紅，斗大的汗珠一顆顆冒出來。他又開始掙扎了。他氣得猛抓身上的瓦礫一陣亂甩，然後又抓住身上的破襯衫，用力扯得乾乾淨淨。他兩手在空中瘋狂揮舞，可是卻找不到半個地方可以抓。最後，他又感覺到全身一陣劇痛，開始喘得上氣不接下氣，結果兩條斷腿還是動彈不得，炸彈還是在他腦袋旁邊。

「看樣子。」來福先生打了個哈欠，那模樣彷彿他的睡覺時間到了。「動作要快了。」

那天是聖誕夜，後來等來福先生爬到梯子最底下的時候，感覺好像已經是新年了。他腰帶上的工具叮噹叮噹響。接著他提起工具箱走向毛特利先生，走到一半他忽然注意到牆上那張海報。海報裡是一個滑稽演員，兩隻眼睛大得像銅鈴。來福先生站在那裡看了好久，這時候，時間一分一秒過去，炸彈滴答滴答響。

「嘿——嘿——嘿——」來福先生搖搖頭笑了起來。「嘿嘿。」

「笑什麼，你這個臭黑鬼？」

「那…傢…伙…是…個…白…人。」他說。「臉…塗…得…黑…黑…的，看…起…來…好…呆。」

那是一九二七年影史上第一部有聲電影「爵士歌手」的海報，上面是猶太歌手艾爾喬森的黑人扮像。來福先生看了好半晌，最後終於依依不捨的轉身走開，走向炸彈。他搬開幾片帶鐵釘的碎木頭和屋頂的破瓦片，清出一小片空地，然後坐到炸彈旁邊的地上。他的動作實在慢得出奇，整個過程彷彿就像看著一隻蝸牛爬過足球場。他把工具箱拉到旁邊，然後從胸前的口袋裡掏出一副絲框的放大鏡，朝鏡片上呵了口氣，用袖子擦一擦。這整個動作一樣慢得離譜。

「我造了什麼孽呀？」毛特利嘀咕著。

來福先生戴上那副放大鏡。「好了。」他說。「現在我總算……」說著他湊近炸彈，皺起眉頭。「……看得清楚了。」

他從腰帶裡抽出一根很小的鐵槌，然後舔了一下大拇指，然後——慢慢的，很慢很慢的——用大拇指把口水塗在鐵鎚頭上。接著，他輕輕敲敲炸彈側邊，動作很輕很輕，幾乎聽不到聲音。

「不要！噢，老天！你會害我們兩個被炸得粉身碎骨！」

「喔，不會啦。」來福繼續沿著炸彈側邊上上下下敲了幾下。「我在測量。」接著他耳朵貼在炸彈上。「嗯哼。」他嘀咕了一聲。「我…聽…到…了。」毛特利先生嚇得魂飛魄散，而來福先生則是用手指輕輕撫摸著炸彈，那模樣彷彿在摸小狗。「嗯哼。」這時他手指忽然停在一條細細的縫隙上。「嗯，看…樣…子…就…是…從…這…裡…拆…開。」他在炸彈尾翼下方找到了四顆螺絲釘，然後從腰帶上抽出一把大小正好的螺絲起子。

「你是故意要來害死我的，對不對？」毛特利先生忽然覺得肚子裡痛了一下，立刻呻吟起來。「是她派你來的，對不對？她派你來殺我！」

來福先生一邊轉開第一顆螺絲釘，嘴裡邊說：「你…只…說…對…了…一…半。」

過了好久，那四顆螺絲釘終於都鬆開了。來福先生忽然哼起歌來。「雪人佛斯特。」他的歌聲聽起來像催眠。就在他鬆開第二顆和第三顆螺絲釘的時候，那滴答聲忽然變成刺耳的嘶嘶聲。毛特利先生滿頭大汗，淚眼汪汪，頭歇斯底里的拚命轉來轉去。那一剎那，他大概一下子就少了五公斤的肉。

來福先生從工具箱裡拿出一個藍色的小罐子，掀開罐蓋，用食指挖出一小團灰灰黏黏的東西，在上面吐了一口唾液，然後塗在那條環繞著炸彈的縫隙上。接著，他抓住尾翼，沿著逆時針方向用力扳，想把尾翼轉下來，可是卻轉不動。接著，他沿著順時鐘方向扳了一下，結果還是轉不動。

「臭小子！」來福先生口氣很兇，皺起眉頭。「你…敢…跟…我…過…不…去？」說著他拿起小鐵槌在螺絲釘孔上敲了幾下。這時候，毛特利先生又嚇得少了好幾公斤肉，褲襠都濕了。接著，來福先生兩手抓住尾翼用力扳。

這時，尾翼發出輕微的嘎吱聲，然後慢慢的，尾翼的部位漸漸轉得動了，只不過，必須費盡九牛二虎之力才轉得動。來福先生轉了幾下，不得不停下來伸伸手指，然後又繼續轉。後來，尾翼部位終於鬆開了，露出裡面的電路。裡面是五顏六色的電線糾纏成一團，還有一個黑色的塑膠筒，形狀看起來像蟑螂背。

「哇！」來福先生讚嘆了一聲。「好漂亮！」

「我死定了……」毛特利先生呻吟著。「我死定了……」

那嘶嘶聲越來越大聲，來福先生用一根探針在一個紅色小盒子上輕輕碰了一下。嘶嘶聲就是從那盒子裡發出來的。接著他用手指輕輕摸了一下，吹了一聲口哨，然後又把手指縮回來。「噢噢……」他說。「好像有點燙。」

毛特利先生又開始啜泣了，鼻涕眼淚直流。

來福先生又伸出手指去摸那個盒子。盒子開始散發出一股灼熱的氣味，彌漫了整個地下室。來福先生摸摸下巴。「看樣子。」他說。「我…們…麻…煩…大…了。」

毛特利先生立刻渾身顫抖，幾乎快昏過去了。

「這⋯樣⋯吧——」來福先生搓搓下巴，瞇起眼睛，露出一種全神貫注的表情。「——通⋯常⋯我⋯都⋯只⋯修⋯理⋯東⋯西，不⋯會⋯弄⋯壞⋯東⋯西。」他深深吸了一口氣，然後又慢慢呼出來。「不⋯過⋯看⋯樣⋯子，這⋯次⋯不⋯弄⋯壞⋯不⋯行⋯了。」說著他點點頭。「唉，這⋯麼⋯漂⋯亮⋯的⋯東⋯西，真⋯捨⋯不⋯得⋯弄⋯壞。」他又低頭從腰帶上抽出一把大一點的鐵鎚。「沒⋯辦⋯法⋯了。」說著他舉起鐵鍾敲向那個紅盒子，盒子應聲裂成兩半。毛特利先生害怕的張開嘴用力一咬，咬住舌頭。來福先生拿掉那兩片塑膠殼，仔細打量裡面的機關和電線。「老天！太神奇了！」他讚嘆了一聲。接著他伸手到工具箱裡拿出一把電線剪。剪子上還貼著五毛商店的標籤。「好了，你聽著。」他對著炸彈說。「不准弄花我的臉！聽到了嗎？」

「噢，老天！噢，老天！我快上天堂了！」毛特利先生倒抽了一口氣。

「等⋯你⋯到⋯了⋯天⋯堂。」來福先生淡淡笑了一下。「麻⋯煩⋯你⋯告⋯訴⋯天⋯堂⋯的⋯聖⋯彼⋯得，說⋯有⋯個⋯會⋯修⋯東⋯西⋯的⋯人⋯也⋯快⋯到⋯天⋯堂⋯了。」他舉起剪子伸向炸彈的核心部位。那裡有兩條電線——一條黑的，一條白的。

「等一下。」毛特利先生壓低聲音說。「等一下⋯⋯」

來福先生停住了。

「有件事我一定要說出來，這樣我的靈魂才能得到安息。」毛特利先生眼睛瞪得好大。「我一定要懺悔，這樣才能上天堂。你聽我說⋯⋯」

「你說吧。」來福先生說。炸彈還在嘶嘶響。

「吉拉德和我⋯⋯我們⋯⋯主要是吉拉德幹的。真的⋯⋯我不想被牽扯進去⋯⋯不過⋯⋯時間已經設定好⋯⋯聖誕節隔天⋯⋯早上十點⋯⋯就會爆炸。你聽到了嗎？早上十點。那個盒子裡⋯⋯全是炸藥⋯⋯還有一個定時器。那是我們跟畢剛布萊洛克買的。他⋯⋯弄來給我們的。」毛特利先生嚥了一口唾液，彷佛感覺地獄之火已經燒到他的屁股了。「那些炸藥埋在民權博物館。我們……那都是吉拉德計劃的，真的……第一次聽說女王打算建博物館的時候，我們就決定要採取行動。聽我說，來福！」

「我在聽……」他說的好慢好慢，口氣很平靜。

「炸藥是吉拉德埋的，就埋在博物館的某個角落，很可能就在康樂中心。我不知道確定的位置，我對天發誓，我真的不知道……不過，現在已經埋在那裡了，而且聖誕節隔天早上十點就會爆炸。」

「真的嗎？」來福先生問。

「真的！是真的！現在我已經懺悔了，我的靈魂可以得到安息了，所以上帝就會讓我上天堂了。」

「嗯哼。」這時來福先生忽然伸出手，用剪子啪的一聲剪斷那條黑色電線。不過，炸彈的滴答聲並沒有停。

「你聽清楚了嗎，來福？那盒炸藥現在已經被埋在那邊了！」

來福先生拿剪子湊近那條白色電線，然後用力一咬牙，滿臉大汗閃閃發亮。接著他忽然說：「沒有。已…經…沒…有…了。」

「沒有什麼？」

「沒在那裡。已…經…沒…在…那…裡…了。已…經…找…到…了。好了，我…要…剪…了。」他的手在發抖。「要…是…黑…白…兩…條…線…順…序…弄…錯，炸…彈…就…會…爆…炸。」

「上帝保佑！」毛特利又開始哀嚎起來。「哦，主啊，我發誓只要這次能夠活下去，以後我一定重新做人！」

「我…要…剪…了！」來福先生說。

毛特利先生立刻閉起眼睛。接著，剪子喀嚓一聲。

碰！

眼前閃出一道火光，而且聽到一聲巨響。毛特利立刻慘叫起來。

他慘叫了半天，後來又漸漸安靜下來，因為他發現眼前並沒有出現天使彈奏豎琴，也沒有聽到魔鬼咆哮，只聽到有人在唱：「他是個老好人，嘿嘿嘿──嘿嘿嘿──」。

毛特利先生猛然睜開眼睛。

來福先生正咧開嘴對他笑，手上拿著一截白色電線，電線頭冒出藍色火焰。他朝火焰吹了口氣。炸彈的滴答聲已經不見了。接著，來福先生說話的時候，聲音忽然變得好嘶啞，因為他剛剛湊在毛特利耳邊大吼了一聲「碰」，吼得太大聲，嗓子都啞了。他說：「不……好……意……思，實……在……忍……不……住。」

毛特利先生忽然就像汽球被刺破一樣，一下子洩了氣。他慢慢吁了一口氣，然後就不省人事了。

我又回來了。

那盒定時炸藥真的被找到了。那天，我告訴女王，我夢裡那四個黑人小女孩就是照片裡那四個被炸死的小女孩。沒多久，女王就派人去把那盒炸藥找出來了。我一定是很久以前在哪裡看到過那張照片，照片中的景象一直纏繞在我內心深處。後來，當我在森林裡看到哈奇森先生和毛特利先生向「大砲」畢剛買了那盒炸藥，潛意識裡我一定已經感覺到那個盒子裡是什麼東西了。那也就是為什麼我睡覺的時候會一直不自覺的把床邊的鬧鐘甩掉。這整件事有一個漏洞，那就是，在十六街的浸信會教堂被炸死的那四個小女孩，她們的照片我是在博物館才看到的嗎？不太可能，我一定更早以前就看到過。很可能是在一本「Life」雜誌上看到的。不過，那疊雜誌已經被我媽拿去丟掉了，所以現在已經沒辦法確認了。

我一把這件事告訴女王，她立刻就想通了整件事。她叫大家全體動員去找一個木盒。那天去參加接待會的來賓全都分頭去找。康樂中心，民權博物館，甚至整個康樂中心外圍四周，全都找遍了，差點連屋頂都掀了，結果還是找不到。後來女王忽然想到，哈奇森先生是郵差，而巴克哈特街路口有一個郵筒，正好就在康樂中心門口。德馬龍先生抓住凱文的腳跟，把他放進郵筒裡去找，結果沒多久，他們就聽到凱文在裡面大叫：「找到了！」。問題是，他拿不出來，因為太重了。於是他們立刻打電話給馬凱特警長，而警長立刻去找奇風鎮的郵差康拉德奧特曼先生，叫他把鑰匙帶過來打開郵筒。結果他們發現，那個盒子裡的炸藥足以炸平康樂中心和民權博物館，甚至還會波及那條街上的好幾棟房子。於是到頭來，那四百塊美金幫他們買到了可觀的牢獄之災。

哈奇森先生知道收信的時間，他很清楚，那個郵筒要等到十二月二十六日下午才會再打開，所以他就把引爆的時間設定在早上十點。馬凱特警長說那個炸彈是行家做的，因為他有辦法把定時器設定在十二個小時、二十四個小時，或甚至四十八個小時後。他希望女王暫時不要洩漏，不要讓哈奇森或毛特利知道他們已經找到炸藥了，因為警方必須先從炸藥上採到指紋。媽媽和我從博物館回到家之後，立刻把這件事告訴我爸爸。我必須說，他和馬凱特警長都很會演戲，守口如瓶。他們到迪克毛特利家的時候，看到哈奇森先生走進來，兩個人居然都能夠不動聲色。雖然毛特利先生坦白招供，但他招不招供根本無關緊要，因為警方在炸藥上採到五枚哈奇森先生的指紋，鐵證如山。他們很快就被移送到伯明罕的聯邦調查局，而且永遠回不了奇風鎮了。

民權博物館隆重開幕了。後來我再也沒有夢到過那四個黑人小女孩，不過，假如我真想再看到她們，我知道哪裡可以看得到。

戰鬥機上掉了一顆炸彈，郵筒裡找到一枚三K黨的定時炸彈，這兩件事使得整個奇風鎮沸沸揚揚，聖誕節過後接連好幾天，大家都還議論紛紛。有一件事，班恩、強尼和我一直爭執不下。來福先生看到那顆炸彈的時候，到底會不會怕？班恩說他一定很怕，可是我和強尼都不這麼認為，因為我們覺得他很像尼莫科理斯。尼莫是棒球天才，而來福先生則是天生的機械高手，就算是炸彈也難不倒他。所以，當他看到炸彈裡那些電線的時候，他一定胸有成竹。聖誕夜那天，班恩到伯明罕去避難，沒想到這趟旅程居然改變了他的一生。他和爸媽住在他叔叔邁爾斯家。邁爾斯在市區銀行上班，所以他帶班恩到銀行的金庫去參觀。結果現在，班恩開口閉口都是銀行，說錢的味道有多迷人，堆積如山的綠色鈔票有多壯觀。他說邁爾斯讓他親手去拿一包五千美金的鈔票，結果現在，一想到那包鈔票，他手指都還會發抖。班恩說，下半輩子他不知道自己會做什麼，不過可以確定的是，他希望下半輩子可以在錢堆裡過日子。強尼和我都覺得他很好笑。這時我們忽然很懷念大雷，因為我們知道，要是他聽到班恩說這種話，他的反應一定很有意思。

強尼跟爸媽要聖誕禮物，結果真的收到兩份禮物。其中一個是一套警察的辦案用具，裡面有一個榮譽警察徽章，採指紋用的粉末，手銬，還有紫外線粉。紫外線粉是追蹤竊賊足跡用的，在紫外線的照射下就會顯現出來。另外還有一本警察手冊。另一份禮物是一個木製展示櫃，上面有好幾個小小的格子。那是要給他擺箭頭用的。他把箭頭全都放進那個櫃子裡，不過留下一個空格。他心想，要是有一天再度找到五雷酋長那個黑色箭頭，就可以擺進那個位置。

不過，來福先生和那顆炸彈的事，還有一個問題懸而未決。聖誕節過後第三天的晚上，奇風鎮忽然下起雨來，又濕又冷。那天晚上，媽媽終於提到那個問題。

「湯姆？」她忽然叫了我爸爸一聲。當時我們都在客廳，壁爐裡燒著溫暖的火。我正在讀那本《太陽的金蘋果》，讀得渾然忘我。「那天來福先生怎麼會跑到迪克毛特利家呢？我怎麼想都想不通，他怎麼可能自告奮勇冒生命危險跑到毛特利家去？」

爸爸沒吭聲。

做爸媽的對自己的孩子都有一種難以形容的第六感，而反過來，孩子對自己的爸媽也一樣。我立刻把書放下來，而爸爸卻還是繼續看他的報紙。

「湯姆？來福先生為什麼會跑到毛特利家去呢？你知道原因嗎？」

爸爸清了清喉嚨。「呃，這個……」他說得很小聲。

「嗯，到底是怎麼樣？」

「可以說……跟我有點關係。」

「跟你？怎麼說？」

他放下手中的報紙，心裡明白不說實話不行了。「我……我去求女王幫忙。」

媽愣住了，好半天說不出話來。雨水打在窗玻璃上，壁爐裡的火堆劈啪作響。過了好久，她還是一動也不動。

「我覺得她恐怕是迪克最後的希望了。自從上次在公路巴士站看到『大砲』畢剛的彈藥都變成……我忽然想到，說不定她可以救得了迪克。結果，事實證明我猜對了。她立刻打電話給馬克斯來福，當時我就在她家裡。」

「她家裡？我真不敢相信！你竟然跑到女王家？」

「不光是到她家，我甚至進去她家裡，而且坐了很久，她還請我喝了杯咖啡。」他聳聳肩。「我本來以為會看到牆上掛滿乾癟癟的死人頭，黑寡婦蜘蛛滿地亂爬，結果什麼都沒有。真沒想到，她也信上帝。」

「你跑到女王她家。」媽媽反覆說個不停。「我真不敢相信！你不是一直都怕她怕得要命？」

「我不是怕她。」爸爸糾正媽。「我只是……只是有點猶豫。」

「那麼，她真的肯救迪克毛特利？博物館被人埋炸藥的事，毛特利也有份，她不是很清楚嗎？」

「呃……她肯幫忙是有條件的。」爸爸招認了。

「哦？」媽媽等著聽爸爸往下說，可是好半天爸爸都沒再多說什麼，於是媽又急忙追問：「到底是什麼條件？」

「她要我答應她，要是她救了毛特利，我就必須再回去找她。她說她一看到我就知道我正在受煎熬，而且她還說，不光是我，就連妳和柯力也都在受煎熬。她說薩克森湖底那個人一直糾纏著我們一家人。」這時爸爸放下手上的報紙，轉頭看著火堆。「而且妳知道嗎？她說對了。我已經答應她，明天晚上七點要去她家。我想，我早晚還是得告訴妳，不過，我也可能不會告訴妳，很難說。」

「你這個人就是這麼死愛面子。」媽媽忍不住罵他。「你為了迪克毛特利，竟然肯去找女王，可是當初我叫你去找她，你卻死都不肯。」

「不能這麼說。我只是還沒有心理準備。當時迪克需要人幫忙，所以我就去找人幫他。現在，我已經準備好了，我要去拜託她幫助我，同時也幫助妳和柯力。」

媽媽忽然從椅子上站起來，走到爸爸背後，伸手抱住他的肩頭，下巴靠在他頭上。我看著他們兩人的影子融為一體。爸爸伸手攬住她的脖子，兩個人就這樣抱在一起，好久好久。此刻，他們兩人心意相通。壁爐裡的火堆依然劈啪作響。

時候到了，該去找女王了。

那天晚上六點五十分，我們來到女王家門口。德馬龍先生來開門的時候，爸爸毫不猶豫就跨進了門。顯然，他對女王的畏懼已經消失了。接著月亮人從屋子裡走出來，手上拿了一盤脆餅要請我們吃，德馬龍太太也去煮了一壺咖啡，她說那是加了香料的紐奧良式的咖啡。於是我們就這樣坐在客廳等女王出來。

雖然我懷疑樂善德醫師就是兇手，但這件事我一直放在心裡，沒有告訴任何人。我始終不太願意相信樂善德醫師會是殺人兇手，因為他對叛徒曾經那麼親切。我已經發現那兩隻鸚鵡跟那件事有關，不過到目前為止，除了那根綠羽毛，我還沒發現樂善德醫師和薩克森湖底那個人有什麼關聯。那純屬我個人的臆測。另外，他從來不喝牛奶，而且是個夜貓子，問題是，這就能證明他是兇手嗎？我必須先找到更明確的證據，才可以把這件事告訴爸媽。

我們並沒有等很久，德馬龍先生就出來請我們進去了，不過，他帶我們去的並不是女王的房間，而是走廊對面另一個房間。女王就在裡面，坐在一張高背椅上，面前有一張折疊桌。她身上穿的不是巫毒教的黑袍，頭上也沒有戴女巫帽，而是穿著一件普普通通的深灰色洋裝，衣領上別了一枚小丑跳舞形狀的別針。地上鋪了一張蘆葦草蓆，角落有一個大陶盆，盆裡種了一棵歪歪扭扭的樹。這裡一看就知道是她會見客人的地方。牆壁漆成了米黃色，沒有掛任何東西。德馬龍先生關上門之後，女王立刻說：「湯姆，你坐下。」

爸爸乖乖坐下了。我感覺得到他很緊張，因為我聽到他用力嚥了一口唾液，喉嚨咕嚕一聲。接著，女王彎腰從椅子旁邊的地上拿起一個袋子。那袋子看起來有點像醫生的診療袋。那一剎那，爸爸不由得打了個哆嗦。女王把袋子放到桌上，打開拉鏈。

「會痛嗎？」爸爸連忙問。

「可能會。看情形。」

「看情形？看什麼情形？」

「看我們要挖掘真相挖掘到什麼程度。」她說。接著她手伸進袋子裡，拿出一個藍布包，一個銀絲盒，一疊紙牌，然後是一張打字紙。在屋頂燈光的照耀下，我注意到那張紙和我用的紙是同一個牌子。最後她拿出一個小藥罐，裡頭裝了三顆打磨得亮晶晶的河底小卵石，一顆是黑色，一顆是紅棕色，一顆是白底灰條紋。接著她說：「右手攤開。」爸爸乖乖把手攤開。女王旋開瓶蓋，把裡頭那三顆石頭倒進我爸的手掌心。「來，手握起來，搓幾下石頭。」她說。

爸爸勉強笑了一下，看起來有點緊張。他問女王：「這是老摩西吐出來的石頭嗎？」

「不是。只是普通的小卵石。湯姆，再多搓幾下。那可以幫助你放鬆。」

「噢。」於是爸爸又用力握住石頭多搓了幾下。

我和媽媽遠遠站在旁邊，以免干擾到女王。我實在猜不透女王打算做什麼。我本來以為她會叫我們像印地安人一樣圍著營火跳舞，邊跳邊呼號，結果根本不是這麼回事。女王拿起那副撲克牌，開始洗牌，那種架勢看起來比賭王還老練。「湯姆，你把夢裡看到的東西說給我聽聽看。」她說話的時候，撲克牌在她手上窸窣作響。

爸爸很不自在的瞄了我們一眼。於是女王又問他：「你是不是要你太太和柯力先出去一下？」他搖搖頭，然後就開始說了。「我夢見自己看著那輛車飛進薩克森湖，然後沒多久我就發現自己也在水裡，就在車子旁邊，隔著擋風玻璃看著那個死掉的人。他的臉……他的臉已經被打得不成人形，手被銬在方向盤上，脖子上纏著一條鋼琴弦。後來，車子開始往下沈，水慢慢淹到那個人身上──」說到這裡，爸爸不由得停住了。小卵石在他手中喀噠作響。「──他，他一直看我，咧開嘴對我笑。他的臉被打得扭曲變形，笑起來好可怕。然後，他開始跟我說話，可是他說話的聲音聽起來……聽起來有點像泥漿在冒氣泡。」

「他說了什麼？」

「他說……『跟我來，跟我到那黑暗世界。』」爸爸忽然露出痛苦的表情，看他那樣子，我心裡好難過。「他說，『跟我來，跟我到那黑暗世界。』然後他就伸出那隻沒被銬住的手要來抓我。他伸手要抓我，我嚇壞了，立刻往後縮，因為我很怕被他碰到。然後，那個夢到這裡就結束了。」

「你後來還有做類似的夢嗎？」

「有幾次，不過不像那次那麼可怕。有一次，我好像夢到有人在彈鋼琴，有時候又好像聽到有人在大吼大叫，不過我根本聽不懂他在吼什麼。另外有一次，我好像看到兩隻手拉住一條鋼琴弦，還有一次，我看到一隻手拿著一根看起來很像木棍的東西，用黑膠帶纏住。我看到幾個人的臉，可是模模糊糊看不清楚，感覺像好像隔著一片血霧，又有點像眼睛無法對準焦距，怎麼看都是模模糊糊的。不過，這些都只是偶爾夢到，我夢裡最常看到的，還是車子裡那個人。」

「你太太蕾貝卡有沒有告訴過你我也做過類似的夢？」她又開始洗牌，那聲音聽起來有點催眠效果，會讓人放鬆。「我也聽到過幾次鋼琴聲，還有吼叫聲。另外，我也看到過那條鋼琴弦，還有那把胡桃鉗，還有那個人肩膀上的刺青，不過我看不到他的臉和身體。」她淡淡笑了一下。「湯姆，看樣子，我們兩人都被纏住了，只不過你的情況比我嚴重。你擺脫得掉嗎？」

「我是希望妳可以幫我。」爸爸說。

「對，我是可以幫上忙，不過，湯姆，每個人在夢裡看到的東西都不一樣。每個人都只能看到整個大拼圖的一小片。你看得比任何人都更清楚。比我清楚。所以，想擺脫掉那一切，主要還是要靠你自己的力量。」

爸爸又開始用力搓手上的小卵石，而女王也開始洗牌，等我爸爸開口。

「一開始。」爸爸開始說了。「我都是要等到上床睡覺的時候才會夢見他。可是後來……就連大白天沒在睡覺的時候我也開始看得到他。我會斷斷續續看到那輛車，看到那個人的臉，聽到他在叫我。他每次說的都是同樣的話，一次又一次。『跟我來，跟我到那黑暗世界。』那聲音聽起來很像泥漿在冒氣泡。我已經快崩潰了，因為我一直擺脫不掉。我沒辦法休息，幾乎每天晚上都沒睡覺。我不敢睡覺，因為我怕……」說到這裡他就說不下去了。

「怕什麼？」女王繼續追問。

「我怕……我怕我會真的聽了他的話，照他說的去做。」

「他叫你做什麼，湯姆？」

「我覺得他是要我自殺。」爸爸說。

女王洗牌的動作忽然停住了。媽媽忽然握住我的手，握得好緊。

「我覺得……他是叫我到湖邊去，要我跳水自殺。他要我跟他一樣沈到湖底，到那個黑暗世界去。」

女王凝視著他，那雙碧綠的眼睛閃閃發亮。「可是，湯姆，你有沒有想過他有什麼理由要你去自殺？」

「我不知道。也許他想找個人作伴。」他似乎想硬擠出一點笑容，可是卻笑不出來。

「湯姆，我要你仔細想想他說的話。你一定要徹底想清楚。他到底說了什麼，每個字你都必須很確定。」

「沒錯。『跟我來，跟我到那黑暗世界。』他就是這樣說的，一字不差。他說得有點含混，我想，可能是因為他下巴被打得變形了，嘴裡全是血，或是被水和泥巴塞住了。不過……他就是那樣說的沒錯。」

「沒別的嗎？他有沒有叫你的名字？」

「沒有。他就只說了那句話。」

「你不覺得很好笑嗎？」女王問爸爸。

爸爸嘀咕著說：「好笑？有什麼好笑？」

「好笑的地方是：既然那位死者有這樣的機會找上你，跟你說話，告訴你真相，那麼——他叫你去自殺，豈不是白白糟蹋大好機會？他怎麼不告訴你兇手是誰呢？」

爸爸猛眨了好幾下眼睛，手上搓石頭的動作忽然停住了。「我……我倒是一直沒想過這個問題。」

「那你該好好想想看了。那位死者雖然沒辦法說得很清楚，但至少他還能說話。既然如此，他為什麼不告訴你是誰殺了他？」

「這我也想不通。不過我想，只要有機會，他一定會說。」

「他一定會。」女王點點頭。「如果他是在跟你說話的話，他一定會告訴你。」

「我不太懂妳的意思。」

「說不定。」她說。「還有第三個人聽得到他說話。」

爸爸楞住了，接著忽然露出一種恍然大悟的表情。那一剎那，我和媽媽忽然也想通了。

「湯姆，那位死者不是在跟你說話。」女王說。「他是在跟殺他的人說話。」

「妳……妳是說我……」

「你感應到死者的思緒，就好像我感應到你的思緒一樣。噢，湯姆，你的感應力很強哦！」

「妳是說……他並不是……他並不是因為我來不及救他所以叫我去自殺？」

「當然不是。」女王說。「我百分之百確定，絕對不是。」

爸爸不由得抬起手掩住嘴巴，眼裡泛出淚光。我聽到媽媽在我旁邊啜泣。接著爸爸忽然低下頭，一滴眼淚掉到桌上。

「就像動手術一樣，你內心最深處被刀子割開了。」女王忽然伸手握住爸爸的手臂。「雖然有點痛，不過，那種感覺蠻好的不是嗎？就好像開刀切除癌細胞一樣。」

「是的。」爸爸哽咽著說。「是的。」

「想到外面去走一走透透氣嗎？儘管去沒關係。」

爸爸的肩膀微微顫抖著，但感覺得到，他肩頭的千斤重擔忽然一掃而空。他顫抖著深深吸了一口氣，彷彿在水底憋了很久之後猛然冒出水面那一剎那。「我沒事。」他嘴裡這麼說，頭卻沒有抬起來。「我沒事。一下就好了。」

「慢慢來沒關係。等你平靜一點了，我們再繼續。」

後來，爸爸終於抬起頭來了。他看起來似乎還是老樣子，有點蒼老，有點憔悴，然而，他的眼神卻重新燃起活力。那是一種孩子般的眼神。他已經解脫了。

「你想不想把殺人兇手找出來？」女王問他。

爸爸點點頭。

「我很多朋友都已經到河對岸那個世界去了。等你到了我這個年紀，你一定也有很多朋友都已經在那個世界了。他們看得到我看不到的東西，有時候他們會告訴我。不過，他們喜歡逗我，不肯直接回答我的問題。他們喜歡讓我猜謎，而且答案總是很詭異。不過，他們一定會告訴你真相，不會騙你。湯姆，你想問問他們嗎？」感覺上，她似乎常常問別人這個問題。

「可以啊。」

「想就想，不想就不想，不要模稜兩可。」

我爸不敢再猶豫了。「好。」

女王打開那個銀絲盒，把裡面那六根小骨頭倒到桌上。「把石頭放下來。」她說。「用右手拿著這六根骨頭。」

爸爸看看那六根骨頭，有點畏懼。「這樣好嗎？」

女王愣了一下，然後嘆了口氣說：「好了，不用那麼緊張，那只是用來醞釀一點氣氛。」說完她就伸手把那六根骨頭掃進銀絲盒裡，蓋上盒蓋，然後擺到旁邊。接著她又把手伸進那診療袋裡，這次，她拿出來的是一個小瓶子，裡面裝著透明的液體，另外還有一包棉花。她把瓶子和棉花放在桌上。「來，石頭放下來，食指伸出來。」

「為什麼？」

「因為我叫你伸出來。」

於是他乖乖把石頭放下，把食指伸出去。女王打開瓶蓋，拿一塊棉花壓住瓶口，然後倒轉瓶身，把那透明液體沾在棉花上。接著，她拿那塊棉花擦擦爸爸食指的指尖。「這是酒精。」她說。「巴瑞斯醫師給我的。」接著她把那張打字紙攤開在桌上，然後翻開那個藍布包。裡面是一根小木條，一頭插著兩根針。

「手指不要動。」接著她舉起那根小木條。

「妳打算做什麼？妳是想用那個來刺——」

爸爸話都還沒說完，那兩根針已經刺進他的指尖了。「唉喲！」他叫了一聲，而那一剎那我也皺了一下眉頭，彷彿感覺自己的指尖也被刺了一下。接著，爸爸的指尖開始冒出鮮血。「小心，血不要滴在那張紙上。」女王告訴我爸爸。接著她迅速在自己右手食指的指尖塗上酒精，然後也用針刺了一下。於是，她指尖也開始流血了。她說：「好了，你可以開始問問題了。不用出聲，心裡默唸就可以。不過問題要清清楚楚，不要夾纏不清。好了，趕快問吧。」

「好。」我爸開始默唸了一會兒，然後又開口問：「接下來呢？」

「那輛車掉進薩克森湖是哪一天的事？」

「三月十六日。」

「好，現在你從指尖擠出八滴血，滴在那張紙正中央。不要捨不得擠，聽清楚，正好八滴，不可以多也不可以少。」

於是爸爸開始用力擠他的指尖，血開始一滴滴往下掉。接著女王也從自己指尖上擠出八滴血在紙上。然後我聽到爸爸開玩笑說：「老天保佑，還好那天不是三十一日。」

「好，現在用左手抓住那張紙，揉成一團把血包在裡面。」女王假裝沒聽到他開玩笑，繼續交代他。爸爸乖乖照著她的話做。「好，抓緊那張紙，然後再問一次那個問題。這次要大聲問。」

「薩克森湖底那個人是誰殺的？」

「要抓緊。」女王又提醒他，然後又拿了一塊沾了酒精的棉花按住自己手指。

「妳的朋友來了嗎？」爸爸問她。他手上緊緊抓著那團紙。

「不用問，你馬上就知道了。」說著她伸出左手。「來，給我。」爸爸把那團紙遞給她。接著，她忽然大聲對著半空中問：「拜託你們這次不要再跟我胡鬧了好不好？這件事很嚴重，你們一定要說清楚。還有，拜託你們不要再讓我猜謎了，一次說清楚，好不好？可以幫個忙嗎？」接著她等了大概有十五秒鐘左右，然後就把那團紙攤到桌上。「好了，可以翻開了。」她說。

爸爸拿起那團紙，慢慢翻開。那一剎那，我心臟怦怦狂跳。萬一那片血跡裡出現樂善德醫師的名字，我恐怕會昏倒。

後來，那張紙終於翻開了，媽媽和我都迫不及待從爸爸後面伸長了脖子去看。那張紙正中央有一大片血跡，旁邊還有另外一些一點一點的血跡。結果，那張紙上並沒有出現什麼名字。這時女王從她的袋子裡掏出一根鉛筆，然後仔細研究那張紙。過了一會兒，她拿起鉛筆開始把那些一點一點的小血跡連接起來。

「我什麼都沒看到。」爸爸說。

「要有信心。」她說。我看著鉛筆在紙上移動，發現女王接連畫了兩個長長的半圓弧。我忽然看懂了。她畫了一個3。

接著，女王又畫了兩個半圓弧。

又是一個3。這時紙上的小血跡都已經連接完了。

「就是這個。」女王皺起眉頭。「兩個3。」

「這根本就不是名字，不是嗎？」爸爸問。

「他們又要我猜謎了。就這麼回事。有時候真希望有一兩次他們願意說清楚，不要老是給我出難題！」她很不耐煩的放下鉛筆。「好了，就這樣了。」

「就這樣？」爸爸把那根流血的手指塞進嘴裡吮了幾下。「妳確定妳沒有弄錯嗎？」

她忽然瞪了他一眼，那種神情我不知道該怎麼形容。「兩個3。」她說。「答案就是這樣。兩個3。也有可能是33。要是我們猜得出這兩個數字有什麼含意，我們就知道兇手是誰了。」

「我實在想不出鎮上哪個人的姓和名都只有三個英文字母。不過，也可能是門牌號碼，妳覺得呢？」

「我不知道。我只知道，答案就是兩個3。」她把那張紙推到他面前。這個難題必須靠他自己解決。「我幫你也只能幫到這裡了。抱歉，我也已經無能為力了。」

「真可惜。」說著，爸爸拿起那張紙站起來。

接著，女王那種職業化的表情忽然消失了，態度又開始親切起來。她說咖啡好香，而且她家裡還有商店街麵包店博爾太太做的巧克力卷，問我們想不想吃。這些日子爸爸幾乎毫無食慾，但沒想到今天他竟然吃了兩個巧克力卷，而且還喝了兩杯加了香料的紐奧良式咖啡。吃完東西，爸爸還和月亮人聊起來。他們聊到那天「大砲」畢剛在公路巴士站栽了跟頭，滿袋子的彈藥都變成了草蛇，兩個人都大笑起來。

看樣子，爸爸已經沒事了，而且可以說已經完全復原了。說不定，他現在變得比從前更有活力。

後來，我們一家人站起來準備走了。這時爸爸對女王說：「謝謝妳。」媽媽很感激的握住女王的手，而且在她削瘦的臉上親了一下。接著女王忽然轉頭凝視著我，那雙綠眼睛神采奕奕。「現在你還是想當作家嗎？」她問我。

「我……我也說不上來。」我說。

「在我看來，當了作家，你就會掌握很多神祕的鑰匙。」她說。「你必須走遍全世界，認識各種各樣的人，了解他們的心。在我看來，當了作家，只要你運氣夠好，只要你寫得夠好，你是有機會可以永生不死的。柯力，你想成為那樣的作家嗎？你希望永生不死嗎？」

我想了一下。永生不死，像天地宇宙一樣永恆不滅，那真是好漫長好漫長的時間。「我不想。」我想通了。「說不定那會很累。」

「嗯。」女王伸手搭在我肩上。「在我看來，童年歲月，或是長大成人，都只是人生的一個階段，不過，一旦你成為作家，那麼，你說過的話，寫過的文字，都有可能會成為永恆。」說著她忽然湊近我的臉。那一剎那，我忽然感覺到她那熾熱的生命力，彷彿有一股陽光般的熱力從她體內散發出來。「有一天，一定會有很多年輕的女孩吻你。」她說。「而且，你一定也會吻很多女孩子。在往後的歲月裡，在那熱情洋溢的夏日時光，你生命中一定會出現許多年輕的女孩子，或是女人。不過，我希望你永遠記得，在那之前……」她那蒼老而美麗的臉上忽然露出燦爛的微笑。「……曾經有一位老太太先吻過你。」

我們回到家之後，爸爸立刻找出一本電話號碼簿，過濾上面的人名和地址。他在找「33」這個門號。後來，他查到兩戶人家的地址，還有一家商店的店址。菲利普卡德威爾，住在瑞奇頓街33號；傑伊葛雷森，住在鹿人街33號；另外，那家商店叫「克拉福食品」，地址在商店街33號。爸爸告訴我，葛雷森先生和我們是同教會的教友，已經快九十歲了。而那位菲利普卡德威爾，他好像是聯合鎮「西部汽車公司」的業務員。至於「克拉福食品」，老闆叫艾德娜哈特威。她是一個滿頭藍髮的老太太。媽媽說，薩克森湖的命案，絕對不可能扯得上艾德娜，因為她走路都還要拿枴杖。最後，爸爸的結論是，也許他應該到卡德威爾家去看看。他打算明天一大早就去，趁卡德威爾還沒上班之前先找到他。

我一向對懸疑推理的東西十分著迷，所以一大早還不到七點就起床了。爸爸說我可以跟他一起去，不過他交代我，等一下到了那邊，他跟卡德威爾說話的時候，我絕對不可以插嘴。

開車到聯合鎮去的半路上，爸爸告訴我，他希望我能夠明白，等一下他會編個謊話騙卡德威爾。我假裝嚇了一跳，故意裝出一種不以為然的表情，因為我自己心裡有數，這陣子我自己編的謊話恐怕遠超過他，根本沒資格批評他。更何況，這是為了伸張正義。

卡德威爾先生家是一棟紅磚屋，距離加油站四個路口。那房子小小的，看起來不怎麼起眼。我們把車停在路邊，下了車，然後我跟在爸爸後面走到門口。他按了一下門鈴，然後我們就站在門口等。過了一會兒，有一位中年太太來開門。她臉很寬，睡眼惺忪，身上還穿著粉紅色的睡袍。「卡德威爾先生在家嗎？」爸爸問她。

「菲利普！」她轉頭朝屋子裡叫了一聲。「菲——利——普！」她的叫聲比電鋸還刺耳。

沒多久，有一位灰頭髮的先生來到門口。他穿著一條土黃色的寬鬆長褲，深紅色的毛衣，領口打著蝴蝶結。「請問兩位是？」

「嗨，你好，我叫湯姆麥肯遜。」爸爸伸出手，卡德威爾先生跟他握了握手。「請問你是不是在聯合鎮的西部汽車公司上班？你是不是瑞克史賓納的妹夫？」

「對，就是我。你認識瑞克？」

「我們以前都在綠茵牧場上班。他最近還好嗎？」

「好多了。他已經找到工作，搬到伯明罕去了。說起來滿悲哀的，要是我的話，打死我都不到那種大城市去。」

「我也一樣。呃，對了，今天一大早來打擾你，是因為……我也失業了。我也被牧場解雇了。」爸爸笑了一下，表情有點緊張。「現在我在巨霸超市上班。」

「我去過。很大的地方。」

「確實很大。可惜對我來說，好像嫌太大了點。我是在想……呃……要是……呃……」要他編個謊話好像都是一種折磨。「不知道你們西部汽車公司還有沒有缺人？」

「沒有。據我所知沒有。上個月我們剛請了一個新人。」他皺起眉頭。「你為什麼不直接到我們公司去問問看呢？」

爸爸聳聳肩。「我是想，先找你問問看，說不定可以省點油錢。」

「你應該先到公司去，填履歷表。說不定會有機會了。公司經理叫愛迪森先生。」

「謝謝你。我會找時間去一下。」

卡德威爾先生點點頭，不過，他發現我爸爸好像還沒有要走開的意思。「還有別的事嗎？」

爸爸打量了一下他的臉。卡德威爾先生揚了一下眉毛，等爸爸回答。「沒有，沒事了。」我爸說。聽他的口氣，感覺得到他看不出卡德威爾有什麼嫌疑。「沒事了。不管怎麼樣，很感謝你。」

「小事情。你就到我們公司來，填張履歷，愛迪森先生就會幫你建檔。」

「好的。我了解了。」

我們回到車上，爸爸發動引擎。「我想，這個人應該沒什麼嫌疑。你覺得呢？」

「我也這麼認為。」我一直在想33這兩個數字和樂善德醫師到底有什麼關聯，不過想了半天還是沒半點頭緒。

「噢，老天！」爸爸瞄了油錶一眼。「快沒油了，我們去加點油吧，你覺得呢？」他對我笑了一下，我也對他笑笑。

到了加油站，裡頭是堆積如山的散熱水箱、引擎皮帶。我們看到海瑞姆懷特從裡面鑽出來，打開加油機幫我們加油。「天氣真不錯嘛！」懷特先生抬頭看看天空。天空一片蔚藍。天氣轉涼了，一月的冷空氣開始發威了。

「沒錯。」爸爸斜靠在車身上。

「今天應該不會又有槍戰了吧？」懷特先生開玩笑說。

「應該不會了。」

懷特先生笑著說：「老天，那天真是驚險刺激，比電影還精采！」

「謝天謝地，還好沒有人傷亡。」

「還好那天槍戰火併的時候，公路巴士沒在這裡。」

「沒錯。」

「巴士在十號公路上被那頭怪獸撞了，這件事你聽說了嗎？」

「聽說了。」爸爸低頭看看手錶。

「差點就被撞翻。康納利麥格羅你認識吧？他開33號巴士已經有八年了。」

「我沒見過他。」

「呃，他說，那怪物簡直就像推土機一樣大，可是跑起來卻又像鹿一樣快。他說他本來想轉彎閃開，可是那怪獸動作好快，一下就撞上車子側邊，車子差點就被撞到解體。最後那輛巴士只好報廢。」

「這麼慘？」

「那還用說嗎？」這時懷特先生已經加好了油，抽出加油槍，拿抹布在管口上擦了一下，以免油滴到車身的烤漆上。「現在他們換了一輛新車，不過駕駛還是康納利，路線代號還是一樣33號。所以換句話說，換湯不換藥，對吧？」

「這我倒不曉得。」爸爸拿錢給他。

「路上小心囉！」我們開走的時候，懷特先生特別叮嚀了一句。

我們開車回家的路上，爸爸說：「看樣子，我還是要把電話簿拿來再看仔細一點，說不定是我漏掉了什麼。」他轉頭瞄了我一眼，然後又回頭去看前面的馬路。「柯力，從前我一直對女王有偏見，現在想想那真是很荒唐。她一點都不可怕，不是嗎？」

「是啊。」

「我很高興那天去她家。現在，我已經知道那個人不是在糾纏我，感覺輕鬆多了。不知道他叫喚的到底是誰，我想，那個人日子一定很難過。我還真有點可憐他，因為他一定根本沒辦法睡覺。」

我忽然想到：那個人是個夜貓子。那一剎那，我忽然覺得時候到了。「爸？」我叫了他一聲。「我大概知道那個人是誰——」

「老天！」爸爸忽然驚叫了一聲，猛踩煞車，結果輪胎打滑，車子滑到路邊人家門口的草地上。引擎震動了幾下，然後就熄火了。「懷特先生剛剛說的你還記得嗎？」爸爸興奮得講話都會發抖。「33！他說33號！」

「什麼？」

「公路巴士啊，柯力！33號巴士！剛剛在那邊跟他說話的時候，他說得清清楚楚，可是我竟然沒想到！說不定33指的就是那輛巴士，你覺得呢？」

爸爸竟然問我有什麼看法，令我有點受寵若驚。不過我還是老實說：「我不知道。」

「嗯，兇手不可能是康納利麥格羅。他根本不住在這裡。不過問題是，不管薩克森湖底那個人是誰殺的，他跟那輛巴士會有什麼關聯？」他開始陷入沈思，手緊緊抓著方向盤。過了一會兒，路邊那戶人家有一位太太跑到門廊上，手上抓著一枝掃把對我們大吼大叫，叫我們趕快把車子開走，要不然她就要叫警察了。我們趕緊乖乖開車走了。

我們又回到加油站，懷特先生又從車庫裡鑽出來。「哇，你的車吃油吃得真兇！」他開玩笑說。可惜爸爸根本沒心思聽他開玩笑，他劈頭就問懷特先生33號巴士什麼時候回來？懷特先生說明天中午左右。

爸爸說他明天會準時在這裡等。

那天晚上吃晚飯的時候，他告訴媽媽說，他有可能猜錯，不過，明天中午他還是要到加油站去等巴士。當然，他不是要去等司機康納利麥格羅，而是要去看看誰搭上巴士，或是什麼人搭巴士來到奇風鎮。

第二天中午，我陪爸爸一起到了加油站。懷特先生抱怨個沒完，說他根本找不到適合的清潔劑，洗掉手上的油汙。我們就這樣聽他抱怨，聽得耳朵都快冒油了。過了好一會兒，爸爸忽然對我說：「來了，柯力。」說著他立刻從陰涼的屋簷下走到外面的大太陽底下。

公路巴士擋風玻璃上方有一塊牌子，上面寫著33。車子根本沒減速就從加油站前面呼嘯而過，不過，麥格羅先生還是按了一下喇叭，而懷特先生立刻朝他揮揮手。

爸爸看著巴士漸漸消失在遠處，然後轉身走回懷特先生旁邊。我注意到爸爸咬緊牙關，立刻就明白他心裡已經有盤算了。「海瑞姆，車子後天中午會回來對吧？」

「沒錯。中午十二點左右，每次都一樣。」

爸爸抬起手，伸出一根手指搓搓嘴唇，瞇起眼睛，看得出來他正在想辦法。要是他在巨霸超市上班，那白天的時間他要怎麼等巴士？

「海瑞姆。」最後他終於說。「你這裡需要人手嗎？」

「呃……這個嘛——」

「一個鐘頭一塊錢。」爸爸說。「我可以幫你加油，幫你清理車庫，什麼活都幹，你叫我做什麼我就做什麼，就算要熬夜加班也沒問題。一個鐘頭一塊錢。怎麼樣？」

懷特先生哼了一聲，轉頭看看亂七八糟的車庫。「倉庫裡是需要補點貨了。煞車皮，襯墊，散熱水箱管，有的沒的。另外，我也確實需要一個好幫手。」說著他立刻伸出手。「要是你有興趣，那我們就這麼說定了。明天早上六點開始上班，你可以嗎？」

「沒問題。」說著爸爸握住懷特先生的手。

爸爸這個人沒別的好處，就是很懂得隨機應變。

兩天後，巴士又回來了，而且還是像上次一樣停都沒停。不過，車子倒是很準時，就像平常一樣，中午十二點。下次它再回來的時候，爸爸會在這裡等。

新年到了，我們在電視上看到紐約時代廣場的新年慶祝晚會。半夜十二點那一剎那，鎮上有人放煙火，教堂鐘聲大作，汽車齊按喇叭。已經是一九六五年了。新年第一天，我們吃黑眼豆，穿綠領衣服，祈求財富降臨。我們看電視上的足球轉播，看到快天亮。爸爸坐在他那張心愛的椅子上，大腿上擺著一本筆記。雖然他邊看電視邊為自己心愛的球隊加油，但他卻一直用原子筆在筆記本上反覆寫下33……33……33，寫得密密麻麻，寫了整張紙。媽媽半開玩笑的叫他別再寫了，休息一下。而爸爸也真的把筆放下，休息了一下，可是沒多久又不知不覺拿起筆寫起來。從媽媽的眼神，看得出來她又開始擔心他了。33這個數字又開始糾纏著他，就像當初夢裡那個人糾纏著他一樣。當然，他還是常常做那個夢，不過差別在於，他已經知道那個人並不是在叫他，所以當然不會再受煎熬。我猜，爸爸這樣的人，很容易被某些事物糾纏，所以，他大概需要另一種東西的糾纏，才擺脫得掉原先糾纏他的東西。

班恩強尼和我，還有奇風鎮上的其他孩子，大家都回學校了。回到學校之後，我發現我們班的老師換了。她叫芳婷小姐，年輕又漂亮，渾身散發出春天的氣息，然而，窗外，冬天已經開始發威了。

每隔兩天，每到中午的時候，我爸爸會走出加油站的辦公室，頂著寒風刺骨的風雪站在外面。每當他看到巴士慢慢靠近，心臟就會開始怦怦狂跳。那是康納利麥格羅駕駛的33號公路巴士。

然而，那班車始終沒有停下來。從來沒有。它總是呼嘯而過，奔向遠方。

然後，爸爸就會走回辦公室。通常，他都是坐在一張嘎嘎吱吱的椅子上，陪懷特先生玩骨牌。他在等待，等時機來臨，採取下一步行動。

6 奇風鎮的異鄉人

一月了，天寒地凍。

十六日禮拜六那天早上十一點，我跟媽媽說了聲再見，然後就騎上火箭出門了。我要到愛之頌戲院跟班恩和強尼會合。天空烏雲密布，瀰漫著冷颼颼的濕氣，好像快下雨了。我全身包得像愛斯基摩人，不過我知道，等一下到了電影院，我一定又會把大衣和手套脫個精光。今天要放的電影是「英雄地獄」。海報上是好幾個滿臉大汗的美國大兵，他們蹲在機關槍和迫擊砲後面，等敵人來攻擊。電影開場前還會放一部兔寶寶卡通片，還有「火星鬥士」的續集。上一集結尾的時候，幾位鬥士被困在火星的礦井底下，一顆巨石正從上面落下來。他們要怎麼脫困呢?我自己已經想出一套劇情：在千鈞一髮的時刻，他們會爬進另一個暗藏的礦坑，逃過被巨石壓扁的命運。

在騎向電影院的路上，我繞到另一個地方。沒想到，這一繞差點就逃不過死神的魔掌。

我騎向樂善德醫師家。

自從聖誕夜過後，我就一直沒在教堂裡遇見過他。私底下我幫他取了個綽號：「鳥人」，而且每次看到他的時候，我的眼神總是冷冰冰的。我一直很納悶，樂善德醫師和他太太為什麼不趕快逃走?有好幾次我很想告訴爸爸，我懷疑樂善德醫師就是兇手。可是每次我正要開口的時候，發現他滿腦子想的全是33這個數字，而另一方面，除了那根綠羽毛，還有那兩隻死掉的鸚鵡，我並沒有什麼明確的證據，所以就始終沒說出口。我騎著火箭來到他們家車道的入口，停下來，坐在地上看著那棟房子。屋子裡黑漆漆的。我忽然想到，會不會他們已經跑掉了？樂善德醫師夫婦是不是已經開始懷疑我知道什麼，發覺苗頭不對，於是就連夜逃走了？我一直盯著那棟房子。屋子裡看不到半點燈火，沒有人聲。我決定再多觀察一下，反正電影開演時間還沒到，不急。我一定要查個明白。於是，我騎著火箭爬上車道，繞到房子後面。我注意到後院裡還掛著那面「請先為你的寵物套上鍊條」的告示牌。我把火箭停到旁邊，然後湊近最靠近我的那扇窗口，偷瞄了一下屋裡。

屋裡一片漆黑。一開始我只隱約看到桌椅的黑影，過了一會兒，我眼睛漸漸適應了屋裡的光線，於是，我看到了鋼琴上那十二隻陶製小鳥。鳥籠就擺在那裡。樂善德醫師的辦公室在地下室，那裡離地獄最近。這時我腦海中不由自主的浮現出樂善德太太的影像。我彷彿看到她坐在鋼琴前面，一次又一次的彈奏那首「美麗的夢仙」，通氣孔裡傳來地下室的咒罵聲，而那兩隻藍色和綠色的鸚鵡在籠子裡瘋狂飛竄。但我想不通的是，為什麼有人會用德語咒罵？

這時，突然有一道光線照向我，我嚇得心臟怦怦狂跳。那一剎那，感覺就好像逃獄的囚犯被探照燈照上，被人團團圍住。我猛一轉身，發現有一輛車開向後門廊，車燈照在我身上。那是一輛鐵灰色的舊型別克轎車，鍍鉻的水箱罩閃閃發亮，彷彿一排森然利齒。當醫生可以賺不少錢。我立刻衝向火箭，可惜已經太遲了。我還來不及把停車支架踢上去，忽然聽到有人大聲問：「是誰？」接著樂善德太太鑽出了車子。她穿著一件棕色的大衣，體格看起來更形魁梧。我的臉被翻起來的衣領遮住了，但沒想到她竟然問了一聲：「柯力？」我想，她一定是認出了我的腳踏車。

我被逮到了。沒想到，就這樣莫名其妙被逮到了。「是我。」我說。「我是柯力。」

「真巧。」她說。「你可以幫個忙嗎？」她繞到右前座，打開車門。「我買了一些東西，可以幫我搬一下嗎？」

那一剎那，我感覺得到火箭偷偷告訴我：趕快跑！柯力！趁現在還來得及，趕快跑！趕快跳上來，我帶你走！

「拜託你幫個忙好嗎？」樂善德太太從車裡抱出幾個紙袋，上面都有巨霸超市的紅色商標。我注意到她車裡至少有五、六個紙袋。

「可是我要去看電影耶。」我說。

「一下就好了。」

我心想，現在是大白天，光天化日下她能把我怎麼樣嗎？於是我從她手中接過那個袋子。樂善德太太腋下夾了一個袋子，然後掏出鑰匙打開後門。門一開，我立刻感覺到一陣風迎面撲來，她大衣隨風揚起，那一剎那，我忽然想起那天湖邊樹林裡的人影。就是她！就是她！

「進去吧。」她說。「門已經開了。」

樂善德太太推推我的背，那一剎那，我立刻感覺背脊竄起一股涼意。我跨進門，感覺自己彷彿跨進電影裡那個礦井。

「十分。」懷特先生又丟下一張骨牌。

「再加十分。」爸爸也把自己手上那張骨牌丟到桌上那堆L型骨牌尾端。

「嘿！你怎麼會有那張！」懷特先生搖搖頭。「看樣子，你是個老千喔。」

「沒那麼厲害啦。」

這時門外忽然傳來一陣啪啪啪的聲音，懷特先生立刻轉頭看看窗外。烏雲籠罩了天空，天色變得陰沈灰暗，加油站的燈光顯得格外明亮。小雪花一片片打在窗玻璃上。爸爸轉頭瞄了一下牆上的時鐘。十一點四十八分。「好了，玩到哪裡了？」懷特先生搓搓下巴，彎腰仔細看著桌上的骨牌。「好，就是這個！」他叫了一聲，伸手去拿一張骨牌。「記下來，我十五——」

這時外頭忽然傳來一陣嘶嘶聲。

爸爸立刻轉頭向左邊看。

公路巴士快進站了。

「——分。」懷特先生又接著說。「哇，真沒想到！今天是什麼日子啊！竟然提早到了！」

爸爸已經站起來了。他一路衝過櫃台前面，衝過貨架前面，衝向門口。「一定是風在車子屁股後面吹，所以才跑那麼快。」懷特先生說。「也說不定他又在十號公路上看到那頭怪獸，嚇得猛踩油門！」

爸爸走到門外。外頭冷冽刺骨。巴士慢慢停到站牌前面。接著，車門開了。「下車小心！」爸爸聽到司機在喊。

兩個男人走下車。這時一片雪花打在爸爸臉上，一陣冷風迎面撲來，但他還是站著一動也不動。那兩個人，其中一個大概六十幾歲，另一個大約三十出頭。年老的那個穿著一件花呢大衣，戴著一頂棕色帽子，手上提著一個行李箱。另外，年紀比較小的那個穿著牛仔褲和米黃色外套，肩上背著一個水手袋。「史坦納先生，祝你玩得開心囉！」康納利麥格羅喊了一聲，而那位老先生立刻抬起手揮了兩下。海瑞姆懷特跟在我爸後面走出辦公室。「兩位好。」他跟那兩個人打個招呼，然後抬頭看看駕駛座上的麥格羅。「嗨，康納利！要不要來杯咖啡？」

「不了，海瑞姆，我得趕快上路了。我妹妹今天早上生了，第三胎，不過是頭一個男的。下回帶根雪茄來送你。」

「那就等你的雪茄囉。路上小心點，康納利，當舅舅啦！」

「是喔是喔。」說著他就關上車門，開車上路了。而那兩個外地來的人就站在原地看著我爸。

那位史坦納先生滿臉皺紋，但下巴結實寬厚。他戴著眼鏡，鏡片上黏著幾片雪花。「不好意思，先生……」他問我爸爸。「這附近的有旅館嗎？」

「民宿也可以。」那年輕人說。他一頭金髮，但頭髮比較稀疏，說話有愛爾蘭口音。

「我們鎮上沒有旅館。」爸爸說。「也沒有民宿。我們鎮上很少有外地來的遊客。」

「噢，老天。」史坦納皺起眉頭。「那最近的旅館在哪裡？」

「聯合鎮有一家汽車旅館，叫『松林』，那是——」說到這裡他忽然停住了，然後抬起手指向馬路。「你們要搭便車嗎？」

「那太好了，真謝謝你，呃，先生是……」

「湯姆麥肯遜。」他跟那位老先生握握手，沒想到老先生手勁大得嚇人，指關節彷彿都快被他捏碎了。

「我叫雅各史坦納。」老先生說。「這位是我的朋友，李漢納福。」

「你好你好，很高興認識兩位。」我爸爸說。

第六個紙袋最重，裡面裝的全是狗食罐頭。「那要放在地下室。」樂善德太太一邊說，一邊把另外那些罐頭放進櫥櫃裡。「不過，你放在流理台上就好了，我自己拿下去。」

「知道了。」

廚房裡的燈已經點亮了，樂善德太太脫掉了大衣，露出裡頭那件深灰色洋裝。她從第四個紙袋裡拿出一罐即溶咖啡，手腕輕輕一扭就打開了瓶蓋。「能不能告訴我……」她說話的時候背對著我。「你為什麼站在窗戶外面看我們家？」

「我……呃……」我警告自己，立刻回答，千萬不要猶豫。「我正好路過，忽然想順便來看看你們，因為……呃……」

樂善德太太忽然轉過來看著我，眼神很漠然，面無表情。

「因為……因為我想問樂善德醫師，呃……問他下午需不需要人幫忙。我可以幫你們清理地下室，或是打掃一下──」我聳聳肩。「做什麼都可以。」

這時我忽然感覺有一隻手從後面抓住我肩膀。

我差點尖叫起來。差一點。那一剎那，我感覺得到自己臉上一定是全無血色。

樂善德醫師說：「看樣子，這孩子很有企圖心呢，你說是吧，薇諾妮卡？」

「是啊。」她又轉身背向我，繼續把紙袋裡的東西收進櫥櫃裡。

接著，樂善德醫師放開我的肩膀。我轉頭看看他，發現他好像才剛睡醒，睡眼惺忪，眼袋腫腫的，兩鬢灰白的頭髮和下巴的絡腮鬍糾纏在一起，身上穿著一件絲質紅睡袍。他打了個哈欠，抬起手掩住嘴巴。

「親愛的，咖啡好了嗎？」他說。「越濃越好。」

她用湯匙把瓶子裡的即溶咖啡舀出來，然後打開熱水的水龍頭。

「今天凌晨四點左右，我在收音機裡聽到東柏林交響樂團演奏。」樂善德醫師告訴他太太。「他們在演奏華格納。那樂團真棒。」

樂善德太太把熱騰騰的水倒進杯子裡，拿湯匙攪拌了幾下，然後把杯子端給樂善德醫師。他深深嗅了一下。「噢，太棒了！」他說。「這一定有效！」接著他窸窸窣窣啜了一口。「好喝，夠濃！」他很滿意的讚嘆了一聲。

「我該走了。」我慢慢走向後門。「班恩和強尼在電影院等我。」

「你不是想問我下午需不需要人幫忙嗎？」

「呃……我還是趕快走好了。」

「噢，急什麼。」他又伸出手來抓我的肩膀。他手勁好大，五根手指簡直像鐵箍。「我倒很希望你可以每天下午過來幫我的忙，而且說真的，我本來就一直想找個小學徒。」

「真的？」我隨口敷衍了他一句。

「真的。」他嘴角露出一抹微笑，可是眼神卻小心翼翼。「我看你這孩子滿機靈的，是吧？」

「嗄？」

「你滿機靈的。噢，不用這麼謙虛！我看你很會追根究柢，對吧？你抓住一點線索，就會像獵犬一樣窮追不捨。」他又笑了一下，露出閃閃發亮的銀假牙，接著又啜了一大口咖啡。

「我不太懂你的意思。」我的聲音已經開始在顫抖了，有一點。

「柯力，我很欣賞你這種特質。獵犬會窮追不捨。對男孩子來說，這是優點。」

「他的腳踏車還在外面，法蘭斯。」樂善德太太忽然說，邊說邊把好幾包速食麵塞進櫥櫃裡。

「那妳去把車子牽進來好了。」

「時間很晚了，我該走了。」我說。我已經害怕得快喘不過氣來了。

「急——」他笑著說。「——什麼。外面那麼冷，又在下雨，這種天氣，你捨得你的腳踏車在外面吹風淋雨嗎？」

「可是我……我真的該走了——」

「我去把腳踏車牽進來。」話一說完，樂善德太太立刻就走到門外去了。我看著她把我心愛的火箭牽進屋裡，牽進儲藏室，而樂善德醫師的手一直搭在我肩上。

「很好。」樂善德醫師又喝了一大口咖啡。「我相信這樣你應該會比較安心吧？」

過了一會兒，樂善德太太又走出來了，左手大拇指塞在嘴裡吸了好幾下。然後，她把大拇指抽出來的時候，我注意到上面有血。「你看，法蘭斯，我被他的腳踏車割到了。」她說話的口氣淡淡的，有點像醫生的口吻，說完又把大拇指塞回嘴裡。她下唇沾到血了。

「既然你已經來了，柯力，那就乾脆先告訴你，我這邊有什麼工作要你做，好不好？」

「可是班恩和強尼……他們會找我。」我說。

「嗯，那當然。不過，就算他們找不到你，他們還是會進電影院去看電影不是嗎？說不定他們會以為」他聳聳肩。「──以為你發生了什麼意外。男孩子嘛，免不了的。」他的手在我肩上了揉了幾下。「今天演什麼電影啊？」

「英雄地獄。是戰爭片。」

「哦，戰爭片。想也知道，一定是美國大兵把德國納粹打得落花流水，沒錯吧？」

「法蘭斯。」樂善德太太忽然悄悄叫了他一聲。

他們兩個互看了一眼，那眼神好冷酷。

接著，樂善德醫師又轉回頭來看我。「走吧，柯力，我們到地下室去吧。」

「我媽會擔心的。」我還想做最後的掙扎，只是我心裡明白，沒有用的。

「她一定是以為你去看電影了，不是嗎？」他挑了挑眉毛。「好啦，我們到地下室去吧，我每個禮拜要付你二十塊錢，你總該知道自己要做的是什麼工作吧？」

我忽然愣住了。「二十塊？」

「沒錯，一個禮拜二十塊。不過，只要你這個徒弟夠機靈，夠能幹，我倒覺得這錢不會白花。好了，可以下去了嗎？」他手搭在我肩上，帶著我走到地下室的樓梯口。他手勁好大，我根本掙脫不開，可是，我一定要想辦法逃走。樂善德醫師打開樓梯口的電燈，燈光忽然照在我身上。我一步步走下樓梯，聽到一陣窸窸窣窣的聲音。那是紅絲睡袍在他身上摩擦的聲音，還有拖鞋踩在樓梯上的聲音。我聽到他邊下樓梯邊啜咖啡，那種聲音聽起來很飢渴，我越聽越害怕。

雅各史坦納和李漢納福坐上我爸爸的車，但我爸爸並沒有直接帶他們到松林汽車旅館。雨刷左右擺動，掃掉擋風玻璃上的雪花。半路上，我爸爸問他們要不要吃中飯，兩個人都說好，於是，爸爸先載他們到了「明星餐廳」。

「裡面的雅座還有位子嗎？」我爸爸問凱莉法蘭奇，於是她就帶他們到裡面的雅座去，然後把菜單拿給他們。

史坦納先生脫掉手套和大衣，露出裡面那套花呢西裝和灰背心。接著，他把帽子和大衣掛在衣帽架上。他滿頭白髮又粗又硬。史坦納先生坐進雅座，爸爸也跟著坐下來。接著，那位年輕的漢納福也脫掉他的外套，露出裡面的藍格子襯衫。他袖子捲到手臂上，露出壯碩的二頭肌，這時候，爸爸注意到他右手臂上——就在那裡！

爸爸輕輕驚叫了一聲。「噢，老天！」

「怎麼？」漢納福先生問。「這裡不准脫外套嗎？」

「不不，我不是這個意思。」我爸爸額頭上冒出汗珠。漢納福先生坐到史坦納先生旁邊。「我是看到你……你的刺青……」

「怎麼，老兄，我身上的刺青礙到你了嗎？」漢納福瞇起眼睛，表情很兇狠。

「李。」史坦納先生趕緊制止他。「別這樣。」他的口氣彷彿在叫一隻惡犬不要亂吠。

「沒事沒事。」我爸爸說。「我只是……」他已經快要喘不過氣來了，感覺整間餐廳彷彿開始天旋地轉。「我看過那種刺青。」

那兩個人立刻愣住了。過了好一會兒，史坦納先生終於開口問：「麥肯遜先生，能不能請問你是在哪裡看到的？」

「等一下我就會告訴你們，不過，我要先請教一下，你們是從哪裡來的，為什麼會到我們奇風鎮來？」

爸爸撇開視線，不想再看那個太陽穴上長了一雙翅膀的骷髏頭刺青。

「不要告訴他。」漢納福先生警告史坦納先生。「我們又不認識他。」

「嗯。這裡的人我們都不熟。」史坦納先生轉頭看看四周，我爸注意到他眼神像老鷹一樣凌厲。餐廳裡大概有十幾個人正在吃中飯，邊吃邊聊。他們都是附近的農夫，其中幾個正在捉弄凱莉法蘭奇，不過倒是沒什麼惡意。凱莉不理他們，裝作沒聽到。電視上正在轉播籃球賽。「麥肯遜先生，不好意思，我們還不太熟，有些事……」

「怎麼，有什麼不能說的嗎？」那個叫史坦納的人一直左顧右盼打量四周的環境，眼神小心翼翼，這樣的舉動讓我爸爸想到一件事。於是我爸爸接著又問：「你是警察嗎？」

「我不是警察，不過，工作有點類似。」

「那，你是從事什麼工作的？」

「我……我做的是歷史研究。」史坦納先生說。

這時凱莉法蘭奇又走過來了，手上拿著點菜單。她那雙修長的美腿還是一樣引人注目。「三位要點菜了嗎？」

「有煎糕嗎？」漢納福先生從外套口袋裡掏出一包煙。

「不好意思，可以麻煩您再說一次嗎？」

「煎糕！你們到底有沒有？」

漢納福點起一根煙，這時史坦納先生開口了。他顯然比較有耐性。「你說煎糕他們可能聽不懂。他們這裡應該叫薄煎餅吧。」

「不好意思，供應早餐的時間還沒到。」凱莉淡淡笑了一下，表情有點困惑。

「那就吃漢堡算了。」他鼻孔裡噴出一大團煙。「我的天！」

「你們的雞湯麵是現煮的嗎？」史坦納先生看著菜單問凱莉。

「是罐頭雞湯，不過味道還不錯。」

「噢，我不喝罐頭雞湯。」他用一種嚴厲的眼神盯著她。「這樣吧，我也吃個漢堡好了。就這樣，麻煩妳。」他的口音很奇怪。

爸爸點了一份燉牛肉和一杯咖啡。凱莉遲疑了一下，然後開口問：「兩位是外地來的吧？」

「我住在印地安那州。」漢納福說。「他住在——」

「華沙。波蘭華沙。李，自我介紹讓我自己來就好了，可以嗎？」

凱莉一轉身走開，爸爸立刻問：「從波蘭跑到我們這小地方來，這趟路程可不短。」

「我現在住在芝加哥。」史坦納先生說。

「離奇風鎮還是夠遠的了。」我爸爸眼睛一直瞄向刺青。刺青有點模糊，感覺上，漢納福似乎想磨掉那個刺青。「那個刺青有什麼含意嗎？」

李漢納福嘴角噴出一團煙。「意思就是，我很討厭人家問東問西。」

爸爸點點頭。他脹紅了臉，開始有點不高興了。「是這個意思嗎？」

「就是這個意思。」

「兩位，不需要這樣。」史坦納先生說。

「老兄，有件事想不想聽聽看？」爸爸手肘撐在桌上，臉湊近那個漢納福。「十個月前，我在一個死人手臂上看到過同樣的刺青。一模一樣。」

漢納福沒吭聲，面無表情，眼神冷冰冰的。他吸了一大口煙，然後慢慢吐出來。「他是不是金頭髮？」他問。「和我一樣的金頭髮？」

「沒錯。」

「身材也跟我差不多？」

「好像是。」

「嗯哼。」漢納福也湊近我爸爸的臉，嘴裡噴出一團煙，然後說：「你看到的就是我弟弟。」

「……這些籠子一定要洗得很乾淨。」樂善德醫師伸手指著那些籠子。籠子目前是空的。「地板也一樣。一定要洗得很乾淨。我希望你一個禮拜可以來三天，而且每次來都要把地板刷乾淨。另外，你還要幫狗舍裡所有的動物洗澡，餵牠們吃東西，還要帶牠們出去跑一跑，運動運動。」地下室裡隔成好幾間狗舍，他帶著我一間一間看。一路上，我不時抬頭看看上面那個通氣孔。「我訂的乾草都是整捆整捆用卡車送來的，你要幫忙卸貨，然後割斷捆綁用的鐵絲，把乾草鋪在馬廄裡。不過我要先提醒你，那種鐵絲很硬，跟鋼琴弦差不多，很難割得斷。除此之外，要是臨時有什麼額外的工作，我都會叫你去做。」說到這裡，他轉身過來面對著我。「一個禮拜三天，下午四點到六點，工錢是二十塊。怎麼樣，有興趣嗎？」

「老天。」我簡直不敢相信。我要發財了。

「要是你禮拜六肯來，呃……差不多兩點到四點，我可以再多給你五塊錢。」他又笑了一下，不過眼裡還是沒半點笑意。他又啜了一口咖啡，然後把杯子放在鐵絲網籠上。「柯力。」他口氣忽然變得很親切。「我很想找你來幫忙，不過，我有兩點要求。」

我靜靜等著聽他說。

「第一：我一個禮拜給你多少錢，不可以讓你爸媽知道。你告訴他們，我一個禮拜給你十塊錢就好了。為什麼呢……呃，我知道你爸爸目前在加油站工作，因為上次我去加油的時候看到過他。另外，我也知道你媽媽做餡餅蛋糕賣給人家，不過生意不太好。在這種情況下，讓他們知道你賺那麼多錢，他們心裡可能會不太舒服，所以，不要讓他們知道你賺多少錢，不是比較好嗎？」

「你覺得我應該瞞著他們嗎？」我有點困惑。

「當然，這要由你自己決定。不過我認為你爸爸和你媽媽……看你賺這麼多錢，他們可能都會很不自在。另一方面，在你這個年紀，一個禮拜有二十塊錢，想要什麼你都可以買得起了，不是嗎？不過有一點，你買東西不能讓他們知道，而且不能在同一個地方買。我想，你要買東西的時候，也許我應該載你到聯合鎮、或是到伯明罕去買。那麼，有沒有什麼東西是你想要的，可是你爸媽卻買不起的？想想看，有沒有？」

我想了一下，然後說：「我想不出來。」

他忽然笑起來，好像覺得我很滑稽。「你早晚會想到的。口袋裡有這麼多錢，你一定會想到的。」

我沒吭聲。樂善德醫師說我應該瞞著我爸媽，可是我不喜歡這樣。

「第二件事……」他抬起雙手交叉在胸前，我注意到他用舌頭在嘴裡翻攪臉頰。「……和索妮亞葛拉斯小姐有關。」

「嗄？」我本來已比較放鬆了，現在又開始緊張了。

「索妮亞葛拉斯小姐。」他繼續說。「她把鸚鵡送到我這裡，結果，鸚鵡最後還是因為腦熱病死掉了。就在這裡。」他摸摸那個鐵絲網籠。「可憐的小東西。噢，對了，我太太薇諾妮卡跟葛拉斯小姐正好在同一所主日學校幫忙。葛拉斯小姐好像很不高興，而且有點困惑，因為，柯力，你問了她一堆很奇怪的問題。她說你對某一首歌特別有興趣，而且你一直追問她，為什麼她的鸚鵡……對那首歌反應很強烈。」他淡淡笑了一下。「葛拉斯小姐告訴薇諾妮卡，說她認為你知道某個祕密，而且，薇諾妮卡和我可能也知道那個祕密。另外，她覺得很奇怪的是，你有一根綠羽毛，而那根羽毛就是凱薩琳娜葛拉斯小姐那隻鸚鵡的羽毛。索妮亞小姐說，她看到那根羽毛的時候，簡直不敢相信自己眼睛。」說到這裡，他低頭看著地上，開始握緊拳頭，指節握得喀喇喀喇響。「是真的嗎，柯力？」

我很費力的嚥了一口唾液。要是我說沒這回事，他一定知道我在說謊。「是真的。」

他閉上眼睛，臉上閃過一絲痛苦的表情，但很快又消失了。「柯力，那根綠羽毛你是在哪裡找到的？」

「我……我在……」這是千鈞一髮的時刻，不說實話不行了。我突然感覺房間裡彷彿有什麼東西開始像蛇一樣盤成一團，仰起頭準備要攻擊了。雖然地下室鋪著磁磚地板，在燈光的照耀下感覺很明亮，然而，我卻感覺整個地下室彷彿突然被一團陰影籠罩住。接著我猛然意識到，樂善德醫師悄悄移動了位置，擋住了樓梯口。他閉著眼睛，等著我回答。要是我想跑，就算能夠閃過樂善德醫師，他太太也會抓住我。我根本無路可逃。「我在薩克森湖邊找到的。」我鼓起勇氣說出來。「在樹林邊，當時天還沒亮。那輛車掉進湖裡的時候，車上那個人早就已經死了，手被銬在方向盤上。」

樂善德醫師閉著眼睛，可是嘴角卻泛起一抹淡淡的笑，那種表情看起來好可怕。他整張臉繃得好緊，而且上面全是汗，光禿禿的頭頂在燈光下閃閃發亮。接著，他忽然開始笑起來。那是一種很緩慢的笑聲，彷彿從鑲著銀假牙的嘴裡慢慢漏出來的。接著，他忽然睜開眼睛，狠狠瞪著我。有那麼短短的一剎那，我感覺他那張臉好像分成了兩半。下半邊的臉咧開嘴笑著，露出閃閃發亮的銀假牙，而上半邊的臉，眼中卻射出怒火。「嗯哼。」他搖搖頭，彷彿剛剛聽到一件很可笑的事。「這下子，你要我們怎麼辦呢？」

「麥肯遜先生，你見過這個人嗎？」

在明星餐廳的雅座裡，史坦納先生掏出皮夾，從裡面抽出一張卡片擺在我爸爸面前。

那是一張黑白照片，紙面上有木頭紋路。照片裡有一個人，穿著一件長及膝蓋的白袍，面帶微笑揮著手，好像在跟某個人打招呼。他一頭黑髮往後梳，幾乎是貼在頭皮上，乍看之下彷彿頭頂上黏著一塊黑布。他下巴方正寬厚，正中央有一道凹陷。他身後是一輛車子的引擎蓋，那造型看起來像三〇、四〇年代的古董車。爸爸仔細看著那張臉，看了好久，然後又仔細看看那個人的眼睛和嘴角。問題是，不管怎麼看，他還是認不出那個人是誰。

「沒有。沒見過。」他把照片推回去給史坦納。「從來沒見過。」

「他的長相可能已經變了。」史坦納先生打量著照片，彷彿盯著昔日仇人的臉。「他可能做過整容手術。另外，改變長相最簡單的辦法，就是留鬍子，剃光頭。這樣一來，就連你自己的媽媽恐怕都認不出你了。」他說。

「抱歉，我真的沒見過這個人。他到底是誰？」

「他的名字叫做『跟我到那黑暗世界』。」

「什麼？」我爸爸心臟差點從嘴裡跳出來。

「跟我到那黑暗世界。」史坦納又說了一次。接著，他一個字一個字唸給我爸爸聽。「甘沃道納赫安斯傑。」

爸爸猛然往後一退靠到椅背上，目瞪口呆。他忽然感覺一陣天旋地轉，趕緊伸手抓住桌緣，抓得好緊。

「老天！老天！」他連聲驚嘆。「老天！『跟我到那黑暗世界』……『甘沃道納赫安斯傑』。」

「抱歉，你說什麼？」史坦納問。

「他……他到底是誰？」我爸爸的聲音在顫抖。

李漢納福忽然插嘴說：「他就是殺傑夫的人。現在我弟弟的屍體就躺在他媽的那個湖底。」先前爸爸已經把三月那天早上在湖邊發生的事說給他們聽過了。漢納福滿臉憤恨，眼中射出怨毒的神色。剛剛點的漢堡，他吃沒兩口就吃不下了，可是卻抽了三根煙。「我們後來終於查出來了。我弟弟，我那個豬頭白癡弟弟，他一定是勒索他。我弟弟傑夫住在韋恩堡，後來，我們在那裡找到一本他的日記，用德文寫的，用密碼。那本日記，我們是五月找到的，當時我已經辭掉加州的工作，跑到韋恩堡去找他。我花了好幾個禮拜才破解了密碼。」

「那個密碼是根據『尼布龍根的指環』設計的。」史坦納說。「非常複雜。」

「就是啊。我那個白癡弟弟對那些狗屁密碼瘋狂到了極點。」漢納福又在盤子裡捺熄了另一根煙。「他從很小的時候就是這樣，一天到晚寫那種狗屁密碼。後來，我們破解了日記裡的密碼，發現他在勒索甘沃道納赫安斯傑。一開始是每個月五百，後來變成八百，再後來變成一千。日記裡還說，甘沃道納赫安斯傑住在阿拉巴馬州的奇風鎮，當然，他是用假名。很久以前，甘沃透過關係聯絡上傑夫他們那夥人，然後他們就幫他弄到一個新的身份，不過後來，傑夫一定開始動歪腦筋，想從他身上弄點好處。日記裡還說，他快要發財了，他要搬到佛羅里達去。他說，三月十三日那一天，他要從韋恩堡開車到奇風鎮。日記到這裡就沒了。」他搖搖頭。「我弟弟真他媽的根本就是個瘋子，扯上那夥人。我呢，我也真他媽跟他沒什麼兩樣，也是瘋子，才會扯上那夥人。」

「扯上什麼？」我爸爸問。「我不太懂。」

「你知道什麼是『新納粹黨』嗎？」史坦納問。

「納粹黨我知道。你說的是這個嗎？」

「新納粹黨是一個新的納粹組織。李和他弟弟都是美國新納粹黨的成員，他們多半在印地安那州，伊利諾州和密西根州活動。李手臂上那個刺青就是新納粹黨的黨徽。李和傑夫是同時加入的，可是一年後，李就脫離組織跑到加州去了。」

「沒錯。」李又點了一根煙。「我想跟那些王八蛋脫離關係，躲得越遠越好。那些人真他媽的神經病，動不動就殺人。要是有人敢說希特勒放屁不是香的，都會被他們幹掉。」

「那你弟弟還是跟他們在一起嗎？」

「媽的，沒錯。他竟然還幹上了什麼狗屁『暴風部隊』的老大。老天，真他媽的搞什麼東西！唸高中的時候我們一起打美式足球，我們兩個甚至都當選『全美榮譽業餘球員』！」

「我還是搞不清楚這個甘沃道納赫安斯傑是什麼人。」我爸爸說。

史坦納忽然抬起手擺在桌上，十指交纏。「我就是這時候接觸到這個案子。李把日記送到印地安那州立大學語言系，請他們幫忙破解密碼。我有個朋友在那裡教德語。後來，密碼慢慢被破解了，我那個朋友在日記裡發現道納赫安斯傑的名字，立刻就把日記送到芝加哥的西北大學給我。我是在九月接手這個案子的。我附帶說明一下，我是語言學系的系主任，同時也是歷史學教授。不過，我還有另一個身份：我是納粹戰犯追捕人。這才是我最重要的工作。」

「什麼？」我爸爸問。

「納粹戰犯。」史坦納說。「過去這七年來，我已經追蹤到三個納粹戰犯。我在西班牙馬德里抓到威廉畢特利希，在紐約抓到薩佛沙金，在賓夕法尼亞州抓到季斯特。那天，一看到道納赫安斯傑這個名字，我立刻就明白我已經快逮到第四個了。」

「納粹戰犯？他做了什麼？」

「甘沃道納赫安斯傑醫師是荷蘭艾斯特韋根集中營的主任醫師。他和他太太卡拉負責評估猶太難民的健康狀況。誰要送去工作，誰要送進毒氣室，都是由他們決定。他們可以決定別人的生死。」說到這裡，史坦納淡淡笑了一下，那種笑容令人背脊發涼。「我還記得，那天早上太陽很大，他們說我可以送去工作，可是我太太應該送進毒氣室。就是他們。」

「真遺憾。」我爸爸說。

「唉，都過去了。不過當時我立刻撲上去打斷了他的門牙，然後，我就被送到重勞動營待了一年。不過對我來說，那倒也是一種磨練，我的韌性就是這樣鍛鍊出來的。就是因為這樣，我才能夠活到現在。」

「你……你打斷了他的門牙……」

「沒錯。噢，他們夫妻兩個人真是天生的一對魔鬼。」史坦納腦海中浮現出痛苦的回憶，整張臉開始扭曲。「我們都叫他太太『鳥魔女』，因為她有一套十二隻的陶製小鳥，而且，做小鳥用的陶土混著死人骨灰。至於我們那位道納赫安斯傑，他本來是荷蘭鹿特丹的獸醫，而且，他有一種怪癖。」

爸爸忽然愣住了，半天說不出話來。後來，他好不容易才開口問：「什麼怪癖？」

「每次難民要被送進毒氣室的時候，都會從他面前經過。他會自己編一些很奇怪的名字叫他們。」史坦納沈緬在往日的可怕回憶中，眼神顯得好陰沈。「有點像童話裡的名字。我太太叫薇諾妮卡。她的頭髮是金黃色的，好漂亮。結果，那天他竟然叫她『月花公主』。我一輩子都忘不了那天他說的話。他說，『爬進去啊！月花公主，爬進去啊！』當時她已經病得很重，根本連站都站不起來，結果就真的爬進那個……」說到這裡，他已經淚流滿面，但他立刻擦掉眼淚，表情瞬間又恢復冷靜。看起來，他是一個自律能力很強的人，嚴格控制自己的感情。「不好意思。」他說。「有時候我會克制不住。」

「喂，你沒事吧？」李漢納福忽然問我爸爸。「你臉色怎麼白得跟死人一樣？」

「我……照片可以再……再借我看一下嗎？」

史坦納又把照片推到我爸爸面前。

爸爸深深吸一口氣。「噢，老天，不會吧！」他說。「噢，老天，老天，不會吧！」

史坦納一聽那口氣，立刻就明白我爸爸已經想到什麼了。「你已經想到他是誰了，是不是？」

「是的。我知道他住在哪裡。離這裡不遠，或者可以說，很近。可是……他人真的很好。」

「我太了解道納赫安斯傑的真面目。」史坦納說。「還有他太太的真面目。那天，你跳到湖裡去救人的時候，傑夫漢納福被折磨成什麼樣子，你應該看得很清楚吧？道納赫安斯傑和他太太一定是用酷刑折磨傑夫，逼他說出還有誰知道他們的下落。說不定他們已經知道那本日記的事了，然後就把傑夫活活打死。既然你看過傑夫漢納福那張不成人形的臉，那你就應該明白甘沃道納赫安斯傑的靈魂有多邪惡。上帝保佑，希望接下來我們不會再看到那種場面。」

爸爸猛然站起來，伸手到口袋裡掏皮夾，不過史坦納已經把錢放到桌上了。「我帶你們去找他。」話還沒說完，我爸爸已經衝到門口了。

「這孩子挺機靈的。」樂善德醫師說。他站在樓梯口。「就像獵犬一樣窮追不捨，對吧？他發現了那根綠羽毛，然後就窮追不捨，不顧一切追查到底，對吧？柯力，我真的很欣賞你。真的。」

「樂善德醫師。」那一剎那，我感覺自己胸口彷彿被千斤重的鋼鐵壓住了。「我真的該回家了。」

他朝我逼近了兩步，我不由自主的往後退。

他停下腳步。他已經感覺得到我很怕他。「我要把那根綠羽毛拿回來。你知道原因嗎？」

我搖搖頭。

「因為，你拿了那根羽毛，索妮亞小姐心裡很不舒服。那會讓她想到傷心的過去。她很不願意回想過去。柯力，過去的最好就讓它過去吧。我們都應該要迎向未來，好好活下去，把過去的一切拋到腦後，你不覺得嗎？」

「我不——」

「可是偏偏有些人不懂這個道理。他們總是死抓著過去不放，一次又一次掀開別人昔日的傷痛。他們執意要把過去的一切挖出來讓大家看。有人拚命想遺忘過去，拚命想掙脫昔日傷痛的糾纏，可是偏偏有人要把他們的過去攤開給大家看，讓他們付出代價，一次又一次的付出慘痛的代價。這樣不是很不公平嗎，柯力？這樣是不對的。你明白嗎？」

我確實不明白。他說了一堆大道理，可是我卻隱隱感覺到中間有某種漏洞。

「我們也有自己的尊嚴。」樂善德醫師眼中流露出一種狂熱，彷彿熊熊火焰。「我們也是有尊嚴的。我們也有榮譽感。柯力，你看看這個世界！你看看這世界變成什麼樣子了！我們本來可以改變這個世界，我們知道該怎麼做，可是他們卻不讓我們完成目標。而現在呢，你看看，你看看這世界變成什麼樣子！到處都是混亂！到處都是野蠻！混血交配，比禽獸還不如！告訴你，我本來有機會當真正的醫生。真的。有很多機會。可是，我不想幫人治病。我寧願選擇在泥巴裡打滾幫豬治病，你知道為什麼嗎？因為我瞧不起人類！因為人類背叛了自己，沾污了人類的榮譽！這就是為什麼！我……就是為什麼我……這就是我的看法！」他忽然抓起杯子往磁磚地板上一摔，碰的一聲摔成碎片，那聲音聽起來很像槍聲。

整個地下室忽然陷入一片死寂。

又過了一會兒，樂善德太太在上面的樓梯口大聲問：「法蘭斯？什麼東西摔破了嗎，法蘭斯？」

我心裡想，他的腦子一定摔過，摔壞了。

「我在跟他說話。」樂善德醫師對她說。「沒事，我只是在跟他說話。」

接著我聽到她走開了。她的腳步聲好沈重。

過了一會兒，我聽到上面傳來一陣嘎嘎吱吱的聲音，好像有人在拖椅子。

又過了一會兒，我聽到有人開始彈鋼琴了。

是那首「美麗的夢仙」。樂善德太太真的很有鋼琴家的天份。我記得藍色葛拉斯小姐說過，樂善德太太天生就是彈鋼琴的料。我忽然想到，她那雙手是那麼強而有力，說不定她就是用那雙手抓住捆乾草的鐵絲，勒住那個人的喉嚨，把他活活勒死。說不定真的就是這樣。不過，也有可能是樂善德醫師下手的，而當時樂善德太太就是在樓上彈那首曲子，而鸚鵡就在旁邊聽到樓下那個人淒厲的慘叫聲，就跟著慘叫起來。會不會是這樣？

「一個禮拜二十塊。」樂善德醫師說。「不過，你必須先把那根綠羽毛拿來給我，而且，你絕對不准再跟索妮亞葛拉斯小姐提起這件事。過去的都已經過去了，過去的應該永遠埋葬在過去，永遠不要再提起。你同意嗎，柯力？」

我猛點頭。只要能夠離開這裡，我什麼都同意。

「乖孩子。你什麼時候可以把那根綠羽毛拿來給我？明天下午可以嗎？」

「可以。」

「那太好了。太好了。等你拿過來，我會把羽毛毀掉，這樣一來，索妮亞葛拉斯小姐就不會再想到過去了，就不會再傷心了。還有，等你一拿過來，我就會給你第一個禮拜的錢，這樣好不好？」

「好啊。」你說什麼都好。

「那就這樣囉。」說著他往旁邊一站，讓出樓梯口的通路。「你先上去吧。」

這時大門忽然有人敲門。「美麗的夢仙」的旋律忽然停住。我又聽到一陣嘎吱聲，那是樂善德太太把鋼琴矮凳推進去的聲音。當時我們已經走到樓梯最上面那層，樂善德醫師忽然又把手搭在我肩上，把我拉住。「等一下。」他湊在我耳邊悄悄說。

接著我們聽到前門開了。

「湯姆！」樂善德太太說。「請問有什麼——」

「爸爸！」我立刻大叫起來。「救命啊——」樂善德醫師立刻掩住我的嘴。我聽到他輕輕怒吼了一聲，好像很生氣，因為他沒想到會是這樣的結局。

「柯力！趕快出來，你——」爸爸立刻衝進屋裡，史坦納和李漢納福跟在他後面。他把身材魁梧的樂善德太太推到一邊，但沒想到那一剎那她立刻用德語大吼一聲：「Nein！」然後抬起手臂往我爸爸臉上一撞。爸爸立刻往後一倒，撞到後面的史坦納。他眉頭被撞裂了，血流如注。接著樂善德太太又用德語大叫起來，不過，史坦納先生聽得懂。她喊的是：「甘沃，趕快跑！帶那小鬼一起跑！」接著，漢納福立刻從後面抱住她的脖子，然後用盡全力把她撲倒在地上。她很快就跪起來掙扎，但史坦納立刻就壓到她身上，拚命想扭住她的手臂。他們掙扎扭打的時候，撞翻了旁邊的茶几和檯燈。史坦納下唇被她打了一拳，立刻皮破血流。接著他大叫了一聲：「夠了，卡拉！結束了！結束了！」

但樂善德醫師並沒有打算就此罷休。

剛剛一聽到她大喊，他立刻用一手抱住我，另一隻手抓起卡拉放在流理台上的車鑰匙。我拚命掙扎，可是卻被他拖出後門。屋外大雪紛飛，寒風呼號，他身上那件紅睡袍隨風飄揚。匆忙中，他的拖鞋掉了一隻，但他還是跑得很快。他飛快跳上他的車，砰的一聲關上車門，差點夾到我的腿，而且他坐上駕駛座的時候，差點把我的頭壓扁。他把鑰匙插進電門，用力一轉，引擎立刻隆隆作響。接著他把排檔桿往前一推，輪胎立刻摩擦路面發出刺耳的吱吱聲。那一剎那，我趕緊坐起來，看到爸爸從後門衝出來，刺眼的車燈照在他身上。

「爸！」我伸手去抓右側的門把，這時樂善德醫師忽然抬起手肘撞我的肩膀，我的手立刻被撞麻了，而且很痛。接著他忽然揪住我後腦勺的頭髮，把我塞到座位底下。我整個人窩在那小空間裡，頭昏腦脹，渾身酸痛。接著樂善德醫師把排檔桿推到一檔，引擎一陣隆隆怒吼，車子立刻往前一竄開走了。樂善德醫師，不對，他已經不再是樂善德醫師了。他是甘沃道納赫安斯傑，那個殺人兇手。

這時候，我爸爸已經跑回屋子裡，打算從前門出去開車。他從那三個在地上扭打的人身上跳過去。卡拉道納赫安斯傑還在掙扎，但漢納福一拳拳打在她臉上，幾乎把她打得不成人形。

甘沃風馳電掣穿越奇風鎮的街道，每轉一個彎，輪胎都會發出刺耳的吱吱聲。我慢慢從座位底下爬出來，可是甘沃立刻大吼：「不要出來！不准動！你這臭小子！」然後他用力甩了我一巴掌，我立刻又倒下去。我們一定已經過了愛之頌戲院。我忽然想到，不知道英雄一旦到了地獄會遭受什麼樣的煎熬。我們從石像橋上呼嘯而過，有那麼一剎那，甘沃的手滑了一下，方向盤沒抓緊，車子立刻向右打滑，撞到橋邊的護欄擦出火花，金屬碎片四散飛濺，整個車身轟轟作響。但他很快又抓緊方向盤，咬牙切齒。他打算開向十號公路。

這時我注意到後照鏡有強光反射出來，照到甘沃的眼睛。他立刻用德語大聲咒罵起來，那聲音比引擎聲還刺耳。我可以想像得到，三月那天晚上，那兩隻鸚鵡聽他這樣嘶吼，那會是何等的折磨。我知道後照鏡的燈光是哪來的，我知道那是誰開的車。他緊緊跟在我們後面。我們車子的引擎發出震耳欲聾的巨響，彷彿快要爆炸了。我知道那是誰。

我伸手抓住方向盤底端，猛力往右一扯，車子立刻向右偏，衝到路邊的碎石子坡面上，輪胎立刻一陣打滑。甘沃又大聲咒罵起來，那聲音真是震耳欲聾，然後他用拳頭猛打我的手指，然後又一拳打在我額頭上。他打得好用力，我眼前立刻金星直冒。看樣子，逞英雄只能到此為止了。

「追什麼追！」甘沃轉頭朝後面那輛小貨車大吼。後照鏡反射出刺眼的強光。「追什麼追！滾開行不行？」十號公路蜿蜒扭曲，他不得不緊緊抓住方向盤。車速太快，在彎路上的衝力太大，輪胎一路摩擦路面，不時發出刺耳的吱吱聲。雖然我眼前還在冒金星，但我又伸手去抓方向盤。甘沃立刻又大吼起來：「你這臭小子！」然後他又伸出一隻手抓住我外套後領，但他必須抓方向盤，所以只好又放開我。

我轉頭看看爸爸的小貨車，兩部車之間的距離大概六公尺。那條路蜿蜒扭曲，兩部車一前一後全速猛衝，險象環生。樂善德醫師死命猛踩油門，加速狂奔，拼命想拉開距離，而我只好緊緊抓住座椅。接著，我聽到啪的一聲，發現是樂善德醫師伸出拳頭捶了一下置物箱，打開箱蓋，然後手伸到裡面摸索了幾下，過了一會兒，他拿出了一把點三八口徑的短管手槍，然後手臂猛然往後揚，槍管差點打到我的頭，還好我及時低頭閃過了。接著，他根本沒瞄準就連開了兩槍，後擋風玻璃應聲碎裂，玻璃碎片像冰塊一樣飛向爸爸的小貨車。我注意到爸爸的車左右閃來閃去，差點就衝出路面，車尾左右甩得很厲害，不過爸爸還是又穩住了車子。接著，樂善德醫師那隻拿槍的手又往後揚，我立刻抓住他手腕，用盡全力拉他的手臂去撞座椅，想撞掉他手上那把槍。然後我又伸手去抓方向盤，抓著不放，於是變成兩個人同時拉扯方向盤，車子開始左右偏移。

就在這時候，舉在我面前的手槍突然走火，子彈貫穿椅背，貫穿車門，發出砰的一聲巨響。那巨響和熱氣距離我的臉太近，我立刻感覺到一股震動，全身打了一個寒顫。我想，當時我可能放開了方向盤，好像是，我記不太清楚了。接著樂善德醫師忽然用槍管在我右肩上用力打了一下。好痛，這輩子從來沒那麼痛過，痛徹肺腑，我不由自主的慘叫了一聲。要不是因為外套很厚，我肩胛骨很可能會骨折。那一剎那，我立刻抱住肩膀，身體往右一倒靠在車門上，痛得整張臉都扭曲了，整條手臂都麻了，動彈不得。接著，眼前赫然出現一片黝黑的湖面，我才發覺車子已經快要衝進薩克森湖了，那種感覺，彷彿被困在一個不斷重複的夢魘中，夢中的景象很像「火星人入侵」那部電影裡的場景。樂善德醫師立刻把剎車踩到底，車子立刻慢下來，爸爸的小貨車迅速逼近，這時樂善德醫師又往後舉起手臂，這次，他回頭瞄準了。他滿臉都是汗，在燈光下閃閃發亮，齜牙咧嘴，露出猛獸般的兇狠目光。接著，他開槍了，爸爸車子的擋風玻璃上立刻出現一個拳頭大小的破洞。接著，我注意到他手指又扣緊扳機，心裡立刻燃起一股鬥志，想跟他拚命，可是肩膀實在太痛，痛得我忍不住一直啜泣。

這時候，公路的另一邊，忽然有一團巨大黝黑的東西從樹林裡衝出來。那個位置，正好就是三月那天早上樂善德太太站的位置。

樂善德醫師根本都還沒看到，那團東西已經撞上我們車子了，正好撞上車門。

就在失落世界的怪物撞上我們那一剎那，手槍又走火了。

那驚天動地的巨響，有如世界末日的核彈爆炸。

槍聲，樂善德醫師的慘叫聲，玻璃的碎裂聲，金屬扭曲變形的聲音，所有的聲音會合成驚天動地的巨響。那一剎那，車子被撞得向右一翻，左邊兩個輪胎懸空，右邊兩個輪胎在地面上摩擦，發出刺耳的吱吱聲，然後整部車滑向路邊。駕駛座的車門整個凹進來，彷彿被上帝踢了一腳，而樂善德醫師整個人飛到我身上，我立刻慘叫了一聲，感覺肋骨幾乎要斷了。接著，我聽到一聲低吼。是那隻三犄龍。牠在保護牠的地盤，所以牠要把其它的恐龍趕出十號公路。樂善德醫師的臉壓在我臉上，而全身的重量也壓在我身上。我彷彿聞得到他口中散發出來的恐懼氣息。接著，他忽然又慘叫起來，而我好像也慘叫起來，因為車子忽然往下墜落。

接著是一陣劇烈的震動，揚起一片水花。

黝黑的水流開始滲進腳邊的地板。我們已經掉進薩克森湖了。

車子的引擎蓋逐漸掀開，冒出騰騰蒸汽，湖水開始淹上車身，從破碎的車窗湧進車廂裡。駕駛座的車窗也破了，不過因為車身向右傾，水還沒有淹到那邊。他整個人壓在我身上，手上的槍已經不見了。他眼神呆滯，嘴角滲出鮮血，我猜他可能咬破了嘴唇或舌頭。他的左手臂，老天，那條左手臂承受了怪獸的驚人撞擊力，扭曲變形到不可思議的程度。我注意到他那件紅睡袍的袖口，白白的骨頭從手腕部位穿透出來，上面有紅紅亮亮的血。

湖水湧進車裡的速度越來越快，四周的水面上不斷冒出氣泡，後擋風玻璃湧進來的水簡直就像瀑布。樂善德醫師重重壓在我身上，我推不開他，而這時候，車身開始慢慢向右翻轉，開始往下沈。樂善德醫師嘴裡冒出帶血的氣泡，我忽然明白他的肋骨一定也被撞斷了。

「柯力！柯力！」

我抬頭一看，隔著樂善德醫師的身體看向駕駛座破碎的車窗。

我看到爸爸了。他的頭髮整個貼在頭皮上，臉上滴著水，眉頭上的傷口鮮血直冒。他開始把窗框上的碎玻璃扯下來。接著車子忽然震了一下，發出隆隆聲，水開始慢慢淹上座椅，那種冰冷刺骨的感覺嚇了我一跳，而樂善德醫師也開始掙扎。

「柯力，抓得到我的手嗎？」爸爸拚命想從扭曲變形的車窗擠進來，伸長著手想抓我。

可是我被樂善德醫師壓在底下，搆不到他的手。「爸，救我。」我已經被嗆得聲音都嘶啞了。

於是爸爸又使盡全力擠進來了一點點，我猜他身體側邊一定被碎玻璃割傷了，但他完全沒有露出痛苦的表情。他緊抿著嘴唇，眼眶發紅，眼睛緊盯著我不放。他拚命伸長手想抓我，可是距離實在太遠。

這時候，樂善德醫師忽然翻了個身，嘴裡好像咕噥著什麼，可是我聽不懂，因為他講的好像是德語。

他眨眨眼睛，露出痛苦的神色。整部車已經被湖水淹沒了，死神已經逼近。他低頭看看斷裂的手腕，不由得呻吟了一聲。

「放開他！」爸爸大喊。「老天，放開我兒子！」

樂善德醫師忽然渾身一震，猛咳起來，咳到第三次，他鼻孔嘴巴都湧出血來。他伸手去摸腹側，結果手一抬起來，發現上面全是血。那隻失落世界的怪獸撞斷了他的肋骨，而肋骨刺穿了他的內臟。

轟隆隆的水聲越來越刺耳，車廂已經完全沈進湖裡了。

「求求你！」爸爸開始哀求了。他還是掙扎的想擠進車窗。「求求你放開我兒子！」

樂善德醫師轉頭看看四周，好像搞不清楚自己在什麼地方。接著他略微抬起身體，我終於可以喘得過氣了。樂善德醫師轉頭看看車身後面，發現黝黑的湖水夾雜著泡沫從後擋風玻璃湧進來，那一剎那，我聽到他嘀咕了一聲：「噢！」

聽得出來，他絕望了。

接著，樂善德醫師轉過頭來看我。他凝視著我，鼻孔湧出鮮血不斷往下流，滴到我臉上。「柯力。」他叫了我一聲，那聲音聽起來像咕嚕嚕的水聲。接著他用右手抓住我的手腕。

「上去吧。」他氣若游絲的說。「小野馬。」

接著他用盡全力抬起身體，然後拉我的手去握我爸爸的手。我猜，他這個動作一定痛徹肺腑。

爸爸立刻把我拉上去，我兩手抱住他的脖子，而他也緊緊抱住我。他兩腿猛踢水，滿臉淚痕。

接著又是一陣轟隆隆的巨響，車子繼續往下沈，我們全身被水淹沒，水中彷彿有一股力量一直把我們往下扯。爸爸拚命踢水，想掙脫那股水流，可是水的拉力實在太強。接著，我們聽到一陣嘶嘶聲，很像是灼熱物體接觸到水的聲音，車子一直沈向深不可測的黝黑湖底。我感覺得到爸爸拚命想掙脫水流的拉力，接著，我聽到他倒抽了一口氣，忽然明白他掙脫不了了。

我們繼續往下沈。

車子已經沈到我們底下，沈向那黑洞般的黝黑湖底。那是一個絕對黑暗看不到光的世界。車子不斷冒出氣泡，遠遠看起來像一條銀色水母。爸爸還是拚命踢水，想掙脫那股水流，可是我們還是跟著樂善德醫師的車繼續往下沈。水裡一片幽暗，我隱約看到樂善德醫師那張慘白的臉貼在擋風玻璃上，嘴裡不斷冒出氣泡。

這時候，好像有什麼東西忽然從湖底冒上來，纏住那輛車。那東西看起來很像一片長長的苔蘚，又像一條長長的破布。牠從後擋風玻璃慢慢游進車裡，接著，車子開始在幽暗的水中不停翻轉，有如雲霄飛車。我已經開始感覺整個肺像火在燒，但我還是又低頭看著樂善德醫師那張慘白的臉，不過這次我注意到，他整個人逐漸被那條破布苔蘚般的東西包住，彷彿一件袍子從下面慢慢往上包住他，過了一會兒，那東西終於纏到他下巴的位置，我注意到他嘴裡銀假牙的亮光漸漸消失，彷彿星星漸漸殞滅。接著，車子又開始翻轉，漸漸車底朝上，有如一隻翻倒的巨大烏龜。然後，車子裡又開始冒出大量氣泡，那一剎那，我感覺到水中那股拉力忽然消失了。我們開始往上浮，浮向水面的亮光。

爸爸抓住我的身體往上抬，於是我的頭先冒出水面。

水面的天色一片幽暗，不過還好，空氣很充足。我和爸爸在黑暗中緊緊相擁，猛喘氣。

最後，我們慢慢游到可以爬得上去的岸邊，在水草泥漿中掙扎著往上爬，最後終於踏上結實的地面。爸爸走到小貨車旁邊，坐到地上。他兩隻手被車窗玻璃割得血肉模糊。我趴在紅岩平台上，凝視著底下的薩克森湖。

「嘿，小老弟！」爸爸叫了我一聲。「你還好嗎？」

「我沒事。」我冷得牙齒直打顫，但此刻，再怎麼冷也沒什麼大不了的。

「我們最好趕快上車。」他說。

「我知道。」我嘴裡說知道，可是根本連爬上車的力氣都沒有。我的肩膀已經整個麻掉。後來那幾天，我肩膀上一大片瘀青，腫得跟包子一樣大。

爸爸兩腿縮到胸前。雪花漫天飄降，只是，我們已經全身又濕又冷，下不下雪好像也沒什麼差別了。

「樂善德醫師從前的事，我會慢慢說給你聽。」他說。

「我也想告訴你他做過什麼事。」我說。我靜靜聽著四周的聲音。風掠過湖面，那呼嘯的風聲彷彿喃喃低語。

此刻，他已經沈落到那黑暗世界了。他來自那個黑暗世界，而最終他又回到那黑暗世界了。

「剛剛他叫我小野馬。」我說。

「嗯，感覺很奇怪對不對？」

我們不能在這邊待太久。風越來越冷了，奇寒徹骨。這種天氣是會要命的。

爸爸抬頭看看天空灰壓壓的雲層。一月的天空總是如此陰沈灰暗。他淡淡一笑。那是一種孩子般的笑容。

「嗯。」他說。「天氣真好。」

英雄註定要下地獄受煎熬，不過凡夫俗子倒是可以活得輕鬆愉快。

後來又發生了很多事。

當初媽媽一聽到這個消息，當場就昏倒了。後來，她一醒過來，立刻緊緊抱住我們，不過她不敢抱太久，很快就放開我們，因為我們渾身傷痕累累。但不管怎樣，我們總算平安歸來，又可以回到從前那種平靜安詳的日子了。特別是爸爸。薩克森湖底的幽靈再也沒有來糾纏他，昔日的夢魘已經煙消雲散。

史坦納先生和漢納福先生有點失落，因為他們沒有親手逮到甘沃道納赫安斯傑，不過，最起碼正義終於得到伸張，他們也算滿意了。他們帶走了卡拉道納赫安斯傑，還有那十二隻骨灰陶土做成的小鳥。對他們來說，這是莫大的安慰。後來，聽說她被關在一座暗無天日的監獄裡。那是我最後一次聽到她的消息。

班恩和強尼興奮到極點。他們坐在戲院裡看電影的時候，我正在跟一個納粹戰犯生死搏鬥。後來他們一聽到這件事，班恩是又跳又叫，而強尼則是皺著眉頭捶胸頓足。不用說，我立刻就成為學校裡的風雲人物，就連老師都想聽我說故事。美麗的芳婷老師聽得目瞪口呆，而卡迪納校長要我連說兩次給他聽。「柯力，你長大以後一定要當作家！」芳婷老師說。「你真的有寫作天分！我認為你以後一定會成為一個很棒的作者。」卡迪納校長說。

作家？作者？

我想，我寧願當一個說故事的人。

一月底，那個星期六的早晨，陽光普照，但天氣卻涼颼颼的。我把火箭丟在前門廊上，然後和媽媽一起坐上我爸的小貨車。我們的車經過石像橋，開上十號公路。一路上，我們開得很慢，而且提心吊膽一直看著路邊的森林，很怕那隻失落世界的怪獸會突然衝出來。雖然那隻怪獸一直躲在森林裡的某個角落，但後來我再也沒有看到過牠。我一直相信，是大雷叫牠來救我的。

後來，車子來到薩克森湖。湖面一片靜謐安詳，完全看不出來湖底躲著可怕的怪物。但我們心裡明白，牠真的在那裡。

我站在紅岩平台上，手伸進口袋裡掏出那根綠羽毛。先前爸爸已經用細麻繩把那根羽毛纏起來，尾端綁著一顆小鉛球。然後，我用力一丟，那根羽毛一掉進湖裡立刻就沈下去，瞬間就消失了蹤影。

這是一場悲劇。我不想留下任何痕跡。

爸爸站在我旁邊，媽媽站在我另一邊。只要一家人在一起，我們什麼都不怕。

「我已經準備好了。」我告訴他們。

然後我就回家了。牆上那些怪物，還有那個神奇的盒子，他們正等待著我。

第五部　永遠的奇風鎮

度過一個漫長寒冷的冬天之後，我終於要回家了。奇風鎮，我永遠的家。

我從伯明罕出發，沿著六十五號州際公路一路往南走。這條路通往州首府，車水馬龍。我在205號出口下了公路，向左轉，然後一路往前開。開到後來，路面開始變窄，沿路經過好幾個荒涼的小鎮。古柏鎮，洛克福鎮，希索普鎮，科地奇古羅夫鎮。一路上看不到半個指向奇風鎮的標示牌。不過沒關係，我知道奇風鎮在哪裡。我快到家了。

已經是春天了，這天是星期六下午，春光明媚，風和日麗，而且，這趟路，我並不是自己一個人走。我太太珊蒂坐在我旁邊，而我們的「小魔頭」坐在後座。兩個小鬼頭上倒戴著「伯明罕男爵隊」的棒球帽，座椅上撒滿了棒球卡。這年頭，收集棒球卡說不定會發財呢！

這很難說的不是嗎？收音機——不好意思我說錯了——卡式錄音帶音響傳出「驚懼之淚」（Tears For Fears）合唱團的歌聲。我覺得羅蘭歐查寶真是很厲害的歌手。

已經是一九九一年了，很難想像吧？再過沒幾年就是二十一世紀了，雖然，不知道未來的世界會更美好，還是更糟糕。我想，這必須由我們大家一起決定。一九六四年似乎已經是很遙遠的過去了。那年用拍立得拍的照片如今都已經發黃了，而當年流行的髮型和穿著打扮現在也早已像恐龍一樣絕跡了。而且，人應該也變了。不光是南方，而是全世界。至於是變得更好呢，還是更糟糕？就看你自己怎麼想了。

自從一九六四年以來，我們和這個世界所經歷的變化真可以說得上是驚天動地，比當年驚奇馬戲團的雲霄飛車更驚險刺激。我們經歷了越戰，反戰運動，水門事件，尼克森下台，兩伊戰爭，雷根當選總統，柏林圍牆倒塌，還有蘇聯瓦解。那真是一個旋風與彗星的年代。而就像河流奔向大海一樣，時間之河最終一定會流向未來。要是你想預知未來會有什麼變化，那我只能說，你一定會把自己搞得頭昏腦脹。不過，我記得當年女王說過，如果你不了解自己的過去，怎麼可能知道未來要往哪個方向走？有時候我會想，我們大家好像都需要多想想了。

「今天天氣真棒！」珊蒂說。她往後靠到椅背上，看著兩邊的平疇綠野向後飛逝。我瞄了她一眼，不由得眼睛一亮。陽光照耀著她那一頭金髮，綻放出無限金黃燦爛。不過，那金黃燦爛中卻也夾雜著幾絲銀白。我喜歡那種感覺，不過她自己卻有點懊惱。她天生一對灰眼珠，眼神冷靜沈穩。當我需要幫助的時候，她堅毅如石，當我需要安慰的時候，她柔情似水。我們是天生的一對。而我們的孩子遺傳到她的漂亮眼睛和冷靜沈穩的個性，也遺傳到我深棕色的頭髮和我對這個世界的好奇。另外，他們也遺傳到我爸那直挺挺的鼻樑，還有我媽那藝術家般修長的手指。我覺得那真是完美的組合。

「嘿，爸！」後面那位小朋友忽然開口了。奇怪，剛剛他好像玩棒球卡玩得渾然忘我，怎麼忽然不玩了？

「嗯？」

「你會緊張嗎？」

「不會。」我說。但我想了一下，還是決定說實話比較好。「呃……好啦，是有一點。」

「那裡到底是什麼樣子？」

「我也說不上來。已經……噢……算算看，我是一九六六年離開奇風鎮的，所以已經……嗯，乾脆你告訴我吧，多少年了？」

過了一會兒，我聽到他說：「二十五年。」

「如假包換。」我說。我兒子很有數學天分，而且我百分之百確定，這絕對是珊蒂她們家族的遺傳。

「你為什麼一直沒回來？我是說，既然你這麼愛這個地方，為什麼一直沒回來？」

「一開始我很想回來，好幾次了。好幾次我已經開下六十五號州際公路的出口，結果半路上又折回來。最主要是因為，奇風鎮已經變了，跟從前不一樣了。我當然明白，天底下沒有任何東西是永遠不變的，這我明白。可是……奇風鎮是我的故鄉，每次一想到奇風鎮已經人事全非，我就有點難過。」

「它到底變成什麼樣了？那裡應該還是一個小鎮吧？」我聽到他又開始翻那些棒球卡，按照隊名和字母順序排列。

「跟從前不一樣了。」我說。「附近的空軍基地在一九七四年就關閉了。兩年後，酋長河上游的紙廠也關門了。倒是聯合鎮越來越熱鬧，比當年我小時候的規模大了四、五倍。可是奇風鎮……越來越冷清。」

「嗯。」看樣子，他已經沒什麼興趣了。

我瞄了珊蒂一眼，發現她也在看我。我們倆會心一笑。她伸出手來握住我的手。我們註定這輩子都要這樣手牽著手。車子前面，遠遠浮現出連綿山嶺，環繞著亞當谷。山嶺上滿是茂密的森林，在這大地春回蓓蕾綻放的季節，只見漫山遍野的萬紫千紅，金黃燦爛。雖然四月還沒到，但大地已經開始綻放綠意。車外的風還是有點涼颼颼的，然而，看著那燦爛的陽光，感覺得到夏天已經不遠了。

爸媽和我確實就是在一九六六年八月搬走的。爸爸原本在范德康先生的五金行工作，可是就在那一年，爸爸已經感覺到時代變了，決定早點另謀出路。他在伯明罕找到了工作，在可口可樂裝瓶工廠擔任夜班副理，收入比他當年擔任送奶員多了兩倍。到了一九七〇年，他已經升上夜班經理。他是個樂天知足的人，覺得這樣的人生已經很美好了。我就是那年上大學的，上阿拉巴馬州立大學。後來，一九七八年，爸爸罹患癌症，所幸他很快就過世了，沒有痛苦。最起碼，他還來得及親眼看到我大學畢業，拿到新聞系的學位。媽媽傷心欲絕，我還有點擔心她很快就會跟爸爸一起走。沒想到，到了一九八三年，她跟一群教會的朋友到阿拉斯加去旅行，結果卻無意間認識了一位養馬場的老闆。他太太已經過世了，他自己一個人住在肯德基州的綠弓鎮附近。然後，他們結婚了，一直到現在，她還住在那座養馬場裡。他是個大好人，對我媽非常好。只可惜，他不是我爸爸。每個人都應該要為自己好好的過每一天，而人生總是有那麼多意想不到的際遇。

我注意到路邊有一面指示牌，上面全是彈孔。十號公路到了。

我開始心跳加速，口乾舌燥。我知道奇風鎮當然跟以前不一樣了，但我就是沒有勇氣去面對。

我一直努力不讓自己變老，然而，那是多麼艱鉅的任務。當然，我說的不是生理上的衰老，因為年齡的增長是一種榮耀。我說的是人生態度。我看過很多跟我同年齡的人一夕之間突然變老。他們開始變得保守嚴肅，動不動就說教，好像已經忘了當年他們的爸媽是如何禁止他們聽滾石合唱團，完全忘了他們的爸媽是如何禁止他們留長髮，威脅要把他們趕出家門。他們忘了應該要以身作則，而不是八股說教。當然，現在的世界已經變得更嚴酷，這點毫無疑問。我們面對的是更困難的抉擇，而抉擇錯誤的後果也更嚴重。當然，孩子們需要引導。就拿我自己來說吧，小時候，爸媽就是我的榜樣。而且我很高興有這樣的榜樣，因為有他們的引導，我才有機會在一次又一次的錯誤中汲取教訓。然而，我想現在的父母有很多都已經不再以身作則了。很多家長都只會說教，根本不懂什麼叫身教。在我看來，如果爸爸或媽媽之中，有一個能夠成為孩子心目中的英雄，那麼，孩子就比較不容易犯錯，而且更懂得在錯誤中汲取教訓，學習成長，累積經驗。這個世界要求孩子趕快長大成人，要求他們遺忘那神祕美妙的純真的力量。在這樣的世界裡，有了爸媽的引導，孩子的成長過程會比較順利。

唉，再說下去，我就會變成前面故事裡的拉佛伊牧師、甚至布萊薩牧師了，所以，到此為止。

一九六四年以後，我自己也或多或少有了改變。我頭髮比從前少了很多，而且戴了眼鏡。我臉上多了一些皺紋，眼角也多了一些魚尾紋，不過珊蒂倒是覺得我現在比從前更帥。這大概就是所謂的情人眼裡出西施吧。不過，就像我剛剛說的，我努力不讓自己的心靈太早衰老。在這方面，可以這麼說，音樂拯救了我的靈魂。我相信音樂是一種生命活力的展現，一種青春的語言。你能夠接受的音樂類型越多，代表你的心靈越年輕。我對音樂能夠有這樣的熱情，我想，一開始應該歸功於「海灘男孩」。如今，我收藏的唱片——不好意思，應該說我收藏的CD——堪稱是琳琅滿目的音樂寶藏，比如說，Elvis Costello，U

2、Sinead O'Connor、Concrete Blonde、Simple Minds，還有Technotronic。另外，某些時刻，我感覺古典音樂似乎也有一種魔力，比如說，Led Zeppelin和Spoonful。不過，不管是什麼類型音樂，對我來說都是無限的心靈宴饗。

十號公路上，車子經過一片樹林，我注意到樹林間有一條長滿了野草的小路。我知道那條小路是要去哪裡的。再往前走二十公尺，小路的盡頭，你會看到一棟廢棄的小木屋。那就是葛蕾絲小姐家。當年，她一聽說布萊洛克那家子進了監牢，立刻就帶著那群女孩遠走高飛。那棟小木屋的屋頂已經不見了，早在一九六五年七月就被一場暴風雨吹飛了。我想，那棟房子現在可能已經變成廢墟了。這座森林裡的葛藤是無孔不入的。

班恩和我是同一年上大學的。他唸的是阿拉巴馬州立大學商學系，後來甚至還唸到研究所。我做夢都沒想到，班恩竟然會喜歡唸書。唸大學那幾年，我和班恩常常聚在一起，不過後來，他跟商學系那群同學越走越近，我們就越來越少碰面了。後來他甚至還加入了全球最大的校園兄弟會，而且還成為學校分會的副會長。目前他住在亞特蘭大，工作是股票經紀人。他和他太太珍妮安生了兩個孩子，一男一女。他很有錢，開的是一輛金色的BMW，另外，他比小時候更胖了。三年前，他看到一本我出版的書，於是就打電話給我。從此以後，我們每隔幾個月就會碰面。去年夏天，我們開車到一個小鎮去找一位警長。那小鎮位於阿拉巴馬州和佛羅里達州的州界，而那位警長叫強尼威爾森。

我一直都知道強尼有印第安人的血統。他執法嚴明，決不放過任何違法行為，所以在他的紀律下，那個小鎮井然有序。不過我知道，他是個好人，而且鎮上的人似乎都很喜歡他，因為他已經又連任了。那次去，我和班恩見到了強尼的太太瑞雪兒。瑞雪兒真是艷光四射，很有模特兒的架式，強尼徹底被她迷住了。雖然強尼和瑞雪兒沒有孩子，不過他們過得很快樂。有一次週末，我們三個跑去海釣，強尼釣到一條馬林魚，我的釣線被船纏住了，而班恩則是被太陽曬成了木炭。不過那天我們又笑又鬧過得很開心。

接著，我們到了。不知不覺就到了。那一剎那，我立刻感到胃一陣緊縮。

「這裡就是薩克森湖。」我告訴他們。珊蒂和兩個孩子都伸長了脖子轉頭去看。薩克森湖一點都沒變，還是那麼大，湖面還是一樣的深暗，岸邊還是一樣泥濘，長滿蘆葦，還有，那幾座紅岩平台也依然如故。我腦海中立刻浮現出當年的景象。有一部車衝進湖裡往下沉，爸爸把車子停到湖邊，跳下水去救人。而幾個月後，又有另一部車掉進湖裡，湖水從破碎的後擋風玻璃灌進車裡，而我爸爸的手被碎玻璃割得血肉模糊，但他還是鑽進車窗裡，伸長了手拚命想把我拉出去。多少年了，那一幕幕的景象依然歷歷如在眼前。

爸爸，我愛你。這時車子漸漸越開越遠，薩克森湖已經遠遠落在後面了。

當年，我們回到家之後，一家人坐在壁爐旁邊，聽我爸爸說甘沃道納赫安斯傑的事。那天，火光照在他臉上，我永遠忘不了他當時的表情。我和媽媽實在很難相信，道納赫安斯傑醫師和他太太竟然做過那麼凶殘邪惡的事。不光是我們，全鎮的人都不敢相信。不過，我總覺得，不管他再怎麼邪惡，他內心深處或許還有一絲絲尚未泯滅的人性吧，否則，在那關鍵的一刻，他為什麼要救我一命呢？我不相信有誰是邪惡到無可救藥的。也許，對人性的看法，我比較像爸爸：天真。但不管怎麼樣，我寧願自己天真一點，樂觀一點，這樣總比麻木不仁冷酷無情好吧。

那件事發生之後很久，我才想到一件事。道納赫安斯傑醫師總是整夜沒睡，聽短波收音機聽到天亮。我想，他一定是整夜在聽國外新聞，看看是否有哪個納粹同黨又被繩之以法。我相信，在他表面的冷血凶殘背後，內心深處很可能是永無休止的恐懼，隨時等著有一天有人會找上門。他給無數人帶來痛苦，而他自己也飽受痛苦的折磨。我忽然想到，要是我真的把綠羽毛拿給他，他會不會殺我滅口？我的下場會不會和勒索他的傑夫漢納福一樣，被他和卡拉用酷刑折磨到死？我真的不知道。你知道嗎？

噢，對了，還有魔女！

班恩告訴我，魔女上高中之後，真的被鑑定為天才。後來她去唸范德比大學，畢業後到全球聞名的杜邦公司擔任化學工程師。她幹得有聲有色，可是她卻又壓抑不了那種天生的怪異性格。班恩說，後來魔女跑到紐約去，變成街頭藝術家。有一次，她坐在嬰兒澡盆裡大吼大叫，控訴美國的資本主義，而那個澡盆裡裝滿了……你們自己想像吧。為了那次表演，她和美國保守派參議員傑西赫姆斯槓上了。我只能說，傑西赫姆斯最好不要惹毛她。萬一他真的把她惹毛了，我會很同情他，因為，他很可能會被黏在辦公桌上一整天。

接著，車子來到一個彎道。我忽然想到，當年唐尼布萊洛克把我抓上車，載著我衝上十號公路，在彎道上橫衝直撞，把我嚇得魂飛魄散。而這裡就是當年那個彎道。後來，我們漸漸離開山區，眼前的公路變得筆直，沒多久，我們就看到石像橋了。

不過，橋上的石像都不見了，那些南方聯盟將軍的頭像都不見了。這有可能是破壞狂幹的，不過也可能是有人把那些頭像偷走，拿到藝術品黑市上去賣錢。這種南方早期的歷史文物，說不定一個可以買上好幾千塊。不知道是誰幹的，反正就是不見了。石像橋旁邊那座鐵路高架橋倒是沒什麼變，而酋長河也依然波光粼粼。我忽然想到，說不定老摩西現在比從前更快樂了，因為河上游的紙廠關門了。牠在河底抓烏龜吃的時候，不用再擔心牙齒會卡到紙。另一方面，牠再也享受不到往年的復活節大餐了，因為班恩告訴過我，一九六七年，女王以一百零九歲的高齡過世了，從此以後，那個儀式就結束了。女王過世以後，月亮人很快就搬到紐奧良去了，而沒多久，布魯登區的人也陸陸續續搬走了，那裡變得比奇風鎮還荒涼。如今，酋長河的河水變得比從前清澈。我很好奇，不知道老摩西是否還會像從前一樣，把頭伸出水面，鼻孔噴出熱氣和水柱？此刻，四下一片寂靜，只聽到河水衝激岩石的潺潺水聲。不知道老摩西此刻是不是在想：「為什麼這麼久沒有人來陪我玩？」

或許，老摩西還在河裡，或許，牠也早已隨著河水游向大海。

我們越過那座沒有石像的石像橋。過了橋，就是我的家鄉。

「我們到了。」我自言自語嘀咕了一句，踩煞車讓車子慢下來。然而，我很快就知道我錯了。雖然我們終於抵達了奇風鎮，但這裡已經不再是從前的奇風鎮了。

或者說，這裡已經不再是我熟悉的奇風鎮。當年那些房子都還在，可是有很多都已經倒塌，庭院都已經荒廢。這裡幾乎已經快變成一個空蕩蕩的幽靈小鎮，只剩下少數幾棟房子裡還有人住。極少數。而且，路上也幾乎看不到半輛車。我已經感覺到，昔日熙熙攘攘的人群，昔日的生命氣息，昔日的歡樂，都已經遷移到不知名的遠方，而這裡彷彿變成一座空蕩蕩的花園，花朵都已凋零。

這趟旅程，比我預期中更令人感傷。

珊蒂感覺到了。「你還好嗎？」

「沒什麼。」我勉強笑了一下。

「爸，這裡好像沒什麼人了耶。」

「好像是。」我說。

車子還沒開進商店街，我就轉彎繞路走了。我怕自己承受不了。我慢慢開到棒球場，把車子停在旁邊。當年，布蘭林兄弟就是在這裡狠狠揍了我們一頓。

「小朋友，我們在這裡坐一下好不好？」我問。

「好啊。」珊蒂用力握了一下我的手。

布蘭林兄弟的下落，強尼都告訴過我了。他是幹警察的，消息特別靈通。看起來，這兩兄弟的性格倒也不像是同一個模子裡刻出來的。戈薩上了高中之後，開始打美式足球。有一次，他們和聯合鎮中學的球隊比賽，當時，對方的球員快要衝到底線的時候，戈薩硬是把那個球攔下來，然後一口氣衝到對方的底線，一次漂亮的達陣。他立刻成了鎮上的大英雄。那天的勝利，在他身上創造了奇蹟。那場比賽證明了，長久以來他為非作歹，目的只是渴望爸媽多關心他，而他的爸媽可能是因為太笨，或是根本不在乎孩子，所以根本感受不到孩子的心。強尼告訴我，戈薩現在是壽險業務員，住在伯明罕，而且還兼任當地小球隊的教練。強尼還說，戈薩現在已經不抹髮油了，因為他的頭頂上已經沒半根毛了。

至於戈寇呢，他還是繼續向下沈淪。說起很遺憾，戈寇跑到路易斯安那州和一夥惡棍混在一起，後來，一九八〇年，他跑進一家7-11搶劫，結果當場被老闆開槍射殺。當時，為了不到三百美金，為了幾包零嘴，他就莫名其妙送了命。回想起來，當年他被毒葛藤刺到傷痕累累，本來應該有機會悔改，沒想到最後還是這樣的結局。

「我要下車去走一走，伸伸腿。」我說。

「爸，我跟你去好不好？」

「不用了，我自己去就好。」我說。「等一下再陪你們玩。」

我鑽出車子，走進棒球場。球場上的草坪已經很久沒有修剪，長得不像話。我站在投手板上，感受那涼颼颼的冷風迎面吹來，感受那燦爛的陽光。接著，我轉頭看向外野看台，發現上面有一塊長條木板已經歪斜了。當年第一次看到尼莫科理斯，他就是坐在那裡。接著，我抬起手臂，手掌對著天空，等著。

當年，尼莫科理斯把那顆球丟向天空，球卻一直沒有掉下來。要是多年以後的此刻，那顆球忽然掉到我手上，那會是什麼樣的感覺？

我等著。

但球終究還是沒有掉下來。尼莫的手臂有一種神奇的力量，然而，他卻被困在一個很惡劣的環境裡。那天，他把球丟到九霄雲外，球卻一直沒有落下來。我知道，那顆球是永遠不可能掉下來了。這件事，班恩、強尼和我永遠忘不了。

我握緊拳頭，手臂垂到身旁。

從這裡可以看得到波特山。

那裡也已經荒廢了。長長的野草幾乎已經淹沒了墓碑，而且似乎已經很久沒有人再去墓前獻花了。眼前的景象令人遺憾，因為，很久以前，奇風鎮上的人不是這麼善於遺忘的。

我不想走進墓園。自從那次搭上那列火車之後，我就再也沒有去過墓園。我已經跟大雷說過再見了，而他也已經跟我道別過，其它的，都是多餘的。就像他常說的，只有豬頭才會幹那種傻事。

我轉身背向那個死亡的世界，走回車子旁邊。

接著，我開車來到學校，停在校門口。我告訴太太和兩個孩子：「這就是我當年唸的學校。」

我們一家人都下了車，走進學校的遊戲場。珊蒂走在我旁邊，兩隻「初生之犢」開始繞圈圈拚命跑，越跑越快，活像兩匹脫韁的小野馬。「小心點！」珊蒂警告他們，因為她注意到地上有碎玻璃瓶。天底下的媽媽好像都是這樣，有了孩子就開始疑神疑鬼，擔心天會塌下來。

我伸手摟住珊蒂肩頭，而她也摟住我的腰。小學部空蕩蕩的，有些教室的窗戶都破了。當年，這裡曾經洋溢著年輕孩子的歡笑，而如今只剩一片死寂。這時我注意到圍欄旁邊那片空地。當年強尼就是在那裡打倒了戈薩。接著，我注意到圍欄上那扇門。當年我就是騎著火箭從那扇門衝出去，而戈寇在後面追，結果，他碰上了撒旦。接著，我注意到——

「嘿，爸！你看這個！我找到的！」

我們的「初生之犢」興沖沖的跑回來了。「我在那裡撿到的！好漂亮吧？」

我低頭看看她手上那個小東西，不由得笑起來。

那是一個黑色的小箭頭，磨得很光滑，上面幾乎沒有半點刮痕，沒有凹陷。做那支箭頭的人一定很引以為榮。那應該是某個酋長的傑作。

「爸，我可以留著嗎？」我女兒問。

她叫史凱亞，明年一月就十二歲了。珊蒂說，她即將進入所謂的「男人婆階段」。史凱亞喜歡倒戴棒球帽，喜歡到處亂跑，跑得灰頭土臉。她對洋娃娃沒興趣，也不會成天幻想她的白馬王子。不過我相信，總有一天，她一定會開始尋找她的白馬王子。而現在，就隨她去吧。沒什麼好擔心的。

「當然可以，而且我覺得妳應該好好珍惜。」我告訴她。她立刻把箭頭塞進牛仔褲口袋裡，一副很寶貝的樣子。

明白嗎，那種神祕的力量，在女孩子身上也看得到。

接著，我們開到商店街上。這裡曾經是奇風鎮的中心，只是如今已然繁華不再。

街上的店都關門了。達樂先生的一元理髮廳，奇寶超市，明星餐廳，奇風五金行，愛之頌戲院，都已經不在了。五毛商場的玻璃窗甚至整個封住了。隔壁的聯合鎮越來越繁榮，各式各樣的商店，公寓大樓，以及有四間電影院的購物中心，這一切早已吞噬了奇風鎮的靈魂，就像當年巨霸超市吞噬了綠茵牧場一樣。這樣的情況還會持續下去，問題是，這就是進步嗎？

車子緩緩經過法院前面，只見一片死寂。車子緩緩經過游泳池，經過飛輪露天冰店，也是一片死寂。車子緩緩經過藍色葛拉斯小姐家門口，同樣，也是一片死寂。想起當年這裡曾經飄揚著優美的旋律，此刻的死寂更令人感覺沈重。

藍色葛拉斯小姐。我真的很想知道她現在怎麼樣了，可是我根本沒她的消息。算算時間，要是她還活著，現在應該已經八十多歲了。過去這許多年來，另外還有很多人也都陸陸續續離開了奇風鎮。我也不知道他們現在過得好不好。比如說，達樂先生，馬凱特警長，爵士人，德馬龍先生和德馬龍太太，妮娜卡斯提爾和凱文，衛佛丹恩太太，史沃普鎮長。我相信他們應該都還活著，在另一個城鎮裡。我相信奇風鎮生命的一部份也跟著他們一起走了。不管他們走到哪裡，他們就會在那裡撒下奇風鎮生命的種子。就像我一樣。

大學畢業後，我在伯明罕一家報社工作了兩年。那時候，我每天忙著幫新聞下標題，編輯別人寫的故事。在那個大城市裡，每天下班之後，我回到自己小公寓，然後在那個神奇的盒子前面坐下來，開始寫自己的故事。我不停的寫，然後不斷把我寫的短篇小說寄出去，然後不斷眼看著它們被退回來。後來，我決定孤注一擲，寫了一本小說寄出去。沒想到，老天，竟然有人要出版。

現在我在圖書館工作，一個小小的圖書館員。但我在成長。

車子慢慢開過一條路，路邊有一座穀倉，對面有一棟房子，和路邊隔著一片空地。「他就住在這裡。」我對珊蒂說。

「哇！」史凱亞驚叫了一聲。「好恐怖哦！簡直就像鬼屋！」

「沒這麼可怕。」我對她說。「就是一棟空房子而已。」

我兒子波爾對美式足球瞭如指掌，至於我女兒呢，她對鬼屋如數家珍。她看過很多文森普萊斯演的電影，看過很多恐怖片，看過愛倫坡的小說，看過雷・布萊伯利的《火星紀事》，而且她還知道有一本小說裡有個很有名的地方叫「撒冷鎮」。不過，她倒也不是只看這些東西。她也喜歡童話，比如說，愛麗絲夢遊仙境，安徒生童話，醜小鴨，綠野仙蹤，泰山。另外，她也喜歡梵谷的畫，米羅的雕像，雖然她還太小，還無法完全體會藝術的含義，不過，她感覺得到色彩之美。而且，她還喜歡聽艾靈頓公爵的爵士樂，還有，「海灘男孩」。上個禮拜，她才問我可不可以把一張照片拿去裱框，擺在她的梳妝檯上。她說那個人看起來好酷。

那個人就是「半夜鬼上床」裡的佛萊迪。

「史凱亞！」我說。「妳不怕半夜夢到——」

說到一半我停住了。噢噢，我心裡吶喊著，噢噢。

佛萊迪，那你就來和我們史凱亞見個面吧。你可以告訴她什麼叫想像力，好嗎？

我轉了個彎，車子開上山峰路，開上那個小山坡。我家快到了。

我的寫作生涯還算順利。很辛苦，可是我熱愛這種工作。珊蒂和我是同類型的人，我們都是那種擁有半個世界才會快樂的人。另外，我必須承認，這種性格讓我花過一次大錢。有一年，珊蒂和我到新英格蘭去旅行，半路上經過一家二手車場，無意間看到一輛二手的紅色敞篷車。我毫不考慮就當場買下來了。很久以前，這種車好像有個綽號，叫「公路小霸王」。我把它送去整修得煥然一新，回復到它原先出廠的模樣。那部車就是六〇年代有名的福特「奇風」。有時候，我會自己一個人開著那輛車去兜風，在公路上御風而行，感受溫煦的陽光照在臉上。在那樣的時刻，有時候我會渾然忘我的跟車子說起話來。我都會叫它一個很特別的名字。

你應該猜得到我叫它什麼。

當年我們離開奇風鎮的時候，把火箭也一起帶走了。後來，我常常騎著火箭去探險，而好幾次，它那隻金黃燦爛的眼睛總是會察覺到前面有危險，然後就會警告我不要惹上麻煩。可是後來，我長大了，它再也承受不了我的體重，開始嘎吱嘎吱響，而且把手的高度也越來越不順手。於是，我把它放到地下室去，用一條藍色的防水布蓋著。感覺上，我認為它就只是在那裡安睡。上大學之後，有一個周末，我回到家，發現媽媽辦了一場車庫拍賣，把地下室裡的東西都拿出來賣。結果她告訴我，有人買了你的舊腳踏車耶！她邊說邊把二十塊拿給我。她說，那個人是幫他兒子買的，這樣不是很棒嗎，柯力？柯力？這樣不是很棒嗎？

我告訴媽媽，是很棒。我已經二十歲了，可是那天晚上，我趴在爸爸肩頭哭了一整晚，彷彿我還是當年那個十二歲的小男孩。

接著，我心臟開始怦怦狂跳。

那裡。就在那裡。

「我家。」我對珊蒂和史凱亞說。

多年的風吹日曬雨打，那房子顯得好老舊，需要有人重新粉刷，好好整理。它需要有人愛，只可惜，如今早已人去樓空。我把車子停在路邊，凝視著門廊。那一剎那，我忽然看到爸爸站在門口，面帶微笑。他看起來好壯好結實，正如我記憶中的模樣。

「嗨，柯力！」他跟我打招呼。「最近還好嗎？」

還不錯，爸。我說。

「我知道你一定會很不錯。因為我這輩子也還算表現得不錯，不是嗎？」

是的，爸，你真的是個好爸爸。我說。

「你太太和女兒都很漂亮，柯力。還有你寫的那些書，真的很棒！我就知道你一定會很有成就，我一直都知道。」

爸，我可以進去坐一下嗎？

「進來？」他靠到門廊的柱子上說。「你為什麼要進來，柯力？」

你不會覺得很寂寞嗎？我是說……這裡實在太安靜了。

「安靜？」他大笑起來。「有時候我還真希望耳根可以清靜一下！」

可是……裡面不是沒半個人嗎？

「都快擠得沒地方站了。」爸爸說。他抬頭看看太陽，看看漫山遍野的春意盎然。「不過柯力，你不必進來看他們，也不必進來看我。真的不需要。你不應該離開現有的一切，不應該再去想過去。柯力，你的人生很美好，我做夢都想不到你可以過得這麼好。對了，你媽媽還好嗎？」

她過得很快樂。我是說，她很想念你，不過……

「只要你還活著，你就應該好好過每一天。」他的口吻忽然有點像爸爸在教訓兒子。「好了，趕快走吧，好好去過你的人生，別再想這棟地板破破爛爛的老房子了。」

我知道。我說。可是我還不能走。

他轉身正要走進去，忽然又停下腳步。「柯力。」他又叫了我一聲。

什麼事，爸？

「我會永遠愛你。永遠。而且，我也永遠愛你媽媽。看你們兩個都過得那麼好，我真的很開心。你明白嗎？」

我點點頭。

「你永遠都是我兒子。」說著，爸爸又轉身走進了屋裡。門廊上忽然又變得空蕩蕩。

「柯力？柯力？」

我轉頭看看珊蒂。

「你剛剛看到什麼？」她問我。

「一個人影。」我說。

接下來，我還想再到一個地方去看看，然後就可以回家了。我把車子開上彎彎曲曲的聖殿街，開向泰克斯特家的豪宅。

而這裡真的變了。徹底變了。

有些大房子往往會變成廢墟，雜草叢生，可是這裡卻並非如此。這裡的改變，只能以驚奇來形容。泰克斯特家的豪宅變大了，兩側都各自加蓋了一間小房子。而且，那棟房子四周空地的範圍變得好大。老天！我明白了！莫倫一定還住在這裡！我開車進了大門，經過一座很大的游泳池。院子裡有一棵巨大的老橡樹，樹幹上蓋了一間樹屋。那棟豪宅本身完好無缺，庭院修整得很漂亮，而兩邊的小房子，建築風格和豪宅一模一樣。

我把車子停到門口。「我真不敢相信！」我告訴珊蒂。「我要趕快進去看看莫倫是不是還住在這裡！」

我立刻跳下車衝到門口，興奮得心臟都快從嘴裡跳出來了。

我正要伸手去按門鈴的時候，忽然聽到一陣鈴聲。鈴鈴……鈴鈴……鈴鈴……

接著我聽到一陣潮水般嘩啦啦的巨響，越來越快，驚天動地。

我嚇得差點喘不過氣來。

因為我看到他們出來了。

他們從門口蜂擁而出，那種場面，令我回想起當年復活節那個禮拜天，那群虎頭蜂從教堂的天花板飛進來。他們就這樣衝出來，邊跑邊笑，大吼大叫，互相打來打去。他們出來了，那聲音真是驚天動地。一大群男孩子。大概有十幾個。十幾個，有黑人有白人。那一大群男孩從我旁邊擠過去，我彷彿變成河中央的一座島。有幾個衝向那間樹屋，有幾個蹦蹦跳跳衝向草坪。我彷彿突然置身在一個充滿年輕生命的宇宙裡。接著，我注意到門旁邊牆上那面銅牌。

上面寫著：奇風少年之家。

莫倫的豪宅變成一所孤兒院了。

那群男孩有如潮水般從我旁邊奔流而過。這天是禮拜六下午，他們自由了。這時二樓忽然有一扇窗戶開了，我看到一個滿臉皺紋的老太太探頭出來。「詹姆斯路休斯！」她的聲音有如河東獅吼。「艾德華葛雷哥萊！鋼琴課時間到了！你們兩個馬上給我過來！」

她穿著藍色的衣服。

這時另外兩個我不認識的老太太也出來了，她們在追那群男孩。我暗暗替她們禱告，願上帝保佑她們。

接著，我看到一個年輕人走出來，走到我面前。「請問有什麼事嗎？」

「我……我從前住在這裡。呃，我是說我從前住在奇風鎮。」我太驚訝，有點語無倫次。「這裡是什麼時候變成孤兒院的？」

「一九八五年。」那個人告訴我。「莫倫泰克斯特先生送給我們的。」

「泰克斯特先生還活著嗎？」

「他已經搬走了。很抱歉，我不知道他的近況。」那個人表情很親切，一頭金髮，眼睛湛藍如天空。「請問你是……？」

「我叫——」說到一半我忽然停住，因為我忽然想到他是誰了。「請問你是？」

「我是巴伯柳兒。」他微微一笑，那一剎那，我彷彿看到雪莉柳兒對我微笑。「巴伯柳兒牧師。」

「很榮幸認識你。」我跟他握握手。「我認識你媽媽。」

「我媽媽？真的？請問你怎麼稱呼？」

「柯力麥肯遜。」

看他的表情，顯然沒聽過我的名字。我就像一陣風，偶然輕拂過雪莉柳兒的天空，來去無蹤。「你媽媽還好嗎？」

「噢，她很好。她搬到聖路易去了，現在在那裡教六年級。」

「她的學生一定很幸福。」

「帕森？」我聽到一位老先生大喊。「帕…森…威…拉？」

接著，我看到一位黑人老先生走出來了。他穿著一條褪色的連身工作褲，瘦巴巴的腰上圍著一條工具皮帶，上面掛著鐵槌，螺絲起子，還有各種奇奇怪怪的扳手。「帕森，樓…上…漏…水…修…好…了。我…看…那…台…老…冰…箱…也…該…修…了。」接著他看到我了。「噢。」他倒抽了一口氣。「你…不…就…是…？」

說完他立刻滿臉笑容。

我立刻抱住他，而他也抱住我，腰帶上的工具叮叮噹噹。

「柯力麥肯遜！老天！真的是你？」

我抬頭看看樓上那位穿藍衣服的老太太。「是的。是我。」

「主啊！主啊！不好意思，牧師！主啊！主啊！」然後她又盯上她原來的目標了：那群年輕的孩子。「詹姆斯路休斯！你還敢爬樹屋！不怕摔斷手指頭嗎？」

「要不要請你太太孩子進來坐一下？」柳兒牧師問。

「一……定……要……進……來。」來福先生笑著說。「好……多……話……可……以……聊。」

「裡面有咖啡和甜甜圈。」牧師想引誘我。「衛佛丹恩太太手藝很棒。」

「柯力！趕快進來！」樓上的藍衣服老太太說。「詹姆斯路——休——斯！」

珊蒂和史凱亞已經下車了。珊蒂很了解我，她知道我一定很想進去坐一下。當然，我們不會待太久，因為我的家鄉並不是我們的家。不過，待一個鐘頭感覺應該還不錯。

接著，她們兩個先進去了，而我走到門口卻忽然停下腳步。

我抬頭看看天空。那清澈蔚藍的天空。

我彷彿看到天空有四個孩子的影子，還有他們的狗。他們都長著翅膀，在燦爛的陽光下嘻笑玩鬧。

只要那神祕的力量不消失，他們將永遠在天上翱翔。

那神祕的力量永不止息。

國家圖書館出版品預行編目資料

奇風歲月／羅伯・麥肯曼(Robert McCammon)作；
陳宗琛譯.--初版.--臺北市：鸚鵡螺文化,2010.11 面；公分 (InfiniTime；1)
譯自：Boy's life
ISBN 978-986-86701-0-5(平裝)
874.57　　99020620

InfiniTime 001

奇風歲月
Boy's Life

Boy's Life © 1991 by Robert McCammon
Complex Chinese language edition on published in agreement with the author, c/o Donald Maass Literary Agency, through The Gray Hawk Agency, Taiwan R.O.C. Complex Chinese translation copyright © 2010 Nautilus Publishing House, LTD.
All Rights Reserved.

作　　者—羅伯・麥肯曼
Robert McCammon
譯　　者—陳宗琛
選 書 人—陳宗琛
美術總監—Nemo

出版發行—鸚鵡螺文化事業有限公司
地　　址—新北市鶯歌區建國路85號11樓之7
電　　話—(02)86776481
傳　　真—(02)86780481
郵撥帳號—50169791號
戶　　名—鸚鵡螺文化事業有限公司
電子信箱—nautilusph@yahoo.com
總 經 銷—大和書報圖書股份有限公司
ISBN 978-986-86701-0-5
定　　價—新台幣499元
初版首刷—2011年1月
初版17刷—2020年12月

版權所有，翻印必究
本書若有缺頁、破損、裝訂錯誤，
請寄回更換